Friedrich Hebbel, Felix Bamberg

Friedrich Hebbels Tagebücher

Erster Band

Friedrich Hebbel, Felix Bamberg

Friedrich Hebbels Tagebücher
Erster Band

ISBN/EAN: 9783743659193

Hergestellt in Europa, USA, Kanada, Australien, Japan

Cover: Foto ©Raphael Reischuk / pixelio.de

Weitere Bücher finden Sie auf **www.hansebooks.com**

Friedrich Hebbels

Tagebücher.

Mit einem Vorwort herausgegeben

von

Felix Bamberg.

Nebst einem Portrait Hebbels nach Rahl und einer Abbildung
seiner Todtenmaske.

Erster Band.

. . .

Berlin,
G. Grote'sche Verlagsbuchhandlung.
1885.

1. Als ich Hebbels frühzeitiges Ende erlebte, wurde mir der althergebrachte Glaube daß die Perlen wenn sie nicht getragen werden absterben, zum Gleichniß: er war nicht der erste Dichter der frühzeitig starb, weil ihn seine Zeit nicht trug. Ich hatte ihn in meinen Jugendjahren kennen gelernt und unser Verhältniß war bald ein vertrautes geworden. Da mir, trotz einer schnell von ihm erreichten Hingebung, an seinen Werken und an seinem Wesen Manches psychologisch unerklärt blieb, so stellte ich mir gleich in der ersten Zeit unserer Bekanntschaft die inhaltsschwere und manche eigene Erfahrung voraussetzende Frage: ob sein Dichtergenie nicht mehr als das Ausströmen einer reichen Begabung, oder ob es die Form und Versöhnung suchende Gesammtmasse seines innern und äußern Lebens sei. Der längere Umgang mit ihm mußte mich zu der letzteren Annahme führen; aber da er über die Kunst ebenso beredt, wie über sein Leben schweigsam war, so hoffte ich daß der Schlüssel zu letzterem sich in dem feurigen Umgang mit ihm von selbst schmieden würde. Ich war der erste dem er die vollendete „Maria Magdalena" vorlas. Das kurze Vorwort zu „Genoveva" hatte, ebenso wie das knappe aber tiefe und formvollendete „Wort über das Drama" zu den entstellendsten und zum Theil böswilligsten Kritiken Veranlassung gegeben und so schien mir die Gelegenheit günstig, Hebbel zu einer längeren Vorrede zu dieser seiner dritten Tragödie zu rathen. Meine stille Hoffnung dabei war einen tieferen Blick in sein inneres Leben thun zu können; aber er verläugnete selbst bei diesem Falle nicht, was er in seiner Eigenart „die Keuschheit des Dichters" nannte, dem es widerstrebe über innere Ereignisse zu sprechen und erschloß auch in jener Abhandlung mehr den denkenden Kopf als die geprüfte Brust. Dies hat ihn als philosophirenden Dichter verschreien lassen und zwar am meiften von denen, die weil fie mit philofophifchem Stoffe dichten ohne fich deffen klar zu werden, oder es wenn dies der Fall ift einzugeftehen, ganz vergeffen zu haben fcheinen, daß der wahre Dichter auch unbefchadet feiner Unmittelbarkeit philofophiren kann; während das Dichten beim wahren Philofophen faft unmöglich und bei dem mehr philofophifch als poetifch angelegten Menfchen nur halb und untergeordnet ift.

2. Bis auf einige an fich faft fchon offenkundige Punkte ift Hebbel gegen die Mitwelt über fein Leben fchweigend geftorben. Er hat in Briefen viel über Welt und Kunft, Manches über fich felbft gefchrieben; fein Generalbeichtiger jedoch war kein anderer als fein eigener Geift, dem er feine Geftändniffe in Tagebüchern anvertraut hat. Nach feinen urfprünglichen Anordnungen follten diefe überhaupt nicht ausgezogen, fondern in Ueberftimmung mit einer in einem feiner Briefe an mich ausgefprochenen Anficht über die Darftellung feines Lebens, erft in fpäteren Jahren vollftändig gedruckt werden. Emil Kuh hat in feiner Biographie Hebbels diefe Willensäußerung nicht eingehalten und, bei einer fo tiefeingehenden und umfaffenden Arbeit wie der feinigen, kaum einhalten können; aber indem ich, Dank der Opferwilligkeit der Wittwe Hebbels, hiermit deffen Tagebücher vollftändig veröffentliche, wird der Lefer den Unterfchied zwifchen dem felbft durch Freundeshand gemachten Aufbau eines Dichterlebens und einer Selbftbiographie, wie fie Alles in Allem in den Tagebüchern vorliegt, am beften beurtheilen können.

Mit kurzen Unterbrechungen lange Zeit von Hebbel getrennt, aus dem freien Geiftesleben in das gebundenere des Beamten getreten, erlitt ich daß Hebbel mich in einem feiner Briefe fragte, ob ich denn glaube den Weg nach dem Gebiete des Schönen je wieder zurückzufinden. Möge feinem Geifte aus diefen Blättern die Antwort zuwehn, daß ich jenen Weg, den einzigen auf dem ewige Wahrheit ift, nie verloren habe.

3. Indem ich Hebbels Tagebücher eine Selbftbiographie und, ergänzend, eine nach den entfernteften und dunkelften Punkten des Lebens- und Kunftgeheimniffes ausftrahlende nenne, könnte ich mit einem Lebensabriffe diefes Dichters hier nur einen dürftigen Eindruck hervorbringen.

Für eine Uebersicht seiner innern und äußern Verhältnisse, sowie für die hiermit zusammenhängende Entstehung und Characteristik seiner Werke, darf ich auf meinen Artikel „Hebbel" in der „Allgemeinen deutschen Biographie" verweisen. Der monumentalen Arbeit Kuhs fehlt es weder an Vorzügen noch an Fehlern. Letztere bestehen besonders darin, daß er den von ihm selbst angeführten Spruch Barthold Niebuhrs: es sei nicht gut daß die Welt Jeden bis ins Innere kenne, es gebe Kleider der Seele die man ebensowenig abziehen sollte wie die des Körpers, nicht allein nicht befolgt, sondern in sichtlichem Behagen in Schätzen und Schlacken zu wühlen um sie seinem Werke einzuverleiben, der Seele Hebbels die Kleider bis auf's Hemd ausgezogen hat. Die Veröffentlichung der Tagebücher wird das Bild des Dichters aber in vollerem und freundlicherem Lichte erscheinen lassen als dies irgend einer mit zerstreuten Gliedern und Farben gearbeiteten Biographie möglich war.

Die allgemeinen Abrisse über zeitgeschichtliche Literatur-Zustände, welche Kuh in seiner Monographie Hebbels und zwar zum Schaden der strengbiographischen Form veröffentlicht, finden einen fahlen Reflex in einem (übrigens erst nach Kuhs Tode erschienenen) Urtheile Franz von Dingelstedts über Hebbel und seine Biographie. (Geschmacklos und oberflächlich sagt Dingelstedt*), so wahr es sei daß zu einem Hasenpfeffer ein Hase gehöre so wahr sei es daß man zu einer Lebensbeschreibung ein Leben brauche. Hebbel habe es nun aber an einem Leben gefehlt und Kuh somit eigentlich an Stoff zu einer Biographie. Angesichts einer Vorlage des Hebbelschen Lebens wie der folgenden, enthalte ich mich der Entwickelung des Begriffes „Leben" hier um so williger, als das manchen Schriftstellers der in höherem Sinne gelebt zu haben glaubt, dabei zu kurz kommen könnte.

4. Das äußere Dasein ist beim Dichter im Grunde Nebensache und hat für die Literaturgeschichte nur Wichtigkeit, insofern der Einfluß

---

*) Der betreffende Aufsatz in Dingelstedts „Literarischem Bilderbuch" führt den pamphletarischen Titel: „Friedrich Hebbel, frei nach Emil Kuh, Walbed & Co." und beginnt folgendermaßen: „Pour faire un civet, il faut un lièvre. Dies alte in seiner Einfachheit so ungemein imponirende Rezept würde, aus dem Kochbuch in die Theorie biographischer Darstellung übersetzt etwa lauten: um eine Lebensbeschreibung zu liefern, braucht man ein Leben". u. s. w.

desselben auf seine Werke daraus hervorgeht; aber dieses Verwechseln
von äußerem und innerem Leben, ja dieses Läugnen eines Lebens weil
es arm an Gepränge war, ist für einen gewissen Theil unserer Zeit-
literatur höchst charakteristisch. Hebbel schrieb schon im Jahre 1837 an
Amalie Schoppe, seine Wohlthäterin, die ihn aber nie verstanden
hat: „Als die Aufgabe meines Lebens betrachte ich die Symbolisirung
meines Innern, soweit es sich in bedeutenden Momenten fixirt, durch
Schrift und Wort." Hieran würden sicher die wechselvollsten, ja glänzendsten Verhältnisse Nichts geändert haben, und bei Hebbel hat gerade,
wie übrigens bei manchen andern Dichtern, die äußere Armuth den
inneren Reichthum wesentlich genährt. „In die Hölle des Lebens", heißt
es in den folgenden Blättern, „kommt nur der hohe Adel der Menschheit; die Andern stehen davor und wärmen sich."

5. Hebbels Tagebuch-Aufzeichnungen halten die Mitte zwischen
Denken und Schauen. Nach ihm ist das echte Denken, wie jede schöpferische ursprüngliche Kraft produktiv; aber er selbst hält sich, kaum mit
Recht für keinen Denker, während seine Gründe beweisen wie tief er über
das Denken nachgedacht hat. Sein Schauen bildet gleichsam das beständige Medium zur Rückkehr in seine Dichternatur und in diesem Sinne
sagt er: „Denken und Darstellen, das sind die zwei verschiedenen Arten
der Offenbarung. Das Denken hat es mit dem Unbeschränktesten zu
thun, es verhält sich aber gegen dieses wie ein bewußtes Gefäß und ist
deshalb beschränkt. Das Darstellen wirkt im Beschränkten ein Unbeschränktes. Darum sind im Laufe der Zeit alle philosophischen Systeme
abgethan worden, aber kein einziges Kunstwerk." Schon diese in jungen
Jahren niedergeschriebene Ueberzeugung bezeichnet Hebbels Stellung
zur Philosophie sehr scharf und widerlegt mit vielem Andern den ihm
gemachten Vorwurf, philosophische Ideen in dichterische Form gebracht
zu haben. „Was die Philosophie dem Menschen verschaffen will, das
verliert er am leichtesten wenn er sich mit ihr beschäftigt", sagt er an
anderer Stelle; an noch anderer: „Nichts kann bewiesen werden, als was
zu beweisen sich nicht verlohnt", und: „Gott theilt sich nur dem Gefühl,
nicht dem Verstande mit; dieser ist sein Widersacher, weil er ihn nicht
erfassen kann. Dies weist dem Verstande den Rang an." Selbst die

Annahme ist ausgeschlossen, daß Hebbel nachdem er seine Philosophie bestehenden Systemen entlehnt, die Waffen seines Geistes gegen die Philosophie gekehrt hat, denn Stellen wie die in seinem vierundzwanzigsten Lebensjahre aufgezeichnete über das Gefühl der Trennung von seinem Körper*), zeugen von einem ureigenen Hinabsteigen in die Tiefen des Seins und von einer in der Anthropologie vielleicht einzig dastehenden Hypothese, die nur dem an seinem eigenen Geiste und Leibe Forschenden möglich war. Im darauffolgenden Jahre schrieb er in verwandtem Sinne: „Der Mensch ist die Continuation des Schöpfungsakts, eine ewig werdende, nie fertige Schöpfung, die den Abschluß der Welt, ihre Erstarrung und Verstockung verhindert."

6. Mit Hebbels Skepsis hängt sein außerordentlicher Reichthum an beschaulichen Gedanken, sein im höchsten und freiesten Sinne tief religiöses Gefühl und sein Festhalten am Hort der Kunst zusammen, deren Wesen ihn allein mit dem Geheimniß des Lebens versöhnen konnte. Der Schluß eines alten Gedichtes von ihm, welches sich im dritten Tagebuch aufgezeichnet findet, zeigt jene Skepsis in der kunstvollsten Form:

Der erste und der letzte Mensch.

„Dem letzten begegnet der erste dann,
Den einst die Erde getragen;
Sie schauen sich stumm und ernsthaft an
Und haben sich nichts zu sagen."

Uebertroffen wird diese symbolische Darstellung nur noch in dem in die Gedichtsammlung aufgenommenen versöhnlicher schließenden:

Zwei Wanderer.

„Ein Stummer zieht durch die Lande,
Gott hat ihm ein Wort vertraut,
Das kann er nicht ergründen,
Nur Einem darf er's verkünden,
Den er noch nicht geschaut.

Ein Tauber zieht durch die Lande,
Gott selber hieß ihn gehn,
Dem hat er das Ohr verriegelt

---

*) T. B. 66 u. 67.

Und Jenem die Lippe versiegelt,
Bis sie einander sehn.

Dann wird der Stumme reden,
Der Taube vernimmt das Wort,
Er wird sie gleich entziffern,
Die dunklen göttlichen Chiffern,
Dann ziehn sie gen Morgen fort.

Daß sich die beiden finden,
Ihr Menschen, betet viel,
Wenn, die jetzt einsam wandern,
Treffen, Einer den Andern,
Ist alle Welt am Ziel."

7. Die gesammte sowohl dem reinen Denken wie dem Schauen angehörende Geisteswelt Hebbels kommt in den Tagebüchern mit bewunderungswürdiger Ursprünglichkeit und Festigkeit zur Schau. Oft ist durch ganze eng geschriebene Seiten kein Buchstabe ausgestrichen; auch beim Lesen des gedruckten Textes hat man die lebhafte Empfindung es mit wirklichen Lebens-Manifestationen zu thun zu haben, wie sie sich aus den jedesmaligen geistigen Zuständen des Dichters entwickelten. Oft ist die Form aphoristisch wie: „Gedanken sind Körper der Geisterwelt, bestimmte Abgrenzungen des geistigen Lichts, die nicht vergehen, da sie übergehen in die Erkenntniß des Menschen." Oft kommt das religiöse Gemüth zum Durchbruche, wie in der schönen Stelle: „Das Gebet des Herrn ist himmlisch. — — Wie hoch, wie göttlich hoch steht der Mensch wenn er betet: vergieb uns, wie wir vergeben unsern Schuldigern. — — — Man kann sagen: wer dieses Gebet recht betet, wer es innig empfindet und so weit es die menschliche Ohnmacht gestattet, den Forderungen desselben gemäß lebt, ist schon erlöst, muß erhört werden."

Ueberrascht ist man gleich zu Anfang den Satz zu finden: „Die Linie des Schönen ist haarscharf und kann nur um tausend Meilen überschritten werden", während Hebbel in seinen Dichtungen diese Linie nicht selten überschritten hat. Jene Stelle aber dürfte als Beweis gelten, daß wenn ihm das Feingefühl des Schönen angeboren war, die in seinen Lebenskampf eingetretenen Elemente ihn öfter zu einer Verrückung der Grenzen des Schönen verleitet haben. Die in ihrer Art einzige Darstellung seiner Kindheit, die er an anderem Orte mehr ausgeführt hat, beweist daß der ganze Organismus Hebbels weit von den gewöhnlichen Normen abstand und dem einer Sensitive zu vergleichen war.

8. An Contrasten kann es natürlich bei so vielseitigen Aufzeichnungen nicht fehlen. Zuweilen scheint ein Gedankengang einem früheren zu widersprechen; aber in solchen Fällen muß, von dem innern dialektischen Kampfe der dem Dramatiker eigen ist ganz abgesehen, der wechselnden Stimmung und den veränderten Lebensverhältnissen Rechnung getragen werden. Heitere Strahlen, ja selbst Erotisches, dem es aber nicht an sittlicher Lösung fehlt, wechseln mit riesigen Bildern oder ascetischen Anschauungen ab. „Wie lange darf ein junges Mädchen in den Spiegel sehen? So lange als sie sich wie eine Fremde vorkommt." Das Abentheuer in der Neujahrsnacht*) beleuchtet nur einen Moment der Sinnlichkeit, der ihn an den ernstesten Neujahrsbetrachtungen, die daneben aufgezeichnet sind, nicht verhindert hat. Blättern wir weiter, so finden wir (im zweiten Tagebuch) das folgende Riesenbild:

> „Eine Glockenblume, welche
> Wurzelt in der Erde Schoß,
> Schießt empor zum Himmelskelche,
> Blau wie er und riesengroß.
> Beide schließen sich zusammen
> Und das ungeheure All
> Mit den tausend Sternenflammen
> Wird ein einziger Kristall!"

Beschreibt dieses kosmische Gesicht gleichsam die äußerste Peripherie der Einbildungskraft Hebbels, so zeichnet das nachstehende die plastische Kraft seiner in die Tiefe hinabsteigenden Gedanken:

„Wenn man einen Todten sieht, so ist es einem oft als wäre er die stille, ruhige, abgeschlossene Statue, die das Leben durch unausgesetzte Schläge ausgemeißelt." Man könnte kaum Schlagenderes unter Hebbels Todtenmaske selbst setzen und als hätte er dies schon in frühen Jahren geahnt: unter diesem sein eigenes Leichenbild meißelnden Gedanken stehen die Warnungs-Worte: „hör' auf!"

----

*) S. 43.

9. Als eine hohe Bereicherung für die Wissenschaft der Kunst sind Hebbels Gedanken über die Poesie und das poetische Vermögen zu betrachten. Sie sind, wie eben die Tagebücher beweisen, keine neuen Formeln nach älteren Systemen der Kunstphilosophie, sondern stylvoll dargestellte Ergebnisse innerer Erfahrungen und tiefsten eignen Forschens. Er legte schon 1843 in Paris auf das was er besonders über die lyrische Poesie in sein Tagebuch geschrieben hatte, große Wichtigkeit und glaubte mit den Sätzen: „Gefühl ist das unmittelbar von innen heraus wirkende Leben; die Kraft es zu begrenzen und darzustellen, macht den lyrischen Dichter," den Begriff der „naiven Poesie" zum ersten male erschöpfend dargestellt zu haben. So werthvoll indessen diese Sätze und seine hier= mit zusammenhängenden Bekenntnisse über den Einfluß Uhlands auf seine Entwicklung auch sein mögen, er war so wenig wie Andere im stande ein untrügliches Kriterium über unmittelbare Dichtung aufzustellen und der lyrischen Poesie überhaupt feste Grenzen zu ziehen. Sein Standpunkt ist allerdings der höchste und seine Kritik der Reflexions= poesie sehr gerechtfertigt; aber die geheime Werkstatt der Natur, in welcher sich das Schauen mit dem Gedanken, das Bild mit dem wenn auch später eintretenden Verstande mischt, wird nie offen vor uns liegen. Der beste Beweis daß jene Prozesse, wenn auch nicht ohne allgemeine Grundlinien, vorzugsweise individuelle sind, liegt in der Abweichung gewisser ästhetischer Grundsätze der verschiedenen Nationen von einander. Die Lateiner und in neuerer Zeit die Franzosen würden, wenn Hebbels Kriterium allein maßgebend wäre, kaum lyrische Poesie besitzen. Von einer Individualität wie der seinigen ausgehend, haben seine innern Beobachtungen über das Wesen der Poesie und das Auftreten der poetischen Kraft unläugbar allgemein wissenschaftlichen Werth; auf ihn selbst bezogen wirkten sie aber geradezu tragisch, indem er einerseits, wenn sich bei ihm nicht die natürlichen Prozesse einstellten, außerstande war zu dichten, mithin für den Markt von vornherein zu kurz kam; andrerseits der Maßstab den er, gemäß dieser seiner eigenen Beschaffenheit theils mündlich theils schriftlich an Dritte legte, seine Lebensverhältnisse verbitterte und seine eigene Anerkennung verspätigte.

10. Wie es Emil Kuh nun möglich war, obgleich ihm die Tage=
bücher vorlagen, die eine solche Fülle des selbständigsten Denkens nach aller
und namentlich auch nach der metaphysischen Richtung hin enthalten,
mich in seiner Biographie Hebbels*) als „den von der Kritik durchbeizten
und von Kathegorien beherrschten literarischen Freund darzustellen, in
dessen intimen Umgange für Hebbel die Periode des heillosesten Nach=
gehens hinter den Problemen und Welträthseln in der Kunst begann,"
ist schlechterdings unbegreiflich. Die 1835 angefangenen Tagebücher
beweisen, daß als ich ihn acht Jahre später in Paris kennen lernte, er
bereits eine vollständig abgeschlossene Natur war, mit deren Ansichten
über Philosophie und Kunst im wesentlichen übereinzustimmen, mir zu
hoher Freude gereichte, die aber kaum von Begabteren wie ich neue
Elemente in sich aufgenommen haben würde. In den Richtungen war
er, da sie eben urwüchsig aus der Gesammtmasse seines Lebens hervor=
gingen, nicht zu verändern; aber auf seine einzelnen künstlerischen Pläne
würde ich vermuthlich, wenn die lange Trennung nicht eingetreten wäre,
Einfluß ausgeübt und vor Allem auf die Vollendung des Moloch
gedrungen haben, der zu seinen tiefsinnigsten und umfassendsten
Schöpfungen gehört. Auch hätte ich ihn vielleicht von dem Mißgriff
abgehalten, das im Moloch gewählte Problem: das Entstehen einer
positiven Religion darzustellen, auf den Stoff zum Christus zu über=
tragen, da jenes Problem künstlerisch nur an einem vergangenen, nicht
aber an einem Weltzustande zu lösen war, welcher den heutigen erzeugt
hat und in welchem der Versuch den religiösen Nimbus durch einen
erdichteten zu ersetzen, statt des versöhnenden ein auflösendes Prinzip in
die Kunst brächte. Grade die oben angeführte Ueberzeugung: „Gott
theilt sich nur dem Gefühl nicht dem Verstande mit; dieser ist sein
Widersacher weil er ihn nicht erfassen kann", mußte bei jenem Versuche
zur Klippe werden. Im Uebrigen spiegeln sich mehr oder weniger
direkt alle geistigen Elemente der Zeit, die gesellschaftlichen, literarischen
und künstlerischen Zustände in Hebbels Aufzeichnungen ab.

Bei dieser allgemeinen Charakterisirung des Inhaltes der Tage=
bücher bleibt noch zu bemerken, daß dieselben hier im Wesentlichen voll=

---

*) B. II S. 111.

ständig und ohne Abänderungen veröffentlicht werden. Nur wenige theils zu schroffe oder grelle, theils auf prosaische Bedürfnisse bezügliche und die allgemeine Höhe nicht einhaltende Stellen sind, ebenso wie Citate aus anderen Schriftstellern ausgeschieden, Orthographie und Interpunktation streng nach dem in meinem Besitze befindlichen Originale wiedergegeben worden. Wesentlich ergänzt werden die Tagebücher durch die Briefe Hebbels, von denen die wichtigeren Reihen mir in den Originalen vorliegen. Sie enthalten einen kaum minder großen Reichthum an Anschauungen und Gedanken wie die Tagebücher und weil sie einer späteren Veröffentlichung vorbehalten bleiben, sind einige Fragmente von Briefen hier ausgeschieden worden. Da ich beabsichtige, die Urschrift von Hebbels Tagebüchern, wie überhaupt die auch in biographischer Beziehung merkwürdigen Original=Manuskripte seiner Werke einer öffentlichen deutschen Bibliothek zu hinterlassen, so wird die Nachwelt jederzeit Gelegenheit haben diese Ausgabe mit dem Original zu vergleichen.

In Betreff des hier nicht ohne Zögern beigefügten Inhalts=Verzeichnisses ist zu bemerken, daß bei so vielseitigem geistigem Stoffe Vieles ganz unberührt bleiben und unter dem Titel „Aphorismen" zusammengefaßt werden mußte. Immerhin aber wird es die Reichhaltigkeit des Ganzen überschauen und die rein biographischen Daten leichter festhalten lassen.

11. Im Jahre 1845 verfaßte ich die erste selbständige Hebbels bis dahin erschienene Dramen beurtheilende Schrift. Sie erschien unter dem Titel: „Ueber den Einfluß der Weltzustände auf die Richtungen der Kunst und über die Werke Friedrich Hebbels*) und gab Veranlassung zu dem Vorwurfe, daß Hebbel von seinen Freunden Ideen untergelegt werden die er gar nicht habe. Nachdem mir fast vier Jahrzehnte später der Einblick in seine Tagebücher gestattet war, fand ich daß wenn sich in jener Schrift auch der Widerschein meiner damaligen philosophischen Studien nicht verläugnete, sie das Triebwerk des Dichters und den Ideengehalt seiner einzelnen Stücke im Ganzen doch richtig erfaßt hat. Der allgemeine Standpunkt zur Beurtheilung jener Dichtungen überhaupt wurde gleich zu Anfang in folgenden Worten angegeben: „Die Lebensaufgabe wird dem Menschen erschwert oder erleichtert, je nach der Größe

---

*) Hamburg bei Hoffmann & Campe.

des Gegensatzes der zwischen seiner innern und äußern Welt stattfindet. Künstler haben, da sie lebendiger sind als gewöhnliche Menschen, von diesem Gegensatze am meisten zu leiden und je weniger die äußere Welt ihrer innern entspricht, desto gewaltiger wird der Prozeß in welchem sie die Lebensobjekte umformen." Ueber die Idee der Judith heißt es dann: „der zum Herrschen geborene Mann, der das Weltengesetz bedroht, fällt aber von unberufener Hand und darum nur durch die Wunde seines Mörders. Auf das Weib bezogen drückt diese Idee zugleich aus: das Weib soll Männer gebären, nicht Männer tödten." Diese und ähnliche Urtheile aus meinen Jugendjahren, besonders aber die in meinen Abhandlungen über Maria Magdalena in der Revue nouvelle 1846 und in Rötscher's Jahrbüchern für dramatische Literatur 1848 beweisen, daß jetzt, wo Hebbels Bekenntnisse vorliegen, keinerlei Andichtung von Ideen meinerseits stattgefunden hat. Auch steht es besonders schlecht an dies zu behaupten und mich außerdem noch für das Vorwort zu Maria Magdalena und dessen Folgen auf Hebbels Leben zur Verantwortung zu ziehn. Ich erinnere mich daß Hebbel, der wie schon erwähnt, sich selbst für keinen Denker hielt, einen mächtigen Widerwillen gegen die Ausarbeitung des Vorwortes hatte und daß es mich Mühe gekostet hat ihn dazu zu bewegen. Alles in Allem sind seit jener Zeit aber wenig ästhetische Abhandlungen geschrieben worden, welche diese an Ideentiefe und zum Theil an Form und stylistischen Vorzügen übertreffen und denen welche die besonders den Franzosen entlehnte Essay-Form (deren Nutzen in Hinsicht auf Popularisirung der Wissenschaft hier nicht geläugnet werden soll), auch in ästhetischen Dingen für die mustergültigste halten, darf in Erinnerung gebracht werden, daß unser Wissen in Philosophie und Kunst doch von jenen großen Männern herrührt, welche in ihrer eigenen strengen Methode eine weniger leicht faßbare, aber die Objekte unendlich tiefer ergreifende Sprache geführt haben. Hinzufügen möchte ich noch, daß die Vorrede zu Maria Magdalena, von ihrem mächtig zusammengedrängten Ideengehalte abgesehn, monumentale Bedeutung behält. Mir ist sie stets wie ein großes Stück Ostsee-Bernstein vorgekommen, über dessen Entstehung die Naturforscher vielleicht noch lange streiten werden, das aber nichtsdestoweniger die Insekten der Zeit in der es entstanden ist der Nachwelt überliefert.

12. Mein persönliches Verhältniß zu Hebbel ist in der Kuh'schen Biographie bis auf den bereits berührten Punkt und zwar größtentheils nach dem Tagebuch und Briefen richtig dargestellt. So will ich hier denn nur die erschütternde Episode näher beschreiben welche der Vielgeprüfte in Paris erlebt hat. Ich wohnte gegenüber dem Hause Corneille's in der Straße d'Argenteuil, die jetzt zum Theil bei dem Durchbruch zum neuen Opernhause niedergerissen worden ist. Am 22. October 1843 stürzte Hebbel, mit dem ich die meiste Zeit zusammen war, mit den Worten: „todt! todt!" in meine Wohnung. Ich fuhr erschrocken auf und fürchtete, daß da er entsetzlich bleich aussah, er eine körperliche Verletzung erlitten habe. Da vernahm ich denn daß er Vater und über die eben erhaltene Nachricht vom Tode seines einzigen Sohnes Max, seines „Ebenbildes", in Verzweiflung war. Noch überfällt mich kalter Schauer wenn ich an diese Scene denke, denn ich hatte bisher zu Hebbel hinaufgeblickt und sah ihn auf einmal in einem Abgrunde. Doch sollte er mir sofort theurer aus demselben emporsteigen; denn sein Schmerz war ein so tiefer und doch so männlicher, sein ganzes Wesen ein so hingebendes und Trost suchendes, daß ich mich fortan für immer an ihn gefesselt fühlte. Dem Umstande, daß er bei mir das erste Todtenopfer seines Schmerzes vergoß, weit mehr als dem „empfangenden Genie" das er in München vereinsamt entbehrte, verdanke ich seine Freundschaft. Wenn er später an letztere Berufung einlegen wollte sagte er: „Sie haben mich in meinem höchsten Schmerz gesehen!" Dies war bei ihm einer Weihe gleich gekommen. Man denke sich den im Tagebuch aufgezeichneten langanhaltenden Schmerzensschrei über den Tod dieses Kindes, den Kuh, vielleicht nicht ganz passend, einen „Monolog" aber richtiger „ein biographisches Actenstück ersten Ranges" nennt, bis auf wenige der Feder gehörige Stellen, dafür aber in unmittelbarster Gemüthsbewegung in meinem Zimmer ausgestoßen und man wird eine ungefähre Vorstellung von diesem Vorgange haben. Erst nach langen Jahren sah ich daß Hebbel mich beim Niederschreiben desselben mit aufgezeichnet hat: „da geht der Bamberg an mir hin und her und spricht, fassen Sie sich bedenken Sie, was Sie sich und der Welt schuldig sind. Mir! Mich in allen Tiefen aufzuwühlen und mich zu zernagen, so lange der letzte Zahn noch nicht verstumpft ist. Der Welt! Ein Mensch muß sein, nicht ein solcher der sich durch das was man Kraft und

Talent nennt, über die einfach ewigen sittlichen Gesetze hinaufzuschrauben sucht," (welch' eine Offenbarung im höchsten Schmerze!) „sondern ein solcher der sich dahin stellt, wo ihn alle Messer mitten durch die Brust schneiden."

13. An diesen Vorgang knüpfte sich ein Stück meiner eigenen Entwicklung. Hebbel litt, wie ich sah, doppelt durch sein Dichtergenie, während ich Andere einfach daran leiden fand, daß es ihnen an dem ächten gebrach. Den Unterschied im Schicksal beider Gattungen von Menschen fühlte ich aber darin, daß die einen aus der Hölle der Selbsterkenntniß in den Himmel der Einbildung, die andern aus dem Himmel der Einbildung in die Hölle der Selbsterkenntniß kommen. Da waren, nach meiner Ueberzeugung, die Dichter doch noch besser daran, wenn sie die Wandlung auch theuer bezahlen müssen, während die Selbsterkenntniß der Anderen, sich in Neid offenbarend, ohne Reinigung bleibt und ihre Hölle deshalb eine ewige wird. Um mit Hebbel und mit mir selbst weiter leben zu können, kehrte ich den Sinnspruch: „Il me guide, il me désespère!" den ich unter einem Bildniß des großen Dramatikers Christoph Gluck gefunden hatte um, und mit der Regel: „Il me désespère, il me guide!" fuhr ich fort, mit meinem eigenen Schicksal versöhnt, allem Schönen Bestärkung hiefür abzugewinnen. Fast nach einem Menschenleben finde ich nun in den Tagebüchern Hebbels folgende Stelle, die hier einschlägt, obgleich sie sich auf sein oben schon bezeichnetes geistiges Verhältniß zu Uhland bezieht: „Ich habe die Erfahrung gemacht, daß jeder tüchtige Mensch in einem größern Mann untergehen muß, wenn er jemals zur Selbsterkenntniß und zum sichern Gebrauche seiner Kräfte gelangen will; ein Prophet tauft den zweiten und wem diese Feuertaufe das Haar sengt, der war nicht berufen."

Die Entwicklung dieser persönlichen Verhältnisse, zu welcher ich durch einige irrthümliche Darstellungen in einem im Uebrigen bedeutsamen Werke herausgefordert worden bin, schließe ich mit der Erinnerung an den Spruch den ich Hebbel bei Ueberreichung einer Adlerfeder zum Abschied von Paris widmete, einen Spruch den Kuh übrigens, mit scheinbarer Erkenntniß seines Sinnes, anführt und den ich hier nur deshalb wiederhole, weil er Zeugniß ablegt, daß ich Hebbel damals schon mit nichts Minderem tröstete als mit dem Schicksal des Tragikers:

„Der Klaue, wenn sie das Lebend'ge faßt,
Nimmt selbst der Flügel halb nur ab die Last:
Drum wenn sich schwer Geschaffnes auf Dich legt,
Denk an den Adler der die Beute trägt."

14. In Ereigniß reicher Zeit, während des großen Kampfes von 1870, als ich Bedeutendes vergehen und Größeres entstehen sah, konnte ich den Jugendfreund, mit welchem ich Vergängliches und Bleibendes so oft besprochen hatte, nicht vergessen. Da das Glück mich in Versailles mit dem Großherzoge Karl Alexander von Sachsen Weimar zusammen= führte, der den Ueberlieferungen seines Hauses getreu, auch Hebbel seinen Schutz hatte angedeihen lassen, so unterbreitete ich ihm den Plan zur Errichtung eines Hebbel=Denkmals in Kiel. Der Großherzog nahm das Protektorat gnädig an und als sich später in Hebbels Geburtsort Wesselburen selbst, ein Ausschuß zur Errichtung eines Denkmals daselbst bildete, übertrug er dasselbe nach meinem Vorschlag auf letzteres Unter= nehmen. Nebst diesem hochsinnigen Fürsten gebührt mein Dank dem Freiherrn v. Liliencron, Klaus Groth und Theodor Storm, welche mit dem Lokal=Ausschuß das größere Comité ausmachen. Aber auch in Wien hat sich eine zur Zeit leider unterbrochene Theilnahme an dem Wesselburener Denkmal kundgegeben, um welches Angelo v. Kuh, der Bruder des Biographen sich besonders bemüht hat. Einer der ältesten Freunde Hebbels, Ludwig August Frankl, hat vor kurzem unter dem Titel: „Zur Biographie Friedrich Hebbels", mit erprobter Hand gezeichnete Züge des Dahingeschiedenen herausgegeben. Früher bereits unter der Auf= schrift: „Aus halbvergangener Zeit", in der Neuen Illustrirten Zeitung erschienen und jetzt durch Mittheilungen Ludwig Goldhanns und Robert Zimmermanns, sowie durch einen Aufschluß der Wittwe ergänzt, werden sie eine literahistorisch wichtige Seite der Memoiren Frankls, für welche sie bestimmt sind, bilden. Im engsten Raume sind hier schöne gegenseitige Beziehungen, wichtige Aeußerungen über sich und Andere, sowie sichere Nachrichten über die letzten Stunden Hebbels so zusammengestellt, daß man das Ganze ein Miniatur=Bild des Dichters nennen kann. Bei seinen hochverdienten Freunden Generalprokurator Glaser, Hofrath v. Brücke und Andern habe ich während meiner Bemühungen in Wien ein mich zu lebhaftem Danke verpflichtendes Entgegenkommen gefunden. Professor

Wilhelm Scherer hat durch sein Gutachten die Herausgabe der Tagebücher wesentlich gefördert, nachdem die Professoren Michael Bernays und v. Kluckhohn mich schon früher durch ihre Anerkennung des Dichters gestärkt hatten.

15. Dem hier vorliegenden Leben Hebbels fehlt nur die letzte Szene. Sie ist in demjenigen seiner Gedichte dargestellt das seinen Lebensgehalt überhaupt am reinsten zusammenfaßt und das in den „Gedichten des Nachlasses“ wie ein hohes Sprachdenkmal von bunten Blättern umrankt dasteht. Wer vor dem Lesen der Tagebücher mit diesem höchsten Gedichte Hebbels bekannt wird, dem wird es ein Schlüssel, wer es am Ende liest, dem wird es der richtige Schluß zu ihnen sein.

Der Bramine.

In den bängsten Qualen windet
Sich der frömmste der Braminen,
Jahre hat er's ausgehalten,
Heute ist der Tag erschienen,
Wo die Kräfte ihn verlassen,
Die in ihm den Göttern dienen,
Statt sie stumm, wie sonst zu segnen,
Stöhnt er laut empor zu ihnen.

Aber aus der Zelle Winkel
Kommt der Tod herangeschritten
Und er spricht mit heller Stimme:
Endlich hast du ausgelitten.
Wolle nur, und all' die Schmerzen,
Die dir Mark und Bein zerschnitten,
Werden diesen Hund zerreißen,
Der dir naht mit leisen Tritten.

Eben leckt der treue Wächter
Ihm die halb entblößten Hände,
Und der Kranke flüstert schaudernd:
Lieber duld' ich bis an's Ende!
Traurig folgt mir stets sein Auge,
Wie ich mich auch dreh' und wende,
Und ich sollt' ihn so belohnen?
Forb're nicht, daß ich mich schände!

Nun so gieb mir einen Vogel,
Lustig hör' ich einen pfeifen,
Er ist einer von den vielen,
Die von Land zu Lande schweifen,
Niemals wird er wiederkehren,
Immer weiter muß er streifen,
Und du bist ihm nicht verschuldet,
Laß' mich diesen dann ergreifen.

Rühr' mir nimmer an den Vogel,
Flügel wurden ihm gegeben,
Um mit seinem süßen Liede
Erd' und Himmel zu verweben,
Droben lauscht der Engel nieder,
Unten horcht mit freud'gem Beben
Ihm des Kindes trunk'ne Seele,
Heilig ist mir solch' ein Leben!

Eben stürzt in wilder Wüste
Sich der Leu auf die Gazelle,
Angst versteinert ihre Glieder
Und sie kann nicht aus der Stelle,
Sichtbar klopfen ihr die Rippen
Unter'm buntbemalten Felle,
Winke nur, so stürzt der Räuber,
Und sie springt hinweg zur Quelle.

Frommt der Hindin noch das Leben,
Hat's ihr Brama auch beschieden,
Und im rechten Augenblicke
Hilft ein Wunder ihr zum Frieden.
Mich verlockst du nicht, zu tödten,
Um mir selbst die Frist hienieden
Zu verlängern, wie die Ströme
Meines kranken Bluts auch sieden.

Nun, so greif in das Gewimmel
Unrein-ekler Creaturen,
D'rin die bösen Geister hausen,
Die das ew'ge Licht verschwuren
Und zur Strafe ihres Trotzes
In die schnöden Larven fuhren:
Unken, Spinnen, Kröten, Würmer,
Alle tragen Teufelspuren.

Büßen sie für ihre Sünden,
Nun, so büß' ich für die meinen,
Auch noch aus der Hölle Tiefen
Führt ein Weg zurück zum Reinen,
Wollte ich den Letzten hindern,
Sich Vergebung zu erweinen,
Würd' ich eines härter'n Fluches
Als sie alle werth erscheinen.

Hoffe nicht, daß sie's erwiedern.
Rascheln hör' ich schon die Schlange,
Die dir droht mit gift'gem Stachel,
Und dir selbst wird todesbange.
Aufgerichtet, wie zum Sprunge,
Wälzt sie in geschweiftem Gange
Sich heran, so opfere diese,
Daß sie rasch den Lohn empfange.

Schließen will ich meine Augen,
Denn ich kann den Wurm nicht sehen,
Aber ist ihm Macht gegeben,
Werd' ich nimmer widerstehen.
Darf er mir das Leben rauben,
Muß er auch von seinen Wehen
Mich befrei'n, wie sollt' ich zittern?
Mag, was kann und soll, geschehen.

Grimmig schlägt die zorn'ge Schlange
Jetzt den Zahn in seine Glieder,
Doch, so wie sie ihn nur ritzte,
Ist er auch ein Jüngling wieder,
Aus dem losen Schulter-Paare
Sproßt ihm goldenes Gefieder,
Brama aber ruft vom Himmel:
Schweb' empor, sonst steig' ich nieder!

Bewundernswürdige Consequenz im Fühlen und im Denken! Schon im Februar 1839, mithin vier und dreißig Jahre früher hatte Hebbel in sein Tagebuch geschrieben: „Jede Sehnsucht fühlt, daß sie Befriedigung verdient, am meisten die Sehnsucht nach Gott. Daraus entspringt unmittelbar die Ueberzeugung, daß wenn der Sehnende nicht Magnet sein

kann, das Ersehnte Magnet sein muß, daß wenn Jener sich nicht zu er=
heben vermag, dieses sich zu ihm herablassen muß. Dies ist das festeste
Fundament der Offenbarung."

16. Hebbels Leben und Literatur bilden im deutschen Literatur=
leben selbst ein Drama; wir haben bis jetzt nur der Verwicklung bei=
gewohnt: die Lösung kommt noch. Auch bis zur Klärung des ver=
wandten Schattens Heinrichs v. Kleist ist mehr als ein halbes Jahr=
hundert vergangen. Den Deutschen, zu deren Ruhm gehört von allen
Völkern dem Verhältniß von Stoff zu Geist am tiefsten nachzuforschen,
war vorbehalten einen Dichter zu erzeugen, welcher wie wir soeben
sahen, die Auflösung seines Körpers in Geist dichtend erlebte und in
künstlerischer Vollendung darstellte. Der Körper, mit Friedrich v. Schlegel
zu reden der höchste Hieroglyph, zerfiel durch die Erweichung des Festesten
in ihm, des Knochenbaues, man sagt in Folge mangelhafter Nahrung in
der Jugend, vielleicht in Folge übergroßen Andranges geistiger Stoffe,
vielleicht durch beides zugleich. Wenn die Wirkung der Noth auf das
Gehirn nicht blos in moralischer sondern auch in physiologischer Be=
ziehung zu der außerordentlichen Steigerung der Geistesthätigkeit Hebbels
beigetragen hat, so könnte man sich leichter mit seinem Lose ver=
söhnen. Die nicht tief genug in die Verkettung menschlichen Geschickes
eingedrungen sind behaupten, Hebbel würde ein Anderer geworden sein
wenn er in günstigeren Verhältnissen gelebt hätte. Versöhnlicher nehme
ich an daß er sich dann wahrscheinlich minder tief und umfassend ent=
wickelt haben würde; ja vielleicht ist das Bild von der Perle mit welchem
diese Abhandlung beginnt nicht ganz zutreffend, da Hebbel von seiner Zeit
getragen, von seinen schöpferischen Dämonen vielleicht verlassen worden
wäre. Wer auf Erden keine Tragödie spielt, wird im Leben keine schreiben.

Genua, im August 1884.

Felix Bamberg.

Erstes Tagebuch.

I.

Hamburg, Heidelberg und München.

Das erste Tagebuch ist das umfangreichste von allen und führt im Original folgenden Titel:

Erstes Tagebuch.

Hamburg. Heidelberg. München. Hamburg. Copenhagen. Hamburg.

Reflexionen über Welt, Leben und Bücher, hauptsächlich aber über mich selbst nach Art eines Tagebuchs

von

C. F. Hebbel.

Angefangen den 23ten März 1835.

Ich fange dieses Heft nicht allein meinem künftigen Biographen zu Gefallen an, obwohl ich bei meinen Aussichten auf die Unsterblichkeit gewiß seyn kann, daß ich einen erhalten werde. Es soll ein Notenbuch meines Herzens seyn, und diejenigen Töne, welche mein Herz angiebt, getreu, zu meiner Erbauung in künftigen Zeiten, aufbewahren. Der Mensch ist anders, als ein Instrument, bei welchem alle Töne in ewigem Kreislauf, wenn auch in den seltsamsten Kombinationen, wiederkehren; das Gefühl, welches in seiner Brust einmal verklingt, ist für immer verklungen, ein gleicher Sonnenstral erzeugt in der psychischen nie, wie in der physischen, dieselben Blumen. So wird jede Stunde zur abgeschlossenen Welt, die ihren großen oder kleinen Anfang, ihr langweiliges Mittelstück und ihr ersehntes oder gefürchtetes Ende hat. Und wer kann gleichgültig so manche tausend Welten in sich versinken sehen und wünscht nicht, wenigstens das Göttliche, sey es Wonne oder Schmerz, welches sich durch sie hinzog, zu retten? Darum kann ich es immer entschuldigen, wenn ich täglich einige Minuten auf dieses Heft verwende.

Den 23. März.
Für ein Gedicht, aus einem Briefe an W.

Es ist ein so stiller freundlicher Abend, daß ich über all die Lieblichkeit fast, wie eine aufthauende Schneeflocke zerrinne, und solche Augenblicke muß der Mensch wahrnehmen, denn in diesen darf er den Freund zum Spaziergang in seinem Herzen einladen, weil alsdann der innere Frühling nicht mehr knospet, sondern grünt und blüht. So tritt denn herein in das Allerheiligste meiner Seele, was ich selbst kaum so oft, wie der israelische Hohepriester das Allerheiligste seines Tempels zu betreten wage — — — Ich weiß nicht, ob es Dir eben so geht; wenn ich oft schon den Schlüssel zu meinem Herzen in der Hand habe, so schaudere ich plötzlich zurück, und dann quält es mich, ob es, wie bei jenem Hohenpriester, die allgegenwärtige Gottheit, oder der versteckte Teufel ist, was mich abhält.

Den 26. März.

Die Linie des Schönen, wie weit sie geht. Bei Gelegenheit eines Gedichtes von mir: „der Wahnsinns-Traum." Ob sie in diesem überschritten ist? Vielleicht dürfte der Satz gelten: was der Dichter getreu bildet, das ist schön, aus diesem würde sich aber eine Schönheit der Häßlichkeit folgern lassen. Die größte Häßlichkeit ist der Wahnsinn, denn die Auflösung ist an jedem Gegenstand das Häßlichste und dies in höherem Grade an dem vollkommeneren, als an dem unvollkommeneren Gegenstande. Dieser kann in der Auflösung verschönert sein, insofern er durch seine Existenz beleidigte.

Abends. Vision.

— — — und ich sah eine dunkle Gestalt aus der Tiefe steigen und sich auf einen Thron setzen. Und alle Todten zitterten sehr, nur diejenigen nicht, die schwarz oder blutroth gezeichnet waren, denn das war die Farbe, die die Gestalt selber trug. Und es erschien der gekreuzigte Christus, noch einmal wie ein Uebelthäter, und jetzt vor dem Teufel als Richter. „Hochverräther an mir und der Menschheit"!

Der Name ist heut zu Tage so nur das Einzige, welches die Menschen am Teufel nicht mögen.

Ich sah mich selbst als alten Mann.

Den 28. März.

Für einen Roman: der Teufel, der eine Jungfrau als Geliebter umspinnt. Sie hat der Welt entsagt, lebt in einem Kloster. Er will sie durch das Höchste des Lebens, durch die Liebe selbst, verderben. (Er nähert sich ihr, sie zieht sich zurück; er stürzt sich in's Wasser, sie rettet ihn. Er thut viel Gutes, daß sie es weiß; sie bewundert ihn, die Bewunderung wird Liebe. Zusammentreffen in einem wilden Augenblick. Dadurch schon ist ihrer Seele Frieden dahin, er untergräbt ihr alle Hoffnung auf die Ewigkeit, zeigt ihr den gerichteten Jesus (Vision) so, daß sie endlich Nichts mehr hat, als ihn.

Katastrophe: er zeigt sich ihr als Teufel; sie hat Nichts mehr als ihn, sie will ihm in die Hölle folgen. Da aber stirbt sie plötzlich, Engel erfüllen das Zimmer. „Die Seele, die treu ist, geht nicht verloren."

Den 12. April.

Die Linie des Schönen ist haarscharf und kann nur um 1000 Meilen überschritten werden. Das Geringste ist Alles.

Den 20. April.

Sehr oft ist das Wiedersehen erst die rechte Trennung. Wir sehen, daß der Andere uns entbehren konnte, er betrachtet uns, wie ein Buch, dessen letzte Kapitel er nicht gelesen hat, er will uns studiren und wir haben ihn ausstudirt!

Warum kann ich keine Musik länger hören, als eine Viertelstunde? Ich denke mir: es giebt ein Tiefstes der Seele, wenn dieses aufgeregt ist, so kann sie nur noch gefoltert oder kalt gemacht werden. Der Schmerz liegt überhaupt in der Dauer, die Freude im Augenblick.[1]

Den 24. April.

Wie ist es mit Blumendüften? Entwickeln sie sich fortwährend aus den Blumen, oder ist ihre Dauer an einen Augenblick geknüpft. Unter Dauer verstehe ich hier natürlich den höchsten Grad geistigen Gehaltes.

Den 4. Mai.

Der Tag vor dem Abschied ist das Kreuz über'm Grabe; er trägt die Grabschrift.

---

[1] An dieser Stelle befindet sich im Tagebuche Elise Lensings Name von ihr selbst eingeschrieben.

Den 6. Mai.

Am gestrigen Tage habe ich Elisens Haus wieder verlassen. Ich habe wohl Ursache, den 6 Wochen, die ich bei ihr verlebt habe, ein kleines Denkmal zu setzen, denn so wie mir die Güte gleich beim Eintritt entgegen kam, habe ich die Liebe mit fortgenommen. Das Mädchen hängt unendlich an mir; wenn meine künftige Frau die Hälfte für mich empfindet, so bin ich zufrieden.

Den 19. Mai.

Und wenn man denn auch die bewußte Unsterblichkeit aufgeben muß — ist es nicht gleichgültig, ob ich weiß, daß ich schon früher gelebt habe, wenn ich jetzt nur lebe?

Den 18. Juni.

Solch einen Roman kann ich am Ende noch zugestehen, wo die Situationen ungeheuer sind und eben darum in ganz gewöhnlichen Karakteren das Ungewöhnliche hervorbringen.

Den 1. Juli.

Byron ist eigentlich nichts weniger, als ein Genie. Dasjenige, was einer eigenen Weltanschauung gleicht, ist eine bloße bizarre Richtung seiner Phantasie, die sich aus den Verhältnissen, in welchen er lebte, sehr wohl erklären läßt. Er wäre vermuthlich kein so großer Dichter geworden, wenn er kein so großer Sünder gewesen wäre.

Ob Luther am Ende ein so strenger Orthodox war, als er gewesen zu sein scheint? Ich habe keine anderen Gründe für meine Meinung, als solche, die aus der Natur des menschlichen Geistes hergenommen sind, aber es will mir vorkommen, als ob der Genius niemals Knecht seines Zeitalters sein könne. Luther berücksichtigte vielleicht bloß sein Zeitalter, er setzte den Menschen, die bei dem Anblick der Unermeßlichkeit schwindelten, einen starken Pfeiler hin, damit sie sich daran festhalten möchten, wenn er gleich weit entfernt war, die Anbetung des Pfeilers zu verlangen. Eben aber, weil er die Nothwendigkeit der positiven Religion eingesehen hatte, kämpfte er für willkürliche Dogmen als ob es für den Himmel selbst gewesen wäre.

Den 5. Juli.

Unruhen in Kopenhagen mögen eine Revolution in Dänemark
vorbereiten. Trete diese ein, wann sie will: Ihre Geschichte ist schon
vor ihrer Existenz zu schreiben. Sie wird weniger blutig, aber förder=
licher und erfolgreicher für's Land werden, als je eine gewesen ist. Der
Däne und Holsteiner wird nicht als Masse handeln; das Verhältniß, in
welchem er zu seinen Beamten steht, bestimmt Alles. Er sucht bei seinem
Vorgesetzten nicht blos die Mittel, zu seinem Recht zu gelangen, er sucht
bei ihm die Erklärung dieses Rechts selbst. Dies ist selbst bei Beamten
von schlechtem Ruf der Fall, man verachtet seinen Karakter, aber man
ehrt seine Intelligenz. Daher werden die Beamten (wenn auch wider
Willen) als Führer wirken, und wenn sie auch den Thron nicht auf=
recht erhalten können, die Ordnung werden sie aufrecht erhalten. Wehe
ihnen, wenn sie ihre Stellung nicht begreifen sollten!

Spaziergang den 6. Juli 1835.

Das Ideal. Es giebt kein's, als die verschwundene Realität der
Vergangenheit.

Nichts ist erklärlicher, als daß Schillers Schule sich nicht halten
konnte; eben weil seine ungeheure Subjektivität, die eine ganze Welt von
philosophischen Ideen in sich aufgenommen hatte, erforderlich war, um
seine Gedichte vortrefflich zu machen.

Ich quälte mich ehemals lange, wenn ich zuweilen Gedichte las,
denen ich Gedanken=Inhalt nicht absprechen konnte, von denen mir aber
doch ein inneres Gefühl sagte, daß sie nicht poetisch seien. Ich fühle
noch, daß ich über diesen Gegenstand klarer denke, als spreche; wenn ich
aber den Unterschied, der mir vorschwebt, angeben soll, so muß ich ihn
darin setzen, daß der Dichter seine Gedanken durch Gefühlsanschauung,
der Denker durch seinen Verstand erlangt.

Das mit der Meisterschaft verbundene Regeneratorische das wir
z. B. bei Göthe finden, beruht vielleicht darin, daß der Geschmack Ge=
fühlssache ist, daß der Beweis dafür, daß der Meister Recht habe, nur
durch den Gegner, welchem jenes Gefühl aufgehen muß, geführt werden kann.

Den 7. Juli.

Ich befinde mich in einer gräßlichen Stimmung, denn nie habe ich lebendiger gefühlt, daß es zuweilen in beschränkten Verhältnissen Pflicht sein kann, den Karakter dadurch zu zeigen, daß man ihn selbst aufgiebt. Die Doktorin Sch.[1]) ersuchte mich am gestrigen Abend, einen Aufsatz, den sie gegen einen hiesigen Buchdrucker geschrieben hat, zu unterschreiben. Der Antrag war mir in tiefster Seele zuwider, aus Gründen, die leicht zu begreifen sind. Ich sollte das Publikum mit meinem Namen betrügen, insofern ich ihm statt meiner Ansicht über die streitige Sache, die es verlangen konnte und erwarten mußte, die eigene Ansicht der beleidigten Parthei unterschob; ich sollte mir über einen Gegenstand, der durchaus auf faktischen Umständen beruhte, den also nur derjenige, der diese erlebt hatte, kennen konnte, ein Urtheil anmaßen und mich dadurch in den Augen jedes Verständigen lächerlich und unangenehm machen; ich sollte dies Alles thun, ohne der Doktorin wirklich zu nützen, da Jeder, der mich kennt, auch um mein Verhältniß zu ihr weiß und daher in ihr nur die rücksichtslose Käuferin meines Ichs, in mir den elenden oder wenigstens leichtsinnigen Verkäufer meines Selbst's sehen mußte. Ich habe es gethan, denn ich durfte annehmen, daß die Doktorin mich bei ihrer edlen Gesinnung nie in diesen Fall gesetzt haben würde, wenn sie ihn gehörig durchschaut hätte, daß sie mich aber für unzuverläßig und undankbar halten werde, wenn ich Bedenken trüge; jeder Versuch, sie zu überzeugen, hätte ihr feig und erbärmlich vorkommen müssen.

Den 11. Juli.

Es ist eine alte Sache, daß die Feuersteine zerschlagen werden müssen, wenn sie Feuer geben sollen.

Das ist das Unterscheidendste der jetzigen Zeit gegen die frühere, daß jetzt nur die Masse und ehemals nur der bedeutende Einzelne lebte.

Heute Abend kam Elise endlich von ihrer Reise zurück. Es ist merkwürdig, wie die Frauen, die am Mann doch nur eben das lieben, was ihrer Natur gerade entgegengesetzt ist, ihn doch so gern zu dem

---

[1]) Schoppe.

machen wollen, was sie selbst sind. Sie sind Göttinnen, die nur seine Sünden vergöttern und ihm diese Sünden dennoch nie vergeben. Sie will mein Tagebuch sehen, und ich hab' es ihr versprochen. Sie wird sich wundern, daß ich nur wenig über sie niedergeschrieben habe; aber sie wird sich nicht mehr wundern, wenn sie sieht, daß ich über Alberti kein Wort niedergeschrieben.

Den 14. Juli 1835.

Warum haben Schillers Gedichte hauptsächlich für die Jugend so hohen Reiz? Weil dem Knaben und Jüngling die Philosophie darin als ein Unbekanntes und Bestimmtes entgegentritt, was sie später leider nicht mehr ist.

Menschliche Verhältnisse haben nur so lange Peinliches für mich, als ich sie nicht durchschaut, als ich nicht erkannt habe, daß sie auf der Natur basirt sind.

Wen ein großes Schicksal zu Grunde richtet ist klein, wen ein kleines vernichtet, der kann groß sein.

.

Den 16. Juli.

Ich kann mir keinen Gott denken, der spricht. So wie der Physiologe nur durch die Anatomie des Thiers die Konstruktion des Menschen erfaßt hat, so sollte auch der Psycholog mit dem Thiere anfangen und durch die an diesem beobachteten geistigen Erscheinungen zum Menschen hinaufsteigen.

(Aus einer Recension von mir).

Wenn man annimmt, daß das Thier durchaus unfähig ist, in diejenige Welt, welche wir die geistige nennen, einen Blick zu thun, so muß man dieses schon einzig und allein aus dem Mangel der Sprache, die dem Thiere fehlt, schließen, da es uns schwer fallen dürfte, nachzuweisen, daß gerade Alles, was es thut, ohne Unterschied, auf Befriedigung seiner uns bekannten Bedürfnisse gerichtet sei; wie viel jenem Schluß aber zur Evidenz fehlt, bedarf nicht der Erwähnung. Höhere geistige Kräfte ohne ein ihnen entsprechendes körperliches Medium der Mittheilung sind gewiß denkbar; unsere Sprache deutet eher auf einen Mangel unseres Ichs, als auf einen Vorzug desselben hin, indem sie uns nur als ein

Mittel der Erweiterung und Läuterung unserer Ideen (deren immer=
während Modifikationen ohne Grund und Haltung uns etwas weniger
Vertrauen auf den Gehalt und namentlich auf die Dauerhaftigkeit,
vulgo Unsterblichkeit, unseres Wesens einflößen sollten) durch Besprechung
mit unsers Gleichen gegeben ist; hätten wir absolute Begriffe, so würde
sie uns sehr entbehrlich, mithin von der haushälterischen Natur auch wohl
nicht gegeben sein, und ich sehe nicht ab, warum die Thiere diese nicht
sollten haben können. Auch könnte dieses ja ein solches Medium, wie
wir an ihm zu vermissen glauben, immer besitzen und die Wahr=
nehmung desselben nur außerhalb unseres Kreises liegen; unsere ge=
rühmte Herrschaft über das Thier liefe dann darauf hinaus, daß wir für
seine irdische Existenz das wären, was Stürme und Wasserfluthen für
uns sind. Jedenfalls können wir über dasselbe nur dies mit Bestimmt=
heit wissen, daß es mit uns nicht auf gleicher Stufe steht; ob aber höher
oder tiefer, lassen wir unentschieden, denk' ich.

Den 23. Juli.

Die Offenbarung Gottes in der Bibel folgt nicht einmal aus christ=
lichen Begriffen. Wenn er sich offenbaren wollte, so hätte er vermöge
seiner Liebe, die es ihm nicht erlaubte, die Menschen irre zu führen, und
vermöge seiner Allmacht, die es ihm möglich machte, ein Buch liefern
müssen, welches über alle Mißdeutung erhaben war und von jedem, wie
er selbst, erfaßt werden konnte. So hat er sich z. B. in der Natur aus=
gesprochen, die von jedem verstanden wird.

Warum schrieb Christus nicht, wenn er die Evangelien wollte?

Den 27. Juli.

Der Hauptbeweis gegen das Daseyn Gottes ist, daß uns das ab=
solute Gefühl unserer Unsterblichkeit fehlt. Wir könnten es haben, denn
das Christenthum ist diktatorisch und verbietet den Selbstmord; was die
Theologen höchstens anführen könnten, wäre: „Die Wirkung der Sehn=
sucht würde den Menschen aufreiben."

Gespräch.

Ich. Mir fehlt das absolute Bewußtsein meiner Unsterblichkeit.

C. Es ist vielleicht nicht möglich ohne den vollständigen Begriff der Gottheit, und diesen kann er, da der Mensch so groß ist, wie sein Begriff, nicht haben.

Ich. Ich läugne, daß beide Begriffe in so innigem Zusammenhange stehen. Ich habe z. B. den absoluten Begriff meines Ichs, ohne den absoluten Begriff der Gottheit. Da nun aber das Bewußtsein der Unsterblichkeit diesem Begriff nur in Hinsicht der Ausdehnung etwas hinzufügt, so bleibt er derselbe. Sogar das Christenthum spricht an keiner Stelle aus, daß wir jenen Begriff nicht haben könnten, sondern nur auf indirekte Weise, daß wir ihn nicht haben, wenn Christus nämlich sagt: glaubet, so werdet ihr selig werden. (Diese Seligkeit, um in Christus den Philosophen zu retten, könnte vielleicht bloß Bezug auf die Erde haben.) Das Christenthum ist (dies muß selbst der Theologe zugeben, da Christus, der Bibel nach, im Himmel nicht mehr Mittler zwischen Gott und den Menschen, sondern Gott selbst ist, diese dort also keiner Vermittlung mehr bedürfen) nur Surrogat; der Glaube, der auf die Autorität Christi gesetzt ist, ist kein unmittelbarer, sondern ein mittelbarer Glaube; er ist die Frucht des Gefühls menschlicher Unzulänglichkeit und des Vertrauens auf Christum. Das Christenthum ist daher wohl subjektiv ersprießlich, aber nicht objektiv nothwendig; objektiv nothwendig wäre es nur, wenn sowohl die Schranken menschlicher Kraft, als menschlicher Erkenntniß erwiesen wären; diese ließen sich nur durch Auffindung einer Idee beweisen, für deren Auffassung der Mensch all sein geistiges Vermögen aufbieten müßte 2c.

Den 29. Juli.

Ein Beweis für das innige Zusammenhängen des Körpers mit dem Geist ist vielleicht aus dem Unterschied der beiden Geschlechter, der sich so erweislich auf den Unterschied des Körpers basirt, herzunehmen. Manche geistige Fähigkeiten des Mannes fehlen dem Weibe ganz und gar, bloß weil sie dem Körper fehlen, z. B. Muth, Tapferkeit; einzelne Ausnahmen entscheiden nichts. (weiter zu entwickeln.)

Gott ist der Inbegriff aller Kraft, physischer, wie psychischer. Er hat mithin sinnliche Begierden. Merkwürdiges Zusammentreffen beider Kräfte in höchster Potenz: Der Geist selig in Hervorbringung der Ideen, der Körper in Hervorbringung der Körper, denn die Idee ist dem Geist synonym.

Die alten Acht-Erklärungen der Kaiser von Teutschland hoben eigentlich, statt ein Akt der Gerechtigkeitspflege zu seyn, alles Recht auf. In dem Augenblick, wo ein Mensch außer dem Gesetz erklärt wird, wird ihm seine natürliche Freiheit zurückgegeben; gegen den Staat, der ihn nicht mehr als sein Mitglied anerkennt, hat er auch nicht mehr die Pflichten eines Mitgliedes. Er befindet sich ganz im rohen Naturzustande und jeder Einzelne mag ihn betrachten, wie ein wildes Thier, an dem er sich nicht allein deswegen vergreifen darf, wenn es ihm geschadet hat, sondern auch deswegen, weil es ihm schaden kann; nur der Staat selbst, als Gesammtheit, hat kein Recht der Strafe, denn durch das Hinausstoßen aus seiner Mitte hat er den Menschen selbst dispensirt von den Gesetzen, die nur Kraft für den haben, der auch ihre Vortheile genießt.

Ten 30. Juli 1835.

Außer den auf Gefühlen basirten Begriffen giebt es noch gewisse Grundbegriffe, die der Seele angeboren seyn müssen und die man eben so wenig, wie das Wesen der Seele selbst definiren kann. Zu diesen Grundbegriffen gehören namentlich die Begriffe von Raum und Zeit. Aus diesen läßt sich daher auch nie etwas beweisen. Vielleicht lassen sie sich aus der Bemerkung des körperlichen Wachsens erklären, woraus die Begriffe von Höhe und Veränderung entstehen. Wenn Seele und Leib keinen gemeinsamen Punkt hätten, wovon sie ausgehen, wie könnten sie zusammen ausdauern? Anziehungskraft ist doch die allgemeinste Kraft der Welt.

1. August.

Gedanken sind Körper der Geisterwelt, bestimmte Abgränzungen des geistigen Lichts, die nicht vergehen, da sie übergehen in die Erkenntniß des Menschen. Merkwürdige Uebereinstimmung der äußeren und inneren Natur!

Meine erste Erzählung: Zitterlein, angef. den 27. Juny, beendigt den 1. August.

Es läßt sich wohl eine Abgränzung, nicht aber eine Vollendung des Göthe'schen Fausts denken. Wenn der Faust vollendet werden sollte, müßte zuvor die Philosophie vollendet werden.

aus einer Kritik.

— aufmerksam darauf machen, daß, wenn die Seele wirklich nur durch Zufall in den unwirthlichen Körper verschlagen sein sollte, sie bei der geringen Anziehungskraft der sie einschließenden, ihrem Wesen direkt widerstrebenden und entgegengesetzten materiellen Massen sich der sie allenthalben als Gottheit umgebenden, nicht durch Raum und Zeit, also auch durch den Körper nicht gefesselten, rein geistigen Kraft, von welcher sie ausgeht und zu welcher sie zurückkehrt weit mehr zuwenden müßte, als bis dato geschieht; ich will nur darauf hindeuten, daß die Vorzüglichkeit der Seele, wenn man sie auch als einen Ausfluß des Körpers, der nicht unabhängig für sich besteht, betrachtet, dennoch noch nicht bewiesen ist. Gerade die Seele könnte der Todeskeim des Körpers sein (die Materie könnte sie erzeugen durch Begattung; woran bei manchem Thiere der unmittelbare Tod geknüpft ist; dies NB.) und, indem sie alles Leben desselben in sich konzentrirt, ihn zur ausgeglühten Muschel machen; warum aber das Sublimat einer materiellen Kraftmasse nicht als Ganzes sollte fortbestehen können, warum es mit dem Stoff, aus welchem es hervorging, sollte vergehen müssen, sehe ich nicht ab.

Der Unterschied zwischen dem Phantasten und dem phantasiereichen Dichter besteht darin, daß jener die abweichenden Erscheinungen der Natur bloß abgerissen und vereinzelt darstellt, während dieser sie auf die Natur zurückführt und erklärt.

Lassen wir die Todten ruhen, die uns nimmer ruhen lassen; meine Brust ist ein Sarg, ich lege das theure Bild hinein und schraube ihn nie wieder auf. Brief an Barbeck den 8. Oktober 1835.

In dem Augenblicke wo wir uns ein Ideal bilden entsteht in Gott der Gedanke es zu schaffen.

Luther tritt uns als eine so ungeheure Erscheinung entgegen, daß man so lange staunt, bis man bedenkt, was die Hierarchie war und wie der Gedanke einen großen, kräftigen Geist berauschen mußte, auf solch einen Riesenbau den Vernichtungsschlag zu führen. Die Gefahr versteinert Hasen und erzeugt Löwen.

Schillers Don Carlos ist in allen Einzelheiten, nur nicht in der Totalität, anzuerkennen.

Falstaff ist ein Mensch, der nicht allein aus allen Kreisen der Menschheit (der Religion, der Sitten) herausgetreten ist, nein, dem sie völlig fremd geworden sind (dies beweist er dadurch, daß er sie jeden Augenblick in Sophismen gebraucht) und der, wie ein Gott, außer ihnen steht.

Den 19. Oktober 1835.

Die Hamburger Zensur besiehlt gegenwärtig, daß ihr auch die Auflösung der Räthsel und Charaden vorgelegt werden müssen. Ich denke, dies löst manches Räthsel auf.

Als dem Censor Hoffmann ein Gedicht von mir: „Zum 18. Oktober 1835" vorgelegt wurde, gab er es dem Buchdrucker entrüstet mit den Worten zurück: „wie kann die gute Frau (die Doktorin Schoppe) glauben, daß ich solche Gedichte passiren lasse!"

Den 24. Oktober 1835.

Heute — nichts zu notiren, viel zu behalten.

Der Geschmack einer Nation geht dem Genius nie voraus, sondern hinkt ihm beständig nach.

Wenn ich meinen Begriff der Kunst aussprechen soll, so müßte ich ihn auf die unbedingte Freiheit des Künstlers basiren und sagen: die Kunst soll das Leben in all seinen verschiedenartigen Gestaltungen ergreifen und darstellen. Mit dem bloßen Kopiren ist dies natürlich nicht abgethan, das Leben soll bei dem Künstler etwas Anderes, als die Leichenkammer, wo es aufgeputzt und beigesetzt wird, finden. Wir wollen den Punkt sehen, von welchem es ausgeht, und den, wo es als einzelne Welle sich in das Meer allgemeiner Wirkung verliert. Daß diese Wirkung eine gedoppelte sein und sich sowohl nach innen als nach außen kehren kann, ist selbstverständlich. Hier ist die Seite, von welcher aus sich eine Parallele zwischen den Erscheinungen des wirklichen Lebens und denen des in der Kunst fixirten ziehen läßt.

Gefühl ist das unmittelbar von innen heraus wirkende Leben. Die Kraft, es zu begränzen und darzustellen, macht den lyrischen Dichter.

Das Drama schildert den Gedanken, der That werden will durch Handeln oder Dulden.

Die Größe des Weibes blüht überm Abgrund und verliert in dem Augenblick ihre Fittige, wo die Erde ihr wieder einen Punkt bietet, den sie fest und sicher beschreiten kann.

— — allein sie (Körners Karaktere) sind nun einmal, wie alle Geschöpfe des bloßen Talents, Pfeile, die von einer gewissen Sehne ab, einem gewissen Ziele zufliegen und daher nur nach ihrer Abweichung von dieser ihrer Bahn beurtheilt werden können. Hierin ist auch der Unterschied zwischen Göthes und Schillers Karakteren zu suchen. Schillers Karaktere sind — um mich eines Wortspiels, was hier einmal das Richtige ausdrückt, zu bedienen — dadurch schön, daß sie gehalten sind, Göthes dadurch, daß sie nicht gehalten sind. Schiller zeichnet den Menschen, der in seiner Kraft abgeschlossen ist und nun, wie ein Erz, durch die Verhältnisse erprobt wird*), deswegen war er im historischen Drama groß. Göthe zeichnet die unendlichen Schöpfungen des Augenblicks, die ewigen Modifikationen des Menschen durch jeden Schritt, den er thut, dies ist das Zeichen des Genies.

Jede Verzerrung der Natur hat, weil sie von Gesetzen, die ewig und nothwendig sind, abweicht, ohne als ein eigenthümlich konstruirtes Ganze in der Unendlichkeit dazustehen, den Anstrich des Ungereimten, mithin Lächerlichen, wogegen nur diejenige Verzerrung komisch ist, deren Abweichungen Konsistenz in sich haben, die also zeigt, daß sie in sich selbst begründet ist. Nur das Komische darf des Dichters Vorwurf seyn, denn er darf sich nie an die abgesonderte vereinzelte Erscheinung halten, wenn er nicht deren Zusammenhang mit dem Allgemeinen nachweisen kann, wenn sie nicht ein Fenster zur Kunst und Natur für ihn ist.

Warum liebt der Mensch in der Regel das Nebelhafte, Dämmernde mehr, als den hellen Tag. Glaubt er vielleicht in der Klarheit einen nur noch dichteren Schleier zu sehen, der den eigentlichen Gegenstand so verdeckt, daß es aussieht, als ob er selbst der Gegenstand wäre.

Wie ist Tod, der nicht unmittelbar endet, möglich, da das Leben untheilbar und jedes Ingredienz zum Fortbestehen nothwendig ist?

Glaube ist nicht dunkle, sondern vielmehr hellste Wirksamkeit des

---

*) Vergleiche die Gestaltung des Demetrius bei Schiller und Hebbel.

Anmerkung des Herausgebers.

Geistes, er umklammert mit Sicherheit das außer dem Kreis der Sinne liegende Verwandte.

Die Eifersucht nimmt zu, wie die Schönheit abnimmt. Aufgabe aller Kunst ist Darstellung des Lebens, d. h. Veranschaulichung des Unendlichen an der singulairen Erscheinung. Dies erzielt sie durch Ergreifung der für eine Individualität oder einen Zustand derselben bedeutenden Momente.

Der Mensch ist, was er denkt.

Erinnerungen aus der Kindheit.

Bis in mein 14tes Jahr habe ich, obwohl ich Verse machte, keine Ahnung gehabt, daß ich für die Poesie bestimmt seyn könne. Sie stand mir bis dahin als ein Ungeheures vor der Seele, und eher würde ich es meinen körperlichen Kräften zugemuthet haben, eine Alp zu erklimmen, als meinen geistigen, mit einem Dichter zu wetteifern, obwohl mich Beides reizte. Ich stand in einem Verhältniß zur Poesie, wie zu meinem Gott, von dem ich wußte, daß ich ihn in mich aufnehmen, aber ihn nicht erreichen könne. Deutlich erinnere ich mich übrigens noch der Stunde, in welcher ich die Poesie in ihrem eigenthümlichsten Wesen und ihrer tiefsten Bedeutung zum ersten Mal ahnte. Ich mußte meiner Mutter immer aus einem alten Abendsegenbuche den Abendsegen vorlesen, der gewöhnlich mit einem geistlichen Liede schloß. Da las ich eines Abends das Lied von Paul Gerhard, worin der schöne Vers:

„Die goldnen Sternlein prangen
Am blauen Himmelssaal"

vorkommt. Dies Lied, vorzüglich aber dieser Vers, ergriff mich gewaltig, ich wiederholte es zum Erstaunen meiner Mutter in tiefster Rührung gewiß 10 Mal. Damals stand der Naturgeist mit seiner Wünschelruthe über meiner jugendlichen Seele, die Metall-Adern sprangen, und sie erwachte wenigstens aus einem Schlaf.

1. Januar 1836.

Ich halte es für gar kein untrügliches Zeichen innerer Nichtigkeit, wenn ein Mensch bis in's 20ste Jahr hinein schlechtes Zeug schreibt, aber für ein unfehlbares, wenn er sich in seinen Jämmerlichkeiten gefällt.

Selbst dann, wenn er noch nicht zur Produktion gediegener Gedichte oder Aufsätze vorgedrungen ist, wird der tüchtige Geist, der überhaupt in diesem Zustande mit jeder Woche eine neue Periode abschließt, mit Bestimmtheit ahnen, daß er in dem Hervorgebrachten dem Vortrefflichen nicht nahe gekommen sey und es deswegen verwerfen, ja hassen und vernichten, wogegen naturgemäß, der geborne Schwächling seine Maikäfer sorgfältig aufheben und bei jeder Gelegenheit, sey es nun für sich durch Recitiren, oder für Andere durch Vorlesen, fliegen lassen wird. Bis zu einem gewissen Punkt wird der Schwächling den Gesunden gar zu überholen scheinen, eben, weil er sich nur das Oberflächliche der Form (es giebt auch eine Tiefe der Form!) aneignen kann, sich über dieses aber gar leicht zum Herrn macht, während der Tüchtige diese so lange verschmäht, bis der Guß, den sie in sich aufnehmen soll, fertig ist.

Den 5. Januar 1836.

Ich halte es für die größte Pflicht eines Menschen, der überhaupt schreibt, daß er Materialien zu seiner Biographie liefere. Hat er keine geistigen Entdeckungen gemacht und keine fremden Länder erobert, so hat er doch gewiß auf mannigfache Weise geirrt und seine Irrthümer sind der Menschheit eben so wichtig, wie des größten Mannes Wahrheiten. Darum werde ich von jetzt an dieses Buch zu einem Barometer bestimmen für den jetzigen Jahreszeitenwechsel meiner Seele und zugleich zuweilen den Blick rückwärts kehren, ob ich hie und da einen geistigen Wendepunkt entdecken kann.

Was ich zuerst zu bemerken habe, ist der Tag, an welchem mir Uhland zuerst entgegen trat. Ich las von ihm in einem „Odeum" ein Gedicht: Des Sängers Fluch, und war jemals ein Gedicht ein Alp gewesen, der mich erdrückte, so war es dieses. Er führte mich auf einen Gipfel, dessen Höhe ich im ersten Augenblick nur dadurch erkannte, daß mir die Luft zum freien Athmen fehlte. Ich hatte mich bisher bei meinem Nachleiern Schillers — über diesen Lyriker spricht der Umstand das Urtheil, daß er dem Menschen in der Jugend nahe steht und bei vorgerückten Jahren fern, wogegen bei anderen Dichtern das umgekehrte Verhältniß Statt findet :— sehr wohl befunden und dem Philosophen manchen Zweifel, dem Aesthetiker manche Schönheitsregel abgelauscht, um

2*

Seitenstücke zum Ideal und das Leben und zu anderen Treibhauspflanzen, die es bei gekünstelter Farbe doch nie zu Geruch und Geschmack bringen, zu liefern; von Goethe war mir nur wenig zu Gesicht gekommen, und ich hatte ihn um so mehr etwas geringschätzig behandelt, weil sein Feuer gewissermaßen ein unterirdisches ist und weil ich überhaupt glaubte, daß zwischen ihm und Schiller ein Verhältniß, wie etwa zwischen Mahomet und Christus, bestehe; daß sie fast gar nicht mit einander verwandt seyen, konnte mir nicht einfallen. Nun führte Uhland mich in die Tiefe einer Menschenbrust und dadurch in die Tiefen der Natur hinein; ich sah, wie er Nichts verschmähte, — nur das, was ich bisher für das Höchste angesehen hatte, die Reflexion! — wie er ein geistiges Band zwischen sich und allen Dingen aufzufinden wußte, wie er, entfernt von aller Willkür und aller Voraussetzung — ich weiß kein bezeichnenderes Wort — Alles, selbst das Wunderbare und das Mystische, auf das Einfach-Menschliche zurückzuführen verstand, wie jedes seiner Gedichte einen eigenthümlichen Lebenspunkt hatte und dennoch nur durch den Rückblick auf die Totalität des Dichters vollkommen zu verstehen und aufzunehmen war. Dieses reine, harmonische Glockenspiel erfreute mich so lange, bis ich es zu seinem Ursprung zu verfolgen und mir über den Eindruck, den es auf mich hervorgebracht, Rechenschaft zu geben suchte; und nicht, ohne der Verzweiflung ja, dem Wahnsinn nahe gewesen zu seyn, gewann ich das erste Resultat, daß der Dichter nicht in die Natur hinein- sondern aus ihr heraus dichten müsse. Wie weit ich nun noch von Erfassung des ersten und einzigen Kunstgesetzes, daß sie nämlich an der singulairen Erscheinung das Unendliche veranschaulichen solle, entfernt war, läßt sich nicht berechnen. Ich bedauere, daß die Führung eines Tagebuchs, die ich mir vorgenommen, damals unterblieb; aber, ich mochte nicht wühlen in meinen Wunden und erinnere wenig mehr über jene Periode, als daß ich einen sehr langen und sehr finstern Weg zurückgelegt und das Ziel früher erreicht, als erkannt habe. Ich habe die Erfahrung gemacht, daß jeder tüchtige Mensch in einem großen Mann untergehen muß, wenn er jemals zur Selbsterkenntniß und zum sichern Gebrauch seiner Kräfte gelangen will; ein Prophet tauft den zweiten, und wem diese Feuertaufe das Haar sengt, der war nicht berufen!

Aus einem gewissen Standpunkt betrachtet, hat Börne doch nicht

Unrecht, wenn er Göthen seine politische Unthätigkeit vorwirft. Er war sicher, auch im Fall der Opposition gegen die Legitimität; ein Angriff auf seine Person hätte vielleicht in Teutschland keine Revolution erregt, aber die Furcht vor einer solchen Revolution hätte eine Revolution in der Polizei herbeigeführt.

Das Teutsche Volk, so wie ich es kenne, macht es mit seinen Märtirern, wie Gott es mit Christus machte: es läßt ihn ruhig kreuzigen und bewundert ihn: aus doppelten Gründen; was (denkt es) ist er vor der Kreuzigung?

Selbst im Fall einer Revolution würden die Teutschen sich nur Steuerfreiheit, nie Gedankenfreiheit zu erkämpfen suchen.

Es giebt Ungerechtigkeiten, die gerade nur dieser Mensch gegen jenen begehen und deren Größe der Gekränkte nur dadurch zeigen kann, daß er eben so viele gegen den Andern begeht. Zu diesem Fall befinde ich mich zu dem Kirchspielvogt Mohr in Wesselburen.

Das Weib gebärt den Menschen nicht einmal, sondern zwei Mal. Auch die geistige Wiedergeburt durch die Humanität ist ihr Werk.

Das gesellschaftliche Leben in all seinen Nüancen ist kein bloßer Konflux bodenloser Zufälligkeiten; es ist das Produkt der Erfahrung ganzer Jahrtausende und unsere Aufgabe ist, die Richtigkeit dieser Erfahrungen aufzufassen.

Das Leben mit seinen verschiedenen Epochen ist eine Schatzkammer. Wir werden reich in jedem Gewölbe beschenkt; wie reich, das erkennen wir erst bei dem Eintritt in das nächste Gewölbe.

Leidenschaft begeht keine Sünde, nur die Kälte. Brich jede Blüthe, selbst, wenn Du sie nicht für ewig in's Wasserglas zu stellen gedenkst, nur dufte sie Dir!

Der Humor ist nie humoristischer, als wenn er sich selbst erklären will.

„Ich saß (auf dem Heidelberger Schloß) auf der Terrasse und las Goethes Achilleis; ein Gewitter zog herauf und kündigte sich wie etwa eine beginnende Schlacht, durch abgemessen, einzelne Donnerschläge an; der Wind erhub sich und rauschte vor mir in den Bäumen; Regenwolken ergossen in längeren und kürzeren Pausen kalte, dicke Tropfen; von unten schäumte der Neckar zu mir herauf; vor mir sah ich auf einer Bank einen schla-

senden Knaben, den Donner, Regen und Wind nicht zu erwecken ver=
mochten, und in der Ferne, riesenhaft aufdämmernd, die Rheingebirge."

Brief an Brede, den 26ten Mai 36.

Den 2. Juny 36.

Heute, Frohnleichnamsfest, Procession in der Jesuitenkirche. Die
Kirche rings mit Laub und Blumen geschmückt, der Haupt=Altar mit tau=
send Lichtern, hinten durch's Fenster die Morgensonne. Die Gänge, wo=
durch die Procession zog, mit Guirlanden, von jungen Mädchen getragen,
eingefaßt. Ergreifende Ankündigung der Procession durch Pauken und
Trompeten=Geschmetter. Fahnen dazwischen, von einem Knaben getragen,
ein silberner Christus. Junge Mädchen, von einer erwachsenen Führerin,
begleitet, weiße Kleider, lächelnde Engelgesichter gekränzt mit Rosen, rüh=
render Kontrast zwischen dem frischsten Leben und dem voran getragenen
Tod. Knaben. Monstranz unter einem Thronhimmel. Merkwürdiges
Pfaffengesicht, welches sich in die Monstranz zu verkriechen schien, wie
etwa ein Hund in eine Heiligennische. Grober Untertheil des Gesichts.
Wachskerzen. Viel an den Jesus gedacht. Das alte, schwarze Weib,
Gebetbuch und Rosenkranz in der Hand, einen hervorstehenden Zahn im
Munde, immer geplappert, gebetet und geneigt.

Den 4. Juny.

All mein Leben und Streben ist jetzt eigentlich nur noch ein Kämpfen
für Mutter und Leichenstein. Jene soll nicht darben, wenigstens nicht an
Hoffnung — mehr kann ich ihr seit lange schon nicht geben — dieser soll
nicht durch hämische Zungen verunglimpft werden.

Sonst, wie sie mich drückt, diese hohle, flache Existenz, wie es mich
drückt, für eine Last, der ich erliege, auch noch, damit sie mir bleibt,
arbeiten zu müssen!

Nur mit Bezug auf sich selbst, auf die inneren Konflikte, halte
man jenen Grundbegriff nothwendiger Verschiedenartigkeit aller individuellen
Weltanschauung fest. Nach außen hin verfechte man die seinige, das ist
Lebensbedürfniß und Lebensbedingung zugleich.

Die Kraft zum Leben fängt immer an, wo die Kraft zum Leben
aufhört. Und es ist nicht immer Feigheit, die nicht länger wagt, sich den
großen Geheimnissen des Grabes und der Ewigkeit entgegen zu stellen;

es ist auch wohl bloßes Lebensbedürfniß, welches sich in den Gott hinein-
spielt, um den Menschen durch ein in der Idee sich Angeeignetes zu ergänzen.

Der Jüngling erwählt sich den Irrthum zum Liebchen, das ist
schlimm, der Mann erwählt ihn zur Großmutter, das ist schlimmer.

Weil die Deutschen wissen, daß die wilden Thiere frei sind, fürchten
sie, durch die Freiheit zu wilden Thieren zu werden.

Nur die nächste Folge einer That darf dem Menschen zugerechnet
werden; alles Andere ist Eigenthum der Götter; sie thun, was ihnen
gefällt und uns nicht gefällt.

Die Weiber wollen keine Verhältnisse, als ewige.

Neues Recht.

Die Richter sind elektrisch,
Die Rechte sind elastisch;
Die Wirkung würde drastisch,
Wär' Themis Arm nicht faktisch.

Unglück zugleich für Welt, wie für Christenthum war es, daß die
Religion des Orients zum Occident hinüber schritt.

Wie oft verwechselt man Einfälle mit Ideen.

Das Recht, als festgestelltes abstractum, berücksichtigt die Kräfte der
Menschheit; der Richter berücksichtige die Kraft des Menschen. Ein Unterschied, so groß, daß strenge Logiker seine Existenz gewiß nicht zugeben werden.

Freier Wille, das Ding, Leben, Natur, Zusammenhang mit der Natur
verbergen sich in einem und demselben Abgrund. Dies ist die einzige
Frucht langen Grübelns über Unbegreiflichkeiten. Wer in der Behaglichkeit, womit die Meisten sich mit diesen Sachen abfinden und sie zu
erschöpfen glauben, wieder für eine Unbegreiflichkeit hält, der sehe einen
Pastor bei Tisch, der über seinen Gott spricht und sich nebenbei betrinkt.

Kein Mensch hat mehr Selbstgefühl, als Lebensgefühl.

Ueber Jean Paul in's Klare kommen, heißt über den Nebel in's Klare
kommen. Man sieht entweder Nichts vor'm Nebel oder Nichts vom Nebel.

Den 9ten Juny.

Gestern Abend die Anna beendet. Zum ersten Mal Respekt gehabt
vor meinem dramatisch-episch in Erzählungen sich ergießenden Talent.

Merkwürdiges Verhältniß zu einem Menschen, von dem man nicht weiß, ob er lebt oder todt ist. Etwa eine Beschwörungsscene an den Todten und der Lebende tritt ein.*)

Den 17. Juny.

Schneidler bemerkte sehr richtig: mag Selbstmord Feigheit seyn: Viele kommen vor Feigheit nicht einmal zu dieser Feigheit.

Wenn einem Philosophen ein Licht aufgeht, ist's für den anderen immer ein Schatten.

Den 1. July 36.

Meine Poesien aus der ersten Zeit sind unter allem Begriff schlecht, doch enthielten sie — was mich damals ordentlich plagte, da ich daraus den Schluß zog, daß es mir an Phantasie fehle — keinen Unsinn.

Eine poetische Idee läßt sich gar nicht allegorisch ausdrücken; Allegorie ist die Ebbe des Verstandes und der Produktionskraft zugleich.

Wie viele Lichter verdanken bloß ihrem Leuchter, daß man sie sieht.

Furcht ist kein Gefühl; es ist der einzige Zustand, der den Menschen aufhebt.

Siehst Du einen bedeutenden Mann in einer Dir niedrigen oder widerlichen Sphäre, so lache nicht in's Fäustchen und denke: ei, welch ein Mensch bin ich; ich habe die Kraft, dort weg zu bleiben und Jener hat sie nicht einmal! Sondern denke: Jener hat die Kraft, in einer Region zu existiren, die mich erdrücken würde!

Wirf nicht immer weg, was Du verwirfst. Bist Du was, so hängt all Dein Tüchtiges oft mit Deinem Fehler zusammen, wie der Baum mit seinem Erdreich. Sey dieses so schlecht, wie es wolle; es muß geduldet werden, des Baumes wegen.

Reue.

Wer klug einen Namen dafür erfand,
Der hat den Zustand gewiß nicht gekannt.

Wie ich zum ersten Mal mit meinem Vater auf's Handwerk ausging und mich krank machen sollte.

---

*) Ahnungen von weit späteren Motiven in der „Julia" und im „Liebeszauber."
Anmerkung des Herausgebers.

Jede Nation findet einen Genius, der in ihrem Kostüm die ganze Menschheit repräsentirt, die Deutsche Göthen.

Faust ist gemeinsame Geburt des gewichtigsten Stoffes und des gewaltigsten Geistes und kann darum nicht zum zweiten Mal produzirt werden. Das Werk begreifen, heißt seine Unbegreiflichkeit, die es mit jedem Naturwerk gemein hat, erfassen.

Das Prinzip des Lebens und des Gedankens aufzufinden, ist die Räthselfrage der unsterblichen Sphinx.

Und er wünschte sich für manche Stunden ein unruhiges Gewissen, um weniger Langeweile zu haben.

Schwerer als dankbar zu seyn, ist es, die Ansprüche auf Dank nicht zu übertreiben.

Erinnerungen aus der Jugendzeit. Jener 7 mal wiederholte Traum, von Gott geschaukelt zu werden. Wie ich, Abends im Bett liegend, Gott zu sehen glaubte. Mein Verhältniß zu einigen Wörtern, z. B. dem Wort Rippe, jetzt noch zu dem Wort klug. Das Gebet am Krankenbett des Vaters.

Etwas über Religion zu schreiben. Wie in einem Kind Idee Gottes, Christi, eignen Ichs und der Menschheit aufgehen.

Ein Mensch, wie er geboren wird schon als Frucht ungeheurer Sünde, dem Satan verfallen, in dem nun das höllische Prinzip vorwaltet, der aber, diesem so, wie Andre dem guten, trotzend, Gott zu Gefallen lebt ꝛc. Alle höllischen und himmlischen Gewalten, dem Volksaberglauben gemäß, hinein verwickelt.

O, könnt' ich mit euch Allen, die Ihr begraben seyd und in Eurer Höhle von Staub einem fröhlichen Erwachen entgegenseht, könnt' ich mit Euch im Glauben an Euren Erlöser Jesus Christus Brüderschaft machen!

Den 16. July.

Meiner Mutter 2 Fuder Torf versprochen. Die Briefe an Herrn Kirchspielschreiber Voß und Johann abgesandt.

Den 18ten July.

Die französische Revolution lehrt eigentlich recht, wie unendlich viel Menschen von Bedeutung, die sich sonst im gemeinen Leben verpuffen, zu jeder Zeit vorhanden sind. Darum darf uns kein Abgrund erschrecken, kein Gipfel verwundern, der unerwartet und plötzlich erscheint oder hervortritt.

Der 2te Theil des Faust ist einer mythologischen Prozedur des Geistes entsprossen, aber das Mythologische ist nicht poetisch, denn es hat keine Gränzen und darf keine Gränzen haben.

Unendlich viele Menschen haben nie einen Gedanken gehabt und sehen doch, wie Denker aus; sie sind, wie Kartenspieler: unendliche Kombinationen durch wenige, gegebene Blätter. Solchen Menschen ist Nichts begreiflich zu machen.

> „Ei, wie die wunderlichen Knaben
> Sich doch possirlich jetzt geberden
> Sie wollen Münzwardeine werden,
> Weil sie noch nicht gestohlen haben.“

Der Teufel kann nur tödten, nicht verwunden.

> Die Sucht, ein großer Mann zu werden,
> Macht Manchen zum kleinsten Mann auf Erden!

„Nicht, wie so Mancher, möcht' ich, Inschriften aufkratzend, wie ein Antiquitäten-Krämer, oder Phrasenbrechseler, wie ein Alltagspoet, an den unendlichen Schätzen der Kunst (in Italien) vorüberkriechen, oder vorüber trampeln. Erfassen möcht' ich es, so weit es menschlichem Geist möglich ist, was gelebt hat in jenen ewigen Meistern, darstellen durch's Wort wenigstens ihre Intention und dem Auge Rechenschaft abnehmen für den Verstand. Dazu aber gehört bei bestem Naturell ernst-unabläßiges Studium anzufangen, sobald man seine Nothwendigkeit erkannt hat, fortzusetzen bis an den Tod.“ Brief an Wacker 28sten July 1836. Der Schmerz ist ein Eigenthum, wie das Glück und die Freude.

> Das Licht beleuchtet jedes Ding,
> Allein, nicht jedes hat sich zu bedecken!

Den 4. August.

Mittags habe ich mit Rousseau eine Gemäldegallerie gesehen; darunter von Holbein eine Maria Stuart, ein Gesicht, welches weiß, daß es einer Königin und der schönsten Frau angehört; einen Albrecht Dürer von ihm selbst, sein Gesicht, das Inhaltsverzeichniß seiner Leidensgeschichte, worin sich aber deutlich ausspricht, daß es nun nicht schlimmer werden kann; viele Portraits von Lucas Kranach; Venus, Bachus, Cybele und Amor von Guido Reni; Schülererzeugnisse aus der Rembrandschen Schule; Einiges von Titian; eine Kopie nach Raphael. An einzelnen Gemälden, deren Meister ich nicht kannte: das Porträt der Frau von Montespan, übermüthig-anziehend, ein Weib, worin sich nur ein König zu verlieben herausnimmt; ein Faun, der eine schlafende Nymphe, den Schleier aufhebend, betrachtet, mit Blicken, die sie erwecken könnten, wie ringelnde Feuerflammen, die am Bett hinauflecken; eine Trinkstube aus der niederländischen Schule: zwei sitzen am Tisch, der Wirth steht vor dem Kamin, die Flamme zwischen seine Beine hindurchfallend, wunderbar Alles beleuchtend.

Ein Spiegel war angebracht, damit, wenn eine Dame betrachten will, das schönste Bild nicht fehle.

Im Allgemeinen ist die Heidelberger Gegend, dem letzten Punkt des Begriffs nach, trist, wenigstens für mich, denn statt der himmel= anstrebenden Berge, die früher die Phantasie aufthürmte, drängte sie mir Zwerge entgegen. Eine Ebene, selbst die Dithmarsische, hat etwas Un= endliches.

Auf Anerkennung des vorhandenen Trefflichen basirt sich eigentlich das ganze Gefühl der Menschheit.

Die Natur wiederholt ewig in weiterer Ausdehnung denselben Gedanken; darum ist der Tropfen ein Bild des Meeres.

Wie der Sternenhimmel die Menschenbrust weit machen kann, begreife ich nicht; mir löst er das Gefühl der Persönlichkeit auf, ich kann nicht denken, daß die Natur sich die Mühe geben sollte, mein armseliges Ich in seiner Gebrechlichkeit zu erhalten.

Oft, wenn ich lese, ziehen mir, wie aus weiter Ferne, die ersten Eindrücke wieder vorüber, die in den frühsten Tagen der Kindheit einzelne Wörter und ganze Ausdrücke auf mich gemacht haben. So hatte das Wort Rippe in dem lutherischen Katechismus etwas so Gräßliches für mich, daß ich, sonst gewohnt, meine Bücher zu schonen, das Blatt aus= riß, wo es stand. Heute morgen aber empfand ich einmal recht lebhaft wieder, wie die Eigenschaftswörter, insofern sie etwas Schönes und Lieb-

liches ausdrückten, wie Duft und Farbe in jenen Zeiten reinster Empfänglichkeit mich bezauberten.   Tulpe.   Rose.

Den 6. August.

Die Klage ohne Trauer ist mehr noch, als die Trauer ohne Klage,
dasjenige, was die Menschenseele, wo sie sie auch hören oder sehen mag,
erdrückt. Es ist das Leben selbst, hingestellt in seiner vollen Bedürftigkeit.

Mitten unter den ungeheuersten Kräften, die ihn umbrausen, mit
verbundenen Augen allein zu stehen und doch das lösende Zauberwort
auf der Lippe zu fühlen, das ist des Menschen schweres Loos. Ein
Schiffer in der Sturmnacht auf unbekanntem Gewässer.

Den 11. August.

Wenn der Richter einen Bock schießt, schlachtet der Advokat ihn ab.

Den 28. August 1836.

Heute, als am Geburtstage des Großherzogs von Baden habe ich
in der Aula einer Versammlung der heidelberger naturforschenden Versammlung beigewohnt. Studenten; hinten in Leibrock und escarpin die
Mitglieder. Es wurde ein Vortrag über den Tabak gehalten. „Dieser
Gegenstand — begann der Redner — hat fast jede Feder beschäftigt; ich
habe meine Nachrichten aus Seefahrern, Botanikern, Aerzten c. genommen." Als er der narkotischen Kraft des Tabaks erwähnte, nahm
der Geheimrath Nägele eine doppelte Prise. Der Unterpedell, der dem
Großherzog seine Aufmerksamkeit schenkte, wie die Rede auf Blähungen
kam. Die Indianer glauben, die Träume, die ihnen in dem durch
Tabak erzeugten Rausch kommen, kämen aus einer andern Welt. Der
Prorektor, der 5 Minuten zu spät kam.
Nicht Jeden muß man seine Früchte pflücken lassen.

Den 31. August 1836.

Heute Abend eine wunderbar-schöne Beleuchtung des Himmels. Anfangs einige blaßrothe Wolken, dann plötzlich das schönste, mildeste Gelb,
darauf das reinste Violett und dann ein immer mehr zudunkelndes Roth, Alles
sich im Neckar spiegelnd und auf den Ziegelhauser Aeckern sich reflektirend.

2ten September.

Heute Abend von Reudtorfs Zimmer am Neckar aus das imposanteste Gewitter beobachtet. Die Wolken thürmten sich, anfangs ballenweise, später in ungeheuren schwarzen, festen Massen hinter dem Heiligenberg auf, dann wie ein Heer stiegen sie über das Haupt des Berges empor und ergossen sich nun in Strahlenformen im gewaltigsten, den ganzen Berg unsichtbar machenden, von Blitzen durchkreuzten Regen, der sich wie ein in der Luft befindliches Meer ausnahm; man sah einzelne Wolken fast, wie zusammenbrechend unter der Last, aus einander fließen; der Neckar verlor seine gewöhnliche Wellenbewegung und trieb sein Wasser, wie in Rauch- oder Wolken=Figuren, und gleich nachher stieg in Höhenrauch die zur Erde gekommene Masse wieder als Wolkenknäul auf und lagerte sich abermals um den Berg.

Vogel und Käfig sind für einander. Aber der Mensch will keinen kleineren Käfig, als die Welt.

Des Menschen Glück ist nicht an seine Kraft, sondern an seine Laune geknüpft.

Den 3. September.

Es ist nicht Alles Gold, was glänzt. Aber, es glänzt auch nicht Alles, was Gold ist, sollte man billig hinzusetzen.

Was man in oder kurz vor dem Katzenjammer genossen hat, das widert an, deshalb später so sehr die Philosophie.

Heute Abend um und nach Sonnen=Untergang unendlich=eigenthümlich=schöner Himmel. Auf dunkelblauem Grunde wellenförmige, halbröthliche, Wolken und an anderen Stellen das Dunkelblau von einem kleinen, weißen Punkt durchbrochen; Farben, die durch die Sprache kaum angedeutet werden können.

> Mir ward das Wort gegeben,
> Daß ich's gebrauche frei,
> Und zeige, wie viel Leben
> Drin eingeschlossen sey.
> Ich will ihn muthig schwingen,
> Den geist'gen Donnerkeil,
> Und kann er's mir nicht bringen,
> So bringt er Andern Heil!

Den 5. September.

Der Mann hat sich mit Welt und Leben zu plagen, das Weib mit dem Mann. Er sey wahrhaft gegen sie in allen seinen Verhältnissen, sie diskret gegen ihn. Wenn es ihm unmöglich ist, die Blumenkette des Augenblicks, die er sich anlegen ließ, in die Ankerkette der Ewigkeit zu verwandeln, so thue er das Ungeziemende; das wirkt auf sie, wenn sie echtes Weib ist, wie das Unedle und heilt sie, indem es sie verwundet. Unwürdig aber, ja nichtswürdig ist's, obwohl die liebe Eitelkeit es nicht gern zugiebt, lieber ein Teufel zu seyn, als zu scheinen. Wenn der Gott vom Altar genommen wird, so zerschmettere man ihn.

„Schlimm ist's, wenns mit dem Menschen dahin kommt, daß gemalte Leiden auf ihn wirken, wie wirkliche!" Dieses Wort Herders mit Bezug auf Göthe zeigt einmal, wie selten der echte Künstler in seinen Bestrebungen und seinem Ziel begriffen wird. Die Masse sieht nie das Ganze, ewig nur den abgerissenen Theil, und auch von diesem nur den Bezug auf sich; das Weltmeer ist für sie nur ein Wasser, worin sie ertrinken, der Donnerkeil ein gefährliches Instrument, welches sie zerschmettern kann. Der Künstler sieht Nichts, als das Ganze, und in jedem Gliede sein Spiegelbild; wenn der Stein zerschlagen wird, so bedenkt er nicht mit klugem Geist, daß dieser es nicht empfindet; er sieht die Auflösung eines Seyns in seine Urelemente, bei dem Stein nicht weniger, bei dem Menschen — da steckt das Verbrechen! — nicht mehr. Und dahin zu gelangen sey das Ziel eines Jeden, der vorzudringen wünscht zu Anschauung und Auffassung oder zu selbsteigener Thätigkeit im Gebiet wahrer Kunst; nur dann würdigt ihn die Natur, durch seinen Mund ihre innersten Geheimnisse auszusprechen, wenn er sich bestrebt, nicht bloß für ihre Donner, sondern auch für den leisesten Hauch ihrer immer lebendigen Schöpfungskraft empfänglich zu seyn. Wenn Du den sterbenden Laokoon siehst, sollst Du nicht weniger, aber wenn die Blume vertrocknet, sollst Du mehr empfinden!

Auch der Treffliche sieht es gern, daß das Schicksal, der Zufall, ihn für manche Unbill rächt, obgleich er selbst den Stein, der ihm etwa in die Hand kommt, nicht schleudern mag. Freilich nur dann, wenn es sich der Stecknadel bedient.

Ach die leidige Halbheit, die Mutter innerer Verzweiflung und jedes äußeren Konflikts. Sie ist, wie die alten Stadtsoldaten in den Reichsstädten, die gelöhnt werden, aber im Fall der Noth nicht in's Feld wollten.

„Und die Kunst ist eine untheilbare, und Maler, Bildhauer und Dichter bringen nur in vereintem Wirken das Abgerundet-Vortreffliche zur vollendeten Anschauung; die Musik hat eine entgegengesetzte Sphäre, indem sie, wenn jene das Allgemeine zum Bestimmt-Abgegränzten individualisiren, das Bestimmte in ein Allgemeines zu verschmelzen sucht. Darum ist sie vernichtend in ihrer letzten Wirkung; nur, wenn ihr Karakter das Heilige ist, gestaltet sie auf indirekte Weise, indem sie die Gottheit zur Gefühls-Anschauung bringt, wenn sie alles Menschliche, überhaupt Irdische, zersetzt und auflöst." Brief an Barbeck.

Eine Familie, die sich gegenseitig selbst bewundert: die Tochter der Proto-Typus der Schönheit, der Sohn des Anstands, der Vater der Weisheit u. s. w.

Von Heidelberg abgereist bin ich den 12. September 1836; in München angekommen den 29. September 1836.

Das Weib ist in den engsten Kreis gebannt: wenn die Blumenzwiebel ihr Glas zersprengt, geht sie aus.[*]
Keine Wärme sollte ohne Licht, aber auch kein Licht ohne Wärme seyn!

Es wäre ein geistiger Zustand denkbar, wo der Mensch, indem er sich ganz und gar an den irdischen Kreis gewöhnt hätte, in einen anderen nicht mehr eintreten könnte, und dies wäre, was Verdammniß heißen sollte.

Dichtende und bildende Kunst treffen darin zusammen, daß beide gestalten, d. h. eine abgegränzte Masse der Grundmalerei in bestimmten Verhältnissen, die durch die Natur gegeben sind, zur Anschauung bringen sollen, und wenn der Dichter eine Idee darstellt, so ist es ganz dieselbe Verfahrungsweise, als ob der Maler oder Bildhauer die edlen oder schönen Umrisse eines Körpers giebt.

Bei dem Eintritt in die Glyptothek hatte ich das Gefühl, was ein Schnitter hat, wenn er das Aehrenfeld betritt. Jede Bildsäule ein ver-

---

[*] Bereits der Keim zur Idee der Judith.

Anmerkung des Herausgebers.

schloffenes eigenthümliches Leben, das sich mir entsiegeln soll: Aufgabe ohne Gränzen.

Tödten, das Aufheben einer eigenthümlichen Lebensrichtung.

Die Egypter, ein Volk, zum Stehenbleiben verdammt, den Tod verehrend, aber nicht als Grundstein eines neuen Lebens, wie der Christ, sondern als Schlußstein alles Lebens; selbst in der Kunst, die sonst Alles entfesselt, was gebunden war, weil sie selbst erstickt, wenn sie sich in Gränzen einschließen soll, war für sie nur ein neues Band.

Es war eine große Idee der katholischen Religion, daß bedeutende Menschen in den Augen der Gottheit Etwas galten und durch Fürbitte wirken konnten.

Der Geist steht zu den Sprachen, wie der Mann zu den Weibern. Ach, auch er war einst ein Jüngling, und da hatte er eine schöne Liebe; sein Mädchen verstand ihn, verstand ihn so ganz, wie er sich selbst verstand, jedes seiner Gefühle, jeder seiner Gedanken klang aus ihrer Brust reicher und göttlicher wieder, ihr Wesen war das harmonische Echo des seinigen. Das war die griechische Sprache; das himmlische Band, welches Beide mit einander verknüpfte, ist längst gelöst, aber wenn ihm jetzt, im hohen Alter, noch einmal eine selige Stunde kommt, so beklagt er es noch immer, daß er sie nicht mehr mit der ersten Geliebten theilen darf. Latein war seine Haushälterin, eine zähe, sparsame Wirthschafterin, die in Kisten und Kasten seine Schätze aufhäufte, aber ihm jede Ausgabe erschwerte. Französisch ist sein Kammermädchen, er schäkert mit ihr, wie alte Herren nach Tisch zu thun pflegen, aber nie darf sie ihm sich nähern, wenn er denkt, nie wenn er empfindet, oder betet. Teutsch ist seine Hausfrau; er hat sie so lieb, wie seine Pflicht, und besucht sie, wenn er sich Samen erwecken will, und dennoch zieht er ihre Stieftochter, Englisch, zuweilen vor. Italienisch hat er am liebsten, denn sie hat einige Züge von der frühsten Geliebten und kann ganz so seufzen und klagen, wie sie.

Uns freut selten so sehr das einer Natur Gemäße, als das ihr nicht Gemäße. Daß Quecksilber flüchtig ist, finden wir zu alltäglich, aber wenn Eisen zu tanzen anfinge, würden wir klatschen.

Den 16ten zum erstenmal eine Madonna von Raphael gesehen.

Wenn ein großer Mann eine Rede gehalten und darin bewiesen hat, daß Jan Hagel ein Mensch sey, so spannt Jan Hagel sich anstatt der Pferde vor den Wagen und beweist dadurch das Gegentheil.

Den 18. October 1836.

Ein Autor ist nicht, wie ein Weinbauer, der nüchtern bleibt, wenn Andere seine Produkte trinken. Ein Autor wird schon dadurch berauscht, daß Andere sich in seine Gedichte rc. berauschen.

Den 19. October.

Heute morgen von dem letzten Freund, Rendtorff, Abschied genommen. Trüber Himmel, in der Ferne ein hell von der Sonne beschienener Thurm. Es steckt eine Fülle von Reizbarkeit und Empfindlichkeit in mir (Ergebniß meines frühen Lebens, wofür, mir in so manchen Punkten, das jetzige bezahlen muß); mancher Junke davon hat auch ihn angesprüht; möcht' ich sie bewältigen können!

Den 19. October.

Entschuldige sich nur Keiner damit, daß er in der langen Kette zu unterst stehe; er bildet ein Glied, ob das erste oder das letzte, ist gleichgültig, und der elektrische Junke könnte nicht hindurch fahren, wenn er nicht da stände. Darum zählen sie Alle für Einen und Einer für Alle, und die Letzten sind, wie die Ersten. Ein Dieb suchte einmal seinen Diebstahl zu rechtfertigen, ja zur Tugend zu erheben, indem er anführte: „es ging Einer hinter oder neben mir, der war ärger, wie ich, und hätte nicht allein die Früchte gepflückt, sondern auch die Zweige geknickt.

Heute Nachmittag hab' ich zum ersten Mal einer privilegirten Hetzjagd, wo in der Regel Alles, nur der Verstand nicht, aufgejagt wird, beigewohnt, nämlich einem juristischen Examen. Das Vorzimmer: ein mürrischer Pedell, in einem alten Buch lesend, und eine Flasche mit Wasser, aus welcher, auf eine Minute heraustretend, ein Professor trank. Examinationszimmer: ein großer, runder Tisch, belegt mit grüner Decke; auf dem Ehrenplatz der Direktor des Oberappellationsgerichts in Uniform, mit seiner neben ihm liegenden goldenen Uhr spielend, um ihn herum die vier Examinatoren, darunter zwei Männer, ein Knabe mit einem Gesicht, wie aus spanischem Wind, leer und flegelhaft, aber süß ange-

laufen, und ein junger Mensch, der sein neues Zeug an hat, und sich über
seinen eignen Glanz verwundert. Rings im Kreis saßen Zuschauer, die
sich nach Belieben einfinden konnten, lauter Studenten, auf deren Gesichtern
es zu lesen stand, ob sie noch ¼ oder ¾ oder gar ein ganzes Jahr bis
zum eignen Examen vor sich hatten. Candidatus quäst: (aufgestülpte
Nase, branbrothes Haar, kleine Augen, heiseres Organ) saß dem Direktor
gegenüber und machte mit dem linken Daumen dieselben Bewegungen,
die der Seiltänzer auf dem Seil mit der Balanzirstange zu machen pflegt.
Durch das Pfandrecht steuerte er glücklich hindurch, kaum einmal,
als er die Sachen gar zu oft natürlich fand, zurecht gewiesen; im Hypo=
theken=Recht mußte er (dem jungen Menschen in braunem Rock) schon
Rechenschaft darüber geben, in wie viele Rubriken man Schuld= und
Pfand=Protokolle einzutheilen pflege („lassen Sie mich erst ausreden“,
dabei ein gravitätischer Blick), im Kirchen=Recht aber sollt' er sogar sagen,
wie der Kardinal geheißen, der mit Bayern im Auftrag des Pabsts das
letzte Konkordat abgeschlossen, und erfuhr dabei, daß Herr v. Hans
Bairischer Bevollmächtigter gewesen sey.

Zum Mitleiden gab die Natur Vielen ein Talent, zur Mitfreude
Wenigen.

> Mir will das zimperliche Wesen
>
> Nun einmal nicht in's Herz hinein,
>
> Denn, soll man durch den Schnee genesen,
>
> So muß man erst erfroren seyn.

Zum Choleraarzt für die Vorstadt Mar ist bestimmt: Dr. Ludwig
Müller. Der Himmel wende das Unglück in Gnaden ab, denn aus zwei
Gründen möchte ich nicht gerne sterben. Einmal der Mutter wegen; dann
habe ich mich oft über des Lebens Ungerechtigkeit gegen mich beschwert
und möchte durch einige Hervorbringungen, denen ich mich gewachsen fühle,
zeigen, daß ich vielleicht angemessenere Verhältnisse verdient.

Zu mir hat Welt und Leben nur durch die Kunst ein Organ.

Julius Apostata müßte eine gute Tragödie geben.

Platen brüstet sich mit dem Zügel und hat nicht das Pferd.

Bei Rückert ist Formlosigkeit. Wenn auch bei Jean Paul Form=
losigkeit ist, so ist's ein Ocean, der über alle Gränzen hinausschwellt
und die Unendlichkeit repräsentirt; geringere Geister aber sind, wie

ein Bach, der nur durch seine Ufer schön wird. (Nicht ganz im Bezug auf F. Rückert gesagt!)

Ist Dein Gedicht Dir etwas Anderes, als was Anderen ihr Ach und ihr O ist, so ist es Nichts. Wenn Dich ein menschlicher Zustand erfaßt hat und Dir keine Ruh läßt, und Du ihn aussprechen, d. h. auflösen mußt, wenn er Dich nicht erdrücken soll, dann hast Du Beruf, ein Gedicht zu schreiben, sonst nicht.

„Wirf weg, damit Du nicht verlierst!" ist die beste Lebensregel.*)

Ich muß glauben, daß es in meiner Natur an Verhältniß fehlt, daß sie nur so aufs Ungefähre hin zusammen gezimmert ist, ein rohes Durcheinander von Maschine, das klippt und klappt, ohne Zweck und Ziel. Wenigstens weiß ich mir dies Saußrüße, das darin liegt, wenn ich mich einmal als Individualität empfinde, nicht anders zu erklären.

Brief an Gravenhorst.

Wer, wie ich, mit seinem ganzen Seyn, dem Tod anheim gefallen ist, sollte nicht mit verpesteten Armen ein junges blühendes Leben umschlingen. Es ist humoristisch, daß ein Leichnam auf all die süßen Kleinigkeiten und Tändeleien einer Mädchenseele eingeht und sie wohl gar in der Erwiederung überbietet, aber eben, weil der Humor gräulich ist, ist er unwiderstehlich. Man wird Egoist im Unglück.

Daselbst.

Den 29. November.

Ich bin körperlich nicht gar wohl und geistig noch weniger, die Cholera wüthet in der Stadt, dennoch scheint's mir unmöglich, daß ich sterben könne. Ob ein mystisches Gefühl im Menschen liegt, was ihm sagt, ob die ökonomisch-umsichtige Natur ihn schon in ihre Pläne verwendet hat, oder nicht?

Aus einem Briefe an Elise.

Der Witz ist das einzige Ding, was um so weniger gefunden wird, je eifriger man es sucht — für die meisten (jungen Leute) ist die Poesie ein Kirchhof, auf dem sie verfaulen und faulen. Niemand verachte und verschmähe die Wissenschaft, und am wenigsten der Dichter, der Repräsentant

---

*) Später die tiefere Idee zu dem Märchen: „der Rubin".

Anmerkung des Herausgebers.

der Weltseele, in dem sich zugleich Schöpfung und Schöpfungsakt ab=
spiegeln sollen; ich weiß, wie mich meine unvollkommene einseitige
Bildung hemmt und stört; ich weiß freilich auch (und dies giebt mir
den Standpunkt gegen Andere), daß der Besitz kein so großes Gut
ist, als der Mangel ein Uebel.

Wir gleichen der Wunderblume, die in der alten Welt nur Nachts
ihre Blüthen aufthut, weil es dann in der neuen tagt, die ihre Heimath
ist (Jean Paul). Dies Bild wäre noch anders zu brauchen. Wie wun=
derbar, daß das Traumleben dieser Blume das wirkliche überwiegt, daß
nicht uns're Sonne, die doch immer Sonne ist, wenn auch nicht Amerika's
Sonne, sie aufschließt, sondern uns're kalte, ernste Nacht.

Zu schnöden Zwecken die heilige Dichtkunst mißbrauchen, heißt die
Geliebte zur Maitresse nicht machen, sondern hergeben!

Den 3. Dezember.

Morgens 6 Uhr mit der liebsten, theuersten Beppy eine Advents=
musik in der St. Michaelskirche gehört. Der Morgen in der Stadt ganz, wie
der Abend, in den Straßen die trüben Laternen, in den Häusern hie und
da ein Lichtlein, einzelne Menschen, die vorüber streifen, der Himmel
grau und verschlossen darüber, doch ohne Sterne. In der Kirche: der
mit unzähligen Kerzen erleuchtete Hauptaltar, die Menschenmenge (theil=
weise gähnend!). Die herrliche Musik, nach und nach durch die Fenster
erst das bestimmtere Blau des Himmels, dann die zitternde Helle des Tags.

Der Teufel hat öfterer Recht, als man ihm und sich zugiebt.

Jeden bedeutenden Schriftsteller muß man einmal lesen, um so weit
zu kommen, daß man ihn lesen kann.

Die im Leben glücklich Gestellten sollten wissen oder bedenken, daß
die Noth die Fühlfäden des innern Menschen nicht abstumpft, sondern
verfeinert; dann würden sie sich ihrer Stellung nicht so oft überheben,
denn gewiß geschieht dies weniger aus Vorbedacht als aus Dummheit.

Aus dem Innersten heraus!

Heut Abend Schelling gehört. Leute der Art sind gewöhnlich Ge=
witter, statt Lichter, er nicht.

Es soll Leute gegeben haben, die, wenn sie amputirt wurden
noch Schmerz in den abgenommenen Gliedern empfanden. Doppelte Art

des Seyns: das von Anfang an Gewesene und das Gewordene. cogito ergo sum; bin ich nicht viel mehr in Gewalt des in mir Denkenden, als dieses in meiner Gewalt ist?

Den 5. Dezember.

Zum Dank dafür, daß das Licht sie bescheint, werfen die Dinge Schatten. Die Menschen auch, besonders die Schüler großer Männer.

Vor einer hohen Freude zittert der Mensch fast so sehr, wie vor einem großen Schmerz; da mag er fürchten, die Traube des Lebens auf einmal zu pflücken und den dürren Stock in der Hand zu behalten.

Für einen Roman späterer Jahre eignete sich das bis jetzt noch nie abgerollte Bild eines hohen Mannes, wie z. B. Jean Pauls, der durch den Gang, den sein äußeres Leben nimmt, in seiner innersten Ent= wicklung gestört wird.

Das Lächerliche ist so leicht zu schreiben, daß es eigentlich niemals mißlingen kann; unsre ernsthaftesten Schriftsteller geben das Beispiel.

Die tiefsten Wunden muß ein edler Mensch dem Andern schlagen.

Wir begehen manche Sünde bloß, um sie bereuen zu können.

Manche Dinge sollte man nicht in die Mode bringen, damit sie endlich aus der Mode kommen.

Als mein Vater am Sonnabend, Abends um 6 Uhr den 11. No= vember 1827, nachdem ich ihn am Freitag zuvor noch geärgert hatte, im Sterben lag, da flecht' ich krampfhaft: nur noch 8 Tage, Gott; es war, wie ein plötzliches Erfassen der unendlichen Kräfte, ich kann's nur mit dem konvulsivischen Ergreifen eines Menschen am Arm, der in irgend einem ungeheuren Fall, Hülfe oder Rettung bringen kann, vergleichen. Mein Vater erholte sich sogleich; am nächstfolgenden Sonnabend, Abends um 6 Uhr, starb er!

Ich habe oft ein Gefühl, als ständen wir Menschen (d. h. jeder Einzelne) so unendlich einsam im All da, daß wir nicht einmal Einer vom Andern das Geringste wißten und daß all unsre Freundschaft und Liebe dem Aneinanderfliegen vom Wind zerstreuter Staubkörner gliche.

Den 15. Dezember.

Es ist erstaunlich, wie weit man alle menschlichen Triebe auf einen einzigen zurückführen kann.

Schließt der Begriff Unsterblichkeit den Begriff Ewigkeit ein? Ist jener ohne diesen denkbar? Das nächste Ziel mit Lust und Freude und aller Kraft zu verfolgen, ist der einzige Weg, das Ernste zu erreichen.

Junge Leute setzen sich zum Dichten nieder, und meinen zum Gedicht!

In die Hölle des Lebens kommt nur der hohe Abel der Menschheit; die Andern stehen davor und wärmen sich.

Als die Todtenfrau von der Wittwe noch nicht bezahlt war, erzählte sie, bei der Leiche des Herrn Pastors hätte sie in der Nacht die Engel singen hören; als die Bezahlung zu gering ausfiel, fand sie für jenes Singen die natürliche Auflösung in einem Traum.

Manches Land ist leichter zu bedecken, als zu decken.

Willst Du wissen: was ist das Leben, so frage Dich: was ist der Tod?

Die Weiber kennen keinen Gott, als den Gott der Liebe und kein Sakrament, als das Sakrament der Ehe.

Zwei Menschen sind immer zwei Extreme.

Aus einem Brief an B.

Uebrigens entstehen die meisten Irrungen zwischen Menschen, nicht, weil sie verschieden sind, sondern weil sie sich, bei der Unzulänglichkeit jeder Mittheilung über innere Zustände und deren Bedingungen und Folgen verschieden glauben, oft sogar, weil sie an Andern nicht dulden können, was sie an sich verehren. Legen wir in eine Menschenseele uns heterogene Triebfedern hinein, und sehen dann, daß die nämlichen Resultate entstehen, so wittern wir wohl gar Unnatur, ja Falschheit. — — Die sich auf die Länge vertragen sollen müssen sich zuweilen prügeln; müssen sie — sie können's! — sich lieber wegen keines, als wegen eines Grundes prügeln!

Der Mensch baut sich nicht blos lieber, auch leichter einen Vergrößerungsspiegel, als einen verkleinernden.

Je mehr sich ein Körper der vollkommensten (menschlichen) Gestalt nähert, ohne diese völlig zu erreichen, um so häßlicher wird er. Z. B. der Affe.

Aus einem Briefe an E.*)

Meinen Ansichten über die Ehe wünsche ich keinen Beifall, am wenigsten unter dem weiblichen Geschlecht. Sie gehen überhaupt nicht auf die Ehe selbst, sondern auf mein Verhältniß zur Ehe. Mir wird alles Unveränderliche zur Schranke und alle Schranke zur Beschränkung. Die Ehe ist eine bürgerliche, physische und in unendlich vielen Fällen auch geistige Nothwendigkeit. Der Nothwendigkeit ist die Menschheit untergeordnet, jede aber ist mit Negation verknüpft. Das Individuum darf sich der Nothwendigkeit entziehen, wenn es Kraft hat, den Freibrief durch Aufopferung zu lösen, darin liegt seine Freiheit. Ich kann Alles, nur das nicht, was ich muß.

Der Briefwechsel zwischen Goethe und Bettina ist in seiner letzten Wirkung schauerlich, ja furchtbar. Es ist das entsetzliche Schauspiel, wie ein Mensch den andern verschlingt und selbst Abscheu, wenn nicht vor der Speise, so doch vor dem Speisen, hat. Aber das Buch ist zugleich ein vollkommner Beweis für das bedeutendste Wort, was ich darin ausgesprochen finde; dafür nämlich, daß die Leidenschaft der Schlüssel zur Welt sey.

Wie in der physischen, so giebt's in der höheren Natur — wie wär's bei der Oekonomie, die der Welt als erstes Konstitutionsgesetz zum Grunde liegt, auch anders möglich? — nur eine Anziehungskraft, die Menschen an Menschen kettet; das ist die Freundschaft, und was man Liebe nennt, ist entweder die Flammen=Vorläuferin dieser reinen, unvergänglichen Vesta=Gluth, oder der schnell auflodernde und schnell erlöschende abgezogene Spiritus unlauterer Sinne. Die Metamorphosirungsperiode mag, da die edlere Seele dann ihren eignen Groß=Inquisitor machen und sich Wankelmuth, Unbeständigkeit, wenigstens innere Unzulänglichkeit, vorwerfen wird, gar schmerzlich seyn; wohl also dem, der ohne den Weg zum Ziel gelangen kann. — — — Daß ich selbst da Recht haben kann, wo die Welt nicht Unrecht hat.

Alle Belehrung geht vom Herzen aus, alle Bildung vom Leben. Der Teufel hole das, was man heut zu Tage schöne Sprache nennt; es ist dasselbe in der Dramatik, was die sogenannten schönen Redensarten im Leben sind. Kattun, Kattun und wieder Kattun. Es flimmert wohl,

*) Elise.

aber es wärmt nicht! — Also von Adel ist der Herr Professor? Merk=
würdig genug, die Herren von Adel stehlen sich alle einen bürgerlichen
Namen, wenn sie bei Apoll couren wollen. Es hilft ihnen doch Nichts.
Aus einem Edelmann ist in Teutschland noch nie ein großer Dichter ge=
worden; oft zwar aus einem großen Dichter ein Edelmann.

Mein Bruder verbraucht meine Briefe ruhig zu Fidibus und
sagt: er schreibt mir ja immer welche wieder.

Alle sogenannten sympathetischen Kuren haben einen tief=psycho=
logischen Grund, wenn sie immer zur Bedingung machen, daß der Kranke
sie glauben soll. Der Glaube ist weniger passiv, und weit mehr aktiv,
als man denkt; er mag geistig die Kräfte der Wünschelruthe, die anzeigt,
und des Magneten, der anzieht, in sich vereinen.

Woher kommt das Drückend=Furchtbare, das in der Einsamkeit,
besonders in der von der Dunkelheit, die sie eigentlich erst recht hervor=
bringt, erhöhten, liegt? und woher kommt's, daß die bloße Gegenwart
eines Menschen (sey es auch ein Kind) das peinliche Gefühl vertreibt?

In den Kreis des Glaubens oder des Irrens (es nenne ihn Jeder,
wie er will) ist jedenfalls der Mensch mit all seinen Kräften und Kraft=
Aeußerungen gebannt; eben das, was er Wissen nennt, müßte die
treibende Feder auf ewig anhalten, darum aber kann auch der Glaube in
seinem Traum über sein eignes letztes Ziel, das Schauen, nicht Recht haben.

Es giebt nichts Unvergängliches im Leben, als die Erkenntniß
der jedesmaligen Zustände, worin es sich konzentrirt. In dieser Erkennt=
niß, die freilich nur dann möglich ist, wenn der Zustand, den sie erfassen
will, nicht mehr wirklich ist, suche denn Jeder nach Kräften vorzudringen.

Es ist die größte Dummheit der Maus, daß sie, einmal in der Falle
gefangen, nicht wenigstens noch den Speck, der sie hinein gelockt hat, verzehrt.

Niemand ist so sehr Atheist, daß er nicht die christlichen Festtage
mit feiern hülfe.

Es giebt Nüsse, deren Schale so hart ist, daß, wenn man sie auf=
beißt, die Zähne darauf gehen, so, daß das weiche Fleisch nicht mehr
schmeckt. Eben solche Wahrheiten giebt's.*)

*) An dieser Stelle des Original=Manuskriptes hat Josepha Schwarz
ihren Namen eingeschrieben.

Einen kleinen (körperlichen, wie geistigen) Schmerz durch eigne Kraft vergrößern, heißt, ihn lindern.

Ein Mensch, also auch ein Freund, ist nie des andern Universalmixtur, und Jeder meint, es zu seyn.

Die großen Männer, die sie hervorbringen, sind die Telescope, wodurch die fernsten Zeiten mit einander korrespondiren.

Das vornehmste Bestreben der Welt sey darauf gerichtet, keines Herkules zu bedürfen. Das ist die einzige Klugheitsmaßregel, die ich der Zeit zugestehe. Es gilt nicht sowohl, einen Augiasstall zu misten, als aufzupassen, daß keiner entsteht!

Ueber Friedrich Rückert, aus einem Briefe an Rousseau
vom 30. Dezember 1836.

— Jedes unbedeutende Schlaglicht, das auf irgend einen Gegenstand fällt, aufzufangen; Nichts, was einem Jahrmarktsbild ähnlich sieht, sich entwischen zu lassen; keinen Scherz, keinen Einfall, zu verschmähen, und aus solchen Stoffen mit Hülfe einer bei Vorwürfen der Art nicht schwer zu erringenden, gewandten Metrik einen prunkenden Pfauenschweif zu bilden — wenn das Dichten heißt, so hat in meinem Auge die Dichtkunst keine Würde mehr und kein Gewicht.

Ich erachte sie für einen Geist, der in jede Form der Existenz und in jeden Zustand des Existirenden, hinuntersteigen, und von jener die Bedingnisse, von diesem die Grundfäden erfassen und zur Anschauung bringen soll. Sie erlöse die Natur zu selbsteigenem, die Menschheit zu freiestem und die uns in ihrer Unendlichkeit unerfaßbare Gottheit zu nothwendigem Leben. Dies geschieht freilich nicht, wenn wir die Natur in eine ihr nicht gemäße, sogenannte höhere Region hinüber führen und z. B. sterbenden Blumen uns're Empfindungen und unseren Trost unterlegen. Dies geschieht nicht, wenn wir mit Schiller des Menschen Angesicht durch ein Vergrößerungsglas betrachten und den Hintern entweder gar nicht, oder durch ein Verkleinerungsglas. Dies geschieht noch weniger, wenn wir uns zu jämmerlichem Gewürm herunterkanzeln, damit der liebe Gott, der am Ende doch, als er schuf, that, was er konnte, recht prächtig und erhaben darüber sitze.

Leben ist Verharren im Angemessenen. Ein Theil des Lebens ist

Ufer (Gott und Natur), ein andrer (Mensch und Menschheit) ist Strom. Wo und wie spiegeln sie sich, tränken und durchdringen sie sich gegenseitig? Dies scheint mir die große Frage von Anbeginn, die dem Dichter der Genius vorlegt. Sein Wesen und Streben, am Ende der Bahn von dem Auge eines Verwandten, wo möglich, Größeren, zusammengefaßt, bilden die Antwort, die dann als Quintessenz seiner Existenz fortwirkt in's Unendliche. Vielleicht erscheint gegen den Abschluß aller irdischen Dinge ein Letzter, Allgewaltigster, der die Summen der vorübergerauschten Jahrtausende in seine Persönlichkeit zieht, und sie der Menschheit, die nun einmal nicht aufsummiren kann, zu treuen Händen, als Rein-Ertrag seines gesammten Haushaltens übermacht. Ich meine in ihren Koryphäen schon jetzt mit Sicherheit ein aufsteigendes Prinzip wahrnehmen zu können.

So beherrscht, im Gegensatz zu Homer, der Epiker Dante zugleich Himmel und Erde, so ist der Humorist Richter ein erweiterter Sterne und Goethe ein, wo nicht verklärter, so doch klärerer Shakespeare.

— — — Diese (Rückert'schen) Gedichte werden auf die deutsche Literatur einen unheilvollen Einfluß ausüben und vielleicht die Lohensteinsche Periode zurückführen. Nichts ist gefährlicher als Mittelmäßigkeit, die auf Einiges trotzen kann.

Den 31. Dezember 1836.

Am Schlusse dieses 1836sten Jahres mag ich mir sagen, daß das heraufrückende 1837ste mehr, wie irgend ein vorher gegangenes, Entscheidung für mich mit sich führen muß. Aeußerlich handelt es sich um Begründung einer Existenz durch literarische Bestrebungen; auch innerlich kann dieser zwischen überfluthender Fülle und gräßlicher Leere hin und her schwankende und gleich dem eines Trunkenboldes auf- und absteigende Zustand nicht lange mehr fortbestehen. Eine Erfahrung von Bedeutung glaube ich über mich selbst im letzten Jahre gemacht zu haben, nämlich die, daß es mir durchaus unmöglich ist, etwas zu schreiben, was sich nicht wirklich mit meinem geistigen Leben auf's Innigste verkettet. Ebenfalls fühl' ich mich jetzt — das war früher nicht der Fall — vom Innersten heraus zum Dichter bestimmt; irrt' ich dennoch darin, so wäre mir mit dem Talent zugleich jede Fähigkeit, das in der

Kunst Würdige und Gewichtige zu erkennen, versagt, denn das Zeugniß, mich redlich um den höchsten Maßstab bemüht und diesen streng an die Dokumente meines poetischen Schaffens gelegt zu haben, darf ich mir geben. Die Kunst ist das einzige Medium, wodurch Welt, Leben und Natur Eingang zu mir finden; ich habe in dieser ernsten Stunde Nichts zu bitten und zu beten, als, daß es mir durch ein zu hartes Schicksal nicht unmöglich gemacht werden möchte, die Kräfte, die ich für sie in meiner Brust vermuthe, hervor zu kehren!

Abentheuer am Neujahrs-Abend.

Mein Liebchen wollt' ich auf mein Zimmer führen,
Und brach, zu eilig, meinen Schlüssel ab;
Verdrießlich standen wir vor festen Thüren,
Mein schüchtern Liebchen flog die Trepp herab.
In Schnee und Wind schlich ich dann auch von hinnen,
Der Dom, erleuchtet, hemmte meinen Schritt;
Um wenigstens den Himmel zu gewinnen,
Ging ich hinein und sang ein Danklied mit!

1837.

Mit einem wunderlichen Gefühl schreib ich zum ersten Mal diese Zahl auf ein weißes Blatt nieder. Sie hat für mich große Bedeutung.

1837.

Die erste Bitte, mit der ich in diesem angefangenen neuen Jahre vor den Thron der ewigen Macht zu treten wage, ist die Bitte um einen Stoff zu einer größeren Darstellung. Für so Mancherlei, das sich in mir regt, bedarf ich eines Gefäßes, wenn nicht Alles, was sich mir ausdem Innersten losgerissen hat, zurücktreten und mich zerstören soll! Wenig positive Kenntniß, aber höhere Einsicht in meine eigene Natur und deren Zustände, bessere Uebersicht vieler Dinge der Welt und des Lebens, tiefere Erkenntniß des Wesens der Kunst und größere Herrschaft über jenes Unbegreifliche, das ich unter dem Ausdruck Styl befassen möchte, hab' ich doch gewonnen. Ich bin der Natur um tausend Schritt näher gekommen; ich hab' sie im letzten Sommer vielleicht zum ersten Mal — sonst war sie mir weniger Wein, als Becher, wie so Vielen, — genossen, und dafür hat sie mir denn — so gewiß ist's, daß nur Genuß zum Verständniß führt, — Manches vertraut. Als Schriftsteller, die auf mich gewirkt, muß ich zuerst Goethe nennen, den ich in Heidelberg durch Gravenhorst's Güte fast ununterbrochen gelesen habe; dann aber auch Börne und endlich Jean Paul. Ich habe mich mehr und mehr von der Wahrheit des all meinem Streben zu Grunde liegenden Prinzips, daß bei dem Menschen nie von äußerer Erleuchtung, sondern nur von innerem Tagen die Rede seyn könne, überzeugt; mein Evangelium ist: alles Höchste, in welchem Gebiet es auch sey, erscheint nur, und wird selbst durch den geweihtesten Priester vergebens gerufen; man entdeckt Nichts durch die Wissenschaft, sondern nur bei Gelegenheit der Wissenschaft, dies aber giebt der Wissenschaft noch Würde genug. An bedeutenden Persönlichkeiten hab' ich kennen gelernt: Gustav Schwab und Ludwig Uhland; sowie aus anderen Fächern Thibaut und Mittermeier; Schelling und Görres; an Städten Heidelberg, Straßburg und München; an Werken bildender Kunst: den Münster und die Antiken der Glyptothek. Etwas, doch nur wenig, bin ich auch in der mir in den Dithmarsischen Schmach- und Pein-Verhältnissen verloren gegangenen Fertigkeit, mich, wenn ich Menschen gegenüber stehe, selbst für einen Menschen zu halten, weiter gekommen.

Das, was man üble Laune nennt, entspringt bei höheren Menschen nicht, wie bei so Vielen, aus augenblicklichem Mangel an Genuß, sondern aus jenem Zustand innerer Leere, der ihnen unerträglicher ist, als Stillstand des Lebens selbst. Wenn sie ihre üble Laune eben so wenig, wie Andere, in sich verschließen und sie die Nah- und Nächstgestellten empfinden lassen, so liegt der Grund allerdings theilweise in der durch solche Augenblicke gänzlicher Erschlaffung herbeigeführten Schwäche, hauptsächlich aber wohl in dem halb unbewußten Haschen der Seele nach irgend einer Art von Thätigkeit. Sie verwundet sich selbst, um nur zu erwachen.

Den widerwärtigsten Eindruck machen auf mich korrigirende, knaben= hafte Gesellen, wie man sie in allen Verhältnissen findet, die durch ihre Aeußerungen zeigen, daß sie in die Schule gegangen sind, aber noch nicht lange genug.

Für den Menschen, der Geist und Herz möglichst nach allen Seiten sich frei erhalten, oder befreit hat, ist jede Zeit schlimm, denn jede führt, da sie auf bestimmte Interessen verwiesen ist, etwas Ausschließendes mit sich. Die aber ist die Schlimmste, die, wegen wirklicher oder vermeinter Schwäche ihres Fundaments, Muth und Kraft verdammt, so, daß nur Kranke und Verschnittene ihr Dienste thun können, oder dürfen.

Ich war heute Zeuge einer närrischen Scene. Seine Säge und Beil unterm Arm, war ein betrunkener Holzhacker in den Schnee gefallen. Einem Gensdarm, der ihm sagte, er habe zu viel getrunken, entgegnete er: für zwei Groschen, das ist das Ganze. Als Jener aber versetzte, es sey doch zu viel geworden, ergrimmte er heftig, stemmte die Arme in die Seite, sah den Gensdarm verachtend an und sagte: „Hätten Sie das im Leibe, was ich, Sie wären drei Mal mehr betrunken!"

Auf dem Münster dacht' ich nur an Goethe. Ich stand vor der kleinen Tafel, worauf sein Name eingehauen ist. Ich sah ihn, wie er mit seinem Adler=Auge hinein schaute in das reiche, herrliche Elsaß und wie Göz von Berlichingen vor seiner Seele auftauchte und ihn um Erlösung anflehte aus langem Tod zu ewigem Leben. Ich sah ihn unten im Dom, wo die Idee der reinsten, himmel=süßesten Weiblichkeit, des Gretchens vor ihm aufging. Mir war, als ergösse sich der Strom seines Lebens durch meine Brust — es war ein herrlicher, unvergänglicher Tag!

Damit sich der Mensch in seiner ganzen Menschheit, d. h. zur Per= sönlichkeit, ausbilde, ist es nothwendig, daß er alle verschiedene Lebens= Perioden, die jener letzten, worin er stehen, wirken und genießen soll, vorauf gehen, mit angemessener Freiheit durch genieße. Erstlich die Periode der Passivität, wie ich sie nennen mögte, weil sie die Menschen mit Leben und Welt überschüttet.

Aus dem Brief an Rousseau vom 1. Januar 1837.

— Aber der Mensch, vielleicht weil nun einmal nur das Sinnlich-Wahrnehmbare sich innig in das Gefühl seiner Existenz mischt, empfindet selten das Stätige und immer das Vorüberrauschende im Leben. Da klammert er sich denn (freilich nicht mit Unrecht) an den Augenblick und verlangt von diesem, der ihm doch eigentlich nur für das Höchste bürgt, er soll es ihm auszahlen; statt sich zu freuen, daß er wächst, schmerzt es ihn, noch nicht gewachsen zu seyn und allerdings hat er in diesem ewigen Vorschreiten nirgends Anhalt. Dies ist der Fluch alles Werdens, der die Menschheit, wie den Menschen, durch jedweden einzelnen Zustand verfolgt; es ist ein stetes Wiedergebären durch den Tod, und wem, der das im Tiefsten an sich selbst erfuhr, steigt nicht ein Ekel, selbst gegen das Herrliche und Werthe auf, da er voraus weiß, daß es früher oder später einem Herrlicheren, und so in's Unendliche fort, weichen muß. Diese Wahrnehmung (nebenbei bemerkt) reicht hin, die Idee der Gottheit, als eines bloßen Gegensatzes der als Ganzes aufgefaßten Menschheit, der, wie alle Gegensätze, der Vernunft vor den Füßen lag, völlig zu erschüttern, darum aber nicht die Gottheit selbst, in deren Schöpfungstrieb sich ein uns Gemäßes, das sich uns entgegen neigt, regen mag. Jener Ekel eben ist's, der so störend in all mein Denken und Empfinden, noch mehr aber in mein Thun und Treiben, tritt und den ich nur zuweilen durch die ernste Vorstellung, daß jede Stufe des Seyns durch ein ihr angemessenes Wirken ausgefüllt seyn will, wenn sie den sich ihrer bewußten Geist nicht alle Ewigkeit hindurch mit allen Unheimlichkeiten des Wüsten und Leeren peinigen soll, nieder zu kämpfen vermag.

— Was mich dagegen von jeher gemartert hat, war und ist die innerste Ueberzeugung, daß nur die Kunst für mich zur Erfassung des Höchsten außer und in mir ein ausreichendes Medium sey, und daß ich, falls sich meine Kräfte für sie als unzulänglich ausweisen würden, mich als einen geistig Taubstummen betrachten müßte.

— Der Mensch beziehe möglichst all sein Thun und Treiben auf jenes Heiligste in seiner Brust, wovon er fühlt, daß es nur ihm angehört und das eben darum ewig und unveränderlich seyn muß; da bleibt ihm zum Zweifeln kein Grund, und zum Verzweifeln keine Zeit.

— Wir find immer so klein, als unser Glück, aber auch so groß, als unser Schmerz.

— Das eigentlich Erdrückende eines Schmerzes bricht sich geistig, wie körperlich, in der Klage.

— In der Kunst ist nichts Künstliches; das Eigenthümlichste eines Zustandes verräth er mir eben dann, wenn er mich umgiebt.

> Hab' Achtung vor dem Menschenbild,
> Und denke, daß, wie auch verborgen,
> Darin für irgend einen Morgen
> Der Keim zu allem Höchsten schwillt.
>
> Hab' Achtung vor dem Menschenbild,
> Und denke, daß, wie tief er stecke,
> Der Lebensodem, der ihn wecke,
> Vielleicht aus Deiner Seele quillt.
>
> Hab' Achtung vor dem Menschenbild!
> Die Ewigkeit hat eine Stunde,
> Wo jegliches Dir eine Wunde
> Und, wenn nicht die, ein Sehnen stillt!

Dies Gedicht, entstanden in der Neujahrs-Nacht, schreib' ich in mein Tagebuch nieder, weil es für mich im Sittlichen eine Epoche bildet. Es ist der Maßstab, nach dem ich mich richten werde. Aber, was hilft's, sich selbst Sünder nennen, wenn man nicht zu sündigen aufhört, und das ist mein Fall. Durch Nichts greif' ich die Unverletzlichkeit eines Menschen mehr an, als durch meine nichtswürdige, alle Grenzen über-schreitende, Empfindlichkeit, denn gegen sie kann er sich so wenig schützen, als vertheidigen, weil er in ihr Krankheit oder Krankhaftigkeit schonen zu müssen glaubt. Es ist nicht wahr, daß ich durch sie eben so viel, oder gar mehr leide, als Andere; der Mensch fühlt in seinen Fehlern, wie in seinen Tugenden, nur sein Wollen und seine Kraft und reißt er die schönsten Blüthen von seinem Lebensbaum ab, so dünkt er sich Wunder, wie groß, dabei. Wär's auch wahr, so entschuldigte es nichts, sondern verdoppelte nur die Sünde. So pflegt mir die Alles duldende

Josephe des Morgens die Landbötin zu bringen. Heut morgen unter-
bleibt's. Tausend Ursachen kann's haben, die alle nicht in der Macht
des armen Mädchens stehen; ich weiß es, sag' es mir, dennoch schau' ich,
so wie sie sich, liebevoll und freundlich, wie immer, an ihrem Fenster
blicken läßt, mit einem Gesicht zu ihr hinauf, das sie im Tiefsten schmerzen
muß. Zuletzt kommt sie mit dem Blatt; die Mutter war auf den Markt
gegangen und hatt' es aus Versehen eingeschlossen. O Schlaffheit!
Selbstgericht! Wie Recht hatte Herder, wenn er gegen Euch unversöhn-
lich war!

Den 9. Januar 1837.

„Gäbe es mehr Männer, die ihm gleichen!" heißt's so oft. Ja
wohl, denn da gäb' es weniger, die ihm nicht gleichen!

Wie seltsam ist's, daß man von Gestorbenen so selten träumt!

Das gefährlichste Buch wäre von einem diebischen Censor, der wie
ein Schneider, alle abgeschnittenen Lappen aufhöbe, um sie dann zu verarbeiten, zu erwarten.

— Das ist des Menschen letzte Aufgabe, aus sich heraus ein dem
Höchsten, Göttlichen, Gemäßes zu entwickeln und so sich selbst Bürge zu
werden für jede seinem Bedürfniß entsprechende Verheißung.

Wir müssen nicht klagen, daß Alles vergänglich sey. Das Vergänglichste, wenn es uns wahrhaft berührt, weckt in uns ein Unvergängliches.

Der Stifter einer Religion, Sujet für ein Trauerspiel.

Ich glaube, wenn mich Nichts vom Selbstmord zurückhielte, so
wär's der Gedanke, auf die Anatomie geschleppt und dort zerschnitten zu
werden. Was bleibt, wenn sogar der letzte Traum: Ruh im Grabe
dahin ist.

Den 29. Januar.

Woher kommt's, daß ich's noch nie so sehr, wie jetzt, gefühlt habe,
daß der Glaube an ein Höchstes, nicht blos in der Menschheit, sondern
auch im einzelnen Menschen, mir unbedingt zum Leben selbst nothwendig ist. Kommt's daher, daß ich vielleicht eben jetzt im Begriff stehe,
ihn zu verlieren?

Man sollte in dieser hohlen Zeit, wo man nur auf und durch Papier lebt, eigentlich keine bedeutende Lektüre vornehmen, ohne zugleich zu recensiren. Dadurch würde in das entnervende Lesen etwas Aktivität gebracht. Ich will's einmal gleich anfangen.

Julie oder die neue Heloise von Rousseau. Das Vorwort ist einmal ganz, was es seyn soll, ein Manneswort, eine kecke, scharfe Zeich= nung des Autors und darum ein Schattenriß seines ganzen Buchs. Unser Verhältniß zu ihm und zu seinem Buch ist gleich von Anfang herein bestimmt und fest; wir wissen, was wir ihm zu vergeben und zu danken haben werden, und, worauf es gar sehr ankommt, wir werden nichts Unbegreifliches mehr vorfinden. Ein Wort war für mich im zweiten Vorwort von sehr schmerzlicher Bedeutung: in diesen Zeiten, wo es niemand möglich ist, gut zu seyn. Ach, es ist wahr, es giebt solche Zeiten, und die Weiber führen sie herbei. Ich glaube, es wäre für mich das Mittel zum Selbstmord, wenn ich einmal eine Stunde lang auf Gutzkow=Wienbargsche Weise an die Emanzipation der Ehe dächte. Im ersten Vorwort ist Rousseau ganz Mensch, wenigstens ganz Rousseau; im zweiten kommt der Franzos zum Vorschein, er bittet um Entschuldigung, seiner Menschheit wegen. Das excuse macht den Franzosen; er kandirt das ganze Leben, leider aber auch den Zucker selbst.

Vierter Brief. Julie an Ihn.

Wenn der Humor das Allgemeinste und das Besonderste, das Un= bedingteste und das Zufälligste so wundersam zusammen verquickt, daß die Sonderung nur mit dem Genuß zu erkaufen ist, so ist dieser Brief humo= ristischer, als Alles. Ein glühendes Mädchen und eine kluge Französin; ein schwaches Kind, aber stark genug, sich schwach zu fühlen; eine reine Unschuld, aber eine, die sehr gut weiß, daß sie's nicht ewig bleiben wird; ein Dythirambus, von der Natur in Alexandrinern gedichtet; ein Glas Wein, in einem Becher von Eis; eine Tugend, die über sich selbst ein Kollegium lesen könnte; eine Unschuld, die so viel Aehnlichkeit mit einer Bußschwester hat, als eine Bußschwester oft mit einer Unschuld. So muß es denn endlich gestanden werden, das unselige Geheimniß — nur mit dem Leben, schwur ich, sollt' es mein Herz verlassen. Es entschlüpft mir und dahin ist die Ehre (Französin). Ach, nur allzutreu hab' ich Wort

gehalten; giebt es denn einen grausamern Tod, als das Ueberleben der
Ehre. (Noch einmal Französin, aber in gesperrter Schrift.) Schrittweise
u die Schlingen eines niedrigen Verführers hingezogen, seh' ich, ohne
mich aufhalten zu können, den entsetzlichen Abgrund vor mir, auf den ich
es renne. (Coquett; es ist das feinste Mittel der Feinsten, einen armen
Jungen, der noch an Nichts denkt, dadurch zu verführen, daß sie ihm
vorwerfen, er habe sie schon verführt.) Unglücklicher, ich achtete Dich
und Du entehrst mich. (Ich frage: hat die Liebe solch ein Wort? Nein,
denn sie hat die Sache nicht. Es ist unmöglich, daß sie sich ihren Gott
als gefallen denkt, kaum glaubt sie's, wenn sie ihn gefallen sieht. Julie
hat mehr Blut, als Liebe im Herzen; damit ist Alles erklärt.) Du weißt,
keine lasterhafte Meinung war in meinem Gemüth; Demuth und Ehr-
barkeit waren mir theuer — — von dem ersten Tag an, wo ich zu
meinem Unglück Dich sah, spürt' ich das Gift, das meine Sinne und
meinen Verstand zerrüttet. (Sie ist klar über ihren Zustand, sie weiß,
daß die Liebe Nichts ist, als die Mordbrennerfackel der Sinnlichkeit, sie ist methodisch verwirrt.) Deine Blicke, die Gefühle, die Du
aussprichst, Deine Feder machen es mit jedem Tage tödtlicher. (O Jugend,
die nur ihre Verwundbarkeit fühlt!)

Da les' ich heute Gedichte von Oehlenschläger. Das sind echte
Beiträge zur Kunst, das menschliche Leben zu verlängern. Wenn Einer
17 Bogen solcher Poesie herausgiebt, so wundre ich mich nur, warum
es nicht 170 Bogen sind. Nun auch doch so ganz und gar Nichts!
Solche dicke, niederträchtige Erdschwämme, die sich für Blumen ausgeben!
Am widerlichsten ist's mir, daß dies halb ausgebackene Gesindel immerfort
von Sängers Beruf, von Sängers Lust und Leid schwelgt; gerade so,
wie der Herr von Habenichts stets am lautesten auf seinen Adel pocht.
Am stärksten sind sie in Allegorien, die ich, als schwindsüchtige Töchter
des Verstandes, in der Kunst höchstens als nothwendige Uebel toleriren,
nie aber als Bürgerinnen anerkennen kann. Hier haben wir eine ganze
lange Allegorie: „Das Evangelium des Jahrs, oder das wiederkehrende
Leben Jesu in Natur und Menschensinn," worin, z. B. Johannes der
Täufer als — Regen vorkommt. Die Dürftigkeit versucht die Blume
am Bach, die Wollust den Vogel im Baum und der Ehrgeiz den Menschen. Das Adagio (dies ist reine Lyrik) ist ein schönes Mädchen, eine

Maria mit dem Jesuskinde in raphaelscher Himmelsruh; es erhebt durch Engelgüte ein eitles Herz, wird aber, auf Anbringen der Güte sofort zur Blüte begrabirt, die freilich schlank, grab und himmelwärts sproßt. Diese Menschen glauben, die Poesie hab' Alles gethan, wenn sie Kammer-zofen-Dienste verrichtet und Waisen (Gedanken und Gefühle, deren Väter längst Staub und Asche sind) die nakt umher laufen kleidet. Folgende Schilderung verdient die Mühe des Abschreibens:

> „Da stürz' ich mich der Herrlichen zu Füßen
> Und fragte: Mädchen, liebst Du mich?
> Willst Du das Leben mir versüßen?
> Sie flüsterte: ich liebe Dich.
>
> Da schlug im Baume plötzlich Philomele,
> Ich lag an ihrer Brust entzückt;
> Sie drückte — wie ein Mädchen drückt,
> Nicht stark, doch fühlt' ich es tief in der Seele.

Hier haben wir den Genius mit allen seinen Brüdern. Nirgends eine Lokalfarbe, und wenn, so hat das Leben sie aufgedrungen und der Poet bringt sie an, wie der Hottentot seinen Schmuck, in der Nase, oder in den Ohren. Es ist freilich wahr, Herr Professor, so lange die Welt steht, thun Mädchen, die ihre Liebe gestehen, dasselbe, aber Jede thut das Nämliche auf andere Weise, und des Dichters Aufgabe ist's, das Be-sonderste aus dem Allgemeinsten heraus zu fühlen, umgekehrt auch das Allgemeinste aus dem Besonderiten. Da ist eine Romanze: „Der Schatz-gräber", von der man nicht glauben sollte, daß sie existiren könnte. Der alte Hans erzählt beim Feuer vom Schatzgraben. Plötzlich tritt ein Junggesell herein; verstört, wilde Locken, Spaten in der Hand. „Schatz-gräber bist Du, nicht?" fragen ihn die Bauern, er verneigt sich, winkt ihnen, sie folgen ihm zum Kirchhof. Da zeigt er ihnen einen aufge-grabenen, mit Blut befleckten Sarg und spricht:

> „Ich bin der Freudengeber — Schrie er — an diesem Platz; Seht Ihr, ich war der Geber, Und hier, hier ist der Schatz! So hab' ich Euch ge-geben, Was längst ich selbst verlor, Hier liegt mein halbes Leben, Im langen Trauerflor."

4*

Es ist ein Verrückter, der die Braut herausgescharrt hat; der Wahn=
sinn ist witzig und ergeht sich in holden Wortspielen; der trefflichen
Synonyme: Schatz — Schatz, haben wir die Romanze zu danken. Wär'
ich Recensent, so schlöss' ich meine Recension, wie folgt: ich muß ab=
brechen, denn ich machte meinen eignen Verstand verdächtig, wenn ich
Andren nicht den Verstand zutraute, solche Gedichte ꝛc. ꝛc. ꝛc.

Spaziergang nach Syrakus von Seume. Ein Buch, wie
ein dunkler Strom, der nicht die Dinge, sondern ewig sich selbst wieder=
spiegelt. Man muß recht viel Interesse an dem Verfasser nehmen, wenn
sein Buch etwas Interesse gewähren soll. Aber, wer nähme denn auch
an Seume, diesem Eisen=Abguß beharrlichen Männerwillens kein Interesse.

Wie Mancher würde dem Apoll dadurch das beste Opfer bringen,
daß er ihm — seine Opfer entzöge.

Mich verdrießt der Funke, der zuweilen noch aus meinem Innersten
hervor springt, denn er scheint mich zu höhnen, mir ist, als dürft' es da,
wo noch einiges Feuer schläft, noch nicht so kalt seyn. O, abscheulich wahr!

Wir zehren immer auf Rechnung der Zukunft, kein Wunder, daß
sie Konkurs macht.

Nur am Morgen, wenn wir aufstehen, und am Abend, wenn wir
zur Ruhe gehen, schauen wir in den Himmel hinein, nicht am lauten,
geräuschvollen Tage.

Uns're Zeit ist eine Periode aller vorhergehenden.

Ich lese jetzt das goldene Kalb von Benzel=Sternau. Ein be=
deutender Geist. Tiefste Kenntniß der Verhältnisse, namentlich in den
höheren Ständen, und des Menschen, namentlich der Weiber, (Erstere
wohl mehr durch Genie, Letztere durch Erfahrung gewonnen. Witz,
glänzende Darstellung, scharfe Zeichnung, ein Schriftsteller, dem man
seinen Stand von ganzem Herzen gönnt, weil grade der ihm seinen geistigen
Standpunkt verschafft haben möchte.

Den poetischen und genialen Gedanken (Beides ist in der Bedeu=
tung Eins) unterscheidet von jedem anderen die Unmittelbarkeit
mit der er hervortritt, und die Unveränderlichkeit, mit der er sich fixirt.

Vielleicht ist das erste Leben ein Probirstein für's zweite; was sich
nicht goldhaltig genug zeigt, wird als Schlacke in die Grabhöhle geworfen
und nur das Gediegene dauert fort.

Man muß dem Weib keine Rechte, nur Privilegien einräumen. Sie wollen diese auch lieber als jene.

Recension über den Musen-Almanach 1837.

Man kann sie anfangen und schließen mit der großen betrübten Wahrheit: im ganzen Musen-Almanach steht kein einziges Gedicht. Es sind Verse, zuweilen recht hübsche Verse, voll artiger Anspielungen auf Mancherlei; aber, es sind lauter Sachen, von denen ein Jeder sich bekennen darf: das wär' Dir auch eingefallen. Wie ganz anders ist es mit der wahrhaft poetischen Idee! Sie ist das unveräußerliche und sogar in Gedanken unantastbare Eigenthum des Genius, der Götterfunke, der in Stunden der Begeisterung aus seinen Tiefen hervor blitzt, unbegreiflich in Bezug auf Quelle und Ursprung, aber sogleich erkannt in Wesen und Ziel, sogleich verstanden und genossen. Die Poesie selbst ist ein Höchstes, unabhängig für sich Bestehendes, wie die Natur und die Gottheit, sie ist vielleicht das Sublimat dieser beiden äußersten Kreise des Seyns und des Lebens, ein Fortbilden der höchsten Form oder Kraft in den zur Aufgabe gestellten Stoffen, und darum nicht durch den Verstand in dem was man Begriff zu nennen pflegt, zu silhouettiren; was der menschliche Geist erfassen kann, das beherrscht er auch und ordnet es sich unter, die Poesie aber beherrscht ihn und er bannt von ihr gerade so viel in die Aesthetik, als von Gott in's Dogma und von der Natur in die Physik. Eben dies aber macht das Urtheil über den allein fruchtbaren Punkt, die Entscheidung darüber, ob die Poesie irgendwo in die Erscheinung getreten sey, oder nicht, unendlich leicht; der echte Geschmack ist ein Ding, welches nicht sowohl erworben wird, als es verloren geht, er bedarf keiner langwierigen Destillation und Filtration; wer einmal einen Hauch der Gottheit verspürt hat, der ist freilich nicht gleich ein Evangelist oder gar ein Christus; doch wird er sie niemals mehr in einem Katechismus, und noch weniger in einem goldenen Kalbe zu finden glauben.

Unter allen entsetzlichen Dingen das Entsetzlichste ist Musik, wenn sie erst erlernt wird!

Ich sehne mich nach einer Mondschein-Nacht in Rom.

Alles Dichten ist Offenbarung, in der Brust des Dichters hält die ganze Menschheit mit all' ihrem Wohl und Weh ihren Reigen und jedes seiner Gedichte ist ein Evangelium, worin sich irgend ein Tiefstes, was eine Existenz, oder einen ihrer Zustände bedingt, ausspricht.

(Brief an Elise vom 14. März.)

Die meisten Dichter machen das Wort, das sie ihren Gestalten in den Mund legen, zum Spiegel ihrer Zustände, es muß aber zugleich das Echo ihrer Natur seyn.

Vorgestern hab' ich einer Promotion beigewohnt. Der Rektor in rothem Gewand, rothe viereckige Kappe, vor ihm hergetragen die zwei langen wunderlich geformten akademischen Scepter, die vor ihm auf den Tisch niedergelegt wurden, sobald er in seinem Stuhl Platz genommen hatte. Ihm zur Linken ein niedriger, mit blauem Tuch überzogener Katheder für den Doktoranten, hinter diesem ein zweiter, etwas höherer, für den Dekanus. An langen, blau überzogenen Tischen auf Stühlen die Senatoren in blauen, bauschigen Gewändern mit blauen Kappen, ähnlich der des Rektores. Der Kandidat selbst in schwarzem Frack, einen dreieckigen schwarzen Hut unterm Arm, Degen an der Seite. Der Kandidat fordert in aller Form seinen Respondenten zum Angriff der von ihm aufgestellten Thesis auf. Der Dekan verliest zuvor seinen Lebenslauf und ertheilt ihm nachher die Doctorwürde, nachdem er zuvor den Gelehrten-Eid, Kunst und Wissenschaft, vornämlich aber dem Vaterland treu seyn zu wollen, durch Berührung der akademischen Scepter, geleistet hat.

Genie ist Bewußtsein der Welt.

Klopstocks Meffias steht zu unserer Zeit, wie ein stattlicher gothischer Dom. Er ist herrlich genug und Jeder fühlt Respekt, aber Keiner tritt herein.

Es ist (nach der Seherin von Prevost) ein alter Glaube, daß ein Fenster geöffnet werden müsse, sobald ein Mensch gestorben sey.

Das kleine Kind in der schmerzhaften Kapelle, das die Wunden des Christusbildes küßte; jenes andre auf'm Gottesacker, das die Gräber mit Weihwasser besprengte.

Ich glaube an mir selbst erfahren zu haben, daß der Mensch nicht allein, wie oft bemerkt ist, in Worten denkt, sondern, daß er Alles, was er denkt, in Gedanken zugleich spricht, und eben, weil er nicht zwei Gedanken zugleich aussprechen kann, kann er sie auch nicht zugleich, ihrem ganzen Umriß und Inhalt nach — als Skizze geht's zur Noth, doch auch schwer — festhalten; dies möchte zu wichtigen Bemerkungen über das Verhältniß des ursprünglich Gedachten zu dem bereits Bearbeiteten führen; vielleicht gar zu der Ueberzeugung, daß es überall nichts Ursprüngliches für uns giebt, d. h. daß wir den Gedanken in dem Augenblick, wo wir uns seiner bewußt werden, schon zu Etwas gemacht haben.

Wie schlimm auf den Menschen Regeln, die ihm zu einer Zeit, wo er von der Sache noch Nichts versteht, über die Sache gegeben werden, wirken können, erfahr' ich an mir mit Bezug auf die Sprache. In irgend einer pedantischen deutschen Grammatik las ich in meinen frühesten Knabenjahren, es sey äußerst fehlerhaft und verwerflich, ein hat, sey, ist ꝛc. am Schluß eines Satzes, dem solch ein Schwänzchen zukomme, auszulassen. Ich prägte mir das um so bereitwilliger ein, als ich eben so weit war, daß ich das Hülfsverbum so, wie etwa ein Unteroffizier ein Bataillon, kommandiren konnte. Längst hab' ich mich davon überzeugt, daß nicht allein der numerus des Styls das Kappen dieser abscheulichen Schlepptaue gar oft verlangt, sondern daß die deutsche Sprache überhaupt, je weiter sie sich selbst in ihrer Grazie verstehen lernt, manche Zeiten ihrer Hülfsverba ganz und gar und manche in unendlich vielen Fällen in den Ruhstand versetzen wird. Dennoch laß' ich noch immer kein hat, ist ꝛc. ohne ein inneres Mißbehagen aus. Freilich (hierauf bringt mich die mir leider sehr wohl bekannte Beamten-Prosa) muß man ein hat niemals im Nachsatz einer Periode streichen, weil man es schon im Vordersatz angebracht hat.

Lichtenberg ist allenthalben vortrefflich, aber er wird ein Pedant, sobald er auf Poesie kommt, von der ihm, außer dem Rhetorischen, Nichts zugänglich gewesen zu seyn scheint.

Ich glaube oft, schon etwas gesehen zu haben, was ich erweislich zum ersten Mal sehe, namentlich Landschaften.

Zum zweiten Mal schon hab' ich die Seherin von Prevost vorgenommen, aber das Buch widersteht mir in innerster Natur. Gott bewahre mich vor der Ueberzeugung, daß dies Weib Recht habe; ich müßte zugleich an Vorherbestimmung im allerstrengsten dogmatischen Sinn glauben und mich unter die von Ewigkeit her Verdammten zählen, denn dem von ihr verkündeten Mittelpunkt alles Seyns kann sich nie und nimmer in meiner Brust etwas zu bewegen. Aber, das ist auch völlig unmöglich, schon darum, weil, wovon ich innig überzeugt bin, in diesem irdischen Vorspiel des Lebens nicht einmal die sämmtlichen, in den Menschen versteckten Kräfte angeregt, geschweige bis zum letzten Punkt entwickelt werden. Unser Ahnen, Glauben, Vorempfinden ꝛc. haben wir bis jetzt nur als den Beweis für die Existenz einer uns in ihrer Realität noch unerfaßbaren, außer uns vorhandenen Welt in Anwendung gebracht; mir sind sie mehr, sie sind mir zugleich die ersten Pulsschläge einer noch schlummernden, in uns vorhandenen Welt. — Ich stelle Nichts von Allem, was Kerner von seiner Kranken erzählt, in Abrede; ich nehme sogar sein Mittel-Reich willig an, um so eher, als dies ja eigentlich schon auf Erden anfängt. Aber, wenn ich gleich nicht weiß, in wie fern sich der physische Zustand jener Unglücklichen medizinisch erklären und auf erste Ursachen zurückführen ließe — in diesem Punkte ist Kerner mangelhafter, als er seyn sollte — so scheint es mir doch leicht, den physischen bis zu seinem Ursprung zu verfolgen. Man müßte von der (gewiß auffallenden) Bemerkung ausgehen, daß die Seherin in ihrer Geisterwelt auch nicht das Geringste, was nicht schon längst vorher in Millionen Köpfen gespukt hätte, entdeckt, sondern die alten gewohnten Gestalten bloß kolorirt. Sie steht physisch als eine einzige Erscheinung da; dies würde mithin unbegreiflich seyn, wenn sie wirklich mit geistigem Auge geschaut und nicht bloß phantastisch geträumt hätte ꝛc.

Ein Gott, dessen der Mensch, den er geschaffen, noch bedürfte, müßte doch ein recht trauriger Gott seyn.

Ich habe vor einigen Tagen wieder einen Band von Musäus Volksmärchen gelesen und nicht mehr das alte Vergnügen dabei empfunden. Liegt das am Autor oder an mir? d. h. entspricht er jenen tieferen Einsichten in die Natur des Komischen nicht, die ich im letzten Winter gewonnen zu haben glaube, oder entsprach meine Stimmung der Lektüre nicht? Antwort: ich muß ihn über's Jahr noch einmal lesen!

„Ich sehne mich nach Vergangenheit!" Das könnte für mich ein sehr begründeter Seufzer seyn!

Wenn alberne Weiber und dumme Jungen die Komposition eines großen Meisters abspielen, so kommt es mir vor, als wollte ein Esel

Geister beschwören. Es ist mir abscheulich, und gerade über mir wohnt eine Gans, die dem Flügel keine Viertelstunde Ruhe läßt. —

Daß ein Bösewicht nie bei kleinen Verbrechen stehen bleibt, sondern immer zu größeren vorschreitet — spricht dies gegen den Bösewicht?

Faust und Christus zusammen kommend. —

Es ist eine Wahrheit, von der sich Jeder möglichst früh zu über= zeugen suche, daß sich im Leben Nichts nachholen läßt.

Ich träumte einmal, ich läse lauter neue herrliche Romanzen von Uhland, und erinnerte mich beim Erwachen noch lebhaft, wie sehr ich die Tiefe ihrer Kompositionen bewundert habe; ich mag da selbst recht gute Romanzen gemacht haben und kann mich (so lächerlich es klingt) noch jetzt über das Vergessen dieses Traumes ärgern.

Ich lese jetzt den Titan von Jean Paul. Der Siebenkäs kann sich einem Roman von Göthe an die Seite stellen, der Titan (freilich bin ich erst bis an den 3. Band gekommen) kann's nicht. Besonders ist mir dieses Produkt aus Rosen= und Lilien=Essenzen, die Liane, zuwider. So sind die Weiber nicht, und Gott bewahre sie vor solcher Verklärung. Ueberhaupt fehlt es hier fast überall an Gestaltung.

Ich hab' mich eigentlich niemals kleiner gefühlt, als eben im Früh= ling. Die treibende Unendlichkeit drängt sich um meine Brust herum und schließt sie zu, und erst, wenn der Sommer jämmerlich mit seinen alten Stereotypen zu Markte zieht, wird mir's wieder leicht, und der innere Vesuv wirft sein altes Feuer.*)

Der Philister hat oft in der Sache Recht, nie in den Gründen.

Es giebt keinen ärgern Tyrannen, als den gemeinen Mann im häuslichen Kreise.

Gemeine Leute verderben ihren Kindern gern ein Fest, vorher oder nachher.

Auf Hamann bin ich sehr begierig; es muß um einen Mann, den nur Göthe, Jean Paul und Herder (und sonst Niemand) lesen, etwas Gewaltiges seyn.

Wiederholen alter Lektüre ist der sicherste Probirstein gewonnener weiterer Bildung. —

---

*) Später versagte die dichterische Kraft Hebbel, besonders im Sommer.
Anmerkung des Herausgebers.

An Leute, bei denen eine schöne Handschrift schon ein Vorzug des Briefes ist, sind am schwersten Briefe zu schreiben. —

Wenn man weit gekommen ist, aber noch nicht weit genug, das ist sehr schlimm, und diesem Fluch erliegt uns're Zeit.

(Es giebt Menschen, die Musiken sind.*)

Den 13. April.

Heute ist ein glücklicher Tag für mich gewesen. 1. erhielt ich heut morgen 8 Louisd'or aus Berlin. 2. kam Rousseau. 3. kam er 1½ Tag früher als er mir geschrieben hatte. 4. ließ ich heut Abend mein Licht zu Boden fallen, ohne daß es zerbrach.

Ich bin überzeugt, wenn ich jetzt jenen unheimlichen Geisterschauder, wie ihn nicht Bücher, nicht gespenstische Oerter, nicht die Mitternachts= stunde in meiner Brust hervor rufen, empfinde, so ist mir ein Geist nah.

Rousseaus Abentheuer in dem einsamen Hause in der Glückstraße, wo er das wunderliche Klopfen erst im Ofen, dann in der gegenüber liegenden Ecke, dann unter seinen Füßen, dann über sich vernahm. —

Rousseau glaubt zuweilen zu empfinden, er müsse Herr über irgend einen Geist seyn.

Wie ein Mensch mehr Glück als er verdient ertragen kann, begreif' ich nicht; dies muß der armseligste aller Zustände seyn.

Der Mann verliert entweder Alles, oder Nichts; entweder nicht den Freund, oder zugleich die Freundschaft, die Geliebte, oder zugleich die Liebe. Bei den Weibern ist es anders, in ihrem Schmerz, wie in ihrem Glück liegt Hökerei.

Man wirft Napoleon Selbstsucht vor — was bleibt denn einem solchen Mann, außer Selbstsucht!

Wir Menschen haben darum so oft recht, weil wir so selten ganz recht haben. Das Wort ist ein Denkstein, nicht dessen, was die Mensch= heit Jahrtausende hindurch bei gewissen Gegenständen gedacht hat, son= dern nur dessen, daß sie dabei gedacht hat. (Ein bedeutender Unterschied.

Es giebt keinen Weg zur Natur der Dinge, der nicht von ihnen zu entfernen schiene.

---

*) Bezieht sich höchstwahrscheinlich auf Rousseau, der seine Uebersiedelung nach München zugesagt hatte. Anmerkung des Herausgebers.

Der Virtuos steht zum Komponisten, wie der Schauspieler zum Dichter. Ob wohl der große Musiker mit Genuß Noten liest?

Gewöhnlichen Menschen scheint jedes Medium des höheren Lebens Krankheit.

Wären Jean Pauls weibliche Engel nur keine Engel mit Bewußtsein!

Weiber sparen am liebsten in ihren Verschwendungen! Man kommt schwer dazu, in den Schwächen und Gebrechen der Menschheit, wie in anderen Dingen, Rothwendigkeit zu sehen und sie als solche gelten zu lassen. Den einzelnen Menschen hebt über seine Schwächen und Gebrechen wohl der Enthusiasmus hinaus; er irrt sich aber, wenn er, was er gern thut, diesen mit in Anschlag bringt, sobald von der Leistung irgend einer Gesammtheit die Rede ist, denn die Masse, wenige Fälle ausgenommen, kann sich nicht enthusiasmiren.

Der wahrhaft bedeutende Geist kann in keine Zeit fallen, die es ihm unmöglich machte, seine großen Kräfte spielen zu lassen; fällt er in ein mattes, entkräftetes, leeres Jahrhundert, so — ist ja eben das Jahrhundert seine Aufgabe.

In welchem Verhältniß wohl gewisse nichtswürdige Thiere, z. B. Schlangen, Insekten ꝛc. zur Erfindung und Ausbildung der Teufels-Idee stehen?

In den Gestaltungen des Reichs der Fische liegt viel Burlesk-Humoristisches.

Die meisten Erfahrungen über mich selbst habe ich in Augenblicken gemacht, wo ich die Eigenthümlichkeiten anderer Menschen erkannte.

Man sollte eigentlich in seiner Nähe nichts dulden, was man nicht völlig kennt. Die Ausübung dieser Lebensregel würde weit führen.

Bei Betrachtung bedeutender Kunstwerke am Einzelnen haften zu können, ist Zeichen eines mittelmäßigen Kopfs. Dagegen ist es aber ebenfalls Zeichen der Mittelmäßigkeit eines Kunstwerks (dichterischen oder plastischen), wenn man über das Einzelne nicht hinaus kann, wenn es sich dem Ganzen gewissermaßen in den Weg stellt.

Die plastische Kunst stellt im Mann das Opponirende, im Gott das Dirigirende dar, Jupiter und Prometheus.

Manche Menschen glauben nur darum einen Gott, eine Unsterb=
lichkeit, weil sie sich so ungeheuren Ideen nicht zu opponiren wagen.

Alle Mittelmäßigkeit in der Poesie führt zur Heuchelei in Karakter
und Leben.

Die Geschichte des letzten Markgrafen von Ansbach, mit dem Ring
aus dem Grabgewölbe.

Der gute Erzähler zeichnet immer das Aeußere und das Innere
zugleich, Eins durch das Andere.

Göthe sagt mit Bezug auf den Michel Kohlhaas, solche Fälle
müsse man nicht im Wettlauf geltend machen. Das ist wahr, insofern
man daraus keine Schlüsse zum Nachtheil des Allgemeinen ziehen darf.
Doch scheint mir, der Dichter muß eben auf Ausnahmen der Art seine
Aufmerksamkeit richten, um zu zeigen, daß sie so gut aus dem Mensch=
lichsten entspringen, wie die Dutzend=Exempel.

Jedem bedeutenden Manne glaube man das Schlimme, das er
über sich selbst sagt, aber nie mehr. Er sagt nicht zu viel, noch zu
wenig, wenn er den Muth hat, überall etwas zu sagen.

Es giebt Erscheinungen (regelmäßig wiederkehrende) in der Natur,
die mich aus aller Gegenwart herausreißen und in Vergangenheit und
Zukunft zugleich hinein stürzen. So erinnere ich mich z. B. im Frühling
bei den ersten Blüten dessen, was ich über und durch sie in der Kind=
heit dachte und empfand, und meine zu ahnen, was ich über und durch
sie im hohen Alter denken und empfinden werde.

Ob die Musik wirklich nur das Allgemeinste ausdrücken kann,
oder ob ich und Viele (wie Tausende von der Poesie) nur ihr Allgemeinstes
verstehen? Ob es überhaupt für irgend eine Kunst einen anderen Weg
zum Allgemeinsten giebt, als der durch das Individuelle führt?

Alle Kunst verlangt irgend ein ewiges Element; darum läßt sich
auf bloße Sinnlichkeit (von der sich keine unendliche Steigerung denken
läßt) kein Kunstwerk basiren.

Gewiß ist es ein guter und insbesondere mir für Erlangung
weiterer Bildung anzurathender Weg, von irgend einem Punkt in irgend
einer Wissenschaft auszugehen und sich dabei über Alles, was aus andern
Wissenschaften dahin einschlägt, nebenbei zu belehren.

Der erste Mensch legt aus Dankbarkeit und zum Opfer das Innerste der Frucht, den Kern, in die Erde, die sie hervorbrachte. Und die Erde treibt einen neuen Baum!

Der Mensch kann eigentlich sein Ich aus der Welt gar nicht weg denken. So fest er mit Welt und Leben verwebt ist, eben so fest, glaubt er, seyen auch Leben und Welt mit ihm verwebt.

In jedem Menschen bleibt irgend ein Rest von Gutem. Das ist ein letztes grünes Zweiglein der Pflanze, in dem das Leben sich erhält. Der Gärtner wird ihn zu nutzen wissen.

Große Menschen sind Inhaltsverzeichnisse der Menschheit.

Worte sind Münzen des Geistes, die nicht sind, nur bedeuten.

Wenn eine Revolution verunglückt, so verunglückt ein ganzes Jahrhundert, denn dann hat der Philister einen Sachbeweis.

Gewöhnliche Menschen sind weit mehr Dichter im Sprechen, als im Schreiben; denn während sie sprechen, wirkt auf sie Leben und Welt gemeinsam ein und läßt sie oft das Rechte, das Inneres und Aeußeres verknüpfende Wort, ergreifen; wenn sie schreiben, sind sie auf sich selbst verwiesen.

Ob das Christenthum fortbestehen wird, oder nicht? Jedenfalls ist die Krisis eingetreten, denn was früher nur einen Theil der Literatur bewegte, bewegt jetzt das Leben; hält sich in solchem Kampf eine Institution, so hält sie sich auf ewig.

Man enthusiasmirt sich zweimal für eine Religion, (und gerade dann, wenn man ihr noch am wenigsten Dank schuldig ist) wenn sie entsteht und wenn sie untergeht.

Es ist nicht ärgerlich, Brüder zu haben, aber Halbbrüder.

Für meinen Nächsten würde oft dabei wenig herauskommen, wenn ich ihn liebte, wie mich selbst.

Ueber Nacht träumte mir, meine Mutter und Johann wären nach München gekommen (d. 29. Mai).

Sich auf's Leben vorzubereiten und zugleich zu leben, ist die höchste Aufgabe.

München, den 29. Mai 1837.

Ich habe heute einen Entschluß gefaßt, zu dessen Ausführung mir Gott Kraft verleihe. Ich habe bisher all mein Thun und Treiben zu

einseitig auf Poesie bezogen; heut hab' ich eingesehen, daß dieser Weg
mich am Ende auf ein schales Nichts reduciren muß. Es heißt statt des
Baums die Blüthe pflegen; der Weg zum Dichter geht nur durch den
Menschen. Ich werde von nun an arbeiten, arbeiten um der Arbeit und
um des Nutzens willen, den sie als solche für mich als Menschen haben
wird, oder kann!

Aus einem Brief an Frau Pr. S.*)
vom 25. Mai 1837.

   — Sie meinen, ich hätte Ihnen Etwas zu verzeihen. Das nicht,
theure Freundin, denn ich weiß, daß man immer ein Bittender bleibt,
wenn man auch für Andre bittet, und ich weiß, was es ein stolzes Herz
kostet, zu bitten, unter welchen Umständen es immer sey. Ihre Bitte ist
diesmal nicht fruchtlos geblieben; die Frau Gräfin von R.**) hat mir neben
einem Schreiben, das ich zur Verständigung dessen, was ich über diesen
Punkt zu sagen gedenke, sammt meiner Antwort, abschriftlich beifüge,
8 Louisd'or gesandt. Ich gestehe, diese Sendung war mir nicht sowohl
erfreulich, als überraschend und unbegreiflich, und ich wußte wirklich nicht,
wie ich mich dabei benehmen sollte; zuletzt dachte ich, es sey ein wohlwollender Schritt der hohen Dame, um das Peinliche, was in der Art
und Weise, womit sie das Verhältniß zwischen ihr und einem Menschen,
dem sie vielleicht doch zuviel gethan, abgebrochen hatte, liegen könne,
aufzuheben. Da hielt ich's denn für meine Schuldigkeit, das Geld
nicht, wie mir anfangs nahe lag, zu remittiren, sondern meinen Dank
auf eine meiner Stellung zu einer Gönnerin, die eine Härte gutzumachen
wünschte, angemessene Weise auszusprechen und das Vornehme, was in
diesem Abfinden lag, zu übersehen, um so mehr, als es von Vornehmen
ausging. Ihre Zuschrift hat nun erklärt, was unbegreiflich war, und ich
kann mich jetzt des Gedankens nicht erwehren, daß es wohl weniger die
Rücksicht auf eine begangene (ich finde kein andres Wort, oder vielmehr
ich mag es nicht setzen) Rücksichtslosigkeit und auf mich, als Mitleid mit
meiner anscheinenden Noth gewesen seyn mag, was mir jene 8 Louisd'or
verschafft hat. Genug hiervon, das Geld ist nun einmal in meinen Händen

---

*) Schoppe. **) Redern.

und mein Dank in den Händen der Frau Gräfin, und mit Bezug auf
Vergangenheit mag man denken, nur nicht wünschen; was ich aber hoffe,
ist — daß nicht mehr komme. Diese in der Sache und in meiner Natur
begründete Hoffnung wird mich auch wohl nicht täuschen; geschähe es
dennoch (im Widerspruch mit Wahrscheinlichkeit und Weltlauf) so müßt'
ich freilich aus Zartheit einen unzarten Schritt thun. Ich will meiner
Noth Nichts verdanken, als höchstens meinen Karakter; ich werde meine
Geisteskräfte für gering achten, wenn sie, nun sie entwickelt sind, zur Begründung meiner Existenz nicht ausreichen; ich werde, falls ich im Weltmeer untergehen sollte, darin nicht, wie vielleicht früher, einen Privathaß
des Schicksals gegen mich sehen, sondern bloß den Beweis, daß ich nicht
schwimmen konnte. Sie werden, theure Freundin, die Wahrheit dieser
Gefühle nicht darum bezweifeln, weil ich sie zufällig am besten in einer
Metapher ausdrücken zu können glaube; ich bin überzeugt, auf's Innigste überzeugt, das Leben ist auf die Dauer gegen Niemanden ungerecht,
und wer es so schilt, der verwechselt Gerechtigkeit mit Billigkeit und
will sich ein Geschenk als einen Tribut ertrotzen; wehe aber, oder vielmehr pfui dem, der zu Grunde geht, weil er nicht beschenkt wird. Ich
gebe allerdings zu, daß der Mensch vor Entscheidung des Prozesses, der
zwischen dem Leben und einer falsch gestellten hohen Erscheinung mit
Bitterkeit und Strenge geführt wird, erkranken kann; ich gebe aber
nicht zu, daß solch eine Krankheit heilbar ist, und verlange von dem
Kranken, daß er (eben in Bethätigung seiner höheren Natur) dies bei
Zeiten fühlen und an ein Sterbebett keinen Arzt fesseln soll. Auch
ich bin krank; ich irrte mich, als ich beim Austritt aus der Gifthölle mich,
einen Freiheitsrausch mit Gesundheit verwechselnd, den Alten glaubte; ich
schreibe Ihnen also nicht so (und dies ist für die Würdigung meines
Geständnisses ein wichtiger Punkt) weil ich viel hoffe, sondern nur, weil
ich Nichts fürchte. Ich bin hypochondrisch im höchsten Grade, mein
Leben ist ein tolles Gemengsel von Rausch und ekler Nüchternheit, ich
würde, selbst wenn ich ein Recht hätte, zu hoffen, kaum mehr wünschen
können. Als die Aufgabe meines Lebens betrachte ich die Symbolisirung
meines Innern, so weit es sich in bedeutenden Momenten fixirt, durch
Schrift und Wort; alles Andre, ohne Unterschied, hab' ich aufgegeben,
und auch dies halt' ich nur fest, weil ich mich selbst in meinen Klagen

rechtfertigen will. Mein Studiren bezieht sich deswegen allein auf
meine inneren Bedürfnisse, und durchaus nicht auf einen äußeren Zweck;
ich bereite mich auf kein Amt vor, weil ich nie ein Amt suchen, oder annehmen werde; ich habe keine Rücksichten auf eine etwaige künftige Familie
zu nehmen, weil ich fest entschlossen bin, mich niemals zu verheirathen;
ich bewerbe mich aber mit Ernst und Anstrengung um Kunst und Wissenschaft, weil sich in einem Jahrhundert, das nicht an den trojanischen
Krieg gränzt, ohne Kenntniß und Wissenschaft kein Dichter, ja kein
Schriftsteller, denken läßt, weil ein Mensch, der von den vorüber gerauschten
6 Jahrtausenden keinen Pfennig geerbt hat, gegen die Menschheit steht,
wie das Kind gegen den Mann. In allen Dingen giebt es ein A B C;
das wird einmal erfunden und dann erlernt; für die Menschheit ist jeder
große Abschnitt oder Mensch nur die Quadratwurzel eines größeren, darum
lebt sie nur für und durch ihre Geschichte und darum macht selbst
Shakespear keine Ausnahme, denn er ward nur ein großer Dramatiker,
weil er ein großer Geschichtskundiger war. — --- (Thorwaldsens Schiller)
(Ein gränzenlos geniales Werk, welches durch alle Pforten zugleich in
die Seele eindringt, welches Sinn und Gedanken bewältigt und dem
Menschen Nichts läßt, als ein glühendes Gefühl sich aus dem Innersten
entwickelnden höheren Lebens; der ganze Mensch ist eine galvanische
Strömung. Das ist auch das Zeichen des Genius; es steht immer in
Bezug auf das Unendliche und erzeugt in jeglichem Werk ein Anagramm
der Schöpfung; es braust, wie ein Sturmwind, durch den ganzen Baum
und nun überschütten uns Blüthen und Früchte. — Das Talent und das
hermaphroditisch ekelhafte Zwitterding, was ich Affengenie nennen möchte,
erwischen hie und da ein einzelnes Zweiglein mit einer dürftigen Frucht,
einer vertrockneten Blüthe, und stillen höchstens — einen Hunger, niemals
eine Seele. — — — (den 26. Mai). Ich bin wieder nüchtern, recht sehr
nüchtern, und fahre in meiner Antwort fort. Was meine Studien an-
langt, so werde ich mich wohl nicht weiter darüber auslassen dürfen; ich
beziehe sie ausschließlich auf mich selbst, treibe sie nur privatim und ohne
die geringste Rücksicht auf irgend eine Stellung im Leben, auf die ich
Verzicht leiste, weil ich auf vieles Andere Verzicht leisten kann. Seit
Oktober vorigen Jahres beschäftigen mich Geschichte, Philosophie und
plastische Kunst, und solchen Musen kann ich Opfer bringen, wie ich sie

gebracht habe, aber bei Gott nicht der elenden Juristerei, die mich anwidert, seit ich sie von einer anderen, als der praktischen Seite kennen gelernt habe. — — An A. denk' ich, wie an den Tod. Gott kann ihn retten, kein Mensch. Solche Sünden lassen sich nur dann begehen, wenn man schon ganz verderbt ist. Mich schmerzt in der Sache längst nicht mehr das Persönliche, aber sie schmerzt mich jetzt als ein Knochenfraß der Menschheit. Ich habe diesen Winter eine Stunde gehabt, wo ich an ihn schreiben wollte; wenn mir eine so schwache Stunde wieder käme, die Alles, wodurch das Welt=All sich erhält, chaotisch durch einander wirft, so müßt' ich mich selbst verachten. Das fühl' ich. (Börne) Er ist die merkwürdigste Erscheinung, die ich kenne, ein Mensch, dem man nie im Einzelnen und immer im Ganzen Recht geben muß. (Mit Bezug auf meine Furchtlosigkeit während der Cholera.) Ich fühlte mich mit Welt und Leben zu innig verwebt, ich war zu tief von der Ueberzeugung, daß ich jenen Ueber= gangspunkt, der höhere und irdische Kreise verknüpft, noch nicht erreicht habe, durchdrungen, als daß ich die Furchtbare irgend hätte fürchten können.

.

Brief an Janinski vom 26. Mai.

— — Also Leben genug, mystisch geheimnißvolles der überquellenden Natur und Leben der Menschen (Biertrinken und Kegelschieben), was unter Blüthenbäumen und im Frühling auch etwas Unbegreifliches hat und mir zuweilen wie eine Verzauberung vorkommen kann. — — Meine Jurisprudenz hab' ich aufgegeben. Ich weiß, daß dieser Schritt von vielen Seiten bitter getadelt werden wird, ich handle aber den Bedürfnissen meiner Natur gemäß und kümmere mich nicht um die Noten der Welt zu diesem heiligen Grundtert, den Jeder lästert und lästern muß, der ihn nicht versteht. Hat der Mensch gewisse Erfahrungen über das Höchste gemacht, so würde Jahre langes, sklavisches Versenken in das rein Positive, wie die Juris= prudenz es verlangt, ihn tödten. Aber, mit der Jurisprudenz habe ich freilich nicht zugleich auch ernstes Bewerben um Kenntniß und Wissenschaft aufgegeben. Ich fühle mich veranlaßt, dir über diesen Punkt im Gegen= satz zu der Deinigen meine Ansicht mitzutheilen. Du meinst, alle Schul= gelehrsamkeit der Welt vergrößere die praktische Mitgabe um kein Haar. Das ist wahr, aber daraus folgt noch Nichts, was jene Schulgelehrsam=

keit verächtlich oder auch nur entbehrlich machte. Das Ohr verstärkt das Auge nicht, doch um das Räthsel der Welt zu verstehen, müssen wir zugleich sehen und hören können; ein Organ (und wär' es auch das vollkommenste) reicht für die Unendlichkeit nicht aus. Dazu sind Schulgelehrsamkeit und Wissenschaft so verschiedene Dinge, wie Metrik und Poesie. Es giebt noch etwas, was über Wissenschaft und Kunst steht; das ist der Künstler selbst, der in sich die Menschheit in ihrer Gesammtkraft und ihrem Gesammtwillen und Streben repräsentiren soll. Daraus, daß der Dichter in einer Hinsicht mehr besitzt, folgt nicht, daß er in der andern weniger besitzen dürfe; eher das Gegentheil. Thorwaldsen hat gewiß Jahre lang Anatomie und Osteologie studirt, bevor er seinen Jason schuf und schaffen konnte; der Dichter, der die unendlich schwierige Aufgabe hat, die Seele in ihren flüchtigsten und zartesten Phasen zu fixiren, den Geist in jeglicher seiner oft bizarren Masken auf das Unvergängliche zu reduciren und dies Unvergängliche (ich spreche vom Dramatiker, wie eben vorher vom Lyriker) plastisch als Karakter hinzustellen, darf in keinem Gebiet fremd seyn, was zu Seele und Geist in irgend einem Bezug steht, denn nur, wenn er das Universum (wozu tausend Wege führen, deren jeder gewandelt seyn will, weil jeder einzelne nur in einen einzelnen Punkt auslänst) in sich aufgenommen hat, kann er es in seinen Schöpfungen wiedergeben. Das haben auch alle Hohepriester der Kunst gefühlt. Göthe war eine Encyklopädie und Shakespear ist eine Quelle der englischen Geschichte.

Wir halten in Sachen der Kunst oft etwas unter der Natur, weil es nicht eine Linie über die Natur hinaus ist.

Jedes Talent verlangt ein Leben zu seiner Ausbildung, und das schwächere vielleicht am dringendsten. Nur aber frägt es sich, ob die Ernte zu der Saat in Verhältniß steht.

Gestern Abend beim zu Bett gehen hatt' ich ein Gefühl, wie es mir seyn würde, wenn ich meinen Körper verlassen müßte. An diesen wohlgestalteten Leib fühlt der Mensch sich so mannigfach durch Leid und Freude, durch Bedürfniß und Gewohnheit, gefesselt, an diesem Leib, mit ihm und durch ihn hat sich das, was er sein Ich nennt, entwickelt, dieser Leib ist es, der ihn durch die nach allen Seiten aufgeschlossenen Sinne so innig mit der Natur verwebt, ja, das Ich gelangt nur durch den Leib zu einer Vorstellung seiner selbst, als eines von den Urkräften frei gegebenen, selbstständigen und eigenthümlichen Wesens und die kühne Ahnung eines noch immer fortbestehenden Verhältnisses zwischen dem Quell alles Seyns und der abgerissenen Erscheinung des Menschen geht weit weniger aus Eigenschaften des Geistes, als des Leibes hervor. Nun denke man sich den Tod: ein einziger Augenblick zerreißt alle diese Fäden und Alles, was an sie geknüpft ist: das Auge erlischt, das Ohr wird verschlossen, der Leib sinkt abgenutzt in's Grab und die Elemente theilen sich in ihn: indeß soll das Ich, das nur durch den Leib ein Bild von sich, nur durch die Sinne ein Bild von der Welt hatte, in neue Sphären, von denen es keine Vorstellung hat, zu neuer Thätigkeit, die es nicht begreift, eintreten: als eine reine Kraft kann es nur unter Verhältnissen und Beziehungen zu andern Kräften, nur wenn es Widerstand findet, wirken: eine unvollkommene Maschine ist kein Hinderniß, sondern ein Bedingniß geistiger Thätigkeit, es giebt keine Vermittelung zwischen Gott und den Menschen, als das Fleisch: also ein neues, dem alten, ver= lassenen analoges Medium ist nöthig und (hier kann man schaudern vor dem Augenblick des Uebergangs) es entsteht jedenfalls ein leerer, wüster Zwischenraum, der kurz seyn mag, der aber ein völliger Stillstand des Lebens, wahrer Tod ist und eine zweite Geburt, mithin die Wiederholung des größten Wunders der Schöpfung, nothwendig macht. (Fragen: ist eine Wirksamkeit des Geistes ohne Körper möglich? Zur Antwort müßten Physiologie und Psychologie, in letzter Entwickelung, führen. Wenn möglich: Zustand des Menschen, der nur in seinem Leib und durch ihn gelebt: Nothwendigkeit höchster Ideen.)

Es ist das Zeichen bedeutenderer Menschen, daß sie zum Gewöhn= lichen auf ungewöhnlichem Wege gelangen und sich blos gebären, nicht aber erschaffen lassen.

Ich weiß nicht, ob man den guten Willen eines Menschen, wenn er nicht in Verhältniß zu der Kraftmasse steht, die er aufzuwenden hat, überall schätzbar finden darf; er ist das Produkt der Eitelkeit und der Schwäche und unterhöhlt die ganze Menschennatur.

5*

Man gebietet in — jetzt für amtliche Berichte den guten Styl. Man sollte sich darauf beschränken, ihn nicht zu verbieten.

Wer ganz und von jeher der Natur gemäß lebt, für den ist sie reich genug. Das fühlte ich heut morgen im Botanischen Garten so lebhaft, ich, für den sie nicht reich genug ist.

Im größten Schmerz ist es noch Wonne, seiner fähig zu seyn!

Heute, den 27. Juny, habe ich das erste Honorar eingenommen, nämlich 30 fl. 3 kr. von der Cotta'schen Buchhandlung für Korrespondenzberichte und Gedichte. Die goldene Seite der Poesie.

Brief an Elise vom 18. Juny 1837.

Ich bin nicht gegen viele Menschen wahr, ich kann's nicht seyn, denn sie würden mich nicht verstehen und (was das Schlimmste ist) doch zu verstehen glauben; doch mach' ich's nicht, wie Moses, der seinen Aussatz hinter dem Schleier für göttlich-blendenden Glanz ausgab und seine Krankheit anbeten ließ. — Mein Talent ist zu groß, um unterdrückt; zu klein, um zum Mittelpunkt meiner Existenz gemacht zu werden. — Auch wüßte ich mich aus einer langen Strecke Vergangenheit keines unreinen Schmerzes von solcher Widerlichkeit zu erinnern, als derjenige ist, womit der Gedanke mich erfüllt, daß Du der Humanität bloß darum geopfert hast, um die Göttin von ihrem Altar zu verdrängen und Dein eignes Bild hinauf zu setzen.

Den 6. Juli.

Ueber Nacht träumte mir: Ich sah den alten König Maximilian Joseph beerdigen und den König Ludwig krönen. Beides geschah im Grabgewölbe und Leichen- und Krönungsfeierlichkeiten spielten gräßlich in einander; Die Leichenfackeln dienten zum Fackelzug bei der Krönung und als der König Ludwig die Krone aufsetzte, nickte der König Maximilian aus seinem Sarg heraus mit dem Kopf. Ich war unter den Kronbeamten; als wir wieder herauf stiegen, verschloß der König Ludwig die Gruft und sagte zu mir, indem er mir den Schlüssel gab: laß' den nicht heraus, aber mich laß' auch nicht hinein!

In Maitland's Buch ist es charakteristisch, daß er mit größter Sorgfalt jede Aeußerung des Generals Bonaparte, die zu Gunsten Englands oder irgend einer englischen Institution ausgelegt werden könnte, aufzeichnet. Der gewichtigste Grund gegen des Buches Behauptungen ist wohl der, daß dieser nicht ermangelt haben würde, auf ein schriftliches Instrument zu dringen, wenn Maitland wirklich bestimmte Versicherungen wegen der Aufnahme Napoleons in England gegeben hätte. Daß das Buch durch Walter Scotts Hände gegangen ist, unterstützt seine Ansprüche auf Glaubwürdigkeit nicht besonders; in einer Anekdote meine ich, Scott zu erkennen. Napoleon soll nämlich (nach Montholon) gesagt haben, Arthur Wellington sey ihm in Führung einer Armee gleich, aber er gehe vorsichtiger damit um.

Die Menschen helfen lieber dem, der ihrer Hülfe nicht bedarf, als dem, welchem sie nöthig ist.

Einen Karakter der jüngsten Vergangenheit (z. B. Napoleon) dramatisch zu gestalten: ist es bloß schwer, oder unmöglich? Und verwechselt man bei der Verneinung nicht etwa Effekt mit Darstellung an sich?

Grabbes Napoleon: Es ist, als ob ein Unteroffizier die große Armee kommandirte: man hört überall Lärm genug, aber man sieht nicht, man erfährt nur gelegentlich, daß der Lärm auch etwas bedeute. Ich kann die Unmöglichkeit, einen Stoff, der der nächsten Vergangenheit angehört, durch einen großen Dichter gehörig behandelt zu sehen, nicht finden, aber ich finde allerdings, daß ein solcher Stoff nicht in den Schacher der Halben paßt. Die Masse des Publikums sieht bis an die Wolken (weiter freilich nicht) recht gut und läßt sich wohl einen tättowirten Cäsar gefallen, weil sie von Rom Nichts weiß, aber keinen tättowirten Napoleon, weil sie, hauptsächlich, seit er todt ist, fühlt, daß und wie er gelebt hat. Hier also heißt es: weck' ihn auf, Poet, wenn Du kannst, ihn selbst, den Mann, dessen Worte Schlachten waren und dessen Schlachten Worte, oder schweig', bis unsre Enkel fünf Fuß messen; dann magst Du sein Gespenst schicken! Uebrigens ist der Grabbesche Napoleon nicht einmal eine Figur; das ganze Stück kommt mir vor, wie ein Schachspiel. —

Ein Drama, welches Napoleon zum Gegenstand hat, muß sich gewissermaßen Vergangenheit, Gegenwart und Zukunft zugleich zur Aufgabe setzen, muß ihn durch die Vergangenheit motiviren und die Zukunft durch ihn. Eine ungeheure Aufgabe! Napoleon, als darzustellender

Karakter an sich betrachtet, will nur durch ein Gewitter von Thaten gezeichnet seyn: mit Worten muß der Darsteller so sparsam seyn, daß er ihn kaum befehlen lassen darf.

An Gravenhorst.

München, den 13. Juli 1837.

Ich habe mich schon seit einiger Zeit des Gedankens nicht erwehren können, daß Euer beiderseitiges langes Stillschweigen einen anderen, als einen blos zufälligen Grund haben müßte. Worin ich diesen Grund suchen soll, weiß ich nicht; ich habe die ganze Vergangenheit, die wir mit einander gemein haben, geprüft und nirgends den Keim zu einer Mißhelligkeit, die nicht gleich ausgebrochen und abgethan wäre, gefunden; wir haben uns von jeher in unseren Naturen, so weit sie sich im Kampf mit den verschiedenen Lebens-Ereignissen ausgebildet, gewähren lassen, wir haben uns in uns'rem Streben geschätzt und uns in uns'ren Ansichten über die letzten Dinge in ein Wechselverhältniß zu setzen gewußt. Dies ist meines Bedünkens ein unverrückbares Fundament einer Geistes- und Herzens-Verbindung, ein solches, welches wenigstens mir für alle Zukunft Muth und Vertrauen einflößt; wie etwas eingetreten seyn könnte, was uns auf einmal anders gegen einander gestellt hätte, ist mir völlig unbegreiflich.

Um mich haben sich im letzten Winter Leben und Tod gestritten; ein Sandkorn gab dem Leben den Sieg. Ich erinn're mich meiner geführten Korrespondenz nur wenig, da sie immer — worüber ich Dir im letzten Brief geschrieben zu haben meine — unmittelbarster Ausdruck meiner oft flüchtigen Stimmung ist und nur in ihrer Totalität mit Bezug auf meine Persönlichkeit etwas bedeutet; ich kann mir aber wohl denken, daß sie zu einer Zeit, wo ich fast ausschließlich andere, als die irdischen Zustände, vor Augen hatte, herbe und dunkel genug gewesen seyn mag. Doch halte ich mich überzeugt, und ein unbefangener Leser wird's finden, daß das Herbe nur aus Mißwollen gegen mich selbst hervor ging; das Schicksal hat mich gemartert und zertreten, ich stieß vielleicht, als es mit Wundpflastern kam, seine Hand zu unsanft und eigensinnig zurück. Auch ging das Dunkle nicht aus innerer Unklarheit hervor; dies schien Reudtorsi zu meinen, aber ich mußte widersprechen, denn es wäre verächtlich gewesen, wenn ich den gewichtigsten aller menschlichen Entschlüsse gefaßt hätte, ohne mit mir im Reinen zu seyn; im Gegentheil, das Aphoristische meiner Aeußerungen entsprang aus jenem Mißbehagen, welches Jeder empfindet, der sich über etwas nach allen Seiten Durchdachtes und Durchempfundenes auslassen will, das er nur noch als That hinstellen oder für ewig unterdrücken und vergessen mag.

Aber, jedenfalls seyd Ihr nicht die Leute, die einen Menschen deswegen meiden, weil er Euch krank scheint. Ein Mißverständniß, welcher Art es auch sey, ist eingetreten; wollte der Himmel, ich hätte nur eine Ahnung über den rechten Punkt, dann könnt' ich's ja vielleicht durch zwei Worte zerstreuen. Ich bitte Dich inständig um Aufklärung, und ich hoffe, Du kennst mich genug, um selbst dann, wenn Du mich einen Bankerutteur glauben solltest, keinen Bettler in mir zu fürchten. Ueber meine jetzigen Verhältnisse, Pläne und Ansichten könnt' ich Dir Manches schreiben, aber entweder interessirt es Dich nicht, oder es kommt noch in der etwaigen Antwort auf Deinen Brief, den ich billiger, ja gerechter Weise erwarten darf, früh genug.

Freilich wär' es möglich (obgleich allerdings ein sonderbares Zusammentreffen wunderlicher Umstände dazu gehörte), daß meine Hypochondrie mich dennoch täuschte, daß Ihr nicht schreiben könnt oder nicht schreiben mögt. Doch, auch in diesem Fall, darf ich einigen Zeilen entgegen sehen, in jedem anderen aber gewiß.

Grüße R. und sey selbst herzlich gegrüßt, antworte mir aber bald, da ich nicht weiß, wie lange ich noch in München bleibe.

Dein

F. H.

Den 14. Juli 1837.

Heute erfahre ich, der Herzog von Cumberland habe die Hannöverische Konstitution aufgehoben.

Das Leben hat eine Musik und tausend Variationen derselben.

Wer die Menschen kennen lernen will, der studire ihre Entschuldigungsgründe.

Dürfte ich mir nicht sagen, daß ich gewisse Verbrechen niemals begehen kann, so könnt' ich das Gefühl der Zukunft nicht aushalten.

Ein König versicherte seinen Unterthanen so lange, er sey liberal, bis sie sich erfrechten, es ihm zu glauben.

Es giebt nur eine Sünde, die gegen die ganze Menschheit mit allen ihren Geschlechtern begangen werden kann, und dies ist die Verfälschung der Geschichte.

Napoleon konnte sich immer auf seine eigne Klugheit und auf die Dummheit seiner Gegner verlassen.

Jeder Mensch hat irgend einen Winkel, von dem er sagen kann: den kenn' ich allein; wenn man dem Philister imponiren will, muß man ihn dahin verfolgen.

Denke ich an alte Zeiten, so denk' ich immer zugleich an Abend-Dämmerung; denke ich an einen alten Karakter, so erscheint er mir unter Flor oder Spinnweb; so gewiß ist's, daß jede innere Erscheinung ohne weitern Prozeß eine ihr analoge äußere hervorruft.

Um einen Schriftsteller in Bezug auf Styl zu beurtheilen, muß man besonders auf die Freiheiten passen, die er sich mit der Sprache nimmt und untersuchen, ob dabei auch Freiheit stattfindet.

Man muß sich hüten, manche Schwäche zu bekennen. Seit ich's z. B. meinen Freunden eingestanden habe, daß ich empfindlich bin, segelt in ihren Augen jedes meiner Gefühle, das nicht überzuckert ist, unter der Flagge der Empfindlichkeit.

Es giebt Fälle, wo Pflicht-Erfüllen sündigen heißt.

Das Anscheinend-Gute beziehen wir immer auf überirdische Zustände, warum nicht auch das Anscheinend-Böse?

Bilder, für innere Zustände aus der äußern Natur genommen, haben nicht bloß erleuchtende, auch beweisende, Kraft.

Ein Kunstwerk durch Darstellung seiner Idee erschaffen, ist viel: die Idee nicht fundamentiren, sondern nur befruchten lassen, ist Alles.

Furchtbarer noch, als die zermalmende, ist die versteinernde Kraft der Zeit. Wenn sie nicht eine Medusie wäre, so hätte unser Jahrhundert gar nicht erscheinen können.

Alles Schreiben läuft auf Mischen hinaus, die Ingredienzien bleiben ewig dieselben. Aber, jede neue Zeit ruft ein neues Recept hervor und jedes neue Recept eine neue Medizin.

Nur wer Gott liebt, liebt sich selbst.

Sich selbst etwas versprechen und es nicht halten, ist der nächste Weg zur Nullität und Karakterlosigkeit.

Das Versprechen, was Du Dir selbst giebst, sey Dir heiliger, als jedes andere. Ein Dritter weiß sich schon Recht gegen Dich zu verschaffen; aber die Pflicht, die Du gegen Dich selbst eingingst, kann niemals Zwangspflicht werden. Betrachte sie also immer als Ehrenschuld, die Du an Deine Natur zu zahlen hast.

Es ist mir eine grauenhafte Erfahrung, daß nicht bloß das Kleinste, sondern auch das Größte und Höchste in der Menschen-Natur mit der Gewohnheit zusammen hängt.

Manchen Institutionen, die aus dem Alterthum stammen, läßt sich freilich das Leben nicht geradezu absprechen; aber, sie wirken wie Gespenster, nicht mehr, wie lebendige Wesen.

Einem Volkstheater, wenn es nicht über seine Sphäre hinaus geht, kommt besonders der Umstand zu Gute, daß Alles, was etwa in Dekoration, Kostüm u. s. w. verfehlt ist oder verunglückt, den burlesken Effekt verstärkt und nicht, wie anderswo, aufhebt.

Jerring kauft als Knabe Niemeyers Grundsätze der Erziehung, bringt das Buch seiner Mutter und fordert sie auf, ihn danach zu erziehen.

Jerring erzählte mir heute, ihn habe, als er Theologie studiren wollte, immer die Vorstellung verfolgt, Gott und Maria. —

Niemand schreibt, der nicht seine Selbstbiographie schriebe, und dann am besten, wenn er am wenigsten darum weiß.

Den 29. Juli.

Aus Scham, für dumm angesehen zu werden, wohl mehr, als aus Respekt vor Vernunft und Pflicht, giebt Mancher zuweilen selbst zum Nachtheil seines Vortheils einem Grund Gehör.

Wir Menschen in all unserm inneren Thun und Treiben sind und bleiben ewig mehr oder minder kühne Spieler am Roulett-Tisch. Wir setzen bald auf diese, bald auf jene Farbe und irren gewiß jedes Mal, wenn wir daraus, daß die eine gewinnt, oder die andre verliert, irgend Schlüsse zum Vortheil oder zum Nachtheil unseres Genies ziehen wollen;

nur in der Verwendung der Gewinne und Verluste ist uns einigermaßen freie Hand gelassen.

Heute ist coeur Trumpf und morgen Spadille. Aber nichts kommt dem Menschen abscheulicher vor, als wenn die einmal kreirten Trümpfe ihm nichts einbringen; selbst dann, wenn er auf andere Weise gewinnt.

Es giebt keine reine Wahrheit, aber ebensowenig einen reinen Irrthum.

Alles Erworbene hat nur auf die irdischen Kreise Bezug und Einfluß; nur das Angeborene reicht darüber hinaus.

Es giebt Menschen, die entweder die Gottheit, oder sich selbst, verleugnen müssen. Dahin führt alle Beschäftigung mit Poesie, wenn sie nicht zum Höchsten führt. Ein Krebs unsrer Zeit!

Unterschied zwischen Genie und Talent.

Das Talent macht eine vereinzelte Erscheinung des Weltlaufs geltend, wie sie sich entwickeln kann, und hat den prüfenden Verstand immer auf seiner Seite; das Genie zeigt uns, wie jeder Gegenstand, den es sich zur Aufgabe gestellt hat, seyn muß, die ganze große Natur steht im Hintergrund und bejaht. Wir können uns ein höchstes Kunstwerk durchaus nur in der Gestalt, worin es der Dichter uns vorführte, denken; so wenig anders, als eben einen Baum, einen Berg oder einen Fluß. —

Den 12. August.

Göthes italienische Reise und in dem zweiten Theil des Werther die Briefe über die Schweiz. Eine höchst schwierige Aufgabe, das Verhältniß, worin beide Darstellungen zu einander stehen, herauszufinden, aber gewiß in ihren Resultaten für die Erfassung Göthescher Art und Weise unendlich belehrend. Das Allgemeinste ist leicht auszusprechen. Die italienische Reise ist uferlos, damit das ganze Welt-All für jegliche seiner Bewegungen Raum findet; die Briefe gleichen einem Strom, in den recht viel hinein geht, das sich aber immer die mannigfaltigsten und eigensinnigsten Schranken gefallen lassen muß.

Es gehört schon viel Zeit dazu, nur einzusehen, wo das Räthselhafte in manchen Dingen denn eigentlich sitzt!

Den 19. August.

Das Alter wie die Jugend sind vielleicht gleich ungerecht gegen das in der Mitte stehende Echte und Wahre, und aus demselben Grunde, weil sie es Beide nicht zu erzeugen vermögen.

Göthes Wahlverwandtschaften: Ein Buch, bei dem man dem Stoff kaum Widerstand zu leisten vermag und wobei man sich am ersten zu einer Intoleranz gegen das echte Princip aller Kunstdarstellung des Lebens in jedem seiner Verhältnisse verführt sehen könnte.

Es giebt Augenblicke, wo der Mensch durch That oder Wort sein Innerstes und Eigenthümlichstes ausdrückt, ohne es selbst zu wissen; die Kraft des Dichters hat sich in ihrer Erfassung zu bethätigen. Dies ist es, was Heine unter Naturlauten und Göthe unter Naivität versteht.

Liebes-Roman — Seufzerpasteten.

Das Publikum beklatscht ein Feuerwerk, doch keinen Sonnen-Aufgang.

Der Mensch kann nie einer Wahrheit ein Kompliment machen, ohne die zweite auf den Fuß zu treten.

Aus einem Brief an Gravenhorst
vom 24. August.

— Bildende Kunst und ihre Werke. Weit kommt man freilich nicht, wenn man aufrichtig seyn und nicht in eigner erlauchter Person den Prometheus, der die Statuen belebt, machen will: das ist sehr leicht, aber ihnen ihr Innerstes und Eigenthümlichstes abzugewinnen, habe ich erstaunlich schwer (ich könnte sagen: unmöglich) gefunden. Es sind so ungeheure Probleme, wie schweigende Menschen, oder schlummernde Götter; mich ergreift immer, wenn ich solch ein in stolzer, geheimnißvoller Ruhe auf mich herabschauendes Steinbild betrachte, ein vernichtendes, mich völlig zersetzendes Gefühl eigner Ohnmacht und der Unermeßlichkeit und Unverständlichkeit der Natur, es peinigt mich die Apotheose des Steins, und während ich mich so mit dem Allgemeinsten abplage, erfass' ich vom Einzelnen nicht das kleinste Haar, woran es sich festhalten ließe.

Das Gefühl Nachmittags im Grase einzuschlafen: Gesumse der Käfer, Sonnenstrahlen, säuselnde Lüfte, all das reiche Leben rings umher.

Man braucht den Schlafrock nur anzuziehen und die Haube aufzusetzen und man fühlt sich in zehn Minuten todtkrank.

Viele tragen in ihre Poesie Logik hinein und meinen, das heiße motiviren.

Ich vergebe Dir gern Dein Schlimmes, wenn Du nur nicht schlimm dadurch geworden bist.

Den 3. September.

Eine eigne Beruhigung quillt mir daraus, daß ein großer Theil meiner ehemaligen Lektüre mehr und mehr in meiner Achtung sinkt. Sonst wäre die Unzufriedenheit mit meinem eignen Thun und Treiben auch gar nicht auszuhalten.

Ein dem Schnock durchaus analoger Karakter, der aus Feigheit tapfer ist, wäre möglich und eignete sich vielleicht zu meiner nächsten Aufgabe.

Brief an Rousseau vom 2. September.

Der König findet sich leicht in seinen Purpur und der Bettler sich leicht in seine Lumpen; aber gewisse Leute in der Mitte sind schlimm daran.

Das ist die Art der meisten Leute, Alles überflüssig zu finden, woran ihnen der Bezug nicht auffällt, und da trifft das Verdammungs- urtheil oder der Spott dann gar oft die Walze in der Mühle.

Das Freundschäfteln ist die schimpflichste Eitelkeit, die allenthalben, wo sie weiches Wachs zu erblicken glaubt, ihr Bild hindrücken muß.

— Ich that Blicke in die Entwickelung eines Robespierre, d. h. ich sah, daß in gewisser Umgebung sich ein solcher Karakter völlig natur- gemäß aus reinen und tüchtigen Elementen herausstellen könnte.

Daß er Alles motivire und benutze, ist die billigste Forderung, die wir an den Dichter stellen können. Ist uns ja doch im Leben selbst ein Faktum kaum noch ein Faktum, wenn wir uns nicht das Wie und das Warum in inniger Verbindung anschaulich zu machen vermögen. Abgesehen noch davon, daß, wenn das Leben jegliche seiner Erscheinungen unmittelbar durch sich selbst beglaubigt, die Kunst einer Bürgschaft bedarf, die sie nur aus der Ordnung der Menschenseele und des Weltalls und der Kongruenz zwischen beiden schöpfen kann.

Alles Räsonnement (und dahin gehört doch auch, was Schiller unter der Firma des Sentimentalen als Poesie einschmuggeln will) ist einseitig und gewährt dem Geist und dem Herzen keine weitere Thätigkeit, als die der einfachen Verneinung oder Bejahung. Alles Thatsächliche und Gegenständliche dagegen (und hieher gehören die sogenannten Natur-laute, in denen sich das Innerste eines Instandes oder einer menschlichen Persönlichkeit offenbart) ist unendlich und eröffnet Theilnehmenden und Nicht-Theilnehmenden für Anwendung aller Kräfte den weitesten Kreis.

Das beste Motiviren ist am Ende das Motiviren durch analoge Fakta, genommen aus den heterogensten Verhältnissen.

Du siehst das Unkraut nicht, wenn es wächset, aber Du wirst es schon sehen, wenn es gewachsen ist!

Du siehst die leuchtende Sternschnuppe nur dann, wenn sie vergeht!

Das Naive (Unbewußte) ist der Gegenstand aller Darstellung; es liegt aber nicht bloß in der Sache, sondern auch im Wort, manches Wort plaudert die verborgensten Geheimnisse der Seele aus.

Calderons Gedichte sind Proben, was das außerordentliche Talent vermag. Es ist Nichts darin Natur, es ist vielmehr Gegensatz der Natur, und doch —

Den 20. September.

Die Philosophie bemüht sich immer und ewig um das Absolute, und es ist doch eigentlich die Aufgabe der Poesie.

Der Mensch hat mehr Trieb, als Fähigkeit, gerecht zu seyn.

Ein Schriftsteller ist nur so viel werth, als er über seiner Zeit steht, denn nur dies ist sein Eigenthum.*)

Den 19. October.

Die Welt will nicht Heil, sie will einen Heiland: das Vermitteln ist ihr sonderbarstes Bedürfniß.

---

*) An dieser Stelle des Tagebuchs befindet sich die nachstehende bio-graphisch denkwürdige Randbemerkung: In der Zeit meines einjährigen Auf-enthalts in München habe ich verbraucht 302 Gulden 13 Kreuzer, monatlich also über 25 Gulden. Verdient in der ganzen Zeit 30 Gulden. Die Rechnung ist verkehrt, denn von der bei meiner Ankunft aus Hamburg erhaltenen Summe lieh ich ja an R., es sind also wenigstens abzuziehen 60 Gulden; bleibt 242 Gulden; monatlich also 20 Gulden.

Es fällt Keinem ein, einen Thron unbesetzt zu lassen, aus Achtung vor dem Todten, der ihn hinterließ.

Erkenntniß und Empfindung gehen immer Hand in Hand.

Es giebt eine chemische Schrift des Geistes, die, unsichtbar in der Gegenwart, hell durch die Jahrhunderte glänzt, die durch die Zeit, die so manches Andere auslöscht, aufgefrischt wird. Sie ist die Brücke, mittelst deren sich ein mit seiner Zeit im Widerspruch stehender Geist in sein Jahrhundert hinüber rettet.

Es ist gefährlich, in Bildern zu denken, aber es ist nicht immer zu vermeiden, denn oft, besonders in Bezug auf die höchsten Dinge, sind Bild und Gedanke identisch.

Im Thurm geht es lustig zu, denn Jürgen, der in drei Tagen von der Welt scheiden soll, erhält, damit er sie noch einmal lieb gewinne, Alles, was sein Herz begehrt und überzeugt sich, daß sein Diebstahl ihm eben so gut die Himmels- als die Galgenleiter hätte verschaffen können. Er ißt und trinkt, da tritt ein freundlicher Mann herein, der eine Flasche guten Wein auf den Tisch stellt und mit dem armen Sünder auf langes Leben anstößt. Lieber Jürgen, es ist der verkleidete Scharfrichter, der Deinen Hals untersucht; darum postirt er sich hinter Deinen Stuhl, als ob er Dein Bedienter wäre!

Um sich mit allen Erscheinungen des Lebens auszusöhnen, muß man immer bedenken, daß das Conto-Courant der Erde und das Conto-Courant der Welt zwei ganz verschiedene Dinge sind.

Es wäre möglich, daß das Christenthum in dem neusten Krieg eben so viel gewönne, als vielleicht Christus verlöre!

Ein eifriger Prediger fand eines Sonntags-Nachmittags die ganze Kirche leer. Statt also zu predigen, begann er zu beten, und stellte Gott dem Herrn vor, daß er, der Prediger, wohl predigen, daß aber nur Gott die Kirche füllen könne. Dies Gebet füllte die Kirche, denn am andern Sonntag kamen die Leute, um zu hören, ob ihr Prediger wieder so — impertinent beten würde.

Kinder freuen sich, wenn sie das Arzenei-Glas geleert haben, ohne zu fragen, ob auch das Uebel schon gewichen sey.

Den Göttern kannst Du nur schenken, was von ihnen selbst ausgeht.

Auf das Stehlen genialer Schätze ist die Strafe gesetzt, daß der

Dieb nicht sie selbst, sondern nur ihren Schatten mit sich fort trägt, der eben hinreicht, den Thatbestand des Diebstahls zu fixiren.

Unsre Phantasie selbst geht nie über die Ordnung der Natur, über die möglichen und denkbaren Kombinationen hinaus. Geschähe dies jemals, so würde es zu einem Punkt über Gott hinaus oder zum Wahnsinn führen.

Ich träumte mich neulich ganz und gar in meine ängstliche Kindheit zurück, es war nichts zu essen da und ich zitterte vor meinem Vater, wie einst.

Ein kleines Kind erwacht in der Münchener Todtenkapelle, richtet sich auf im Sarge und beginnt — mit den Blumen zu spielen.*)

Das Mitleid ist die wohlfeilste aller menschlichen Empfindungen.

Wenn ich bei Trauerzügen leblose unkörperliche Dinge, als Flortuch, Fackeln, Musik, gezwungen sehe, einen verdächtigen Schmerz an den Tag zu legen, so ist mir dies viel empörender, als etwa Klageweiber und weinende Erben seyn würden.

Die Welt hat sogar Mitleid mit den Märtyrern des Schlechten.

Man kann die Kunst aus einem reinen Verstandesbedürfniß ableiten und sie ist dem Verstand vielleicht noch nothwendiger, als dem Gefühl, indem sie dessen eigentliches Ziel: Klarheit über Ursprung und Zusammenhang der Dinge erreicht, wenn auch durch einen Sprung.

Philosophie gehört schon aus dem Grunde nicht in die Sphäre der Kunst, weil diese etwas durchaus Festes, Unwandelbares, wenn auch Abgerissenes, Vereinzeltes, verlangt. Die Kunst gleicht jenen Kundschaftern Josuas, die Nachricht über das gelobte Land brachten: man mogte über ihre Nachrichten denken, was man wollte, so waren sie, die geschaut hatten, jedenfalls nur durch Schauen zu widerlegen.

Ein Wunder ist leichter zu wiederholen, als zu erklären. So setzt der Künstler den Schöpfungsakt im höchsten Sinne fort, ohne ihn begreifen zu können.

----

*) Ist nach einem Vermerk im Tagebuche, Hebbel von der, wie es scheint für Poesie nicht unempfindlichen Beppi (der Tischlerstochter) erzählt worden.

1838.

Den 5. Januar.

Der gesunde Mensch findet viel leichter ein richtiges Verhältniß gegen die Natur, als gegen die Kunst.

Auch aus der Menschenwelt geht zuweilen als Menschenwirkung ohne erfaßbare Ursach etwas Geheimnißvolles hervor; dies ängstigt den Geist am meisten.

Ueber das Wie sollte der Mensch billig im Klaren seyn, wenn er sein Was ausspricht.

Zur Wahrheit wollt' ich schon kommen, hätt' ich nur Zeit, zu irren.

Wer sich an Natur und Geschichte hält, wird durch seinen Irrthum noch nützen.

Das Urtheilen der meisten Menschen ist ein vergleichendes Anatomiren.

Laube, in seinen Novellen, spricht Verhältnisse aus, und bemüht sich um das Medium der Karaktere. Aber diesen Karakteren fehlt der eigentliche Lebenspunkt, das Allgemeine bildet sich in ihnen nicht zu einem Besonderen aus, das Schicksal muß dem Poeten malen helfen. wir wissen wohl, was ihnen begegnen kann, aber nimmer, was sie thun werden. Der Dichter hat sich des edelsten Stoffs bemächtigt, doch ihm widersteht die ewige Form.

Das wahrhaft Subjektive ist eigentlich nur eine andere Art des Objektiven. Es erweitert die Welt, indem es die Erscheinungen ausspricht, die nur im Kreis einer bestimmten Menschen-Natur vorkommen können.

Wie die Poesie durchaus nur als Ganzes wirken soll, so soll sie auch nur auf das Ganze des Menschen, und nur auf solche Menschen, in denen die abgesonderten Kräfte und Organe einen Centralpunkt gefunden haben, wirken.

Ein Bild ohne Unterschrift ist darum kein Bild ohne Sinn. Das echte Gedicht hat mit dem sogenannten Gedanken, der immer nur ein Verhältniß zwischen den Gegenständen ausdrückt, nie das Innerste eines

Gegenstandes selbst, Nichts zu thun. Die poetische Idee ist das wunderbare Produkt einer Lebens-Anschauung, und das Gedicht ist vollendet, wenn es diese dem Gemüth aufzuschließen gewußt hat.

Brief an E. Lensing vom 18. Januar 1838.

Ein moderner Prometheus ist weit vermessener, wenn er auf bildsamen Thon, als wenn er auf den belebenden Himmelsfunken rechnet.

Nur schärfstes Trennen führt weiter zur Erkenntniß und die zur Bewältigung.

Brief an die Schoppe vom 1. Februar 1838.

Wenn nicht die zweite Wunde,
Die erste immer stillte!

Der echte Mann hat, wenn ihm eine Hoffnung fehl schlägt, nur eine Freude weniger, keinen Schmerz mehr. Nicht, daß Du keinen Vorzug mehr hast, als Viele, darf Dich schmerzen; nur wenn Du einen weniger hättest.

Nicht seine Wirkungen nach außen, der Einfluß, den er auf Welt und Leben ausübt, nur seine Wirkungen nach innen, seine Reinigung und Läuterung, hängt von dem Willen des Menschen ab. Er ist die von unsichtbarer Hand geschwungene Axt, die sich selbst schleift. In diesem Sinne könnte man sagen: der Mensch thut sein Schlimmes selbst; sein Gutes wirken Gott und Natur durch ihn. Dies Alles ist so wahr, daß gerade, was unbewußt als Wirkung von ihm ausgeht, alles Andere bei weitem übertrifft.

Selbst eine große That kommt dem Menschen, wie eine poetische Idee.

Für uns Menschen muß überall der Punkt, bis zu dem wir vordringen können, anstatt der Wahrheit gelten.

Freuden, die er nicht begreift, haben etwas Gespenstisches für den Menschen.

Die einzige Spannung, die Tieck in seinen Novellen zu erregen sucht, wurzelt darin, daß man fühlt: die Menschen können nicht so bleiben, wie sie sind, deßwegen betrachtet man auch alle Situationen, die anderswo die ganze Aufmerksamkeit in Anspruch nehmen, nur als Hebel und Schrauben, welche die innere Catastrophe herbeiführen sollen. Ich glaube, Tief theilt dem Roman die gewordenen, der Novelle die werdenden Charaktere zu.

Als ich ein Knabe von 9 oder 10 Jahren war, las ich in einem alten, halb zerrissenen Neuen Testament (ich glaube, die zerrissene Gestalt des Buchs gehörte mit zum Eindruck) zum ersten Mal die Leidensgeschichte Jesu Christi. Ich wurde auf's Tiefste gerührt, und meine Thränen flossen reichlich. Es gehörte seitdem mit zu meinen verstohlenen Wonnen, diese Lectüre in demselben Buch um dieselbe Stunde (gegen die Abenddämmerung) zu wiederholen und der Eindruck blieb lange Zeit jenem ersten gleich. Einmal aber bemerkte ich zu meinem Entsetzen, daß mein Gemüth ziemlich ruhig blieb, daß meine Augen sich nicht mit Thränen füllten. Dies drückte mir, wie die größte Sünde, das Herz ab, mir war, als stünde meine Verstocktheit wenig unter dem Frevel jenes Kriegsknechts, der des Heilands Seite mit seinem Speer durchstach, daß Wasser und Blut floß, ich wußte mich nicht zu trösten, ich weinte, aber ich weinte über mich selbst. Wie nun aber die gesunde Natur sich immer zu helfen weiß — ich schob meines Herzens Härtigkeit auf die Stunde, ich ergab mich der Hoffnung, die alten Gefühle würden in einer anderen Stunde schon mit der alten Gewalt sich wieder einstellen, ich war aber — unbewußt — klug genug, keine meiner Stunden wieder auf die Probe zu stellen, ich las die Historie nicht wieder.

Uhland's Lyrik liegt durchaus zergliedernde Darstellung der Gemüthsregung zum Grunde.

Wie viele sehen an der Minerva nicht das Angesicht, sondern nur das Medusenschild!

Das Spiel enträthselt nicht den Zufall, aber wohl einen Mitspieler dem Andern.

Freitag, den 16. Februar, erhielt ich von der Bibliothek Flögel, und Mittwoch, den 14. s. M. Solger.

Tief, in seinen lyrischen Gedichten, sucht die Natur auszusprechen durch Darstellung ihrer äußeren Erscheinung ohne das Medium des vermittelnden Menschengefühls. Zu originell!

Bei der Polemik kommt es weniger auf die Soldaten als auf ihre Bewaffnung, an.

Die Juden im Mittelalter mußten an die Göttlichkeit Christi glauben, bevor sie, wie es ihnen Schuld gegeben ward, Hostien durchbohren konnten.

Wir besitzen, auch in geistiger Hinsicht, immer nur auf einige Zeit. Dies gilt von Einsicht wie von Kraft.

Die erste Darstellung, besonders im Lyrischen, stellt keine derbe Gränzen hin, aber sie zieht unsichtbare Kreise, über die man nicht hinaus kann.

Wie oft werden wir gegen das Einzelne ungerecht, weil wir es uns, unbewußt vielleicht, als ein Allgemeines denken.

Wie groß die Macht der Worte ist, wird selten recht bedacht. Ich bin überzeugt, ein Mensch kann dadurch schlecht werden, daß man ihn schlecht nennt. Und wie Viele mögen sich nur deßwegen auf dem rechten Pfade erhalten, weil die ganze Welt sagt, daß sie ihn wandeln. Ein Verdammungsgrund mehr gegen die Verläumbung.

Den 2. März erhielt ich Solger, Theil II.

Die Menschen, die auf das Vergnügen so viel Ernst wenden, wie Andere auf die wichtigsten Lebenszwecke, sind mir am unbegreiflichsten.

Ein Schritt, oder 100 vom Ziel, es ist für das Gefühl einerlei.

Diejenigen Menschen, die sich auf demselben Wege befinden, aber in verschiedenen Stadien, sind am weitesten aus einander.

So eitel ist der Mensch, daß er sich sogar auf seine Leiden etwas einbildet. Schon die Bibel sagt: wen der Herr lieb hat, den züchtigt er. Mit welchem Behagen erzählt nicht Mancher eine Krankheit. Doch sind Wunden diejenigen Orden, denen man ihre Lächerlichkeit noch am ersten vergiebt.

Hiemit ist nicht dasjenige Gefühl zu verwechseln, welches einen Menschen ergreift, wenn Einer, der unendlich tief unter ihm steht, seinen Lebensschmerz zu kennen, ja zu theilen glaubt. Es ist verzeihlich, wenn man ein Hühner-Auge, welches nur am Tanzen hindert, nicht für einen Seelenkrebs gelten lassen will.

> „Der Schmerz ist der geheime Gruß,
> Durch den die Seelen sich verstehn."

Den 6. März.

Meiner Romanze: Vater und Sohn liegt als Idee zum Grunde, wie das Verbrechen selbst die edelste Frucht tragen könne; eben dieser Idee wegen, ist der mystische Aufwand, den ich mir erlaubte, hoffentlich zu rechtfertigen. Die Idee verdiente wohl, in einer Novelle oder einem Drama behandelt zu werden.

Solger verlangt Ironie, als Höchstes der Kunst. Da ist Ironie doch wohl das Aufhebende, das herauskommt, wenn die Zeit Handlungen und Begebenheiten mit einander multiplicirt.

Es giebt, wie Freuden, so auch Leiden, die nur der unbedeutende Mensch fühlt.

Unter Ironie versteht er (muß er, Solger, verstehen) nichts Anderes, als den Blick auf das Ausgleichende, das in Zeit, Zufall und Schicksal liegt und das den Dichter, der es schon im Voraus mit dem geistigen Auge erfaßt hat, das Ungeheuerste der Gegenwart leicht und leichtsinnig betrachten und behandeln läßt. (Brief an M. vom 5. März).

Wenn der Elephant eine Seele hätte, so müßte sie sich bei so viel Kraft und Unbehülflichkeit schlecht befinden.

Die Gottheit selbst, wenn sie zur Erreichung großer Zwecke auf ein Individuum unmittelbar einwirkt und sich dadurch einen willkürlichen Eingriff (setzen wir den Fall, so müssen wir die ihm correspondirenden Ausdrücke gestatten) in's Weltgetriebe erlaubt, kann ihr Werkzeug vor der Zermalmung durch dasselbe Rad, das es einen Augenblick aufhielt oder anders lenkte, nicht schützen. Dies ist wohl das vornehmste tragische Motiv, das in der Geschichte der Jungfrau von Orleans liegt. Eine Tragödie, welche diese Idee abspiegelte, würde einen großen Eindruck hervorbringen durch den Blick in die ewige Ordnung der Natur, die die Gottheit selbst nicht stören darf, ohne es büßen zu müssen.

(Besser auszuführen).

Napoleon könnte allerdings der Held einer ächten Tragödie seyn. Der Dichter müßte ihm alle die großen auf das Heil der Menschheit abzielenden Tendenzen, deren er auf St. Helena gedachte, unterlegen und ihn nur den einen Fehler begehen lassen, daß er sich die Kraft zutraut, Alles durch sich selbst, durch seine eigene Person, ohne Mitwirkung, ja ohne Mitwissen Anderer auszuführen zu können. Dieser Fehler wäre ganz in seiner großen Individualität begründet und jedenfalls der Fehler eines Gottes; dennoch aber wäre er, besonders in unserer Zeit, wo weniger der Einzelne, als die Masse, sich geltend macht, hinreichend, ihn zu stürzen. Nun der ungeheure Schmerz, daß sein übertriebenes Selbst=Vertrauen die Menschheit um die Frucht eines Jahrtausends gebracht habe.

„Es kann ja nicht anders seyn!" sagt man oft. Ja, aber der Fluch liegt eben darin, daß es nicht anders seyn kann!

Den 7. März, Morgens, helle Sonne, Frühlingsgruß.

Das Gefühl hat doch so oft Recht, wenn das Räsonnement lahm ist, und es nicht zu vertheidigen weiß. So behauptete ich immer, Uhland's Nonne müßte mit dem Vers „ich darf ihn wieder lieben" enden. Meine Freunde fechten diese Aeußerung an und ich wußte mir nur dadurch zu helfen, daß ich mich auf das Gesetz der Steigerung berief. Darin liegt's aber nicht, denn das führte bloß zu einer Verletzung der Form. Die Nonne darf durchaus in diesem Augenblick nicht sterben, wenn die wun=derbare Situation, daß sie sich über den Tod ihres Geliebten freuen muß, erschöpft werden soll. Da steckt's; es wird mir aber erst heute klar, was ich schon vor 2 Jahren aussprach.

Die wenigsten Verhältnisse zwischen Menschen sind der Art, daß sie sich bis ans Ende des Lebens durchführen lassen, und unter diesen befindet sich fast kein einziges, das in der Jugend angeknüpft wird. Es ist außer=ordentlich schlimm, daß dies nur erfahren, nicht überliefert werden kann, denn hier läßt sich über die Erfahrung selten eher in's Reine kommen, als wenn es zu spät ist.

Je individueller ein Gedicht ist, um so sicherer hat es neben der besonderen auch noch eine allgemeine Bedeutung, die man vielleicht in höherem, die Gestaltung nicht aufhebendem, sondern voraussetzendem Sinn allegorisch nennen könnte.

Alles Individualisiren führt zur ewigen inneren Form, von der die äußere nur der Firniß ist, und nur aus der vollendeten Form geht das Befreiende hervor. Unter Befreiung verstehe ich den Act, der das Gedicht, das immer in einem subjectiven Bedürfniß wurzelt und wurzeln muß, wenn es nicht kalt seyn und lassen soll, gewissermaßen von dieser seiner Nabelschnur ablöst.

Es hält sehr schwer, nicht bloß die Dinge und Anlässe, die poetische
Ideen und Empfindungen in unserer Seele erwecken, sondern auch diese
Ideen und Empfindungen selbst, für Stoff zu halten. Dahin ist Jean
Paul nie oder zu spät gelangt.

Aller Irrthum ist maskirte Wahrheit.

Ob es wohl 6000jährige Irrthümer giebt, ich meine solche, zu
denen alle, auch die größten, Geister Gevatter gestanden haben? Von
der Antwort auf diese Frage könnte das Schicksal der Welt abhangen.

2 = 1 (denn die 1 ist in 2 enthalten) aber 1 ist nicht = 2, denn
die 2 ist in 1 nicht enthalten.

Wenn es wirklich in der Kunst nur auf eine gehaltreiche Idee und
auf ihren lebhaften Ausdruck durch ein illuminirendes Bild ankommt,
nicht auf die Verkörperung derselben, woher nimmt denn z. B. die
griechische Tragödie ihre Würde und ihre Bedeutung? Die Idee, welche
ihr zum Grunde liegt, ist von dem Philosophen würdig genug ausgesprochen
und bis an ihre äußersten Gränzen verfolgt, bis in ihre Nerven und
ihr Herz zerlegt worden; warum hält man sich denn nicht an den reinen
Kern, sondern beißt lieber auf die Schaalen worin Aeschylos, Sophocles
und Euripides ihn verhüllt haben? Ich möchte auf diese Frage wohl
von einem der erleuchteten Herren, die jetzt in der Rückert'schen Lehr-
dichterei das Heil der Poesie sehen, eine Antwort hören.

Den 10. März.

Ueber Nacht träumte mir, ich sey Kind, und an einem Weihnachts-
morgen in dem P....'schen[1] Bauernhause in der Stube des Gesindes,
worin ich in meiner Kindheit oft gewesen bin. Alles war vergnügt und
heiter, ich in einer gerührt-festlichen Stimmung, es wurde Kaffee getrunken,
dazu Kuchen und Früchte gegessen, die P....'schen Kinder standen in
der Thür und hatten Freude an der Freude der Knechte und Mägde.
Plötzlich trat der alte Franz Sauermann herein und blies einen Weih-
nachts-Choral auf der Flöte. O, wie zerfloß mir in Wonne und Wehmuth
das Herz! Was mir diesen Traum aber merkwürdig macht ist dieses. Ich
meine, die Musik gehört zu haben, die meine Seele ahnte (wenn ich mich

[1]) Paulsen.

so ausdrücken darf, wie ich mich ausdrücken muß, wenn ich nicht ganz stillschweigen soll) als ich in der hiesigen Allerheiligenkapelle das Fresco-Gemälde, welches die Anbetung der heiligen drei Könige und der Hirten, die vom Felde kamen, um den Heiland zu sehen, vorstellt, neulich zum ersten Mal betrachtete. An der einen Seite sind auf diesem Gemälde die drei heiligen Könige vorgestellt, die dem Kinde, das im Schooß der Mutter liegt, ihre Gaben darbringen, an der andern stehen die Hirten, drei fromme, in unbewußter Andacht versunkene Jünglingsgestalten und blasen ihre Schalmei. Ich bin (ich wiederhole es) mir bewußt, daß die Flöte des alten Franz diejenigen süßen, kindlichen Weisen erschallen ließ, die ich diesen blasenden frommen Jünglingen auf dem Gemälde auf ihren Ge-sichtern ablas.

Heute, den 10. März, sah ich Eßlair im Wallenstein. Die Vorzüge und Fehler dieser Tragödie, ihr Eigenthümlichstes, ging mir sehr leb-haft auf, besonders ward mir klar, daß eigentlich der Wallenstein das ganze Irrwisch-Nachtfeuerwerk der Schicksals- und Ahnungstragödien ent-zündet hat. Welche Idee liegt dem Wallenstein zum Grunde? Welche Rolle spielt das Schicksal, und welche der Held selbst? Ist es Natur, daß Wallenstein nach dem Tod des Max so tief empfindet, daß er in ihm seinen einzigen, besten Freund verloren? Warum tritt dies nicht von vorn herein besser hervor? Oder ist es hinreichend angedeutet? Kann Wallenstein (ich frage nicht einmal nach dem historischen, sondern nach dem Schiller'schen) einen Freund haben? Und kann Max dieser Freund seyn? Wozu die Hölle des Max und der Thekla? Nur, daß Wallenstein darin leide? Und wenn es erlaubt ist, Menschen, die nicht schuldig sind, und die sich durch Nichts schuldig machen, zu zertreten, nur damit ihr Schmerz der Schmerz eines größeren Dritten werde: geschieht dies denn in dieser Tragödie? Hätte nicht jedenfalls aus dem Tode des Max etwas hervorgehen müssen, was auf Wallenstein's Schicksal von Einfluß gewesen wäre? (daß er sich den Schweden in den Weg wirft, kann nicht gerechnet werden, die Schweden siegen ja.) — Wallenstein sagt einmal mit Bezug auf Octavio:

„lügt er, so ist die ganze Sternkunst Lüge!"

That der Dichter wohl daran, daß er dieses Wort, welches den Helden, wenn's im entscheidenden Augenblick Gefühl bei ihm geworden wäre, an Allem irre gemacht hätte, durch jenes andere:

„— dies aber ist
geschehen wider Sternenlauf und Schicksal" ꝛc.

aufhebt? u. s. w.

(Rohe Gedanken, die aber eine Auseinandersetzung verdienen.)

Einem erst die Augen ausstechen und ihn dann führen: ob das wirklich eine Tugend ist?

Eine Mutter freut sich über jede Unart ihres Kindes, die ihm gut steht.

„Das aber ist gerade die Aufgabe der Geschichte, die zu Nichts dient, wenn sie nicht durch die Darstellung der Thatsachen die Eindrücke weckt, welche diese auf die Zeugen gemacht haben," sagt Walter Scott im ersten Theil des Lebens Napoleons. Ein trefflicher Beweis dafür, daß es keinen Unsinn giebt, der nicht irgendwo behauptet würde. Uebrigens existirt wohl kein Werk, dessen Verfasser sich im Angesicht von ganz Europa, das er sich, ohne zu eitel zu seyn, als seinen Leser denken konnte und sich, ohne wahnsinnig zu seyn, als Zeugen des Inhalts seiner Erzählung denken mußte, solche Nichtswürdigkeiten erlaubt, um einen schlechten Zweck zu erreichen. Er verdreht nicht allein Napoleon in jeder seiner Reden und Aeußerungen, sondern von vornherein jeden Charakter, der sich in der Revolution ausgezeichnet hat; es ist eine Lectüre ohne Gleichen.

Menschen = Natur und Menschen = Geschick: das sind die beiden Räthsel, die das Drama zu lösen sucht. Der Unterschied zwischen dem Drama der Alten und dem Drama der Neuern liegt darin: die Alten durchwandelten mit der Fackel der Poesie das Labyrinth des Schicksals; wir Neueren suchen die Menschen=Natur, in welcher Gestalt oder Verzerrung sie uns auch entgegentrete, auf gewisse ewige und unveränderliche Grund= züge zurückzuführen. So war den Alten Mittel, was uns Zweck ist, und umgekehrt. Für das Drama überhaupt ist es gleichgültig, welches dieser beiden Ziele verfolgt wird, wenn es nur mit Ernst und mit Würde geschieht, denn sie schließen sich gegenseitig aus. Das Fatum der Griechen hatte keine Physiognomie, es war den Göttern, die sie anbeteten und

gestaltet hatten, selbst ein schauerliches Geheimniß; das moderne Schick=
sal ist die Silhouette Gottes, des Unbegreiflichen und Unerfaßbaren.

Wenn auf Erden irgend etwas das Glück, welches unmöglich ist,
ersetzen kann, so ist es der früh und zur rechten Zeit gewonnene Ueber=
blick aller Lebens=Verhältnisse, dies könnte das Fundament einer Novelle,
sogar eines Romans, abgeben.

Oedipus von Sophocles. Was mir als das Eigenthümlichste
und das wahrhaft Ewige und Nacheiferungswerthe aus diesem großen
Gemälde entgegentritt, ist die unendliche Reinheit der Zeichnung und
des Colorits, die unvergleichliche Sorgfalt, womit der Dichter die ver=
schiedenen Zustände auseinander zu halten gewußt hat. Dies tritt be=
sonders in dem Verhältniß des Oedipus zu seinen undankbaren Söhnen
hervor; jeder Neuere hätte das Höllengefühl des unseligen Vaters noch
mit den Sünden der Söhne getränkt und ihn ihre Frevel als die Strafe
der seinigen empfinden lassen. Aber der Oedipus des Sophocles weiß,
daß mit jedem neuen Menschen ein neuer Thaten= und Schicksalskreis
beginnt, und während er vor dem Fatum anbetend und dankend im
Staube liegt, flucht er nichtsdestoweniger der Hand, die die dunkle Sen=
tenz in ihm vollstreckte. Dies ist bewunderungswürdig. Dem Weltall, be=
kannten und unbekannten Göttern gegenüber fühlt er sich nur sündig
(nicht Sünder), aber als ihm Eteocles entgegentritt, fühlt er sich nur
als Vater, wohl wissend, daß das Schicksal sich keiner vergifteten
Pfeile bedient; daß, wenn sich der Sohn zum Henker aufbringt, ein
neuer (wenn auch vielleicht ebenfalls nicht sowohl aus dem Individuum
als aus der unbegreiflichen Welt=Ordnung hervorgehender) Proceß an=
hängig geworden ist.

(Brief an Rousseau vom 14. März 1838.)

Den 19. März.

Ueber Nacht hatt' ich einen Traum, der mir deßwegen merkwürdig
ist, weil er sich so oft (ich hatt' ihn schon früher mehrere Male) in mir
wiederholt. Mir träumte nämlich, ich hätte die Idee zu einem Gedicht.
Sie gefiel mir sehr; ich ging, wie ich zu thun pflegte, mit schnellen
Schritten in meinem Zimmer auf und ab und trat zuweilen an den Schreib=
tisch, um die Verse, sowie sie entstanden, niederzuschreiben. Je mehr ich
mich (ich fühlte dies deutlich, ohne mich dessen bewußt zu seyn) dem Er=

wachen näherte, um so weniger war ich mit den Versen zufrieden, und es kam mir zuletzt vor, als ob die Idee überhaupt Nichts werth sey. Ich überdachte sie noch einmal, und in derselben Minute, wo ich mich von ihrer Nullität überzeugte, erwachte ich, hatte nun aber auch nicht mehr die leiseste Ahnung von ihr, die mich doch kurz zuvor, so lebhaft beschäftigt hatte. — Es ist mir (wenn man über Traum=Erfahrungen überall räsonniren darf, was ich bezweifle, da ich glaube, daß sie niemals rein in das Be= wußtseyn übergehen, weil sie in das Bewußtseyn entweder durchaus nicht hineinpassen, oder weil doch der Act des Erwachens ihnen einen fremd= artigen Bestandtheil beimischt, der sie gänzlich verändert), es ist mir schon oft vorgekommen, als ob sich die Seele in Träumen eines veränderten Maaßes und Gewichtes bedient, wonach sie die Bedeutung der Dinge, die in und außer ihr vorgehen, bestimmt; sie wirkt auf die alte Weise, aber nicht bloß in anderen Stoffen und Elementen, sondern auch, wenn der Ausdruck erlaubt ist, nach einer anderen Methode. Hindernisse, mit denen wir wachend nicht in Gedanken zu kämpfen wagen, verfliegen im Traum vor dem Hauch unseres Mundes; an Armseligkeiten, denen wir wachend kaum die Ehre anthun würden, sie zu umgehen, bricht sich im Traum unsere ganze Kraft. Ebenso ist es mit Innerlichkeiten; ich bin z. B. überzeugt, daß ich über Nacht nicht erwachte, weil ich wirklich einsah, daß die poetische Idee, die ich erfaßt hatte, nichts tauge, und weil also die Thätigkeit meiner Seele plötzlich stockte; ich bin gewiß, daß die son= derbaren Regungen des Selbstbewußtseyns, die dem Erwachen immer vorhergehen und die uns den Traum=Zustand, in welchem wir uns befinden, mit mißtrauischen Augen betrachten lassen, die poetischen Operationen meiner Seele erstarrten und den eigentlichen Lebenskeim jener zarten Idee, wie plötzlich hinzudringende kalte Luft, tödteten, so, daß die Idee para= lysirt wurde, weil ich erwachte. Ich glaube nicht, daß mich hier Jemand, der nicht an sich selbst etwas Aehnliches erlebt hat, verstehen würde, und doch ist mir dies Alles klar, wie das Ein mal Eins. Freilich giebt es auch Träume anderer Art, die nur gegen das Positive im Leben, das sich auch im wachenden Zustand Jeder anders denken kann, ohne daß da= durch an der Welt selbst auch nur das Geringste geändert würde, revo= lutioniren; es mag sogar Menschen geben, die nur solche Träume haben, das sind dann die ewigen Philister.

Wenn sich ein Mensch entschließen könnte, alle seine Träume, ohne Unterschied, ohne Rücksicht, mit Treue und Umständlichkeit und unter Hinzufügung eines Commentars, der dasjenige umfaßte, was er etwa selbst nach Erinnerungen aus seinem Leben und seiner Lectüre an seinen Träumen erklären könnte, niederzuschreiben, so würde er der Menschheit ein großes Geschenk machen. Doch, sowie die Menschheit jetzt ist, wird das wohl Keiner thun; im Stillen und zur eigenen Beherzigung es zu versuchen, wäre auch schon etwas werth.

Neulich sah ich im Traum Napoleon. Er ritt mir finster und bleich an einem stürmischen Herbst-Nachmittag schnell vorüber.

Das Wort Wenn ist das deutscheste aller deutschen Worte. Der Deutsche ist der geborene Infinitif. Er läßt sich decliniren.

Wir sollen handeln; nicht, um dem Schicksal zu widerstreben, das können wir nicht, aber um ihm entgegenzukommen.

Die Geschichte eines falschen Prinzen, der selbst nicht weiß, was er ist, könnte zu einem Lustspiel höheren Styls einen trefflichen Stoff abgeben.

Repräsentanten der Völker, die sich die Geschichte Napoleons, des Freiheitskrieges, und der neusten Zeit erzählten, gäben gleichfalls einen guten Stoff ab.

Es wird nichts so Tiefes und Bedeutendes ausgesprochen, dem nicht ein ganz ordinärer, alltäglicher Sinn untergelegt werden könnte. Dies ist der Grund des vorschnellen Verstehens ohne Verständniß.

Den 21. März.

Ich sah soeben von meinem Fenster aus der Abfahrt einer Leiche auf den Gottesacker zu. Der Priester sprach trocken seine Gebete, die Nachbarsleute standen trocken umher, Kinder unterbrachen für einen Augenblick ihr Spiel, ein Holzhacker, der auf der Straße seine Hand-thierung trieb, machte eine Pause. Aber kein Auge, das weinte, kein Gesicht, das die geringste Bekümmerniß ausdrückte; wenn der Postwagen abfährt, sieht man mehr Gefühl. Das erschütterte mich schmerzlich; ich konnte nicht umhin, zu denken, welch' ein Leben mag der arme Todte geführt haben!

Der Mensch geräth in große Gefahr, wenn er seine einseitig ge-wonnene Erfahrung zum alleinigen Maaßstab seines Urtheils und zum

Princip seines Handels macht. Von diesem Gesichtspunkt aus müßte z. B. ein Menschenfreund geschildert werden.

Den 24. März.

Ueber Nacht im Traum entschloß ich mich, für Jemand zu sterben, auf die Weise ungefähr, wie man sich entschließt, für Jemand einen Gang über die Straße zu machen. Es war, als ob ich nicht wüßte, was Sterben sey.

Es ist für mich der größte Schmerz, gewisser kleinlicher Schmerzen fähig zu seyn. Daß ich es bin, ist die Folge meiner Kindheit= und Jugend=Jahre.

Die Poesie des Ausdrucks findet weit mehr Bewunderer, als die Poesie der Idee. Dies erklärt mir die Erfolge, die z. B. Grün gefunden hat. Und doch ist sie Nichts.

Wir Menschen sind des Grauens und der Ahnung nun einmal fähig; es ist dem Dichter daher gewiß erlaubt, sich auch solcher Motive zu bedienen, die er nur diesen trüben Regionen abgewinnen kann. Aber, Zweierlei muß er beobachten. Er darf hier, erstlich, weniger wie jemals, in's rein Willkürliche verfallen, denn dann wird er abgeschmackt. Dies vermeidet er dadurch, daß er auf die Stimmen des Volks und der Sage horcht und nur aus denjenigen Elementen bildet, welche sie die der Natur alles wirklich Schauerliche längst ablauschten, geheiligt haben. Er muß sich zweitens hüten, solche Phantasie=Gebilde zu erschaffen, die nur einen einzelnen Menschen, etwa den, welchen er, um sie nur überall in Thätigkeit zu setzen, in seinem Gedicht damit in Verbindung bringt, etwas angehen. Nur die Gestalt flößt Grauen ein, die mich selbst irgendwo verfolgen kann; nur den gespenstischen Kreis fürchte ich, vor dessen Wirbel ich nicht gesichert bin.

Brief an Rousseau vom 3. April.

Tieck's Novellen sind eigentlich durchaus didaktischer Art, aber es ist bewunderungswürdig, wie sehr bei ihm Alles, was Andern unter den Händen zu frostigem Raisonnement gefriert, in den farbigsten Lebens=Kristallen aufschießt. Auch das ist ihm ganz eigenthümlich, daß er Nichts zusammenbringt, was nicht unbedingt zusammengehört, was nicht zusammenkommen müßte, wenn es sich in seiner echten Wesenheit, in seiner Bedeutung für die Menschenwelt, entwickeln soll. Und diese Prädestination, wie ich's nennen mögte, die man bei so äußerst Wenigen findet und die sich auch so leicht mit dem Facit verwechseln läßt, das immer entsteht, wenn gut ersonnene Situationen und wohlgezeichnete Charaktere sich an einander reiben, ist nur bei einer gränzenlos freien Uebersicht, bei dem reinsten und ruhigsten Walten möglich. Dennoch mögte ich (wenn ich mich selbst verstehe) dieser Art der Novelle nicht den Preis zuerkennen, obwohl ich sie, was einem Widerspruch ähnlich sieht, für die schwierigere halte. Sie commentirt die Natur eigentlich mehr, als sie meines Erachtens soll und darf. Die höchste Wirkung der Kunst tritt nur dann ein, wenn sie nicht fertig wird; ein Geheimniß muß immer übrig bleiben, und läge das Geheimniß auch nur in der dunkeln Kraft des entziffernden Worts. Im Lyrischen ist das offenbar; was ist eine Romanze, ein Gedicht, wenn es nicht unermeßlich ist, wenn nicht aus jeder Auflösung des Räthsels ein neues Räthsel hervorgeht? Eben deßhalb gehört ja das Didaktische, das „Beschränkt-Sittliche" nicht hinein, weil es in der Idee den Widerstreit ausschließt, weil es Nichts gebären kann, als sich selbst. Aber auch in der Novelle und Erzählung finde ich zu viel Licht bedenklich und gebe darum Kleist's Arbeiten und Tieck's eigenen früheren den Vorzug.

Satyre, die nicht von dem freiesten Geist ausgeht, ist unausstehlicher, wie der ärgste Pedantismus.

Der Mensch kann plötzlich einen Tag, einen Moment erleben, der ihm seine ganze Vergangenheit aufklärt.

Niemand spricht eine Wahrheit aus, die er nicht mit einem Irrthum verzollen müßte.

Wenn der Dichter Charaktere dadurch zu zeichnen sucht, daß er sie selbst sprechen läßt, so muß er sich hüten, sie über ihr eigenes Innere sprechen zu lassen. Alle ihre Aeußerungen müssen sich auf etwas Aeußeres beziehen, nur dann spricht sich ihr Inneres farbig und kräftig aus, denn es gestaltet sich nur in den Reflexen der Welt und des Lebens. Die frühere lyrische Poesie der Deutschen verschwamm im Allgemeinen; die jetzige wird am Affectirten zum Grunde gehen.

Der ächten Situationen-Komik müßte der Weltgeist als Individualität, die sich ausspräche, zum Grunde liegen.

Zwei verwandte Charaktere, einen durch den andern, zu zeichnen, sie sich gegenseitig in sich abspiegeln zu lassen, ohne daß sie's merken, wäre wohl der Triumph der Darstellung.

Ich glaube, das goldene Zeitalter der wahren Freiheit wird durch Nichts mehr zurückgehalten, als dadurch, daß es für so sehr viel Menschen keins wäre, denn, in einer Zeit, wo die Individualität Geltung und Spielraum hat, wird auch von ihr Etwas verlangt werden.

Der Letzte eines Stammes, der sein ganzes Leben auf Anfertigung eines Stammbaumes verwendet.

Das Böse ist deßwegen so verderblich, weil es, der Weltordnung und den innersten Naturbedürfnissen entgegengesetzt, keine Consequenz zuläßt.

Es ist der Fluch der Vornehmen, daß sich ihnen die höchsten irdischen Genüsse in kahle, schaale Bedürfnisse, die sie nimmer befriedigen können, umsetzen.

Der einfache Ausdruck ist schon deshalb vorzuziehen, weil alle, auch die glänzendsten Rede-Flitter veralten, und weil ein Buch, das damit aufgestutzt ist, deßwegen, bei sonst bedeutendem Inhalt, in seiner Form später einen Mumien-Eindruck machen muß.

Einen Wahnsinnigen zu sehen, oder einen Menschen, der mit Scharfsinn und Verstand das Absurde zu beweisen sucht: ich weiß nicht, was einen schauerlicheren Eindruck macht.

Eigensinn ist das wohlfeilste Surrogat für Charakter.

Du mußt bedenken, daß eine Lüge Dich nicht bloß eine Wahrheit kostet, sondern die Wahrheit überhaupt.

Alle Gefühls-Poesie muß Individual-Poesie seyn. Denn der Gedanke ist Allgemeingut, und, im Gegensatz zum Gefühl, um so weniger werth, je mehr er an den Boden erinnert, auf dem er gewachsen ist.

Besonders dies sollte den Philistern doch einfallen, daß die Kunst nicht bloß arbeiten, sondern auch essen, d. h. daß sie wie der Mensch nicht bloß für die Welt, sondern auch für sich selbst etwas thun will.

Alle Theilnahme an der Kunst beruht auf der Theilnahme an fremden Existenzen.

Es hilft überall Nichts, von dem Göttlichen und Höchsten zu sprechen, wenn dies auch mit Engelzungen geschieht. Es soll dargestellt werden, d. h. es soll leben. Dies thut es nur dann, wenn es aus der Erde, ihrer Beschränkungen ungeachtet, in markiger, kräftiger Gestalt hervorgeht, und sich mit ihr verträgt.

Ob ein Mensch sich wohl an dem, was ihm fehlt, wirklich erbauen kann?

Es gebe sich nur Jemand her zum Ideal des Philisters, er wird schnell Anerkennung finden.

Es giebt Menschen, die nur das anbeten, was sie vernichten können.

Was der echten Lyrik vorzüglich im Wege steht, ist der Umstand, daß sie anscheinend immer das Alte, das Gewöhnliche, das längst Bekannte, bringt. Wer könnte dem Recensenten etwas Erkleckliches erwidern, der Uhland's wunderschönes Lied: „Die linden Lüfte sind erwacht" mit den Worten abfertigte, was ist denn darin gesagt, als daß Alles auf Erden sich ändert, das Schlimme in's Gute, das Gute in's Schlimme, und wer wußte das nicht, bevor er dies Lied in die Hände bekam? Welch hohe Freudigkeit der Seele, welch ein Muth für alle Zukunft im Menschen erwacht, wenn ihm die zwischen den ewigen, den Fundamentalgefühlen in seinem Innern und den Erscheinungen der Natur bestehende untrennbare Harmonie in klarem Lichte aufgeht, das scheint Niemand zu wissen. Dagegen Gedanken — nun, Gedanken sind auf anderthalb Stunden neu.

Es giebt Momente, die nur den Samen der Freude in's Herz streuen, die der Gegenwart Nichts bringen, als einen leisen Schmerz, und die im eigentlichsten Verstande erst unter dem Brennglase der Erinnerung in ihrer Bedeutung, ihrem Reichthum, aufgehen. Mancher dieser Momente mag mit einer Stunde, die uns erst jenseits des Grabes erwartet, correspondiren.

Es giebt Gedichte, die durchaus auf das Unsittliche basirt sind. Dahin gehört Thümmel's Wilhelmine und manche Erzählung von Wieland. Diese sind durchaus verwerflich, denn sie formen aus dem Nichts. Das Unsittliche existirt überall nicht, es ist so wenig ein Element der Welt, als irgend eines Individuums, es ist eine Krankheit, die den Zustand zwischen Leben und Tod ausfüllt und sie beide ausschließt.

Ein Maitag ist ein kategorischer Imperativ der Freude.

(Geschrieben am 1. May 1838.
Neues Logis, Landwehrstraße Nr. 10.

Viele Menschen sind beständige Schemata, die der nächste, beste Zufall ausfüllt.

Tieck in seinen dramatischen Blättern tadelt Eßlair wegen seines Vortrags der Stelle im Wallenstein: „und Roß und Reiter sah ich niemals wieder", die er, nachdem er die Erzählung seines Traumes in höchster Spannung vorgetragen hat, im Conventionston, indem er die Stimme fallen läßt und einen Schritt vortritt, vorträgt. Es ist doch eben dies das Wunderbare, sagt Tieck, deßhalb muß Bedeutung darauf gelegt werden. Ich denke mir: der Künstler legt dadurch die größte Bedeutung hinein, daß er, zu sehr von dem Gewicht dieser Stelle erfüllt, sie gar nicht weiter heraushebt, weil er glaubt, daß sie, wie sie auch vorgetragen werde, durch die Art des Vortrags verlieren, noch gewinnen könne.

Alte Portraits — zerbrochene Menschenformen.

Unschuld ist erwachende Sinnlichkeit, die sich selbst nicht versteht.

Gegen jede sogenannte neue Wahrheit bin ich mißtrauisch, die nicht in mir ein Gefühl erregt, als hätte ich ihre Existenz schon lange zuvor geahnt.

Das Leben hat keinen andern Zweck, als daß sich der Mensch in seinen Kräften, Mängeln und Bedürfnissen kennen lernen soll. Wenigstens ist dies der einzige Zweck, der immer erreicht wird, das Leben mag nun seyn, wie es will.

„Alles für Nichts"! ist der irdische Imperativ.

Man thut immer wohl, den Spiegel, der ein verzerrtes Bild zeigt, zu untersuchen, ob er auch fleckig ist.

Die echte Poesie dringt aus der Seele, wie das heiße Blut aus der Ader, die es selbst aufsprengte.

Ein gemachtes Gedicht ist auch dasjenige, woran die Empfindung wahr ist, aber nicht die Form. Die Stunde unserer Begeisterung verschmilzt beides mit einander. Das Gedicht, das der gebildete Geschmack (den ich jedoch lieber den geborenen nennen mögte) sich anders denken kann, als es der Dichter geschaffen hat, taugt Nichts.

Heines Dicht-Manier (besonders seine neue) ist das Erzeugniß der Ohnmacht und der Lüge. Weil seine verworrenen Gemüthszustände sich nicht in die Klarheit eines entschiedenen Gefühls auflösen lassen, oder weil er nicht den Muth und die Kraft besitzt, den hiezu nothwendigen innern Prozeß abzuwarten, wirft er den Fackelbrand des Witzes in die werdende Welt hinein und läßt sie gestaltlos für Nichts und wieder Nichts verflammen. Diese Verklärung durch den Scheiterhaufen ist aber nur dann zu gestatten, wenn ein Phönix davonfliegt; an dem Phönix fehlt es jedoch bei Heine, es bleibt Nichts übrig, als Staub und Asche, womit ein müßiger Wind sein Spiel treibt.

Die meisten Menschen haben gar nicht das Bedürfniß, klar über ihre Zustände zu werden; sie wollen nur hindurch, wie etwa durch eine Krankheit. Diese gewinnen im Leben keine Resultate, sie machen nicht einmal Erfahrungen; ihr ganzes Leben ist vielmehr eine immerwährende Flucht durch Gefängnisse, und sie thäten wahrlich wohl, sich an das erste, beste zu gewöhnen, weil sie dann doch einen Standpunkt hätten, von dem aus sie die Welt, gut oder schlecht, betrachten könnten.

Ein Gedicht soll individuell seyn und zugleich allgemein. Ein scheinbarer Widerspruch: woburch ist er auszugleichen? Durch die poetische Anschauung, deren Resultat das ist, was ich poetische Idee nennen mögte. Das Individuum ist das Fernrohr, was die Sachen heran holt.

Phantasie ist nur in der Gesellschaft des Verstandes erträglich.

Am Ende existirt der Mensch nur durch seine Bedürfnisse.

Wie es auf Erden Bedürfnisse giebt, die erst der Himmel stillt, so mag auch der Himmel Bedürfnisse haben, die schon die Erde befriedigt.

Einen Menschen leben lassen und ihm darnach die nothwendigsten Bedingungen des Lebens: gesunde Luft, Essen und Trinken u. dgl. entziehen, ist eine Strafe, die Einer erleiden, aber nicht verdienen kann.

Es ist ein meisterhafter Zug, daß Sancho, der in Gedanken schon Gubernator ist, sich doch den Verlust dreier junger Esel so zu Herzen nimmt, daß er sich das Maul zerschlägt.

Es giebt Menschen, denen man keinen Schmerz mittheilen kann, ohne daß sie gleich einen ähnlichen mitzutheilen hätten.

Die Hoffnung der Menschheit auf ewige Fortbauer gründet sich hauptsächlich auf die Bedeutung, den unerschöpflichen Gehalt einzelner

großer Menschen. Umgekehrt giebt es aber auch Menschen, deren An=
spruch auf Unsterblichkeit sich einzig und allein auf den Anspruch des
ganzen Geschlechts gründet.

Ich kann's unmöglich glauben, daß Friedrich Schlegel die Agnes
für ein Produkt Göthes gehalten habe. Die ganze Aehnlichkeit mit dem
Meister liegt in dem Copiren einzelner Figuren und des Göthe'schen
Styls, insofern dieser darin besteht, daß Göthe das Bedeutende gern auf
einfache Weise sagt. Eine solche Aehnlichkeit hätte die Täuschung eben
unmöglich machen sollen. Das Buch enthält einzelne gute Situationen,
und das übertriebene Sententiöse wird hin und wieder durch einen brauch=
baren Gedanken erträglich gemacht. Sonst gebricht ihm nicht weniger,
als Alles. Nichts lebt darin, der Haupt=Charakter wird ununterbrochen
durch das stets bedenkliche Mittel des Beschreibens seiner Wirkung auf
Andere darzustellen gesucht, die Verfasserin trifft zuweilen den Fleck, wo
ein Schatz vergraben liegt, aber sie weiß ihn nie zu heben, und eben
darum nicht, weil sie zur unrechten Zeit Worte macht.

Oft ist es, als ob im Menschen ein hohes geistiges Bedürfniß
erwachte, indem er ein körperliches befriedigt. Gewiß ist die Sinnlichkeit
die Klaviatur des Geistes.

Den Schlechtesten selbst sollte man, wo möglich, vor der Ueber=
zeugung schützen, daß er schlecht sey; schon Mancher ist schlecht geworden, weil
er sich zu früh für schlecht hielt. Die erste wahnsinnige Liebe, so spurlos
sie gewöhnlich vorübergeht, und von so lächerlichen Erscheinungen sie
begleitet wird, ist doch vielleicht das Ernsthafteste am ganzen Leben,
wenigstens wird (und hierin liegt eben die bitterste Ironie) durch Nichts
jede Kraft des Menschen so aufs Aeußerste angespannt, als durch sie.
Ich bin überzeugt, Jeder könnte Werthers Leiden erleben, den Helden
und den Künstler ausgenommen.

Der Künstler sieht eigentlich immer nur die Bilder der Dinge, nicht
die Dinge selbst. Darum ist es so unrecht nicht, wenn das Leben ihm
gewöhnlich Schlimmeres bietet, wie Anderen: die unbewußte Reflexion,
die im Stillen Alles, was sich begiebt, auf ein sich dadurch entschleierndes
Unendliches bezieht, gleicht viel mehr aus, als man denkt. Nur dem
Künstler ist ein Wirken in's Unendliche vergönnt: alles andre mensch=

liche Wirken hat seine Gränze, an welcher den reichen Herder zum Beispiel, als er sich völlig ausgegeben hatte, die Verzweiflung empfing.

Glücklich ist nur derjenige, in dem die Natur gewissermaßen unmittelbar, und ohne sich durch individuelle Schranken gehemmt zu sehen,
wirkt, wie in Göthe und Shakespeare.

Einen Feind in den Fall setzen, eine edle That, der er nicht gewachsen ist, zu thun oder vielmehr zu unterlassen.

Kriege zu führen, ist die menschliche Versuchung eines Fürsten.

Der Mensch, sich selbst unbewußt, macht immer auf soviel Lebens-
glück Anspruch, als er verdient; er rechnet unaufhörlich mit dem Schicksal.
Eben darum ist der höhere des Vergnügens, dieser abschläglichen Zahlung
eines unvermögenden Schuldners, nicht fähig.

Vorschlag zu einem Gesetz, wornach jeder Reiche, der sich seinen
Reichthum nicht selbst erworben hat, schuldig und gehalten sey, sich ein-
mal auf Leben und Tod um sein Vermögen mit dem Ersten, der den
Hals daran setzen will, zu schlagen.

„Weil mein Vorfahr den deinigen vor 1000 Jahren beraubt oder
überlistet hat, und weil seine Familie die auf solche Weise errungenen
Vortheile nun schon 1000 Jahre 'genießt, und weil, wenn sie dieselben
nicht noch länger genöße, sie an Fett verlieren würde, und weil du
nicht läugnen kannst, daß jene Vortheile wirklich Vortheile sind und uns
zu etwas Besonderem gemacht haben. — —“ Ich wüßte nicht, was der
Adel weiter für sich anführen könnte. Merkwürdiger Weise führt der
Bürgerliche mit ebensoviel Grund das Nämliche gegen ihn an. Ein
einziger Fall.

Ein Dieb, der nicht gleich gehenkt wird, macht auf Würde Anspruch.

Es ist sonderbar, daß gerade der Gattungsname des Menschen:
Mensch das Schimpfwort geworden ist, womit man ihn am tiefsten zu
erniedrigen glaubt. Auch einen Hund nennt man nur dann Bestie,
wenn man gegen ihn aufgebracht ist.

Der Mensch liebt es, an sich zu experimentiren, anstatt sich ruhig
zu entwickeln. Es kann zu Etwas führen, ist aber sehr riskant.

Jeder Mensch besitzt alle Talente, doch nur die hervorragendsten
soll er ausbilden. Hier liegt aber der Grund, weshalb so viele hartnäckig

ein unerreichbares Ziel verfolgen: sie haben das Gefühl, nicht ganz auf falschem Wege zu seyn.

Es giebt viele Dinge, von denen ich wünschen muß, sie als Kind gesehen, gehört, erlebt zu haben. Gewiß wär' ich dann etwas ganz Anderes geworden.

Einige politische Helden füttern sich nur deshalb mit Jugend heraus, um später die Sünde besser bezahlt zu erhalten.

Man sollte eigentlich eine langweilige und gehaltlose Strecke des Lebens für einen längeren oder kürzeren Weg halten, der immer zu einem schönen Ziel führt.

Friedrich Schlegel meint: wenn Göthe die Lehrjahre Lotharios, deren im Vorbeigehen als eines vorhandenen Manuskripts erwähnt wird, dem Meister einverleibt hätte, so würde aller Mißverstand und aller Tadel weggefallen seyn, denn das wäre der einzige Einwurf, den Unzufriedene mit einigem Schein gegen das Werk machen könnten, daß es seinen eigenen Hauptbegriff (der Bildung) nicht vollständig ausspreche und entfalte. Dann würde es sich nämlich zeigen, ob es neben den Lehrjahren des Künstlers auch noch Lehrjahre des Menschen, eine Kunst zu leben und eine Bildung zu dieser Kunst, geben könne ꝛc. Ich denke, dem ist schon dadurch begegnet, daß Lothario als der einzige Charakter gezeichnet ist, der zu handeln versteht. Jenes Manuskript hätte sich wohl auf keinen Fall mittheilen lassen; abgesehen von der nothwendigen Unfänglichkeit desselben, hätte es schon der Reichthum der Form (welcher in einer gewissen Mannigfaltigkeit besteht, der einen und denselben Ausweg nicht zwei Mal zuläßt) verboten. Uebrigens stellt nicht Menzel, wie ich bisher glaubte, sondern schon Schlegel den Styl, als einen der größten Vorzüge des Meister heraus.

Es giebt Leute, die gar nicht in's Allgemeine denken können, sondern immer am Factum (das sie oft erst selbst in Gedanken erschaffen) kleben bleiben.

Wenn unbedeutende Menschen das Objektive einer Sache hinstellen wollen, entsteht immer ein Gespenst oder ein Zerrbild.

Es giebt Dichter, die den Gedanken zum Vorwurf der Empfindung machen, und andere, die über die Empfindung räsonniren.

Nicht nach der Länge seines Armes: nach der Länge seines Auges muß der Mensch sein Glück messen!

Aufs Leben Verzicht leisten: auf Gott Verzicht leisten!

Eine reiche Quelle des besten Komischen liegt in den Bestrebungen der Menschen, welche das Gegentheil bezwecken von dem, was sie bezwecken sollen.

Die Kunst der Griechen war das Product der gesammten Volksbildung; die moderne Kunst ist im glücklichsten Fall das Product der Bildung des einzelnen Künstlers. Daher kommt es, daß unsere bedeutendsten Kunstwerke, die das Ganze der Menschheit aussprechen wollen, doch oft so vereinzelt da zu stehen und zu stammeln scheinen, wogegen jede Kleinigkeit der griechischen Künstler immer mit dem Allgemeinsten in Bezug stand.

Tacitus ist doch eigentlich der einzige wahrhaft römische Schriftsteller: das Product aller der Gräuel, von denen er Zeugniß ablegt: der Phönix Roms.

Daß der verwandte Gedanke durch einen verwandten Klang ausgedrückt wird, ist wunderbar und erregt die Empfindung einer vorher bestimmten, unauflöslichen Harmonie zwischen Stoff und Form, also das, was die Dichtkunst einzig und vor Allem erstrebt. Dies ist die große Bedeutung des Reims.

Man muß Schiller immer in seinen einzelnen Bestrebungen betrachten, wenn man gegen ihn nicht ungerecht werden will.

Daß so wenig Schriftsteller Styl haben, liegt in ihrer Unfähigkeit, für den letzten hohen Zweck, die nebenbei erreichbaren näheren und kleineren zu opfern, überhaupt in der menschlichen Unart, mit jeglichem Schritt eine Art von Ziel erreichen zu wollen.

Ein Mensch, der eine Sache fallen läßt, pflegt, wenn er sie wieder aufhebt, damit zu spielen, um zu zeigen, daß mit Geschicklichkeit eine zufällige Ungeschicklichkeit verbunden seyn kann. Das ist wohl im Sittlichen nicht anders.

Ein guter Pabst müßte von jeher nothgedrungen ein schlechter Christ seyn.

Im Prinzen von Homburg ist es ein meisterhafter Zug, daß der Verdacht: der Kurfürst habe den Prinzen nicht sowohl der auf dem

Schlachtfelde begangenen Uebereilung wegen, sondern aus einem andern Grunde zum Tode verurtheilen lassen, nicht von selbst in des Prinzen Seele aufsteigt, sondern erst durch Zollerns Inquirien erweckt wird.

> Und ist ein bloßer Durchgang denn mein Leben
> Durch deinen Tempel, herrliche Natur,
> So ward mir doch ein schöner Trieb gegeben,
> Vom Höchsten zu erforschen jede Spur,
> So tränkt mich doch, bin ich auch selbst vergänglich,
> Ein Quell, der ewig ist und überschwänglich!

Niemand umfaßt das Element, worin er lebt, sondern das Element umfaßt ihn.

Die Engländer brachen die Rechte der Neutralität und raubten Dänemark seine Flotte, weil sie fürchteten, Napoleon mögte jene Rechte nicht ehren und die Flotte rauben. Sie begiengen also ein Verbrechen, damit es ein Anderer nicht begehen könne.

Friedrich der Zweite war ein Despot, aber ein solcher, dessen Leidenschaft zufällig das Gute war.

> Jedwede Blume muß sich neigen,
> Wenn sie der Thau des Abends tränkt,
> Und um so höher wird sie steigen,
> Je tiefer sie sich hat gesenkt.

> Da wollt' es mir bedünken,
> Ich sey unendlich reich;
> Mein Busen war dem Blinken
> Des Sternenhimmels gleich:

> Schon viele sind aufgegangen
> In reiner, klarer Pracht;
> Mehr glaubt man noch umfangen,
> Vom stillen Schooß der Nacht.

Das letzte Ziel: kann's wohl ein Mensch im Auge haben? Thut er übel, wenn er einstweilen das nächste für das letzte ansieht?

Die Natur gab dem Menschen die Willenskraft, damit er sich selbst forthelfe, wenn sie ihn etwa auf der Hälfte des Wegs fallen läßt.

Die Naturwissenschaft giebt den besten Maaßstab für die Fortschritte der Menschheit ab: nur, soweit sie die Natur kennt, kennt sie sich selbst.

Die Alten kannten nur Tag und Nacht, wir kennen nur Dämmerung. Die romantische Liebe zwischen zwei Personen verschiedenen Geschlechts, die zur Verkörperung des Ideals, aber nicht zur Erzeugung eines Kindes führt, spukt in all unseren Verhältnissen. Der Schattenriß gilt uns mehr als die Sache, und wenn wir nur ahnen, so kümmern wir uns wenig um das Wissen.

Ich bin überzeugt: der animalische Magnetismus wird entschleiert werden und dann beginnt die Naturkunde.

Motto für meine Gedichte.

Und mußt du denn bei Kraft und Muth

In jedem Dorn dich ritzen;

So hüt' dich nur, mit deinem Blut

Die Rosen zu bespritzen!

Den 4. Juny 1838.

Es ist am Ende an der Religion das Beste, daß sie Ketzer hervorruft.

Die Jungfrau von Orleans wäre als Novelle (à la Kleist) zu behandeln. Ich muß überhaupt Chroniken lesen.

Die Philosophie ist eine höhere Pathologie.

Es ist nicht nöthig, daß alle Fragen beantwortet werden; es reicht bei den wichtigsten schon hin, wenn sie nur aufgeworfen werden, denn sie sind es, die im Verlauf der Zeiten den größten Geistern den Tribut abfodern.

Der Pedantismus wurzelt im Herzen, nicht im Geist.

Den 7. Juny.

Das echt Komische ist wahr, d. h. auf die Natur gegründet, und doch kann man sich in der Natur keine Gesetze, keine Bedingungen denken, die es hervorrufen und es möglich machen. Hierin liegt das Piquante des Eindrucks, den es macht.

Falstaffs Aeußerung: „wir fechten eine gute Stunde nach der Glocke von Shrewsbury" ist unerschöpflich. Er sucht seine Lüge dadurch, daß er die geringsten Nebenumstände anführt, glaubhaft zu machen und thut dies auf eine Weise, daß es ihm eben dadurch möglich wird, sie sogleich, wie es nöthig würde, für einen Spaß zu erklären.

Den 10. Juny.

Daß die Natur ruhig und gleichgültig das Schönste, was sie hervorgebracht hat, zerstört, erregt die Empfindung ihres unermeßlichen Reichthums, ihrer unerschütterlichen Sicherheit, ihres unverrückbaren Ziels.

Es ist eines der wunderfamsten Gefühle, sich plötzlich, nachdem eine lange Zeit verflossen ist, wieder in einem und demselben Zustand, in derselben Umgebung, derselben Thätigkeit oder Beschäftigung zu finden; es erregt im Anfang den Vorschmack zugleich des Todes und der Ewigkeit. Ich hatte es am letzten Pfingstsonntag, wo ich Vormittag um 11 Uhr im Hofgarten in dem kleinen Neptunns-Tempel saß und den Wilhelm Meister las, und mich erinnerte, daß ich das nämliche Buch an der nämlichen Stelle vor einem Jahr gelesen und mit dem nämlichen Behagen die strömende Fülle des Frühlings, die mannigfachen Aeußerungen menschlichen Lebens und den Alles leitenden und lenkenden Geist des Göthe'schen Meisterwerks in mich gesogen hatte.

„Ich will darüber denken!" Dies klingt, wenn nicht von bloßen Verhältnißdingen die Rede ist, völlig so absurd, als: ich will darüber empfinden!

Den 11. Juny. Abends.

Lebensschmerz! Mit keinem Wort wird mehr Schlechtigkeit getrieben. Nur der spreche von Lebensschmerz, dem von vorn herein das Leben völlig unmöglich gemacht, dem ein Ding daraus gedreht wird, das er nicht brauchen kann und doch nicht wegzuwerfen wagt. Der Verlust eines einzelnen Guts erzeugt keinen Lebensschmerz.

Daß Jean Paul doch so viel Muth behielt! Aber, er war doch als Kind im Paradiese gewesen, es galt ihm nur, das Paradies wieder zu gewinnen!

Man kann sich aus einem Kerker befreien und wenn man in's Freie kommt, todt zu Boden sinken.

Die meisten praktischen Irrthümer entspringen daraus, daß für Viele Fehler ist, was bei Einigen Tugend seyn würde.

Das Schlimmste, was von einem Einzelnen ausgeht, scheint oft nothwendig für's Allgemeine.

Es giebt Dinge, die man bereut, bevor man sie thut, und doch thut.

Bilder der größten Maler, Raphaels, Correggios, kommen mir nie aus dem Gedächtniß, eben weil sie dargestellt sind; andere kommen gar nicht hinein.

Die Kunst, Bücher zu schreiben, ist die Kunst zu schreiben.

Es wird am Häufigsten vergessen, daß Bilder und Zeichen nichts Nothwendiges und Ursprüngliches enthalten.

Tiecks Sternbald hat gar zu viel Meisterhaftes. (Wilh. Meisterhaftes.)

So viele Hoffnungen der Menschheit sind wie Lichtfunken in der Nacht: sie erleuchten Nichts, als sich selbst. Und dennoch hat schon die Existenz des Lichts an sich etwas unendlich Beruhigendes.

Wer nach den Sternen reisen will, der sehe sich nicht nach Gesellschaft um.

Und wer Sterne entdecken will, lerne Brillen schleifen.

Wenn dich ein Lichtlein lockt, so folg' ihm. Führt's dich in den Sumpf, so kommst du wohl wieder heraus; folgst du ihm aber nicht, so peinigt dich durch dein ganzes Leben der Gedanke, daß es vielleicht dein Stern gewesen sey.

Allegorie.

Einst raubt das Unglück dem Glück die Flügel. Es schwingt sich himmelan, und das Glück muß auf der Erde weilen.

Die Menschen werden doch eigentlich nur verdammt, weil sie auf verkehrte Weise selig zu werden suchen.

Die Masse macht keine Fortschritte.

Man nehme das Komische, woher man wolle, nur nicht aus der Natur und ihren großen Verhältnissen. Müßte man an der Würde und Wahrheit des Welt-Fundaments zweifeln, so müßte man untergehen. Dies Komische höbe sich mithin selbst auf.

Wer in der Kunst auch ohne vorzügliches Talent nur immer fort=
schreitet und nicht stille steht, wer sich mit Ernst dessen zu bemächtigen
sucht, was erlernt werden kann, der wird schon hin und wieder etwas
Annehmliches leisten. Denn das, was in der Kunst Handwerk ist, steht
doch unendlich viel höher, als jedes andere Handwerk.

Der Mensch ist der Basilisk, der stirbt, wenn er sich selbst sticht.

Den 22. Juny.

Heute in der Metropolitan=Kirche Mozarts Requiem gehört. Ein=
fach und voll. Ich dachte an die Tage von Mozarts Tod. Es liegt
Etwas Wunderbares darin, auch wenn man sich eine natürliche Auf=
lösung erlaubt. (Er schob das Requiem hinaus, weil es seine innersten
höchsten Kräfte in Anspruch nahm, er machte es zuletzt in kürzester Zeit
und starb in Folge der Ueberreizung.

Es giebt keinen Weg zur Gottheit, als durch das Thun des
Menschen. Durch die vorzüglichste Kraft, das hervorragendste Talent, was
Jedem verliehen worden, hängt er mit dem Ewigen zusammen, und so=
weit er dies Talent ausbildet, diese Kraft entwickelt, soweit nähert er
sich seinem Schöpfer und tritt mit ihm in Verhältniß. Alle andere
Religion ist Dunst und leerer Schein.

Wer sich nicht bemüht hat, dies erste Leben zu verstehen, der hoffe nur
nicht, daß er es in Erkenntniß des zweiten weit bringen werde. Gott
giebt den Menschen nur Füße, keine Krücken.

Der bildende Künstler, z. B. der Maler, muß so Manches lernen,
bloß um dagegen gesichert zu seyn, daß er gewisse Sünden begehe,
z. Ex. Anatomie; er verfällt aber leicht in den Fehler, es in seinen Ar=
beiten zu zeigen, daß er gelernt hat.

Wer die Schlange sieht, der sieht das Paradies nicht mehr.

Die Schriftsteller dreschen taubes Stroh und lassen sich die Tag=
löhner=Arbeit bezahlen.

Der Mensch, und vor Allem der Künstler, dem es um wahre
Bildung zu thun ist, vergesse nicht, daß der Geist sehr oft arbeitet, bloß
um sich selbst zu ernähren und zu erquicken, daß er viele Früchte erzeugt,
die er selbst genießen will und die man ihm nicht rauben muß, um sie
irgendwo zum Dessert aufzusetzen.

Ich könnte eine Brochüre schreiben: über einige merkwürdige Urtheile Göthes aus seiner spätesten Zeit.

Es fehlt uns nicht sowohl an Licht, als an ausreichendem Licht.

Es ist die Frage, ob wir jemals eine ganz neue Wahrheit erfahren werden, eine solche, von der wir nicht von Anfang an schon eine Ahnung gehabt hätten, ja, es ist fast unzweifelhaft, daß dies nicht geschehen wird, eben weil es nicht geschehen kann, da ohne den vollständigsten Kreis aller Wahrheiten die menschliche Existenz, die durchaus eine solche Atmosphäre verlangt, gar nicht denkbar ist.

Sitzen bleiben schützt allerdings gegen die Gefahr, zu fallen.

In dem echten Dichtergeist muß, bevor er Alles ausbilden kann, ein doppelter Prozeß vorgehen. Der gemeine Stoff muß sich in eine Idee auflösen und die Idee sich wieder zur Gestalt verdichten.

Das Genie ist der Fühlfaden seiner Zeit.

Ein Echo ist das leerste und scheint das vollste.

Jeder frevelt an dem Schönen, indem er es darstellt.

Den 18. July.

Gerade bei dem Komischen ist eine unregelmäßige, gewissermaßen verwirrte Behandlung die beste. Denn da es nur als Ganzes Bedeutung hat, im Einzelnen aber immer nur Nichtiges und Gemeines bringt, so würde durch eine gemessene Behandlung ein unangenehmer Contrast entstehen.

Wohl dem, der das Unerreichbare im Leben findet!

Den 29. July.

Wie viele Kunstwerke hat der Künstler bloß zu seiner eigenen Ehre geschaffen.

Es frägt sich, ob, wenn Kleist das Gebrechliche der Welt-Einrichtung zeigt, er nicht dadurch mehr erhebt, als wenn er sie priese.

An meinen Träumen bemerk' ich seit einiger Zeit, daß ich fast immer das Leben derjenigen dichterischen Charaktere fortsetze, mit denen ich mich kurz vor dem Einschlafen beschäftigte.

In Kleists Familie Schroffenstein, deren Ausgang allerdings schwach ist, ist es bedeutend, und man könnte es als die Hauptidee des Stückes

ansehen, daß Rupert alle diejenigen Verbrechen, von denen er glaubt, daß
der durchaus unschuldige Sylvester sie begangen habe, begeht, eben weil,
und nur, weil er dies glaubt.

Vom Maler Müller las ich vier Idyllen: Bacchidon und Milon;
Satyr Mopsus, die Schaafschur und das Nußkernen; sämmtlich saftig
und kernhaft in hohem Grade.

„Ein großer Mann, aber ein kleiner Mensch." Abgeschmacktes Wort.

Man nimmt gewöhnlich an, bedeutende Eigenschaften müßten das
Kleinliche und Niedrige verzehren, oder von diesem verzehrt werden.
Das ist ein schöner Irrthum, aber es ist ein Irrthum. Das Kleine kann
neben dem Großen sehr gut bestehen.

Mir deucht, eben Sünder müßten die Sünde am meisten hassen.
Gott kann sie unmöglich so verabscheuen, wie der Mensch.

Gränzenlos (in Bezug auf den Inhalt) und begränzt (in Bezug
auf die Form) muß jedes Kunstwerk seyn.

Erlebtes Gedicht. Ich sitze in stiller Nacht im Zimmer. Es
ist schwül, ich öffne die Fenster. Ein rascher, kräftiger Regenguß, wie
ein Strom erfrischenden Lebens, der unmittelbar vom Himmel kommt.
Süße Kühle und die erfrischten Blumen des Gartens senden ihre Düfte
herauf.

Sobald ein Schriftsteller sich wiederholt, darf die Kritik ein Defi-
nitives Urtheil über ihn fällen, denn dann hat er sich erschöpft.

Eine bedeutende Kraft im Menschen kündet sich dem Gefühl als
ein Mangel an, so lange sie sich noch nicht entwickelt hat.

Den 6. August.

Ueber Nacht träumte mir: ich arbeitete im Dithmarschen einen
Bericht in einer Armensache aus, in der ich ein Versehen begangen
hatte. Dieselben ängstlichen Verhältnisse, die mich immer zwangen, Alles
über mich ergehen zu lassen und meine Rechtfertigung in meiner Brust
zu verschließen; kein Gedanke an die gänzliche Veränderung meiner Lage.
Die menschliche Seele ist doch ein wunderbares Wesen, und der Central=
punkt aller ihrer Geheimnisse ist der Traum.

Diejenigen Träume, welche etwas ganz Neues, wohl gar Phan=
tastisches, bringen, sind in meinen Augen bei weitem nicht so bedeutend,

als diejenigen, welche die ganze Gegenwart bis auf die leiseste Regung der Erinnerung tödten und den Menschen in das Gefängniß eines längst vergangenen Zustandes zurückschleppen. Denn bei jenen ist doch nur dasselbe Vermögen wirksam, worauf die Kunst und Alles, was mehr oder weniger annähernd zu ihr heranführt, beruht, und was man Phantasie zu nennen pflegt; bei diesen aber eine ganz eigenthümliche räthselhafte Kraft, die dem Menschen im eigentlichsten Verstande sich selbst stiehlt und die ausgemeißelte Statue wieder in den Marmorblock einschließt.

Gewissen Gesichtern sollte polizeilich verboten werden, sich bei Tage öffentlich blicken zu lassen. Sie sind wie Standbilder des Teufels, von denen oft eine Klapperschlangenwirkung ausgeht.

Gerade, wer die beste Zunge hat, muß still schweigen.

Gott theilt sich nur dem Gefühl, nicht dem Verstande mit; dieser ist sein Widersacher, weil er ihn nicht erfassen kann. Das weis't dem Verstande den Rang an.

Wir sehen heute, wie die Rose hervorblüht; wir sehen morgen, wie sie der Sturm verweht, Beides giebt uns doch nur ein Gefühl, daß wir leben. Aber, wir suchen das Leben immer im Tode, d. h. in einer Einzelheit.

Den 12. August.

Das ganze Leben ist ein verdaulicher Widerspruch.

Wenn Plato aus seiner Republik die Künstler verweis't, so giebt es nach seiner Idee geborene Verbrecher.

Was die Philosophie dem Menschen verschaffen will, das verliert er am leichtesten, wenn er sich mit ihr beschäftigt.

Junge Löwen sterben oft am Zahnen. (Promotion.)

Große Talente kommen von Gott, geringe vom Teufel.

Der bedeutende Mensch wird eigentlich von jedem Einzelnen nur im Namen der Menschheit beleidigt, und erquickt.

Wer könnte existiren, wenn er nicht mit Gedanken und Gefühl in eine andere höhere Welt hineinragte. Und doch: wie viele Menschen existiren, bloß, weil sie dies nicht thun.

Nur das ist Sünde, was so wenig aus einer Leidenschaft, als aus der Tugend hervorgeht.

Man muß sich nicht wundern, daß Niemand dem Andern den Lorbeer gönnt. Er ist Nichts, wenn sich Viele in ihn theilen.

Was in andern Zeiten Sünde war: sich auf sich selbst beschränken, ist jetzt Tugend.

Denken und Darstellen, das sind die zwei verschiedenen Arten der Offenbarung. Das Denken hat es mit dem Unbeschränktesten zu thun, es verhält sich aber gegen dieses, wie ein bewußtes Gefäß und ist deshalb beschränkt. Das Darstellen wirkt im Beschränkten ein Unbeschränktes. Darum sind im Lauf der Zeit alle philosophischen Systeme abgethan worden, aber kein einziges Kunstwerk.

Die Musik ist blind, die Bildhauerkunst taub, die Malerei stumm.

Die Instrumente sollten der Composition wegen vorhanden seyn. Aber oft werden die Compositionen bloß der Instrumente wegen (der Virtuos ist selbst ein solches) gemacht. Da giebt es denn Töne, die mit Hunden gehetzt werden.

Es könnte eben so gut eine Kunst Athem zu holen, als eine Kunst, zu denken, (Logik) geschrieben werden.

Es ist die Aufgabe der Poesie, das Nothwendige und Unveränderliche in den schönsten Bildern, in solchen, die die Menschheit mit ihrem Geschicke auszusöhnen vermögen, vorzuführen.

1. September.

Statt das Geistige zu verkörpern, vergeistigen sie gern das Körperliche und meinen, das sey der Triumph.*)

München, den 18. September 1832.

Sonntag, den 16. dieses Monates, als ich kaum zu Mittag gegessen hatte, erhielt ich einen Brief von meinem Bruder, worin er mir anzeigte, daß meine Mutter Antje Margaretha, geb. Schubart, in der Nacht vom 3. auf den 4. um 2 Uhr gestorben sey. Sie hat ein Alter von 51 Jahren 7 Monaten erreicht und ist, was ich für eine Gnade Gottes erkennen muß, nur 5 Tage krank gewesen, 4 Tage ganz leiblich, so daß sie noch

---

*) Dieser Seite des Tagebuches folgt im Original ein neues Heft, welches das Motto führt: „Neues Irren, neues Leben!"

selbst aufstehen konnte, den 5. sehr bedeutend, mit Krämpfen geplagt, die ein Schlagfluß mit dem Leben zugleich (auf sanfte Weise, wie der Arzt sich aussprach) endete. Sie war eine gute Frau, deren Gutes und minder Gutes mir in meine eigene Natur versponnen scheint: mit ihr habe ich meinen Jähzorn, mein Aufbrausen gemein, und nicht weniger die Fähigkeit, schnell und ohne Weiteres Alles, es sey groß oder klein, wieder zu vergeben, und zu vergessen. Obwohl sie mich niemals verstanden hat und bei ihrer Geistes= und Erfahrungsstufe verstehen konnte, so muß sie doch immer eine Ahnung meines innersten Wesens gehabt haben, denn sie war es, die mich fort und fort gegen die Anfeindungen meines Vaters, der (von seinem Gesichtspunkte aus mit Recht) in mir stets ein mißrathenes, unbrauchbares, wohl gar böswilliges Geschöpf erblickte, mit Eifer in Schutz nahm, und lieber über sich selbst etwas Hartes, woran es wahrlich im eigentlichsten Sinne des Wortes nicht fehlte, ergehen ließ, als daß sie mich Preis gegeben hätte. Ihr allein verdanke ich's, daß ich nicht, wovon mein Vater jeden Winter, wie von einem Lieblingsplan sprach, den Bauernjungen spielen mußte, was mich vielleicht bei meiner Reizbarkeit schon in den zartesten Jahren bis auf den Grund zerstört haben würde; ihr allein, daß ich regelmäßig die Schule besuchen, und mich in reinlichen, wenn auch geflickten Kleidern öffentlich sehen lassen konnte. Gute, rastlos um Deine Kinder bemühte Mutter, Du warst eine Märtyrin und ich kann mir nicht das Zeugniß geben, daß ich für die Verbesserung Deiner Lage immer so viel gethan hätte, als in meinen freilich geringen Kräften stand! Die Möglichkeit Deines so frühen Todes ist meinem Geist wohl zuweilen ein Gedanke, doch meinem Herzen nie ein Gefühl gewesen; ich hielt mich in Hinsicht Deiner der Zukunft für versichert; ich legte an deine Zustände meinen Maaßstab und that oft Nichts, weil ich nicht alles zu thun vermochte. Ich war nicht selten, als ich Dir noch näher war, rauh und hart gegen Dich; ach, das Herz ist zuweilen eben so gut wahnsinnig, wie der Geist, ich wühlte in Deinen Wunden, weil ich sie nicht heilen konnte, Deine Wunden waren ein Gegenstand meines Hasses, denn sie ließen mich meine Ohnmacht fühlen. Vergieb mir das, was Du jetzt in seinem Grunde wahrscheinlich tiefer durchschaust, als ich selbst, und vergieb es mir auch, daß ich, verstrickt in die Verworrenheiten meines eigenen Ichs und ungläubig gegen jede Hoffnung, die mir Licht im Innern und einen freien Kreis nach Außen verspricht, Deinen Tod nicht beklagen, kaum empfinden kann. Diese Unempfindlichkeit ist mir ein neuer Beweis, daß der eigentliche, der vernichtende Tod die menschliche Natur so wenig als Vorstellung, noch als Gefühl zu erschüttern vermag, und daß er eben darum auch gar nicht möglich ist; denn alle Möglichkeiten sind in unserem tiefsten Innern vorgebildet und blitzen als Gestalten auf, wenn eine Begebenheit, ein Zufall, an die dunkle Region, wo sie schlummern, streift und rührt. Auch Klagen, auch Thränen werden Dir nicht fehlen, wenn ich einmal wieder ich selbst bin, und ewig wird Dein stilles freundliches Bild in aller mütterlichen Heiligkeit vor meiner Seele stehen, lindernd, beschwichtigend, aufmunternd und tröstend. Wenn ich an Dich denke, an Dein unausgesetztes Leiden, so wird mir jede Last, die mir das Schicksal auflegt, gegen die Deinige leicht dünken; wenn ich mich Deiner kümmerlichen Freuden erinnere, die Dein Herz dennoch in sanfter Seligkeit aufließen, so werd' ich mich nie freudenleer dünken. So wirst Du mir noch über das Grab hinaus Mutter seyn; Du wirst mir vergeben und ich Dich nimmer, nimmer vergessen!*)

Auch mein Freund Rousseau ist wenige Wochen nach meiner Mutter gestorben. Mein Tagebuch ist seit Monaten in's Stocken gerathen, weil ich diese Nachricht hinein zu schreiben hatte. Den 12. July war sein Geburtstag.

Ein Gefangener ist ein Prediger der Freiheit.

Die lyrische Poesie soll das Menschenherz seiner schönsten, edelsten und erhabensten Gefühle theilhaftig machen. Dies ist die beste Definition.

---

*) Sowohl unter diese psychologisch so bedeutsame Stelle, wie unter die den Tod Rousseau's verzeichnende, hat Hebbel in seinem Tagebuche groß hingezogene Kreuze gesetzt. Zwischen beiden Stellen stehen einige allgemeine Gedanken, die von einer ununterbrochenen Fortsetzung seiner geistigen Prozesse während dieser trüben Erlebnisse zeugen.

Anmerkung des Herausgebers.

Den 12. November.

Ich kann den Gedanken nicht los werden, daß ich sehr bald sterben werde. Im Traum sah ich über Nacht meinen längst verstorbenen Vater, den ich fast noch nie im Traume sah. Auf der Brust empfand ich einen linden Schmerz.

Den 13. November.

Ueber Nacht träumte mir, ich machte ein sehr langes Gedicht und zwar beclamirte ich es, indem ich es machte, sogleich, ohne irgend anzustoßen, laut in einer Gesellschaft. Ob ich damit zufrieden war, weiß ich nicht, doch weiß ich, daß ich mich über diese neue Gestalt meines Talents im Stillen sehr verwunderte.

Heute sah ich Rousseaus Schwester, die von einer Reise nach Italien zurück kam. Ich empfand dabei sehr lebhaft, daß zwei, die denselben Schmerz empfinden, nicht zusammen kommen dürfen, am wenigsten ein Mann und ein Frauenzimmer. Einer denkt gewiß vom Andern: du bist der Kältere.

Meine Brustschmerzen nehmen nicht zu und nicht ab. Zu einem Arzt zu gehen und mich einer Kur zu unterwerfen, fehlt es mir an Geld. Ich weiß kaum selbst, ob ich gern oder ungern sterbe. Ich habe noch Manches auf dem Herzen, was ich ausführen mögte, und doch ist es mir oft, als sey es aus mit meiner Kraft. Jedenfalls mögte ich moralisch in anderer Gestalt den dunklen Schritt machen, aber ich fürchte, ich habe recht, wenn ich mir sage: du wirst auf Erden nicht mehr besser, als du bist. Meine Leidenschaftlichkeit ist mir über den Kopf gewachsen und sie wechselt in ihrem Begehren eigentlich nur mit den Gegenständen, sie selbst bleibt, was sie ist.

Es giebt ein sichres Zeichen der Selbstkenntniß: wenn man an sich selbst nicht mehr Fehler bemerkt, als an Anderen.

Daß die Schmerzen mit einander abwechseln, macht das Leben erträglich.

Den 18. November.

Ich habe heut Abend Eßlair in Lear (freilich nach der Schröder'schen Bearbeitung) gesehen. Ich will nicht urtheilen, aber es kam mir vor, als ob seinem Spiel der eigentliche Angelpunkt fehle, als ob er mehr eine Reihe trefflicher Einzelheiten an einander reihe, als ein organisches Ganzes aus sich entwickle. Das Stück ist mir durch die Vorstellung um Nichts klarer geworden und dies halte ich immer für ein schlimmes Zeichen. Freilich mag es eben in dieser Rolle sehr schwer seyn, zu innerer Einheit zu gelangen, und noch schwerer, sie anschaulich zu machen; Lear besteht nur aus Extremen und der Punkt, wo diese sich verknüpfen, mag tiefer liegen, ich glaube, er ist in der Königswürde dieses unbedeutenden Menschen zu suchen. Die Extreme gab Eßlair sehr gut. Herrlich war der Moment, wo der unglückliche Vater seine böse Tochter unter erstickenden, die Stimme verschwemmenden Tönen versichert, er wolle nicht weinen; er will auch nicht, aber er ist nicht Herr über seinen Körper. Für äußerst gelungen halte ich es, daß Eßlair das: „Ich gab Euch Alles" nicht polternd, oder vorrechnend, sondern fast leise und ruhig sagte. In der Wahnsinnsscene, wo Lear mit Kräutern und Blumen geschmückt auftritt, war er einzig. „Jeder Zoll ein König." „Es ist Niemand Sünder." Und zuletzt, wo er, sich seiner Töchter erinnernd, ihnen Rache schwört und seine Keule, zum Zeichen, daß er sie tödten wolle, hinwirft; das ist dem Innersten der Situation, der im Wahnsinn ungebändigter hervortretenden Leidenschaft gemäß. Auf das bedeutende Wort: „ich bin in's Gehirn gehauen," legte er ebenfalls gehörig Gewicht. Vorzüglich (doch mehr dem Dichter angehörig) ist es, daß er, bei Cordelia, aus seiner Raserei erwachend, sagt: ich bin alt und kindisch; dies ist die furchtbarste Wirkung der ihm widerfahrenen Behandlung.

Den 21. November.

Jetzt habe ich schon zum zweiten Mal von meinem Rousseau geträumt. Er lebte noch, aber ich wußte recht gut, daß er bald sterben würde; ich hatte ihn unendlich lieb und suchte ihm dies auf alle Weise an den Tag zu legen. Ich wüßte nicht, daß ich jemals eine Empfindung von so wunder Süßigkeit (ich finde kein anderes Wort) gehabt hätte.

Den 21. November.

Nie noch habe ich das Tödtende der Langeweile so empfunden, wie jetzt. Es ist wohl wahr: wir Menschen gehören zusammen, und je mehr wir sind, je weniger taugen wir in der Einsamkeit. In der Wüste würde der größte Atheist ein Heiliger, bloß um Gesellschaft zu haben. Der Tod zehrt eigentlich nie am Menschen, er nascht nur an ihm; jetzt kommt's mir vor, als ob er an mir käue, wie an einer Bittermandel.

Ich lese die Rahel. Göthes Wort: „sie hat die Gegenstände" mögt ich doch nur in bedingtem Sinne unterschreiben. Sie urtheilt eigentlich, wie eine somnambule Kranke; immer richtig, aber nur in Bezug auf sie, auf das was ihrem Zustande zusagt. Jedenfalls darf man von dieser höchst gesunden Frau ebenso wenig Folgerungen ableiten, wie von ihrem Gegenbild, der Seherin von Prevost. Uebrigens eine der aller-außerordentlichsten Erscheinungen, und — sie erkennt es zuletzt an, Anfangs sah sie darin einen Fluch — ein Glück für sie, daß sie Jüdin geboren war, denn dadurch war ihre Stellung sogleich eine scharf gesonderte, deren diese wundersam-fremde Natur so sehr bedurfte. Ich sagte lieber: sie hat ihr Verhältniß zu den Dingen, und vor Allem hat sie ihre Zustände.

Den 22. November.

Ein wahres Selbstmordwetter; trister feiner Regen, grauer, verschlossener Himmel. Ich befinde mich sehr unwohl, der Kopf ist mir eingenommen, auch hab' ich Schnupfen; mein Hündchen hat in der letzten Nacht sechs Junge geworfen, die bis zum Morgen heulten und wimmerten; wohl zehn Mal stand ich auf, um sie, wenn sie vom Kissen herunter gerollt waren, der Mutter wieder unterzulegen, damit sie nicht erfrören. Dabei habe ich mich erkältet, und von dem Lärm, den sie erhoben, konnte ich, obwohl todtmüde, nicht schlafen; das, glaub' ich, strapazirt den Körper mehr, als irgend etwas Anderes. Wenn ich mich jetzt erschösse — ich möchte wissen, ob das Sünde wäre; ist doch an bösen Zuständen das das Schlimmste, daß man glaubt, es werde wohl nie wieder besser.

Das Buch Rahel frischt den alten Vorsatz wieder in mir auf, ein regelmäßiges und ausführliches Tagebuch zu führen. Das ist der einzige Ersatz für eine so reiche Correspondenz, als dieser Frau zu führen vergönnt war. Es ist ein so tiefes Wort von Göthe: Zustände gehen unwiederbringlich verloren; und eben die Zustände sind es, die von den hellsten Reflexen des innersten Menschen wiederglänzen. Der Mensch ist

8*

ein Etwas, das nur zwischen zwei Gränzen zum Vorschein kommt, ein Strom, der nur mittelst seiner Ufer erfaßbar wird. Man sollte sich nicht die Mühe verdrießen lassen, diese Ufer sorgfältig aufzunehmen. Aber, das ist der Irrthum, der so viel am Leben verdirbt: wir wollen immer zu gleicher Zeit ausgeben und einnehmen, und was wir nicht sogleich in unserem Nutzen verwenden können, das hat für uns keinen Werth.

Schon das ist ein Beweis der Unsterblichkeit (die auf Nothwendig- keit gestützten Beweise trügen am Wenigsten), daß der Mensch, jedes Zustandes fähig und zur Erweckung und Erprobung bedürftig, doch sein ganzes Leben lang in einen einzelnen, den eben bestehenden historischen, eingesperrt ist, ja, daß er in demselben schon empfangen und geboren wird, daß derselbe daher von vorn herein, in sein Fleisch und Blut eindringt. Das Studium der Geschichte leistet nur geringen Ersatz für die Mannig- faltigkeit der Zustände; es kann höchstens (zur Qual des Menschen) inneres Leben entwickeln, und es ist wahrlich noch die Frage, ob es ein reines inneres Leben, d. h. ein bewußtes, denn das unbewußte ist doch nicht sowohl Leben, als Lebensnahrung, giebt.

Es läßt sich im Leben doch Nichts, gar Nichts, nachholen, keine Arbeit, keine Freude, ja, sogar das Leid kann zu spät kommen. Jeder Moment hat seine eigenthümlichen, unabweisbaren Foderungen. Die Kunst zu leben besteht in dem Vermögen, die Reste der Vergangenheit zu jeder Zeit durchstreichen zu können.

Den Keim meines Unglücks kenne ich sehr wohl: es ist mein Dichter=Talent. Dieses ist zu groß, als daß ich es unterdrücken, zu klein, als daß es mich für die darauf zu verwendende Sorgfalt verhältniß- mäßig lohnen könnte. Doch muß ich noch hinzufügen, daß nur der schlimme Weg, den ich durchs Leben machen mußte, mich zu meinem Talent in ein so übles Verhältniß gestellt hat. Ich fühle es nur zu deutlich: die Handhaben, die Hebel, durch die sich meine Kräfte in Be= wegung setzen lassen, sind zerbrochen, und ich bin viel reicher, als mir je gelingen wird, zu zeigen. Nur, wer sich in einem ähnlichen Fall befindet, vermag zu fühlen, was dies heißt. Es ist wahr, bei dem ewigen Gott, es ist wahr, ich weiß Nichts so gewiß, als dies. Wie mir, mag einem Menschen seyn, der um ein Bein gekommen ist; wenn er sitzt, oder liegt, wird er die vollste Gehkraft verspüren und vor keinem Ziel zurückschaudern, steht er aber auf, so ist er lahm und wird wohl gar ausgelacht. Ich bleibe dabei: die Sonne scheint dem Menschen nur einmal, in der Kindheit und der früheren Jugend. Erwarmt er da, so wird er nie wieder völlig kalt und was in ihm liegt, wird frisch heraus getrieben, wird blühen und Früchte tragen. Tieck sagt in diesem Sinne irgendwo: nur wer Kind war, wird Mann; ich erbebte, als ich dies zum ersten Male las, nun sollte das Gespenst, das mich um mein Leben bestiehlt, einer kennen. Wie war nicht meine Kindheit finster und öde! Mein Vater haßte mich eigentlich, auch ich konnte ihn nicht lieben; Er, ein Sclav der Ehe, mit eisernen Fesseln an die Dürftigkeit, die baare Noth geknüpft, außer Stande, troß des Aufbietens aller seiner Kräfte und der ungemessensten Anstrengung, auch nur einen Schritt weiter zu kommen, haßte aber auch die Freude; zu seinem Herzen war ihm durch Disteln und Dornen der Zugang versperrt, nun konnte er sie auch auf den Gesichtern seiner Kinder nicht ausstehen, das frohe, Brust erweiternde Lachen war ihm Frevel, Hohn gegen ihn selbst, Hang zum Spiel deutete auf Leichtsinn, auf Unbrauchbarkeit, Scheu vor grober Handarbeit auf angeborne Verderbniß, auf einen zweiten Sündenfall. Ich und mein Bruder hießen seine Wölfe; unser Appetit vertrieb den seinigen, selten durften wir ein Stück Brod verzehren, ohne anhören zu müssen, daß wir es nicht verdienten. Dennoch war mein Vater (wäre ich davon nicht innig überzeugt, so hätte ich so Etwas nicht über ihn niedergeschrieben) ein herzensguter, treuer, wohlmeinender Mann; aber die Armuth hatte die Stelle seiner Seele eingenommen. Ohne Glück keine Gesundheit, ohne Gesundheit kein Mensch!

Den 23. November.

Der erste Schnee, fein, wie Staub; in der Nacht besser geschlafen, vorm Einschlafen Gustav Schwabs Romanzencyclus: Herzog Christoph gelesen. Alles, was bei Uhland aus einer einfachen, starken, großen Seele hervorgeht, sucht bei Schwab die sich selbst bespiegelnde Philiströsität wieder zu gebären, darum macht seine Poesie einen Eindruck, wie Rockenbrot, mit Blumen bekränzt. Es ist eben Nichts, er bringt Sage und Geschichte in Verse, die sogar zum Theil schlecht sind, und glaubt, was dann noch zum Uhland mangelt, hinreichend durch Bescheidenheit zu ersetzen. Auf ihn paßt Göthes Wort vom Bettlermantel vollkommen. Ich glaube, gerade das hat das Einfache so in Verruf gebracht, daß jeder Philister sich dahinter zu verstecken sucht; lieben Freunde, es ist keine Schande, einen schlichten Rock zu tragen, aber ihr irrt sehr, wenn ihr es für eine Ehre haltet.

Es ist sehr schlimm, mit äußeren Hindernissen kämpfen und daran die Hälfte der geistigen Mitgift vergeuden zu müssen; am schlimmsten aber ist, daß ein Mensch, der das wußte, nie über sich in's Klare kommen, daß er nie wissen kann, ob sein Ich, sein ursprüngliches, unverfälschtes, oder sein verschobenes Verhältniß zur Welt in ihm wirksam ist, wenn er zuweilen nicht aus noch ein weiß. Dunkelheit über diesen Punkt kann zur Verzweiflung führen; ich wollte mich an jegliche, an die abscheulichste Erscheinung gewöhnen, die aus meinem Innern auftaucht, wenn ich mir sagen dürfte: auch in solcher Gestalt mußtest du eine Zeitlang einhergehen, wenn du überhaupt existiren solltest; doch der Gedanke: es ist nicht deine eigene Krankheit, es ist fremdes Gift, was dich entstellt, ist fürchterlich, um so fürchterlicher, da er ganz und gar täuschen kann.

Napoleons größter Irrthum war, daß er die Menschen nur als Massen, nicht als Individualitäten, sah, und daß er auch, wenn eine Individualität sich bei ihm geltend zu machen wußte, in ihr nur die Kraft, nicht aber ihre eigenthümliche Richtung, ehrte und nutzte. Ist dies doch der größte Fortschritt der neueren Zeit, daß der Mensch sich jetzt nicht bloß wohl befinden, sondern auch gelten will. Napoleons siegreiche Widersacher haben aber Nichts von ihm gelernt, auch sie sehen nicht ein, daß die jetzige Welt lieber auf eigene Hand umher irren und Nacht und Sturm riskiren, als durch einen Leithammel zu Stalle geführt seyn will. Ich halte es für leicht, dies Gelust der Zeit (Bedürfniß ist es noch keineswegs) zu befriedigen, ohne irgend etwas Reelles aufzuopfern; man sollte z. B. die Ordensvertheilung zur Sache der Gemeinheit machen.

Etwas nicht haben — ist es wohl Sünde? z. B. Gefühl und Gemüth nicht haben. Wir denken (und wie schön ist dies) so edel von der Menschen-Natur, daß es scheint, so edle Ingredienzien könnten in Keinem fehlen, er müßte sie zerstört und ausgelöscht haben. Ein Mensch ohne Gefühl, der ahnt, daß er es ist.

Ich weine jetzt fast nie aus Schmerz, kaum noch aus Zorn. Aber bei schöner Musik, oder wenn ich ein munteres Kind ꝛc. sehe, kommen mir so leicht Thränen in's Auge.

Wenn ich Gedichte, wie Bubensonntag, letztes Glas u. s. w. betrachte, so kann ich gar nicht umhin, mich für einen Dichter zu halten; ich würde sie, auch wenn sie ein Anderer gemacht hätte, für sehr schön halten. Ich habe übrigens wirklich in meiner Kindheit einmal geträumt, den lieben Gott zu sehen; es war ein schwankes Seil hoch am Himmel aufgeknüpft, auf das setzte er mich und schaukelte mich. Ich hatte große Angst, wenn ich so in die Wolken hinaufflog, und wollte mich immer wenn das Seil wieder die Erde berührte, herausstürzen, aber ich hatte den Muth nicht. Ich erinnere mich aller dieser Empfindungen noch aufs Deutlichste; ich meine, die rothen Steinchen, die ich an der Erde bemerkte, wenn mein Blick sie streifte, noch zu sehen. Ein ander Mal, ich glaube etwas früher, oder um dieselbe Zeit, glaubte ich im Wachen unsern Herrgott (Ausdruck meiner Eltern) in unserm Hause zu sehen, und zwar (lächerlich, aber wahr) in einem Zimmergesellen, der zu meinem Vater kam. Ich fragte meine Mutter nachher: nicht wahr, das war unser Herrgott? und wurde von ihr abgefertigt; ich erinnere mich aber nur des Factums, nicht dessen, was ich dachte oder empfand. Der Zimmergesell trug eine blau- und weißgestreifte Jacke.

Daß ich heute Morgen aufthaute, bin ich dem Traum eines schwedischen Pfarrers in Jean Pauls Flegeljahren schuldig: welch himmelschönes Gemüth!

Was die gemachten Menschen mittelmäßiger Poeten (von Geist) von den wirklichen unterscheidet, ist, daß jene Einsicht in sich selbst haben, daß sie wissen, was sie sind und warum sie etwas thun, wogegen die wirklichen sich glücklich preisen, wenn sie nur einigermaßen wissen, was sie waren und warum sie etwas gethan haben. Die Darstellung soll das freilich auch zeigen und das muß, da alles Beschreiben und Auseinanderwickeln der Tod der Poesie ist, oft durch den dargestellten Menschen selbst geschehen, nur erreicht der echte Dichter seinen Zweck durch ganz andere Mittel. Er bedient sich der geheimnißvollen Macht des Wortes, welches, wenn es ein Product des Characters oder der Situation ist,

mehr noch den Menschen, der es gebraucht, als die Sache, die er be=
zeichnen will, entschleiert.

Oft schon erzählte ich Geschichten von Menschen, die nie vorge=
fallen sind, legte ihnen Redensarten unter, die sie nie gebrauchten u. s. w.
Dies geschieht aber nicht aus Bosheit oder aus schnöder Lust an der
Lüge. Es ist vielmehr eine Aeußerung meines dichterischen Vermögens;
wenn ich von Leuten spreche, die ich kenne, besonders dann, wenn ich sie
Anderen bekannt machen will, geht in mir derselbe Proceß vor, wie
wenn ich auf dem Papier Charactere darstelle; es fallen mir Worte ein,
die das Innerste solcher Personen bezeichnen und an diese Worte schließt
sich dann auf die natürlichste Weise sogleich eine Geschichte. So erzählte
ich meinem Freunde einst: S. in W., ein sinnlicher, fast liederlicher
Mensch, der während einer Todkrankheit seiner Frau seine Magd beschlief,
habe, von mir befragt, wie er dies zu einer solchen Zeit doch habe thun
können, geantwortet: eben, weil sie krank war. Er hat nie dergleichen
gesagt, doch, wer ihn kennt, wird mir zugeben, daß schwerlich Etwas Er=
schöpfenderes über ihn gesagt werden könnte. Ich will jene Eigenheit
übrigens nicht loben.

Den 24. November.

Dunstiges Nebelwetter, doch ist der Himmel in Streifen zerspalten,
was einen freundlichen Tag verspricht. Ueber Nacht das tollste Zeug
geträumt, wie ich confirmirt werden sollte und von zwei Hüten, die ich
hatte, den besten verlor, wie ich keine Gesangbuchsverse auswendig wußte
u. d. gl. Solarische dumme Träume, ohne Geist und Phantasie.

Das Gebet des Herrn ist himmlisch. Es ist aus dem innersten
Zustande des Menschen, aus seinem schwankenden Verhältniß zwischen
eigener Kraft, die angestrengt seyn will und zwischen einer höheren Macht,
die durch erhobenes Gefühl herbeigezogen werden muß, geschöpft. Wie
hoch, wie göttlich hoch steht der Mensch, wenn er betet: vergieb uns,
wie wir vergeben unsern Schuldigern; selbständig, frei steht er der
Gottheit gegenüber, und öffnet sich mit eigener Hand Himmel oder Hölle.
Und wie herrlich ist es, daß diese stolzeste Empfindung nichts gebiert,
als den reinsten Seufzer der Demuth: führe uns nicht in Versuchung!
Man kann sagen: wer dieses Gebet recht betet, wer es innig empfindet,

und so weit es die menschliche Ohnmacht gestattet, den Forderungen desselben gemäß lebt, ist schon erlöst, muß erhört werden. Das Amen geht unmittelbar aus dem Gebet selbst hervor; so ist es im höchsten Sinne ein Kunstwerk.

Der Gedanke der Erbsünde ist der natürlichste, auf den der Mensch verfallen konnte. Wie oft thut der Mensch etwas, was er schon, indem und bevor er es thut, bereut. Wie oft ruft er pfui, und spuckt in's Glas und leert es dennoch! Es ist übrigens von der höchsten Wichtigkeit, Alles, was im Lauf der Zeit allgemeiner Glaube, unumstößlich scheinende Satzung geworden ist, auf das persönliche, individuelle Bedürfniß zurückzuführen; nur dadurch gelangt man zu einiger Freiheit der Erkenntniß. Man macht auf diesem Wege die merkwürdigsten Entdeckungen, z. B. daß Gottes Mantel aus dem Schlafrock des Menschen und aus dem Gespenster-Anzug seines Gewissens zusammengestückt ist.

Es ist merkwürdig und unläugbar, daß die Verbesserung der Religions-Ideen mit dem Vortheil der Menschheit Hand in Hand ging.

Die Menschheit läßt sich keinen Irrthum nehmen, der ihr nützt. Sie würde an Unsterblichket glauben, und wenn sie das Gegentheil wüßte. Es wäre möglich, daß unser ganzes höheres Leben Nichts, als ein warmes Gespinst von nützlichen Täuschungen lieferte, aber es wäre auf jeden Fall etwas ganz Außerordentliches, und ein Wesen, das so weise, so göttlich träumte, mögte die Realisirung seiner Träume verdienen und — bewirken!

Ich glaube, eine Weltordnung, die der Mensch begriffe, würde ihm unerträglicher seyn, als diese, die er nicht begreift. Das Geheimniß ist seine eigentliche Lebensquelle, mit seinen Augen will er etwas sehen, aber nicht Alles; sieht er Alles, so meint er, er sieht Nichts.

Wenn das Böse sich nicht zu irgend einer Zeit in's Gute verwandeln müßte, so hätte es eben so viel Anspruch auf Existenz, als das Gute. Es paßt auch nur darum nicht in die Weltordnung, weil es nicht bleibt, was es ist.

Rahel spricht über Tieck's Dichterleben. Sie ist mit dem Tieck'schen Shakespeare nicht zufrieden; darin hat sie Recht. Es ist ein altes Wort von mir, was mir bei dem famosen Oehlenschläger'schen Correggio klar wurde: das Genie mag sich selbst nicht kennen, so lange es nur noch auf

dem Wege zum Ziel ist; aber am Ziel angekommen, erkennt es das
Ziel und sich selbst gewiß. Diese Bescheidenheit, dieses Sich=Selbstver=
läugnen, wie sie Tieck zur Lebensader seines Shakespeare machen zu
müssen glaubte, ist unnatürlich und unmöglich; Gott gegenüber mag es
rühmlich seyn, Menschen gegenüber wäre es nur Narrheit, wir sind nur
dadurch, daß wir uns behaupten. Aber, warum greift sie die Novelle
von der schwächsten, von der Character=Seite, an? Die Situationen sind
unvergleichlich ersonnen und dargestellt; Marlow, der alte Shakespeare,
insonderheit aber Robert Green, dieser zum fliegenden Fisch degradirte
Halb=Adler, sind meisterhaft gezeichnet. Weniger sind wohl Southampton
und Rosalinde auf Natur zurückgeführt.

Den 25. November.

Der erste Frost, den ganzen Vormittag war ich in meinem Zimmer,
ohne die Ursach zu begreifen, als ich es gegen 11 verließ, blies mir ein
scharfer Wind entgegen und ich sah die ersten Eiszacken. Ich ließ mir
einheizen und genieße jetzt mit großer Behaglichkeit die erste Stuben=
wärme.

Man altert nur vor 25. bis 30., was sich bis dahin erhält, wird
sich wohl auf immer erhalten.

Ich will nicht, daß mein Schönes und Treffliches anerkannt werde,
ich will nur, daß das Schöne und Treffliche überhaupt anerkannt werde.
Findet aber das Schöne und Treffliche überhaupt Eingang, so muß auch
das Gute, was von mir ausgeht, eine gute Statt finden und darum
darf ich, ohne Egoist zu seyn, es immer mit Schmerz empfinden, wenn
etwas, das mir gelingt, nur für mich selbst, nicht auch für Andere, existirt.
Ich glaube, bescheidener kann und darf keiner denken, der kein Narr ist.

Wenn Niemand einen Vorzug hätte, würde Keiner einen erlangen.

Den 26. November.

Heller klingender Frost, schneidende Luft, eine gänzliche Windstille,
über glänzender Sonnenschein. In der vorletzten Nacht träumte mir, ich
läse im neuen Musenalmanach ein Gedicht von Uhland, dessen Haupt=
Gedanke auf den alten im Hamlet hinauslief: Cäsar verklebt vielleicht jetzt
ein Loch in der Lehmwand. Es war im saphischen Silbenmaaß ge=

schrieben und ich fand es, wie natürlich, schlecht. Woher kommt nun doch ein solcher Traum? Mein Ich erschafft etwas, was mir durchaus widerwärtig ist, ein hohles, aufgestutztes Gedanken=Gedicht; ich beziehe den Ursprung dieses Products auf den Mann, der unter Allen desselben am wenigsten fähig ist; ich ahne und fühle dies sogar, während ich träume, aber ich bin deßungeachtet nicht im Stande, zum Bewußtseyn durchzudringen.

Heute morgen war ich im Lesezimmer der Hofbibliothek. Ich ließ mir Steffens Anthropologie geben und habe 32 Seiten daraus excerpirt. Das Buch ist voll von glänzenden Ansichten, aber es ist weit mehr ein Werk kühner Phantasie, als ruhigen Verstandes, und das ist dem Begriff der Wissenschaft nicht angemessen. Man wird einem solchen Buch auch eigentlich Nichts schuldig; so wenig, als etwa dem Baum, dem Stein u. s. w., die Gedanken in uns erregen. Solche Bücher sind mehr für den Verfasser, wie für den Leser geschrieben, sie peinigen gewaltig, wenn man sie auffassen und ausschöpfen will, sie haben nur eine Traum=Realität, die für uns kaum noch eine ist. Was ihren Inhalt von dem Inhalt wirklicher Träume unterscheidet, ist das stete Streben, den Nebel des Gefühls zu durchbrechen, und den festen Boden der Ideen zu betreten.

Es wird mir immer klarer, daß das Denken nicht, wie ich früher glaubte, eine allgemeine Gabe ist, sondern ein ganz besonderes Talent. Ich selbst besitze dies Talent nicht, aber ich besitze die Ahnung desselben, und daher kommt es, daß ich mir nie zu genügen vermag, wenn ich einen Aufsatz schreibe. Ich will gehen und kann bloß springen; ich will Alles auf's Bestimmte, Zusammenhängende, Gegliederte, zurückführen und kann nur Stückweise den Schleier zerreißen, der das Wahre verhüllt. Das echte Denken ist, wie jede schöpferische, ursprüngliche Kraft, productiv; der denkt noch keineswegs, der durch eine Vernunft= oder Verstandes=Operation hie und da einen Irrthum matt macht, das geschieht durch bloßes Messen, Wägen und Vergleichen. Es hätte mir nicht so lange unklar bleiben sollen, daß das Denken ein Talent ist. In jedem Menschen ist übrigens ein Surrogat, welches in einer schnellen Wahrnehmung der Analogie und des Widerspruchs besteht; ich glaube dies Surrogat gründet sich größtentheils auf das Gefühl und ist also eine höhere Art Instinct. Jeder große Denker hat gewiß eine neue Denk= methode, obgleich er sich ihrer nicht bewußt seyn mag.

Heute Abend ging ich gegen 7 Uhr in der grimmigen Kälte unter den Arkaden, dann in der Ludwigsstraße spazieren. Es war heller, scharfer Mondschein, der mich, wie es mir vorkam, die Kälte doppelt empfinden ließ; reiner blauer Himmel, voll (vor Frost, denkt man un= willkürlich) zitternder Sterne. Auf einmal erscholl eine ängstliche Trommel, Menschen stürzten aus den Häusern und rannten hin und wieder, ich lief selbst, ohne zu wissen, wohin, doch ahnte ich, daß irgendwo ein Feuer ausgebrochen sey, und dieser Gedanke war im ersten Augenblick gar nicht unangenehm. Ein Kamin brannte der Residenz gegenüber, die Funken flogen, wie kleine geschwänzte Schlangen aus dem Schlott heraus und gewährten ein eindringliches Bild des Entstehens und Ver= gehens, auf einmal, in Anlaß der thätig gewordenen Sprißen, erlosch Alles und eine dicke Rauchwolke, die sich gegen den hellen Himmel fast weiß ausnahm, quoll empor und sowie diese sich oben etwas zertheilte, bemerkte ich plötzlich einen klaren, freundlichen Stern, der fast neugierig auf die Brandstätte herab zu schauen schien.

Den 27. November.

Das Wetter wie gestern. Ich habe fürchterlichen Schnupfen und Katarrh und in Folge desselben heftigen Kopfschmerz. Den ganzen Vor= mittag habe ich meine Sachen gepackt, meine Briefchatulle eingerichtet u. s. w. Beschäftigung, nur Beschäftigung, und man ist geborgen, man weiß so lange Nichts von sich, als man Etwas thut.

Es ist ein großes Unglück für mich, daß Rousseau (über Nacht hat er mir auf'm Klavier vorgespielt!) gestorben ist, und ein eben so großes, daß er gegen Anbruch des Winters gestorben ist. Abreisen kann ich nicht mehr von München, denn die Reise zu Fuß zu machen ist in dieser Jahreszeit mehr als bedenklich, und zu Wagen würde sie mich zuviel kosten. Wie ich aber den Winter durchkommen soll, weiß ich nicht. So ohne alle Anregung, ohne alle Aufforderung zur Thätigkeit bin ich noch nie gewesen. Ich sehe die ganze Woche keinen einzigen Menschen, ich habe keine Gelegenheit zum Sprechen, was mir doch ein Bedürfniß ist, an Mittheilung dessen, was ich etwa arbeiten könnte, ist gar nicht zu denken, ich erblicke nicht einmal ein Zeitungsblatt. Meine Correspondenz ist auf den Briefwechsel mit Elise beschränkt; diesen führe ich zwar gern, aber pecuniäre Rücksichten verbieten das zu häufige Schreiben. Graven=horst ist ganz gewiß im Stande, einen Briefwechsel zu führen, aber er ist schon seit einem Jahre stumm; Rendtorff versteht die Natur eines Briefes nicht, oder will sie, was noch schlimmer wäre, nicht gelten lassen, er zieht Alles zu sehr in's Enge, glaubt immer nachmessen zu müssen und macht einen freien Geistes= und Stunden=Erguß dadurch unmöglich. Ich muß auch diesen Zustand aushalten, aber was das mich kosten wird, fühle ich, und ich habe wenig oder Nichts mehr zuzusetzen. Ich fürchte diese geistigen Entbehrungen weit mehr, als die physischen, obwohl es auch etwas sagen will, daß ich schon seit 2½ Jahren, einen Sommer ausgenommen, nicht mehr warm gegessen habe. Das Glück könnte mir, denk' ich oft, dadurch den ärgsten Possen spielen, daß es nicht ganz aus= bliebe, daß es nur zu spät käme. Dann brächte es mich richtig auch noch um den Leichenstein, um die wohl verdiente Grabschrift. Armer Baum, mit dem die Sonne zu liebäugeln beginnt, nachdem seine Wurzeln erfroren sind. „Elender Stumpf — ruft der müßige Spaziergänger aus, der ihn belorgnettirt — warum grünst du nicht, da doch Alles grünt?“ Ueberhaupt, was ist denn entsetzlich? Nicht, daß eine Welt zu Trümmer gehen, sondern, daß sie so ganz im Stillen verwesen kann!

Alles kann man sich denken, Gott, den Tod, nur nicht das Nichts. Hier ist wenigstens für mich der einzige Wirbel. Eigentlich ist das auf= fallend, da das Nichts doch ein Gegensatz ist. Ich kann den Gang, den meine Gedanken nehmen, um zu diesem Wirbel zu kommen, nicht einmal beschreiben; sie gehn ihn oft, ich kann der Versuchung nicht widerstehen, auch habe ich über diesen Punkt gedacht, so lange ich denke. Ein Anderer, glaube ich, wird mich hier sehr leicht mißverstehen; man kann sich freilich ohne Mühe ein Nichts neben einem Etwas denken, ich meine aber das Nichts überhaupt, das Nichts an die Stelle des Alls, das Nichts ohne Vergangenheit und Zukunft, das Nichts, welches nicht allein die Wirklichkeit, sondern auch die Möglichkeit alles Uebrigen ausschließt.

Es ist unbegreiflich, aber wahr: wie man sich im Traum in mehrere Persönlichkeiten auflöst, so kann man sich auch im Wachen in zwei Wesen zerspalten, die wenig von einander wissen, in eins, welches

Fragen stellt und in ein anderes, welches sie beantwortet. Dies fällt mir eben jetzt, wo ich bei heftigem Kopfweh in der Dämmerung auf- und abgehe und mir Selbst-Unterhaltung abzwinge, zum ersten Mal lebhaft auf. Dabei fällt mir weiter ein, daß man dies wohl Nachdenken (einen Prozeß, den ich bisher nicht zu kennen glaubte) nennt. Die Sprache begräbt oft die Sachen; sie bezeichnet so obenhin und man meint, es sey nichts weiter dabei zu denken.

Keimen und Verfaulen sind nicht weit aus einander und meistens identisch.

Man möchte zuweilen mit Jean Jaques die Cultur verfluchen. Sie entwickelt eigentlich Nichts, als unsere Bedürfnisse, die in einer Welt, wo sie nicht befriedigt werden können, wahre Krankheiten sind. Mensch verlangt vom Menschen, was Mensch dem Menschen nicht gewähren kann oder will. Je tiefer wir in die Natur und ihren Reichthum eindringen, um so größere Ansprüche machen wir an sie. Ehmals waren die Erwachsenen, wie die Kinder; wie hoffnungslos sind die Zeiten, wo die Kinder, wie die Erwachsenen sind. Warum lernen wir so viel und so schnell!

Wenn es an der Wünschelruthe fehlt, der kann recht ungestört von Schätzen träumen.

„Macht eine neue Erfindung — ruft Rahel aus — die alten sind verbraucht!“ Ich fürchte nur, wir stehen an der Gränze unseres Witzes und sind Alle für den Himmel reif, was NB. der schlechteste Zustand auf Erden ist. Unser Leben ist zu innerlich geworden: es kann ohne ein Wunder nicht wieder äußerlich werden. Dies stete Bespiegeln und Auskundschaften unsrer selbst: wohin führt es? Nicht einmal zum Irrthum, höchstens zu einer verzweiflungsvollen Ahnung unsrer eigenen schauerlichen Unendlichkeit, zu einem Punkt, wo uns das eigene Ich als das furchtbarste Gespenst gegenübertritt. Freilich ist hier Hunger und Sättigung Eins, denn wir können keine neue Frage thun, ohne zuvor eine neue Anschauung gewonnen zu haben; aber es heißt doch die Wahrheit durch die Tortur auspressen und mit dem Saft des Lebens den Baum der Erkenntniß düngen. Es ist etwas ganz, ganz Andres, ob die Welt, der Zufall, das Schicksal, dem Menschen die Fragen vorlegt, oder ob er sich selbst fragt. Man kann sich selbst fremd werden, das ist der umgekehrte Wahnsinn und der letzte, d. h. tiefste Abgrund, in den man stürzen kann.

Den 28. November.

Heute wegen der Kälte und meiner Erkältung bis nach 12 Uhr im Bett geblieben. Es ist merkwürdig: man hungert nicht im Bett; nicht, als ob ich Nichts zu essen gehabt hätte, sondern weil ich's zu bemerken glaubte.

Draußen ist wahrhaft goldener Sonnenschein, der in einem mir schräg gegenüber liegenden Gärtchen einen kleinen Baum, der noch immer hartnäckig seine Blätterkrone festhält, feenhaft lieblich bescheint. Es könnten Frühlingsträume in mir aufkommen, wenn nicht das weiße Haus mir vis à vis wäre. Man friert, wenn man eine weiße Masse sieht, man schauert vor einer weißen Gestalt; der Schnee ist weiß, Gespenster denkt man sich weiß u. s. w.

Es ist ein sonderbarer, aber erklärlicher Irrthum, daß ich mein Leben bisher für ein Nichts gehalten und deshalb auch nur wenig Aufmerksamkeit darauf verwandt habe. Es ist und bleibt doch immer die Hauptsache, die Bedingung, die Gränze des Ichs.

Man soll den Vorsatz sich zu ändern (merkwürdig, ändern heißt im deutschen immer bessern!) nicht aufgeben, selbst, wenn man längst auf dem Punkt steht, wo man sich nicht mehr ändern kann.

Der Mensch ist die Continuation des Schöpfungsacts, eine ewig werdende, nie fertige Schöpfung*), die den Abschluß der Welt, ihre Erstarrung und Verstockung, verhindert. Es ist (dieser Gedanke führte mich auf den so eben ausgesprochenen) höchst bedeutend, daß Alles, was als menschlicher Begriff existirt, nicht vollkommen und ganz — wohl Stückweise — in der Natur vorhanden ist, und Alles, was in der Natur vollkommen und ganz existirt, sich dem menschlichen Begriffe entzieht, des Menschen eigene Natur nicht ausgenommen. So wissen und definiren wir, was Recht und Unrecht ist, was Tugend und Unschuld (letztere, sobald wir sie verloren haben) ist, aber nicht,

---

*) Am Rande steht, unter dem 7. Januar 1840, von Hebbels Hand: „Dies ist die tiefste Bemerkung im ganzen Buch."

was Leben ist u. s. w. Wo uns Erkenntniß vergönnt ward, da bedarf die Natur unsrer Mithülfe.

Der Neid wird ärmer, wenn er Andere reicher werden sieht.

Wo wir krank werden, und wovon, da und dadurch müssen wir auch wieder gesund werden.

Es ist kaum ein Trost, daß wir immer höher kommen, da wir immer auf der Leiter bleiben.

Du ahnst nicht, liebe Elise! wie unendlich gern ich das Weihnachts=fest bei Dir und in Hamburg zubrächte! Gerade dieses Fest wie jeden anderen Tag gleichgültig und ungenossen an sich vorüber gehen zu lassen, ist so schmerzlich. Das hat wohl jedem Kinde, und auch mir etwas gebracht; dann wurde von den blauen Hirsch=Tellern — so genannt, weil in ihrer Mitte ein Hirsch, den mein Vater gewöhnlich mit Kreide auf den Tisch nachzuzeichnen pflegte, gemalt war — gegessen, es gab einen Mehlbeutel, zuweilen wohl gar mit Rosinen oder Pflaumen gefüllt, später wurde guter Thee getrunken, hauptsächlich der lieben Mutter wegen, die ohne Thee nur halb vergnügt seyn konnte, bevor das Essen kam, sang der Vater in Gemeinschaft mit mir und meinem Bruder ein geistliches Lied, nachher mußte ich aus der ehrwürdigen dickbäuchigen Postille mit den vielen Holzschnitten, die mich so seltsam=fremdartig begrüßten, das Evangelium und eine Predigt vorlesen, darauf erschien der Nachtwächter mit seiner weitdröhnenden Knarre unter dem Fenster, sang einen Vers und erhielt durch mich oder meinen Bruder den schon längst bereit gehaltenen, nicht selten geborgten Schilling, wofür er ein fröhliches Fest anwünschte, die Eltern waren heiter, auch der Vater, den wir fast das ganze Jahr nicht heiter sahen; die dumpfen, erstickenden Gespräche über die Schwierigkeit, Brot herbei zu schaffen (lagen doch meistens zwei oder drei köstliche weiße breite Wecken im Schrank!) unter=blieben, Scherz und Lachen waren erlaubt und wir Kinder däuchten uns im Himmel. Dazu am Weihnachtsabend der schöne Gedanke: diese Herrlichkeit dauert zwei volle Tage! Ich bin immer sehr traurig, wenn — was besonders im vorigen Jahr geschah — der Weihnacht mir nicht die geringste Freudenblume zuwirft; an wenig andere Feste mache ich ähn=liche Prätensionen, von meinem Geburtstag weiß ich z. B. fast nie, wann er ist.

Ich habe mir einmal, als ein alter Nachbar und Mitbewohner
unser's Hauses mich zwischen seinen Knieen hielt, im größten Ernst dessen
rothe Nase gewünscht.

Kunst, Wissenschaft, Gesellschaft u. s. w. sind ewige Formen des
Lebens, und als solche jeder Zeit unentbehrlich, wenn ihr Gehalt voll=
ständig ausgeschöpft werden soll. Was unter keiner Form erscheint, hat
keine Existenz, wenigstens für uns nicht.

Mir schwebt das Ideal einer Kritik vor, die die deutsche Literatur
noch nicht kennt. Diese hätte die Aufgabe, die Grundidee eines Werkes aus
seinen gesammten Einzelheiten wirklich zu entwickeln, sie nicht bloß, wie
bisher von Allen (wenn sie nicht etwa tabelten) geschah, auszusprechen.
Ich glaube, auf diesem Wege würde die Wissenschaft der Kunst, die
Aesthetik, sehr viel gewinnen können, denn in dem Sinne, wie ich es
meine, von den Einzelheiten ausgehen, heißt die Schöpfung des Werks
aus seinen innersten Embryonen anschaulich machen. Schwer, doch nicht
unmöglich.

Eine ächte Biographie ist eine Selbstkritik; warum hält falsche
Bescheidenheit unsre großen Schriftsteller ab, solche Biographien ihrer
Werke zu liefern? Sie wären ein unermeßlicher Gewinn für die Welt.

Wäre ich doch einmal wieder recht gesund! Man steht mit sich
selbst auf gespanntem Fuß, wenn man krank ist, der Geist bemitleidet den
Körper keineswegs, er haßt und verachtet ihn. Börnes Bemerkung:
„sinnliche Ausschweifung ist öfterer Folge, als Ursache körperlicher Zer=
rüttung" scheint mir hierin ihren Grund zu haben. Der Geist will nicht
den Krankenwärter spielen, er trotzt dem siechen Gesellen und spornt ihn
zu Dingen an, die er nicht ertragen kann.

Den 29. November.

Der Frost hat sich gelös't, es ist trübes, feuchtes Regenwetter.
Ueber Nacht träumte mir: ich wohnte der Abbankung Napoleons bei.

Heute überlas ich einmal wieder die fertigen zwei ersten Capitel
meines Philisters. Sie kamen mir erträglich vor. Mein Zweck bei diesem
fast aufgegebenen Roman war: die Erscheinung der Philiströsität in ihren
diabolischen Wirkungen, die deshalb nicht unbedeutender sind, weil sie
lächerlich sind, darzustellen; ich mußte sie deswegen aber auch auf ihre

Urſachen zurückführen, und dazu, meine ich, bin ich in den ausgearbeiteten
Capiteln auf dem rechten Wege. Es iſt nicht recht, daß ich die Arbeit
habe liegen laſſen, doch, ſo lange ich in München bin, hat Niemand an
dem, was ich machte, eine Theilnahme bewieſen, und es iſt unmöglich,
immer vom eigenen Fett zu zehren.

Wenn man überall Geiſt annehmen darf, ſo muß man ihn auch
am Menſchen annehmen.

Und doch wäre es möglich, daß dasjenige, was wir in höherem Sinne
Geiſt nennen, der erleuchtende Funke, der uns fremde Welten eröffnet,
weil er aus fremden Welten ſtammt, uns nur beſuchte, nicht aber in uns
wohne. Er könnte von uns angezogen werden, wie der phyſiſche Funke, der
Blitz, vom Eiſen; wir könnten ſeine Werkſtatt ſeyn, worin er Großes
ſchafft, und die von ſeiner Zuſammenkunft glüht und glänzt, ohne für
ſich ſelbſt etwas zu bedeuten. Geht doch faſt Alles, was man geiſtig zu
erleben glaubt, ſpurlos vorüber. Begreift man doch zuweilen ſpäter
manchen Zuſtand nicht, in dem und durch den man früher lebte.

Den 30. November.

Heute iſt das Wetter unendlich ſchön, friſche, kräftige Sonne, warme
Luft, ein Tag, der zeigt, was wir verloren haben und was der Frühling
uns wiederbringen wird, ein Tag, den man ängſtlich und haſtig genießt,
wie eine auf der Zunge zerſchmelzende Makrone.

Ich war von 10—1 Uhr auf der Bibliothek und las in Steffens.
Das Buch iſt allerdings aus einem unendlichen Vorrath von Wiſſen hervorgegangen, es überliefert jedoch nicht ſowohl die Reſultate dieſes Wiſſens,
als eine Menge der geiſtreichſten und herrlichſten Phantaſieen, die durch
daſſelbe in dem Verfaſſer veranlaßt worden ſind. Für mich iſt es nicht
brauchbar.

Den 1. Dezember.

Ein Hofmann iſt ein umgelehrter Hofnarr.

Schiller iſt weit mehr lyriſcher Dichter in ſeinen Dramen, als in
ſeinen Gedichten.

Den 5. Dezember.

Heut Abend war ich im muſikaliſchen Abendzirkel bei Hofrath
Vogel. Da ich kein's der Geſellſchaftsmitglieder kannte, ſo koſtete der

Entschluß, hinzugehen, mich viele Ueberwindung. Dennoch that ich's, da diese Verlegenheit nun einmal überwunden werden muß, da ich's als meine nächste Lebensaufgabe betrachten muß, mich auf Verbeugungen u. dgl. einzuexerciren. Großer, prächtig erleuchteter Saal, Damen im Halbzirkel um den Theetisch, ich präsentirt, Verbeugung, Gegenverbeugungen, Unterhaltung mit der Tochter vom Hause, Alles passabel, und die feste Ueberzeugung, daß es mir nächstens viel besser, ja ganz nach Wunsch gehen wird. Meine Verlegenheit ist keine innere mehr, ich fühle jetzt mein Verhältniß zu Anderen, wie es ist, nicht wie es scheint, und daran fehlte es mir früher. Auch mache ich, und eben darum, jetzt viel leichter Bekanntschaften; dort z. B. zwei. Wie ich wieder zu Hause kam, rief ich unwillkürlich aus: nun, schlechter, als Doctor Ammon (ein dort anwesender junger Mann, mit flachem Gesicht und Brille, der sich immer in der Napoleonsstellung durch den Saal bewegte) hab' ich mich doch auf keinen Fall gemacht. Innerste Naivetät, die sich mit dem Schlechtesten vergleicht. Zum Lachen! Trefflich!

Daß ich in Dithmarschen geistig schon so hoch stand (ich wußte von Kunst und Wissenschaft, was ich jetzt weiß, und hatte die Jungfrau und das Kind u. s. w. schon gemacht) und dennoch gesellschaftlich von dem Kirchspielvogt Mohr, der mich erkannte, so niedrig gestellt ward, ist das größte Unglück meines Lebens. Dies begreift Niemand, als der es selbst erfuhr.

Den 6. Dezember.

Neulich war ich im Traum Haupt einer protestantischen Missionsgesellschaft, welche Katholiken zu bekehren suchte. Ich sagte mit Salbung zu einer Proselytin, indem ich auf ein Krucifix zeigte: „wenn du diesen Gott verehren willst, so mußt du erst die Augen zumachen, um nicht zu sehen, daß er von Holz ist, dagegen — hier unterbrach ich mich, denn ich sah, daß meine Proselytin sich andächtig vor dem Crucifix bekreuzte. Die Nacht darauf war ich im Traum ein abgesetzter Papst.

Nichts kann bewiesen werden, als — was zu beweisen sich nicht verlohnt.

Nicht, was der Mensch soll: was und wie er's vermag, zeige die Kunst.

9*

In den Wahlverwandtschaften rettet dies die Hoheit des Welt=
gesetzes, daß Ottilie nur durch ihr herbes Schicksal in ihrer tiefsten
Herrlichkeit erschlossen werden konnte. —

Es ist ein sehr wichtiger Unterschied, den Schubarth nicht zu ahnen
scheint, ob ein Dichter in sein Werk etwas hinein legen wollte, oder ob
es darin liegt.

Die Formen der neuen Malerei streben nach dem Idealen und
streifen doch das Individuelle nicht ab.

In der letzten Zeit hab' ich mit einem jungen Maler, Namens
Bischof Bekanntschaft gemacht. Er redete mich unter den Arcaden an.
Sehr an= und aufgeregt, talentvoll, und für seine Jahre außerordentlich
klar. Er besucht mich öfters, und wie er meint und ich mit ihm glaube,
nicht ohne Nutzen. Heute Morgen theilt' ich ihm zum ersten Mal von
meinen Sachen mit und er erfaßte Manches. Ein Glück für mich; ich
überzeuge mich mehr und mehr, daß nur die Tadler einsam seyn sollten,
daß man im bloßen Umgang mit sich selbst verfault.

In Jean Pauls Katzenberger ist es des Doctor's Selbstbewußt=
seyn, was ihn nicht ekelhaft werden läßt. Spräche und thäte er un=
willkürlich, was er absichtlich spricht und thut, so wäre er nicht zu er=
tragen. Wir ahnen hinter einem so wunderlichen Willen eine große
innerliche Kraft, und respectiren diese; ein Mensch, der sich selbst mit
Absicht zum Abscheu aller Uebrigen macht, muß viel seyn, muß auf einem
unerschütterlichen Fundament ruhen. Der Natur aber würden wir eine
solche Fratze nicht vergeben. Bei Falstaff ist es ähnlich. Ueberhaupt ist
es bei der Erschaffung eines Charakters wohl zu berücksichtigen, ob man
ihn selbst oder die Natur zu seinem Demiurgen machen soll.

„Form ist Ausdruck der Nothwendigkeit" sag' ich in einer Kritik.
Beste Definition! Stoff ist Aufgabe; Form ist Lösung.

Werther erschießt sich nicht, weil er Lotten, sondern weil er sich
selbst verloren hat.

In vielen Menschen ist ihr bischen Verstand eine kümmerliche
Leuchte, die nichts als ihre eigene Kläglichkeit bescheint.

Den 13. Dezember.

Gestern Abend hatte ich bei heftigem Kopfschmerz in Görres Ge-
schichtsstunde ein Gefühl, als ob mein Gehirn, die geistige Masse meines
Wesens, sich in Dampf und Rauch auflöste und in alle Lüfte zer-
streute.

Der Mensch hält seine Seufzer gern für das Echo der Welt.

Den 15. Dezember.

Es ist unter den modernen Völkern eigentlich nur das Deutsche,
welches lyrische Poesie hat. Bei einigen dieser Völker fehlen die Talente
bis jetzt; bei anderen, z. B. bei den Engländern, kann das Element,
worin die Nation lebt und webt, ein Element der Poesie werden.

Man hält den Schmerz immer nur für einen Angriff auf's Leben, für
eine Pause desselben. Dies ist ein Irrthum; er selbst ist Leben, er will leben.
Darum ist es eigentlich mit der Freude vorbei, sobald der Schmerz einmal die menschliche Seele eroberte.

Die Prosa stellt das Gedachte, die Poesie das Gelebte dar.
Dies ist der Hauptunterschied.

Varnhagen schreibt gut, aber nicht vorzüglich. Gut, denn er trennt
im Ausdruck, wie im Gedanken, was getrennt werden muß; nicht vorzüglich, denn er thut dies mit Bewußtseyn, er ringt nach dieser Form,
sie ist nicht Eigenthum seiner Natur. Es bleibt in seinem Styl immer
noch etwas Gezwungenes, wie jede seiner Perioden beweist; so ist der
verschwenderische Gebrauch, den er von dem Zeichen des Semicolons
macht, zu tadeln.

Man hat sich längst überzeugt, daß man die Helden nicht durch
Versicherungen ihrer Todesverachtung zeichnet; man sollte aber endlich
auch einsehen, daß ein komischer Charakter nicht durch eine Reihe von
lustigen Einfällen, die man ihn aushecken läßt, gezeichnet wird.

Den 28. Dezember.

Es hat mir einen tröstlichen Eindruck gemacht, daß Schiller (nach
Humboldts Briefwechsel) so wenig die Griechen, als die schwereren Lateiner, in der Ursprache las.

Wenn der Mensch einen großen Schmerz erlitten hat, so sollte er nicht mehr zittern vor einem noch größeren. Und doch zittert er eben dann am meisten.

Den 31. Dezember Abends um halb 12 Uhr.

Das Jahr ist abermals zu Ende, und ich schließe es mit der Gewißheit, daß mir das neue gar nicht wieder bringen kann, was mir das alte geraubt hat. Am vorigen Silvester-Abend war ich mit Rousseau zusammen, wir tranken Punsch, tausend Pläne und Hoffnungen gingen, wie Funken, aus unsern entzündeten Seelen hervor, und wie die zwölfte Stunde ausgeschlagen hatte, sprangen wir auf und umarmten und küßten uns innig. Jetzt modert er, und ich — kann dies ruhig niederschreiben. Doch denke ich sehr viel, fast immer, an ihn, und es ist mir ein stiller Trost, daß er meine Zustände, die mir selbst unbegreiflich sind, durchschauen und verzeihen wird. Es ist mir seit seinem Tode, als ob meine geheimsten Empfindungen und Gedanken ein Verhältniß zu ihm haben, als ob sie ihm schon im Augenblick ihres Entstehens bekannt seyn müßten; ich nenne oft unwillkürlich seinen Namen und erkläre mich gegen ihn über Manches, als ob er anwesend wäre und mich mißverstanden haben könnte. Weit weniger denk' ich an Dich, theure Mutter; ich kann's nicht helfen, überhaupt bin ich starr und kalt und werde vom Leben nur noch hin und wieder im Vorbeigehen besucht.

Es schlug 12 Uhr, ich habe für die Todten gebetet.

1839.

Der Tod kann noch Aergeres als tödten!

Den 6. Januar, Morgens.

Die Sonne scheint hell; sie zerschmilzt die Eiszapfen am Dach, sie tröpfeln lustig hernieder, damit sie — unten wieder gefrieren.

Die Gelegenheit zum Zorn u. s. w. sollte für den Menschen nur eine Gelegenheit seyn, Stärke zu beweisen.

> „So viel, was einzig mich beglückt,
> Warum versagt sich's mir?"
> Die Rose, die du nie gepflückt,
> Sie duftet ewig dir!

Der Mensch ist ein Blinder, der vom Sehen träumt.

Nur in der Thräne des Schmerzes spiegelt sich der Regenbogen einer bessern Welt.*)

O, wie liebt der Mensch, wenn sich zwischen ihn und das Geliebte die Unmöglichkeit stellt. Darum auch das Vergangene.

Sich schöne Träume zu bilden, mögen diese nun Realität haben, oder nicht, ist doch immer ein herrliches Vermögen der Menschheit.

Ein Hund, den sein Herr verkauft, und, wenn er zurückkehrt, mit Prügeln vertreibt, ist ein tragischer Gegenstand.

Welchen Dingen und Wesen kann man Dank schuldig werden! Wie viel frische, freudige Augenblicke danke ich z. B. meinem kleinen Hündchen! Wie erregt es in mir Muth und Lebenslust, wenn ich es so fröhlich herumspringen sehe!

Kränkungen der Menschen muß man betrachten, als ob sie nicht (wie sie eigentlich auch ja nur selten sind) von ihrem Willen abhängig wären. Dann werden sie gar nicht, oder doch nur halb, verletzen. Die Natur verletzt nie.

„Ich gebe dir deine Ehre wieder" sagte er zur Verführten, endlich von ihrer Verzweiflung gerührt. „Wer giebt dir zuvor die deinige wieder" antwortete sie.

In der letzten schlaflosen Nacht, wie ich den Sturm so wüthend brausen hörte, dachte ich, der Schmerz ist dem Menschen zum Leben eben so nothwendig, wie das Glück. Allerlei phantastische Bilder mischten sich in diesen Gedanken.

---

*) Am Rande findet sich folgende Bemerkung von Hebbel: Ein wundervoller Gedanke, der für Agnes Franz und Caroline Pichler nicht zu schlecht wäre. Hoffentlich ein unbewußtes Plagiat!

Den 16. Januar.

Vorhin wird zwei Mal geklingelt, ich öffne die Thür, ein Bettler steht davor und hält mir seine Hand entgegen. Ich, ohne ihm zu geben, schlage verdrießlich die Thür wieder zu. Da fällt es mir schwer aufs Herz, daß diese rührend vorgeschobene Hand verstümmelt war, ich ziehe einen Kreuzer heraus und öffne abermals die Thür, doch der Mensch war schon fort. So wollte ich geben, nicht, um zu geben, sondern um die Härte meines Abschlagens wieder gut zu machen. Unsre Tugenden sind meistens die Bastarde unsrer Sünden.

Künstlerische Thätigkeit: höchster Genuß, weil zugleich Gegentheil vom Genuß.

„Hätt es der Teufel mir nicht eingegeben, ich würde es nimmer ausgeführt haben!" sagte der Mensch. Aber der Teufel erwiederte: „wenn es keinen Menschen gäbe, der meine Träumereien zu Thaten ausprägte, so wäre ich kein Teufel, sondern noch immer der alte Engel."

Die Erinnerung ist das einzig Feste, was dem Menschen bleibt. Dies sollte der Bösewicht bedenken, dann würd' er sich nicht aus so vielen Stunden Höllen zusammenzimmern.

Den 20. Januar.

Das Aufbrausen ist die Lebensäußerung des Zorns und zugleich sein Tod.

Um Jemandem leichter vergeben zu können, muß man eine kleine Sünde gegen ihn begehen, damit auch er etwas zu vergeben habe.

Jene Scene, die ich in den Heinrich IV. hinein improvisirte:

Sir John: Pini, du Trunkenbold, wer säuft aus Kannen!

Junge: Es ist ja Wasser, Sir John.

Sir John: Einerlei, worin du dich übernimmst, du Trunkenbold!

Der Neid trifft immer nur das Haben, nie das Seyn. Man beneidet Niemanden in seiner Totalität, nur in seinen einzelnen Eigenschaften, die man sich, seltsam genug, nicht als Ingredienzien, sondern als Besitzthümer seines Wesens denkt. Man beneidet Keinen, weil er gut ist, oder fromm, oder ein Kind, ein Mann, eine Frau; wohl aber, weil er dichten, malen oder dies bleiben lassen kann.

Die Blume trinkt den Thau, theils, um sich selbst zu erfrischen, theils auch, damit die später aufgehende Sonne etwas zu verzehren habe, außer ihr selbst. Bild des Idealismus.

Du mußt deine Thränen nicht zählen. Findest du, daß du schon viele vergossen hast, so hörst du gar nicht mehr auf, zu weinen. Der Gedanke: so viele Schmerzen litt ich schon, wird ein neuer Schmerz; wo giebts dann noch ein Ende?

Die Pfeile des Schmerzes sind Anfangs bitter, und zuletzt süß; die Pfeile der Freude haben Honig auf der Spitze und am Ende den Stachel.

Die Poesie soll alle Strahlen der Menschen, dieser Nebelsonne, auffangen, sie verdichtet auf ihn zurückleiten und ihn so durch sich selbst erwärmen.

Ob die Idee den Dichter überwältigt, oder der Dichter die Idee, davon hängt Alles ab.

Den 29. Januar.

Gestern Abend zum ersten Mal in einem brillanten Cirkel, wo ich die Elite von München fand. Gegen Nachmittag mit mir im Zweifel, ob ich hingehen solle; endlich den Entschluß gefaßt, weil ich mir vorhielt, daß das Gegentheil Feigheit sey. Erstes Debüt, und für dieses, in Vergleich zu früher, gut genug. Mich zuletzt, weil ich nicht tanzte, gelangweilt; zu tanzen wagte ich nicht, weil ich diese Kunst in 3 Jahren nicht mehr executirt habe. Bekanntschaft eines Hof=Kapellmeisters gemacht. Ein sehr schönes Mädchen (Fräulein Maurer) gesehen. Schelling war anwesend.

Jeder große Mensch fällt durch sein eigenes Schwert. Nur weiß es Niemand.

Den 2. Februar.

Ueber Nacht hatte ich den absurdesten aller Träume. Ich träumte nämlich, das 16. Jahrhundert läge neben mir im Bett, in Gestalt eines großen Bilderbuches, und ich suchte es umsonst zu wenden. Ich sah in dem Bilderbuch allerlei Gestalten jenes Jahrhunderts und weißen Raum dabei auf den Blättern.

Schiller ist Alles, was das Individuum seyn kann, was sich selbst giebt, ohne sich selbst zu erkennen, und in der Meinung, etwas Höheres zu geben.

Nur das Geendete ist unendlich. Ein unsinnig scheinender Gedanke, der mir dennoch in diesem Augenblick sehr klar ist.

Dem Lenz'schen Schauspiel: „Die Soldaten" fehlt zur Vollendung nichts weiter, als die höhere Bedeutung der verführten Marie. Eine große erschütternde Idee liegt dem Stück zum Grunde, aber sie wird durch dies gemeine sinnliche Mädchen zu schlecht repräsentirt. Dies Geschöpf taugt nur zur Hure, was zwar nicht den Offizier rechtfertigt, der sie dazu macht, aber doch das Schicksal, welches es geschehen läßt. Der Dichter hat es gefühlt, daß seine Heldin uns kalt lassen könne, darum läßt er zwei mit einander contrastirende Liebhaber für sie erglühen, er läßt sie sogar das Interesse einer edlen vornehmen Dame erregen und von dieser in's Haus nehmen. Doch, es hilft ihm Nichts; Marie erweckt zwar unser Mitleiden, denn dies ist ein Tribut, den unser Herz auch dem bloßen Leiden, dem Leiden an und für sich bewilligt, aber ihr Unglück bringt keine tragische Rührung in uns hervor, denn wir empfinden zu lebhaft, daß es schon einmal ihr Glück gewesen ist, daß es unter anderen Umständen ihr Glück wieder werden kann, daß worauf Alles ankommt, ihr Geschick in keinem Mißverhältniß zu ihrer Natur steht. Ungleich poetischer ist das leidende Weib, welches ganz unstreitig von Lenz herrührt. Die Gesandtin und ihr ehebrecherischer Liebhaber trinken den Wein der Sünde, aber sie schmecken nur das Gift, welches er enthält, sie sind in einander verwachsen, aber sie bieten ihre letzte ohnmächtige Kraft auf, aus einander zu fliehen, sie schauen sich mit unauslöschlicher Sehnsucht in's Angesicht, aber wie zwei Medusen, erstarren und versteinern sie zugleich, indem sie es thun; hier sind die Individuen gerechtfertigt, ja, sie stehen, ungleich dem ersten Menschen, nach dem Fall reiner und göttlicher da, wie vor demselben. Tief ist es, wie durch den Luis die Katastrophe herbeigeführt wird. Er hat immer nur begehrt, selbst als er zu lieben glaubte; sein Verdacht wird rege, sein Argwohn bestätigt sich, nun will er schwelgen, wo sein Nebenbuhler blutet; da ereilt der Todesstreich die beiden Unglücklichen, bloß, weil sie ihrem verzerrten Bilde im Spiegel dieser gemeinen Seele

nicht gleichen! Der Hofmeister zeigt weniger den Dichter, als den treff=
lichen Zeichner. Es giebt Poeten, deren Personen Nichts als Schauspieler
sind, die für ihren Geist agiren. Lenz ist diesen Poeten geradezu ent=
gegengesetzt und dies ist der beste Beweis seines Dichterberufes, er giebt
seinen poetischen Charakter frei, wie Gott die Menschen. Nur sind sie oft
zu frei, zu wenig in Einklang mit der Idee der kleinen Welt, in welcher sie
sich bewegen. Dies ist im Hofmeister der Fall. Poetische Charaktere werden
zusammengeführt, damit sie sich durch einander entwickeln und in einander
abspiegeln, und so gemeinschaftlich ihr bedingendes endliches Schicksal
erzeugen. Hierin liegt das Geheimniß der künstlerischen Composition, bloße
Charakteristik kann nie die Hauptsache seyn, wenn es nicht etwa ein
Charakterbild gilt. Die Menschen im Hofmeister stehen aber keineswegs
in einem wahlverwandtschaftlichen Verhältniß, sie finden sich zusammen,
wie König und Dame und Bube im Kartenspiel zusammen kommen, und
ihr Schicksal ist dann am Ende auch ein Kartenschicksal, eine rohe will=
kürliche Combination des Zufalls. Freilich mag auch im Zufall Pro=
videnz seyn, doch ist es eine Providenz, die wir nicht zu erfassen vermögen,
die wir daher nur dann ertragen können, wenn es sich um einen Spaß
oder um einen solchen Ernst, der in Lust und Lachen schwimmt, handelt.
Man hat den Zufall darum mit Recht in's Lustspiel verwiesen und selbst
hier muß er in gewissem Sinne Verstand annehmen. Ohrfeigen mögen aus
Mißverständniß gegeben werden, fallen aber Köpfe, so wollen wir wissen,
wofür. Nur, weil sie kein System hat, ist die Geschichte für uns keine echte
Tragödie. Der Zufall mit dem Schwert in der Hand, das Schicksal,
welches Blindekuh spielt, macht uns wahnsinnig. Dies schließt den Zufall
jedoch nicht völlig aus, er darf allerdings zuweilen eingreifen, nur aber
werde er dann als Stoff behandelt, dem der ordnende Geist des Ganzen
Form und Physiognomie ertheilt. Ein anderer Fehler im Stück ist der,
daß Lenz den Hofmeister Läuffer durchgehends als symbolisch geltend zu
machen sucht, ohne daß er es wirklich ist. Es mag in der Hofmeister=
Zeit manchen Lump der Art gegeben haben, aber der Grund davon liegt
in der Natur dieser Lumpe, nicht in der Natur ihrer Situation. Läuffer
macht die Auguste zur Hure, und nach der ungeschminkten Lüsternheit
der Dirne, die sie in der Bettscene entwickelt, zu urtheilen, ist es nicht
glaublich, daß ihn dies viel Müh' gekostet hat, und ist vielmehr wahr=

scheinlich, daß sie sich selbst verführte; ein Anderer hätte sie vielleicht zur Betschwester gemacht: würde dann das Stück ein Hofmeister Pane=gyrikus gewesen seyn? Höchstens ein Compliment in fünf Akten für den einzelnen Hofmeister, ein Beweis, daß die Sache in einem speciellen Fall auch einmal so ausfallen könne, also im höheren Sinne ein Nichts. Erstes und letztes Ziel der Kunst ist, den Lebensproceß selbst anschaulich zu machen, zu zeigen, wie das Innerste des Menschen sich innerhalb der ihn umgebenden Atmosphäre, sey diese nun ihm angemessen oder nicht, entwickelt, wie das Gute das Böse und dieses wieder das Bessere in ihm erzeugt, und wie dies ewige Wachsthum wohl für unser Erkennen, doch keineswegs reell eine Gränze hat. Dies ist Symbolik! Es ist ein Irrthum, wenn behauptet wird, nur das Gewordene sey für den Dichter, im Gegentheil, das Werdende, das sich selbst erst im Kampf mit den Schöpfungs=Elementen Gebärende, ist für ihn. Das Fertige kann nur noch ein Spielball der Wellen seyn, es kann nur noch von ihnen zer=trümmert und verschlungen werden; was hätte die Kunst mit dem Ge=meinsten, d. h. Allgemeinsten, zu thun? Aber, das Werdende soll von der bildenden Hand des Dichters von Gestalt zu Gestalt übergehen, es soll niemals als formloser weicher Thon vor unserem Auge ins Chaotische und Wirre verschwimmen, es soll im gewissen Sinn immer zugleich ein Fertiges seyn, wie uns denn ja auch im Weltall nirgends die nackte, rohe Materie entgegentritt. Der Mensch ist nur seiner Zukunft wegen ein unauflösbares Geheimniß, aber ein solches, das man nicht abläugnen kann. Der Mensch darf uns daher nicht abgeschlossen vorgeführt werden, denn nicht, wie er auf die Welt wirkt, sondern, wie die Welt auf ihn wirkt, erregt unser Interesse und ist uns wichtig; die großen Kräfte und Mächte außer ihm, verkörpern sich, indem sie Einfluß auf ihn üben, und verlieren ihre Fruchtbarkeit, das Welt=Räthsel ist gelöst, sowie es aus=gesprochen ist, und wenn auch zuletzt eine Frage bleibt, so ertragen wir diese doch viel eher, als eine Leere.

Schmerzen, die von Geliebten ausgehen, sind verklärt.

Das Gemeine ist verloren, sobald es kämpft.

Das Gedicht vom Maler Müller: Amor und Bacchus ist außer=ordentlich schön, seine Idyllen haben in der deutschen Literatur ihres Gleichen nicht, und in der letzten Kunstform zeigt sich kräftiger und einfach=edler Humor. Seine Genoveva dagegen ist ein Nichts, und Tieck hat Recht, wenn er mißverstandene Nachahmung, ja Concentration Shakespeares darin findet. Sie enthält nur einen einzigen schönen Zug; als Siegfried in die Höhle seines verstoßenen Weibes tritt und das rohe Crucifix, sowie die übrigen frommen Zeichen verborgener Andacht erblickt, wirft er sich weinend auf die Kniee, der kleine Schmerzenreich tritt herzu und sagt: der Mann ist so traurig, wie meine Mutter, sollte es wohl mein Vater sein? Dieser rührend=naive Schluß des Kindes spiegelt dessen ganze Vergangenheit; wir sehen eine Blume, die nur den Thau der Thränen getrunken hat. Das Ganze ist mit Ach und Oh gemalt und wässerig=sentimental; nach Naturlauten wird gehascht und Seufzer, die Nichts sagen, weil sie Alles sagen, stellen sich ein. Der es am wenigsten verdient, der Pfalzgraf, geht als der allein Glückliche aus der Katastrophe hervor; er hat zwar das Gelübbe gethan, Gott in der Einsamkeit sein Leben zu weihen, aber er nimmt sich Zeit, vorher seinen Prinzen zu erziehen, und Genoveva begleitet ihn; Golo wird auf die Seite geführt und im Stillen abgeschlachtet. Ich habe die Tieck'sche Genoveva bis jetzt nicht gelesen und verspreche mir nicht viel davon; allein, ich habe oft über diesen Stoff nachgedacht und finde seinen dramatischen Gehalt nur im Charakter des Golo. Ich sage, seinen dramatischen Gehalt; in der Erzählung verhält es sich allerdings anders. Der drama= tische Dichter kann den Golo des alten Volksbuchs nicht brauchen, nur, wenn es ihm gelingt, diesen flammenden, heftigen Charakter uns aus menschlichen Beweggründen teuflisch handeln zu lassen, erzeugt er eine Tragödie. Golo liebt ein schönes Weib, das seiner Hut übergeben ward, und er ist kein Werther. Darin liegt sein Unglück, seine Schuld und seine Rechtfertigung. Die Liebe selbst, für die er nicht kann, ist schon Sünde, und je edler sein Gemüth ist, je schmerzlicher wird er diese ihm angeflogene Sünde empfinden; Haß des Gegenstandes, der ihn, wenn auch unbewußt, mit sich selbst entzweite, mischt sich von Anfang an in sein süßestes Gefühl und ist nicht einmal durchaus ungerecht. Die Har= monie seines Innern ist einmal gestört, er kann sich selbst nicht mehr achten; soll jenes umsonst geschehen seyn? Er wird auf den Weg ge= stoßen, umzukehren steht nicht in seiner Gewalt, das reizende Ziel schwebt ihm stets vor Augen: ist es ein Wunder, daß er es zu erreichen strebt?

Vielleicht täuscht er sich selbst eine Zeitlang und faßt Entschlüsse, die er nicht auszuführen vermag; plötzlich übermannt ihn die Stunde, er gesteht seine Leidenschaft — bloß gewollt, oder vollbracht, das Verbrechen ist gleich groß, die Schande ist im ersten Fall sogar größer. Er bittet Genoveva um Liebe, das heißt, er verlangt von ihr, daß sie in den Ehebruch willigen soll; auch dies ist bedeutend für sie, wie für ihn. Kann und darf sie ihrem Gemahl, selbst, wenn sie es verspricht, verbergen, welchen Verrath sein Freund an ihm üben wollte; kann Golo sich sicher fühlen, wenn sie rein bleibt? Eine Herstellung des Verhältnisses ist nicht möglich; ein Weib, das ein solches Geheimniß bewahren soll, steht über einer Mine, sie ist eine Blume mit einer brennenden Kohle im Schooß, das Geheimniß vernichtet sie und sie mag es verschweigen, oder nicht, immer verstößt sie, hier oder dort, gegen ihre Pflicht, ja offenbar wirkt es vielleicht nicht so fürchterlich, als unterdrückt und durch einen Zufall und freiwillig an's Licht gezerrt; Golo, nachdem er begann, muß vollenden, selbst dann, wenn er die Glut seines Herzens erstickt, er muß vollenden, um nur das zu retten, was er längst besaß. Dazu kommt, daß eben der edelste Verführer am wenigsten an die Heiligkeit des kalten Weibes glauben kann; warum soll sie höher stehen, wie er, und, wenn sie durch irgend Einen fallen muß, warum nicht durch ihn? So geht Golo Schritt vor Schritt, wollend und nicht wollend, weiter, der Preis wächst't mit der Mühe, nur ein großer Entschluß kann die tausend Stricke zerreißen, welche Zufall und Schicksal aus einem einzigen wahnsinnigen Augenblick gesponnen haben. Aber das erdrückende Bewußtseyn der Unwürdigkeit macht den großen Entschluß für das knirschende, in sich zusammenbrechende Gemüth zu schwer; nur, wer den Himmel verdient, leistet leicht und freudig auf die Erde Verzicht; nur der wirft das Leben gern weg, der etwas davon weg zu werfen hat. Schon das steht einem solchen Entschluß im Wege, daß er nicht früher, daß er nicht damals gefaßt ward, als er noch Alles gut machen, oder richtiger, noch Alles abwenden konnte; auch die Tugend ist an einen bedingenden Moment geknüpft. Ein Unverzeihliches, das Golo gegen die Gräfin begeht, erzeugt das andere; kann er vor dem letzten Schritt zurückbeben, nachdem nur noch dieser übrig blieb? Der Letzte ist nicht so arg, als der erste, denn er ist nothwendig, da dieser freiwillig war, er muß vergeben werden,

wenn dieser vergeben wird; gegen Genoveva kann Golo überall nicht so
freveln, als er schon gegen seinen Freund gefrevelt hat und der Mensch
ist verrückt genug, in der großen Sünde eine Art von Freibrief für die
kleineren zu sehen. Genovevas Schicksal muß erfüllt werden, damit
Golos Hölle ganz werde; kann er nicht ganz selig seyn, so will er doch
ganz verdammt seyn. Er läßt sie ermorden und ist nun als Verbrecher,
was er ehemals als Mensch und Mann war, denn dahin drängt ein
ewiges Gesetz der Natur, nur fallende Engel wurden Teufel, nicht der
fallende Mensch. Dies sind die Hauptmomente: eine ungeheure Blutthat,
die aus einem holden Lächeln, einem falsch ausgelegten gütigen Blick
entspringt; himmlische Schönheit, die durch sich selbst, durch ihren eigenen
Glanz, ihren göttlichen Adel, in Marter und Tod stürzt. Golo wird
sich seiner heimlichen, das Licht scheuenden Liebe zum ersten Mal mit
Schrecken bewußt, als Genoveva von ihrem Gemahl Abschied nimmt
und in dieser bangen Stunde, wo Angst und Furcht des Kommenden
sie überwältigt, ihr ganzes, still=glühendes Herz mit seinem unendlichen
Reichthum gegen den Scheidenden aufschließt. Des Himmels reinster
Blick entzündet die Hölle. Erschütternd und tragisch in höchster Bedeutung ist dieser verhängnißvolle Augenblick; erschütternd und tragisch
in jedem Sinne und auf jedem Punct ist das Schicksal Golos, der nicht
weniger, wie Genoveva selbst, durch die Blüte seines Daseyns, durch sein
edelstes Gefühl, das durch böse Fügung mißgeboren in die Welt tritt,
unabwendbarem Verderben als Opfer fällt. Genoveva kann und darf
nicht im Vorgrund stehen; ihr Leiden ist ein rein äußerliches, und zugleich ein solches, das die tiefsten Elemente ihres Wesens, die religiösen,
befruchtet und entfaltet, und sie als Mutter, da sie, trotz ihrer Verlassen=
heit, ihre mütterliche Pflicht zu erfüllen weiß, hoch über alle andere
Mütter hinaufstellt; sie ist ein durchaus christlicher Charakter, den der
Scheiterhaufen nicht verzehrt, sondern verklärt; sie muß (und dies ist in
Bezug auf sie Hauptvorwurf der Darstellung) zu Gott in dasselbe Ver=
hältniß kommen, worin sie einst zu Siegfried stand, es muß veranschaulicht werden, daß ihre irdische Liebe von jeher nur eine sich selbst
noch nicht erkennende höhere war. Sie sey im Gedicht der mildernde linde
Mond hinter Sturm= und Gewitterwolken. Der Schuldigste ist der
Pfalzgraf; warum hat er eine solche Natur, die ihn bis auf den Grund

in ihr klares Auge schauen ließ, nicht erkannt? Es ist ungleich sünd=
licher, das Göttliche in unserer Nähe nicht zu ahnen, es ohne weitere
Untersuchung für sein schwarzes Gegentheil zu halten, als es in welt=
mörderischer Raserei zu zerstören, weil wir es nicht besitzen können. Er
allein darf durch die Katastrophe gestraft werden, und er wird gestraft,
denn er findet die beweinte Verstoßene nur wieder, um die zermalmende
Ueberzeugung zu gewinnen, daß das Band zwischen ihm und ihr für Zeit
und Ewigkeit zerrissen ist. Für Genoveva ist dies Wiedersehen die letzte
Verklärung; auch ihr Bild ist jetzt rein.

Es giebt eine beschreibende Gefühls=Poesie, welche die Gemüths=
zustände durch gegenseitige Vergleichung derselben, oder durch von außen
her genommene Bilder darzustellen strebt. Je höher sie steht, um so
mehr werden Bild und Gegenstand, die völlig identisch seyn können, zu=
sammen fallen.

Tiecks Zerbino, reich an Geist, in dessen Genuß aber eine gewisse
Unwahrheit der Form etwas stört. Es ist eine Production, die sich
ihrer eigenen Idee nur indirect, nur dadurch, daß sie mittelst der Art,
wie sie falsche Poesie versöhnt, die wahre zeigt, annähern, dieselbe aber
durchaus nicht völlig in sich verkörpern kann; mithin eine solche, die die
Vollendung ausschließt und so ein unbehagliches Gefühl erregt. Mit
der komischen Wirkung allein, die nicht ausbleibt, ist es hier nicht ge=
than, wie wohl anderswo, wir wollen so, wie der Götze stürzt, den Gott,
dem der Altar gebührt, aus den Trümmern hervorwandeln sehen, denn
jener ist zu nichtig, als daß wir die ihn bekämpfende Kraft schon
deshalb, weil sie Herr über ihn wird, achten könnten, und wir haben es
das ganze Stück hindurch unmittelbar mit dem Dichter selbst zu thun,
da die aufgeführten Charaktere keineswegs wirkliche, sondern nur allegorische
sind, die bloß durch seinen Odem ihr Leben erhalten. Tieck hat, dies
fühlend, sein Schauspiel in zwei Hälften getheilt, und in dem Wald=
bruder, Helikanus, Lila und Andern selbständige Poesie zu geben gesucht,
aber er hat durch dies Mittel den Bruch schwerlich ganz ausgeglichen.

Einestheils kann sich diese Poesie, die verlegen zwischen dem Lyrischen und Dramatischen umher taumelt und sich selbst mehr träumt, als lebt, an Kraft und Fülle mit der ihr entgegengesetzten Polemik, die sie recht= fertigen, ja begründen soll, durchaus nicht messen; anderntheils, und dies ist nicht weniger schlimm, steht sie mit jener Polemik nicht in einem Ver= hältniß der Nothwendigkeit, sondern nur des Bedürfnisses, beide Hälften laufen nicht in einander, nur neben einander aus, es ist eine Ver= bindung, wie zwischen Herr und Knecht, und man wird kaum klar dar= über, wer denn herrscht oder dient. Im Garten der Poesie hätten ganz andere Dinge geschehen müssen, als sich dort ereignen. Die Bäume singen und die Blumen phantasiren zu lassen, ist zu leicht, als daß es schön seyn könnte. Alle diese Bemerkungen treffen übrigens nicht sowohl das Tieck'sche Gedicht, als vielmehr die Gattung, wozu dasselbe gehört.

Die Ehe giebt dem Einzelnen Begränzung und dadurch dem Ganzen Sicherheit.

Ausnahmen sollen geduldet werden, aber nur, so lange sie selbst dulden.

Das Leiden gehört soweit in die Poesie, als es innerlich pro= ductiv ist.

Gemeine Leute tragen ihren Staat, wie eine Last.

Ob der Mensch die Macht hat, sich selbst zu zerstören, d. h. sich so in einen, dem innersten Princip seiner Natur widerstreitenden Zustand hineinzuleben, daß er sich aus demselben gar nicht wieder befreien, gar nicht wieder zu der eigentlichen Quelle seines Lebens zurück finden kann? Auf Erden geschieht dies allerdings oft genug, aber der Fluch der Sünde reicht schwerlich über sie hinaus, höchstens in so weit, als der durch den Tod entfesselte Geist im Uebergangsmoment seine nie geprüften Flügel nicht zu gebrauchen weiß. Unsere meisten Laster sind zu stark entwickelte körperliche Sympathieen und müssen daher mit dem Körper selbst abge= streift werden; z. B. die Wollust. Andere sind Extreme oder Auswüchse von Tugenden und guten Eigenschaften, so entspringt der Ehrgeiz aus dem zu lebhaften Gefühl individueller Existenzberechtigung.

Gerade die Seite ist am Laster vornämlich zu scheuen, über die man gewöhnlich nur zu lachen pflegt, daß es nämlich sich selbst verzehrt, sich selbst auf die Länge unmöglich macht. Von dieser Seite beraubt und benascht es den Menschen.

Den 13. Februar.

Ich sagte heute zu Gartner: es wird sich Niemand entschließen, nach Italien zu gehen, der sich nicht gehörig vorbereitet hat; und es wird sich Niemand vorbereiten, der nicht den Entschluß gefaßt hat. Hierin liegt eine tiefe, allgemeine Wahrheit.

Den 14. Februar.

Ich räumte heute Nachmittag unter meinen Papieren auf, um mich zur Hamburger Reise vorzubereiten; da erschienen mir die dortigen Verhältnisse in einem außerordentlich widrigen Licht. Als ich zum ersten Mal dahin kam, wußte ich mich durchaus nicht gegen meine Umgebung zu stellen; ich gab meine Rechte nicht auf, ich fühlte sie stark, aber ich behielt sie mir bis auf gelegenere Zeiten vor, weil ich über die Art und Weise, wie sie geltend zu machen seyen, nur selten klar war. So reis'te ich denn nach Heidelberg ab, ohne mich entschieden gestellt zu haben, was freilich die erst ganz zuletzt aufgedeckten Alberti'schen Intriguen noch sehr erschwert hatten. Später, von Heidelberg und von München aus, wo ich eigentlich erst zum Besitz meiner Persönlichkeit gelangte, suchte ich das Versäumte schriftlich wieder einzubringen; ich habe aber die Erfahrung gemacht, daß dies unmöglich ist, daß das Bild, welches der Mensch in dem Herzen und dem Geist seiner Freunde und Bekannten zurückgelassen hat, seine Briefe auslegt. Woher kämen die wunderlichen Vorschläge der Schoppe, daß ich Hauslehrer werden, oder in Kiel mich um Stipendia bewerben möge, wenn sie mich in den Bedürfnissen meiner Natur und in dem erlangten Bildungsgrade irgend begriffen hätte? Es gilt also, ganz von vorn anzufangen; dies ist nicht angenehm, aber ich darf es mir nicht verhehlen. Ich scheue diesen Kampf nicht, ich gestehe mir nur, daß er mich in ein zweifelhaftes Licht stellen kann, daß er mir manchen häßlichen Augenblick bringen wird. Keine Rücksichten sollen mich bewegen, mich in meiner Unabhängigkeit beschränken zu lassen, nicht einmal die Gefahr, von Kurzsichtigen für undankbar gehalten, von Böswilligen dafür ausgeschrieen zu werden. Schon Rathschläge sind in vielen Fällen An

griffe auf die Selbständigkeit; ich werde sie bescheiden, aber ernst zurück-
weisen und ohne Umstände erklären, daß, wer mir helfen will, mir auf
dem einmal von mir eingeschlagenen Wege helfen muß. Der ganze Kreis,
der mich erwartet, steht an poetischer Schöpfungskraft unter mir, wie ich
sagen darf, da bei diesem Selbstlob wenig für mich herauskommt.
J. mittelmäßig in seinem Drama, abgeschmackt in dem sog. historischen
Roman, weit und allgemein in den wenigen lyrischen Gedichten, hat in
der letzten Zeit für kleine Skizzen aus dem Leben ein anmuthiges Talent
entwickelt; doch, an eine höhere Bedeutung der einzelnen Bilder und an
echte Charakteristik ist nicht zu denken, das Beste, was er zu liefern vermag, wird niemals über die Sphäre der Unterhaltungslektüre hinaus-
gehen. Die Doctor S. macht keine derartige Ansprüche. H., zu dem ich
in einem gemachten Freundschaftsverhältnisse stehe, hat Geist und eine
gewisse witzige Piquantheit, der aber damals, als ich ihn kannte, alle
Tiefe abgieng; Poesie steckt nicht in ihm. B. ist eine zarte, tiefe, oft
bizarre Natur, sehr bedeutend als Individualität, weniger als Autor;
ihn achte und liebe ich am meisten, doch zeigten auch wir uns einander
nur in Manchetten. Da wären Alle. So wie ich jetzt die Feder nieder-
lege, packe ich dies Heft in meinen Koffer; möge es eine freundliche
Stunde seyn, in der ich es in Hamburg zum ersten Mal wieder in die
Hand nehme! Ich verlasse München mit Schmerz und wünsche sehnlichst,
einst auf längere Zeit wieder dahin zurück zu kehren. Vielleicht verfinstert mir diese Gemüthsstimmung Hamburg's Bild. Eins ist ausgemacht: ich fange dort ein ganz neues Leben an, die Zeit, die ich in
Hamburg's Mauern schon zubrachte, muß für mich seyn, als wäre sie
nie gewesen.

Und nun ça ira! sagte Rousseau oft! Er wollte mich begleiten!

München, den 16. Februar 1830.

Heute Morgen habe ich meine Sachen in einer Kiste nach Hamburg
abgesandt. Gestern Abend im Bett las ich seit undenklicher Zeit zum ersten
Mal wieder Lessings Emilie Galotti. Es verlohnt sich der Mühe, zu
untersuchen, ist aber schwer zu sagen, warum dieses Gedicht trotz seines
reichen Gehalts, dennoch kein Gedicht ist. Man könnte sich vielleicht
so ausdrücken: es erreicht das Ziel der Poesie, insofern dies ein allge-

meines seyn mag, aber es geht nicht den Weg der Poesie; der Dichter schulmeistert das Musenroß, und treibt es im Ganzen freilich, wohin er will, aber im Einzelnen immer entweder zu weit oder nicht weit genug. Gerade dies ist der Punkt, worin der echte Dichter sich von seinem nächsten Nachbar, der Lessing gewiß war, unterscheidet; bei Jenem ist die Begeisterung heiliges Feuer, das vom Himmel fällt, und das er gewähren läßt; bei diesem ist es ein Flämmchen, welches er selbst anmacht und welches nun, je nachdem die Stoffe sind, womit er es ernährt, bald nur kümmerlich schleicht, bald aber gar zu breit und ungestüm aufleckt. Bei einer solchen Flamme kann man löthen und schmieden, aber die Sonne mit ihrer linden, unsichtbaren Glut muß wirken, wenn Bäume und Blumen entstehen sollen. Das Bewußtseyn hat an allem wahrhaft Großen und Schönen, welches vom Menschen ausgeht, wenig oder gar keinen Antheil; er gebiert es nur, wie eine Mutter ihr Kind, das von geheimnißvollen Händen in ihrem Schooß ausgebildet wird, und das, ob es gleich Fleisch von ihrem Fleisch ist, ihr dennoch in unabhängiger Selbständigkeit entgegentritt, sobald es zu leben anfängt; der Handwerker weiß allerdings mit Bestimmtheit, warum er jetzt zum Hammer und jetzt zum Hobel greift, aber er macht auch nur Tische und Stühle. Das Bewußtseyn ist nicht productiv, es schafft nicht, es beleuchtet nur, wie der Mond; die Philosophie beweist nicht gegen diese Behauptung, denn sie entwickelt Nichts, als sich selbst, sie zeugt nur ihre eigenen Prozesse. Wer mich hier mißversteht, dem mag überhaupt die Fähigkeit gebrechen, über diesen Gegenstand etwas zu verstehen; ich bemerke nur noch, daß man von hier ausgehen muß, wenn man sich klar machen will, in wie weit der Dichter einen Plan haben kann und darf.

Die Charactere in Emile Galotti mögen Charactere seyn; es würde zu weit führen, wollte ich untersuchen, ob nicht der Mensch, wenn er sich Menschen denkt, schon deßhalb, weil er Mensch ist, sich immer solche denken muß, die mit einer gewissen Existenzmöglichkeit auftreten, und ob es genug sey, daß wir poetische Gestalten bloß nicht entschieden verneinen können, ob wir sie nicht vielmehr, wenn wir sie gelten lassen sollen, unbedingt und unwillkürlich bejahen müßten. Jedenfalls sind diese Charactere zu absichtlich auf und ihr endliches Geschick, auf die Katastrophe berechnet, und dies ist fehlerhaft, denn dadurch erhält das ganze

Stück die Gestalt einer Maschine, worin lebendige Menschen die für ein=
ander bestimmten und nothgedrungen auf den Glockenschlag in einander=
greifenden Räder vorstellen. Zwar sollen die Charactere den Blitzstrahl
des Schicksals an sich ziehen, er könnte sie sonst nicht treffen, ohne das
Band, das die Weltordnung zusammenhält, zu zerreißen; aber dies muß
spielend, und, ohne daß man es ahnt, geschehen, Mensch und Schicksal
müssen sich auf einem Weg begegnen, wo man es nicht erwarten konnte,
und wo man deßungeachtet, wenn man näher hinsieht, nicht die verhüllten
Arme des Zufalls, sondern das ernste Antlitz der Nothwendigkeit erblickt:
ist das Gegentheil der Fall, so ist nur noch die Execution oder die
Prämienvertheilung möglich, und damit hat die Kunst Nichts zu thun.
Ein Vater, der sich leichter zum Aeußersten, als zu etwas Anderem ent=
schließt; eine Tochter, die um ihren Tod bettelt, wie Tausende um's
Leben betteln würden; eine Mutter, die an sich Nichts bedeutet, deren
breites Daseyn aber Gelegenheit giebt, daß Andere sich entfalten; ein
hitziger Graf, der weiß, daß die Affen hämisch sind, und der sie dennoch
auf's Aergste reizt; ein junger Fürst, der seinen Lüsten jedes Gefühl
seiner Würde, jede Rücksicht auf Gesetz und Gewissen aufopfert und der
sich, um sich vor sich selbst zu schützen, anfangs hinter eine schlangenglatte
Dialektik, zuletzt hinter eine Reue, die ärger ist, als selbst die Sünde war,
verkriecht; ein Hofmann, der sein Vertrauter ist, und der Teufel dazu;
eine rachsüchtige, verlassene Maitresse, die ihren Abgott abschlachten will,
weil sie nicht mehr bei ihm schlafen darf; obendrein ein Paar Mörder,
und um die letzte kleine Schwierigkeit bei Seite zu schaffen, noch sogar ein
tragischer Kutscher, der sich gezwungen mit diesen verständigen muß: das
Schicksal hatte es doch gar zu leicht! wir wollen aber nicht sehen, was
nicht ausbleiben kann!

Emilie ist mir ein Ding, wie ein Widerspruch. Von einer Frömmig=
keit, daß sie sogar am Hochzeittage die Messe nicht versäumt; geliebt,
und — der Dichter hat sie nicht geschildert, aber, was berechtigt uns, an=
zunehmen, daß er sie nicht hat schildern wollen? — von Liebe zu ihrem
Verlobten erfüllt; zu wissen, daß der Graf todt ist, daß er um ihretwillen
todt ist, oder richtiger, dies nicht zu wissen, es bloß zu ahnen, ein noch
schrecklicherer Gemüthszustand: dennoch, sie sagt es mit klaren Worten,
fühlt sie dem meuchelmörderischen Wollüstling gegenüber, Nichts so

lebhaft, als daß sie warmes Blut hat, daß sie verführt werden kann, und fühlt dies sogleich, in den ersten Entsetzen vollen Augenblicken. Ist dies natürlich? Und wenn, ist sie dann nicht eine gemeine Seele? Und wird eine gemeine Seele sterben, um das zu retten, was sie nie besaß? Uebrigens übersehe ich nicht, daß Emilie der herrlichste Character geworden wäre, wenn ihn ein wahrhafter Dichter geboren hätte; es ist außerordentlich schön, daß das Mädchen aus heiliger Scheu vor den dämonischen Mächten in ihrem Innern in ihrer letzten freien Stunde weiblich furchtsam und doch heldenkühn den Tod erwählt; gewiß hat auch Lessing die Situation seiner Heldin so empfunden, nur, daß ihm die Mittel zur poetischen Darstellung versagten. Es ist möglich, daß ihm die Idee eines weiblichen Romeos vorschwebte; mit den Modificationen, welche die Umstände mit sich brachten, wie sich von selbst versteht.

> Die Thränen stillten wir, die brennend uns entstürzen,
> Doch ach, dies hieße, Ihn im Tode noch verkürzen;
> Ach, nun er nicht mehr ist, nun zeigt nur unser Schmerz,
> Was er gewesen ist! Drum blute fort o Herz!*)

Des Lebens-Ueberfluß, neuste Novelle von Ludwig Tieck, macht auf innig ergötzliche Weise anschaulich, daß der reine Mensch dem Schicksal gegenüber immer seine Selbständigkeit zu behaupten vermag, wenn er Kraft und Muth genug besitzt, mit der ihm aufgebürdeten Last zu spielen, sie als ein nur zufällig ihm nah gerücktes Objectives zu betrachten.

Jede Sehnsucht fühlt, daß sie Befriedigung verdient, am meisten die Sehnsucht nach Gott. Daraus entspringt unmittelbar die Ueberzeugung, daß, wenn der Sehnende nicht Magnet seyn kann, das Ersehnte Magnet werden muß, daß, wenn Jener sich nicht zu erheben vermag, dieses sich zu ihm herablassen muß. Dies ist das festeste Fundament des Glaubens an Offenbarung.

Den 19. Februar.

Gestern las ich das Leben Lessings von Schink und Abends seine Dramaturgie. Ich komme noch einmal auf die Emilie Galotti zurück.

---

*) Offenbar an Rousseau gerichtet.

Es ist allerdings in der ersten Scene, wo Emilie auftritt, genugsam angedeutet, daß sie für den Prinzen empfindet. Sie zittert, sie ist in der größten Aufregung, sie hat nicht gewagt, ihn zum zweiten Mal anzusehen; alles Zeichen einer unbewußt aufkeimenden Liebe. Aber, hiedurch entstehen eben neue Bedenklichkeiten. Es frägt sich, welcher Art diese Liebe ist. Ist sie nichts Anderes, als das erste Erwachen der bisher in den Schlaf gelullten glühenden Sinnlichkeit, vorbereitet vielleicht durch den Gedanken an die baldige Hochzeit, zurückgehalten wieder durch das naßkalte Bild des nur für die Seele der Braut schwärmenden Bräutigams? Dann sind zwei Fälle möglich. Entweder ist der ungestüme drängende Prinz nur der Funke, der ihr Herz in Flammen setzt, und dieses wendet sich nun mit voller Glut dem Bräutigam zu, den das Mädchen mit ganz anderen Augen betrachten lernt, in dem sie den Schlüssel ihres Daseyns ahnt; oder, sie wird klar darüber, daß ihr Verhältniß zu dem Grafen nur ein gemachtes ist, daß er mehr der zufällige, als der wahre Gegenstand ihrer Neigung ward, und ist dieses, so kann sie, die uns der Dichter als des größten Entschlusses fähig vorführt, über das, was sich für sie zu thun geziemt, nicht zweifelhaft und unentschieden seyn, sie kann nicht zögern und nicht zagen, ein Band zu zerreißen, das nie hätte geknüpft werden sollen. Im Herzen den Einen tragen und dem Andern zum Altar folgen, das verträgt sich nicht mit ihrer Frömmigkeit, ihrer Gemüthsreinheit. Ist aber jene Liebe etwas Höheres, ist sie, was sie seyn soll, so verklärt sie auch unmittelbar und nothwendig den Gegenstand, der sie erweckt hat; sieht die ganze Welt im Prinzen nur den Wollüstling und den Verführer, Emilie muß etwas Besseres in ihm sehen, denn nie kann vom Gemeinen eine edle Wirkung ausgehen. Und hiemit fällt die Katastrophe weg, soweit nämlich der Wille der Tochter Antheil daran hat. Der Vater mag sie immerhin noch morden, um demjenigen ihren Körper zu entreißen, der ihre Seele auf ewig besitzt. Emilie kann nicht mehr fürchten, verführt zu werden, und wenn sie sich auch hin und her geworfen zwischen innerer und äußerer Pflicht, im Widerstreit mit einer einmal eingegangenen Verbindlichkeit und dem Zuge ihres ganzen Wesens, nicht gleich zu helfen weiß, so kämpft sie doch einen ganz anderen, einen viel ernsteren und heiligeren Kampf, einen solchen, der, falls er nur durch den Tod zu enden wäre, den Tod wahrhaft tragisch machen würde. Sich zu tödten, weil man fühlt, daß man, wenn man sich nicht tödtet, nicht stark genug seyn wird, die Unschuld zu bewahren, ist wohl kaum der Mühe werth.

„Kurz, die Tragödie ist keine dialogirte Geschichte; die Geschichte ist für die Tragödie Nichts, als ein Repertorium von Namen, mit denen wir gewisse Charactere zu verbinden gewohnt sind. Findet der Dichter in der Geschichte mehrere Umstände zur Ausschmückung und Individualisirung seines Stoffes bequem: wohl, so brauche er sie. Nur, daß man ihm hieraus eben so wenig ein Verdienst, als aus dem Gegentheil ein Verbrechen mache." Lessing. Ich denke doch, das Verhältniß zwischen Geschichte und Tragödie kann etwas inniger seyn.

Den 20. Februar.

Heute Morgen trug mir G. eines seiner früher componirten Lieder vor, das er verändert hatte. Dabei ward mir klar, daß für die meisten Menschen ein großer Genuß darin liegt, eine erst neuerdings erworbene Kenntniß anzuwenden und Regeln zu beobachten, selbst, wenn es nicht nöthig ist. Das Lied hatte, wie der Componist mir sagte, im Periodenbau gewonnen; für mein Gefühl hatte es verloren, und ein Gebäude ist doch nur wegen dessen, was darin wohnt. Regeln und Grundsätze sind für den Künstler nur Stoff, obgleich der edelste und respektabelste; sie zu erlernen ist überflüssig, denn müßten sie durchaus beobachtet werden, so künden sie sich dem Geist in dem Augenblick, wo dies nothwendig wird, imperatorisch an, sind sie aber gleichgültig, obwohl dienlich, so können sie nur verwirren.

Wie Andere ihn betrachten und wofür sie ihn halten, das ist die Atmosphäre, worin der Mensch lebt und der Beste kann in der schlechtesten ersticken.

Den 24. Februar.

Der Esel hat Alles, was ihm an Erkenntniß beschieden ist, wenn er seinen eigenen Schatten betrachtet.

Viele Menschen gewinnen durch ihre geistigen Operationen deswegen Nichts, weil sie durch Weitergehen dasjenige wieder zu verlieren fürchten, was sie schon haben.

Der Glaube ist der beste, bei welchem der Mensch am meisten gewinnt und Gott am meisten verliert.

Der Mensch, wenn er fällt, faltet gern zugleich die Hände, um Jenes unter Diesem zu verbergen.

Warum wird die Wahrheit durch die Subjectivität so gespalten? Weil Welt und Leben nur so möglich sind.

Beweis, daß es besser sey, den Schmerz gar nicht aufkommen zu lassen, da ja die besten Menschen ihr Möglichstes thun, ihn zu unterdrücken.

Das Individuum existirt nur als solches, und wenn es sich selbst aufgiebt, so ist sein Leben nur noch ein Sterben, ein unnatürliches und unnützes Hinwelken. Der Zustand einer Individualität, die sich einer größeren auf Gnade und Ungnade gefangen giebt, könnte den herrlichsten Stoff zu einer Novelle abgeben. Obgleich aber das Individuum nur als solches existirt, hat es dennoch keine heiligere Pflicht, als zu versuchen, sich von sich selbst abzureißen, denn nur dadurch gelangt es zum Selbstbewußtseyn, ja zum Selbstgefühl.

„Warum ficht mich so manches Uebel an?"
Weil Gott dich vor dir selbst nicht schützen kann!

Der Mensch thut wohl, sich nach allen Seiten zu verbreiten, ohne sich viel um das innere Centrum zu bekümmern, das die vielen verschiedenen Richtungen zusammen halten soll. Dies Letztere geschieht ohnehin, unmittelbar und ohne sein Zuthun; und fehlte es an einem solchen Centrum, so wird Niemand Eins in sich hineinflicken, sich nachträglich damit versehen können.

Alles, was zu einem Ding nothwendig ist, muß darin seyn, muß immer darin seyn, oder es ist nicht, ist zuweilen nicht. Dies auf die Welt angewandt, so kann durchaus nichts Neues, nichts Da Gewesenes eintreten; nur verschwindet ein Element oft an einem Platz und tritt an einem anderen wieder hervor. Ein unentwickelter, aber sehr reicher Gedanke.

Durch Dulden Thun: Idee des Weibes.

Clara dramatisch:

> Der Mensch soll treten in die Welt,
> Wie in sein eigenes Haus.
> Man geht nicht in die Schlacht als Held,
> Man geht als Held heraus.

Den 2. März.

Noch immer bin ich in München. Aber meine Papiere und Sachen sind schon fort, mein Zimmer hat etwas Unheimliches, es ist ein öder, wüster Zustand. Ich lese Romane von Walther Scott, blättere in Schadens Reise-Handbuch, betrachte die Karte von Deutschland, und schwebe zwischen Kopfweh und Langeweile in der Mitte. Nachts, die letzte ausgenommen, ein dumpfer, zerrissener Schlaf. Dennoch wünsche ich mich nicht weg, und es kommt mir zuweilen vor, als hätte ich noch länger hier bleiben sollen. Von Hamburg verspreche ich mir gar Nichts, die alten, häßlichen Erinnerungen steigen wieder auf — ich vermag Niemandem mit Herzlichkeit entgegenzukommen, wie könnten sie mir Herzlichkeit beweisen. Das Grundübel liegt darin, die Leute, mit denen ich dort durch Zufall und Noth in Beziehung und Verhältniß gekommen bin, sind nicht für mich; ich hätte mit Keinem die Verbindung gesucht, hätten nicht die Umstände sie mir aufgedrungen. Eliese muß ich freilich ausnehmen. Narrheit ist's, dergleichen Stimmungen durch Niederschreiben fest zu halten, aber der Mensch pökelt sich gern seine Qualen ein! — Neulich der Spaziergang auf dem Weg nach Ingolstadt hinaus. Empfindungen, München zu verlassen; versüßt durch den Gedanken: du kehrst noch wieder zurück. Und warum sollt' ich nicht auch vom Norden aus zurückkehren können?

Den 4. März.

Ich habe in der letzten Zeit mehrere Romane von Scott und zur Vergleichung noch einige von Cooper gelesen. Cooper ist ein nachgebildetes Gefäß ohne Inhalt, Scott dagegen unstreitig ein außerordentliches Talent und dennoch kein Dichter. Warum nicht? Ich weiß mir hierauf nicht befriedigend zu antworten, obgleich mein Gefühl entschieden ist. Zum Theil zeigt er seine undichterische Natur dadurch, daß er immer nur das Aeußere des Lebensprozesses, das Haudgreifliche und in die Augen fallende desselben darstellt; überhaupt nur das Entwickelte, niemals das Werdende. Es ist freilich das Höchste, Seelen-Ereignisse und Geistes-revolutionen ohne Zergliederung und Beschwätzung unmittelbar durch das Thun und Leiden des Menschen zu zeichnen, wie es Göthe in seiner Ottilie, Kleist in seinen Novellen gethan haben; doch, bei Scott geht innerlich gar Nichts vor, seine Personen sind und bleiben, was sie sind, sie gewinnen oder verlieren wohl an Glück und Unglück, aber das Schicksal greift nie den Keim ihres eigenen Wesens an. Daher kommt auch die Monotonie, welche die fortgesetzte Lektüre dieser Romane, trotz des frischen Wechsels von Situationen und Characteren auf die Länge un-augenehm macht; die Verhältnisse werden verrückt und wieder eingerichtet, etwas Weiteres geschieht nirgends. Merkwürdig und bezeichnend ist vor Allem die Art, wie Scott sich der stoffartigen poetischen Elemente, der Sagen, Träume, Ahnungen ꝛc. bedient; er weiß sie mit kräftiger Hand zu packen und aufs Geschickteste in den Gang des Ganzen zu verweben, aber er besprengt sie immer vorher wohlbedächtig mit dem kalten Wasser des Verstandes und erschwert sich dadurch die Wirkung, die er zuletzt doch hervorzubringen weiß. Jedenfalls ist er in der bloßen Unterhaltungs-Litteratur eine ganz einzige Erscheinung, und zwar vornämlich wegen der großen Kunst, der Feinheit in der Motivirung, die er aufwendet, um die gewöhnlichsten Zwecke zu erreichen.

Ueber Platens Gedichte.

Das Gefühl kann sich nicht zum Gegenstand seiner selbst machen, kann sich nicht, in den Spiegel schauend, belächeln, aber der Gedanke; dagegen kann das Gefühl erheuchelt werden, der Gedanke nicht. Der Gedanke ist plastischer, als das Gefühl; schon deßhalb mußte er in der alten Literatur vorherrschend seyn. Das Gemüth umfaßt die verborgenen Kräfte des Menschen und von den bewußten die dunkleren Richtungen; nur durch das Gemüth hängt er mit der höheren Welt, ohne die die gegenwärtige leer und bedeutungslos seyn würde, zusammen. Das Ge-müth offenbart sich in den einzelnen Gefühlszuständen und diese, insofern sie durch bestimmte äußere Begegnisse und durch Eindrücke der Natur erzeugt werden, setzen die verschlossensten Geheimnisse der Menschenbrust mit dem Leben und der Welt in fruchtbare, innige Verbindung. Zwischen dem Gedanken und dem Gefühl besteht nur ein gemachtes Verhältniß.

Den 6. März.

Jetzt geht's an's Abschiednehmen. Gestern war ich zum letzten Mal in der Pinacothec, heute in der Leuchtenberg'schen Gallerie und in der Glyptothek. Es wird mir doch in Hamburg eine große Entbehrung seyn, daß ich dort nirgends schöne Gemälde und Bildwerke sehen kann. Welch ein Genuß, in diesen prachtvollen Sälen umher zu wandeln und sich in den Geist der fernen Zeiten und Schulen mit dem vollen Gefühl der frischen, anders gestalteten, Gegenwart zu versenken. Gerade die Kunst ist es, die das Leben erweitert, die es dem beschränkten Individuum vergönnt, sich in das Fremde und Unerreichbare zu verlieren; dies ist ihre herrlichste Wirkung.

Murillo's Madonna. In diesem Christuskinde sind kindliche Naivetät und Ahnung seiner eigenen Göttlichkeit auf's Innigste mit einander verschmolzen; in diesem aber auch ganz allein. Christus scheint mit sich selbst zu spielen.

Scott ist nirgends größer als in der Erzählung von Elspat und ihrem Sohn in der Chronik von Canougate. Hier ist er echter Dichter. Durchaus vortrefflich!

Den 10. März.

Gestern Abend ging ich einmal wieder in das Habereder'sche Kaffeehaus am englischen Garten, das ich und Rousseau im vorigen Winter jeden Abend zu besuchen pflegten. Ich setzte mich an den Tisch, wo wir gewöhnlich saßen und ließ mir ein Glas Bier geben, um es auf sein Andenken zu leeren. „Leben Sie auch noch?" sagte der kleine Wirth, den wir immer den Kobold nannten. Das Zimmer war verändert, die Tochter war lang in die Höhe geschossen, die Gäste waren dieselben. Offiziere, die Karten und Billard spielten; ein Graf darunter, der sich dadurch amüsirte, daß er seinen Kameraden zuweilen in die Lenden kniff. Bauern im anderen Zimmer, darunter der krausköpfige Geschichtsforscher, der über Karl den Großen sprach. Eilbote, Landbote, Tageblatt. Gang zu Hause, Arm in Arm, dem Sturm und Schnee entgegen.

O, wie süß sind die Schmerzen des Abschieds! Wer könnte scheiden, wenn sie nicht wären! Das Herzblut schießt hervor, wir glauben in Wehmuth zu zerfließen, uns ist, als sollten wir sterben, und so geht's fort, fort!

Mittags. Heute Morgen dachte ich: die erste Person, die dir, wenn du ausgehst, begegnet, soll dir Glück oder Unglück bedeuten. Ich hatte dies ganz vergessen, als ich fortgieng; bei der protestantischen Kirche stieg gerade, wie ich vorübergieng, die Königin aus dem Wagen; da fiel es mir wieder ein. Die zweite Person, die mir auffiel (und diese können doch nur gelten) war der Prinz. Also — (Glück!) Denn diese Personen, die so glücklich sind, können doch unmöglich Unglück ankündigen. Dazu, um mich ganz selig zu machen, ward mir noch einmal die Wonne, zu dichten. Ich machte einen Spaziergang — den letzten — im englischen Garten; da entstand in Bezug auf das schon vorhandene erste ein zweites Scheidelied:

> Das ist ein eitles Wehnen,
> Sey nicht so feig, mein Herz!
> Gieb redlich Thränen um Thränen,
> Nimm tapfer Schmerz um Schmerz
>
> Ich will dich weinen sehen,
> Zum ersten und letzten Mal,
> Will selbst nicht widerstehen,
> Da löscht sich Qual in Qual.
>
> In diesem bittern Leiden
> Hab' ich nur darum Muth,
> Nur darum Kraft zum Scheiden,
> Weil es so weh' uns thut!

Dann übersah ich noch einmal den großen Garten und die Stadt. Ich habe dort gebetet um Segen für München, das mich in seinen Schooß so freundlich aufnahm, und um Segen für mich selbst. „Mach Etwas aus meinem Leben — rief ich aus — es sey, was es sey!" Auch für meine liebe Beppi habe ich den Segen des Himmels herabgerufen. Und, da dieses Blatt doch beschlossen werden muß: warum soll ich es nicht mit ihrem Namen beschließen?

Hamburg.

Zweiter Aufenthalt.

— ·—

Den 3. April 1839.

Aeußerst erkältet kam ich den 31. vorigen Monates Abends 6 Uhr in Hamburg an. Ich fuhr mit Elise, die mir bis Harburg entgegen gekommen war, in das Holstein'sche Haus. Müde und voll Frost und Kopfweh legte ich mich sehr früh zu Bett und las Gutzkow's Seraphine. Anderen Tages bei Elise. Gestern ging ich zu der Doctorin. Wohl= wollend=herzliche Aufnahme. Bekanntschaft mit Mad. Lina Reinhardt. Von Julius Schoppe hörte ich aus dem Munde der Mutter Dinge, die mich erstarren machten, so daß ich mich krank fühlte, als ich ging. Nach= mittag zu Jahnens. Ich traf ihn nicht, aber er eilte zu mir. Heute mit Jahnens in die Conditorei. Dort saßen Gutzkow und Wihl, Jahnens führte mich zu ihnen. Gespräche über meine Studien, München und Hamburg, Laube und Mundt, Kunst und Literatur. Gutzkow forderte mich auf, Beiträge zu den Jahrbüchern zu liefern und ihn zu besuchen. Er sagte mir, daß er mit meinen Ansichten über die Lyrik übereinstimme, daß Freiligrath und Grün in seinen Augen gespreizte Talente seyen. Jahnens meinte, er hätte Gutzkow nie so gesehen und ich habe große Ursache, mit der Art, wie sich das Verhältniß zu ihm angeknüpft, zu= frieden zu seyn.

Die Geschichte ist die Kritik des Weltgeistes.

Nur, weil die Sonne Keinem gehört, gehört sie Allen.

Die Poesie gehört dem Leben an und ist auf's Leben verwiesen.

Dem Schmerz zu zeigen, daß er sich selbst nicht verlebt, am Ab= grund nachweisen, daß er tiefer ist, als man glaubt, verdient keinen

Dank. Wenn man tief fallen muß, ist es noch immer gut, nicht zu wissen, wie tief.

Die Poesie sey Bild, aber sie krame nicht mit Bildern! Man setzt einen Spiegel nicht aus Spiegeln zusammen.

Kleist's Arbeiten starren von Leben.

Schiller's Talent war so groß, daß er durch die Unnatur selbst zu wirken wußte.

Kraft ist Ersatz für Glück, darum hat sie keines.

Den 8. April.

Heut morgen bei Campe. Freundschaftlich unterhielten wir uns über Nichts. Kern-Ausdrücke von ihm: „wie schnell hat Freiligrath seine Karriere gemacht. „Vom heiligen Geist glaube ich, was ich für meine Verhältnisse brauche."

Die Schelling'sche Idee, daß zu einer bestimmten Zeit aus Gott dem Vater Gott der Sohn hervortreten mußte, führt den Dualismus in die Gottheit selbst hinüber, zerspaltet die Fundamental-Idee des menschlichen Geistes, und macht Gott zur Wurzel der Welt-Entzweiung. Dies sind die nächsten Consequenzen.

Nur, wo Leid und Lust in der Lyrik nicht zu trennen ist, ist der Humor an seiner Stelle. Uhland Abreise.

Das gestaltete Leben ist schon vom Tode umarmt, nur das sich erst entwickelnde, sich aus dem Keime losringende ist eigentliches Leben.

Die Lyrik ist der reinste Ausdruck der Völker-Nationalität.

Den 11. April, Abends halb 11 Uhr.

Jetzt sitze ich wieder in der nämlichen Kammer, in welcher ich vor 3 Jahren saß und Vocabeln auswendig lernte. Die Kammer hat sich verändert, wie ich selbst, sie ist größer und stattlicher geworden. Draußen in den Bäumen, die vor dem ehemaligen Hause der Doctorin stehen, heult der Wind, die langsame, schnarrende Stimme des Nachtwächters tönt zu mir herüber, auf dem Vorplatz geht mühsam und schwer eine Uhr. Ein wunderlicher Zustand, alt und doch zugleich völlig neu. Mit ganz anderen Aussichten sitze ich hier, wie ehemals. Zwei schöne Zimmer sind für mich

bereitet, die ich aber erst nach Verlauf eines Monats beziehen kann. Der
kaum entpuppte Schreiber, der es für eine große Ehre hielt, in
einen Gymnasiasten=Verein eingeführt zu werden, wird von den ersten
literarischen Berühmtheiten Deutschlands gesucht und respectirt, eine Welt
der Wirkung liegt vor mir da. Drei Jahre thun doch außerordentlich viel.
Was ich mir in München eigentlich nur noch einbildete, ist jetzt gewiß:
ich kenne keine Verlegenheit mehr, mag ich gegenüberstehen, wem ich will;
ich kann mich in alle Wege auf meinen Geist verlassen und darf mich
getrost herauswagen, auch in's fremdeste Gebiet hinein, er läßt mich nie
im Stich. Der Doctor Wihl hat mich dringend aufgefordert, eine Ge=
schichte und Kritik deutscher Lyrik zu schreiben; er trifft mit einer Idee
zusammen, die ich schon in München hatte, und ich werde es thun. Ich
kann hierüber mehr sagen, als irgend ein Anderer. Gutzkow will für
den Telegraphen einen Bericht über München, für sein Jahrbuch meine
Kritiken über Heinrich Laube. Campe wünscht einen historischen Roman,
der in Dithmarschen spielt. Arbeit genug, ich darf nicht länger klagen,
die Pforte ist mir geöffnet.

Den 12. April. Morgens.

Ich habe schon ein paar Seiten über München geschrieben. Der=
gleichen Geschwätz widert mich an. Aus dem Fenster sehend, erblicke ich
dieselbe Waschfrau, die ich schon vor 3 Jahren in ihrem kleinen Stüb=
chen von früh an emsig thätig sah. Gott, drei Jahre immer dasselbe:
fremder Leute Kleider von Schmutz reinigen.

Sollten denn von Anfang der Welt an alle Kräfte in ihr sogleich
entfesselt seyn; sollte nicht manche erst im Laufe der Zeit entfesselt
werden?

Der ganze Band Freiligrath'scher Gedichte, der vor mir liegt, ent=
hält Nichts, was dem von ihm aus Thomas Moore übersetzten Dithy=
rambus (wie ich das Product nennen mögte) gleich käme.*)

Ein Lichtschein beleuchtet plötzlich eine weiße Wand und eine
Stimme ruft aus: lies! Ich aber sehe keine Schrift. „Kannst du nicht
lesen? Es steht doch deine ganze Zukunft dort geschrieben."

---

*) Das Gedicht: Auf eine schöne Ostindierin.

Sonntag, den 15. April.

Von 11 Uhr an bei der Doctorin Schoppe. Morgens wurden Ge=
spenstergeschichten erzählt. Nachmittags kamen Gutzkow und Doctorin
Rifing nebst ihren Töchtern. Diese Mädchen suchen die Genialität in der
Aussprache. Gutzkow erzählte Gräueldinge von Menzel. Ich stritt mit
ihm und Wihl über die Wahlverwandtschaften. Hart an einander. Wurde
von Wihl ersucht, eine Rezension des Blasedow zu schreiben.

Der letzte Vers des Gedichts: Liebeszauber:

> Endlich vernimmt sie die Klagen,
> Welche dein Herz erhub;
> Wird dir im Traum dann sagen,
> Daß man sie längst begrub.

Aenderung zu dem Gedicht: Auf eine Gefallene:

> Und wenn er in dies Auge blickt,
> Da neigt er sich in heil'gem Graus,
> Und wähnt, im Innersten entzückt,
> Gott selber schaue stumm heraus.

Den 16. April.

Ich las gestern und heute: Charlotte Stieglitz, ein Denkmal.
Theodor Mundt spricht in seiner beliebten Manier wieder von socialen
Zerwürfnissen, die sich in dieser Frau repräsentiren sollen. Unsinn: gab
es für sie wohl eine denkbare Lebensform? Sie ging daran zu Grunde,
daß sie zugleich zuviel und zu wenig besaß; es wogte in ihr eine Ueber=
fülle von Liebe und ihr gebrach die Kraft, diese Liebe auf sich selbst
zurückzuwenden. Was Mundt über ihre geistige Bedeutsamkeit sagt,
kann ich nicht bejahen; sie war in dieser Hinsicht sehr gewöhnlich, wenn
ich nach den Tagebuchmittheilungen urtheilen darf: gesundes Gefühl,
und wohl geordneter Verstand, die Beide meistens das Rechte ergreifen,
weiter keinen Deut.

Es hat viel Bedenkliches, Erlebnisse, die noch in der Blüte, wo
nicht gar in der Knospe stehen, aufzuzeichnen, aber auch viel Vortheil=
haftes, wozu besonders das gehört, daß man in späteren Jahren sich oft
nur mittelst eines geschriebenen Fadens in den früheren zu orientiren

vermag; deßhalb sey denn auch gleich im Anfang ein räsonnirendes Wort über die Gestalt, welche meine neue Lebenslage gewonnen hat, erlaubt. Gutzkow hat mich allerdings sehr freundlich aufgenommen, aber wer sagt mir, ob es aus wirklicher Herzlichkeit geschah? . . . .
. . . .

Wer einmal König war, für den giebt es keine Existenz mehr.

So wie Napoleon seine Pläne offenbarte, war es ihm unmöglich, sie auszuführen.

Tadel aussprechen, heißt Lob begründen.

Das Geheimniß, letztes aller Poesie. Geheim ist auch Alles im Leben, wenigstens in den Folgen. Daher das Triviale sogenannter abgeschlossener Sachen.

Humor ist Zweiheit, die sich selbst empfindet. Daher das Umgekehrte von Form und Inhalt.

Der Geist, der früh für das Untergeordnete eine vollkommene Form findet, ist schwerlich geeignet, das Höchste hervorzubringen.

Heute, am 2. May, habe ich dem Doctor H. für sein rheinisches Odeon nachfolgende Gedichte gegeben: 1. der Priester; 2. Schön Hedwig; 3. Scheidelieder: kein Lebewohl ꝛc. ꝛc. und dies ist ein eitles Wähnen; 4. Ritt im Spätherbst; 5. An ein Kind: zur Erde, die dein Veilchen deckt ꝛc. ꝛc.

Es liegt in der Beichte ein echt menschliches Element. Eine That, bekannt, ist verziehen; das Bekenntniß ist die Satisfication der beleidigten Idee.

Gutzkows Nero. Die Aufgabe mußte seyn, den Nero zu vermenschlichen, ihn auf etwas Ewiges in der Menschen=Natur zurückzuführen. Aber, nur das Gefühl vermenschlicht und vermittelt, nicht Räsonnement und Speculation, denn der letzteren bedient sich jeder Bösewicht. Ferner, wenn auch alles Einzelne motivirt ist, so ist dadurch noch keineswegs eine Erscheinung in ihrer Totalität motivirt. Auch ist Nero ein Character, der, sowie er über sich selbst denkt, nicht mehr existirt.

Den 6. May.

Ich war heute morgen bei Gutzkow, um von ihm, da er Mittwoch reist, Abschied zu nehmen. Er nahm mich sehr freundlich auf und sagte mir gleich, daß er mich zwei Zeitungen, den Hallischen Jahrbüchern und dem Hannöver'schen Museum als Mitarbeiter empfohlen habe. Ich dankte ihm dafür und bemerkte, wie sehr es mir darauf ankomme, mit öffentlichen Organen Verhältnisse anzuknüpfen. Darauf fragte er mich: ob Wihl mir gestern ein Frühlingsgedicht vorgelesen und ob ich über dasselbe gesagt hätte: ich kenne nur ein Frühlingslied, das von Uhland: die linden Lüfte sind erwacht, u. s. w. und dies sey das Zweite. Ich mußte dies in Abrede stellen. Die Sache verhält sich nämlich so. Wihl war bei der Doctorin Schoppe zum Essen. Nach Tisch ging er mit mir und Janinski im Garten spazieren, zog ein Blättchen aus der Tasche und sagte, er wünsche, uns ein Paar Gedichte zu lesen, um sie, wenn sie uns zusagten, auch den Damen vorzutragen. Ich bemerkte, weil ich überhaupt nicht gerne und am wenigsten gleich nach dem Essen Gedichte höre, daß es dieser Probe nicht bedürfe. Er ließ sich aber nicht abhalten, sondern trug die Gedichte vor, die ich gut, aber unbedeutend fand, und die ich zu jeder Zeit· besser machen will. Ich sagte ihm nothgedrungen ein ganz gewöhnliches Compliment, zergliederte das bessere der Gedichte und hob, da es nicht meine Art ist, Leute mit einer bloßen Phrase abzuspeisen, den Schlußgedanken heraus, fügte aber, um ja nicht mißverstanden zu werden, hinzu: ich kenne nur ein Frühlingslied: die linden Lüfte sind erwacht. Es konnte mir nicht einfallen, daß die Eitelkeit des Poeten aus dieser Aeußerung eine Folgerung ziehen würde, die dem Grund, weshalb ich sie fallen ließ, direct widersprach; noch weniger konnte ich erwarten, daß er meine Aeußerung in dem ihm beliebigen Sinne eigenmächtig ergänzen und mir Worte andichten würde, die ich niemals aussprach. Ich erzählte Gutzkow den Zusammenhang mit möglichster Schonung Wihl's; er lächelte. Darauf sprachen wir über Campe; er rieth mir, mit diesem „Etwas zu machen", es möge jetzt, nach dem Vorfall mit Heine, gerade die rechte Zeit seyn. Ich sagte ihm, daß die Herausgabe meiner Gedichte mir am Herzen läge, daß ich über ihren objectiven Werth nicht urtheilen wolle, daß ich mich aber überzeugt halten müßte, über den jetzt erreichten Punkt in der Lyrik nicht mehr hinauszukommen und daß deshalb etwas durch= aus Abgeschlossenes in meiner Sammlung vorliege. Gutzkow deutete auf den historischen Roman aus der Dithmarsischen Geschichte, von dem er mir schon früher einmal sprach; ich bemerkte, daß ich im Roman etwas

Besseres, aber nicht etwas so Gutes, wie Spindler, hervorzubringen hoffe und theilte ihm die Idee zum deutschen Philister mit, die seinen Beifall fand. Wir kamen auf die Gedichte zurück, und Gutzkow meinte, Campe habe ja schon einmal 5 Fd'or. an diese wenden wollen. Diese Wendung schien mir eigen und bewog mich, um in meiner Bescheiden=heit von ihm nicht mißverstanden zu werden, zu der Bemerkung: ich glaube, meine Gedichte können sich mit Allem, was jetzt erscheint, messen. Er erwiderte: gewiß! Darauf gab er mir vier neue Schriften (Ge=dichte von Blessing; Wissenschaft und Universität von Biedermann; Leben und Thaten Emmerich Tököly's, Drama von A. Z. und Sokrates von Theodor Heinsius, mit der Bitte, sie für den Telegraphen zu recensiren, unter dem Hinzufügen, die Biedermann'sche Schrift dann an Wihl zu geben, wenn Letzterer durchaus darauf bestehe. Ein neuer Abschnitt in meinem Leben: zum ersten Mal Rezensent ex officio. Der Aufsatz für das Jahrbuch der Literatur (über Laube oder irgend einen anderen mir gefälligen und mit den Interessen der modernen Literatur in Beziehung stehenden Gegen=stand) versprach ich zu Juli. An der Treppe erinnerte ich ihn (absicht=lich, um nicht eine Geringschätzung an den Tag zu legen) an sein Ver=sprechen, mir vor seiner Abreise sein Drama zu geben; er bat mich um Zurückgabe seines Werks. Ich brachte noch einmal meine dramatischen Aufsätze in Anregung und er sagte mir, er habe sie schon für Wihl mit auf die Liste gesetzt; so wie ich herunterging, rief er mir noch nach: nehmen Sie Sich des Telegraphen an! — Ich hatte meine Gründe, diese Unterredung gleich, nachdem sie vorgefallen, niederzuschreiben.

Ein Lehrjunge in Hamburg träumt, er werde auf dem Wege nach Bergdorf ermordet und erzählt seinem Meister den Traum. „Sonderbar ist es, sagt dieser, daß du eben heute mit Geld nach Bergdorf mußt." Der Junge hat die größte Angst, aber er muß fort. Als er auf der Straße nach B. an eine berüchtigte einsame Stelle kommt, kehrt er um, geht in's nächste Dorf und bittet den Schulzen, ihm doch bis über diese Strecke hinaus einen Begleiter mitzugeben. Der Schulze läßt seinen Knecht mitgehen. Sobald der Knecht den Jungen wieder verlassen hat, packt ihn noch einmal die Angst, er kehrt in's nämliche Dorf zu dem nämlichen Schulzen zurück und bittet ihn, ihm einen Begleiter bis ganz nach B. mitzugeben. Der Knecht muß abermals mitgehen. Nun er=

zählt der Junge diesem unterwegs den Traum und der Knecht er=
mordet ihn.

Saul als Tragödie. Samuel salbt ihn, weil er ihn glaubt be=
herrschen zu können und sein Werkzeug wächst ihm über den Kopf; der
Mensch, den er verachtete, wird der Felsen, an dem er scheitert. Da
salbt er David und auch dieser ist nun im Recht. David ist es, der den
bösen Geist in Saul herauf ruft und doch ist er es zugleich, der ihn allein
zu beschwören vermag. Welche Szene ist die in der Höhle mit dem Zipfel.

Es ist schlimm, das Ideal hinter sich zu haben.

Den 13. May.

Der Zustand dichterischer Begeisterung (wie tief empfind' ich's in
diesem Augenblick) ist ein Traum=Zustand; so müssen andere Menschen
sich ihn denken. Es bereitet sich in des Dichters Seele vor, was er
selbst nicht weiß.

Der Dichter, wie der Priester, trinkt das heilige Blut, und die
ganze Welt fühlt die Gegenwart des Gottes.

Subjectiv ist Alles, was innerlich fertig werden kann; objectiv, was
hinaus muß in die Welt. Darum giebt es in einem und demselben Wesen
Subjectives und Objectives.

Es giebt nie subjective Empfindungen, die nur dadurch, daß sie
ausgesprochen und gestaltet werden, zur echten Existenz gelangen. Diese
gehören in's Gedicht, denn in ihnen liegt die Nothwendigkeit der Form.

Der Trost liegt nicht darin, daß Gott uns auf dunklen Wegen
führt, sondern darin, daß die Dunkelheit des Weges oft durch die Er=
reichung des Ziels bedingt ist.

Man spricht dem großen Menschen die Fähigkeit zu lieben ab.
Doch wohl nur, weil er nur das Große lieben kann.

Die Literatur ist zu keiner Zeit unbedeutend, höchstens kann ihre
hohe Form zuweilen leer an Gehalt seyn und doch ist's immer der Ge=
halt der Zeit.

Gewisse Menschen muß man oft sehen, wenn man sie lieb behalten
soll, andere wieder selten. Zu Jenen gehören die Unbedeutenden; sie
bringen Nichts, als sich selbst, darum müssen sie da seyn, wenn man ihrer
gedenken, ihrer sich erfreuen soll. Zu diesen gehören die Bedeutenden;

von ihnen hat der Geist ein Bild und sie selbst sind nur ihres Gleichen nicht unbequem.

Im Shylock beginnt das tragische, wo seine Gemeinheit beginnt. Es ist in diesem Character der durch gerechten Stachel zum Aufschwung angefeuerte Haß, den der Jude gegen den Christen hegen muß, dargestellt; aber das Judenthum ist es auch wieder, was den Aufschwung unmöglich macht. Statt das Fleisch auf die Gefahr des Blutvergießens hin auszuschneiden, ist Shylock bereit, sein Geld zu nehmen.

Scotts Romane sind colorirte Kupfertafeln der Geschichte.

Wie undankbar sind wir gegen die Natur, wenn wir Kräfte ungebraucht lassen, und wie viele Verwirrung mögen wir dadurch in sie bringen.

Es giebt für Unglückliche einen Punkt, wo das Gefühl erfriert: ist dann noch Zurechnung?

In jedem Verhältniß darf ich nur so viel verlangen, als ich selbst geben will und kann. Goldene Regel.

Wenn kleine Geister einen guten Gedanken haben, so können sie nicht wieder von ihm loskommen. Der Gedanke hält sie fest, wie ein Magnet, denn er ist größer, wie sie.

Am 2. Juny 1839 stand der Tod mir zur Seite; ein Aderlaß eine Stunde länger aufgeschoben, und ich starb noch vor 6 Uhr Abends unfehlbar am Lungenschlag. Häßliche Krankheitsperiode — gastrisches Fieber mit gräulichem Kopfweh; als ich fast wieder hergestellt war, Erkältung in der Nacht; Lungenhaut-Entzündung, furchtbare Schmerzen, minutenlange Unterbrechung des Athemholens; am Sonntag letzter Aderlaß und Schröpfköpfe; günstige Krisis; 8 Tage Schwitzen in ungemachtem Bett; unglaubliche Träume; z. B. von einem Garten mit Riesenblumen, worin Kinder sich schaukelten, und ich selbst mich verstecken konnte; dummer Zustand zwischen Schlafen und Wachen, wo ich mich selbst als Zweiheit empfand: es war mir nämlich so, als ob mein geistiges Ich für sich existirte, aber doch ganz ungemein von dem heruntergekommenen Körper molestirt ward; der Körper kam mir völlig vor, wie ein überaus unbehülflicher und unartiger König mit einem dicken Bauch; ich sagte zu mir selbst, wenn ich mich vergebens umzuwenden suchte: der Alte will nicht u. d.gl. Endlich Erlaubniß zum Aufstehen, was ich Anfangs kaum eine Viertelstunde ertragen konnte; erstes

Ausgehen; Sitzen im Garten der Doctorin: die kleine Laube, oben der
reine blaue Himmel, ringsum der Blumenduft, der mir wie Athem der
Natur erschien. Ich wollte, ich hätte dies Alles zur rechten Zeit auf-
geschrieben, jetzt, im August, ist die Erinnerung schon matt und schwach.
Nicht zu vergessen, daß ich Nachts ganze Scenen des Dithmarsischen Trauer-
spiels ausarbeitete. Mein Bruder.

Das Herz macht des Menschen Glück oder Unglück, nicht sein
Verdienst.

Manches mag in der Seele liegen, das, wenn es ihr Leben jetzt
zu hemmen scheint, ihr doch zur Hebelkraft für künftige Kreise werden wird.

Die Form ist der höchste Inhalt.

Wirb um das Leben, es ist dir eben so wenig geschenkt, wie ein
anderes Gut.

Wenn ein Baum, auch im schlechtesten Boden, ausgeht, so geschieht
es nur, weil er die Wurzeln nicht tief genug schlägt. Die ganze Erde
ist sein.

Schlechte Dichter, die aber gute Köpfe sind, liefern statt der
Charactere ihre Schema und statt der Leidenschaften ihr System.

Den 27. August.

Heute Morgen nach langem verdrießlichen Regenwetter frischer
Sonnenschein. Gott, könnte man solche Morgen doch zu Papier bringen,
wie Husten und Schnupfen! Bei heftigem Kopfweh nehme ich mein
Tagebuch zur Hand. Es erfüllt mich mit Grauen, wegen dessen, was
nicht darin steht. Wie Manches hab ich erlebt, wovon ich früher halbe
Jahre gezehrt hätte, während jetzt die Minute, die es gebiert, es auch
verschlingt. So z. B. das Eintreffen des Briefes von Tieck, mancherlei
Bekanntschaften u. s. w. Ganz neulich noch die Sache mit Herrn
Wilhelm H. Vorbei! heißt es im Faust. Das Leben bringt mir Nichts
mehr; seit Eingang des Ablehnungsbriefes von Cotta nicht einmal
Gedichte. Fahre wohl, Poesie. Nur hin und wieder eine Gelegenheit
zur Ausschweifung; ein Trinkabend mit Jahnens oder — dieser Ge-
dankenstrich ist keuscher Natur, hol' mich der Teufel, ich bin's auch. Arbeiten kann ich nicht mehr, ich bin ein Baum, der vertrocknet; zuweilen
noch ein Knospenansatz, welcher der Wurzel die letzten Säfte raubt, ohne

der Krone Schmuck zu verleihen. Essen und Trinken und dazu der Gedanke, daß ich's nicht lange mehr werde können, weil das Geld ausgeht;
lange Mittagsschlafe — Wunsch, zu reisen — Lesen in Leihbibliothek-
Büchern, Recensionen. Nachts ein dummer, dicker Schlaf; Träume, so
öde und wüst, wie Disteln auf Mistbeeten. Ohne viel an Selbstmord zu
denken, ein Krampf in der Hand, als ob ich stets Pistolen abdrückte, und
in den Schläfen eine Empfindung, wie vom Druck der Pistolenmündung.
Das Lustigste, daß Niemand ahnt, was in mir vorgeht; die Doctorin
muß alle meine Münchener Briefe für Lügen halten, weil ich ihr ganz
anders vorkommen muß. Ich bin in Gesellschaft heiter; soll ich denn
für mich selbst schwarz gehen? Es ist genug, daß ich das Sterben
übernehme!

Flechtet Keinem den Lorbeerkranz zu groß, er fällt ihm sonst als
Strick um den Nacken!

Ist die uralte Annahme, daß in den innersten Kern des Menschen
etwas eingeschlossen sey, welches ihn selbst befehdet und in manchen
Fällen zerstört, nicht eigentlich ein Unsinn? Wo wäre der Baum, mit
der selbsterzeugten Axt an der Wurzel, wo wäre nur die Schlange, die
am eigenen Gifte stirbt?

Der Geist wird wohl die Materie los, aber nie die Materie
den Geist.

Manche Menschen sind die Zifferblätter der Zeit. Aber, es ändert
die Zeit nicht, wenn man ihr Zifferblatt zerschlägt.

Das Nichts, das der Kritik in den Weg tritt, zwingt sie, auch ein
Nichts zu seyn!

Den 5. September.

Das Nichts wird auf den ersten Blick erkannt, das Etwas beim
zweiten.

> „So bist du der Unsterblichkeit
> Ein Zeugniß ewigen Gewichts;
> Des Todes Sense ist die Zeit,
> Trifft die uns nicht, so trifft uns Nichts.

Vers aus einem Gelegenheitsgedicht von mir.

Den 13. September.

Heute Vormittag war ich bei A., dem ich meinen Schnock gesandt hatte und erhielt mein Manuscript zurück. Es gab eine Zeit, wo mir aus Hindernissen ein neuer Impuls kam. Sie ist vorüber. Mit jedem Glück, auf das ich gerechnet hatte, verlier' ich zugleich einen Theil meiner Kraft. Ein Tag, wie der heutige, greift in meine Brust hinein, und zerreißt dort irgend etwas. Ich kann's fühlen. Mein Leben ist eine langsame Hinrichtung meines inneren Menschen. Sey's darum. Am Ende. — Wer selbst vergeht, dem ist, als ob die Welt verginge.

Den 14. September.

Ein ächt hamburgischer Regen, bei dem das Ende undenkbar zu seyn scheint. Ich beendigte heute Vormittag die Lectüre von Justinus Kerners Reiseschatten. Ein seltsames Werk, aber das Werk eines echten, tiefen Dichtergemüths. Welch glückliche Idee, das Innerste eines Menschen durch eine Reihe von Erlebnissen zu zeichnen, die nicht auf sein Handeln, sondern nur auf sein Empfinden influenziren, und die dennoch in ihrer Mischung des höchsten Ernstes mit dem ungebundensten Spaß sein ganzes Ich nach und nach abwickeln, wie ein Gespinst. Herrliche, komische Scenen, z. B. die, wo der Koch den Pfarrer und den Brunnenmacher für zwei Tolle ausgiebt, wovon Einer den Andern gebissen hat; auch die vorhergehende, wo er in beiden durch Herrechnung der köstlichsten Speisen den Appetit bis in's Unerträgliche steigert. Und solch ein Werk existirt kaum, Niemand kennt es!

Den 15. September.

Als ich heute Mittag zu Wihl ging, traf ich Gutzkow bei ihm, der gestern von Frankfurt zurückgekommen war. Er kam mir mit großer Herzlichkeit entgegen und sagte mir, daß er eben daran gedacht habe, mir seinen Besuch zu machen. Ich glaube denn doch, daß Redlichkeit der Grundzug seiner Natur ist und daß Manches, was dem zu widersprechen scheint, aus der schiefen Stellung, in die er von vorn herein gerieth, erklärt werden muß. Wer weiß, ob wir nicht noch Hand in Hand gehen können. Ich und Wihl kamen uns heute über 1000 Schritt näher; er schloß mir sein Herz auf, erzählte von den großen Trangsalen,

die er hat erdulden müssen, und sprach mir Muth ein; wer selbst so viel
litt, hat ein Recht dazu. Was ich früher über Wihl und Gutzkow in
dies Tagebuch schrieb, annullire ich ausdrücklich. Gutzkow verdient mein
Vertrauen und Wihl meine Freundschaft, und ich werde mit meinem Gefühl nicht länger gegen sie kargen.

Nicht in der Kunst allein, auch in der Geschichte nimmt das Leben
zuweilen Form an, und wo dies geschehen ist, da soll die Kunst ihre
Stoffe und Aufgaben nicht suchen.

Den 17. September.

Heute im Tivoli. Mir zu Liebe kamen auch Gutzkow und Wihl.
Mit Gutzkow ein Gespräch über den Dramatiker Uhland, den er durchaus verwarf. Behauptungen, aber keine Beweise. Man kann mit ihm
nicht disputiren, er sucht zu imponiren. Wihl sagte, wie ich von ihm
ging: „G. gönnt Niemand Etwas, als sich selbst.“ Richtig, aber schlimm.

An J.

Der Frost, der die zarte Blüte prüfen will, ob sie wohl wirklich
lebt, tödtet sie.

„Ich wünsche dir so viele Freuden, als du Thränen vergießest.“
Schöner Wunsch, der mich zwingt, mit Weinen gar nicht aufzuhören.

> Gott schickt ein Unglück dir in's Haus:
> Mach' du dir selbst ein Glück daraus.

Den Wahnsinn auf's Theater bringen! Man könnte eben so gut
das, was an Aas und Würmern sich in einem Sarg durch einander rin-
gelt, zum Gegenstand eines Gemäldes machen. Es giebt Gränzen der
Darstellung, es giebt einen Punkt, wo die höchste Wahrheit die höchste
Sünde ist, denn es giebt Momente, wo die Natur unbelauscht bleiben
will und wo der Mensch sich durch einen einzigen Blick, der sich in ihr
Mysterium hinein stiehlt, auf's Gröblichste an ihr versündigt, und zwar
deshalb, weil dieser Blick dasjenige voreilig schon zu etwas macht, was
erst etwas werden soll.

Gutzkow behauptete neulich, zwischen dramatisch und theatralisch sey
kein Unterschied, vom Schauen sey das Schauspiel ausgegangen, und

was nicht geschaut werden könne, gehöre nicht hinein. Eng und confus! Als ob kein Unterschied wäre zwischen Brust und Schnürbrust.

Das Schicksal ist die Idee der Welt.

Die Diplomatie sucht aus der neuesten Geschichte ein Stück Gummi elasticum zu machen, um damit die Revolution auszuradiren.

Den 25. September.

Ich habe Gutzkows Wally, die ich beim Erscheinen nur durchblätterte, zum ersten Mal gelesen. Wie war es der Perfidie doch möglich, dies Buch so in Verruf zu bringen und den Autor an den Pranger zu stellen. Es ist wahrlich nicht, wie der schnöde Menzel, den ich erst von jetzt an verachte, vorgab, aus Eitelkeit und sich spreizender Sinnlichkeit hervorgegangen. Der Geist der Wahrheit weht darin und es enthält ein geistiges Erlebniß auf jedem Blatt. In poetischer Hinsicht will ich es nicht vertheidigen, aber auch hier ist nicht die Intention, sondern die unzulängliche Ausführung zu tadeln. Eine Bemerkung drängte sich mir bei der Lectüre auf. Nur die große Dichterkraft kann ein verfängliches Thema behandeln, nur sie kann eine scharf einschneidende Idee, die wir gern aus der Welt weglängnen, so lange es geht, gestalten und sie so als lebend und dem Leben Gesetze vorschreibend geltend machen; nicht der Verstand vermag dieses, er wird sich auch bei klarster Erkenntniß der Idee ohne Beihülfe der Poesie immer den Vorwurf der Unwahrheit und Uebertreibung gefallen lassen müssen.

Gott war sich vor der Schöpfung selbst ein Geheimniß, er mußte schaffen, um sich selbst kennen zu lernen.

Wenn man sich auch das größte Verbrechen denkt, man kann sich Gott doch noch immer daneben denken.

Den 30. September.

Heute Abend bei Sternenlicht Spaziergang durch's Ferdinands Thor an der Alster entlang, in der die Sterne sich klar abspiegelten. Der dunkle Kahn, ein Mann am Steuerruder, in einen großen Mantel gehüllt, und den Ruderern lakonische Befehle ertheilend. Sowie der Kahn sich näherte, fingen die Sterne im Wasser an, zu tanzen. Auffallend war mir's, daß sie trotz der Ruderbewegung Anfangs noch ganz deutlich zu sehen waren, dann aber zerrannen.

Den 8. October.

Gestern fing ich meine Tragödie Judith an und schrieb ein Paar Scenen, die mir gefielen. Heute schrieb ich fort und es glückte wieder. Leben, Situation und Character springen in körniger Prosa ohne lange bauschige Adjective, die den Jambus so oft ausfüllen helfen müssen, frisch und kräftig hervor. Gott, wenn das ginge! Wenn die bisherige Pause, dies Stocken des poetischen Stroms nichts bedeutet hätte, als ein neues Bett! Ich wäre glücklich! Von meiner Poesie hängt mein Ich ab; ist jene ein Irrthum, so bin ich selbst einer!

Den 8. October.

Mit meiner Tragödie geht es herrlich, ich schreibe täglich daran fort und machte heute die Hauptscene, von der ich glaube, daß sie sich nicht zu schämen braucht, man mag neben sie stellen, was man will. Ich bin selig und fühle mich auf dem Weg zu einem neuen Leben; Gott verhüte, daß nicht Alles plötzlich wieder in's Stocken gerathe.

Von größter Wirkung sind im Dramatischen die zurückspringenden Motive, diejenigen, welche nur etwas Altes zu bestätigen scheinen und doch etwas ganz Neues bringen, z. B. wenn Hamlet sagt: Schlafen — träumen — und dann plötzlich: Ja, was in dem Schlaf für Träum' uns kommen.

Das Leben borgt seinen höchsten Reiz vom Tode; es ist nur schön, weil es vergänglich ist. Giebt es denn wirklich ein Gut, das höheren Werth hat, als das Leben selbst? Wer Ja sagt, muß einen Unterschied zwischen Seyn und Wesen annehmen, einen Unterschied, den man wohl bei schärferem Nachdenken kaum festhalten kann. Das Leben bringt jedes Gut, und die meisten Güter (vielleicht alle) haben nur Werth in ihrem Verhältniß zum Leben.

Gestern las ich von Uechtritz: die Babylonier in Jerusalem. Vielleicht nicht ganz individuell genug; die Idee vortrefflich, nur oft nicht so kräftig ausgedrückt, als sie seyn müßte.

In dem Maaße, wie der Gedanke sich ausdehnt, verengt sich die Welt. Sein Wesen ist, daß er jeden Stoff vernichtet, und doch sich selbst nicht Stoff seyn kann. Vielleicht ist er selbst nur Stoff für etwas Höheres; er ist etwas, was etwas Anderes voraussetzt.

Ein Schiffer, der, sowie er zur Ruhe kommt, das Schiff, auf dem er fuhr, sich malen läßt und nicht mehr erworben hat, als das Bild kostet.

Vor dem Schicksal schützt nur Eins: die Nichtigkeit.

Es giebt Nichts, das der Geist völlig ausdenken kann, und so sind wir Lichter, die eigentlich nur sich selbst erleuchten.

Den 14. October.

Es tritt immer deutlicher hervor, daß ich Recht hatte, wenn ich mir in München die Hamburger Verhältnisse als unleidlich ausmalte. Janinsky ist ein guter Mensch, aber ein Mann=Weib; Egoist in hohem Grade (wer ihn lobt, den lobt er wieder, wer es bleiben läßt, hat keine Gesinnung!) und doch voll von der Ueberzeugung, es nicht zu seyn; schwächlich als Schriftsteller, schwankend und tappend in seinen Urtheilen, so daß sein heute immer sein gestern Lügen straft; dabei schmeichlerisch und ekelhaft gefällig. Wäre er, was er seyn sollte, hätte er Albertis Ränken nicht durch sein Wort das Siegel aufgedrückt, sondern ihn ge=zwungen, mir zu beichten, so würde mein Verhältniß zu der Doctorin nie verschoben worden seyn. Daß er so ist, sehen die Frauen ein, die Doctorin hat ihn im Gespräch mit mir wohl zehn Mal ein Weib ge=nannt; dennoch gefällt er ihnen und sie ziehen stillschweigend zwischen ihm und mir eine Parallele, die natürlich nicht zu meinen Gunsten aus=fällt, da ich ihm Gott sey Dank nicht gleiche.

Im Herzen einiger Lyriker scheint statt der Nachtigall ein Kukuk zu nisten.

Wenn Euer Herz ein Spiegel ist, so schaut doch nicht ewig selbst hinein, er kann ja sonst Nichts abspiegeln, als Euch selbst.

Vergiftet mich nur erst, nachher werdet ihr mich schwarz genug finden!

Das Göttliche lehnt sich gegen Gott auf, weil es seines Gleichen ist.

Der Gedanke tritt zwischen den Menschen und das Leben; er ver=brennt die Früchte, die es bietet.

Den 15. October.

Heute morgen ging ich zu Campe, ihn um einen ferneren Vor=
schuß auf meinen historischen Roman zu bitten. Ich sprach erst Manches
über mein Werk, dann frug er: noch etwas? Ich antwortete: Geld!
„Das mag ich nicht." Ich muß noch 4 Monate an dem Roman ar=
beiten und soll existiren. „Für gegessenes Brod arbeitet man nicht gern:
ich habe diesen Roman schon einmal bezahlt." Mir nicht. Also Sie
wollen nicht? „Ist das Werk geliefert?" Dann kann ich es nicht
schreiben. Aber ich bin Ihnen fünf Louisd'or schuldig, in 14 Tagen
werde ich sie Ihnen zurückzahlen. Die Zinsen werden Sie mir dann
berechnen. „Zinsen nehme ich nicht." Und ich lasse mir Nichts schenken;
ich will Ihr Geld nicht umsonst gehabt haben. — Damit ging ich. Ich
kam mit dem festen Entschluß, mit Ernst und Kraft an die Ausführung
des Romans zu gehen, und ihn bis Februar zu beseitigen. Jetzt ist's
vorbei. Was das Beste war, wird die Zeit lehren. Elisens gränzenlose
Güte wird mich in den Stand setzen, meine Schuld bei Campe abzutragen.

Den 16. October 1839.

Es ist ein trüber, wässrigt=nebliger Octobermorgen, Alles, was ich
beginne, widert mich an, die Menschen auf der Straße sehen alle grau,
verdrießlich und ernsthaft aus, Kinder schreien und aus der Ferne tönt
eine heisere Drehorgel zu mir herüber. Elise ist als Gesellschafterin der
alten Berliner Geheimräthin auf dem Harz, Andere, die ich besuchen
könnte und mögte, habe ich nicht, da bin ich denn für den ganzen Tag
auf mein Zimmer verwiesen und kann mich recht dick voll Gift saugen.
Der Enthusiasmus für meine Tragödie ist ausgelöscht, Frau Doctorin
Amalie Schoppe fand sich veranlaßt, das Wasser hinzu zu tragen. O,
diese Frau! Der ärgste Fluch ist's, Anderen Verbindlichkeiten schuldig
zu werden, wenn nicht der höchste Einklang zwischen Herz und Geist
besteht, wenn nicht ein göttlicher Moment vorausgeht, der ein ewiges
Verhältniß verbürgt. Ich will, so sehr die Doctorin Schoppe mich durch
schnöde Handlungsweise empört hat, ihr Gerechtigkeit widerfahren lassen,
ich will mich erinnern, daß sie im Lauf ihres Lebens sehr viel ausge=
standen und daß sie beßungeachtet sehr viel durchgesetzt hat, ich will es
erklärlich und natürlich finden, daß sie jetzt ist, wie sie ist, ich will an=

nehmen, daß sie ehemals anders war. Ich will es nie vergessen, daß sie mir die Thür zum Leben geöffnet hat und daß ich, trotz Allem, was in mir liegen mag, ohne ihre Hülfe in meinem Dithmarschen hätte zu Grunde gehen müssen; ich will, obwohl sich für mich selbst eine Erniedrigung daran knüpft, es nicht vergessen, daß sie für mich Schritte gethan hat, die Einer sehr schwer für den Anderen thut, und die ich selbst, hätte ich vorher darum gewußt, vielleicht nicht gebilligt haben würde. Aber, nun auch die Kehrseite. Die Art und Weise, wie ich mich bei meiner ersten Ankunft in Hamburg situirt fand, war doch gewiß in hohem Grade drückend. Ein hochmüthiger Priester, der Dr. Schmaltz, der sich nicht die geringste Mühe gab, mich kennen zu lernen, der mich behandelte, wie einen Bettler, war zu meinem Aufseher und — Almosenier bestellt; von ihm mußte ich mir jeden Schilling holen und, in einem Alter von 22 Jahren, Rechenschaft darüber ablegen; der Gang zu den Freitischen war für mich jedesmal ein Gang zur Hinrichtung meines inneren Menschen; Leuten allerlei Art wurde ich Verpflichtungen schuldig, und sie verlangten für eine Mahlzeit Essens Danksagungen bis zum jüngsten Tag. Wie konnten mir in solcher Lage Freude und Muth kommen? Daß sie aber nicht da waren, daß ich nicht aufjauchzte, wenn sich eine Gelegenheit dazu ergab, wurde mir, wenn auch unbewußter Weise, zum Verbrechen gemacht. Nur die Bekanntschaft und sich nach und nach entwickelnde Freundschaft mit und zu Gravenhorst und Elise rettete mich vor Verzweiflung. Mit Gravenhorst führte die Doctorin mich selbst zusammen, er gab mir Stunden im Latein, die freilich sehr bald anders ausgefüllt wurden, was ich jetzt bedauern muß, aber doch nicht verdammen kann. Auch zu Elisen brachte sie mich in's Haus; ich war, weil Kisting so schnell von Berlin zurückkam, um ein Zimmer verlegen und die Doctorin, die Alles gratis für mich wollte, vermittelte mir eins bei „der Mamsell Lensing". Nicht genug Schlimmes wußte sie mir über dies Mädchen zu sagen, so daß ich sie von vornherein mit Vorurtheilen betrachtete, die aber freilich sehr bald schwanden, als ich sie in ihrer Güte und Herzensreinheit näher kennen lernte. Auf welche Autorität hin hatte die Doctorin den Leumund eines Frauenzimmers, von dem sie selbst Nichts wußte, als daß es zuweilen sang, in Fetzen zerrissen? Ich zog wieder aus bei Elise, besuchte sie aber öfters; das war abermals eine große Sünde, ich hatte nicht das Recht, meinen

Empfindungen zu folgen, ich hatte die Pflicht, ein Schlingel zu seyn.
Mittlerweile kam Alberti; daß ich ihn bei mir aufnahm, wurde ebenfalls
mit scheelen Augen betrachtet, und doch verminderte er eher die Kosten
meines Aufenthalts, als daß er sie vermehrt hätte, indem er zur Hälfte
mit zur Miethe contribuirte. Als mein Bruder mich einmal besuchte,
und nicht gleich den ersten Tag wieder fortgeschickt wurde, mußte ich eine
Scene befürchten und ihn nur schnell wieder auf den Brunsbüttler Ewer
packen. Und ich war doch kein Knabe mehr, ich hatte sieben Jahre in
öffentlichen Geschäften zugebracht und mir das rühmlichste Zeugniß er=
worben; es war nicht zu befürchten, daß ich, leichtsinnig über die Zukunft
weggaukelnd, die wenigen Mittel, die ich besaß, vergeuden würde. Ueber
mein Verhältniß zu Elise mußte ich mir die unwürdigsten Sticheleien
gefallen lassen; besonders ein Auftritt ist mir noch im Gedächtniß.
Janinschy, Alberti und ich waren an einem Sonntag bei der Doctorin.
Ein hübsches Fruchtkörbchen stand auf dem Tisch. „Dies — sagte sie —
verehre ich demjenigen von Ihnen, der sich zuerst verheirathet. Für
Hebbel — setzte sie mit einem stechenden Blick auf mich hinzu — nehme
ich eine Parthie aus." Kann man roher zufahren? Und ist es ein
Wunder, wenn solch ein Dolch in meinem Herzen gerade den Punkt traf,
wo die Freundschaft saß? Ich weiß es voraus, man wird mich undankbar
schelten. Ich bin's nicht. Aber freilich bin ich dankbarer für die Wohl=
thaten, die meinem Geist, als für die, die meinem Körper erzeigt
werden. Ich bin Uhland dankbarer, als all den Leuten, die mir hin
und wieder zu essen gaben. Ich glaube, da ich eine Fülle des Lebens
in mir fühle, ein Recht auf die Bedingnisse zu haben, unter welchen ich mich
entwickeln kann. Ich sehe eine Härte des Schicksals darin, daß es mir so
Manches versagte, dessen ich bedurfte; ich sehe (es ist möglich) vielleicht eine
bloße Genugthuung des Schicksals darin, wenn es mir jetzt Allerlei zu=
wirft, was ich längst hätte haben sollen; ich denke vielleicht: durch die
Wunde habe ich den Balsam verdient, und taxire den Balsam nicht so
sehr, wie Andere, die ihn nicht verdient haben. Ich will die obige
Schilderung nicht fortsetzen, da jetzt Alberti mit seinen Ränken hervor=
trat und Alles bis zu einem Punkt verwirrte, wo nach dem Mein und
Dein nicht weiter gefragt werden kann, weil die Antwort unmöglich ist.

(Später die Fortsetzung. Heute kann ich nicht mehr.)

Den 19. October.

Heute Abend troß aller Trübseligkeiten doch einmal wieder eine
schöne, erhebende Stunde. Ich ging auf den Kielfang. Die stille,
schweigende Stunde; die säuselnden Bäume rund umher; die ruhenden
Schiffe im Hafen, auf denen hie und da ein Hund bellte und ein Lichtlein brannte; in der Ferne die Lichter an der hannöver'schen Gränze
und darüber der ernste Nachthimmel, an dem der Mond, bald von den
Wolken bedeckt, bald klar hervortretend, langsam hinwandelte; Alles
dieses machte auf mich einen unsäglich linden, versöhnenden Eindruck,
so daß ich mich auf eine Bank setzte und die Hände unwillkürlich zum
Gebet faltete. Gedanken, die ich hatte:

Der Mensch lebt zwar aus sich selbst, aber nur die äußeren Eindrücke geben ihm das Bewußtseyn seines Lebens.

Die Wolken wollen den Mond verdunkeln; er rächt sich an ihnen
dadurch, daß er sie versilbert.

Das ist der ärgste Fluch, daß das Leben uns den Haß aufbringt.
Es giebt Stunden (heut Abend hatt' ich eine), wo man den Haß für
unmöglich hält.

Es ist gar nicht möglich, daß die Ideen von Gott und
Unsterblichkeit Irrthümer sind. Wäre das, so überwöge ja der Wahn
reell alle Wahrheit, und das ist eine Ungereimtheit. Wir können jene
Ideen nicht beweisen, wie wir uns selbst nicht beweisen können; jene
Ideen sind eben wir selbst, und kein Wesen kann die Fähigkeit besitzen,
seine eigene Möglichkeit zu deduciren. Vom Geist zur Materie ist
ein Schritt; von der Materie zum Geist aber ein Sprung. Wir
könnten die Unsterblichkeit gewiß beweisen, wenn wir nicht selbst un-
sterblich wären.

Schillers Poesie thut immer erst einen Schritt über die Natur
hinaus und sehnt sich dann nach ihr zurück.

Gestern eine kleine Novelle: Matteo angefangen. Daß mir auch
doch so gar keine Freude aus meinen Arbeiten quillt! Die Idee zu
dieser Novelle ist doch wirklich originell und schön und ich kann sie ausführen, wenn ich will, aber der Gedanke, wozu? lähmt mir die Hand
und vereis't mir die Seele. Das können die guten Leute, die eine „Idee"
haben, sobald ihnen eine Speculation, die einen Buchhändler ködern

könnte, einfällt, gewiß nicht begreifen. O, ihr Armseligen, die ihr mit eurem „Fleiß" täglich sechs Bogen voll schmiert, weil das 6 Louisd'or einbringt, und die ihr für euren Koth doch noch in meiner Seele einen goldenen Rahmen verlangt! Wir stehen einander so fern, daß wir uns gegenseitig nicht einmal erkennen können.*)

Wie die Natur die Dinge äußerlich gestaltet, soll die Kunst sie innerlich entfalten und beleuchten. Sie soll die in allem Existirenden wohnenden Geister verkörpern. Was ist der Schlüssel zur Blume? Die Sonne am Himmel.

Novalis hatte die wunderliche Idee, weil die ganze Welt poetisch auf ihn wirkte, die ganze Welt zum Gegenstand seiner Poesie zu machen. Es ist ungefähr ebenso, als wenn das menschliche Herz, das sein Verhältniß zum Körper fühlt, diesen ganzen Körper einsaugen wollte. Jean Paul nennt Novalis mit Recht einen poetischen Nihilisten; Menzel in seiner Literaturgeschichte weiß ihn nicht genug zu erheben.

Sowie du um eine Freude reicher bist, ist der Baum des Lebens für dich um eine ärmer.

Wäre nur irgend Etwas ganz erklärt, so wäre Alles erklärt.

Das Spielen mit mythologischen Beziehungen bei modernen Dichtern heißt Armuth hinter scheinbarem Reichthum verstecken. Die Götter der Alten werden zu schnöden Verzierungen gemißbraucht.

Ein Gedicht soll seine ganze Atmosphäre mitbringen.

Die Schranke der Creatur ist die Freiheit der Natur.

Die Natur giebt allen Geschöpfen etwas mehr und etwas weniger, als sie brauchen. Mit diesem Mehr dienen sie dem großen Ganzen und verketten sich dadurch mit ihm; dies Weniger bietet ihnen die Welt. Darauf ist der Kreis des Lebens fundamentirt.

Der Arme, der sich ganz von unten herauf arbeiten muß, wird, wenn wirklich etwas Bedeutendes in ihm liegt, wohl immer undankbar gescholten werden. Denn, er hat eine Legion von Wohlthätern und begegnet auf jedem Schritt Einem, der von ihm verlangt, daß er sich bücken soll; stets krumm zu gehen, ist aber doch keinem Menschen möglich.

---

*) Aehnlich spricht sich Heinrich von Kleist in einem seiner Briefe aus.

Das Höchste soll man lieben. Wenn nun Einer selbst das Höchste ist?

Der Mensch sucht den Frieden; plötzlich springt dieser ihm entgegen, schließt ihn in die Arme und — löscht im Grabe sein Leben aus. (Schlecht ausgedrückt.)

Besser so: Du suchst den Frieden; er hat sich versteckt, aber plötzlich springt er dir, wo du es nicht vermuthest, entgegen und schließt dich für immer in die Arme.

Ein Keim ward von dem Fuß zertreten und beklagte sich. Aber, der Fuß hatte ihn zugleich mit Erde bedeckt und nun ward er Baum.

Form ist Gränze und zwar doppelte Gränze, des Theils und des Ganzen, und wiederum sowohl nach innen, als nach außen. Form entspringt aus der Ausdehnungskraft des Theils, gegenüber der Ausdehnungskraft des Ganzen; sie bezeichnet den Punct, wo Beide einander neutralisiren.

Den 28. October 1839.

Ich habe es mir jetzt zum Gesetz gemacht, den Gedanken, den ich gestern hatte, heute nicht zu verarbeiten, sondern von jedem Tage etwas Neues zu verlangen, d. h. zu der Aufgabe, die er mir bringt, auch die geistigen Mittel, sie zu erfüllen. Es geht recht gut so; das Gegentheil führt zur Bequemlichkeit, zur Erschlaffung.

Novellen von Steffens. In ihm ist eigentlich schon die jüngste Generation mit ihren Raffinements und ihrer Sucht nach Pikantheit vorgebildet. Herrliche Beschreibungen, treffliche Gedankenreihen, glänzende Bilder fehlen ihm nicht, aber die poetische Schöpfungskraft ist gering; dies thut sich schon dadurch kund, daß er Alles gern bis zum Aeußersten treibt, ehe er es darstellt; so muß z. E. Walseth scheintobt im Sarge liegen, als das Mädchen ihm ihre Liebe erklärt u. s. w. Ganz ekelhaft ist der Corse, der sich gegen Paoli selbst anklagt, auch keine Spur von Natur, man glaubt, Theodor Körner zu lesen. Es ist keines Menschen Pflicht, dem äußern Gesetz gegenüber förmlich als Kläger gegen sich selbst aufzutreten; wenn er nicht verhehlt, was er gethan hat, wenn er es einfach und gelassen erzählt, so kann er abwarten, was ihm nun geschehen wird; thut derjenige, der das Gesetz repräsentirt, nicht was er thun soll, so fällt das ganze Vergehen auf ihn und der Andere ist frei. Es

12

ist, als wollte Einer, der keinen Henker findet, sich selbst den Strick um den Hals legen; das mag er thun, sobald die innere Satisfaction es erheischt; es aber noch dazu zu versuchen, wenn er nur das menschliche, nur dasjenige was er zu jeder Zeit in gleicher Lage wiederholen wird und muß, gethan hat, ist lächerlich und anmaßend zugleich. Das soll immer besser werden, als gut; gleichsam, als finge das Große erst an, wo es aufhört, als lägen die Dinge erst jenseits der Dinge, als wäre der Rauch, in den der Diamant, wenn man ihn über seine Kräfte im Feuer peinigt, sich auflöst, mehr als der Diamant. Fragen: geben Speculation und eigentlich geistige Processe ein darstellbares Leben? Gelegentlich einen Aufsatz über Steffens!

Geist haben auch Gespenster, Leben nur Menschen. Sowie ihr also eure poetische Gestalten bloß mit Geist füttert, erzeugt ihr Schatten!

In Erde, Feuer, Luft und Wasser stecken die Keime aller Geschöpfe und Wesen, aber erst die Blume, den Stern, die Wolken, die Sonne u. s. w. bewundern wir.

Ueber den Pfeiler, an den man sich hält, muß man den Boden nicht vergessen, der ihn trägt.

Nach der Seelenwanderung ist es möglich, daß Plato jetzt wieder auf einer Schulbank Prügel bekommt, weil er den Plato nicht versteht.

Der Eigennützigste hält sich für uneigennützig, und dies ist kein häßlicher, sondern ein schöner Zug der menschlichen Natur. Er entspringt zum Theil aus der Verehrung vor der Idee dessen, was man in der Wirklichkeit keineswegs besitzt, zum Theil aus dem richtigen Gefühl, daß Jedes unserer Laster, sowie jede unserer Tugenden nur Stufen zu einem Aeußersten nach unten oder oben sind, nie das Aeußerste selbst.

Als Cäsar den Rubicon überschritt, und die Republik in Gefahr erklärt ward, hätte man, im Vertrauen auf seine Großherzigkeit, ihn selbst zum Dictator, zum Schützer gegen sich selbst ernennen sollen oder vielmehr können. Das wäre eine ganz einzige Stellung in der Geschichte gewesen.

Thränen: Es ist das härteste und kälteste Eis. Und wird von der Glut erzeugt.

Aufgeklärte Juden: in welchem Verhältniß stehen sie zu der Messianischen Idee? Und ohne diese Idee: sind sie noch Juden?

Wunderbar schön ist Julius Mosen's Gedicht: Der Trompeter an der Katzbach.*)

Die Motive vor einer That verwandeln sich meistens während der That und scheinen wenigstens nach der That ganz anders: dies ist ein wichtiger Umstand, den die meisten Dramatiker übersehen.

Das Leben ist vielleicht auch nur ein höchster Begriff, wie Raum und Zeit: es ist die Kategorie der Möglichkeit.

Das Wesen der Form liegt in dem harmonischen Verhältniß des ausgesprochenen Individuellen zu dem vorausgesetzten Allgemeinen.

Man kann in einen Fall kommen, wo man sich vom Leben brauchen läßt, statt es zu brauchen.

Der Natur liegt eine ungeheure, geheimnißvolle Kraft zum Grunde, die in ihren Erzeugnissen keineswegs aufgeht, sondern diese augenscheinlich nur ausstößt, so daß man sie vielleicht eher für geile Sprößlinge, als für echte Manifestationen der treibenden Grundwurzel halten darf; diese Kraft ist daher immer concentrirt, bei jeglichem Act ist sie ganz in Thätigkeit, sie ist in jeder Regung groß und gewaltig, sie kann recht gut sich selbst Grund seyn. Anders verhält es sich mit der Kraft, die in die Menschheit eingeschlossen ist. Diese ist unter die Einzelnen vertheilt, die neben einander herlaufen und sich in den Weg treten, für sie giebt es keine Concentrationsmöglichkeit, und dennoch ist eben Concentration der ewige Gegenstand ihrer Sehnsucht und zeugt in verzweifelter Selbsthülfe Religionen und Staaten.

Eine That ist, wie ein Schuß; er ist nur einer, wenn er trifft. Aus der Ueberlegung geht nie eine That hervor.

Es ist ein großer Unterschied, ob das Wort den Gedanken erzeugt, oder der Gedanke das Wort. Der Witz (der umgekehrte) ist der Vater der neueren Lyrik, wie sie ein Beck repräsentirt. Bei Zinken fällt ihm zunächst der Reim: „sinken" ein, und dann, daß auch Zinken sinken werden. Hiebei kommt aber nichts heraus.

Wo in der Prosa nicht Styl ist, da ist Ausdruck, wo in der sog. Poesie nicht Form ist, da ist Umgränzung und Umschreibung. So sind

---

*) Hebbel hat es fast an derselben Stelle im Tagebuche ganz abgeschrieben und darunter gesetzt: „Dies Gedicht ist unvergänglich".

in Gutzkow's Richard nicht Charactere dargestellt, aber die Contouren von Characteren, die Gränzen, innerhalb deren die Charactere sich bewegen, die Haut ohne das Fleisch.

Zersplitterung: man muß ein Samenkorn nicht in Stücke zerschneiden.

Gutzkow's Savage ist viel besser, als sein Saul. Aber nur, weil er sich das Ziel niedriger gesteckt hat.

Ich sehe in dem höchsten und edelsten des Individuum's nie ein Uebermaaß von Tugend, nur ein Uebermaaß von Vermögen. Was ist Tugend? Ein schöner Name für das einfachste Ding: Gesundheit.

Ich komme auf mein Verhältniß zur Doctorin Sch. zurück. Sie sagte mir einmal, der bisherige Kritiker der Abendzeitung, Herr von Wachsmann, scheine abgegangen zu seyn, dort sey jetzt Gelegenheit für mich, eine literarische Stellung zu gewinnen und mich eines Organs zu bemächtigen, ob es mir recht sey, wenn sie Hell hierüber schreibe. Ich nahm ihr Anerbieten an, dachte aber natürlich an eine Redaction (von der sie mir auch sprach) nicht an eine einfache Mitarbeiterstellung. Es kommt ein Brief von Herrn Theodor Hell, worin er sich freut: „daß ein geistvoller junger Mann in seinen Verein von würdigen Männern mit eintreten wolle." Kein Gedanke an Redaction, ausdrückliche Bemerkung, daß man sich näher kennen lernen und über die Richtungen verständigen müsse, u. d. gl. Die Doctorin schickt mir den Brief, ich will eben essen. Ich lese ihn, werfe ihn auf den Sopha und rufe aus: „das ist also Nichts." Es fällt mir gar nicht ein, daß man die Sache anders betrachten könne. Zwei Tage darauf komme ich zu der Doctorin. Gesellschaft, etwas gemessener Empfang. Als wir allein sind, sagt sie mir, sie habe es mir übel genommen, daß ich nicht gleich nach Empfang des Briefes zu ihr gekommen sey, sie habe sich so über den Brief gefreut, der eröffne mir eine ganze Zukunft, u. d. gl. Ich erwiderte einfach, daß ich die Sache ganz anders betrachte, daß ich nie an der Aufnahme meiner Beiträge in der Abendzeitung gezweifelt, daß ich aber an eine Redaction gedacht habe, daß ich daher weit entfernt gewesen sey, mich über Hell's Brief zu freuen, daß ich ihm jedoch (ich setzte dies aus Respect vor ihren Gründen und um sie nicht auf's Neue zu verletzen hinzu) Beiträge senden und das Uebrige abwarten wolle. Denselben Abend schrieb ich ihr in einem kleinen Billet: „Sie freuten Sich über Hell's Brief und glaubten, daß auch ich mich darüber freuen würde; deßhalb durften Sie mit Recht mein Kommen erwarten. Ich freute mich aber nicht, ich hielt die Sache für abgethan, ich sah' in dem Brief ein höfliches Nichts, ich irrte mich vielleicht, aber ich betrachtete ihn doch so; dies entschuldigt mein Nicht= Kommen." Tags darauf sagte sie mir: sie habe jetzt Nichts mehr auf'm Herzen. Am Sonntag schickte ich ihr ein Exemplar alte Modeblätter zurück, sie fand diese (die höchstens bestäubt seyn konnten und die nach Janinsky's Angabe nur mit Kaffeeflecken beschmutzt, nicht auch zerrissen waren) völlig beschmutzt und zerrissen und schrieb mir, indem sie mir meine Bücher zurücksandte, daß sie sich mit solcher Handlungsweise nicht vertragen könne und mich bitte, ihr ihre Bücher, um sie vor einem ähnlichen Schicksal zu bewahren, baldmöglichst zu remittiren. Dies geschah.

Büchners Danton, von dem ich eben Proben im König lese, ist herrlich. Warum schreib' ich solch' einen Gemeinplatz hin? Um meinem Gefühl genug zu thun.

Was soll die Schranke? Sie soll verhüten, daß ein Ding nicht sein Gegentheil werde. Wenn sie mehr will, so frevelt sie.

Die lyrische Poesie hat etwas Kindliches, die dramatische etwas Männliches, die epische etwas Greisenhaftes.

Grabbe und Büchner: der Eine hat den Riß zur Schöpfung, der Andere die Kraft.

Es gibt Ideenlose Dramen, in denen die Menschen spazieren gehen, und unterwegs das Unglück antreffen.

Der Herbst stellt die Gränzen zwischen Innen und Außen fest, er sondert den Menschen von der Natur und giebt ihm das Gefühl seiner selbst, Winter und Sommer greifen in den Menschen hinein, der Früh= ling lockert sein Fundament auf.

Ein dramatisches Werk, vorgelesen, wirkt wie ein lyrisches.

Göthe's Faust umfaßt alle Geheimnisse der Welt; er kann sie aber nicht anders aussprechen, als wie die Welt selbst sie ausspricht.

Den 19. November 1839.

Die Sache mit der Doctorin Schoppe ist beigelegt und ich habe theils mit Freude, theils mit Schmerz drei Menschen kennen gelernt. Das bestimmte Vorgefühl, daß diese Irrung nicht die letzte gewesen ist, bewegt mich, den ganzen Vorgang auf's Genaueste niederzuschreiben. Gott ist mein Zeuge, daß es der reinsten Wahrheit gemäß geschehen soll. Ich erhielt an jenem Sonntag, dessen ich schon früher gedachte, einen unerhört schnöden Brief von ihr, einen Brief, den sie mir nicht schreiben durfte, wenn ich ihr das kostbarste Kleinod verdorben hätte, also viel weniger jetzt, da es sich um ein Exemplar Modeblätter handelte. Hätte mir irgend ein Anderer solch einen Brief geschrieben, so würde ich das Aeußerste gethan haben; jetzt, in Erwägung meiner großen Verpflich- tungen gegen diese Frau, mäßigte ich mich, und sandte ihr die zurückge- forderten Bücher mit einem kleinen Billet, worin ich sagte: es sey mir unbegreiflich, daß die Modeblätter beschmutzt und zerrissen seyen, sie könnten meines Erachtens höchstens bestäubt seyn, sie behaupte jedoch das Gegentheil, und ich erlaubte mir keineswegs, ihre Angabe zu bezweifeln. In diesen Worten, die ich beeidigen will, liegt doch gewiß nicht, wie sie sich später ausdrückte, ein Lügenstrafen; unsäglich leid thut es mir, daß ich das gedachte Billet nicht abschriftlich zurückbehielt; sie hat es Nie- manden gezeigt, nach Jahnens Angaben nicht einmal ihm, dennoch sagte sie hinter meinem Rücken, ich habe sie eine Lügnerin geheißen, und wagte sogar, es mir später in dem Versöhnungsbrief zu schreiben. Nachdem ich jenes Billet sammt den Büchern abgeschickt hatte, ließ ich die Sache ruhen und sprach mit Niemanden darüber, als mit Wihl und Fräulein Lensing, mit beiden jedoch unter dem Siegel des Geheimnisses; ich hatte mir nicht das Geringste vorzuwerfen und wartete die Zukunft ab. So mogten 14 Tage vergangen seyn, da traf ich Jahnens auf der Straße. Wir machten einen Spaziergang mit einander und kamen auf die Angelegen- heit zu reden. Es schien seine Absicht zu seyn, mich zu einem Schritt zu bestimmen, er erzählte mir, daß die Doctorin fortwährend mit Achtung von mir spreche, daß sie, als ihr mein Bruch mit Campe bekannt ge- worden, ausgerufen habe: „ach, der arme Hebbel, u. d. gl. Dabei sagte er mir ausdrücklich: die Modeblätter seyen nur mit Kaffeeflecken be- schmutzt, keineswegs aber zerrissen gewesen; acht Tage später, als ich ihm diese Aeußerung in Erinnerung brachte, fand er für gut, hinzuzufügen: so viel er wisse; ich mußte dies klein finden, wie manches Andere. (Wie eckelt's mich, fort zu schreiben.) Ich hörte Alles, was er vorbrachte, ruhig an; ich wußte, daß ich Achtung fodern darf, daß sie mir nicht geschenkt wird, ein Ach! konnte noch weniger als ein Gewicht bei mir in die Waage fallen. Abermals vergingen 8 Tage, da kam ich eines Abends zu ihm und ward von ihm mit der Frage empfangen, ob ich vor zwei Tagen der Doctorin und ihrer Mutter im Jungfernstieg begegnet sey und sie angesehen habe, ohne sie zu grüßen. Ich erwiderte: er könne sich es wohl selbst sagen, daß dies nicht geschehen sey; ich sey, wie er wisse, ein gebildeter Mensch, und als solcher keiner Rohheit fähig, am wenigsten einer solchen, die zugleich Feigheit gewesen wäre. Er versetzte: dies Alles habe auch er der Doctorin augenblicklich eingewandt, aber sowohl sie, als ihre Mutter blieben bei ihrer Behauptung. Ich sagte ihm: dies zeige mir, daß die Doctorin mich niemals erkannt habe, es verletze mich auf's Tiefste, es heiße, in mir nicht bloß meine Persönlichkeit, sondern die Menschheit überhaupt, beleidigen. Ich ward sehr heftig, denn das Maaß war gefüllt; er wagte, mir zu sagen: die Doctorin hätte, (nach ihrem Briefe) erwartet, daß ich noch einmal zu ihr gegangen wäre, sie habe mich als ihren Sohn betrachtet u. s. w. Ich antwortete: „nur ein Bube hätte dies thun können, es gäbe eine Gränze in allen Dingen. Ich entschloß mich, ihr über jenes Nichtgrüßen zu schreiben und that's am nächsten Morgen; ich schloß meinen Brief mit den Worten: ich würde in einer Wunde nie eine Aufforderung sehen, sie mir noch durch nachträgliche Gemeinheit zu verdienen. Gleich darauf schrieb sie mir einen langen Brief, des Inhalts: „ich hätte sie eine Lügnerin geheißen, sie habe sich in Bezug auf mich nie Etwas zu Schulden kommen lassen, sie habe von Zahnens gehört, daß Alles Mißverständniß gewesen sey, sie glaube das, denn sie sey ein Mensch und ich sey Einer, sie habe gelitten, sie sey jetzt völlig versöhnt, sie biete mir die Hand u. s. w. Unedel, wie ihr ganzes Benehmen in dieser Sache war auch ihr Brief, sie glaubte, das Geschehene dadurch zu vernichten, daß sie behauptete, es sey nicht geschehen, sie stellte ihre Versöhnung auf Schrauben, ich mußte mich jedoch zufrieden geben, wenn ich die Nachrede, daß ich die mir gereichte Hand verschmäht habe, vermeiden wollte, ich dachte: sie will den Schein retten, und ging ju ihr. Den anderen Tag erfuhr ich von Wihl, daß sie bei Assing Alles entstellt und verdreht, den schändlichen Brief z. B., auf den Alles ankam, mit Stillschweigen übergangen und mich als den Sündenbock hingestellt habe; daß Jahnens in seiner Halt- und Grundlosigkeit ihr Ritter gewesen sey; daß Wihl dagegen (was ich schon halb und halb aus Aeußerungen von Jahnens wußte) mich vertheidigt habe, und auf eine Weise, die seinem Herzen zur höchsten Ehre gereicht. Jahnens und die Schoppe kenne ich nun ganz, und Wihl ist von jetzt an mein Freund.

Den 24. November.

Es ist schlimm, daß man bei Beurtheilung einzelner Handlungen und Aeußerungen eines Menschen immer sein ganzes Wesen in Anschlag bringt.

Es giebt ein geistiges Magnetisiren, wo man dem fremden Geist seine Gedanken und Phantasieen vorschreibt, ohne daß er's ahnt.

Der letzte Zustand ist immer eine Satyre auf die vorhergehenden.

In der Judith zeichne ich die That eines Weibes, also den ärgsten Contrast dies Wollen und Nicht-Können, dies Thun, was doch kein Handeln ist.

Den 25. November.

Ich blätterte eben in einem Band älterer Gedichte von mir, die noch in Dittmarschen entstanden sind, und sich, manchen Besseren zum Trotz, die ich vernichtete, unter meinen Papieren erhalten haben. Dies ist die gräßlichste Art, in die Vergangenheit zurückzublicken, man schaut in's Enge und immer Engere hinein und der Säugling mit dem Zuckerläppchen schließt die Perspektive. Ein Grauen packte mich bei meinen Versen, die doch eine Zeit erlebten, wo ich sie nicht bloß machte, sondern wo sie mir auch gefielen. Würden mir jetzt dergleichen Sachen vorgelegt, so würde ich auf völlige Impotenz des Verfassers schließen; mit Unrecht, denn ich bin doch zu Etwas gekommen.

Die neueren Lyriker suchen das Gemüth topographisch auszubeuten.

Die Poesie ist die Schminke des Lebens, die Kunst, uns über unsere Armuth zu täuschen.

Den 19. November.*)

Heute Nachmittag lag ich auf dem Sopha und las Hoffman's Elixire des Teufels. Mein kleines Hündchen lag bei mir, sein Köpfchen auf meine Füße legend; es schlief und träumte, wurden die Träume zu ängstlich, so weckte ich es durch Streicheln. Dabei kam mir mein Gedicht: stillstes Leben, das mir immer nicht fertig schien, in den Sinn, und ich ahnte den Schluß.

Den 23. November 1839.

Heute Vormittag bei Assing einen Besuch gemacht. Ich hätte es nicht gethan, wäre die Doctorin nicht so krank geworden; aus den Gründen, weil man vor 8 Jahren meine Einführung abgelehnt hatte und weil ich den Anschein vermeiden wollte, als sey meine Absicht, Assing für seine ärztlichen Bemühungen mit Höflichkeiten zu bezahlen. Jetzt ist's natürlich ein Anderes. Er ist ein vortrefflicher Mann, der gleich, wie ich ihn kennen lernte, den wohlthätigsten Eindruck auf mich machte. Die Kinder sind gebildet, aber affectirt dabei. Das Gespräch kam auf Gutzkow's Stücke. Gedanken von mir: Steigerung ist die Lebensform der Kunst. — Es ist natürlich, daß ein Mensch nicht wie ein Blatt in den Lüften herum segeln, daß er den Stamm, auf dem er wuchs, kennen lernen will; die Idee, (daß Richard seine Mutter sucht) ist daher allgemein menschlich, aber die Ausführung ist rein novellenartig. Ein Factum, keine Handlung. Frage: darf man denn unter gewissen Umständen seine Mutter nicht verachten? Wenn die Lady ihren Sohn so empfieng, so hatte er, statt des früheren Schmerzes, seine Mutter nicht zu kennen, jetzt den größeren, sie zu kennen, und mußte sich in stolzer Entsagung zurückziehen; daß er nach einem solchen Empfang dies nicht that, rechtfertigt das Benehmen der Lady vollkommen. So, wie ich es andeutete, aufgefaßt, daß im Finden der Fluch liegt, und dann eine höhere Ausgleichung herbeigeführt: das wäre groß gewesen. Nun ist's ein bloßes Abspeisen! Dies Pochen auf die papiernen Documente, der Natur in der Lady gegenüber. Die höhere Ausgleichung wäre so herbeizuführen gewesen. Der Sohn zeichnet sich aus, so sehr, daß die Mutter ihn verehren und suchen muß.

Schmerz und Freude sind weniger, als sie bedeuten. Der Schmerz

---

*) Die kurze Versetzung einiger Daten ist nach dem Original beibehalten worden.

ist ein Vorempfinden unendlicher Qual, die Freude ein Ahnen über=
schwenglicher Wonne. Die Möglichkeit des Schmerzes deutet auf ein
tiefes Mysterium in der Natur.

Das Auge ist der Punkt, in welchem Seele und Körper sich vermischen.

Den 23. November.

Gestern Abend durch Sturm und Nacht der Gang über den Wall.
Auf der Lombardsbrücke stand ich, unter mir die schwarze, brausende
Alster, vor mir den von den Lampen des Jungfernstiegs umschriebenen
Lichtkreis und die Feenpalläste im Wasser. Die Schildwache, die mein
Hineinschauen in die Wellen bemerkte, stand auf dem Sprung, mich
zurückzuhalten, falls ich, wie ich Miene zu machen scheinen mogte, hinein=
springen sollte.

Das gemeine Talent, z. B. das Gutzkow'sche, ist der Poesie am
fernsten, wenn es ihr stofflich am nächsten ist.

O, wie beglückt ist, wer das Große schauen kann. Es zieht in seine
eigene Brust ein.

Den 7. December.

Letzter Besuch bei Gutzkow. Doppel Friedrichsd'or Honorar. „Ihm
sey es nicht gegeben, sich im Gespräch so auszuströmen, in seinem Gemüthe
liege das nicht, die Theilnahme habe er doch u. s. w. Ich sagte ihm,
daß ich ihn bei mir zu sehen erwartet habe. „Er treffe seine Freunde
nur Nachmittags um 3, um 5 ziehe er sich schon wieder in sich selbst
zurück, ich werde es ja nicht zu conventionell nehmen u. s. w.“ Bot mir
wieder Bücher zur Recension an, die ich nahm, weil es die ersten von
Bedeutung waren, die mir in der Kritik vorkamen: Chamisso's Leben u. s. w.
Ich blieb nur einen Augenblick, weil er sehr beschäftigt war, und nahm
die feste Ueberzeugung mit mir fort, daß er weiß, wie ich über seine
Dramen denke, und daß er jetzt gegen mich eingenommen ist. Es ist mir
lieb, daß wir uns jetzt kennen, es ist mir aber leid, daß er es von Wihl
erfahren hat, und dies muß er, denn nur Wihl und Assing kennen meine
Urtheile über ihn, und bei Assing war er, wie er mir heute selbst sagte,
vor 8 Wochen zum letzten Mal. Sprach von meinem Rubin, der An=
fang sey sehr frisch, das Ende habe er, der undeutlichen Handschrift wegen,
nicht lesen können, wollt ihn aber doch behalten.

Chamisso's Gedicht: Kreuzigung hätte so schließen müssen, daß der Künstler, als man sich seinem Hause mit der Lorbeerkrone naht, aus seiner Werkstatt hervortritt und Allen den gekreuzigten Jüngling zeigt!

Die Geschichte ist das Bett, das der Strom des Lebens sich selbst gräbt.

Das Gute selbst kann Feind des Guten seyn, die Rose kann die Lilie verdrängen wollen, Beide sind existenzberechtigt aber nur Eins hat Existenz. So entsteht ein Kampf um den Moment, das Ewige muß sich seiner selbst entäußern, um das Zeitliche zu gewinnen, Resignation gilt nicht, denn es heißt auf Wirkung Verzicht leisten und Wirkung ist das Besitzthum der Welt, Wirkung ist der Tribut des Einzelnen ans Allgemeine. Auf diesem Wege kann die höchste Tragödie entstehen.

Sonntag den 15. December.

Endlich einmal wieder eine Scene an der Judith geschrieben. Im momentanen Wahnsinn sagt sie zur Mirza: sag' du mir, was ich seyn soll! Das halt ich für gut. Mehrere Dramen gelesen in diesen Tagen. Sophonisbe von Hake, echt österreichisch. Rom und Carthago, in Butter aufgebraten, ungefähr so, wie ein Tiger, den der Conditor verfertigt, und der auf der Zunge auseinandergeht. Scipio ist ordentlich sentimental. Nero, der Römer, war eine Guillotine des Menschen! Anna Bullen, von Waiblinger. Treffliche Einzelheiten, aber das Ganze ein Luftballon, der fliegt, um zu fliegen. Marggraffs Täubchen von Amsterdam ebenso. Geschichten, Ansätze zu Characteren, aber Alles um Nichts, und wieder Nichts, diese Dichter machen Welten, wie die Kinder Kartenhäuser bauen, es wohnt keine Seele darin.

Selbstmord ist immer Sünde, wenn ihn eine Einzelnheit, nicht das Ganze des Lebens veranlaßt.

Die größte Thorheit ist's gebeugt in's Leben einzutreten. Das Leben ist dem Widerstreben geweiht. Wir sollen uns aufrichten, so hoch wir können, und so lange, bis wir anstoßen.

Als ich in meiner Jugend zum ersten Mal Branntwein trank, hatt' ich ein Gefühl, als ob ich mich in dem Augenblick mit allen Trunkenbolden und Säufern der Welt verbrüderte, ich sah all' die rothen Nasen und aufgedunsenen Gesichter. Dies Gefühl hab' ich noch. Wie lange zögerte ich z. B. auf meiner Reise von München nach Hamburg, trotz

meines brennenden Durstes, aus der Flasche, die ich bei mir trug, ein
wenig Branntwein zu trinken.

Als Grabbe wirklich etwas zu concentriren hatte (im Gotland),
da concentrirte er nicht.

Die zurückgedrängte Thräne fällt glühend und verzehrend in die
Seele zurück, außen ist sie Wasser, innen Feuer.

Den 22. December.

Einen unendlich gütigen, lieben und theilnahmsvollen Brief von
Rousseau's Schwester erhalten, der mich tief gerührt hat. Dabei sein
Portrait, außerordentlich gut getroffen, wie er aussah, wenn er sich ganz
in sein Innerstes versenkte. Das macht mich glücklich. Und mit meiner
Judith geht's herrlich! Das ist aber auch mein Römerzug, mißlingt er,
so ist's aus auf immer!

Wahrheit ist der Punct, wo Glaube und Wissen einander neutralisiren.

Weihnachts-Abend 1839.

Es ist vier Uhr Nachmittags, der Regen sanft, Sonnenstrahlen
fallen hindurch, ein Frühlingswetter. Ich komme eben aus der Stadt
zurück und habe mir Novalis Schriften geholt, Kaffee steht auf meinem
Tisch, die aufgeschlagene Bibel und meine Judith liegen vor mir und seit
drei Jahren zum ersten Mal werd' ich diesen Abend auf eine schöne Weise
feiern. Ich habe ein Gefühl, als hätt' ich ein Recht zur Freude, und
dann bleibt die Freude selbst nicht aus, in meiner Kammer stehen die
Puppen, Nüsse u. s. w. für die beiden kleinen Mädchen im Hause.

Ein paar Stunden später.

Mein eigener Geist hat mir noch schnell ein schönes Weihnachts-
geschenk gemacht, eine Scene an der Judith.

Im Leben darf man den Tod fürchten, nur nicht in der Nähe des
Todes.

Den 26. Dezember. Zweiter Weihnachtstag.

Geister heilen sich am Ende auch homöopathisch; was Einen krank
macht, muß ihn auch wieder gesund machen und die Krankheit ist nur
ein Uebergang zur Gesundheit.

Religion ist die Phantasie der Menschheit, das Vermögen, alle
Widersprüche nicht aufzuheben, sondern zu verneinen.

Der Geist soll den Körper durch den Gedanken vernichten, der Mensch, der stirbt durch den bloßen Gedanken, zu sterben, hat seine Selbstbefreiung vollendet. Vielleicht gelingt diese Aufgabe in einem höheren Kreise.

Den 30. Dezember.

Man macht es dem Menschen zur Pflicht, daß er versöhnlich seyn soll; ich mögte fragen, wie weit er ein Recht dazu hat. Eine wahre, tiefe Verletzung trifft ja nicht den Einzelnen bloß als Persönlichkeit, sie trifft ihn zugleich als Repräsentanten der allem Menschlichen zu Grunde liegenden Idee, und dieser Idee darf er Nichts vergeben. Wie der Versöhnung mit Gott nach christlichen Begriffen die aufrichtige Beichte und dieser die Erkenntniß der Sünde vorhergehen muß, so gilt dies auch bei Aussöhnung der Individualitäten unter einander. Die Sünde ist eine Todeswunde, die der Mensch sich selbst schlägt, und die nur dadurch, daß er sie sieht, geheilt werden kann. Ich darf meinem Feind die Hand nicht eher reichen, als bis die seinige wieder rein ist; wer Vergebung annimmt, ohne sie zu verdienen, frevelt gegen das Herz, wie man in der Sünde gegen den heiligen Geist am Geist frevelt. Dies ist der äußerste Punkt sittlicher Verderbniß, unheilbar, Knochenfraß, Vernichtung.

Die Lehre der katholischen Kirche, daß die Tugenden der Heiligen als Gnadenschatz den Gläubigen zu Gute kommen, beruht auf einer für das Geistige gezogenen Consequenz des Begriffs vom Eigenthum.

Den 31. Dezember 1839.

Mit etwas größerer Beruhigung, wie sonst, kann ich diesmal den Jahresabschluß machen. Die Rückkehr von München nach Hamburg hat sich als durchaus zweckmäßig erwiesen; ich stehe nicht mehr so isolirt da, ich habe zu Literatur und Gesellschaft ein Verhältniß gefunden und darf mit dem Erfolg, den ich in jedem dieser Kreise fand, sehr zufrieden seyn. An Gedichten sind 24 entstanden, darunter das Scheidelied: Sonne und Erde, und das Vater Unser. In den Telegraphen gab ich: ein Gemälde von München, das meinen eigenen Beifall, den es nicht hat, entbehren kann, da es den des Publicums erhielt; Recensionen über Gedichte von Blasing; Socrates von Heinsius; Emmerich Tököly,

Dramen; Wissenschaft und Universität von Biedermann; die Dramatiker der Jetztzeit von Wienbarg; Gedichte von Wilhelm Zimmermann u. s. w.; außerdem einen mittelmäßigen Aufsatz über Literatur und Kunst für die Probeblätter und jenen Artikel, der Gutzkow von dem schnöden Verdacht, der Uebersetzer seines eigenen Savage zu seyn, reinigt. Ich glaube, den Besten jener Recensionen außer ihrer Aufrichtigkeit und dem Ernste, in dem sie wurzeln, einige Selbständigkeit zusprechen zu dürfen, Selbständigkeit in dem Sinne, daß sie einen nicht blos relativen, sondern einen von den beurtheilten Schriften unabhängigen inneren Werth besitzen. Der Artikel über Gutzkow führte meinen Bruch mit Wilhelm Hocker herbei und zeigte mir diesen Menschen, der vor Jahren durch die Doctorin an mich gekittet wurde, in einer bodenlosen Niedrigkeit. Als Hauptwerk muß ich die Judith betrachten, von der jetzt zwei Acte fertig sind, und die in mir fast in's Kleinste hinein vollendet ist. Diese Tragödie hat mir Freudigkeit und Muth gegeben; sie ist der erste Faden des in mir liegenden Höchsten, der sich abwickeln ließ, meine Zukunft steht jetzt vor mir, wie eine neue Welt, die ich erobern soll. Soweit von den Productionen, nun zu den Verhältnissen. Von Tieck, dem ich noch von München aus meinen Schnok sandte, empfing ich einen Brief, der vielleicht das Fundament einer näheren Verbindung werden kann. Ich habe ihm noch nicht geantwortet und will es erst thun, wenn ich ihm, als Direktor des Theaters in Dresden, mein Stück übersende. Mit Gutzkow und Wihl machte Jahnens mich in der Conditorei bekannt. Wihl bin ich so nah gekommen, als man der Schwäche, die sich für stark hält, kommen kann. Ich bin gewiß sein Freund und glaube, sein Herz nicht hoch genug schätzen zu können; seine Kenntnisse scheinen ausgedehnt zu seyn und sein Wille ist gut, sein Talent ist jedoch geringfügig und seine Eitelkeit unbändig. Gutzkow näherte sich mir Anfangs und mag auf Subordination gerechnet haben; leider bin ich noch immer nicht so weit, mich gleich im ersten Moment stellen zu können, ich mache keine Zugeständnisse, aber ich lasse Manches passiren; auch ist das Gegentheil schwer, wo nicht unmöglich, da bei der ersten Berührung, wenn sie nicht eine entschieden feindliche ist, ja nur das Allgemeinste, nicht das Besondere, hervortritt. Der Ton, der in: Götter, Helden und Don Quixote herrscht, ist ein würdiger, mit dem Meisten, was ausgesprochen wird, kann man sich befreunden; der Blasedow ist in der Idee bedeutend und die Ausführung im ersten und zweiten Band ist gut, theilweise sogar sehr gut; beide Bücher hatte ich noch in München gelesen, das erste hatte mich auf Selbstverständigung und daraus hervorgegangene Sinnesänderung, das zweite auf mögliche höhere Entwicklungen und Progressionen] eines in der Wally und den Novellen von mir verachteten poetischen Talents schließen lassen. Bedenklich war es mir freilich gleich, als ich bei meiner Ankunft von Shakespeare'schen Tragödien hören mußte, die Gutzkow geschaffen haben sollte, doch wäre es vermessen gewesen, Hervorbringungen, die ich nicht kannte, a priori zu verurtheilen und ich ließ die Sache dahingestellt seyn. Gutzkow reiste nach Frankfurt ab und wir schieden als Freunde; er bat mich, ihm zu schreiben, was ich nicht sowohl unterließ, als es unterblieb. Meine Krankheit trat ein; gleich nach derselben erschien die Recension über Wienbarg, die den Dramatiker Uhland in seine Rechte einführt; Gutzkow kam wieder, wir trafen uns auf meinen Wunsch im Tivoli=Theater, er sprach seine Verwunderung darüber aus, daß ich Uhland als Dramatiker gelten lasse, wir disputirten, es wurde Nichts ausgemacht, da er nicht kämpft, sondern ohne Weiteres mit dem Arm, der ihm noch nicht abgehauen ist, die Siegestrompete hält und sie lustig bläst. Mittlerweile hatte ich seinen Saul und seinen Savage kennen gelernt und mich überzeugt, daß es Gutzkow in den Dramen geht, wie im Roman; die Ideen sind allerdings gewichtig, aber das poetische Talent ist ihnen nicht gewachsen, und so ist es, als ob Kornsäcke auf der Kaffeemühle durch= gemahlen werden sollten. Als Kritiker hatte ich, als ich Gutzkow persönlich nahe kam, angefangen, ihn für Einen zu halten, der, wenn die Wahrheit auch nicht seine Natur ist, die Wahrheit doch seiner Natur vindiciren mögte; aber er widerlegte mich siegreichst, daß ich mich schämte; einen Lump nach dem anderen setzte er auf den Thron und verfuhr, als ob nicht Kunst und Wissenschaft, sondern als ob sein eigenes Ich das Herz der Literatur wäre. Ich theilte Wihl diese meine Urtheile mit; er stimmte mir in Bezug auf Gutzkow, den Kritiker, völlig bei, den Dramatiker wollte er anfangs nicht fallen lassen, später sprach er sich dahin aus, daß Gutzkow's Dramen doch specifisch höher ständen, als Raupach's dichterisches Geschmeiß, dies hatte ich nie bestritten. Ich glaube, daß Gutzkow durch Wihl weiß, wie ich über ihn denke; es ist mir lieb, ob=

gleich es mir leid thut, daß er es durch Wihl erfahren hat. Mit der Doctorin stehe ich wieder gut; der Bruch war vielleicht nothwendig, damit wir uns gegenseitig über die Grenzen verständigten; einige Dienste, die ich ihr in der Angelegenheit ihres Sohnes leisten konnte, haben ihr hoffentlich gezeigt, daß ich den Dank, den ich in Worten nicht aussprechen mag, mit Freuden durch Thaten an den Tag lege. Zahnens ist ein Problem der Achtung, ein Mensch, wie Wasser, ohne Form und ohne Brauchbarkeit für Kunst und Leben, ein solcher, der Einem gewissermaßen an den Fingern sitzen bleibt, wenn man ihn anfaßt und der, man erwarte nun im Guten oder Schlimmen Consequenz von ihm, jedesmal täuscht. Ich darf so über ihn sprechen, denn ich habe ihm meine Freundschaft geschenkt bis zu dem Moment, wo mir seine völlige Unfähigkeit, für irgend ein Verhältniß den nöthigen Einschlag herzugeben, klar ward. Er dauert mich und ich wollte, daß ich ihn reich machen könnte. Elise Lensing (ich schreibe ihren Namen deshalb ganz aus, weil ich mir bewußt bin, ihrer in meinem Tagebuche noch niemals so gedacht zu haben, wie sie es verdient) ist mein guter Genius, und daß die Doctorin, die mich in ihr Haus brachte, auf das Geschwätz niederträchtiger Waschweiber hin dies edle Wesen so grausam verläumden konnte, ist die Sünde, die ich ihr am schwersten vergebe. . . . .

. . . .

Du bist mir heilig, aber das Heilige reizt ebenso oft zur Empörung, als es zur Anbetung zwingt. In deinem Namen schließe ich das Jahr! — Die sieben Nächte, die sie in meiner Krankheit bei mir wachte!

1840.

Nächstes Jahrzehnt, voll Entscheidung bist du für mich; was wirst du mir bringen? Den Ruhm oder das Grab?

Der Erste, der den Tod nicht fürchtet, nicht an ihn glaubt, wird nicht sterben. Unser Glaube, unsere Furcht und unsere Hoffnung ist das Band, wodurch wir mit den unsichtbaren Dingen zusammenhängen.

Der Schlaf ist das Siegel, das eine höhere Hand auf ein Wesen drückt.

Große Menschen werden immer Egoisten heißen. Ihr Ich ver=schlingt alle anderen Individualitäten, die ihm nahe kommen, und diese halten nur das Natürliche und Unvermeidliche, das einfach aus dem Kraftverhältniß hervorgeht, für Absicht.

Und wenn das reine Gemüth liebt, was es nicht lieben soll: kann es denn diese unfreiwillige Sünde nicht dadurch schön und herrlich büßen, daß es auf das Ersehnteste freien Verzicht leistet?

Es giebt aber im ganzen Lauf der Zeiten für jede Sünde nur Einen Moment der Buße. Dies ist derjenige, wo wir noch im Genuß der Sünde sind. Lassen wir ihn vorübergehen, so ist keine Reinigung mehr möglich, wir sind aussätzig für immer. Viele glauben die Sünde zu hassen, weil sie den Aussatz der Sünde hassen.

Den 3. Januar.

Wegen meiner Judith befinde ich mich jetzt in einer innern Ver=legenheit. Die Judith der Bibel kann ich nicht brauchen. Dort ist

15*

Judith eine Wittwe, die den Holofernes durch List und Schlauheit in's Netz lockt; sie freut sich, als sie seinen Kopf im Sack hat und singt und jubelt vor und mit ganz Israel drei Monde lang. Das ist gemein; eine solche Natur ist ihres Erfolgs gar nicht würdig, Thaten der Art dürfen der Begeisterung, die sich später durch sich selbst gestraft fühlt, gelingen, aber nicht der Verschlagenheit, die in ihrem Glück ihr Verdienst sieht. Meine Judith wird durch ihre That paralysirt; sie erstarrt vor der Möglichkeit, einen Sohn des Holofernes zu gebären; es wird ihr klar, daß sie über die Gränzen hinausgegangen ist, daß sie mindestens das Rechte aus unrechten Gründen gethan hat. Aber nun der Entschluß zur That! Nur aus einer jungfräulichen Seele kann ein Muth hervorgehen, der sich dem Ungeheuersten gewachsen fühlt; dies liegt in der Ueberzeugung des menschlichen Gemüths, in dem übereinstimmenden Glauben der Völker, in den Zeugnißen der Geschichte. Die Wittwe muß daher gestrichen werden. Aber — eine jungfräuliche Seele kann Alles opfern, nur nicht sich selbst, denn mit ihrer Reinheit fällt das Fundament ihrer Kraft, sie kann die Zinsen ihrer Unschuld nicht mehr haben, sobald sie ihre Unschuld selbst verlor. Ich habe jetzt die Judith zwischen Weib und Jungfrau in die Mitte gestellt und ihre That so allerdings motivirt; es frägt sich nur, ob Judith nicht hiedurch ihre symbolische Bedeutung verliert, ob sie nicht zur bloßen Exegese eines dunkeln Menschen-Charakters herabsinkt.

Man macht an das Große und Schöne unbewußt immer den Anspruch, daß es nicht bloß da seyn, daß es auch zeugen und sein Gegentheil aufheben, vernichten, in etwas ihm Analoges verwandeln soll. Man knüpft seine Existenz immer an seinen Sieg, da es doch, als etwas rein Innerliches, genug gethan hat, wenn es dem rohen Andrang der Welt gegenüber sich selbst zu entfalten und zu behaupten wußte.

Wenn die alte Welt zum Jupiter betete, so mußte unser Gott erhören. Lieben heißt, in dem Andern sich selbst erobern.

Brief an Fräulein Rousseau vom 2. Januar 1840.

„Welch' hohen Werth hat das Bild eines Freundes überhaupt; einen wie viel höheren das Bild eines geliebten Todten. Der Mensch bedarf zur vollständigen Entfaltung des Innern immer des Aeußern;

was wir uns blos vorstellen (und wär's ein Mensch) ist ein Theil unserer selbst und hat seine Gränze. Es unterscheidet sich kaum noch von einem Erzeugniß der Phantasie und wirkt nicht mehr frei und bestimmt.

Ein Bild dagegen lebt ein selbständiges Leben, es spricht mit seiner stummen Sprache in alle Seelenzustände und geistige Erlebniße hinein, es giebt soweit einen Ersatz, als das durchaus unersetzliche ihn haben kann." Ich sage oft zum Leben: gieb mir nicht so viel, damit du mir nicht so viel nehmen kannst.

Gott ist das Gewissen der Natur.

Viele Menschen sind, wie schmutziges Eis. Sie thauen auf und bilden sich ein, nun seyen sie rein! Aber, der Schmutz liegt unten.

Der Mensch dachte sich sein eigenes Gegentheil; da hatte er seinen Gott.

Nur auf dem Wasser denkt man an die Erde, nicht, so lange man sie unter den Füßen hat.

Das Dumme scheint viel geistreicher, als das Gescheidte. Denn dieses hat Gränzen; Jenes nicht.

Ein Versprechen ist ein Wechsel, den man auf seine eigene Zukunft ausstellt.

Den 28. Januar.

Heute habe ich die letzte Scene meiner Judith vollendet. — — —

Daß die Judith fertig ist, macht mich recht leicht; daß sie auf Jahnens so stark wirkt, ist mir ein gutes Zeichen. Er hat ein sehr richtiges und unbestechliches Gefühl für Poesie. Am meisten freut mich, daß er sie in Form und Inhalt durchaus eigenthümlich fand, daß er in ihr nicht blos einen Triumph meines Geistes über einen widerspenstigen Stoff sieht, sondern einen Triumph der Kunst überhaupt.

Aus einem Brief an Fräulein Rousseau vom 28. Januar 1840.

Das Herbe, Entschiedene, das sich keine Modifikationen gefallen lassen will, das nur im Ganzen oder garnicht genossen werden kann, ist nicht die Speise des jetzigen Publikums. Es giebt jetzt in der Literatur nur Köche, keine Producenten. Gutzkow ist der rechte Mann. Das Genie ist in seiner höchsten Freiheit gebunden, das forcirte Talent

kann, was es soll. Heute ist es satyrisch, morgen sentimental, über=
morgen beides zugleich.

(Ueber die Judith und daß ich so viel von ihr schrieb). Es ist
etwas Seltsames mit einer solchen Production. Erst, wenn sie heraus
ist, fängt sie an, die Seele ganz zu füllen; es ist, als ob sie wieder
hinein wolle. Man hat sie hastig ausgestoßen, wie ein innerlich Ueber=
flüssiges; man möchte sie wieder einziehen, wie ein entbehrtes Noth=
wendiges.

Sogenannte Derbheiten, warum sind sie in der Poesie erlaubt?
Weil die Unschuld alle Dinge geradezu bezeichnet, und weil die dichte=
rische Begeisterung die höchste Unschuld ist.

Das Volk wird im Fluchen und Schimpfen poetisch.

Elise sagte: sey nicht immer so hart gegen mich; ich fürchte, daß
ich dann aufhören könnte, dich zu lieben! Und mit einer Angst!

Den 7. Februar.

Heute sah ich den ersten Druckbogen meiner Judith. Abends
11 Uhr.

Daß Böses aus Gutem entstehen kann, ist begreiflich: wie aber
Gutes aus Bösem?

> Schmerz ist der Durst nach Wonnen,
> Willst du den Durst verfluchen?
> Er deutet auf den Bronnen,
> Den Bronnen wollt ich suchen.

Den 9. Februar.

Göttlicher Frühlingstag. Gang über den Wall. Sonnenhelle. Gebet!

Etwas zu vorschnell bin ich doch von je her mit dem Verbrennen
meiner Gedichte gewesen. Heute fallen mir mehrere dieser vernichteten
Gedichte wieder ein, die ich noch besitzen mögte. Eins: Vogelleben.
Das Zweite: König's Tod (Romanze, wahrscheinlich im Dithm. Boten
zu finden). Das Dritte: Liebeszauber (Romanze, ein Mädchen geht
zur Hexe, ihr Geliebter folgt ihr ungesehen; er schaut von außen hinein,
die Hexe nimmt allerlei Dinge vor, plötzlich nennt das Mädchen, dem
er sich nie erklärte, seinen Namen und er stürzt zu ihren Füßen). Das

Vierte: der junge König. (Romanze, ein junger Ritter ruft, als der König den Thron besteigt, neidisch aus: durch Kampf hätt' er ihn nie erhalten; da will der König kämpfen und durch diesen edlen Entschluß allein entwaffnet er seinen Feind.

Duften ist Sterben der Blume.

Den 12. Februar.

Heute mit Herrn Radeker und Hauer auf dem Petri=Thurm. Himmlischer Frühlingsmittag. Die Stadt, sich herausschälend aus dem Rauch. Das Glockenspiel: wachet auf, ruft uns die Stimme. Christliche Empfindungen. „Werdet nur Alle gut — dacht' ich — dadurch zwingt ihr Gott, euch glücklich zu machen." Sprach mit Wihl über seine Literatur= geschichte. Ich sagte ihm: das Buch ist Kritik, nicht Geschichte der Literatur; die Kritik versucht sich am Gegebenen, die Geschichte sucht das Nothwendige, oder besser, sie liefert den Beweis, daß Alles nothwendig sey. Auch sprach ich über den von ihm gewählten, oder vielmehr den ihm natürlichen antichristlichen Standpunkt, den ich nicht am Autor ver= missen, im Buch jedoch nicht gern finden möchte, und machte ihn darauf aufmerksam, daß, wenn ein Jude eine von Christen geschaffene Literatur beurtheile, der Stoff nothwendig spröde und widerspenstig sein müsse. Er gab dies Alles zu und freute sich meines Urtheils.

„Es ist doch wohl Etwas Wahres daran" sagt man oft, wenn von einer Verläumdung die Rede ist. Jawohl, aber es ist eine von Hunden zu Fetzen zerrissene Wahrheit.

An Uhland.

Hochverehrter Herr!

Ich bin so frei, Ihnen hierbei ein Exemplar meines ersten dra= matischen Versuchs zu übersenden. Sie wissen aus meinen früheren Briefen, in welch' einem innigen Verhältniß Sie zu meiner geistigen und poetischen Ausbildung stehen, und wie unbedingt die Verehrung ist, die ich Ihnen zolle; ich könnte Ihnen mißfallen, wenn ich dies Alles noch einmal aussprechen wollte. Sie mögen aber eben hieraus schließen, wie wichtig mir Ihr Urtheil über ein Werk seyn muß, das mir ganz aus Geist und Herzen floß und das ich bei klarer Erkenntniß vieles Tadelnswerthen und Mangelhaften in den Einzelheiten, doch in seiner Totalität nicht für mißlungen halten kann. Sie werden mich daher gewiß nicht zudringlich finden, wenn ich Sie um ein Urtheil über mein Stück ersuche; an einem einfachen Wort von Ihnen, sey es günstig oder nicht, liegt mir mehr, als an einem Trompetentusch der gesammten deutschen Journalistik, den ich, wenn ich nur zu Gegendiensten bereit wäre, leicht hervorrufen könnte. Ich weiß, daß derjenige, der an den Schöpfer von Herzog Ernst und Ludwig dem Baier Dichtungen, die ich in ihrer lauteren Eigenthüm= lichkeit und ihrer großartigen Symbolik durchaus den höchsten dramatischen Erzeugnissen beizähle — eine solche Bitte richtet, sehr viel wagt, auch bin ich auf jeden Ausfall Ihres Urtheils gefaßt, nur nicht auf Ihr Stillschweigen; dieses würde mir unendlich wehe thun.

Den 17. Februar 1840.

Mit vollkommener Hochachtung

Ihr aufrichtigster Verehrer H.*)

An Tieck.

Hochverehrter Herr!

Wenn ich meine hohe Freude über den Empfang ihres Briefs vom 23. Juny vorigen Jahres nicht sogleich aussprach, so werden Sie den Grund leicht errathen haben. Ich mogte Ihnen mit Versicherungen, die sich von selbst verstehen, keinen Ihrer Augenblicke rauben, und je höheren Werth ich darauf legte, daß Sie mich auch für die Zukunft zu einem für mich so ehrenvollen Vertrauen ermunterten, um so weniger konnte ich mich entschließen, Ihnen leere Allgemeinheiten zu schreiben. Nur auf einen Punkt, den Sie, widerlicher Erfahrungen gedenkend, in Ihrem Brief an= regten, hätte ich Ihnen Etwas zu erwidern gehabt; ich hätte Ihnen aus voller Seele zurufen mögen, daß die Verehrung, die ich Ihnen zolle, durch persönliche Rücksichten so wenig verringert, als noch erhöht werden kann, und daß ich, einer schnöden Parthei gegenüber, die ihre Furcht

---

*) Am Rande dieser Brief=Abschrift befindet sich die Bemerkung: „den 29. September 1840. Diesen Brief habe ich ganz, wie er hier steht, mit der Judith an Uhland gesandt. Er hat mir nicht geantwortet. Dies ist der schlagendste Beweis dafür, daß zwischen Jugend und Alter kein Verhältniß möglich ist."

und ihr Zittern hinter eitler Anregung zu verstecken sucht, ewig meinen Stolz darin setzen, ja, meine Pflicht darin sehen werde, einem Mann, der allen Zeiten angehört, so viel an mir liegt, den ihm gebührenden Tribut darzubringen.

Jetzt erlaube ich mir, von dem Vertrauen, zu welchem Sie mich aufforderten, Gebrauch zu machen. Ich habe ein Trauerspiel geschrieben, das ich zur Aufführung zu bringen wünsche, und ich nehme mir die Freiheit, Ihnen ein Exemplar desselben zu übersenden. Ich ersuche Sie um freundliche Vermittelung bei der dortigen Bühne, vor Allem aber bitte ich Sie um Ihr Urtheil, das mir bei diesem Werk, welches mir ganz aus Geist und Herzen floß, und welches ich bei klarer Erkenntniß vieles Tadelnswerthen und Mangelhaften in den Einzelheiten, dennoch in seiner Totalität nicht für mißlungen halten kann, von der höchsten Wichtigkeit ist. Ein einfaches Wort von Ihnen, sey es günstig oder nicht, ist mir mehr, als ein Trompetentusch der gesammten deutschen Journalistik, den ich leicht hervorrufen könnte, wenn ich nur zu Gegendiensten bereit wäre. Eine lyrische Poeterei werden Sie nicht finden; ob ich aber nicht auf der entgegengesetzten Seite zu weit gegangen und in der dramatischen Concentration hie und da zu starr geworden bin, das ist es, was ich von Ihnen zu erfahren wünsche. Ich selbst erlaube mir über mein Stück nur die eine Bemerkung, daß es in sehr kurzer Zeit entstanden ist. Sie werden verzeihen, daß ich mein Trauerspiel, statt es direct bei der Direktion des Theaters einzureichen, an Sie zu schicken wagte; auch werden Sie, wie ich hoffe, mir in Berücksichtigung des Dringlichen einer solchen Angelegenheit eine möglichst balbige Antwort zu Theil werden lassen.

Ich bin

Ihr aufrichtigster Verehrer H.

Den 17. Februar 1840.

Ich sagte zu Wihl, als er mir von Gutzkow's Verirrungen sprach: nur in seinen Verirrungen zeigt er Kraft. Sehr wahr.

Den 4. März.

Erhielt gestern einen an die Schoppe geschriebenen Brief der Stich aus Berlin, voll Begeisterung für mich und meine Judith, zugleich voll

Einsicht in die Dichtung, die mir große Hoffnung zur Aufführung gibt, aber viele Abänderungen verlangt. Diese hab' ich heute unter gräßlichem Kopfweh zu bewerkstelligen versucht, und dabei erfahren, daß es die schwerste Aufgabe ist, etwas Gutes schlecht zu machen.

Abends desselben Tages.

Jahnens hat Lebrun meine Judith mitgetheilt, er war heute bei ihm und sagte mir, Lebrun sey begeistert für mein Stück gewesen, wie die Stich; das sey durch und durch ein Meisterwerk, der Dichter zeichne sich mit Streben seine Bahn vor; wenn er gesund sey, so wolle er Alles dafür thun, daß ꝛc. Ich zeichne dergleichen, bei Gott, nicht aus kleinlicher Eitelkeit auf.

Ich sah Gutzkow's Werner. Trivialeres, Unsittlicheres, gibt es nicht; es ist mir unbegreiflich, wie man, selbst dann, wenn man kein Dichter ist, so Etwas schaffen kann. Eine Armseligkeit sonder Gleichen; Motive, die ich wahnsinnig nennen mögte, wenn der Wahnsinn nicht noch immer einige Poesie mit sich führte, die hier fehlt. Dennoch war mir hie und da wehmüthig zu Muthe, denn Jahnens Bemerkung, daß Gutzkow sich selbst im Werner gezeichnet habe, schien sich mir zu bestätigen, und ein Entsetzen packte mich, als ich mir dachte, eine solche Abirrung von allem Menschlichen könne die Wahrheit eines Individuums seyn. Aber, die Indignation über den aufgeflickten Bettel, der unter der Hülle scheinbarer Versöhnung das niederträchtigste Gift in die Lebensader der Menschheit träufelt, drängte Gedanken der Art zurück, ich war außer mir. Am Schluß des zweiten Acts sah Wihl mich. „Sehen Sie's zum ersten Mal?" „So etwas sollt ich zwei Mal sehen?" — war meine Antwort. Wihl! Gott! Ich konnte nicht anders, so sehr es Wihl, den ich für gut halte, kränken mogte; auch im Gebiet der Kunst giebt es eine Grenze, wo die Toleranz Sünde wird. Wenn ich jemals von jenem versteckten Egoismus, den der Beste nicht ganz aus sich wegläugnen darf, entfernt war, so war es an diesem Abend, denn den Egoismus hätte eine Kümmerlichkeit, die sich kaum auf den Beinen halten konnte, kitzeln müssen, aber ich war dem Weinen nahe. Ich sah auch Gutzkow, er grüßte mich, ich konnte nicht mit ihm sprechen, ich hätte ihm die ärgsten Beleidigungen gesagt! und ich war ihm Mitleid schuldig.

Der Mann weicht dem Stein, der ihn zu zerschmettern droht, und vermauert ihn in sein Gebäude.

Den 6. März.

Heute Abend bei Lebrun, er sagte mir das Schönste über die Judith, und über mein Talent zum dramatischen Dichter; „er könne nur wiederholen, was er Jahnens gesagt habe: es könne seines Erachtens keinen Menschen geben, der durch dies Werk nicht im Tiefsten ergriffen würde." Am meisten freute mich sein Wort: „es ist Alles, selbst im Kleinsten, so durch und durch ausgebildet, daß auch nirgends die Frage: was soll's seyn? entstehen kann. Er wollte eine Wette eingehen, daß auch Tieck so urtheilen werde. — Frage: ich wußte, daß man mich bei Lebrun mit Achtung und Begeisterung aufnehmen würde: wie konnt ich denn so verlegen seyn, wie ein Bettler?

Aus dem Brief an die Stich vom 7. März 1840.

„Die dramatische und theatralische Kunst sind in meinen Augen zwei Nothwendigkeiten, die, obgleich sie aus einem und demselben Bedürfniß entspringen, doch nur in einem Annäherungsverhältniß zu einander stehen und nicht ganz zusammenfallen können. Gar Manches gehört durchaus in die dramatische Dichtung hinein, was bei ihrer theatralischen Verkörperung ebenso nothwendig wegfallen muß, denn die Dichtung ist mehr Natur, die Darstellung mehr Bild, jene empfängt nur ihre letzten und höchsten, diese empfängt alle ihre Gesetze von der Schönheit. Hieraus folgt nun nicht, daß der Dichter sich eigensinnig zurückhalten und sich dadurch um die herrlichste Wirkung bringen soll; es folgt daraus, daß er sein geschaffenes Werk zum Object einer ausgleichenden Procedur machen und in gewissem Sinne eine doppelte Schöpfung versuchen soll. — (Ueber die Hochzeitsnacht.) Die Judith der Bibel ist eine Wittwe; eine Wittwe aber kann nicht mehr empfinden, was meine Judith in dem gegebenen Fall noch empfinden mußte, wenn ich die Dichtung zu ihrem Wende- und Höhepunkt führen wollte; eine Wittwe darf sich zu einem Schritt, dessen Ziel sie kennt, nicht einmal entschließen, wohl aber ein Mädchen, und eine Wittwe, die noch Mädchen ist.

Den 8. März.

So ist die Schoppe. Nachdem sich die Stich für mein Stück interessirt hat, sendet sie ihr, bevor das Berliner Theater noch zu einem Entschluß kam, mit dem meinigen zugleich — das ihrige, ein jämmerliches Rührspiel! Nun ist's mit meiner Sache vorbei, wenn ich anders die Weiber recht kenne. Das Interesse wird zersplittert, was der Stich früher eine Freude war, wird ihr nun eine Last und sie schafft sich Eins, wie das Andere, vom Halse. Dennoch ist's mir Recht, daß die Schoppe sich auch hier für ihre meinetwegen aufgewandte Mühe selbst bezahlt macht. Daß ich dieser Frau so viel verdanke, ist mir gräßlich.

Elise ist krank, ich fürchte, sehr krank! Ich kann mich über so viel Schönes, das diese Zeit mir brachte, nicht freuen, so lange dies dauert. Gott! Sie ist die Letzte, die mir die Welt erträglich macht! Und ich hab' so viel, so unendlich viel gegen sie gut zu machen! Der Gedanke — ich will ihn nicht denken — er könnte mich vernichten! Es ist fürchterlich, daß man so innig mit einander verflochten seyn und doch allein sterben kann. Gnade, Gnade!

. Welch' eine Aufgabe war das gestern für mich (Sonntag) immer, immer an die geliebte Kranke zu denken und der Frau gegenüber zu sitzen, die sie so tödtlich beleidigt hat, die sie vielleicht in ihrem Innern noch immer tödtlich beleidigt! O, die Frau Doctorin Schoppe ahnt nicht, wie sie mit den 200 Thalern wuchert, die sie mir zu meinen Studien verschaffte; sie ahnt nicht, daß sie meinem Herzen für jeden Pfennig einen Blutstropfen entpreßt!

Den 15. März 1840.

Die Doctorin Schoppe hat sich in diesen Tagen nach Elisens Befinden erkundigen lassen und ihr Gelée geschickt, ohne daß ich oder Jahnens von ihrer Krankheit gesprochen hatten. Ich nehme ihr dies hoch auf, denn ich sehe den Beweis darin, daß sie ihre Sünden gegen meine Freundin wenigstens in ihrem Innern nicht mehr fortsetzt und daß sie eine Ausgleichung herbei zu führen wünscht. Ich danke dem Schicksal für eine solche Wendung; die letzten Blätter dieses Tagebuchs müssen zeigen, wie hoch die Gährung in mir gestiegen war; jetzt fühle ich eine Beschwichtigung. Etwas Anderes muß ich leider gleich hinzufügen. Jahnens bringt ihr in der Zeit, daß ich nicht bei ihr kam, die Nachricht, daß er für zwei Bände seiner Erzählungen einen Verleger gefunden habe. Sie wird sichtlich verstört und antwortet ihm, ohne, wie es natürlich gewesen wäre, auch nur mit einem Wort ihm ihre Freude zu bezeigen: „da wird Hebbel sich ärgern!" „Ich sah' wohl — sagte Jahnens — daß sie Dir ein Gefühl unterlegte, was sie selbst hatte." Einerlei; wie kann sie mich so verkennen, um mich einer solchen Armseligkeit fähig zu halten!

Den 18. März.

Mein Geburtstag. Elise schrieb mir von ihrem Bett aus ein Briefchen, das mich unendlich gerührt hat. Niemals kann ich auf Erden Eine wieder finden, die ihr gleicht! Und sie ist krank, sie leidet an der Leber. — Gott, wenn ich Dir irgend Etwas gelte, so stelle sie wieder her! Mir ist furchtbar zu Muthe. —

Den 19. März, Abends 1 Uhr.

Wie glücklich könnt' ich jetzt seyn, wenn Elise nicht so krank wäre! Meine Judith erregt allenthalben, und in den verschiedensten Kreisen Enthusiasmus. Heute Abends bei Loß sagte mir Töpfer: sie hätte ihm Tage lang in den Knochen gelegen und ihm das Selbstschaffen unmöglich gemacht; seit langen Jahren sey das die erste Erscheinung, die ihn im Tiefsten aufgeregt habe. Er las mehrere Scenen daraus; wunderschön! — Ach, Gott wird doch nicht alle Knospen aus meiner Seele hervorlocken, um sie dann auf einmal zu ersticken! Nein, meine theuerste, geliebteste Freundin muß wieder gesund werden!

Den 20. März.

Die Frau Doctorin A. Schoppe, geb. Weise hat, wie Jahnens mir sagte, noch gestern gemeint, es wäre doch besser, wenn ich Jura studirt hätte!

Die Sperlinge können wohl fliegen, aber — sie bringen bloß Stroh zu Nest.

Die Scham, die mancher Sünder empfindet, rechnet er sich für Tugend an.

Scham ist die innere Gränze gegen die Sünde.

Den 19. März.

Mit meiner Judith geht's immer besser. Sie erregt allgemein, und bei den verschiedensten Leuten, Beifall und Enthusiasmus. In eine sonderbare Verlegenheit setzte mich Jahnens gestern Abend. Er fragte mich, ob Ephraim durchaus so seyn müsse, wie er sey; ob Judith nicht auch auf andere Weise zu ihrer That gelangen könne, als durch die Feigheit dieses Menschen. Judith müsse nämlich einen Mann lieben, der ihr fern stehe, auf den sie gar keinen Anspruch habe, zu dem sie ihre Gedanken kaum zu erheben wage. Diesem wolle sie nun sich annähern durch etwas Außerordentliches und fasse den Entschluß, den Holofernes zu tödten. Antwort hierauf: Zugegeben, daß ein solches Motiv möglich sey, so würde die Tragödie, die jetzt in der höchsten Sphäre sich bewegt, dadurch in eine ungleich niedrigere hinabsinken; sie würde ihre nationelle Bedeutung einbüßen, und an characteristischem Werth zum Wenigsten nicht gewinnen. Aber, das Motiv ist auch nicht möglich. Wenn Judith einen Mann liebt, wie kann sie sich dem Holofernes hingeben; wenn sie ihn bewundert, wie kann sie etwas wagen, wovor er zurückschaudert, was er als völlig unbenkbar abweist und abweisen muß. Meine Judith sagt, wenn alle Männer in der Gefahr Nichts sehen, als die Warnung, sie zu vermeiden, dann hat ein Weib das Recht erlangt auf eine große That! Sie sieht also nicht über den Mann, und über sein größeres Recht hinweg. Jene Judith müßte von vorn herein den Sprung über die Schranken hinaus machen. Die meinige ist ein wirkliches Weib, das sich verirrt und dafür gestraft wird; Jene wäre eine Verirrung der Natur selbst, die einen geistigen Hermaphrodit in ihr geschaffen hätte. Das Weib liebt in dem Manne etwas Höheres, das sie zu sich herabziehen will, darum ist ihrer Liebe immer unfreiwillige Bewunderung beigemischt, darum hört die Liebe auf, sobald sie erkennt, daß der Mann unter ihr steht.

Ein Weib, das etwas Außerordentliches thut, um sich von der Ehrfurcht für den Mann zu befreien.

In der Freude ist es ihre Gränze, die uns quält.

Genie ist Intelligenz der Begeisterung.

Aus meinem Begriff der Form folgt sehr viel, und das Verschiedenste. In Bezug auf die Lyrik: das ganze Gefühlsleben ist ein

Regen, das eben herausgehobene Gefühl ist ein von der Sonne beleuchteter Tropfen. Dramatik! Form ist da der Punkt, wo göttliche und menschliche Kraft einander neutralisiren.

Den 2. April.

Wenn Gott dir Glück gibt, so macht er dir eine Vorauszahlung, die du abzahlen sollst! Ich ruf' es mir selbst zu, da ich in dieser Zeit durch die Erfolge meiner Judith wirklich glücklich bin!

Den 2. April.

Heute Gedichte für die Cornelia abgeschrieben: Lebensgeheimniß (1. 2.). Knabentod. Der Blinde. Gruß der Zukunft. Gott an die Schöpfung (Fragm. 1.).

Prophetie, Einwirkung der Gottheit, war nur möglich, als die Welt in ihrem Gange noch nicht ganz entfesselt war.

Ueber Judith. (Brief an Madame Stich vom 3. April 1840.)

Judith und Holofernes sind, obgleich, wenn ich meine Aufgabe löste, wahre Individualitäten, dennoch zugleich die Repräsentanten ihrer Völker. Judith ist der schwindelnde Gipfelpunkt des Judenthums, jenes Volks, welches mit der Gottheit selbst in persönlicher Beziehung zu stehen glaubte; Holofernes ist das sich überstürzende Heidenthum, er faßt in seiner Kraftfülle die letzten Ideen der Geschichte, die Idee der aus dem Schooße der Menschheit zu gebärenden Gottheit, aber er legt seinen Gedanken eine demiurgische Macht bei, er glaubt zu seyn, was er denkt. Judenthum und Heidenthum aber sind wiederum nur Repräsentanten der von Anbeginn in einem unlösbaren Dualismus gespaltenen Menschheit, und so hat der Kampf, in dem die Elemente meiner Tragödie sich gegenseitig an einander zerreiben, die höchste symbolische Bedeutung, obwohl er von der Leidenschaft entzündet und durch die Wallungen des Bluts und die Verirrungen der Sinne zu Ende gebracht wird. Die Erscheinung des Propheten ist gewissermaaßen der Grabmesser des Ganzen; sie deutet auf die Stufe der damaligen Weltentwickelung, sie zeigt, daß das geschaffene Leben noch nicht so weit entfesselt war, um der unmittelbaren Eingriffe der höchsten, göttlichen Macht enthoben zu seyn und sie entbehren zu können. Eine Kritik, die nicht zum Kern meines Werks durchdränge, könnte fragen, wie Judith durch eine That, die Gott durch seinen Propheten verkündigte, und dadurch zur Nothwendigkeit stempelte, in ihrem Gemüth vernichtet werden könne; sie könnte hierin einen Widerspruch erblicken. Aber hier wirkt der Fluch, der auf dem gesammten Geschlecht ruht; der Mensch, wenn er sich auch in der heiligsten Begeisterung der Gottheit zum Opfer weiht, ist nie ein ganz reines Opfer, die Sündengeburt bedingt den Sündentod, und wenn Judith auch in Wahrheit für die Schuld bitter fällt, so fällt sie in ihrem Bewußtseyn doch nur für ihre eigene Schuld. Hieran aber knüpft sich der Schluß des Stücks in seiner unbedingten Nothwendigkeit. Die Waage muß, weil keine irdische Ausgleichung denkbar ist, in beiden Schaalen gleich schweben und der Dichter muß es unentschieden lassen, ob die unsichtbare Hand über den Wolken noch ein Gewicht hinein werfen wird oder nicht!

Die jetzigen Franzosen in ihren literarischen und dichterischen Bestrebungen kommen mir vor, wie Menschen, die einen Rock tragen, der ihnen zu eng wird, und den sie doch nicht los werden können. Nun reißen und zerren sie daran, und wenn irgendwo das Hemd zum Vorschein kommt, so jauchzen sie und schreien: Natur! Natur!

Jeder wendet seine eigene Lebensform (bewußt oder unwillkürlich) auf fremde Lebensentwicklungen an; bei Pflanzen und Steinen sogar geschieht das.

Sonntag den 5. April.

Die letzte Woche war für mich ein wahrer Triumphzug. Lot krönte mich in den Originalien, und der gute Wille, sowie das wahre warme Gefühl, womit es geschah, konnte mich nur angenehm berühren, wenn der Kranz sonst auch nicht von der rechten Hand geflochten war. Gutzkow ersuchte mich in einem freundlich-schmeichelhaften Brief um die Judith; Baison, den ich persönlich nie sah, that es nach ihm und meldete mir, daß Gutzkow meinem Werk die größte Würdigung widerfahren lasse. Mad. Krelinger machte mir die größten Hoffnungen zur Aufführung. Ich bin von Dank gegen Gott erfüllt, fürchte mich aber vor dem Unglück, das auf so viel Glück folgen kann.

Den 6. April.

Es ist kein Compliment für die Menschheit überhaupt, daß einzelne Menschen etwas erschaffen können, was Alle verehren, und auf ewig.

Ein sonderbarer Gedanke kommt mir. Darstellen heißt nachschaffen. Leben packen und formen. Darstellen ist im Gebiet des Geistes vom Wort abhängig. Das Wort finden, heißt also, die Dinge selbst finden!

Das Vorzügliche kann zeugen, denn das ist die Genugthuung für die Vorzüglichkeit.

Ein Mensch, still wie ein Gotteshaus.

Es wäre doch seltsam, wenn nicht Gott die Welt, sondern wenn die Welt Gott geboren hätte.

Den 13. April.

Das echte Idyll entsteht, wenn ein Mensch innerhalb des ihm bestimmten Kreises als glücklich und abgeschlossen dargestellt wird. So lange er sich in diesem Reiche hält, hat das Schicksal keine Macht über ihn.

Tags darauf.

Es ist mir jetzt ausgemacht, daß mein Stück in Berlin nicht aufgeführt wird. Hätte ich nur bald die Entscheidung! Es komme, wie es wolle. Eine Oede und Leerheit in mir, wie seit meiner Abreise aus München nicht mehr! Alles zerbrochen und zerschlagen! Ohne Glück!

Mittags desselben Tags.

Meine Vorrechnung hat mich getäuscht. Die Judith ist in Berlin definitiv angenommen, und wird wahrscheinlich schon in der Mitte May's gespielt. Die Doctorin Schoppe hat mir diese Nachricht auf eine Weise gemeldet, die mir alle Freude verdarb, ja vorwegnahm. Diese Frau scheint die Gränzen, innerhalb deren die Bildung sich in allen Situationen halten muß, nicht zu kennen; wenn sie einen Menschen beleidigt hat, so ist sie weit entfernt, Reue zu fühlen, sie häuft vielmehr Beleidigung auf Beleidigung. Daß sie in Berlin die Hand mit im Spiel gehabt hat, ist mir mehr als widerlich, hat sie ja doch schon vor der Entscheidung gegen Zahneus den ganzen möglichen Erfolg ihrer Empfehlung zugeschrieben. Das Beste ist, daß sie gleich nach meiner Judith ein Stück von sich selbst an die

Mad. Crelinger sandte; dies hat sie doch gewiß auch empfohlen, und wenn es nicht zur Aufführung kommt, so liegt darin der Beweis, daß nicht ihre Empfehlung, sondern mein Talent mir die Bahn gebrochen hat.

Der Londoner verlorne Sohn, von Tieck übersetzt, ob er wirklich von Shakspeare ist? Die Charakterzeichnung ist theilweis vortrefflich, aber das Ganze, der Wendepunkt! Es schließt doch ganz, wie ein gemeines Schauspiel, ein Mensch ohne inneren Halt verspricht in einer Aufwallung, die oft kommt, Besserung und die Probe fehlt. Man kann nicht einmal sagen, daß der Moment seiner beschlossenen Sinnes= änderung am besten gewählt ist; die Rührung erfaßt ihn, als er die Treue seines mißhandelten Weibes erkennt; warum erfaßt sie ihn nicht schon früher, nicht schon damals, als sie, die ihn gar nicht liebt, die von ihrem Vater zur Heirath mit ihm gezwungen ward, in dem Augenblick, wo er in's Gefängniß gebracht werden soll, ihn be= gleitet und aus großartigem Pflichtgefühl Enterbung und Schande der Rückkehr in's Vaterhaus vorzieht? Aus einer sehr frühen Zeit ist das Stück auf jeden Fall, man sieht noch allenthalben die unsichere Hand, die das Wichtigste skizzenhaft abthut und das Ueberflüssige wieder breit ausmalt. Mit Ironie muß Tieck einen solchen Schluß nicht motiviren wollen; allerdings hat die Welt der Kunst nicht die schweren, strengen Gesetze des Lebens, und ein leichtsinniger Hauch, der hindurch weht, ist nicht allein zu entschuldigen, er ist nothwendig; aber es giebt eine Gränze. Ironie darf nicht auf das Geschehende, nur auf die Art, wie es gebraucht und behandelt wird, Einfluß haben!

Ich denke, es ist kein Fehler an meiner Judith, daß man gar nicht erfährt, wie sie ihren Plan gegen Holofernes auszuführen gedenkt. Sie weiß es selbst nicht, sie kann es nicht wissen, aber sie verspricht im Namen Gottes, weil sie sich auf Gott verläßt, und erwartet nur die Gelegenheit.

König David, ein trefflicher Dramenstoff. Erster Akt Saul's Ueberwindung und Tod. Uria's Weib. Absalon. In Erwägung zu ziehen bei mehr Muße.

Nicht was der Mensch ist, nur was er thut, ist sein unverlierbares Eigenthum.

Das Weib im Mann zieht ihn zum Weibe; der Mann im Weibe trotzt dem Mann.

Die Lüge ist ein Mittelding zwischen Seyn und Nichtseyn.

Der Wolf und das Lamm, wer ist besser? Der Wolf fraß das Lamm und sprach: nun bin ich Wolf und Lamm zugleich!

Brief an Mad. Stich vom 23. April.

Meine ganze Tragödie ist darauf basirt, daß in außerordentlichen Weltlagen die Gottheit unmittelbar in den Gang der Ereignisse eingreift und ungeheure Thaten durch Menschen, die sie aus eigenem Antrieb nicht ausführen würden, vollbringen läßt. Eine solche Weltlage war da, als der gewaltige Holofernes das Volk der Verheißung, von dem die Erlösung des ganzen Menschengeschlechtes ausgehen sollte, zu erdrücken drohte. Das Aeußerste trat ein, da kam der Geist über Judith und legte ihr einen Gedanken in die Seele, den sie (darum die Scene mit Ephraim) erst festzuhalten wagt, als sie sieht, daß kein Mann ihn adoptirt, den nun aber auch nicht mehr das bloße Gottesvertrauen, sondern nach der Beschaffenheit der menschlichen Natur, die niemals ganz rein oder ganz unrein ist, zugleich mit die Eitelkeit ausbrütet. Sie kommt zum Holofernes, sie lernt den „ersten und letzten Mann der Erde" kennen, sie fühlt, ohne sich dessen klar bewußt zu werden, daß er der Einzige ist, den sie lieben könnte, sie schaudert, indem er sich in seiner ganzen Größe vor ihr aufrichtet, sie will seine Achtung ertrotzen, und giebt ihr ganzes Geheimniß preis, sie erlangt Nichts dadurch, als daß er, der vorher schon mit ihr spielte, sie nun wirklich erniedrigt, daß er sie höhnend in jedem ihrer Motive mißdeutet, daß er sie endlich zu seiner Beute macht und ruhig einschläft. Jetzt führt sie die That aus, sie führt sie aus auf Gottes Geheiß, aber sie ist sich in dem ungeheuren Moment, der ihr ganzes Ich verwirrt, nur ihrer persönlichen Gründe bewußt; wie der Prophet durch den Samaja, so wird sie durch ihre Magd, durch die einfach-menschliche Betrachtung, die diese anstellt, von ihrer Höhe herabgestürzt; sie zittert, da sie daran erinnert wird, daß sie Mutter werden kann. Es kommt ihr aber auch schon in Bethulien der rechte Gedanke: wenn die That von Gott ausging, so wird er sie vor der Folge schützen und sie nicht gebären lassen; gebiert sie, so muß sie, damit ihr Sohn sich nicht zum Muttermord versucht fühle, sterben, und zwar muß sie durch ihr Volk den Tod finden, da sie sich für ihr Volk als Opfer dahin gab. Das Schwanken und

11*

Zweifeln, worin sie nach ihrer That versinkt, konnte sie allein zur tragi=
schen Heldin machen, auch können und dürfen solche Zweifel gar nicht
ausbleiben, da der Mensch selbst in den Armen eines Gottes nicht auf=
hört, Mensch zu seyn, und da er, sobald der Gott ihn losläßt, augen=
blicklich in die rein menschlichen Verhältnisse zurücktritt und nun vor dem
Unbegreiflichen, was von ihm ausgegangen ist, erbebt, ja erstarrt.

Selbstbeschauung wäre freilich sehr schön, aber man verändert sich,
während man sich beobachtet.

Den 26. April.

Es ist doch sehr schroff von Uhland, daß er mir auf meinen so
bescheidenen Brief, womit ich ihm meine Judith sandte, kein Wort er=
widert. Dem Dichter bleibt lebenslang meine Verehrung, dem Mann
und Charakter meine tiefe Achtung, aber mit seiner Persönlichkeit bin
ich so weit fertig, daß ich zwischen uns Beiden kein Verhältniß mehr für
möglich halte. Dies thut mir weh, denn wer mag sich mit seiner Liebe
abgewiesen sehen.

Nicht bloß in den Handlungen eines Menschen, auch in den Be=
gebenheiten, die ihn treffen, liegt Consequenz und Uebereinstimmung.

Das Herz ist der Magnet der Leiden.

Es ist die Frage, ob die Geschichte eine Wohlthat des Menschen=
geschlechtes ist. Die überlieferten Erfahrungen müssen dem Menschen und
den Völkern nach und nach alle eigenen abschneiden und unmöglich machen,
der Gedanke wird dem Leben nimmermehr zuvorkommen, und alles Seyn
wird sich in Kategorieen verlieren, wenn nicht ein ungeheurer Sturm über
kurz oder lang die einbalsamirte Vergangenheit mit Sand überschüttet.
Es kann und darf von Sterblichen Nichts Unsterbliches ausgehen; auf
Jahrtausende mögen sich die Wirkungen großer Dichter und gewaltiger
Helden erstrecken, aber sie müssen ihr zeitliches Ziel finden, wenn nicht
der lebendige Quell der Schöpfung erstickt werden soll. Shakespeare,
Göthe, Alles weg — ungeheurer, unsäglich vernichtender Gedanke!

Eine Idee, die viel Verlockendes hat, kam mir vor einigen Tagen,
als ich selbst über meine Judith eine hämische Recension ausarbeitete,
und kommt von Zeit zu Zeit wieder. Ich könnte jetzt auf eine eclatante
Weise aus der Welt gehen. Meine Judith hat Lärm gemacht, sie ist

in den Händen vorzüglicher Männer gewesen und hat auch diesen Beifall abgedrungen. Es wäre mir jedoch ein Leichtes, alle 50 Exemplare wieder zusammenzubringen, ich könnte dies thun und die Judith, sammt allem Sonstigen, verbrennen, um dann selbst — Pfui! Es ist schändlich, dies niederzuschreiben, ich habe heilige Pflichten, die sich vielleicht bald noch vermehren und steigern!

„Du bist ja die Häßlichkeit selbst." Ja, aber ich soll die Schönheit gebären.

An Ludwig Tieck. Ich erlaubte mir, Ihnen unter'm 17. Febr. d. J. mein Trauerspiel Judith zu senden. Hoffentlich haben Sie es empfangen. Es thut mir sehr leid, daß ich es Ihnen in seiner ganzen kecken Derbheit und ohne die Veränderungen, die das Theater nothwendig macht, vorgelegt habe, denn vielleicht sind Sie durch die vorkommenden bedenklichen Schilderungen und starken Ausdrücke von Vornherein mit Zweifeln über die Möglichkeit der Darstellung erfüllt worden.

Es muß mir daran liegen, mein Stück auf mehr als ein Theater zu bringen. Ich nehme mir daher die Freiheit, bei Ihnen anzufragen, ob die Dresdener Bühne überall auf dasselbe reflectirt. Wäre dies der Fall, so würde ich sogleich ein abgeändertes Exemplar senden. Dürfte ich über diesen Punkt von Ihrer Güte eine Benachrichtigung in ein Paar Zeilen erwarten?   H.

Ich las Böttcher's Zeitgenossen und Zustände. Anfangs belustigte mich diese Naivetät der Gemeinheit, die da ganz allein da zu seyn glaubt, aber im Verfolg der Lectüre wurde mir doch peinlich zu Muthe. Wenn ich Herder und Wieland Alles verzeihe, was sie gegen Göthe sagten, so kann ich ihnen doch nie verzeihen, daß sie es gegen einen Böttcher sagten.

Allegorie entsteht, wenn der Verstand sich vorlügt, er habe Phantasie.

Der Verstand mag an einem entstehenden Dichtwerk Manches wegnehmen, aber nie darf er etwas hinzuthun.

Das Leben ist ein ewiges Werden. Sich für geworden halten, heißt sich tödten.

An Gutzkow über seinen Saul.

Im Charakter des Saul, vorzüglich in seinem ersten Monolog, liegen die mich am meisten ansprechenden Elemente dieser Dichtung.

Gerecht seyn zu können ist ein Talent.

Dem Egoismus muß der Egoismus an Anderen am scheußlichsten vorkommen, denn an Jedem findet der Egoistische Etwas, was ihm dienen könnte und was Jener festhält.

Auch mit Thaten kann man sich schminken. Wenn der wahre Mensch manches Einzelne durch die Totalität seines Lebens und Wesens zu entschuldigen glaubt, so wähnt der falsche umgekehrt, durch ein löbliches Einzelnes die Schlechtigkeit des Ganzen zu rechtfertigen.

Auch im schlechtesten Menschen bleibt soviel Göttliches, um sich selbst verwesen zu sehen.

Wie weit sind die Charaktere des Dichters objectiv? Soweit der Mensch in seinem Verhältniß zu Gott frei ist. Die Nothwendigkeit der Schöpfung ist die Gränze menschlicher Freiheit.

Das Leben Gottes ist Gefühl. Ein Erkennen ist nicht denkbar für ihn, denn er ist sich selbst durchsichtig.

Das Leben der Meisten ist ein Fliehen aus sich selbst heraus.

Das Leben in reiner, ungemischter Gestalt kann kein Vorwurf künstlerischer Darstellung seyn, denn es ist nicht zu packen; nur das in Bewegung gesetzte.

Das Kind sieht nur die Dinge, nicht den Nexus der Dinge.

Es giebt kein perpetuum mobile, aber auch nicht sein Gegentheil. Wir sehen überhaupt nur Mitteldinge.

Wer die Menschheit auf ihre Grenzen zurückweist, der erwirbt sich ein größeres Verdienst, als wer sie bei ihrem Streben gegen das Unermeßliche unterstützt.

Freude am Daseyn ist das Blut des Daseyns.

Den 20. May.

Eine furchtbare Arbeit habe ich hinter mir. Die Doctorin Schoppe schrieb mir am 4. d. Mts. einen Brief, der Alles, was einem Menschen meiner Art an Beleidigungen jemals zu Theil ward, übertraf. Dieser Brief hätte mich tödten können, und ich habe, als ich ihn empfing, im

Tiefsten erfahren, daß Unschuld und Selbstbewußtseyn keineswegs, wie man wohl zuweilen sagt, dem Gift, das von außen kommt, den Weg zu der Seele verschließen. Anfangs, den ersten Tag, kam es mir vor, als ob ich juristisch gegen die böse Frau auftreten müßte; es ging aber nicht, denn sie hatte mir nicht Injurien, sondern bloß ärgere Dinge, als Injurien, geschrieben. Darauf entschloß ich mich, zu einer bis in's Einzelnste gehenden Auseinandersetzung des seit jeher in den verschiedensten Modificationen zwischen uns bestandenen Verhältnisses und damit bin ich heute fertig geworden. Es ist mir dabei zu Muthe gewesen, als ob ich die vielen rostigen Dolche, die einst in meinem Herzen wühlten, schliffe, um sie noch einmal hinein zu bohren. Die Resultate sind wahrhaft fürchterlich, und folgen so von selbst, ohne Interpretation, aus den Thatsachen, daß ich vor der Frechheit des Weibes, die mir im vorigen Sommer schrieb: sie habe sich gegen mich nicht das Mindeste vorzuwerfen, erstaunen muß. Ich sende ihr mit meiner Darstellung ihren Brief zurück; gebe Gott, daß sie ihn behalte, damit ich des Aeußersten überhoben sey. Es ist mir ja nicht um Rache oder auch nur um einen Sieg über eine solche Natur zu thun; ich will ja nur meine Vergangenheit vor Verläumdungen und meine Zukunft vor Vergiftung sichern.

In die dämmernde, duftende Gefühlswelt des begeisterten Dichters fällt ein Mondenstral des Bewußtseyns, und das, was er beleuchtet, wird Gestalt.

Durch den Dichter allein zieht Gott einen Zins von der Schöpfung, denn nur dieser giebt sie ihm schöner zurück.

Nicht Stillstehen, nicht Fortgehen, nur Bewegung ist der Zweck des Lebens.

Wer doch den wunderbaren Zeugungs- und sich Ernährungsprozeß des Geistes darstellen könnte! Eine Idee erwacht, ein Wort kommt ihr entgegen und schließt sie ein, beide bedingen und beschränken sich gegenseitig. Die Idee ist das frische Leben des Einzelnen, das Wort das abgezogene Leben der Gesammtheit, das feinste Sublimat von Beiden verfliegt aber, indem sie sich berühren, schlägt in den Geist zurück und dient ihm als Speise.

Liebe und Freundschaft der meisten Menschen ist ein Füllen ihrer eigenen Leere mit fremdem Inhalt.

Den 2. Juny.

Einmal wieder den **Wilhelm Meister** gelesen. Seite 204 (im letzten Bande) heißt es: „Mignon fiel mit einem Schrei zu Natalien's Füßen für todt nieder; das liebe Geschöpf war nicht in's Leben zurück= zurufen." Und Seite 456: „Mit welcher Inbrust küßte sie in ihren letzten Augenblicken das Bild des Gekreuzigten, das auf ihren zarten Armen mit vielen hundert Punkten sehr zierlich abgebildet steht." Ein Wider= spruch, der noch von Niemanden bemerkt wurde und der freilich auch wenig bedeutet. Es ist doch ein ganz für sich bestehender, von allen anderen in Form und Inhalt verschiedener Roman! Wenn Novalis ihn „durch und durch prosaisch" nennt, so hat er nur dann ein Recht dazu, wenn ihm die ganze Welt prosaisch dünkt! Wenn Menzel seine Wirkung auf seinen Styl zurückführen will, so ist das so, als ob man die Schön= heit in die Gesichts= und Hautfarbe setzen wollte, die doch ohne die voll= kommenste Gesundheit gar nicht da seyn könnte. Er spiegelt die Ironie des Weltlaufs ab, und wenn ich Etwas zu tadeln fände, so läge es darin, daß Wilhelm, der Erzogene, allein, daß nicht auch die Erzieher Jarno, Lothario, der Albin u. s. w. in steten Widersprüchen herumgeschoben werden.

Heute die natürliche Tochter wieder gelesen. Unendlich ergreifen mich immer diese Verse:

Sie ist dahin für Alle, sie verschwindet
In's Nichts der Asche. Jeder kehret schnell
Den Blick zum Leben und vergißt, im Taumel
Der treibenden Begierden, daß auch sie
Im Reiche der Lebendigen geschwebt!

Das ungeheuerste Weh liegt darin. Ja, geschminkte Asche das Leben und stäubende Asche der Tod, und ein Wirbelwind hinterdrein, der die Asche in jeglicher Gestalt durch's Leere treibt. Das Herz will sprin= gen und der Kopf bersten, wenn man solche Bilder festhält! In die Asche weint vielleicht ein Gott glühende Thränen hinunter, die der Blick auf's Leere ihm anspreßt, und diese Thränen allein geben der Asche ein Gefühl, das sie für Leben hält. Oder, wir sind Thränen, die ein Gott in einen Abgrund hinunterweint. Wenn man einen Todten sieht, so ist es Einem oft, als wäre er die stille, ruhige, abgeschlossene Statue, die das Leben durch unausgesetzte Schläge ausgemeißelt. Hör' auf!

In jedem wahren Gedicht durchdringt sich das Allgemeinste und das Individuellste. Jenes giebt den Gehalt und dieses die Form.

Den 23. Juny, Mittags halb 1 Uhr, reisete Elise mit dem Dampf=schiff Hamburg nach Wittenberge ab.

Menschen, wie G., für groß erklären, heißt den Banquerott der Menschheit erklären.

Im July.

Judith ist Montag, den 6. July, zum ersten und Donnerstag den 9. zum zweiten Mal gegeben worden und hat Beifall gefunden. Ich schreibe dies mit einer Kälte nieder, als ob's mich gar nicht anginge. Immer mehr Eis im Blut!

Die Meisten können so wenig mit dem Großen sympathisiren, wie mit dem Flug des Adlers, oder der Kraft des Elephanten.

Einer dieser Recensenten deutete im Ton des Vorwurfs darauf hin, daß meine Judith nicht, wie die der Bibel, rein sey und bleibe. Daß die Narren doch so oft in der Tugend die Sünde sehen, oder besser, daß sie einem Werke das Fundament, woran es ruht, und allein ruhen kann, zum Vorwurf machen. Nur dadurch wird die That der Judith mensch=lich, daß sie sich selbst rächt, daß sie Mord gegen Mord setzt! Hätte sie nicht ihr Selbst an Holofernes verloren, so würde ihre That durchaus abscheulich seyn!

Sonntag Abend.

Endlich, liebe Elise, könnte auch ein Brief von Dir kommen. Dienstag sind schon volle drei Wochen verstrichen.

Mittwoch, Morgens, den 15. July.

Eben, liebste Elise, habe ich deinen Brief empfangen und gelesen. Er ist so warm und schön, daß er mich im Tiefsten bewegt und ergriffen hat. Gestern Abend spät war er schon angekommen, doch hatte Tina mir ihn nicht geben wollen, damit ich, weil ich mich recht unwohl befand, bald zu Bette gehen mögte. Daß dein Zustand jetzt entschieden ist, kann mich nur freuen; es knüpfe sich daran, was da wolle, das will ertragen seyn und wird ertragen, nun wir das Furchtbarste nicht mehr zu fürchten brauchen. Lieb, sehr lieb ist es mir, daß du über den Erfolg der Judith im Klaren bist. Sie ist, trotz allem Recensenten-Geschwätz, in acht Tagen drei Mal gegeben worden, wird übrigens so wenig von meinen Freunden, wie von Feinden, verstanden. Recht ist es aber nicht, daß du statt drei Wochen sechs ausbleibst!

Freitag.

Vorgestern sandte ich die Judith an die hiesige Direktion ein. Gestern schrieb mir Töpfer, daß sie sehr gefallen habe, und daß mir über die Annahme gewiß in Kurzem Nachricht zugehen würde.

Montag, den 19. July.

Nun ist Judith in Berlin schon vier Mal gegeben. Da das Stück so oft wieder gebracht wird, so muß der Beifall sich jedenfalls gesteigert haben, und Alles steht gut. Heute war ich bei Lotz in Gesellschaft. Ich traf dort einen russischen Professor, Madlerkamp, der auf meine Bekannt= schaft sehr begierig gewesen war, weil er mein Drama gelesen hatte. Er sagte mir, er erinnere sich nicht, je einen solchen Eindruck erlebt zu haben. Ein bescheidener, aber solider und wohlgegründeter junger Mann. Gestern war ich bei Gravenhorsts und langweilte mich entsetzlich; lauter Comtoiristen. Dagegen verlebte ich Sonnabend bei Mad. Hallberg einen sehr vergnügten Tag. Advocat Schütze war da, etwas Pedant, starr, dem aber zur rechten Zeit durch's Reden der Hals zugeht. Zugleich Fräulein Emma Schröder, die mir gefiel, wie noch selten ein Mädchen. Seit dem Tag, daß ich dies liebliche Wesen sah, bin ich, wie im Rausch, voll im Herzen, wie im Kopf. Du wirst dich dessen freuen, wenn ich dir sage, daß ich dem innerlichen Ersticken nah war. Die Welt drängte auf mich ein, wie ein zusammenfallendes Gewölbe; es war ein Flüchten in's Tiefste hinein, ein Schlüpfen und Verstecken in den verborgensten Winkel. Jetzt bin ich wieder frei und es kommt etwas aus mir heraus. Wer Einer ist, wie ich, der hat eigene Lebensbedingungen, er kann nun einmal nicht eine Schema=Existenz führen, er muß nach oben und nach unten greifen und wird freilich oft ein Menschenfresser. Gott hat das so ein=

gerichtet. Auch deine Gesundheit wurde getrunken. Ich brachte die Schröber zu Hause. Gönnst du es mir? Gewiß!

Es ist der fürchterlichste Zustand, wenn Einem der Tod natürlich und das Leben ein Wunder scheint.

Der Gute, der von dem Bösen verlangt, daß er gut werden soll, frage sich doch zuvor, ob er selbst die Fähigkeit hat, böse zu werden. Eins ist so unmöglich, wie das Andere.

Die Aufgabe des glücklichen Menschen ist, sich zu entwickeln; die des unglücklichen, sich zu vernichten. Ganz gewiß!

Sonntag, den 20. July.

Gestern war ich glücklich, strömend-voll. Emma Schröber, welch ein liebliches Mädchen! Die Rose, die sie mir schenkte, berauscht mich noch mit ihrem Duft.

Geh' in die Schlacht und erobre dir die Waffen unterwegs. So ging es mir.

Sonnabend, den 26. July.

Gestern war ich bei Director Schmidt, der mich um persönliche Rücksprache wegen Judith ersucht hatte. Er sprach von hoher Genialität und Originalität, dann kam er darauf, daß das Hamburger Publicum ein mercantilisches sey und als solches sonderbare Ansprüche mache. Ich unterbrach ihn mit der Frage: Sie halten mein Drama also nicht für darstellbar? „Im Gegentheil, wir werden es mit dem größten Vergnügen geben; ich wollte nur u. s. w." Er wünschte, daß ich ihm aus Berlin das Souffleurbuch verschaffen mögte, wozu ich mich erbot. Im Uebrigen wurde ich von dem alten Mann mit der höchsten Achtung behandelt; ein Character, wie Holofernes, meinte er, sey noch nicht da gewesen; ich war mit Vorurtheil gekommen, weil Loß und Töpfer mir die Furcht eingeflößt hatten, daß es sich vielleicht um eine Honorar-Mäckelei handeln würde, aber ich ging völlig zufrieden fort. Von Töpfer erfuhr ich, Schmidt's Sohn habe nach Lesung der Judith geäußert: Gutzkow habe in seinem Leben noch nicht eine einzige solche Scene geschrieben.

Erst vor zwei Tagen bekam ich Görres Buch über die Jungfrau von Orleans. Nun muß ich daran.

Von Graf Redern hatte ich einen Brief, der ziemlich gut lautete. Das Honorar von 20 Fd'or trifft nächstens ein. In Hamburg beträgt es nur 5 Frd'or.

Zum Arbeiten komm' ich noch immer nicht. Emma möchte ich alle Tage sehen, dann würd' ich sprudeln. Es ist doch wahr, Liebe ist Etwas Anderes, als Freundschaft, und es ist auch wahr, Liebe knüpft sich an Schönheit und Jugend. Schlimm genug, das Ewige an's Vergänglichste, das Wahrste, Tiefste, Innerlichste an das, was so oft täuscht. Aber Niemand verändert die Welt und die Menschen-Natur, und nichts muß man schmerzlicher bezahlen, als wenn man im Zustand der Dürre und Leere sich in's Gefühl hinein lügt. Ich weiß nicht, woher es kommt, daß alle meine Verhältnisse so Manches enthalten, was sie nicht enthalten sollten. Gewiß liegt die Schuld größtentheils an mir, aber gewiß würde ich auch die Schuld unendlich vergrößern, wenn ich, um mir und Andern ein vorübergehendes Weh zu ersparen, nach gemachter einschneidender Erfahrung nicht den Muth hätte, auf das, was in seiner jetzigen Gestalt nicht fortbestehen kann, hinzudeuten. Die Welt ist so groß, so groß, mein Herz ist so unergründlich tief, ein Frevel, eine selbstmörderische Sünde wäre es, wollte ich mir jene absperren und dieses unter Schloß und Riegel legen. Jeder Schacht, woraus gediegenes Gold hervorkommt, ist zugleich ein Abgrund, worin man den Hals brechen kann, aber soll man ihn darum verschütten? Vergieb mir, Elise, aber bedenk' auch, daß dieses Alles wahr ist. Das Verhältniß in München muß ich aufheben, es geht nicht länger. Das mit dir ist und bleibt ein schönes, denn du bist edel, bist sicher in deinem Herzen. Wenn ich ein anderes anknüpfe — auch das geht vorüber und die Zeit kommt, wo ich mit Gleichgültigkeit darauf zurückblicke. Aber, ein Tropfen Kühlung für die unendliche Gluth, ein Trunk, der mir alle Sinne schwellt, ist das nicht göttlicher Gewinn? Emma hat mir eine Rose gegeben, sie ist verwelkt, und liegt in meinem Schreibtisch, aber sie duftet mir köstlicher, wie ein ganzes Beet. Was ist doch die Liebe? Die Welt drängt sich in's Mädchen zusammen, ihre glühende Lippe ist der Centralpunkt aller möglichen und denkbaren Wonne und der Mensch ist ganz Durst. Ich hätte sie küssen können, warum

habe ich's nicht gethan? Aus Furcht und Verlegenheit unterblieb es
nicht, die waren mir fern; ich ließ es, glaub' ich, weil ich konnte, weil
ich — —. Hör' auf!*)

Sonntag, den 27. July.

Gestern Abend erhielt ich von Emma ein Briefchen. Ich hatte ihr
Gedichte und die Judith geschickt. Wie selig hat es mich gemacht! Meine
Adern wollten springen, ich konnte mich erst um 1 Uhr zur Ruhe legen.
Ich freue mich, daß ich noch solcher Gefühlsaufregung fähig bin. Heute
erzählte ich's Jahnens. Er nahm es, wie es mir vorkommen wollte,
sonderbar auf und Angst, als ob ich das schöne Verhältniß dadurch vernichtet hätte, daß ich gegen meinen Freund mein Entzücken darüber aussprach, bemächtigte sich meiner um so mehr, als er dieses nur gezwungen
zu theilen schien.

Zweierlei Arten von Liebe giebt es. Die Eine bemächtigt sich
irgend eines einzelnen Wesens, das in die Lücke des Herzens ganz oder
theilweise hinein paßt, umspinnt und umschließt es und läßt es nicht
wieder los. Dies Lieben ist eigentlich ein Selbsttheilen. Die andere
wagt sich in den Kampf mit der ganzen Welt.

Das Weib, sobald es ein Kind hat, liebt den Mann, nur noch so
wie er selbst das Kind liebt.

Aus aller Befriedigung entsteht Ekel, weil eben in der Spannung
der Kräfte allein die Wollust liegt.

Warum wirkt die despotische römische Geschichte eigentlich nicht
so widerlich, wie die germanische? Weil die romanische Rechts- und
Staats-Idee die Freiheit des Individuum's ausschließt, während sie sich
in der Geschichte (wär' es auch nur durch einen tyrannischen Kaiser) doch
zuweilen geltend macht; wogegen die germanische Staats-Idee sie einschließt, die Geschichte sie aber vermissen läßt.

Schönheit ist Tiefe der Fläche.

Viele messen sich nach ihrem Schatten.

Es giebt auch eine erhabene Naivetät. Sie ist da vorhanden, wo
ein hoher Menschengeist, unbekannt mit seiner demiurgischen Kraft und

---

*) Am Rande steht von Hebbels Hand: Jünglingsgeschwätz, dessen ich
nicht mehr fähig seyn sollte.

Bedeutung, sich den gewohnten Formen und Begriffen der Welt unter=
ordnen will und es nicht kann. Dante.

Wer nie liebte, kann sich leicht einbilden, er liebe stets.

Geschichte.

Der unbekannte Künstler meißelt seit Jahrtausenden an einem Gott.
So wie aber ein schaurig gestaltetes Stück von Marmor unter seinem
Meißel abspringt, laufen wir darnach und rufen: da ist er! Wie wird
uns seyn, wenn der Gott einst leuchtend vor uns steht?

Das Auge sein eigener Stern.

Solche Bemerkungen im Tagebuch sind als Stufen zu betrachten,
auf denen man emporstieg.

Oft dachte ich mir sehr viel, wenn ich sehr wenig niederschrieb.
Hinter Dummheiten stecken immer Gedanken, die man nicht gebären kann.

Was der Behandlung der Jungfrau von Orleans, als Drama,
entgegensteht, ist der erbärmliche Charakter des Königs, um dessent=
willen Alles geschieht. Freilich stehen die Volksinteressen im Hintergrunde,
aber als letztes Motiv, der König ist das Nächste. Schiller scheint dies
gar nicht gefühlt zu haben. Daß Frankreich selbständig bleiben, daß
Gott ein Wunder thun müßte, um dies zu veranlassen: dies war nöthig,
weil von Frankreich die Revolution ausgehen sollte.

Warum ein Geschlecht ausstirbt? Weil der Erste desselben den
Lebensfunken endlich zurückfordert.

Den 13. August.

Dieses Jahr ist unbedingt das inhaltvollste meines Lebens. Aber,
ich muß es bekennen: ich kann mit dem Schicksal, aber ich kann nicht mit
mir selbst zufrieden seyn. Die Elemente, aus denen ich bestehe, tosen
und gähren noch immer durcheinander, als ob sie gar nicht in eine be=
schränkende individuelle Form eingeschlossen wären; eins kämpft mit dem
andern und unterwirft es, oder wird unterworfen, bald ist auf dieser
Seite der Sieg, bald auf jener, doch das Gesetz fehlt! Wenn ich mich in
meiner Vergangenheit oder in meiner nächsten Gegenwart umsehe: über=
all derselbe Leichtsinn, dem mein Sinn widerstrebt und der meine Tage
ausfüllt; ein Spähen nach Geheimpfaden der Weisheit, um, wenn sie

aufgefunden sind, Mittagsschlaf auf dem Weg zum Heiligthum zu halten; gedankenloses Haschen nach so manchem Faden, der in's Gewebe meiner Existenz zu passen scheint, und dann wieder gewissenloses Fahrenlassen desselben oder ein verzweifeltes Festhalten, das zum Umstricken und Ersticken führt! Schwer, unendlich schwer ist es allerdings, das Leben zum Kunstwerk zu adeln, wenn man so heißes Blut hat, wie ich; es setzt die Herrschaft über den Moment voraus, die wenigstens derjenige, der an den Moment noch Ansprüche macht, so leicht nicht erlangt; doch kann man sich diesem Ziel mehr und mehr nähern, und ich bin noch nicht einmal unterwegs. Selbst eine Beichte, wie die jetzige, was ist sie? Sie kommt unwillkürlich, wie ein Seufzer, wie ein Schlag an die Brust, denn ich wollte etwas ganz Anderes niederschreiben; sie hat aber leider ganz andere Folgen, als sie haben sollte, denn sie erleichtert das Gemüth, anstatt es mehr zu drücken!

(Aus zwei für J. geschrieb. Recens.)

Wenn ein Tacitus die ganze Menschheit verdammt: in ihm selbst, in seinem heiligen Zorn sind ihre schönsten Eigenschaften gerettet, und darum ist Einem bei all seinen Gräuel-Schilderungen wohl zu Muthe.

Der Unterschied zwischen bedeutenden und unbedeutenden Menschen besteht darin, daß Jene einem unbekannten Punkt zuwachsen, diese dagegen bald ihre Höhe, über die hinaus es für sie keine mehr giebt, erreichen.

Ein Kind ist die natürlichste Ableitung der Eigenliebe der Eltern.

Wenn der Mensch betet, so athmet der Gott in ihm auf.

Die Schlechten achten sich unter einander nur so weit, als sie sich Widerstand leisten.

Elisens schöner Traum: eine goldene Harfe wird ihr gereicht; sie soll spielen und kann nicht; als sie es aber versucht, spielt sie so herrlich, daß sie selbst entzückt wird.

Die Dichtkunst, die höchste, ist die eigentliche Geschichtschreibung, die das Resultat der historischen Processe faßt und in unvergänglichen Bildern festhält, wie z. B. Sophocles die Idee des Griechenthums.

Bilder: Die Gedankenfäden, womit die Seele der Welt verknüpft ist, zurückwickeln — vergiß, was du bist, dann wirst du, was du gern wärst — der göttliche Springquell in dir, durch den äußern Druck zurückgepreßt 2c. 2c.

Ein lyrisches Gedicht ist da, sowie das Gefühl sich durch den Gedanken im Bewußtseyn scharf abgränzt.

Die Edelsten leiden den meisten Schmerz. Auch der Schmerz wählt den besten Boden.

Zur Jungfrau von Orleans ist für die poetische Gestaltung die Naivetät der Schlüssel. Als der König ihr nicht glauben will: „versündigt Euch nicht; wenn ihr, für den das Alles geschehen soll, es nicht glauben könnt, wie soll ich, die es ausführen soll, es glauben?" (Von mir.) Als sie gern fliehen will, und man ihr abrathet, springt sie vom Thurm herab und denkt, Gott wird mich schon unterstützen, wenn ich nur den Anfang mache. (Historisch.)

Nur die Größe kann wahr seyn, denn nur sie kann sich gestehen, was sie ist. Anderen ist Wahrheit Feuer, das sie verzehrt.

Bei Shakespeare ist geizigste Oekonomie trotz höchsten Reichthums. Zeichen des größten Genies überhaupt.

Wäre Mancher schon erschaffen gewesen, er hätte Gott bei der Schöpfung Rath ertheilt.

Der Mensch muß sich Anderen klar machen, um sich selbst klar zu werden.

Den 13. September.

Habe die Genovefa angefangen, weil ich die Tieck'sche las, mit der ich nicht zufrieden bin. Die ersten Scenen sind recht geglückt. Doch wird es wohl kein Drama für's Theater.

Die Lüge ist viel theurer, als die Wahrheit. Sie kostet den ganzen Menschen.

Warum ist der Quell der Sprache, insofern sie für Dinge, die nur aus dem Geist und dem Gemüth kommen, neue Ausdrücke, d. h. ursprüngliche, solche, die nicht aus bloßer Zusammensetzung der alten entspringen, bildete, gestockt; ist wirklich alles Denk= und Erlebbare schon zu Worten umgeformt, oder hat man einen willkürlichen Stillstand gemacht?

Wie das jedesmalige Wort, das man braucht, Wiederklang des

jedesmaligen Gedankens ist, den man denkt, so ist die Sprache, oder, um mich allgemeiner auszudrücken, das Medium, wodurch das Innere anschaulich gemacht wird, der vollständige Ausdruck des geistigen Gehalts der verschiedenen Geschlechter.

Den 21. September.

Thränen des Danks, nimm sie, Ewiger! Aus allen Tiefen meiner Seele steigt Genoveva hervor. Nur die Kraft, nur die Liebe, — dann laß kommen, was da will!

Lebenspuls, Mittelpunkt, Born der innern Strömungen. Wird zusammengeflossenes Leben: ich, du, Gott!

Den 25. September.

Heute morgen den ersten Act der Genoveva beendet. Bin ganz zufrieden und glücklich.

In der Welt ist ein Gott begraben, der auferstehen will und allenthalben durchzubrechen sucht, in der Liebe, in jeder edlen That.

Die irdischen Freuden sind Stufen, auf welchen wir zur Seligkeit emporsteigen.

Wenn man einen Gedanken nicht ganz ausdenken kann, so ist es Einem, als ob man einen Theil seiner Selbst verlöre, ja, als ob man irgendwo innerlich gefesselt wäre und sich umsonst loszureißen versucht hätte. Jeder Gedanke ist ein Gut, das man dem Universum, der Macht, die es festhält, abkämpfen muß.

Die geistlichen, wie die leiblichen Aerzte, sind freilich Pfleger der Gesundheit, aber sie leben leider nur von der Krankheit.

Den 26. September.

Es ist ein schöner, herrlicher Herbstmorgen, golden liegt der Sonnenschein mir auf dem Papier, draußen kühler Wind, der daran mahnt, daß man die Früchte abnehmen soll, innen behagliche Wärme. Gott ist unverdientermaßen unendlich gnädig gegen mich, und wohl will es sich ziemen, daß ich dies in meinem Tagebuch, worin so viele Klagen und Ausbrüche der Verzweiflung stehen, einmal mit freudiger Seele ausspreche. Der einzige Wunsch meiner Jugend, derjenige, in dem ich nur lebte, war, daß ich ein Dichter werden mögte. Ich bin einer geworden und jetzt erst erkenne ich, was das heißt. Höhere Naturen können nur dann, wenn ihnen das schöpferische Talent verliehen ist, zum vollen Ausdruck, ja zum vollen Gefühl ihres Daseyns kommen, und dies ist doch das Höchste, das einzige Glück. Wie wird Gravenhorst sich plagen, wie wird er Schale nach Schale, die er erst begierig aufgreift, bei Seite werfen und sich am Ende sagen müssen: du bist, wie an einen Pfeiler, mit deinen Händen gebunden, oder: du bist, wie ein Baum, dessen Früchte in den Wurzeln verwesen, weil die Kraft nicht ausreicht, sie heraus= zutreiben! Jetzt wieder, nun ich von Genoveva voll bin, fühle ich mich so ganz — Dank, tiefer Dank dem Ewigen!

Den 1. Oktober.

Eben nahm Professor Meddlerkamp von mir Abschied; übermorgen reist er nach Rußland zurück. Schön ist's doch auch, sich der geistigen Triumphe bewußt zu werden. Dieser Mann ist überströmendes Gefühl für mich; der Holofernes läßt Einen gar nicht wieder los! sagte er. Jener junge Student, der, von der Schoppe kommend, mich mit miß= trauischen Augen ansah, aber Abends, als er sich von mir am Thor trennte, überwältigt von dem Sturm, den ich in seiner Brust erregt hatte, meine Hand küßte und sich nur 14 Tage Beisammenseyns mit mir wünschte. Warum bin ich selbst doch in solchen Stunden so kalt!

Die Poesie ist, wie das Blut: wohl dem, der frisches Blut hat, aber man soll sich's nicht abziehen, um es zu verkaufen.

Nur Goethe, in seinen Jugendliedern, stellt die reine Seligkeit, die Seligkeit an sich, die aus dem Daseyn selbst entspringt, dar; Andere nur die errungene Seligkeit.

Die Kraft des Willens ist eine unendliche, sie geht so weit, daß sie sich selbst in Unthätigkeit versetzen und den Schlaf erzwingen kann. Das Absurde kann man nicht wollen.

Den 10. October.

Genoveva stockt wieder, Ideen habe ich in Massen, aber sie kommen nicht in den Fluß. Eine verfluchte Uhr, die ich in meinem Schlafzimmer höre, hindert mich am Schlaf, das wirkt dann auf die Vormittags=

Arbeit ein. Ich will, um die Leute zu zwingen, ihre Uhr weg zu nehmen, Nachts die Flöte blasen. Schöne Nachmittage verlebe ich bei E., wenn wir uns so zusammen den Kaffee kochen, das erregt in mir eine solche Behaglichkeit, die kaum ihres Gleichen hat. Die Abende mit J. sind anderer Art. Der arme Kerl ist ganz ohne Aussichten; sein Blick in die Zukunft trübt auch den meinigen.

Den 12. October.

Heute kam Wihl zu mir. Ich war sehr aufgebracht gegen ihn, und nahm ihn kühl und förmlich auf. Er sagte, in 8 Tagen würde er abreisen, und fing heftig an, zu weinen. Das ging mir an's Herz, ich ergriff seine Hand und wurde anders gegen ihn. Ach, man sollte nie, nie über einen Menschen urtheilen. — Alles Gott anheimstellen!

Den 13. October.

Zum ersten Mal habe ich Göthe's Stella gelesen, es war mir früher niemals möglich. Unbegreiflich ist es mir, wie Göthe so etwas schreiben konnte. Auch kein Zug von seiner großen Hand, Alles zeitlich, vergänglich, wie ein Wassertropfen, den man auf Mehl rollen läßt, damit er seine runde Gestalt einen Augenblick behalte. Dürr und leer, ein Drama, zwischen Schlafen und Wachen gemacht, um das Handwerk doch nicht ruhen zu lassen.

Der Schuß, der in der Flinte sitzen bleibt, verdirbt sie, so die Kraft im Menschen.

Den 19. October.

Ich bin wieder recht glücklich. Der größte Theil des zweiten Acts von Genoveva ist fertig, und ich fühl's, daß es etwas Rechtes wird. Ueber dies Gefühl geht Nichts.

Wenn Mancher Etwas wegwirft und sieht, daß Einer es aufhebt, so reclamirt er's wieder, denn dann ist er belehrt, daß es noch etwas taugt.

Shakespeare bedient sich zuweilen des Stylo des Reichthums. Dieser ist der vornehmste, aber nicht der edelste.

Den 23. October.

Heute schloß ich den zweiten Act von Genoveva. Den ersten begann ich am 13. September. Bis jetzt darf ich zufrieden seyn.

Als Gott wegen einer Masse Menschen, die aus sich selbst Nichts machen können, in Verlegenheit war, da schuf er das Glück.

Nicht bloß den Kunstformen, auch den Lebensformen, liegt in gewissem Sinn etwas Unwahres zu Grunde, indem in keiner einzigen das Wollen des Menschen ganz rein aufgeht.

Auf Selbstgenuß ist die Natur gerichtet, und alle ihre Geschöpfe sind nur Zungen, womit sie sich selbst schmeckt.

Den 26. October.

Bei argem Schnupfen und raucherfülltem Zimmer dachte ich heute Morgen über meine Dramen nach. Ihr Unterscheidendes liegt wohl darin, daß ich die Lösung, die andere Dramatiker nur nicht zu Stande bringen, gar nicht versuche, sondern, die Individuen als nichtig überspringend, die Fragen immer unmittelbar an die Gottheit anknüpfe. Dies ist in Judith der Fall und heute wird es mir klar, daß es auch in Genoveva, namentlich im Golo der Fall seyn wird. Was besser ist, das Eine, oder das Andere, weiß ich nicht.

Den 28. October.

Gestern Abend war ich seit langer Zeit zum ersten Mal wieder im Theater. Es wurde gegeben: das circassische Paar, von einem Ungenannten. Der Director Schmidt trieb mich hinein, er war von der Dichtung entzückt, nannte sie einen würdigen Vorläufer der Judith und hielt sie, wenn ich mich auf Menschen ein wenig verstehe, in seinem Sinn für etwas ganz anderes, als diese. Einige Scenen, die er mir vorlas und vorspielte, gefielen mir, denn sie hatten einen Lebenshauch. Aber, o mein Himmel, das Ganze! Von einer Idee war natürlich hier, wie überall, nicht die Rede, auch suchte ich keine. Die Geschichte zweier Liebenden, die, während Herz und Leben sie auseinanderreißen und ihnen für das zur rechten Zeit Verlorene würdigen Ersatz dargeboten haben, sich durch im 13. Jahre gewechselte Ringe und Pfeile gebunden glauben; mit einem Wort, eine Geschichte, die innerhalb willkürlicher Verhältnisse sich dreht und durch den Dolchstoß des Mädchens ein blutiges, also ein tragisches, Ende findet. Solch ein Brei, mit Phrasen und der sogenannten blühenden Diction aufgestutzt, ist in den Augen eines

Mannes, wie Schmidt, eine Tragödie, ja er muthete mir sogar zu, daß ich das Stück unter meinen literarischen Schutz nehmen möge! Wie es mit Judith gehen wird, das weiß Gott.

Den 29. October.

Was ich nach der Judith für unmöglich gehalten, das trifft doch wieder ein: die alten verzweifelten Stimmungen, worin mir mein Beruf für die Dichtkunst unzulänglich schien, kehren zurück. Daß es doch gar kein festes, inneres Kriterium giebt!

Blühende Diction: Schimmel, der sich immer einstellt, wo Verwesung und Fäulniß ist.

Das Böse steht als Schranke zwischen Gott und dem Menschen, aber als solche Schranke, die dem Menschen allein individuellen Bestand giebt. Wäre es nicht da, so würde der Mensch mit Gott zu Eins.

Gestern Abend war ich im Theater und sah Preciosa. Das war freilich etwas Anderes, als die Circassier. Leben, freilich nicht das Höchste, aber doch frisch und voll. Als ich zu Hause kam, arretirte ich einen Dieb. „Haltet den Dieb", schrieen mehrere Menschen, die einen Flüchtling verfolgten, ich sprang ihm in den Weg, ergriff ihn beim Arm, und hielt ihn. Nachher that es mir sehr leid, wer weiß, wie hungrig der arme Schelm war, bevor er einem fetten Philister eine Kleinigkeit nahm.

Wie es um meinen dichterischen Beruf steht, weiß ich nicht; aber meine Einsicht in die Natur des Menschen und der Dinge, und meine Fähigkeit, das Erkannte fest zu halten und zu gestalten, wächst immer mehr. Ich habe zuweilen ein Gefühl, als ob ich den tiefsten Schatz auf einmal erheben sollte, so drängt sich meinem geistigen Auge das Wesenhafte aus allen Schaalen entgegen. Immer klarer wird mir auch das: nur, was von Gott selbst ausging, ist Gegenstand der höchsten Kunst, Nichts, was Menschen den Ursprung verdankt. Sogar im Faust ist das vorzüglich, was auf Magie gebaut ist, denn eine Zeit wird kommen, wo selbst die Erinnerung an Magie und Zauberei verloren ging.

Den 9. November.

Nur der Mensch ist ruhig, den wie das Wasser, der Frost zusammen hält.

Den 16. November.

Das sind schlimme elf Tage gewesen. Jetzt ist Elise Gottlob außer Gefahr.*) Ich habe es bisher immer für etwas gehalten, wenn Einer sagte: lieber will ich selbst leiden, als ein Geliebtes leiden sehen; aber es ist bloßer Egoismus. Viel lieber selbst mit dem Tode kämpfen, als ein Geliebtes mit dem Tode kämpfen sehen.

Den 24. November.

O, es giebt Stunden! Stunden! Das Leben ist doch gar zu schlecht. Und wenn mir heute die Idee einer Shakespear'schen Tragödie käme — ich mögte nicht die Hand bewegen, um sie niederzuschreiben. Und das Gräulichste ist, daß dies nicht von innen kommt, sondern von außen. Da muß ich mich von einem elenden Schauspiel-Director zurücksetzen lassen! Führt ein später angenommenes Stück von Töpfer auf, statt des meinigen, wird wortbrüchig und — oft, wenn mir die Beine beim Gehen so schwer werden, denk' ich: warum bist du nicht so schwer, daß du in die Erde sinkst! Nein, ich halt' es nicht aus, Armseligkeiten quälen mich zu Tode.

„Ich bleibe mir selbst getreu!" Das ist gerade dein Unglück; werde dir selbst doch einmal untreu.

Den 2. December.

Gestern Abend wurde Judith im Stadttheater gegeben. Das Stück fand lauten und stillen Beifall, das ganze Haus war namentlich während des letzten Acts, den ich sah, in echt tragischer Erregung! Mir aus zwei Gründen sehr lieb: erstlich, weil ich nun doch nicht dem Pöbel in die Hände falle, dann, weil ich nun von der Direction mit gutem Gewissen das Honorar annehmen kann.

Der Dualismus geht durch alle unsre Anschauungen und Gedanken, durch jedes einzelne Moment unseres Seyns hindurch und er selbst ist unsere höchste, letzte Idee. Wir haben ganz und gar außer ihm keine Grund-Idee. Leben und Tod, Krankheit und Gesundheit, Zeit und Ewigkeit, wie Eins sich gegen das Andere abschattet, können wir uns denken und vorstellen, aber nicht das, was als Gemeinsames, Lösendes und Versöhnendes hinter diesen gespaltenen Zweiheiten liegt.

---

*) Sie hatte ihm am 5. November (1840) einen Sohn geboren.

Die kranken Zustände sind übrigens dem Wahren (Dauernd=Ewigen) näher, wie die sogenannten gesunden.

Diejenigen, die sagen: Napoleon war klug genug, Andere zu nutzen, könnten eben so gut sagen: Shakespeare wußte die vorhandenen Wörter der Sprache klug genug zu mischen, so daß ein Macbeth entstand.

Den 25. December.

Weihnacht. Den heiligen Abend brachte ich bei meiner theueren Elise zu. Schöne Geschenke. Alle drei Tage an Genoveva geschrieben. Gott meinen Dank.

Den 31. December, Abends 10 Uhr.

Bedeutender, wie irgend ein anderes, ist das vergangene Jahr für mich gewesen. Ich bin Vater geworden, Vater eines Sohnes, den der Himmel in seinen heiligen Schutz nehmen und um dessen willen er mich in meinen Bestrebungen begünstigen möge. Meinen innigsten Dank dafür, daß er den bittersten Kelch an mir vorübergehen ließ, daß er mir meine theuerste Freundin, deren Verlust zu ertragen ich nicht stark genug bin, am Leben erhielt. Ereignisse bedeutender Art sind für mich die beiden Aufführungen der Judith in Berlin und Hamburg gewesen, beide leidlich ausgefallen. Neue Verhältnisse zu Personen haben sich nicht angeknüpft; die Beziehungen zu der Doctorin Schoppe und zu Gutzkow haben sich gelöst, letztere hätten vielleicht, was bei mir stand, fest=gehalten werden müssen. Gedichte sind nur fünf entstanden; an Genoveva (durch Indignation über Tieck's Drama des Namens hervorgerufen) ist der dritte Act fast fertig. Bisher haben die Weiber mir Geld gekostet, wenig aber doch noch immer zuviel; ich habe den festen Entschluß gefaßt, daß dies anders werden soll. Und so werde denn das Jahr 1841 mit Hoffnung und Gottvertrauen eröffnet!

1841.

Den 1. Januar.

Elise sagte gestern, als wir uns gegenseitig beglückwünschten, sehr gut: was wir uns wünschen, das wünschen wir uns eigentlich doppelt.

Keiner kann einem Baum, einer Blume etwas hinzusetzen. So ein echtes Kunstwerk.

Elise sagte sehr gut: ich wünsche unserem Max nicht das, was du hast, sondern das, was mir fehlt, dann bekommt er am meisten. Unendlich bescheiden! Giebt Gott dem Kinde ihr Gemüth, so hat es einen ewigen Schatz!

Der Zufall, der sich aller That und Handlung des Menschen als ein aufliegendes Element hinzugesellt, ist der Ausdruck des göttlichen Willens, der im Interesse der Welt und des Allgemeinen den individuellen menschlichen Willen ergänzt und modificirt.

Den 11. Januar.

Gestern, Sonntag den 10., habe ich den dritten Act der Genoveva mit großer Zufriedenheit geschlossen. Er ist sehr lang geworden, aber er scheint mir im dramatischen Sinne das Beste, was ich bis jetzt machte, denn er stellt Alles, was geschieht, wie werdend dar. In Golo schildere ich die innerste Natur der Leidenschaft, die, wenn sie auch die bösen Triebe, die sie unterstützen könnten, nicht geradezu entfesselt, doch wenigstens die guten, die sich ihr entgegenstellen, so lange unterdrückt und hemmt, bis das Uebel da ist.

Für das Drama sind die Thaten nicht, die wie Schüsse, gerade aus gehen.

Den 12. Januar.

Ein Mörder, der immer erst bettelt, um das Herz der Menschen auf die Probe zu stellen. Bald als Blinder, bald als Greis 2c., immer in täuschender Aehnlichkeit, und von dem Andern hängt es ab, ob er den Tod will, ob ein Gotteslohn.

Den 21. Januar.

Von Cotta wegen Judith abschlägigen Bescheid. Ein anderer Kerl in Leipzig, dem ich Erzählungen antrug, antwortete nicht einmal. Gott, ich will ja nicht viel: nur die Existenz! Wende doch das entsetzlichste Schicksal von mir ab, daß ich im Gefühl bedeutender Kräfte nicht diese Kräfte selbst verfluchen lerne, weil sie mir nicht so viel helfen, als die Geschicklichkeit seiner Fäuste einem Tagelöhner!

Wenn ein Mann von Geist im Zorn so weit gebracht wird, daß ihm die Fäuste sich ballen, so ist dies ein ganz sicherer Beweis, daß in dem Gegenstand seines Zornes kein Fünklein Geist mehr zu bekämpfen ist, denn so lange ein solches noch vorhanden war, ist der Geist viel zu eifersüchtig auf die Ehre des Siegs, um dem Körper einen Antheil am Kampf einzuräumen.

Werden wir uns wiedersehen, fragt man oft. Ich denke: nein, aber wir werden uns wiederfühlen, wir werden vielleicht so klar und deutlich, wie jetzt durch's Auge die Gestalt, den äußern Umriß, der den Einzelnen von der Weltmasse trennt, durch ein anderes Organ das Wesen, den Kern des Seyns, erkennen und uns dessen vergewissern. So kommt in diesem Fall, wie in manchem andern, der Zweifel an einer höchsten, nothwendigen Wahrheit nur aus dem unvollkommenen, leergemessenen Ausdruck her, durch den man sie umsonst zu bezeichnen sucht. Uebrigens mag Mancher Recht haben, der mit dem Tode eines Freundes u. s. w. das Verhältniß zu dem Freunde für immer abgebrochen hält, denn der Freund hat ihn vielleicht erst im Tode erkannt und ist nun für ewig geflohen.

Idee zu einem höchsten Lustspiel: Einer, der sich für einen Prinzen hält und nun nicht weiß, ob er, der selbst über seine Geburt nicht gewiß ist, Versuche machen soll, den Thron zu erobern, oder nicht. Was er auch thue oder unterlasse: Beides ist vielleicht Frevel und

Schande, also ein Mensch, der nicht einmal weiß, was für ihn gut oder bös ist. (Eine sehr fruchtbare Idee.*)

Das Gewissen ist die Wunde, die nie heilt und an der Keiner stirbt.

Es ist doch einer meiner dümmsten Gedanken gewesen, daß die Kunst abgeschlossen sey. Wie unendlich wenig Verhältnisse sind in einigen Bildern festgehalten, und wie viele solcher Verhältnisse sind möglich. Wahrscheinlich werden so viele Kunstwerke erzeugt werden, als in einem ganzen Menschenalter von Individuen gelesen werden können.

Den 2. Februar.

In Anlaß der mit Campe wieder angeknüpften Verbindung die Novelle Matteo, längst angefangen, vollendet. Ich halte sie für mein Bestes in dieser Gattung. Ein wahnsinniger Humor herrscht darin, der durch komische Mittel den höchsten tragischen Effect erzielt.

Die Kunst hat den Zweck, alles, was im Menschen und seiner irdischen Situation liegt, zum Bewußtseyn zu bringen, so daß nach Jahrtausenden alle mögliche Erfahrung aus ihr genommen werden kann und das Geschlecht jedes Lehrgeld erspart.

Das Begreifende im menschlichen Geist verwirrt sich deßwegen so oft, weil es sich selbst begreifen will.

War im Mittelalter die rechte Faust der Mönche auch eine Raubvogelklaue, so war die linke aber auch immer die milde Hand der Barmherzigkeit.

Ein Zug: Es kommt Einer, der ein großes Glück oder Unglück, der Mann weiß noch nicht was, berichtet. „Sprich nicht, ich will erst Gott danken, es sey nun, was es sey.“

War denn der Unterschied zwischen Götzen- und Gottesdienst für Gott selbst so groß? Der Götze war sein nur unvollkommenes Symbol.

Torquato Tasso's Leben von Carl Streckfuß.

O du speichelleckerischer, wohlwollender Schurke, der du mit Gleißnerei die Schande eines mit Unrecht gepriesenen Fürsten in der Ehre eines

---

*) Dieser der Geschichte des Demetrius sehr verwandte Stoff hat Hebbel somit bereits in frühen Jahren beschäftigt.

edlen, aber herben, erbitterten Gemüths abzuwaschen suchst, um dir selbst dadurch bei einigen höchsten Personen ein niederträchtiges Verdienst zu erwerben. Ich mögte dich strafen, wenn du auch nur soviel verdientest, daß man dir durch ein getreues Spiegelbild deiner gemeinen Natur einen Schauder durch die Seele jagte. Aber fahre hin und laß' dir von Tasso's Schatten deine Sünden vergeben. Ich durchschaue, so wenig Materialien der partheiische Biograph auch der Selbstbeurtheilung seiner Leser vorlegt, das ganze Verhältniß des Dichters zu seinem herzoglichen Gönner, denn der Wahnsinn verfinstert nur den Geist, aber nicht das Herz. Ein Brief Tasso's (vide pag. 102) liefert den Schlüssel. „Der Herzog — heißt es hier — meinend, meine Bescheidenheit sey etwas stolz, war überzeugt, daß es seinem Ruhm am Besten zusage, mich so zu behandeln, daß ich groß und geehrt sey, aber durch jene Ehre, die allein von ihm abhänge, nicht durch jene, die ich durch Studien und Werke mir verschaffen könne. Im Gegentheil, wenn ich mir einige er= worben hatte, oder zu erwerben im Begriff war, so stimmte er bei, daß sie verdunkelt und mit Schmach und Unwürdigkeit befleckt wurde. Kurz, sein letzter Gedanke war, die Frevel seines Ministers durch meine offen= bare Schande zu bemänteln, und dann meine Schmach mit dem Schmuck seiner Gunstbezeugungen zu adeln und zu zieren. Daher kam es, daß alle meine Compositionen, für je besser ich sie hielt, ihm um so mehr mißfielen." Als er im Gefängniß saß, arbeitete er Schriften aus, die es in den Augen eines Jeden unglaublich machten, daß er wahnsinnig sey. — Seine kindliche Pietät gegen seinen Vater. — Sieben Jahre und drei Monate dauerte die Gefangenschaft, kein Wunder wäre es gewesen, wenn ein solcher Geist in einer so lange dauernden schrecklichen Lage, die ihm Alles raubte, die Werke, mit denen er sich trug, erstickte und seinem Ruhm Unberechenbares nahm, verrückt geworden wäre, und dennoch war er geistesgesund, als er seinen Kerker verließ, der beste Beweis dafür, daß er im Kerker nur trübsinnig war. — Besser, weit besser ehrten ihn die Räuber. Als er einst in eine Gegend reiste, die eine Bande unsicher machte, ließ der Hauptmann ihm sagen, daß er ihn nicht allein ziehen lassen, sondern sogar Alles thun werde, um ihm seine Reise zu er= leichtern. Und als Tasso's Begleiter ihn dennoch nicht fortließen, zog die ganze Bande sich aus der Gegend zurück.

Bei allen Geschichts-Ereignissen sehe man auf den Zeitpunkt, wo sie eintreten, dann wird Diagnose und Prognosticon leicht. Gewicht ruft immer Gegengewicht hervor, und sobald das Gegengewicht überwiegt, kehrt das Verhältniß sich um. Der ganze Weltprozeß wird am besten durch die zwei Eimer im Brunnen veranschaulicht.

Die deutsche Kritik ist die Windrose, die aus allen Richtungen zugleich bläst.

Freiheit und Gesundheit nenne ich nicht mehr Güter des Lebens, sondern Leben selbst. Freiheit ist die Unabhängigkeit von der Welt, Gesundheit die Unabhängigkeit von der Natur.

Alle solche spitze Gedanken sind nur Versuche, sich der Wahrheit zu bemächtigen. Oft blinkt das reine Gold hervor, aber das Netz zerreißt unter seiner Last, es ist nur für Goldfische gemacht! O Gehirn! O Herz!

Zum Vorwort der Judith: Schiller mußte, wie jeder Gedanken-Dichter, der statt des sanften, runden Kreises die scharfen Gedanken bringt, von seiner Zeit überschätzt werden, aber ebenso nothwendig mußten sich auch nach und nach die tiefbegründeten Kunsturtheile, die Göthe still, Tieck, Schlegel, Jean Paul laut über ihn aussprachen, von selbst geltend machen. Unterschied des Verdienstes um Cultur und Kunst, wonach zur Zeit der weiter vorgerückten Nationalbildung ein großer Dichter um Erstere weit weniger sich verdient machen kann, als ein früherer kleiner Dichter. — Jedes echte Kunstwerk ist ein geheimnißvolles, vieldeutiges, in gewissem Sinn unergründliches Symbol. Je mehr nun eine Dichtung aus dem bloßen Gedanken hervorging, je weniger ist sie dies, um so eher wird sie also verstanden und aufgefaßt, um so sicherer aber auch bald ausgeschöpft und als unbrauchbare Muschel, die ihre Perle hergab, bei Seite geworfen. Der sogenannte Lehrdichter liefert gar statt des Räthsels, das uns allein interessirt, die nackte, kahle Auflösung. Dichten heißt nicht: Leben-Entziffern, sondern Leben-Schaffen! Uhlands Herzog Ernst: statt der Treue selbst, Deklamationen über sie!

Heute, den 11. Februar schloß ich den vierten Act der Genoveva, d. h. die Mittel-Scene, Alles Uebrige, der Schluß besonders, war längst fertig und wurde von mir in einer Begeisterung, die mir Schlaf und Alles raubte, vor drei Wochen geschrieben.

Den 12. Februar.

Wozu? Wozu die Werke? Warum nicht innerer Tod? Ich war heute bei Herrn Campe!

So groß Shakespeare ist, eine so weite Welt er umfaßt, dennoch konnte er die reine, ungetrübte Seligkeit nicht darstellen, nur die gebrochene, und dies ist der Hauptbeweis dafür, daß dieses Element in seinem eigenen Leben fehlte.

Wir leben in den Zeiten des Weltgerichts, aber des stummen, wo die Dinge von selbst zusammenbrechen.

Vorsehung die leitende, Zufall die kreuzende Macht*).

Den 21. Februar.

Genoveva nähert sich dem Ende. Inzwischen lese ich mit höchstem Entzücken die Tragödien des Euripides.

Jede Geisteskraft ist in Bezug auf die übrigen beschränkend, aber Nichts ist dies mehr als der Verstand. Laut lachen mußte ich, als ich eben in Kant's Anthropologie Folgendes las: die alten Gesänge haben von Homer an bis zum Ossian, oder von einem Orpheus bis zu den Propheten, das Glänzende ihres Vortrags bloß dem Mangel an Mitteln, ihre Begriffe auszudrücken, zu verdanken.

Einer, dem ein Kind geboren wird, welches gleich wieder stirbt und nun durch Gram die Mutter tödtet, so, daß es der Todesengel war, der aus ihrem eigenen Schooß hervorging.

Die Größe ist in der Welt immer so bescheiden, wie der liebe Gott, der nie mitspricht.

Jedes Geschöpf, das zwischen zwei Welten in der Mitte steht, soll sich zu der Welt, aus der es hervorwuchs, nicht zu der, in der es entgegenwächs't, rechnen. Für jene hat es Ueberfluß, für diese dagegen Mangel.

Heute Morgen, den 1. März, schloß ich die Genoveva. (Den 1. März 1841.)

Heute, den 12. März, schloß ich die Abschrift der Genoveva; morgen werde ich sie in einem Cercle brillant lesen.

---

*) In gewissem Widerspruche mit der früheren Idee (S. 232), wonach der Zufall eine Ausströmung des Göttlichen wäre.

Genoveva-Brocken.

Was Einer werden kann, das ist er schon. Gott wird nicht auf die Sünden sündiger Individuen gegen einander das entscheidende Gewicht legen, sondern nur auf die Sünden gegen die Idee selbst, und da sind wirkliche und bloß mögliche völlig Eins.

Wer nicht die Kraft hat, wahr zu seyn, hat auch nicht die Kraft, an eines Anderen Wahrheit zu glauben.

Der Mensch darf sich selbst tödten, denn er hat die Fähigkeit dazu, und diese Fähigkeit ohne das Recht des Gebrauchs wäre ein Ueberfluß.

Das übrig bleibende Gute im Schlechten ist der Punkt, an der die Strafe sich festhäkelt.

Unser Leben ist der aufzuckende Schmerz einer Wunde.

Mir ist zu Muth, als hätte ich die Welt ausgespieen und müßte sie nun wieder einschlucken.

Das Leben ist nur ein Augen-Oeffnen und Wieder-Schließen. Darauf kommt's an, was man in der kleinen Mittelpause sieht.

„Gott versteckt sich hinter das, was wir lieben." „Man sollte Jeden lieben, wie er Gott liebt."

Es ist ein stetes Abschiednehmen, Es ist ein stetes Wiedersehen! Ein Herz, überfüllt von Seligkeit, wie ein Auge von Licht.

Dichten heißt: Abspiegeln der Welt auf individuellem Grund.

Fragen: Betteln! — Der Traum ist die Pforte des Werdenden zum Seyenden. —

Das Ewige muß so vom Zeitlichen träumen, wie das Zeitliche vom Ewigen.

Ein Athmen über mir, als ob's mich einziehen will. — Alles Leben ist Raub des Einen am Andern. Einer steckt die Kapelle in Brand und die Flamme beleuchtet das Heiligenbild und beleckt es. Der Mensch darf tödten, denn er muß selbst den Tod erleiden. Die Freude ist ein Wundervogel, der uns nur darum entflieht, weil er uns in die Heimath locken soll. Schönheit ist inneres Licht, herausgetreten. Strafen heißt das Gefühl der Schuld überbieten. — Die Schönheit des Leibes ward der Seele zur Nacheiferung vorgestellt. Der Mensch muß soviel werth seyn, wie seine Gedanken. —

Freitag, den 12. März, las ich bei Mad. Hellberg in einem zahl=
reichen Kreise meine Genoveva vor. Es waren da: Elise, Janinsky, an
Fremden: ein Graf Brockdorf mit seiner Frau, der Obergerichtsadvokat
Schütze, Emma Schröder u. s. w. Ich hatte noch nie gelesen, aber ich
las ohne Verlegenheit und wenn ich mir selbst, Elisen, der Schröder c.
trauen darf, lebhaft und anschaulich. Janinsky schien anderer Meinung
zu seyn. Am Schluß trat für mich eine peinliche Situation ein. Auch
kein Einziger der Anwesenden sagte mir ein artiges Wort. Ich stand
rasch auf. Die Schröder, einer Ohnmacht nah, ward aus dem Zimmer
geführt. Sie sagte mir später, das Stück habe so erschütternd auf sie
gewirkt. Ich glaube, sie täuschte sich selbst. Schütze sagte mir: er müsse
erst verdauen, das Werk habe ihn so ergriffen, daß er sich noch nicht
darüber zu äußern vermöge. Ob es Wahrheit war, ob Ausrede: ich
weiß es nicht. Es war sehr spät geworden, die Gäste entfernten sich
rasch und sagten mir beim Weggehen, was sie mir hätten sagen mögen,
als ich noch vor meinem Pult saß, das gewöhnliche Compliment.
Janinsky ward den Abend etwas sonderbar in seinen Aeußerungen,
gestern sagte er mir: der Schluß, wo Golo sich blendet c., habe sein
Gefühl erstarrt, anstatt es zu erschüttern. Wenn dies mehr wäre,
als individueller Eindruck, so wäre es übel, denn ändern läßt sich
an diesem Punkt Nichts; eben diese letzte schrecklichste Consequenz ist
die natürlichste in Golo's Character. Darnieder gedrückt von einer
ungeheueren Blutschuld, noch mehr durch Sigfried's Edelmuth, bleibt
ihm Nichts übrig, als die Rache an sich selbst. Eben, weil er, zwischen
Mann und Jüngling in der Mitte stehend, von einer furchtbaren Leiden=
schaft übermannt und zu Boden getreten wurde, springt er beständig
von Extrem zu Extrem, wählt im ersten Act den fast gewissen Tod, zieht,
in grimmiger Nothwehr, im zweiten Act gegen sie das Schwert, erlangt
im dritten von ihr eine Entscheidung an Gottes Statt, tritt im vierten,
wo seine Fieber=Reden ihm als Thaten entgegentreten, eine fremde
Sünden=Bahn an, als ob er selbst gesät hätte, treibt im fünften jenen
diabolischen Humor, der das Göttliche in der eigenen Brust zu vernichten,
eine Verzweiflungslust empfindet, auf's Höchste und wüthet dann zuletzt,
wo der Zufall ihm die Fäden aus der Hand genommen hat, gegen
sich selbst, wie er gegen Gott und Welt gewüthet hat. Ich ehre das

freie Urtheil, aber ich glaube doch, Janinsky ist unbewußterweise etwas partheiisch für Judith, die freilich eine ganz andere Behandlung erforderte, als Genoveva und die sich zu der Letzteren verhält, wie der negative Pol zum positiven.

Heute, den 16., Abends, erhalte ich ein Paquet von Gravenhorst ohne Brief, eine Kritik des Werther enthaltend. Wenn ich den ehemaligen Freund, den ich so lange liebte, bis er mich auf unverzeihliche Weise vernachlässigte, todt und eingesargt vor mir sähe, so würde der Anblick mir nicht so schrecklich gewesen seyn, wie die Lectüre jenes Aufsatzes. Etwas Dumpferes, Beschränkteres, das sich zugleich spreizt, ist mir noch nicht leicht vorgekommen. Auch gar keine Ahnung des zu beurtheilenden Objects, seines Umfangs und Gewichts; ein Herabziehen desselben in krankhaft-individuelle Zustände, um das, was die Kunst in ihr ewiges Eigenthum verwandelt hat, an dem Richtigsten zu messen und damit zu vergleichen; daneben eine Keckheit in Rückschlüssen auf Göthe als Mensch und Character, durch die mir bei so wenig Geleistetem mit Schauder klar wird, daß da, wo die Ehrfurcht fehlt, Alles fehlen mag. Gravenhorst hat durch diese Rezension bewiesen, daß er, der das juristische Studium aufgab, es nie hätte aufgeben sollen, da sich, nach der Probe zu urtheilen, in ihm Nichts ausgebildet hat, als eine ganz geringfügige juristische Dialektik, die ihre Kraft eben vom Regiren alles Höheren und Tieferen entlehnt. Gott gebe, daß er anders sey, als sein Aufsatz.

Heute, den 18. März, mein Geburtstag. Elise überrascht mich mit einer wunderschönen Schreibtafel, einer Halsbinde und Glace-Handschuhen. Ihrer Güte und Liebe läßt sich kein Damm setzen! O, wie mich das rührt. Mehr, als daß es mich freut. Ob denn eine Seele, wie sie, es nicht verdient, daß sie gegen Sorge und Noth geschützt wird? Nur ein wenig Glück in meinen Unternehmungen, nur so viel, als dazu gehört, um von ihr das Elend entfernt zu halten! Was wird Campe antworten!

Golo: Eine Welt, die mich zu dem machte, was ich bin, darf ich lassen!

Den 21. März.

Ehe ich schlafen gehe, dem Himmel, den ich durch Mißtrauen und Verzweiflung beleidigte, Abbitte und innigsten Dank. Heute Nachmittag

trieb ich Elisen die Thränen durch Gedanken über den Selbstmord aus
den Augen, den ganzen Abend tauschte ich mit Jahnens Hypochondrie
gegen Hypochondrie, und wie ich zu Hause kam, fand ich von Campe
einen höflichen, achtungsvollen Brief vor, der die Sache wegen Judith
auf einmal abschließt. Er giebt baar 10 Louisdor. Wieder eine Strecke
vor mir, in der ich frei schaffen und wirken kann. Dank! Dank! Dank!

Den 25. März.

Gestern Abend bei Campe. Er war sehr freundlich, zahlte mir, ohne
daß ich ein Wort zu sagen brauchte, die 10 Louisdor aus und sagte,
daß er das Werk sogleich drucken lassen wolle. Judith hat mir nun im
Ganzen 43 Louisdor eingebracht; eine schöne Summe für ein erstes Werk.

Der Zufall ist ein Räthsel, welches das Schicksal dem Menschen
aufgiebt.

Alle irdische Liebe ist nur der Durchgang zur himmlischen.

Abraham's Opfer wäre ein sehr bedeutender Stoff für ein Drama.
Die Idee des Opferns mußte aus ihm selbst kommen und je schwerer
ihm die Ausführung fiele, um so mehr müßte er an dem furchtbaren
Pflichtgedanken festhalten. Dann die Stimme des Herrn.

Ich las ein paar Romane von Bulwer. Bulwer ist kein Mann von
Genie, aber ein Mann von umfassender Bildung, scharfem Verstande und
populärem Geist. Sein Ernst Maltravers fängt äußerst interessant an,
ungefähr, wie Kleist's Toni; nur, daß der Mann von Verstand den Faden
da fallen läßt, wo ihn der Mann von Genie gerade aufgenommen haben
würde. Als Alice aus der Hütte flieht, vertrieben durch die Miß-
handlungen ihres Vaters und die ärgeren eines anderen Menschen, müßte
sie durch den letzteren bereits entehrt worden seyn und ein Kind empfangen haben. Nun das Verhältniß der ersten Liebe zu Ernst und von
Ernst zu ihr; dazwischen die Schwangerschaft, die ihn am Ende in der
Unglücklichsten die Verworfenste ihres Geschlechts erblicken läßt.

Die einzige Kritik über den Werther ist die schließliche Frage:
wenn Werther nun Lotte genossen hätte, in welche fürchterlichere Zustände
wäre er dann gestürzt? Jetzt hat sein Leiden doch noch eine Gestalt, eine
scheinbare Ursache, dann wäre es nicht einmal für seine Gedanken

noch zu beſſern geweſen! Aber, hier iſt der Punkt, wo alle Kritik auf=
hört, weil wir an den Gränzen der menſchlichen, alſo auch der dichter=
iſchen Kunſt ſind. Der Dichter muß durchaus nach dem Aeußeren, dem
Sichtbaren, Begränzten, Endlichen greifen, wenn er das Innere, Un=
ſichtbare, Unbegränzte, Unendliche darſtellen will. Auch eine andere
Kataſtrophe wäre möglich geweſen. Lotte mußte ſchwanger werden.
Dieſer Anblick!

Daß die Gottheit dem Menſchen die formende Kraft verlieh, das
iſt ihre höchſte Selbſtentäußerung.

Schelling und Hegel: wenn das Pferd den Hund beſchuldigt,
er habe ihm den Hafer geſtohlen und ſey nur davon ſo fett geworden,
ſo ſoll man den Hund billig freiſprechen.

Es giebt eine Unſchuld der Schönheit wie der Tugend.

„Frohlockend drangen unſere Geiſter aufwärts und durchbrachen
die Schranken, und wie ſie ſich umſahen, wehe, da war es eine unend=
liche Leere,“ ſagt Hölderlin. Ja wohl, und eben darum iſt gerade das des
Menſchen Glück, was er für ſein Unglück hält: das enge Einſchließen. Je
enger, je beſſer, denn um ſo ſicherer hat er ſein bischen Armuth zuſammen.

Es iſt mir auffallend, wie manche Gedanken und Anſchauungen im
Hyperion den meinigen ähnlich, ja gleich ſind. Ich wollte aus meinem
Tagebuch zu Dutzenden die Beiſpiele herausfinden. Sogar aus Judith.
So heißt es Seite 30, „ich glaube, daß wir durch uns ſelber ſind, und
nur aus freier Luſt zu innig mit dem All verbunden! Und Holofernes
ſagt: „oft kommt's mir vor, als hätt' ich einmal zu mir ſelbſt geſagt:
nun will ich leben! u. ſ. w. Dennoch leſe ich heute, den 29. April, das
Buch zuerſt.

Sehr ſchön heißt es über die Natur: „Sie iſt dein Herz nicht
werth, wenn ſie erröthen muß vor deinen Hoffnungen!“ —

Durch den Todesgedanken den goldenen Faden des Lebens zu ziehen!
Eine höchſte Aufgabe der Poeſie.

Die Ironie, womit der Menſch ſich ſelbſt verſpottet, iſt das Wieder=
aufgehen in Gott.

Wenn der Menſch überhaupt dauert, ſo dauert er als Individuum.
Denn er iſt ein geborner Mittelpunkt.

Der eigentliche Fluch des Menſchen=Geſchlechts liegt darin, daß nur die Wenigsten zum Gefühl ihrer Unendlichkeit kommen, und daß von diesen Wenigen wieder die Meisten durch das hervorbrechende Gefühl über die Ufer und Gränzen des gegenwärtigen Daseyns hinweg getrieben werden.

Das höchste Lebensgesetz für Staaten und Individuen ist das Gesetz, sich zu behaupten. Ist noch so viel Kraft in der alten Form, daß sie der neuen Widerstand leisten kann, so ist gewiß noch nicht soviel Kraft in der neuen Form, daß sie nach dem Zerbrechen der alten alle Elemente, die zu umfassen sind, umfassen kann.

Den 29. May.

Jetzt wieder ein Pflanzenleben. Genoveva liegt noch immer unfertig da. Aendern muß ich, aber kaum weiß ich was, noch weniger wie. Das Drama hat den Fehler seiner Idee möchte ich sagen und das ist freilich der ärgste Fehler, den es haben kann. Die Idee ist die christliche der Sühnung und Genugthuung durch Heilige. Das Menschliche hat sich in den Character hinein gerettet. Ich bin den ganzen Tag schläfrig; und die Sorgen! Die Angst vor der Zukunft! Was werden soll, weiß ich nicht. Wäre ich allein, dann —. Aber so!

Den 31. May, Pfingstsonntag.

Pfingsten! Pfingsten! In Dithmarschen war das, was ich heute habe, immer schon Genuß, denn ich hatte Muße. Nun ist die Muße eben das Unerträgliche. Blumen würden mir Freude machen, ein Strauß! Ich habe keine und mag mir keine kaufen, denn gekaufte Blumen sind keine unschuldige mehr. Ich habe den Morgen über wieder eine Scene in Genoveva vorgenommen; Elise sitzt auf dem Sopha und ruht, die Thüre und Fenster stehen auf, frische Luft zieht durch die Zimmer und macht die Hitze menschlich. Zwischendurch spreche ich über die Idee des Christenthums. O Genoveva, du machst mir viel Kummer! Lieben darf ich dich nicht und vernichten darf ich dich auch nicht!

Nein, das darf ich nicht, denn es ist ein Lebendiges, obwohl Mißrathenes, und beim Mord wird nicht gefragt, was man mordete; nur ob man mordete. O, welche Stunden!

16*

Den 21. Juny.

Gestern, Sonntag, litt ich an abscheulichem Zahnweh. Heute ist es wieder weg. Mit größtem Vergnügen lese ich die Tagebücher und Briefe des Lord Byron, wie sie Moore herausgegeben hat. Jetzt zum ersten Male gewinne ich Byrons Persönlichkeit lieb, denn jetzt, aus allen diesen Denkmälern, erkenne ich die Nothwendigkeit seines Bildungs= und Lebensganges. Auch er ist ein Beweis dafür, daß sich im Leben Nichts nachholen, Nichts eintragen, noch auslöschen läßt.

Den 22. Juny.

Fortwährend mit Byron's Tagebüchern beschäftigt. Merkwürdig ist es, daß der Lord, der immer schießt, nie ein Duell hat. Diese Lectüre macht meinen ganzen innern Grimm wieder rege, daß ich so vertrocknen muß, ohne irgend Etwas vom Leben kennen zu lernen. Mit höchster Wahrheit kann ich von mir sagen, daß ich keinen einzigen Tag eine Freude habe. Entweder ich sitze so einsam für mich weg in meinem Zimmer, oder ich laufe einsam im Felde oder auf den Straßen umher; hin und wieder, sehr selten, gesellt sich irgend ein gleichgültiger Mensch zu mir und ist immer willkommen. Jahuens sehe ich nicht mehr, die Gespanntheit ist lächerlicher Art und er hat Schuld, sie ist mir aber ganz recht, denn er war in der letzten Zeit völlig unerträglich und ich will lieber die Seufzer des ganzen Hospitals anhören, als die seinigen. Gravenhorst ist mir ein Räthsel, oder vielmehr keines, er ist der eitelste Egoist, der mir noch vorkam, keines Menschen Freund, also auch der meinige nicht, aber doch nicht so ungangeunfähig, wie er mir Anfangs erschien. Nendtorff ist zurück und hat mich nicht besucht. Ich stehe jetzt ganz ohne Freunde da, Elise, die freilich Alle aufwiegt, ausgenommen; dies ist ein unangenehmes Gefühl, aber die Sache ist bei meinem Lebens= gange vielleicht natürlich.

Ob ich wohl eigentlich undankbar bin, d. h. undankbarer, als der Mensch es ist und seyn muß? Ich bin es und bin es nicht. Ich bin es in Bezug auf materielle Dinge, denn ich habe zuviel Stolz, um diesen in meiner Erinnerung soviel einzuräumen, als ich vielleicht müßte. Ich bin es nicht, wenn es sich um empfangene geistige Wohlthaten handelt, um Liebe und Freundschaft oder um geistige Eindrücke. So hat z. B. Uhland sich doch gewiß verletzend gegen mich benommen, aber meine Gefühle für ihn haben keine Veränderung erlitten.

Sonntag, den 4. July.

Den ganzen Tag das Haus nicht verlassen, weil das Musikfest begonnen hat und die ganze Stadt sich amüsirt. Man mag sich, wenn man auch nicht kindisch mit dem Schicksal darüber habert, daß man von jedem Genuß ausgeschlossen ist, doch nicht gern von dem ganzen vornehmen Pöbel als Exclubirten beaugenscheinigen lassen. Gestern begegnete mir Gußkow, von Berlin, wo er Triumphe eingesammelt, zurückgekehrt, in elegantem Wagen fahrend, während ich und Zahnens in der brennenden Hitze, zu Fuß den Sand durchmaßen. Dergleichen wirkt so wenig angenehm, als unangenehm auf mich, es ist mir völlig gleichgültig. Die Judith ist noch immer nicht ausgegeben. Bei aller Ueberzeugung von dem Werth meines Werkes hat wohl noch nie ein Autor geringere Erwartungen gehegt, wie ich. Ich hege in Wahrheit gar keine, ein schreckliches Zeichen, was die Abstumpfung meines Herzens betrifft. Hätte ich nur Bücher, so wäre mir die Einsamkeit gar nicht drückend. Aber ich bin auf mein einziges Leihbibliothek-Buch beschränkt. Es will sich auch gar Nichts machen, wie bei Anderen.

Ich kann den Umgang aller Menschen entbehren, aber ich kann mich gegen keinen Einzigen, mit dem ich umgehe, verschließen.

Der lyrische und noch mehr der dramatische Dichter muß alle seine Schilderungen immer zwischen dem Bewußt-Unbewußten halten, daher ist der Styl dieser Kunst viel schwieriger, als der epische, der das Leben reflectirend zurückgiebt, während jener es als werdend und doch zugleich geworden darstellen soll.

Gestern am 8. July (achten) 1841 wurde mein Sohn Maximilian geimpft. Er benahm sich wie ein kleiner Held. Alle anderen Kinder schrieen heftig, er, wie er den Schmerz fühlte, legte sich an die Brust seiner Amme, und je heftiger der Schmerz wurde, je öfterer er wiederkehrte, um so eifriger trank er, als ob er, ein unbewußter Philosoph, sich für das unbekannte Weh sogleich durch einen ihm bekannten Genuß entschädigen wollte.

Es kann so wenig ein reines, sachliches, nicht individuell modifi=cirtes Denken geben, als es ein solches Dichten giebt.

Den 27. August.

Heute habe ich meine Genoveva, nachdem ich sie nach langen Wehen zu meiner Zufriedenheit abgeschlossen, an die Berliner Bühne abgesandt.

Wie kann der unbedeutende Dichter ein Dichter seyn? Wie kann der Reichthum in der Armuth liegen?

Den 27. September.

Heute habe ich das an Campe verkaufte Manuskript meiner Ge=dichte geendigt und abgeschlossen. Das ist eine schwere Aufgabe gewesen, dies Tuschen und Retouchiren an den früheren Sachen, ich glaube aber, ich habe ihr genügt.

Den 13. October.

Trüber Regentag. Ohne Bücher, ohne Fähigkeit zu arbeiten, bin ich darauf angewiesen, aus dem Fenster zu sehen und die Tropfen zu zählen. So geht das Leben hin. Gestern las ich Steffen's Memoiren, den 4. Band. Wenn ich so sehe, wie anderen Menschen nach und nach alle Quellen aufgethan werden, so dürste ich um so mehr.

Den 20. October.

Heute Abend erhielt ich meine Genoveva von Berlin mit einem höflich=ablehnenden Brief der Intendanz zurück. Sie wird nicht an=genommen, weil Herrn Raupach's Genoveva sich auf dem Repertoire befindet. Uebrigens sey sie mit großem Interesse gelesen worden. Ich sehe es kommen, es wird mir gehen, wie es schon Anderen auch ging. Wäre nur nicht Elise und Max, so könnt' ich's mit größerer Ruhe ansehen.

27. October.

Ich habe vor längerer Zeit Steffens Memoiren und in diesen Tagen mehrere seiner Novellen, namentlich Malcolm, gelesen. Wie hoch und sicher glaubt dieser Mann über den Verirrungen der Zeit zu stehen, wie genau kennt er sie, wie treffend weiß er sie zu schildern, und wie tief ist er doch selbst in ihnen befangen. Was ist das für ein erlogenes, aufgeputztes hohles Wesen in seinen Produktionen, wie unfähig ist er, auch nur einen einzigen Gedanken zu entwickeln, geschweige darzustellen, wie kümmerlich ist sein Nothbehelf, die umgekehrte Seite der Natur, das Affectirte, wie Erdachte zu zeichnen, um sich vor dem Trivialen d. h. vor dem Trivialen, das auch ein Rezensent kennt, zu retten. Und dabei in den Memoiren die große Selbstlüge, daß er nur darum kein Dichter sey, weil er weit mehr, als ein Dichter sey, daß er keine Verse machen könne, weil er es immer mit der ganzen Welt auf einmal zu thun habe und diese natürlich nicht in ein paar Reime hineingehe. Man mögte, wenn man dies und Aehnliches lie'st, anfangen, an der Möglichkeit der inneren Wahrheit zu zweifeln.

Gerade das kann die Welt entbehren, um dessenwillen sie allein zu existiren verdient.

Die Lerche zwitschert, die Wachtel schlägt, die Nachtigall singt, Keins denkt an's Andere und doch wird eben daraus die schönste Melodie.

Den 29. November.

Heute Abend habe ich das Lustspiel: Der Diamant beendigt.

Comödie und Tragödie sind ja doch im Grunde nur zwei verschiedene Formen für die gleiche Idee. Warum aber haben wir Neueren keine Komödie im Sinne der Alten? Weil sich unsere Tragödie schon soweit in's Individuelle zurückgezogen, daß dies Letztere, welches eigentlicher Stoff der Komödie seyn sollte, für sie nicht mehr da ist.

Menschen, die wenig Verstand haben, werden leicht viel Phantasie zu besitzen scheinen. Das kommt aber nicht daher, daß dies Vermögen bei ihnen wirklich in einem höheren, als dem gewöhnlichen Grade vorhanden ist, es kommt nur daher, weil die Dinge auf sie verworrene Eindrücke machen und eben, weil der Verstand, der Alles auf seine ursprünglichen Erscheinungsgründe zurückzuführen sucht, bei ihnen nicht thätig ist, zu allerlei wunderlichen Combinationen Gelegenheit geben. Echte Phantasie geht immer mit der Vernunft und meistens mit dem Verstand Hand in Hand.

Den 10. December.

Gestern Abend habe ich die Reinschrift des Lustspiels beendet. Nun bin ich zufrieden, aber ich habe auch noch stark an dem Diamanten geschliffen. Dessen glaube ich gewiß zu seyn, daß in Deutschland, da Tieck alt ist, kein ebenbürtiges Komödien-Talent neben mir auftreten wird, denn die Töpfer, die Bauernfeld u. s. w. erheben sich nur zu Fratzen und Figuren, denen sie, wenn's glückt, einen leiblichen Einfall oder eine Schnurre in den Mund legen, und die Gutzkowe stehen noch niedriger, wie diese, eben weil sie Höheres wollen. Dennoch wird mein Stück wohl so wenig den ersten als den zweiten Preis in Berlin erhalten. Nun, es gehe, wie's wolle. Die Kraft, die Wonne des Schaffens ist doch mein, dieser Lohn geht aus meiner eigenen Brust, aus der Gabe selbst hervor und kann nie davon getrennt werden, und so viel, als ich brauche, um meine und der Meinigen leibliche Existenz nothdürftig zu fristen, wird ein gütiger Gott nicht versagen. Elise ist ja fast noch bescheidener, als ich; freilich schmerzt es, daß ich ihr nie eine Freude machen kann, daß sie Kinderwärterin, Schneiderin, oft sogar auch Köchin seyn muß, während Andere von einer Lustbarkeit zur andern hüpfen.

Was ist Leben? Du stehst im Kreis, bist durch den Kreis beschlossen, wie könnte der Kreis wieder, sey es als Bild oder Begriff, in dir seyn? das Ganze vom Theil umfaßt werden, in ihm aufgehen?

Einer, der einen Mörder entdeckt und angiebt, dafür eine Prämie erhält, durch die Prämie in's lockere Leben hineinkommt, und um dies fortsetzen zu können, als das Geld am Ende aufgeht, selbst Einen ermordet.

Ein Mädchen, das mit seinem Lohn zu Hause geht, einem begegnenden Schlächter sagt, daß sie sich durch den Wald zu gehen fürchtet, von diesem durch den Wald begleitet und erschlagen wird; im Sterben sagt sie: „Die Sonne soll dich verrathen!" Der Schlächter, längst verheirathet, liegt einmal Morgens in seinem Bett und lacht, als die Sonne ihm hell in's Gesicht scheint; seine Frau fragt ihn, warum er lacht, er sagt ihr zuletzt: die Sonne soll mich verrathen und erzählt den Mord; die Frau zeigt den Mord an und er wird hingerichtet.

Den 20. December.

Heute habe ich Schillers Aufsatz über Anmuth und Würde gelesen. Wie paßt Alles, was er über die schöne Seele, die im Zustand des

Affekts in's Erhabene übergehe, so sehr auf Elise, als ob sie im Gemälde copirt wäre! Mir ist noch kein menschliches Wesen von so wunderbarer, himmlischer Harmonie vorgekommen, wie sie. Ich hätte ohne sie die Genoveva nicht schreiben können. Ich bin ihr Alles, meinen äußern und meinen innern Menschen, meine Existenz in der Welt und in der Kunst, schuldig geworden; möchte Gott mich in den Stand setzen, ihr ein leibliches Dasehn zu verschaffen! Das ist das Einzige, wovor sie bangt und zittert, daß es ihr und dem Kinde ·noch einmal am Nothwendigen fehlen möge. Gott verhüte es gnädig; will er mich strafen, so giebts andere Mittel, als diese.

Den 23. December.

Heute habe ich den Prolog zum Diamanten beendigt, der ist so oft durch Zahnweh unterbrochen worden, daß sein Fertigwerden ein Wunder ist. Ich freue mich, morgen ist Weihnachts=Abend, heute besuch ich mit Elise die Ausstellung in den Läden, Geld hab' ich und an Hoffnung fehlt's nicht!

Den 27. December.

Die Weihnachtstage habe ich bei ihr, die ich nicht mehr zu nennen brauche, wieder schön verlebt. Sie hat mir einen prächtigen Shawl geschenkt, außerdem noch gestickte Schuhe, eine feine Geldbörse und, was mich immer tief in meine Kindheit zurückversetzt — nicht, weil ich es damals hatte, sondern weil es mir fehlte — Nüsse, Kuchen und Aepfel. Ich bin Gott unendlich dankbar für jeden frohen Tag, den wir in Freude und Heiterkeit mit einander verbringen. Am ersten Weihnachts=tag trug ich das Lustspiel auf die Post. Sey Er, ohne dessen Segen die Kraft selbst keine Kraft mehr ist, dem Werke günstig.

Heute den rasenden Ajax von Sophocles wieder gelesen. An den Oedipus reicht er nicht, aber es ist groß gedacht, daß der Wahnsinn, sowie er sich selbst erkennt, zu noch größerem Wahnsinn führt und daß noch der Todte zur Entfaltung aller Leidenschaften der Lebendigen Anlaß giebt. Die Veränderung der Scene im zweiten Theil zeigt, wie wenig den Alten die sogenannte Einheit des Orts galt, wenn sie sich nicht von selbst darbot. Die moderne Kritik mit ihren albernen Natürlichkeits=

Forderungen möchte es als einen Hauptfehler rügen, daß Teucros nicht
erst Wiederlebungs-Versuche mit dem Bruder anstellt, sondern nur für
seine Bestattung sorgt.

Auch das tiefste, geistreichste Wort, was der Mensch spricht, verweht und verliert, nachdem es die fremde Seele befruchtet hat (oder
auch, rückwirkend die eigene) seine Bedeutung durch ein erzeugtes zweites
oder drittes, nur er selbst dauert und bleibt. Ein gemeiner Gedanke,
mögte man sagen. Allerdings, aber ich wollte, er würde noch etwas
gemeiner, er fände auch im Gebiet der Kunst Anwendung, dann würde
man erkennen, daß im Dramatischen selbst die schönsten und gewichtigsten
Reden, wie man sie bei Schiller auf jeder Seite findet, niemals für
Charactere entschädigen können.

Den 28. December.

Nun stehen mir wieder abscheuliche Tage bevor. Das Lustspiel ist
fertig und ein neues Werk (obgleich sowohl Moloch, wie das bürgerliche
Trauerspiel Clara stark in mir rumoren) läßt sich wohl nicht sogleich
wieder anfangen, da kehrt sich denn, wie gewöhnlich, das bischen Kraft,
das ich sonst auf künstlerische Objecte verwende, gegen mich selbst, wie
die Zähne, die Nichts zu beißen haben, sich in das eigene Fleisch hinein-
graben, das sie nähren sollen. Dann geht auch, wie schon heute, das
Pflügen im Tagebuch wieder los, allerlei Gedanken fliegen Einem durch
den Kopf, mit denen man Nichts anzustellen weiß, und man legt sich
ein Herbarium von solchen zudringlichen Schmeißfliegen an. Hätt' ich
nur Bücher! In diesen Pausen, wo das Productions-Vermögen stockt
und aus einer bestimmten einzelnen Richtung sich wieder in's Allgemeine
verliert, würde ich wüthend studieren und allerlei Wirthschaftliches bewältigen können. Aber Campe bietet mir keine Bücher an, und eben
weil er das nicht thut, mag ich ihn nicht fragen, eben so wenig mag ich
Jemandem zumuthen, auf der Stadtbibliothek für mich zu bürgen und so
muß ich die Zeit vorübergehen lassen, wie ein Huhn, das zur Brütezeit
auf einem leeren Nest sitzt. Ach, der Mensch ist so wenig, so ganz ungeheuer wenig, selbst dann, wenn seine Kraft sich bis an's Aeußerste ihrer
Peripherie ausdehnt, daß er sich gar Nichts zu seyn däucht, wenn es an
diesem inneren Aufpeitschen fehlt, daß es wenigstens mir scheint, als ob

mit dem concentrirenden Gedanken, der meinem Vermögen die Bahn der Wirkung anweist, ich selbst in's Nichts entweiche.

Alle menschliche Bildung geht den folgenden Gang. Der Mensch erwacht mit einem Gefühl des Allgemeinen, welches eben darum, weil er daraus hervorging, sein Erbtheil seyn mag. Dann hat er Alles, weil er Nichts hat, er glaubt die ganze Welt zu besitzen, weil sie ihm in allen ihren Realitäten gleich nah und gleich fern steht, weil keine einzige von allen ihn dadurch, daß sie ihm näher gerückt ist, belehrt, wie weit von ihm die übrigen entfernt sind. Hierauf folgt die Erkenntniß und das Ergreifen des Besondern, wo der Mensch sich mit unendlicher Behaglich= keit in das, was er einmal erfaßt und durch Selbstthätigkeit zu sich herangebracht hat, versenket. Nun, wenn Alles gut geht, entsteht der Trieb, das Besondere wieder in's Allgemeine aufzulösen, es darauf zurückzuführen. Die Allermeisten bleiben im ersten Stadium stehen; dies sind die Leersten und Eitelsten, aber auch zugleich die Glücklichsten, weil sie sich durch keine individuelle Form gebunden fühlen und weil sie natürlich nicht erkennen, daß die Form ihnen nur darum fehlt, weil sie dem Nichts überhaupt fehlte. Sehr Viele verharren im zweiten Stadium, die sind unglaublich zäh und sicher, ungefähr so, wie das, was am menschlichen Körper Knochen geblieben ist, rauh zäh und gegen die meisten Krankheiten gesichert ist. Die Wenigsten erreichen das dritte Stadium, aber nur in diesem setzen Gott und Natur ihr Geschäft fort.

Wechselzähne der Kinder. Ich mögte wissen, wie die Medizin sie erklärt. Ich denke mir so. Der Organismus des Kindes ist zu schwach, um in so frühen Jahren den Zähnen schon eine für das ganze Leben ausreichende Festigkeit und Härte zu geben und doch kann die Natur das Kind nicht so lange ohne Zähne lassen, als nöthig wäre, wenn sie die Zähne sogleich machen sollte, wie sie seyn müßten. Darum Wechselzähne. Freilich Hypothese ohne Erfahrung.

Den 29. December.

Die Genoveva ist doch in Gehalt und Form so bedeutend, wie Etwas von mir, nur daß in ihr die Welt unendlich mehr auseinander= geschoben ist, wie in Judith, was die Natur des Dramas nothwendig machte, was aber das Verfolgen der einzelnen Fäden bedeutend erschwert.

Wenn ich früher nicht mit ihr zufrieden war, so kam das daher, weil ich aus übertriebener Sprödigkeit gegen Gemüths=Dialectik, die allerdings auch leicht zu weit gehen kann, den Character des Golo zu sehr nur in der Blüthe, statt in den Wurzeln hingestellt hatte.

Mir kam heute ein Gedanke über den Chor der griechischen Tra=gödie, der vielleicht nicht ganz verwerflich ist. Es ist bekannt, daß das ganze Drama der Griechen sich aus den Gesängen entwickelte, die am Dionysosfeste gesungen wurden. Diese Gesänge, deren Inhalt durchaus religiös war, wurden also Grundstock des Dramas, dadurch erklärt es sich ganz von selbst, daß sie fortwährend das innerste Element desselben ausmachten. Hier ist der Ursprung des Chors; daß später die Meister der Kunst ihn in die Natur des Dramas selbst zu verweben suchten, war natürlich. Schlecht ausgedrückt.

Den 30. December.

Einige Bände Lessing durchgelesen. Es ist außer Laocoon und der Dramaturgie doch unendlich wenig Positives in ihm, und die Zeit mag nahe seyn, wo alles Uebrige dem Staube der Bibliotheken anheim fällt. Ich zum Wenigsten kann diese kleinen Abhandlungen, selbst die über den Tod u. s. w. nicht mehr durchbringen. Die Irrthümer, die er bestreitet, sind vergessen, die Wahrheiten, die er feststellt, sind ausgemacht und der unbefangene Beschauer, der weniger auf den Prunk der Gelehrsamkeit, als auf die Resultate sieht, kann Beide nicht mehr für besonders wichtig halten. Seine Dramen zumal sind mir unausstehlich, je mehr sich das eigentlich Leblose dem Lebendigen nähert, je widerlicher wird es und es läßt sich doch, obgleich selbst die bessere Kritik zuweilen noch eine andere Miene annimmt, durchaus nicht leugnen, daß alle Lessingsche Menschen construirte sind, und daß seine Haupttugenden: die geglättete Sprache, die leichte Diction und die caustische Schärfe der Gedanken eben aus diesem Hauptmangel, der die feine Ausarbeitung der einzelnen Theile sehr begünstigen mußte, hervorgingen.

Ein ausführliches kritisches Werk über Shakespeare könnte Gelegen=heit geben, Dinge über das Drama und die darin herrschende dichterische Darstellungs=Weise zu sagen, die noch nie gesagt sind. Man müßte, um sich die Arbeit zu erleichtern, nicht vom Allgemeinen zum Einzelnen, sondern um=

gekehrt vom Einzelnen zum Allgemeinen übergehen und das Ganze etwa in
Form eines rhapsodischen Tagebuchs geben. Tieck, so lange er ausholt,
ist mit seinem Werk noch immer nicht da und hat eigentlich bis jetzt über
Shakespeare nur noch schöne Reden gehalten, er ist ein Priester am Altar,
aber kein speculativer Theolog, wenn der Ausdruck erlaubt ist. Wenn ich
daran ginge, so würde mir Shakespeare natürlich nur Neben= und das
Drama selbst Hauptsache. Im dramatischen Katechismus, wie ihn die
kritischen Jungen auswendig lernen, stehen bis auf den heutigen Tag Artikel, die zu vertilgen ein größeres Verdienst seyn müßte, als neue Dramen
zu schaffen. Welche Dummheiten z. B. werden fortwährend über Charactere, über ihre Treue, ihre Uebereinstimmung mit der Geschichte u. s. w.
abgeleiert. Daß die Symbolik nicht bloß in der Idee des Dramas wirksam ist, sondern schon in jeglichem seiner Elemente, will Niemand ahnen
und doch ist Nichts gewisser. Diese Herren Critikaster würden wahrscheinlich laut auflachen, wenn sie Jemanden zum Maler sagen hörten: was?
das sollen Menschen=Gesichter seyn? Du giebst nur für Röthe des Bluts
Röthe des Zinnobers, für Blau des Auges Blau des Indigo, und meinst,
das könne uns täuschen? Dennoch gebärden sie sich nur um ein Weniges
comischer, wenn sie in ihren Beurtheilungen Geschichte und Poesie mit
einander confrontiren und statt nach der Identität der letzten Eindrücke,
die allerdings gleich seyn müssen, wenn Dichter und Historiker sind, was
sie seyn sollen, nach der ebenso unmöglichen als überflüssigen Identität
der Ingredienzien fragen.

Den 31. December.

Als das erheblichste äußere Ereigniß des verflossenen Jahrs darf
ich wohl das mit Campe angeknüpfte Verhältniß betrachten, welches sich
anläßt, als ob es ein festes und dauerndes werden wolle. An dieses
knüpft sich dann die Herausgabe der Judith und die bevorstehende der
Gedichte. An Arbeiten sind entstanden: die beiden letzten Acte der Genoveva; das Lustspiel: der Diamant nebst Prolog; die Novelle: Matteo;
kritisch ein Aufsatz über Heines Buch der Lieder im Correspondenten,
und viele Gedichte, noch ungerechnet, daß ich einen großen Theil der
älteren Gedichte, denen hie und da in einzelnen Ausdrücken nachzuhelfen
war, überarbeitet und zu dem mir möglichen Grad der Vollendung er-

hoben, andere, bei denen dies nicht ging, vernichtet und so diese Silhouette meines Herzens nach Kräften von Leberflecken und Sommersprossen ge= reinigt habe. Mit bedeutenden Menschen bin ich nicht bekannt geworden; Franz Dingelstedt hat mir geschrieben, doch der scheint, wie es mir nach seinen Nachtwächterliedern vorkommen will, die Hand nach allen Seiten zu bieten, um sich ein Heer von guten Freunden anzuwerben; ich habe ihm auch nur ein Paar leichte Worte geantwortet. Auch das hab' ich erlebt, daß sich Jemand, ein Redacteur in Hannover, ein Paar Zeilen von meiner Handschrift ausbat; wachse, Celebrität! Dr. Schleiden hat meine Genoveva mit großer Liebe aufgenommen und mir einen Brief darüber geschrieben, der aus dem Tiefsten des Herzens kam; das hat mir von Allem, was dem Dichter in mir widerfuhr, die meiste Freude gemacht, denn dies Zeichen der Anerkennung war eben so frei, als wahr. Bisher hat Gott mich vor Noth geschützt; ich bitte um Nichts weiter, als daß er es auch fernerhin thun möge; dann muß ich aber im nächsten Jahr etwas mehr Geld erhalten. — Gott helfe uns!

1842.

Den 1. Januar, Abends 10 Uhr.

Da steht das Datum! Aber was ich hineinschreiben soll, weiß ich wirklich nicht. Statt alles Uebrigen steht hier am Besten das Wort Vertrauen. Ja, Vertrauen! Mit Vertrauen will ich das Jahr anfangen, denn daran fehlt es mir oft gar sehr. Gott, du weißt es: ich bitte dich nicht um Tand, nicht um Ehre und Ruhm, so schmerzlich man der Letzteren freilich in einer Welt voll bekränzter Lumpen entbehrt, nicht um Ueberfluß, nur um Fortdauer der inneren und äußeren Existenz, nur um das, was zu meiner und meiner Theuersten Erhaltung nothwendig ist und um deinen Segen für mein geistiges Leben. Darum will ich auch glauben, daß du mich erhören wirst!

Den 2. Januar.

Du armer Seidenwurm! Du wirst spinnen, und wenn auch die ganze Welt aufhört, Seidenzeuge zu tragen!

Den 9. Januar.

Das Meiste von Hoffmann hat sich überlebt, aber eine Elixire des Teufels sind und bleiben ein höchst bedeutendes Buch, so voll warmen, glühenden Lebens, so wunderbar angelegt und mit solcher Consequenz durchgeführt, daß, wenn es noch keine Gattung giebt, der Darstellungen dieser Art angehören, das Buch eine eigene Gattung bilden wird. Hoffmann gehört mit zu meinen Jugendbekannten und es ist recht gut, daß er mich früh berührte; ich erinnere mich sehr wohl, daß ich von ihm zuerst auf das Leben, als die einzige Quelle echter Poesie, hingewiesen wurde.

Die Scenen im ersten Bande (von pag. 80 an) der Elixire, wo
Euphemie, den Medardus für Victorin haltend, diesem erzählt, wie sie sich
durch ihre Geisteskraft über Alle gestellt habe, während sie sich in demselben Augenblick dem Medardus in die Hand giebt, und so ihren Sieg
durch ihren Triumph selbst zerstört, ist so humoristisch=groß, wie Etwas.

Alles von Hoffmann ist aus einem unendlich tiefen Gemüth
geflossen, Alles das, was seine Werke von den höchsten Werken der
Kunst unterscheidet, daß z. B. die Ideen, die ihnen zu Grunde liegen,
nicht fixe Sonnen, sondern vorüberschießende Kometen sind, daß der
Verstand, der dem Einzelnen feste plastische Form giebt, nicht ebenso
das Ganze einrahmt, trägt dazu bei, sie noch wärmer zu machen, als
Kunstwerke.

Ich liebte Hoffmann sehr; ich liebe ihn noch und die Lectüre der
Elixire giebt mir die Hoffnung, daß ich ihn ewig werde lieben können.
Wie Viele, die mir einst Speise gaben, liegen jetzt schon völlig aus-
gekernt hinter mir!

In Dithmarschen hat mich Keiner gekannt. Wenn ein Mensch
im Sumpf liegt und dem Ertrinken nahe ist, kann ihn Niemand kennen
lernen.

Elise träumte sehr oft, sie befände sich in einem unendlichen
dunklen Raum, der mit Sternen besäet sey, und löse sich darin auf.

Wahrheit ist das höchste Gut. Sehr richtig. Aber was ist Wahrheit? Dies ist auch die höchste Frage. Wem bin ich Wahrheit schuldig?
Doch wohl nur dem, der selbst der Wahrheit fähig ist.

Den 10. Januar.

Herr Gloy, Mitglied des hiesigen Theaters, wird meine Genoveva
nächstens in einer Gesellschaft lesen. Er hat sie seit 3 Wochen, ohne
daß ich etwas Weiteres erfuhr und ich war schon fest überzeugt, daß
durch Mittheilung des Manuscripts, die durch Jahnens geschehen war,
ein Mißgriff begangen sey. Heute Abend klärte sich nun Alles auf,
Jahnens erzählte mir, daß Gloy das Werk unablässig studiere und zum
Theil memorire, um es gut vortragen zu können; nur Shakespeare habe
so Etwas gemacht u. s. w. Nicht aus erbärmlicher Eitelkeit schreibe ich
dies nieder; Gott weiß, wie sehr ich noch immer in Zwiespalt mit mir

selbst liege, wie oft ich über meinen Beruf für das Höchste wieder in
Zweifel gerathe, und wenn ich dann solche Aeußerungen von Leuten,
die mir ganz fremd sind und die sich in ihrem Urtheil gewiß nicht zu
geniren brauchen, vernehme, so kann es mir nicht gleichgültig seyn.

Schäm' dich! es ist die billigste Art, sich zu schminken.

Der Jugend wird oft der Vorwurf gemacht, sie glaube immer,
daß die Welt mit ihr erst anfange. Wahr. Aber das Alter glaubt noch
öfterer, daß mit ihm die Welt aufhöre. Was ist schlimmer?

Den 12. Januar.

Heute hab' ich die Sonette und die Erzählung: die Nacht im
Jägerhause an's Morgenblatt gesandt.

Daß die Engländer jetzt China zu erobern suchen, scheint mir der
genialste Gedanke der neueren Geschichte, ein Gedanke, der allein durch
sein Daseyn seine wirkliche Ausführung verbürgt. Und so wie sich jetzt
die Weltverhältnisse mehr und mehr zu gestalten scheinen, muß wohl
Jeder den Engländern von ganzem Herzen Glück und Wachsthum wünschen.

Den 13. Januar.

Ich war gestern Abend bei Campe. Er suchte mir begreiflich zu
machen, daß ich mich den Kritikastern und Recensenten gegenüber nicht so
spröde verhalten müßte, wie ich bisher gethan habe. Ich wollte dies
nicht einräumen, aber am Ende hat er nicht ganz Unrecht. Es ist
wie mit einer Sache vor Gericht. Auch bei der gerechtesten bedarf man
eines Advokaten, eines Mittlers zwischen sich und dem Richter. Etwas
anders will ich es von jetzt an halten und wenigstens solche Leute
nicht geradezu beleidigen.

Den 14. Januar.

Mein kleiner Max ist krank und nicht unbedeutend. Dies ist es,
was ich schon so lange gefürchtet habe. Nichts schneidet tiefer in mein
innerstes Wesen ein, als Krankheiten meiner Lieben. Unendlich Mal
lieber will ich selbst krank seyn.

Was wir Leben nennen, das ist die Vermessenheit eines Theils,
dem Ganzen gegenüber. Wie stellen sich die allgemeinen Kräfte dem

Besonderen in den Weg und suchen es noch vor der Entwickelung im Werden selbst zu zerstören! Wie stürzen sie über das Gewordene her!

Ja, wenn es ein Kriterium gäbe! Ein höchstes, sicherstes! Daß wenigstens innerlich das Schwanken und Zweifeln aufhörte. Denn, wenn man auch dem Maaß seines Erkennens Genüge thut, wie ich mir das Zeugniß geben darf: wer bürgt für dies Maaß selbst?

Ein Wort Napoleons.

Die Frau von Colombier führte ihn in Valence, als er noch Offizier war, in ihre Gesellschaften ein. „Der Kaiser spricht noch immer mit einer zärtlichen Dankbarkeit von ihr, und behauptet, daß der ausgezeichnete Umgang und die hohe Lage, in welche ihn diese Dame in seiner so frühen Jugend schon in der Gesellschaft zu bringen wußte, einen großen Einfluß auf das künftige Schicksal seines Lebens ausgeübt haben dürfte." Wahr, sehr wahr. Und so wie Napoleon zum Dank Ursache hatte, so habe ich, dem Kirchspielvogt Mohr gegenüber, Ursache, nicht zum Haß, aber zur bitteren Geringschätzung auf alle Zeiten. Woher kommt mein schüchternes, verlegenes Wesen, als daher, daß dieser Mensch mir in der Lebensperiode, wo man sich geselliges Benehmen erwerben muß, jede Gelegenheit dazu nicht allein abschnitt, sondern mich dadurch, daß er mich mit Kutscher und Stallmagd an einen und denselben Tisch zwang, aufs Tiefste demüthigte und mir oft im eigentlichsten Verstande das Blut aus den Wangen heraustrieb, wenn Jemand kam und mich so antraf. Nie verwinde ich das wieder, nie; und darum habe ich auch nicht das Recht, es zu verzeihen.

Den 16. Januar.

Heute sprach ich meinen Enthusiasten, Herrn Glov. Ja, ja, das ist der Mann, der das Recht hat, mich mit Shakespeare zu vergleichen. Auch keine Spur eines Verständnisses der Genoveva. Deßungeachtet hatte er darüber gedacht und dies war eben das Fürchterlichste. Eine Meinung aus dem Stegreif hätte mich nicht so entwaffnet. Das ist nun ein Bewunderer, ein Verehrer! Deutlicher, immer deutlicher wird es mir, daß ich ganz vom Theater absehen muß. Will ich kein Handwerker werden, so werd' ich es auf den Brettern nie zu Etwas bringen.

Und wenn ich auch gegen die Kunst fündigen wollte — ich kann nicht!
Kräfte, die mich, wenn mein Gefühl nicht irrt, hin und wieder dem
Höchsten nah bringen, verlassen mich augenblicklich, wenn ich das
Geringere will.

Napoleon, als er Englisch lernte. (Las Cases.)

„Je rascher, größer und ausgedehnter ein Geist wirkt, desto weniger
kann er sich bei regelmäßigen und kleinlichen Dingen aufhalten. Der
Kaiser begriff mit einer staunenswürdigen Leichtigkeit Alles, was die
Gründe der Sprache betrifft, sobald aber von ihrem innerlichen Mecha-
nismus die Rede war, fand er Nichts, als unüberwindliche Schwierig-
keiten!" Das ist eben das Unglück, darum ist es so schlimm, wenn man
Schulsachen nicht in den frühesten Jugendjahren, die für sie bestimmt
sind, unter die Füße bringt, später kann man die höchsten geistigen
Thaten vollbringen, aber — nicht Latein lernen.

Den 19. Januar.

Tag für Tag verstreicht mir jetzt wieder ohne Unterbrechung von
außen und innen in bloßer Zeit-Tödtung. Und dennoch bin ich in
meinem jetzigen Zustand noch unendlich glücklich, wenn ich mir den Zustand denke, wie er auch seyn könnte. Ich habe Elise, ich habe die
treueste, edelste Seele, das himmelschönste Gemüth, die alle meine Un-
arten erträgt, meinen Unmuth verscheucht, sich über mich vergißt und
nur das fühlt, was von mir ausgeht oder mich angeht. Wenn ich des
Mittags zu ihr gehe, wenn wir uns zu unserem kleinen Mahl setzen, so
empfinden wir sicher alle Beide mehr wahres Glück, als Tausende, die
von einer Gesellschaft in die andere fahren. Gott, laß mich Einen Tag
vor ihr sterben!

Wie hübsch ist in Las Cases Memoiren der Zug, wo Las Cases
den Brief empfängt, den Napoleon mit verstellter Hand an ihn geschrieben
und worin er Kindereien vorgebracht hat. Der zeigt so recht, daß jede
große Natur kindlich ist und es unter allen Umständen bleibt. Auch
sein Zorn, sein heftiges Auffahren u. s. w.

Den 20. Januar.

Husten, Schnupfen und Heiserkeit halten mich im Zimmer fest,
draußen ist freundliches Frostwetter und ich bleibe ungern im Gefängniß.

17*

aber ich muß, denn ich bin schon so weit, daß ich kaum noch einen verständlichen Laut von mir geben kann. Gestern Abend las ich zum Ersten Mal Etwas von Platon und zwar den Phädros und das Gastmal. Jener ist herrlich.

Alle Poesie, möchte ich sagen, ist dramatisch, das heißt lebendig zeugend und fort zeugend. Der Gedanke, der Nichts bedeutet, als sich selbst, der nicht auf einen zweiten, dritten und vierten u. s. w. führt und so bis zur höchsten Spitze der Erkenntniß hinauf, der also nicht auf die gesammte Entwicklung, auf den ganzen Lebensprozeß Einfluß hat, ist so wenig poetisch, als lebendig, er ist aber auch gar nicht möglich, denn das Leben zeigt sich nur in der Gestalt des Uebergangs. Nun aber sind die Veränderungen, die der Gedanke im Innern hervorbringt, völlig so gewichtig, als diejenigen, die er, den ihm zunächst liegenden innern Stoff mit dem äußern vertauschend, in der Welt bewirkt.

Wollte der Himmel, die neuere Zeit erzeugte einmal wieder einen Philosophen, wie Plato. Ich erstaune über den unendlichen Reichthum und die Tiefe dieses Geistes, der sich im beschränktesten Raum so klar und so ganz auszugeben weiß. Wie stehen unsere Barbaren, die eigentlich nicht sowohl Geist, als Psychologie gaben, hinter ihm zurück. Merkwürdig ist die Uebereinstimmung einiger Platonischer Gedanken mit den meinigen. Vor langer Zeit schon schrieb ich irgendwo in das Tagebuch: „der Mensch kann zeugen, denn das Zeugen ist der Ersatz für seine Vergänglichkeit!" Hier bei Plato im Gastmahl heißt es „alle Menschen gehen schwanger, dem Körper und dem Geiste nach, und wenn wir ein gewisses Alter erreichen, so erlangt unsere Natur zu zeugen, zeugen kann sie aber nicht im Häßlichen, sondern nur im Schönen. Die Vereinigung des Mannes und des Weibes nämlich ist Zeugung, und dieses ist etwas Göttliches, denn das Unsterbliche in den sterblichen Wesen ist dieses Empfangen und Gebären. (Später wird dieser Gedanke auch auf das Geistige angewandt.) Sehr gern las ich auch, weil es meine eigene innerste Ueberzeugung ist: — „Socrates brachte sie zu dem Eingeständniß, es sey die Sache eines und desselben Mannes, Tragödie und Komödie dichten zu können, und der künstlerische Tragödien-Dichter sey auch Komödien-Dichter."

Napoleon (Band 3., bei Las Cases) äußert sich über Dankbarkeit: die Menschen wären nicht so undankbar, als man wohl behaupte: die

Beschwerde rühre daher, weil die meisten Wohlthäter zu viel wieder haben wollten. Er hatte doch wohl Erfahrungen genug gemacht.

Den 22. Januar.

Ich lese diese Denkwürdigkeiten wieder mit höchstem Vergnügen. Man sage, was man wolle, er ist ein Mann, und wenn er denn durchaus eine Geißel Gottes seyn soll, so war diese Geißel die Rücken werth, die sie zerfleischte.

Für die wirkliche spezifische Verschiedenheit von Geist und Materie kann man den nächsten und besten Grund aus dem Verhältniß des menschlichen Geistes zum Körper berechnen. Wenn der Geist nur das Sublimat des Physischen wäre, so müßte dieses, als sein Urelement ihm durchsichtig, durchschaubar und erkennbar seyn, er müßte es im gesunden und mehr noch im kranken Zustande begreifen, dies ist aber keineswegs der Fall. Gerade so wenig als der Daumen von dem Gedanken weiß, der den Geist in Freude oder Kummer versetzt, ebensowenig weiß der Geist, wenn er nicht auf dem Wege der Erfahrung den die Wissenschaft ihm anweist, also durch Vergleichung eines factischen Zustandes mit unzähligen anderen, die ihm beschrieben wurden, dazu gelangt, von der Ursache des Juckens oder des Schmerzes im Daumen. Eine Mauer steht zwischen Beiden. — Dies dachte ich gestern Abend im Bett, als ein dumpfes Zahnweh sich bei mir einstellte, und ich mich vergebens bemühte, das Hauptquartier desselben ausfindig zu machen.

Ein Wesen, das sich selbst begriffe, würde sich dadurch über sich selbst erheben und augenblicklich ein anderes Wesen werden. Das wunderbarste Verhältniß ist das zwischen Centrum und Peripherie.

Den 30. Januar.

Aus Berlin verlautet über die Preisvertheilung noch immer Nichts. Ich habe heut morgen mein Lustspiel einmal wieder durchgelesen. Nun, ich darf sicher seyn, daß Nichts Besseres eingegangen ist. Dennoch —! dem Nichts gegenüber ist Gott selbst keine Macht mehr.

Der Mensch ist ein Ding zwischen zwei Lippen, die sich berühren wollen und nicht können.

Heut Abend habe ich berechnet, wie viele Bogen Genoveva bei einem Druck, wie die Judith, machen wird. Ich glaube: 16½ Bogen.

Das gäbe denn, da Campe doch wohl 2 Lbr. per Bogen geben wird,
33 Louisdor. Eine schöne Summe!

Den 31. Januar.

Man ist so oft undankbar gegen den Ewigen. Im Besitz der
treuesten, edelsten Seele, was fehlt mir? Einige zerstreuende Unter=
brechungen des Daseyns. Aber, wie viel leichter läßt sich das, was mir
fehlt, entbehren, als das, was ich habe!

Die Schlacht bei Poitiers, wo Karl Martell den Abd=er=Rhaman,
den Anführer der Moslemen warf, fiel 732 vor. In jenem Jahre spielt
also meine Genoveva.

Den 2. Februar.

Die Sonne hat ihre Flecken. Aber sie geben keinen Schatten.

Gestern war denn endlich der seit 6 Wochen erwartete Tag, wo
Gloy bei dem Maler J. meine Genoveva las. Solch' einen Abend
hab' ich noch nicht erlebt; der bei der Madame H. war noch ein köstlicher
dagegen. Das Lesen, mit Ausnahme einiger Parthieen, war schlecht,
das Auditorium so, als ob man es, wie eine Masse Matrosen, zusammen=
gepreßt hätte. Auch bei keinem Einzigen der Schatten eines Eindrucks.
Am Schluß der Akte hin und wieder ein: charmant, oder, „superbe!"
Die arme Elise, die sich, eines bedeutenden Hustens wegen, schon
Wochen lang zu Hause hielt, machte sich in dem bösen Wetter mit mir
auf; als wir Nachts um 1 Uhr zurückkamen und schon eine ziemliche
Strecke zurückgelegt hatten, wollte die Schildwache uns nicht über den
Wall passiren lassen, wir mußten also umkehren und unseren Weg durch die
Stadt nehmen. Der Himmel gebe nur, daß sie nicht wieder eine Er=
kältung davon getragen habe. Als Dichter entmuthigen mich solche
Erfahrungen nicht, aber als Bühnen=Dichter allerdings. Wenn dies die
Menschen sind, auf die man wirken soll — und drei Viertheile des
Publicums sind ihnen gleich — so ist keine Möglichkeit eines Erfolgs.

Der Ekel am Leben, den die ewige Wiederholung derselben Dinge,
das Drehen im Kreis, hervorruft und hervorrufen muß! Aber der Tod
schließt uns vielleicht nicht den Weg zur Steigerung auf, sondern er
löscht nur das Bewußtseyn aus und Alles fängt von vorne an. So

könnt' es von Ewigkeit zu Ewigkeit fortgehen! Und wenn der Mensch ehrlich seyn will: kann er sich in Wahrheit berühmen, daß er einen Faden in sich hat, der nicht abgeschnitten werden kann?

Den 10. Februar.

Wie mir jetzt die Tage verstreichen! Es ist schmählich. Ich könnte die Zeit so schön auf's Studiren verwenden, aber ich habe keine Bücher und weiß keine zu bekommen. Die elenden Subjecte, die sich Literaten nennen, haben sich durch Veruntreuung von Büchern so berüchtigt gemacht, daß man, wenn man nur irgend mit der Literatur zusammenhängt, keine zu fordern wagt. Arbeiten kann ich nicht, oder vielmehr, ich fürchte mich in den Moloch zu vertiefen, bevor ich weiß, wie es mit Genoveva und dem Diamant wird. Der Moloch muß mein Hauptwerk werden, ich will ihn in der Mitte zwischen antiker und moderner Dichtung halten und mich nicht zu tief in's Individuelle versenken, damit der Schicksalsfaden, der in der Judith zu wenig, in der Genoveva zu sehr mit Gemüths=Darstellungen umsponnen ist, durchgehends erkennbar bleibe. Dies Werk muß entscheiden, ob ich eine große Tragödie dichten und der Zukunft einen Eckstein liefern kann; darum will es aber auch in ruhiger, ungestörter Gemüthslage gedichtet seyn! Ach mir graut vor den Tagen, die kommen! Der Himmel ist so reich, die Erde so ergiebig, aber für mich —! Noch war ich nicht ein einziges Mal im Stande, denen, die ich liebte, eine Freude zu machen, ein kleines Fest zu bereiten. Das ist doch gewiß schmerzlich. O, mir ist zuweilen fürchterlich zu Muthe. Wem die reine Lebensluft versagt ist, der wird in Laster und Ausschweifungen hinabgedrückt. Warum sollte ein Mensch nicht einen Mord verüben können, bloß um der Langeweile zu entgehen! Ich blätterte eben ein wenig in Bettina's Briefwechsel mit Göthe und ein Gefühl des Neides überkam mich. Auf den wurden alle Lebensblüthen herabgeworfen, er konnte sich damit bekränzen oder darin begraben, ganz nach Belieben, und ein Anderer, dem doch auch Keime in die Seele gelegt sind, muß die Existenz schleppen, wie eine blinde Spinnerin ihren Faden zieht! Die Mühle meines Geistes beginnt still zu stehen und ich habe Pflichten, große, heilige Pflichten! Was könnt' ich nicht Alles machen, wenn mich die Sonne auch nur schief bescheinen wollte! Und eigentlich verlange ich Nichts mehr, als die Sicherheit, daß es mir in Zukunft nicht schlechter ergehen werde, wie bisher. Damit bin ich zufrieden.

Den 12. Februar.

Der Mensch ist der Stoff des Zufalls. Weiter Nichts. Aus welchem Ur-Element er auch bestehe, es kommt ganz und gar auf den sich hinzugesellenden atmosphärischen Niederschlag an, ob er sich zu seiner inneren Lust und Freude entwickeln oder ob er sich in seinem eigenen Feuer verzehren soll. Man hört auf einem gewissen Punkt zu denken auf und schlägt sich nur noch mit Empfindungen herum; das ist sehr gut, man könnte zu schlimmen Resultaten gelangen. Was hilft mir Alles, was ich habe, da mir die Fähigkeit fehlt, es zu gebrauchen und geltend zu machen, und daß mir diese fehlt, das liegt doch einzig und allein an meinen früheren gedrückten Verhältnissen, also an einem Zufall. Bei Gott, wie klein fühl' ich mich immer wo Menschen, wie ängstlich und verlegen benehme ich mich immer den erbärmlichsten Gesellen gegenüber, wie hält mich dies aus allen geselligen Kreisen fern, und Andere halten dies für Straffheit! Hätt' ich Geld, könnt' ich reisen, vielleicht wär' ich zu curiren; aber ich habe Nichts und was vor mir steht, das ist Noth, Mangel, genug das Schreckliche.

Napoleon (Las Cases Band 8) nennt die Geschichte die „Fabel der Uebereinkunft."

Den 13. Februar.

Ich las Elise heute einige Gesänge aus der Odyssee vor. Wie wird ihre Seele durch alles Ernste und Große, aber auch nur durch dieses, ergriffen! Was Gott mir auch Alles entziehen mag, in ihr hat er mir mehr gegeben, als ich je verdienen kann. Aber er selbst sey mein Zeuge, auch nur ihretwegen wünsch' ich das Uebrige.

Als ich noch ein kleines Kind war, da mußte ich, wenn meine Mutter mir ein reines Hemd anzog, immer dies kleine Gebet dazu sprechen: „Das walte Gott, Vater, Sohn und heiliger Geist!" (walte, soll wohl heißen: er sey dabei, leite, lenke rc., das Gebet ist gewiß sehr alt) fällt mir heute Abend, als ich vor Müdigkeit in Macbeth zu lesen aufhörte, plötzlich ein.

Wie selten trag' ich in dies Tagebuch jetzt noch Gedanken ein. Dies kommt nicht daher, weil ich Keine mehr habe, sondern weil ich keine mehr aufschreiben mag. Ich habe schon mehremale daran gedacht, Etwas über mein Leben abzufassen. Aber ich weiß nicht, ob ich dieser Aufgabe gewachsen bin. Und wenn — mich reizt Nichts mehr.

Den 14. Februar.

Heut meldet mir mein Bruder den Empfang der Judith. Sein Brief ist grob und impertinent, aber er macht auf mich einen besseren Eindruck, wie der letzte, der so übertrieben süß war. Dies ist Wahrheit und vielleicht hab' ich ihm etwas zu derb geschrieben. Daß er es nicht so einsteckt, gefällt mir.

Nur soviel Leben, um den Tod zu fühlen!

Genoveva gefällt mir jetzt wieder gar nicht. Ich fürchte, ich fürchte, ich habe, weil ich zwei Aufgaben auf einmal lösen wollte, Beide verfehlt. Es wär Schade um die guten Sachen, die doch unläugbar im Stück sind.

Das Holz, in's Feuer geworfen, spritzt gegen seinen Feind erst sein Wasser aus und sucht, ihn zu vernichten, zu löschen.

Einer, der, durch Krankheit und Zeit verwandelt, zurückkehrt und als Fremder um seine Braut wirbt, um sie zu versuchen.

Den 18. Februar.

Las Denkwürdigkeiten von Walter Scott. Höchst ehrenhafter Charakter. Was mich besonders freute, war die Gewißheit, daß das Leben Napoleons schon vor Ausbruch seines Concurses projectirt und angefangen war.

Las die Novellen: Todesengel, Gastmahl, schwarzer See zc. So schwach sie sind, so versetzen sie mich doch in meine Jugend zurück. Ich las sie 1827, also vor 15 Jahren, in einer Nacht, wo ich bei meinem todtkranken Vater wachte und wo das Gespenstische, Beklommene, einen starken Eindruck auf mich machte. Noch 15 Jahre weiter — wie steht's dann?

Es heißt, daß der menschliche Körper alle drei Jahre ein anderer ist, und sich ganz neu erzeugt. Wie verhält sich diese Annahme zu der

Wahrheit, daß gewisse Krankheiten, die der Mensch einmal hat, z. B. Schwindsucht und Syphilis, ihn nie verlassen? Zeugt der kranke Körper einen kranken? Oder bleibt der Mittelpunkt unverändert?

Schlaf und Rausch im Gegensatz zu einander; im Resultat gleich, indem Beide Bewußtseyn und Willenskraft aufheben: der eine durch völliges Herunterspannen, der andere durch übermäßiges Anspannen. Aber wie verhält sich im Rausch das psychische Princip zum physischen?

Mehr und mehr überzeuge ich mich, daß die Abänderungen, die ich im Sommer mit Genoveva vornahm, Nichts taugen, daß aber die ursprüng= liche Gestalt auch Nichts taugt und daß aus Beiden eine neue gewonnen werden muß. Alles dies gilt und galt immer nur von Golo, das Uebrige ist, was es seyn soll und kann. Aber Golo ist vom 4. Akt an verfehlt, weil ich die epischen Elemente zu stark vorwalten ließ, und weil ich ihm darum mehr Selbstkenntniß und Bewußtseyn verlieh, als er haben darf. Doch ist noch zu helfen.

Den 19. Februar.

War bei Campe, Genoveva gefällt ihm und er meint, sie werde Beifall finden, er treibt mich zur Herausgabe, was besser ist, als wenn ich ihn triebe. Er war sehr freundschaftlich und ich glaube denn doch wirklich, daß er es recht gut mit mir meint. Seine Frau habe über Margaretha gesagt, ich müßte mehr vom Teufel wissen, als andere Leute, seine Tochter habe hinzugefügt: „aber auch mehr von den Engeln"! Er rieth zu einer Vorrede, erbot sich, das Stück nach dem Druck solange liegen zu lassen, bis ich es den Bühnen gesandt habe und stellte mir vor, daß ich jetzt Antworten auf meine Arbeiten vom Publi= cum haben und nicht zu lange stillschweigen müsse. Ganz Recht. Er hat mich ermuthigt und erfrischt. Meine arme Seele wird in der Ein= samkeit gar zu dürr.

Den 20. Februar.

Las das Puppenspiel von Arnim. Eine tiefe, eigenthümliche Schöpfung. Wie konnte dieser Dichter so unbeachtet bleiben!

Die Natur hat dem Menschen doch wenig vertraut, als sie es für nothwendig fand, selbst die Zeugung und das Essen und Trinken mit Vergnügen zu verbinden, um ihm einen Sporn zu geben, Beides nicht zu verabsäumen.

Las den Auerhahn, Drama von Arnim. Auch höchst eigenthümlich.
Ein fürchterlicher Gedanke, daß der Vater den Sohn so haßt, eben weil
er sein Ebenbild ist.

Die Kunst ist das Gewissen der Menschheit.

Den 23. Februar.

Erhielt heute morgen einen Brief von Dr. Toepfer, der ein
Exemplar der Judith, wie sie in Hamburg gegeben worden, für das
Hofburg-Theater in Wien verlangt, um das ihn ein Mitglied dieses
Theaters ersucht habe. Heut Abend ging ich zu Campe und gab ihm
wegen Genoveva die Erklärung. Er war heute der reiche Mann.

Dachte gestern Abend mit Innigkeit an einzelne schöne Stunden
meiner Jugend, wo der Geist sich zuerst selbst ahnte und sich auf den
ersten Blüthen, die er trieb, selig wiegte. O wonniges Schwellen der
Traube, in dich mischt sich noch kein einziger Schauder vor der Kelter!
Du bildest dir ein, daß Sonne und Erde dich nur wegen deiner selbst
wegen so freundlich ernähren und doch bist du nur da, um Andere zu
berauschen.

Das Leben ist ein Traum, der sich selbst bezweifelt.

Den 26. Februar.

Habe jetzt, wo ich durchaus nicht arbeiten kann, höchst gesunden
Appetit, festen Schlaf, vertreibe mir die Zeit mit Romanlesen und führe
eine Existenz, als ob noch tausend Jahre mein wären. Doch sind diese
Pausen, wo der Geist ruht, wohl nicht ganz zu verachten. Wenigstens
weiß ich nicht, wie ich die Sache ändern soll. So arbeiten, wie Walter
Scott, kann ich nicht. Dies ist auch wohl der Punkt, der den Dichter
von einem Talent, wie das Scottsche, unterscheidet, daß jener sporenlos
geboren wird und warten muß, ob das Roß von selbst gehen will, während dieser besser daran ist. Herrliche Februar-Tage! Die Sonne ruft
schon den ganzen Frühling hervor.

Mit Blitzen kann man die Welt erleuchten, aber keinen Ofen
heizen.

Es giebt Leute, die, wenn die Welt in Flammen aufginge, nur
ihr Haus bedauern würden, das mit verbrannte.

Ich glaube, im physischen Menschen ist der Samen und im psychischen das Gewissen unverwüstbar und unverderbbar, denn in Jenem beginnt die Welt, in diesem Gott. (Nur halb wahr.)

Ein höherer Vorzug muß immer mit dem geringeren erkauft werden. Der civilisirte Mensch hat nicht mehr die Augen und Ohren des Wilden, der vornehme Geist, der die Welt übersieht, weiß oft mit seinem Hausgesinde nicht fertig zu werden.

Den 1. März.

Heute ist der erste März! Ich schreib' dies mit einem ordentlichen Vergnügen nieder, welches, wie mir däucht, ein Nachhall der Freude ist, womit ich in meiner Kindheit die Eis- und Schneemonate immer entweichen sah. Uebrigens ist das Wetter, welches die ganze letzte Hälfte Februars hindurch wunderschön war, wieder rauh geworden, es stürmt und regnet.

Wär' ich Gott und jeder Menschenpflicht so treu, wie ich der Kunst bin, dann könnt' ich jedem Richter stehn! Die Religion wächs't, wie der Mensch wächs't, wer immer unten bleibt, kann sie gar nicht haben.

Las die Gräfin Dolores von Arnim. Bis zum Ende des dritten Buchs voll Geist und guter Einzelheiten; im vierten Buch rächt es sich aber schrecklich, daß das Ganze keine Wurzel hat, es kann nun auch keine Krone bekommen.

Den 2. März.

Hatte eine kleine Freude. Ich sah ein Heft Morgenblatt vom vorigen Jahr durch und sah, daß die Episoden aus Genoveva, von denen ich glaubte, daß sie nicht aufgenommen seyen, gleich nach dem Eingang abgedruckt worden sind. Hab' mich also ein ganzes Jahr mit Unrecht geärgert.

Wenn irgend Etwas in meiner Seele ewig ist, und wenn sie einen Mittelpunkt hat, so ist es mein Talent für Poesie und daß ich bei Ausübung desselben keine Schlaffheit und Feilheit kenne, daß ich mir nie genug thun kann, das giebt mir Bürgschaft für die Beschaffenheit meines innersten Wesens.

Der Mensch hat seinen Willen — d. h. er kann einwilligen in's Nothwendige!

Den 12. März.

Wer bin ich? Was ist derjenige, der die völlig waffenlose Liebe, das hingebendste Herz, das keinen Vorbehalt kennt, das nicht einmal ein Opfer kennt, weil meine Wünsche die seinigen nicht bloß aufwägen, sondern sie völlig aufheben, der eine Seele, die nie von ihren eigenen Schmerzen, sondern nur von den meinigen bewegt wird, zu mißhandeln vermag? Der dies nicht einmal, der es täglich, ja stündlich thut? Wer bin ich? Was verdiene ich? — O, Elise, dein Edelmuth — Ich bin nicht würdig, dich zu loben!

Dramatische Situation. Ein Mädchen, das die Liebe eines Mannes für sich erkalten sieht, giebt ihm Gelegenheit zur Eifersucht und hofft, ihn dadurch wieder an sich zu fesseln. Aber das Gegentheil erfolgt, er sieht darin den Beweis, daß sie fühlt, wie er, und hält sich für frei.*)

Den 19. März 42.

Gestern war der 18. März, mein Geburtstag. Früher war mir kein Tag gleichgiltiger, als dieser, arme Leute feiern die Geburtstage ihrer Kinder nicht. Jetzt macht Elise mir ihn zum Festtag. Möge es nie wieder anders werden, möge ich nie die treue versorgende Liebe, die so weit sie kann meine leisesten Wünsche befriedigt, wieder vermissen müssen! Ich hätte Entschlüsse fassen mögen, Entschlüsse, mein Naturell zu bändigen, aber die Furcht, in den Augen Gottes lächerlich oder verächtlich zu werden, wenn die alten Fehler doch wieder zum Vorschein kommen, hielt mich ab und ich flehte den Himmel nur um die Bedingungen einer leiblichen Existenz an, nur um die Dinge, die ein Mensch, wie ich, nun einmal nicht entbehren kann, wenn er nicht vernichtet werden soll. Ich bin jetzt 29 Jahre alt und trete das 30. Jahr an; seit meinem Weggang aus Dithmarschen bin ich aber wohl in der Welt, also erst seit 7 Jahren. Mit dem, was ich in dieser Zeit in der Kunst geleistet habe, darf ich zufrieden seyn, es übertrifft bei Weitem Alles, was ich jemals zu hoffen wagte, es reicht an das Maaß meiner Erkenntniß und weiter kann der Mensch nicht. Aber ich habe das Talent auf Kosten des Menschen genährt und was in meinen Dramen als aufflammende Leiden-

*) An dieser Stelle des Tagebuches befinden sich weggefallene kürzere Stellen aus Genoveva, die anderwärts Verwendung finden.

schaft Leben und Gestalt erzeugt, das ist in meinem wirklichen Leben ein böses, unheilgebärendes Feuer, das mich selbst und meine Liebsten und Theuersten verzehrt.

Charfreitag.

Seit mehreren Tagen schon in Folge starker Erkältung heftiges Zahnweh, jetzt Halsweh, ich kann kaum den Mund mehr öffnen und muß mich einige Tage einhalten. Gestern legte ich den ersten Grund zu einer kleinen Büchersammlung, indem ich vom Antiquar für Bücher, die mir völlig werthlos waren, 10 Bände Goethe und 2 Bände Bürger erhielt. Das macht mich recht glücklich. Hätt' ich nur 1000 Bücher, so würde ich mit Vergnügen Monate lang im Hause sitzen.

Ostern.

Halsweh, Mundfäule, Unfähigkeit zum Sprechen und zum Schlucken, mußte einen Arzt nehmen, den ersten Tag schlug die Hülfe wenig an, aber den zweiten war es schon viel besser und heute, den 2. Ostertag, ist nur noch ein geringer Rest des Uebels da. Aber es sind doch gleich fatale Kosten, die ich mir bloß dadurch verursacht habe, daß ich des Abends die Feuerung sparen wollte. Woher kommt meine verfluchte Empfänglichkeit für Erkältung? Was sollte aus mir werden, wenn die Umstände einmal wollten, daß ich zu Felde zöge? „Auch Friedrich Hebbel — würde das Bulletin lauten — hätte vielleicht einen halben Feind erschlagen, aber er hatte Zahnweh! Oder: F. H. hätte sich gern zu den Freiwilligen gesellt, doch Mundfäule hielt ihn zurück. Zuletzt: F. H. ist auf dem Posten gestorben, aber nicht durch Ueberfall der feindlichen Vorposten, sondern an Erkältung! Diesem nüchternen Spaß liegt einiger Ernst zu Grunde. Wer weiß, wie bald ein Krieg ausbricht und in Kriegszeiten nur ein halber Mann zu seyn, ist schlimmer, als ein Weib zu seyn.

Ich will jetzt Physiologie studieren und zwar ernsthaft. Statt Abends herumzulaufen und mir Stoff zu Zahnweh, Maulfäule u. s. w. einzusammeln, will ich mich zu meinen Büchern niedersetzen und mich pünktlich mit Untersuchung der geheimnißvollen Substanz, aus der das Leben kommt, beschäftigen. — Was ist das Gähnen? Wie entsteht's? Was bedeutet's für den Körper?

Goethe hat in seiner Biographie ein unerreichbares Meisterstück aufgestellt. Diese Fähigkeit, in die Wurzeln seines Daseyns zurückzukriechen, sich auf jede Lebensstufe zurückzuversetzen und jede ganz rein, für sich, abgesondert von Allem, was folgt, zu empfinden, und beim Lesen zur Empfindung zu bringen, nebenbei die ganze jedesmalige Atmosphäre, wie sie das Kindes-, Knaben- oder Jünglings-Auge abgezirkelt haben muß, anschaulich zu machen, dies Alles ist noch nicht dagewesen. Was ist Rousseau dagegen! Bei Goethe die Wahrheit in ihrer edelsten Naivität, ganz unbekümmert um Wirkung und Eindruck, und eben deßhalb die höchste Wirkung erreichend. Bei Rousseau Lüge, die sich selbst nicht mehr erkennt, so daß selbst da, wo er Wahres giebt, die Wahrheit jenem neuen Lappen gleicht, womit ein alter zerrissener Schlauch geflickt wird!

Wer sein Leben darstellt, der sollte, wie Goethe, nur das Liebliche, Schöne, das Beschwichtigende und Ausgleichende, das sich auch noch in den dunkelsten Verhältnissen auffinden läßt, hervorheben und das Uebrige auf sich beruhen lassen.

Man sollte immer denken: gestern war es Nichts und morgen ist's vorbei; dann würde man sich den Augenblick nie verkümmern lassen!

Bürger's Gedichte machen doch, wenn man die ganze Sammlung durchliest, einen äußerst beschränkten, dumpfen Eindruck. Außer Leonore, das Lied von der Treue, und einigen wenigen anderen Stücken wird sich Nichts halten. Die dumme Vergötterungssucht der Herausgeber hat unendlich viel Mittelmäßiges hineingewunden, so daß man die Blumen im Strauß vor dem Grase kaum finden kann.

Den 28. März.

Ich habe heute mit Hempel's Physiologie einen Anfang gemacht. Aber ich sehe schon, daß ich, wenn ich zum Verständniß gelangen will, noch tiefer hinein muß, daß es ohne anatomische Kenntniße nicht geht.

Den 29. März.

In meinem vierten Jahre brachte mich meine Mutter in die Schule. Eine alte Jungfer, Susanna mit Namen, hoch und riesig von Wuchs, mit freundlichen blauen Augen, war die Schulmeisterin; ich sehe sie noch mit ihrer thönernen Pfeife, eine Tasse Thee vor sich, an ihrem runden Tisch sitzen. Dort wurde ich, wie ich glaube, zuerst mit einer Masse von Knaben bekannt, und es dauerte nicht lange, so erfuhr ich Allerlei, was ich beffer noch nicht erfahren hätte, nämlich, daß der Storch die Kinder nicht brächte, sondern daß fie ganz wo anders her kämen; auch, daß es nicht das Kind Jefus fey, welches mich zu Weihnacht befchenke, sondern, daß meine Eltern das thäten. Letzteres konnte ich nicht für mich behalten, sondern theilte es meiner Mutter gleich mit, fie beftritt mich nicht, sondern fagte mir bloß, daß ich, nun ich an das Kind Jefus nicht mehr glaube, auch zu Weihnacht Nichts wieder bekommen würde. Wir Kinder, Knaben und Mädchen zufammen, faßen in einem großen Saal, der ziemlich finfter war, weil er nur an einer Seite Fenfter hatte; Sufanna hatte ihren Platz am Tifch, der mit Schulbüchern beladen war, und an den diejenigen, die älter waren, als ich, und fchon Schreibunterricht empfingen, zum Schreiben herantreten durften, während ich und meines Gleichen nur dann herbeigerufen wurden, wenn wir unfere Lektion auffagen oder Schläge in Empfang nehmen follten; eine unfreundliche Magd Sufannen's, die fich hin und wieder auch wohl einen Eingriff in's Strafamt erlaubte, ging ab und zu. Hinter dem Haufe war ein Hof, an den Sufannen's Gärtchen ftieß: auf dem Hof trieben wir in den Freiftunden unfere Spiele, in das Gärtchen, das voll Blumen ftand, durften wir nicht hinein, aber wenn Sufanna gut gelaunt war, fo fchenkte fie uns von den Blumen, deren phantaftifche Geftalten ich noch im fchwülen Sommerwinde fchwanken fehe. Sufanna war übrigens bei Vertheilung ihrer Gefchenke fehr partheiifch, indem fie das Befte den Kindern der Reichen gab, die ihr außer dem Schulgelde noch allerlei Eß= und Nutzbares in's Haus brachten, während die ärmeren mit dem zufrieden feyn mußten, was übrig blieb. Als ein Knabe, der wegen feines guten Lernens in Anfehen ftand, ward ich zwar nicht ganz zurückgefetzt, aber ich empfand den Unterfchied doch auch. Zu Weihnacht verfchenkte Sufanna Kuchen; da ging es ebenfo, ich nebft anderen armen Teufeln erhielt einen einzigen und von einer fchlechten Sorte, diejenigen aber, in deren Häufern felbft gebacken wurde und von denen Sufanna wußte, daß fie fich gleich den anderen Tag auf gehörige Weife dankbar bezeigen würden, bekamen die Kuchen zu halben Dutzenden. Eines fchrecklichen Nachmittags, den wir Kinder in diefer Schule verlebten, erinnere ich noch fehr deutlich. Es kam ein fürchterliches Gewitter auf, welches mit einem ungeheuern Schloßen=Regen verbunden war, die Läden wurden rafch von außen zugemacht, aber es konnte doch nicht so schnell geschehen, daß nicht zuvor ein Theil der Fenster zerschmettert worden wäre; nun befanden wir uns im Finstern, Alles tappte und schrie durcheinander, Susanna suchte uns nun zu beruhigen, aber wie wir eben anfingen, auf sie zu hören, geschah ein schrecklicher Donnerschlag, dann fuhren die jungen Seelen wieder zusammen, und Susanna selbst, sich und uns vergessend, stieß einen Angstruf aus. Es war gegen die Zeit der Birnen; als ich zu Hause kam, hatte ich das größte Unglück zu bejammern, das mich damals treffen konnte: der Birnbaum in unserem Garten, dessen Früchte noch nicht zum Abnehmen reif waren, hatte kein Blatt mehr, geschweige eine Birne, und ein Pflaumenbaum hatte einen großen Ast eingebüßt. Merkwürdig ist es, daß ich in jenen frühen Jahren schon die Liebe kennen lernte. Ich hatte die Schule kaum betreten, als ich mich in ein Mädchen, das mit mir von gleichem Alter war und mir gerade gegenüber saß, auf das leidenschaftlichste verliebte. Ich zitterte am ganzen Körper, wenn sie kam, wenn nur ihr Name genannt wurde, ich war unglücklich, wenn sie einen Tag ausblieb, dennoch war ich kaum vier Jahre alt. Besonders ihre rothen Lippen und ihre schwarzen Augenbrauen schwebten mir immer vor Augen; daß ihre Stimme Eindruck auf mich gemacht erinnere ich mich nicht, obgleich hiervon später sehr viel bei mir abhing. Natürlich wagte ich nicht mich ihr zu nähern, sondern floh sie, selbst im Spiel, ja, erzeigte ihr eher Feindseligkeiten, als etwas Freundliches, um eine Neigung, mit der meine Kameraden mich geneckt haben würden, nur zu verbergen. Doch fiel ich, als einmal ein Knabe sie bei den Haaren riß, wüthend über ihn her und schlug ihn, bis er blutete, was sie mir gar nicht dankte, da sie diesen Knaben lieber hatte, wie mich. Uebrigens hat diese Neigung bis in mein 17. Jahr gedauert, sie wurde, obgleich das Mädchen — Emilie Voß — sich eher verhäßlichte, als verschönerte, immer heftiger und erlosch erst, als ich vernahm, daß meine Schöne einen Schneider, der ihr die Cour machte, nicht unangenehm finden solle.*) — In jener Schule blieb ich bis in mein 7. Jahr, lernte aber Nichts darin, als Lesen. Ein einziges Mal ließ ich mich durch einen älteren Knaben, den Sohn eines Tischlers, der neben uns wohnte, verleiten, ohne Bewilligung meiner Mutter aus der Schule wegzubleiben. Es war ein

---

*) Ihre Ehen waren weniger prosaisch.

heißer, heißer Nachmittag, auf der Straße oder einem Spielplatz wagte ich nicht, mich blicken zu lassen, weil ich von meiner Mutter gesehen zu werden fürchtete; auf den Rath jenes Knaben verkroch ich mich also zwischen einer Menge von Brettern und Balken, die seinem Vater gehörten, und die zwischen unserem Hause und dem des Tischlers aufgeschichtet lagen; in diesem dunklen, dumpfen Schlupfwinkel, wo ich mich vor Hitze nicht zu lassen wußte, beschloß ich so lange zu verharren, bis die anderen Kinder aus der Schule kämen. Es war ein peinlicher Zustand, dennoch war ich gar wohl zufrieden, der Schule, in welcher es mir gut ging, einmal entronnen zu seyn. Aber mein Verführer, der seinen Spaß mit mir treiben mogte, verrieth mich zuletzt an meine Mutter, als sie zum Wasserschöpfen ging, er zeigte ihr meinen Versteck, sie trieb mich heraus und brachte mich, obgleich ich sie flehentlich beschwor, es nicht zu thun, und [mich vor ihr auf der Erde wälzte, noch zur Schule, wo ich denn zum Spott und Gelächter meiner Mitschüler und Mitschülerinnen eben um die Zeit, wo sie die Schule verlassen wollten, ankam.

Die Dithmarsische Geschichte, als Geschichte, lebt eigentlich nicht unter dem Volk, auch ist dies nicht wohl möglich, denn mit Ausnahme der großen Schlacht bei Hemmingstedt bietet sie wenig Begebenheiten und gar keine Charaktere dar, um die sich als faßliche, in die Augen fallende Mittelpunkte das Uebrige herum bewegte. Aber sie lebt als Sage, als unzusammenhängende und oft unverständliche Ueberlieferung, das Kind hört in früher Jugend von starken Männern, die Königen und Fürsten die Spitze geboten, von Zügen zu Wasser und zu Land, gegen mächtige Städte, wie Hamburg und Lübeck gerichtet, erzählen, und wenigstens in mir entstand durch das Bewußtsein von solchen Männern abzustammen, sehr zeitig ein Gefühl, wie es die Brust des jungen Abligen, der seiner Vorfahren gedenkt, kaum stolzer schwellen kann. Mit Grausen und tiefem Schauder erfüllte mich, was ich zwischendurch über den Götzendienst der alten Dithmarschen, über die Opferfeier und den blutbespritzten steinernen Altar, der noch zu sehen seyn sollte, vernahm, und alle Angst, aber auch alle Demuth und alles Gottesvertrauen des jungen Herzens ward aufgeregt, wenn ich an dunklen stürmischen Herbstabenden der furchtbaren Wasserfluthen, die so oft den größten Theil des Landes verwüstet, Häuser eingestürzt, Menschen und Thiere erdrückt und die Aecker auf lange unfruchtbar gemacht hatten, von meinen Eltern oder den Nachbarn unter und gegeneinander, mit Furcht und oft in zitternder Erwartung des Kommenden erwähnen und sie beschreiben hörte. Elf Jahre ungefähr war ich alt, als eine solche Wasserfluth im Februar des Jahres 1825 hereinbrach.

Mein Vater war aus Meldorf gebürtig; und eine Reise nach Meldorf, um die alte Großmutter und die Onkel und Tanten, die dort als Bürger und Handwerker lebten, zu sehen, war der höchste Preis, der mir und meinem Bruder als Lohn für unf're Folgsamkeit und unsern Gehorsam versprochen wurde. Endlich, nachdem wir lange um- sonst gehofft hatten, kam es so weit; noch am letzten Tage aber, wo die Reise schon angetreten werden sollte, hätte der Schuster, der mir ein Paar neue Schuhe machte, sie fast wieder hintertrieben, denn Anfangs hatte es den Anschein, als ob er die Schuhe trotz seines feierlichen Versprechens gar nicht liefern würde, und als die sehnlichst Erwarteten zuletzt gebracht wurden, waren sie zu klein. Ein anderer Schuster half mir jedoch aus der Noth, indem er für die derben bestellten ein Paar leichte Marktschuhe hergab, und so machten wir uns denn, ich acht, mein Bruder sechs Jahre alt, mit dem Vater auf den Weg. Meldorf war ungefähr drei Meilen von Wesselburen entfernt, für unser Alter eine beträchtliche Strecke. Anfangs freilich ging es rasch vorwärts, und der Vater suchte uns vergebens an Vergeudung unserer Kräfte zu hindern, indem wir lustig links und rechts über die Gräben sprangen und bald eine Blume herbeiholten, bald einen Schmetterling jagten; dann schritten wir ganz ehrbar hinter ihm drein, machten aber doch wohl noch, wenn er uns fragte, ob wir auch schon Müdigkeit fühlten, einen erzwungenen Freudensprung, um ihm nicht für alle Zukunft das Reisen mit uns zu verleiden; endlich aber machte der Moment alle seine Rechte geltend, uns blieb zur Verstellung nicht Muth noch Kraft mehr und als wir mit Einbruch der tiefen Dämmerung in Meldorf eintrafen, fielen wir im wörtlichsten Verstande über jeden Stein. Nun führte der Vater uns aber keineswegs sogleich zu den Verwandten, er begab sich vielmehr mit uns in eine abgelegene Straße, wo er in einen Bäckerladen eintrat und eine Masse Brod kaufte, das wir verzehren mußten, indem wir uns

18*

weiter schleppten. Als wir uns murrend für satt erklärten, brachte er uns zur Großmutter, die mit dem Onkel, einem Hutmacher in einem und demselben Hause wohnte. Die Lichter waren schon angezündet, wir wurden freundlich empfangen, uns Kinder reizten aber nur die Stühle, daß wir nach einem so angreifenden Marsch keinen oder doch nur einen sehr geringen Appetit zeigten, erregte große Verwunderung. Am nächsten Morgen hofften wir nach Lust und Laune in Meldorf herumstreifen zu dürfen, aber darin hatten wir uns verrechnet, denn der Vater erklärte, wir müßten zu Hause bleiben, um Kräfte für die Rückreise zu sammeln, die noch denselben Nachmittag angetreten werden sollte. Umsonst baten wir und machten, da dieß nicht half, finstere Gesichter, umsonst legte die Großmutter sich in's Mittel und suchte uns ein längeres Bleiben auszuwirken, der Vater war unerschütterlich, er dachte viel zu ehrenhaft, um seinen Verwandten, die arm waren, wie er, seine Kinder länger, als auf einen Tag, aufzubürden, die Großmutter konnte es kaum erlangen daß sie mich zu dem eine Viertelstunde vom Ort liegenden Galgenberg, der mich am Abend zuvor, als ich ihn in der Dämmerung abseits liegen sah, schauerlich angezogen hatte, hinausführen durfte, und nachdem ich hier eine rothe Mohnblume gepflückt, mußten ich und der Bruder uns bis zum Mittagessen nicht allein streng im Zimmer, sondern sogar sitzend auf den Stühlen halten, bis dann gleich nach Tisch die Rückreise angetreten ward. Diese ging übrigens leichter von Statten, denn wir trafen einen Bauerwagen, und legten die größere Hälfte des Wegs fahrend zurück. Es wollte damals jedoch so wenig mir, als meinem Bruder behagen, daß wir nur darum mit großer Anstrengung von Wessel-buren nach Meldorf gewandert waren, um in Meldorf durch Sitzen auf dem Stuhl Kräfte für die Rückwanderung nach Wesselburen zu gewinnen.

Der Tod der Unschuld: die Liebe, ist noch viel schöner als sie selbst.

Den 3. April.

Es lichtet sich in meinem Innern. Könnte ich den alten dumpfen Sinn doch ganz vertilgen! Das Leben ist an sich ein Gut, wofür man dankbar seyn muß. Es ist die holde Möglichkeit des Glücks, und um dies seyn zu können, muß es freilich zugleich auch die Möglichkeit des Unglücks seyn.

Brief an Kisting vom 4. April.

Wir erbärmlichen Wesen sind dazu bestimmt, wie Pendeln immer zwischen den äußersten Polen hin und her zu schwanken und den Schwerpunkt nie zu finden, oder ihn doch beständig nach der einen oder der anderen Seite hin zu überhüpfen. Dies ist unser gemeinsames Schicksal, das sich zu allen Zeiten und in allen Verhältnißen wiederholt. Wer es einmal in seiner Nothwendigkeit erkannt hat, der wird sich so wenig bemühen, ihm zu entfliehen, als sich darüber beklagen, denn nur um diesen Preis konnte uns die ewige Macht das Daseyn verleihen, und das Daseyn, die holde Möglichkeit des Glücks, die süße Unterscheidungslinie zwischen Bewußtseyn und dumpfer Bewußtlosigkeit, hat an sich einen hohen und unverlierbaren Werth.

4. April

Drei Sonette gemacht, Gedanken-Gedichte, aber frisch; die ersten Gedichte in diesem Jahr.

Homo.

Schreib ihm die Wahrheit vor die Stirn
Sie geht ihm doch nicht in's Gehirn;
Zwar ist der Denkspruch gut gewesen,
Allein ein Anderer mag ihn lesen!

Judas.

Daß du Christus wirst verrathen,
Dieses achte ich geringe,
Doch mir scheint's, die schlimmste deiner Thaten,
Daß du's that'st für dreißig Silberlinge!

Ist dir der Andere erst Sache, bald wirst du dir selber zur Sache
Und um den edelsten Preis kaufst du das niedrigste Gut.

Den 18. April.

Der Druck meiner Gedichte, mit dem es jetzt ernst wird, preßt meinem Geist noch Manches ab, so eben das Sonett: An den Aether, welches gut ist. Eigentlich kann ich seit längerer Zeit, seit 1½ Jahren etwa, immer dichten. Schöne Zeit der entwickelten Kraft, wie bald gehst du

vielleicht vorüber! Wie die Luft uns die physischen Lebensstoffe zuführt,
so athmet und webt der Geist in Gott, jeder Gedanke, jedes Gefühl,
das ihm kommt, ist ein Odemzug, es ist eine Thorheit, daß man glaubt,
man könne sich von ihm losmachen. Sündigen ist Nichts weiter, als
was das muthwillige Anhalten des Athems physisch ist, die Luft bricht
sich von selbst wieder Bahn.

Das Herz ist ein Siegel, es muß gebrochen werden, eh das
Geheimniß zum Vorschein kommt.

Leiden und Schmerzen sind die Freude der Seele, die ihren Kerker
stürmen. Christlich, aber dumm.

> Ich rang mit der Natur um ihr geheimstes Sehn,
> Da schluckte sie mein eigenes wieder ein.

Den 20. April.

Ich mache jetzt regelmäßig Tag für Tag mehrere Sonette und be-
mächtige mich mehr und mehr dieser Form, die weiter und umfassender
ist, als man glauben sollte.

Den 1. May.

Wie ich in meiner Jugend einen solchen Abscheu gegen das Wort
Rippe hatte, daß ich es sogar in meinem Katechismus vertilgte.*)

Beim herbstlichen Stoppelholen die Liebesgefühle und das Gefühl,
etwas für die Eltern zu thun.

Den 13. May.

Eine Schreckenswoche! Ein Fünftel von Hamburg liegt in Asche,
die Campesche Buchhandlung dazu. Aber getrost! Campe hat sich
menschlich gegen mich bewiesen, die 10 L., die er mir von Leipzig aus
nicht schickte, hat er mir heute gegeben, ich habe wieder einige sorgen-
freie Monate vor mir und will sie nutzen. Gott meinen innigsten Dank!

Den 1. Pfingsttag.

Alle Angst und Noth ist vorüber. Das Feuer, das auch unsere
Wohnung bedrohte, ist gelöscht, das Verhältniß mit Campe ist neu an-

---

*) Die Aerzte haben, nach Kuhs Biographie II 719, Hebbels tödtliche
Krankheit für eine Erweichung der Wirbelsäule und der Rippen erklärt.

geknüpft, ich habe Geld für mich und Elise, und sitze jetzt bei dem freund=
lichsten Sonnenschein in einem hellen, schönen Zimmer. Auch innerlich
bin ich wieder in Thätigkeit, die Gedichte sind abgeschlossen, ich will
keine mehr machen, dagegen steigt eine neue Tragödie aus meiner Seele
empor und zwar eine ganz gewaltige: Achill! Schreiben will ich sie erst
nach dem Moloch, aber Nichts ist süßer, beruhigender, als wenn sich
Aufgabe an Aufgabe reiht, dann schaut man, wenn man der Zukunft ge=
denkt, doch nicht mehr in's Leere hinein, sondern sie hat Farbe und Gestalt.
Ganz glücklich würde ich bei diesem innern Quellen und Sprudeln seyn,
wenn sich äußerlich die bescheidenste, aber sichere, Existenz daran knüpfte,
doch, so viel Glück habe ich freilich nicht verdient.

Höltys Gedichte machen noch immer auf mich den alten zauberisch=
wehmüthigen Eindruck, der alle Kritik zurückdrängt. Einen Fehler hat
er von Klopstock angenommen, daß er nämlich oft das Unbildliche durch
das Unbildliche zu versinnlichen, ja zuweilen wohl gar das Menschlich=
Erfaßbare durch ein erträumtes Ueberschwengliches auszumalen und zu
bestimmen sucht. Unbeschreiblich lieblich sind seine Bilder, wenn er sie
aus der Natur hernimmt, wie z. B. in dem Vers:

> — „Und das steinerne Mahl unter dem Fliederbusch,
> Wo ein biblischer Spruch freudig zu sterben lehrt,
> Wo der Tod mit der Sense
> Und ein Engel mit Palmen steht.“

Dagegen verschwimmt Alles, wenn er die Seraphine und Cheru=
bine in seine Gedichte hineinwebt.

Den 19. May.

Heute war ich bei Voß in Wandsbeck und erhielt den ersten Aus=
hängebogen meiner Gedichte. Campe habe ich viel abzubitten. Ich
glaubte, alle seine Reden, daß er sich um gutes Papier bemühe, seyen
nur aus der Luft gegriffen gewesen; jetzt hab' ich denn das Papier vor
Augen und mir däucht, schöneres habe ich noch nie gesehen. Man
mögte noch jeden Vers wieder auf die Goldwaage legen, damit sich
nichts einschleiche, das so prächtiger Form unwerth ist. Ich freue mich.

Die Größe muß sich selbst damit bezahlen, daß sie keine Größe
mehr kennt.

Den 22. May.

Goethes Meister wieder gelesen. Diesmal hat mich das Negative des Buchs, das Indifferente, das in der Ironie keinen gehörigen Gegensatz gefunden hat, unangenehm berührt. Es ist in diesem Roman dargestellt, wie das Nichts, von allem menschlichen Beiwesen unterstützt, Form und Gestalt gewinnt. Die höhere Aufgabe, zu zeigen, wie sich im Widerstreit mit der Welt ein kernhaftes Individuum entwickelt und zur Bildung gelangt, ist noch übrig.

Ob es einen Künstler ohne Einseitigkeit geben, ob also ein Künstler in eigentlichem Sinne gebildet seyn kann? Ich zweifle.

Im Gedanken fängt auf jeden Fall eine neue Welt an. Und selbst, wenn das Reiben der einen Gehirnfaser an der andern ihn erzeugte, so ist er doch etwas Anderes, als die Gehirnfaser und als der Gehirnfaserstoff.

> Zwei wollen Eines werden,
> Daß keine Scheidung sey,
> Und werden oft auf Erden,
> Erst dadurch völlig Zwei.

Die Wissenschaft kann nur irren, indem sie, die nie fertig wird, dem Theil, mit dem sie sich eben beschäftigt, immer zu viel Bedeutung einräumt, und, um ihn zu bewältigen, einräumen muß. Die Kunst ist dem Irrthum nicht ausgesetzt, denn, wenn sie Leben giebt, so giebt sie immer Wahrheit; es handelt sich also immer nur darum, ob sie Leben giebt, d. h. ob sie Kunst ist.

Ein Schriftsteller, wie Jean Paul, ist wie ein Tempel, in dem jeder Stein eine Zunge hätte; weil Alles spricht, spricht Nichts.

Nicht das Welträthsel läßt sich entziffern, aber es läßt sich vielleicht noch begreifen, warum dies nicht möglich ist.

Das denkende Gehirn nach abgenommener Schädeldecke beobachten und zu untersuchen, ob die verschiedenen Gedanken, z. B. die matten und lahmen oder die tiefen und großen, die angenehmen oder die unangenehmen, sich an der Hirnmasse ausdrücken. Natürlich ist dies unmöglich,

wie es unmöglich ist, die leibliche Zeugung zu beobachten. Anfang und
Ende des Seyns entzieht sich unseren Wahrnehmungen.

Den 23. Juny.

Heute einen Artikel in den Nachrichten gelesen, der mich tief
rührte. Es waren in demselben Briefe mitgetheilt, womit Leute aus
den niedrigsten Ständen in Berlin ihre Gaben für die abgebrannten
Hamburger begleitet hatten. Es hieß unter Anderem: „es thut mir
leid, daß der Rock zerrissen ist, aber der, den ich behalte, ist noch
schlechter; ein Flicken steckt in der Tasche". Eine Frau schreibt: „ich
hätte die Kleider gern erst gereinigt, aber naß läßt sich Nichts packen
und es war keine Zeit mehr zum Trocknen". Ein Arbeitsmann: „der
Rock ist schlecht, aber für einen Arbeitsmann hält er doch warm und ich
bin selbst ein Arbeitsmann. In der Weste stecken ein Paar Groschen,
von meinen kleinen Kindern, sie wollten auch gern was geben." In
die Taschen von Kinderkleidern fand man Obst und Spielwerk gesteckt.
Alles so menschlich-schön, daß man ausrufen muß: ein einziger dieser
Züge gereicht der Menschheit mehr zu Ehren, als alle mögliche Tragödien,
die gedichtet sind, oder noch gedichtet werden können. Das kommt so aus
dem innersten Gemüth, nur Schade, daß der Hamburger Pöbel es so
wenig verdient, und daß die Empfindungen der Empfänger gewiß nicht
denen der armen Absender entsprechen.

Elise sagte heute sehr schön: wenn ich einen Bettler grob und
hart abweise, so werde ich sein Schuldner, statt sein Gläubiger.

Meine Gedichte befinden sich jetzt in meinen Händen, die Aus-
stattung ist gut, der Total-Eindruck kann kein schlechter seyn, das Uebrige
muß man abwarten. Ich habe jetzt nichts Angelegentlicheres zu thun,
als die Handschriften zu vertilgen, da es mich physisch unangenehm berührt, wenn mir eine Production, der ich einen gewissen Grad von Voll-
kommenheit zu geben vermogte, wieder in unreifer Gestalt vor Augen
kommt; ich will jedoch die Geburtstage dieser Gedichte, die ich sorgfältig
unter der Reinschrift jedes Stücks verzeichnete, weil sie lange Zeit mein
einziges Glück ausmachten, hier bemerken.

Widmung 1841. Hamburg.

Vater unser. 5. December 1839. Hamburg.

Rose und Lilie. 28. July 1841. Hamburg.

Sturm-Abend. 19. May 1841. Hamburg.

Zu Pferd! Zu Pferd! 10. Januar 1839. München.

Das letzte Glas. 27. April 1836. Heidelberg.

Höchstes Gebot. 31. December 1836. München.

Vorbereitung. 1836. Heidelberg.

Die Polen sollen leben! 28. Aug. 1841. Hamburg.

An die Jünglinge. 22. Juny 1839. Hamburg.

Der Priester. 8. April 1837. München.

Blume und Duft. 10. Februar 1838. München.

Für wen? 1835. Hamburg.

Horn und Flöte. 7. Nov. 1835. Hamburg.

Winter-Landschaft. 3. Januar 1839. München.

Vor dem Wein. 22. Januar 1837. München.

Vinum sacrum. 10. März 1837. München.

Morgen und Abend. 15. Januar 1834. Wesselburen.

Menschenfreude. 5. Janr. 1837. München.

Hexenritt. Sommer 1836. Heidelberg.

An ein weinendes Kind. 12. Jan. 1839. München.

An den Tod. Juny 1837. München.

Herbstgefühl. 2. Septbr. 1836. Heidelberg.

Auf ein altes Mädchen. 1835. Dithmarschen.

Gruß der Zukunft. 13. May 1836. Heidelberg.

Der Becher. Herbst 1836. Straßburg.

Der Sonnen-Jüngling. 13. Janr. 1839. München.

Nachtgefühl. 31. May 1836. Heidelberg.

Das Fest in meiner Geburtsnacht. 22. März 1835. Hamburg.

Adams Opfer. 14. Juny 1839. Hamburg.

Der junge Schiffer. 17. November 1836. München.

Großmutter. 8. July 1836. Heidelberg.

Ein Liebesleben:

1. Die Jungfrau. 28. Decbr. 1833. Wesselburen.

2. Spuck. 8. December 1836. München.

3. Nachruf. 16. Juny 1834. Wesselburen.

4. Süße Täuschung. 23. September 1834. Wesselburen.

5. Nachts. 17. July 1834. Wesselburen.

6. Offenbarung. 11. August 1835. Hamburg.

Das Bettelmädchen. 1837. München.

Der Baum in der Wüste. 2. May 1839. Hamburg.

Schön Hedwig. 7. November 1838. München.

Mystisch. 24. May 1836. Heidelberg.

Der Blinde. 14. September 1839. Hamburg.

Knaben Tod. 3. May 1838. München.

Ermuthigung 1. May 1839. Hamburg.

Traum. Febr. 1839. München.

An eine Unbekannte. 23. April 1836. Heidelberg.

Bei einem Gewitter. 1835. Hamburg.

Licht in der Nacht. 8. Decbr. 1836. München.

Rosenleben. 1835. Hamburg.

Auf ein schlummerndes Kind. 1835. Hamburg.

Der Pocal. 25. July 1841. Hamburg.

Einziges Geschiedenseyn. 7. Jan. 1837. München.

Das Grab. 24. Febr. 1837. München.

Frühlingsgedicht. 24. April 1838. München.

Schlachtlied. 18. May 1836. Heidelberg.

Leben und Traum. 21. Febr. 1838. München.

Frage und Antwort. 24. März 1834. Wesselburen.

Der Invalide. 17. März 1838. München.

Das Kind. 9. July 1834. Wesselburen.

Auf dem Kirchhof. 28. Novbr. 1836. München.

Leben. 24. July 1841. Hamburg.

Gott — Mensch — Natur. Anschauungen, Phantasien und Ahnungen in Fragmenten:

1. Gott über der Welt. 1835. Hamburg.
2. Der Mensch. 1833. Wesselburen.
3. Das Seyn. 1836. Heidelberg.
4. Offenbarung. 1836. Heidelberg.
5. Das höchste Lebendige 15. Juny 1834. Wesselburen.

Der junge Jäger. 12. October 1838. München.

Heimkehr. 1837. München.

An Hedwig. 17. Febr 1837. München.

Spaziergang am Herbstabend. 13. Novbr. 1836. München.

Magdthum. 18. Septbr. 1839. Hamburg.

Das alte Haus. 25. Juny 1834. Wesselburen.

Die Unschuld. 1842. Hamburg.

Erquickung. 20. July 1836. Heidelberg.

Winter-Reise. 20. März 1839. Mühlhausen.

Im Walde. 1839. Suhl 18. März.

Sommer-Reise. 1839. Eichstädt.

Das Licht will sich verstecken. 1839. Hamburg.

Vorfrühling. 20. July 1837. München.

Mutterschmerz. 11. July 1835. Hamburg.

Neue Liebe 24. July 1841. Hamburg.

Wiedersehen. 15. May 1836. Heidelberg.

Liebesgeheimniß. 6. November 1836. München.

Wiegenlied. 9. Januar 1839. München.

Memento vivere. Winter 1836. München.

Die Spanierin. 15. August 1841. Hamburg.

Das Glück. 17. May 1838. München.

Das Haus am Meer. 22. Febr. 1838. München.

Stillstes Leben. Sommer 1836. Heidelberg.

Das griechische Mädchen 30. May 1836 Heidelberg.

Auf ein neues Trinkglas. 22. Septbr. 1834. Wesselburen.

Der blinde Orgelspieler. 23. Novbr. 1837. München.

Nächtlicher Gruß. 14. May 1836. Heidelberg.

Der Bettler weint um seinen Sohn. 22. Aug. 1841. Hamburg.

An meine Seele. 16. Aug. 1840. Hamburg.

Matrosen - Abschied. 24. April 1842. Hamburg.

Alt und Jung. 1842. Hamburg.

Abendgefühl. 17. October 1838. München.

Nachtlied. 6. May 1836. Heidelberg.

Hochzeit. 26. October 1835. Hamburg.

Zum letzten Mal. 5. Januar 1837. München.

Vater und Sohn. 31. October 1837. München.

Trennung. 9. März 1834 Wesselburen.

Eine Hinrichtung. 1841. Hamburg.

Unterm Baum. 28 September 1840. Hamburg.

Versöhnung Winter 1836. München.

Auf eine Verlassene. 15. Septbr. 1838 München.

Sprüche und Gleichniße. 1835. 1837. Wesselburen. München.

Zwei Wanderer. 20. November 1837. München.

Der Knabe. 7. Junu 1834. Wesselburen.

Der Schäfer. 24. Janr. 1834. Wesselburen.

Der Maler. 10. Novbr. 1835. Hamburg.

Genesungsgefühl. 17. Juny 1839. Hamburg.

Die schöne Stunde. 10. Septbr. 1839. Hamburg.

Lebensgeheimniß. a. 31. März 1838. b. 4. Juny 1838. München.

Das traurige Licht. 1841. Hamburg.

Der Kranke. 5. Janr. 1838. München.

Sie sehen sich nicht wieder. 24. Septbr. 1841. Hamburg.

Virgo et Mater. 11. Septbr. 1841. Hamburg.

Entstehen und Vergehen. 3. May 1836. Heidelberg.

Der Schmetterling. 18. April 1833. Wesselburen.

Lebens-Momente:

1. Setzt ist u. s. w. 22. Juny 1836. Heidelberg.

2. Schlafen. 20. November 1836. München.

3. Was ist rc. 1836. Heidelberg.

4. Was willst rc. 1836. Heidelberg.

5. Und mußt du rc. 1836. Heidelberg.

6. Unergründlicher rc. 21. Septbr. 1841. Hamburg.

Du hast kein Herz. 24. July 1841. Hamburg.

Gebet für den Genius. 1840. Hamburg.

Die junge Mutter. 4. April 1841. Hamburg.

Situation. 3. July 1840. Hamburg.

An Elise. 1840. Hamburg.

Die treuen Brüder. 20. Juny 1838. München.

Requiem. 15. August 1840. Hamburg.

Räuber und Henker. 1841. Hamburg.

Das Kind am Brunnen. 23. Septbr. 1841. Hamburg.

Scheidelieder: a. 31. Janr. 1837 und b. 1838. München.

Bubensonntag. 24. May 1836. Heidelberg.

Ein Buch Sonette:

Unsere Zeit. 4. Septbr. 1841. Hamburg

Die menschliche Gesellschaft. 3. Septbr. 1841. Hamburg.

Der Mensch und die Geschichte. 5. Septbr. 1841. Hamburg.

Mein Stern. 4. September 1841. Hamburg.

An eine edle Liebende. Frühling 1842. Hamburg.

Goethe. 4. Septbr. 1841. Hamburg.

Kleist. 6. Septbr 1841. Hamburg.

Ein Bild. 3. April 1842. Hamburg.

Das höchste Gesetz. Frühling 1842. Hamburg.

Welt und Ich. Frühling 1842. Hamburg.

Der Mensch. 1840. Hamburg.

Das Element des Lebens. Frühling 1842. Hamburg.

Mann und Weib. Frühling 1842. Hamburg.

Der Wein. Frühling 1842. Hamburg.

An ein schönes Kind. Frühling 1842. Hamburg.

Vollendung. Frühling 1842. Hamburg.

Das Heiligste. Frühling 1842. Hamburg.

Mysterium. Frühling 1842. Hamburg.

An den Aether. Frühling 1842. Hamburg.

An die Kunst. 6. Septbr. 1841. Hamburg.

Den 26. Juny.

Die Gedichte sind fertig. Campe läßt Nichts von sich sehen, noch hören. Zwei Mal war ich bei ihm, er behandelte mich schlecht, von oben herab. Ich muß zum dritten Mal zu ihm gehen, ich bin es den Meinigen schuldig. O, dem kalten, berechnenden Geschäftsmenschen gegenüber dies glühende, todtwunde Dichterherz! Die Zukunft lastet so auf mir, als ob die ganze lange Ewigkeit nur eine einzige ungeheure Säule von finstern Tagen und Nächten wäre, die auf mich drückte. Ich bin, wie Einer ohne Arme und Beine in dieser öden Welt. Die Fertigkeiten der Hamster und Ameisen, die neben mir handthieren, hab' ich nicht, dafür kann ich singen, aber sie können nicht hören, sie verstehen meine Sprache nicht, ich habe Nichts an sie zu fordern, denn ich gewähre ihnen Nichts. Könnt' ich nur wenigstens meinen Schmerz tief, tief in mich verschließen, könnt' ich mich vor ihnen verbergen, daß sie nicht mit Fingern auf mich zeigen! Cäsar, als er ermordet wurde, hüllte sich in seine Toga ein, Niemand, der den Stolz des Weltüberwinders gesehen hatte, sollte sich berühmen können, sein durch die Marter des Todes entstelltes Gesicht gesehen zu haben. Aber auch dies ist nur einem Cäsar vergönnt!

Den 20. July.

Heute hatte ich einen Besuch von Uhland. Gestern Mittag sah ich seinen Namen in der Fremdenliste mitten zwischen so viel andern gleich=gültigen Namen; es durchzuckte mich electrisch und ich machte mich auf der Stelle auf nach seinem Hotel, traf ihn aber nicht mehr zu Hause und ließ ihm meinen schriftlichen Gruß nebst meinen Gedichten zurück. Heute morgen wiederholte ich meinen Besuch zur rechten Zeit und traf seine Frau, er war schon auf der Bibliothek. Heute Nachmittag kam er zu mir, freilich nur auf einen Augenblick, da der Wagen mit seinem Diener vor dem Hause hielt. Er war sehr herzlich und liebevoll, als ob wir alte Freunde wären, nicht starr und kalt, wie die Meisten ihn finden, und wie ich ihn 1836 auch fand. Aeußerst anspruchslos, schwer im Reden, aber auf eine naive, rührende Weise. Freue mich.

Bei der Frage über die Unsterblichkeit der Seele hängt Alles davon ab, ob man behaupten darf, daß sie immer war, denn nur wenn sie immer war, wird sie immer seyn, hat sie aber einen Anfang genommen, so muß sie auch ein Ende nehmen. Darf man Ja sagen? Entsteht sie nicht, entwickelt sie sich nicht, wie der Körper, wächst in ihr das Bewußtsein nicht ebenso, wie im Leibe das Gefühl der Kraft? Findet sie in sich einen Faden, der bis über die Geburt hinausgeht, eine geistige Nabelschnur, die sie auf eine ihr selbst erkennbare Weise mit Gott und Natur verbindet? Und wie ihre Wurzeln nicht über die Geburt, so reichen ihre Fühlfäden nicht über den Tod hinaus und Geburt und Tod selbst entziehen sich ihr, wie Zustände, die ihr nicht mehr allein angehören. War sie aber dessungeachtet immer, wie fällt dann das christliche Dogma, als ob ihre ganze geistige Existenz in Ewigkeit von dem kleinen ErdenDaseyn abhängig sey, in Nichts zusammen.

Der ewige Jude, indem er schon geht: ich wandre? ich will nicht wandern!

Ich denke viel über das nach, was die Rezensenten das Versöhnende in der tragischen Kunst nennen. Es giebt keine Versöhnung. Die Helden stürzen, weil sie sich überheben. Das mag den, der das Ueberheben nicht leiden kann, weil es ihm vielleicht selbst Gefahr bringt, oder weil er es nicht nachzumachen versteht, befriedigen. Ich frage: wozu die Ueberhebung? wozu dieser Fluch der Kraft? Nur, wenn sie dadurch gesteigert, wahrhaft veredelt würde, würde ich mich damit ausgesöhnt fühlen. Und doch könnte man selbst dann noch fragen: wozu ist die Grabation nöthig? Warum diese aufsteigende Linie, die jeden höhern Grad mit so unsäglichen Schmerzen erkaufen muß?

Den 8. August.

Elise erzählte mir heute abend eine erschütternde Geschichte, die eine alte Dame ihr erzählt und die sich in Assings Hause zugetragen hat. Assing nimmt für seine Kinder auf Empfehlung aus Wiesbaden ein junges Mädchen in's Haus, die still und sittsam, ihm und seiner Frau außerordentlich zusagt. Sie bemerken aber an dem Mädchen einen tiefen Schmerz, den sie ihr vergebens abzufragen suchen; am auffallendsten ist dabei, daß dieser Schmerz sich gerade dann am heftigsten äußert, wenn die Mutter ihre kleine Kinder liebkoset. Dann fährt das Mädchen zusammen, fängt an zu schluchzen u. s. w. Endlich gesteht sie der Assing ein, daß sie einen Liebhaber und von diesem ein Kind gehabt hat, welches gestorben sei; aber es ist klar, daß dies Geständniß nur einen Theil des Geheimnißes umfaßt hat, denn das Mädchen bleibt, wie sie war. Eines Abends, wie die Kinder zu Bett gebracht werden, wird das Mädchen ersucht, die Nachtkleider derselben vom Boden herunter zu holen; sie geht fort und kommt nicht wieder, nach einigen Tagen aber wird ihre Leiche aus der Elbe aufgefischt, und aus Briefen und Papieren in ihrem Nachlaß wird deutlich, daß sie — ihr Kind umgebracht hat. Welche furchtbare Situation des armen Geschöpfs! Inmitten eines Familienkreises! Zeugin, wie die Mutter ihre Kinder liebt und pflegt! —

Den 12. August.

Heute morgen überraschte mich mein alter Jugendfreund Barbek aus Wesselburen. Das Herz ging mir auf, als ich ihn sah, mir war, als ob wir uns erst gestern gesehen hatten. Lange freilich taugen wir nicht zusammen, denn die Bildungsstufen sind zu weit aus einander, aber Anfangs war es mir ganz, als ob meine Jugend mich besuchte.

Wenn alle Menschen Genies wären, das würde ich ganz natürlich finden; daß sie aber sind, was sie sind, das finde ich wunderbar.

Den 30. August.

Ein unheimlicher Sommer. Monate lang schon eine Hitze, die alles Leben ausdörrt. Die Flüsse versanden, die Aecker verdursten, dem Menschen ist, als ob es an Luft zum Athmen fehlt. Die Zeitungen Tag für Tag voll von ungeheuren Brandunfällen. Mir schwebt oft das Bild des jüngsten Tages in aller Furchtbarkeit der christlichen Vorstellungsart vor der Phantasie. Ein Ende muß seyn, warum nicht jetzt? Einer muß das erleben, warum nicht ich? Jahnens meinte heute Abend, dieser Gedanke hätte doch etwas Schauerliches. Gewiß. Aber ich glaube, nur so lange, bis man die Sache entschieden sähe. Wenn die Erde erst wankte, wenn die Sterne taumelten, würde der Mensch feststehen!

Den 1. September.

Ich sah die Madame Crelinger. Ein determinirender Verstand, kein Genie, der mich an den Verstand der Amalie Schoppe erinnerte. Ich hatte Gottlob eine Stunde, in der mir die Conversation nicht ausging, machte sichtlich keinen ungünstigen Eindruck, empfing guten Rath, dabei aber die Versicherung, daß sie mir gerne dienen würde, wo sie könne, und darf hoffen, das von der Schoppe geworfene Lügen-Gespinnst durch meine bloße Erscheinung zerstört zu haben.

Den 3. September.

Ein großer, wichtiger Freuden-Tag, der alte Rousseau schickt mir einen Wechsel auf 20 Louisdor als Darlehn. Nie zu vergessen: das wird, wenn ein Gott über mich waltet, das Fundament meiner Zukunft werden, denn es setzt mich in den Stand, die Reise nach Copenhagen durchzusetzen, und so wird sich an den Namen, der mir unter allen der Theuerste ist, mein Glück anknüpfen.

Alles, was mit der Reise nach Copenhagen in Verbindung steht, glückt mir über die Maaßen gut, so daß ich nicht fürchte, mich in der Hauptsache zu täuschen. So sehr bin ich noch bei keinem einzigen Unter=nehmen begünstigt worden, die Hand Gottes waltet sichtbar über mich, nun will ich auch nicht wieder kleingläubig mäckeln und meistern, sondern mich dem Wellenschlag des Lebens mit freudigem Vertrauen überlassen. Die Empfehlungsbriefe von Moltke waren auf den ersten Wink da. Das Geld aus Ansbach deßgleichen. Heute war ich bei Campe — auch er erklärte sich auf der Stelle zu dem Vorschuß von 20 Louisdor bereit und auf eine so noble, seiner bisherigen so ganz entgegengesetzte Art, daß ich ihm dafür ebenso verpflichtet bin, wie für die Anleihe selbst. Bedeutungs=voll in jeder Beziehung wird die Reise für mich werden. Ich hoffe, sie soll mir äußerlich zu meiner Existenz verhelfen und auch innerlich die letzte Hand an mich legen. Ich bin gezwungen, mich zu benehmen, ein scharfes Auge auf meine Umgebung zu halten, ich kann mich nicht, wenn ich nicht alle meine Zwecke aufgeben will, wieder in einen hypochondrischen Winkel zurückziehen, ich muß mit Menschen verkehren und es ist gewiß Zeit, daß ich dies endlich lerne. Der Dichter in mir hat seine Bildung erlangt, aber der Mensch ist noch weit zurück.

Es giebt keinen Punkt auf der Erde, der nicht zugleich in den Himmel hinauf und in den Abgrund hinunterführte. Die diametrale Linie nun, die beide Perspectiven verknüpft, ist die Form.

Der junge Hamburger Dichter, Herr Ebeling, von Campe mir zugeschickt, der mir sagte, er fände seine Gedichte, wenn er sie wieder

durchläse, allerdings gut, denn, wenn er sie nicht gut fände, so
würde er sie ja besser gemacht haben.

Den 15. September.

Eben schließe ich den zweiten Band des französischen Handwerksburschen von George Sand. Der erste Band ist langweilig, aber dieser
zweite enthält Sachen, die noch in keinem Roman eines Weibes standen.
Die Art, wie die List des Grafen gegen ihn selbst ausschlägt, ist unüber-
trefflich. Wahrhaft groß! Das ist ein Weib!

Das Liebesverhältniß in jenem Roman, welches mit den Worten
der Comtesse: „bin ich denn nicht allein?" anfängt und mit einer Erklärung
von ihrer Seite zur Katastrophe kommt, ist groß gedacht.

Der Roman ist wahrhaft dramatisch. Der erste Theil ist nur
darum so weitschweifig geworden, weil die Verfasserin geglaubt hat,
nicht zuviel Staffage geben zu können. Dieser Ausgangspunkt ihres
Talents versöhnt mit allen früheren Extremen desselben, die doch, wenn
auch keineswegs erlogen oder unsittlich, jedenfalls gar zu individuell
waren.

Die Luft athmet das Licht.

Den 20. September.

Diesen Sommer habe ich gar nichts gemacht — merkwürdig genug.
Freilich war es außerordentlich heiß und die Hitze trocknet mir das Hirn
aus. Aber auch noch regt sich kein Leben in mir. Doch steckt noch
zuviel an Ideen in mir, als daß es schon vorbei seyn kann. Ich hoffe,
die Aufenthaltsveränderung soll mir wohl thun. Der Lebensstrom muß
zuweilen ein wenig aufgepeitscht werden, wenn er nicht stocken soll.

Den 7. Oktober.

Aus dem Nichts schaffen wollen ist Sache der Thoren. Große
Kunstschöpfungen setzen große Elemente in Welt und Zeit voraus. Aber,
wenn solche Elemente vorhanden sind, erscheint auch jedes Mal ein
großes Kunst-Genie. Wenn der Körper ausgebildet ist und einen Ueber-
schuß enthält, aus dem ein neues Geschöpf sich entwickeln kann, bilden
sich die Zeugungs-Organe aus. Ebenso erhält die Zeit im Künstler ihr

Zeugungs-Organ, sobald sie in sich gesättigt ist und Speise für die Nachwelt übrig hat. *)

Es ist doch immer in Bezug auf die persönliche Fort-Dauer ein bedenkliches Zeichen, daß sich nie ein abgeschiedener Geist dem überlebenden Befreundeten angezeigt hat. Der Geist, der so lange in einem Körper wirkte, hat die Fähigkeit, mit der Körperwelt in Verbindung zu treten, und diese Fähigkeit kann er, wenn er derselbe bleibt, nicht verlieren.

Reudtorff behauptete gestern Abend, auch der leibliche Schmerz werde nur im Geist, in der Seele empfunden. Ich muß dies bestreiten, denn damit fiele die differentia specifica zwischen Leib und Seele weg, der Materialismus wäre also da. Ich denke mir die Sache so. Der leibliche Schmerz wird allerdings bis in die Seele hinein empfunden, wie der geistige, um mich so auszudrücken, bis in den Körper hinaus. Aber dies ist nicht die Unmittelbarkeit, sondern die Reciprocität des beiderseitigen Schmerzes. Der leibliche Schmerz hemmt den geistigen Werkmeister im freien Gebrauch des Werkzeugs und diese Hemmung, die seine Wirksamkeit beschränkt und aufhebt, empfindet er und sie wird ihm zum Schmerz. Wenn die leiblichen Schmerzens- und Krankheits-Zustände steigen, so wird auch die Hemmung, also auch die Empfindung derselben und der reciproke Schmerz um so größer. Der Leib centralisirt sich in sich selbst; er ist gewissermaßen ein Diener, der auf den Herrn nicht länger achten kann, weil die Sorge für seine gefährdete eigene Existenz seine ganze Thätigkeit in Anspruch nimmt. Dasselbe thut nun auch der Geist; daher hört das Denken, welches ein immerwährendes bewußtes oder unbewußtes Vergleichen, Anpaßen und Analogisiren ist, auf und das Anschauen, das unvermittelte Ergreifen, tritt ein. Da jedoch die Trennung zwischen Leib und Geist immer nur noch eine halbe ist, und das reine Geistesgesetz nur freier, aber keineswegs frei wirkt, so schlagen die Bilder, oder wie man die Resultate der dem Denken entgegengesetzten höheren und unabhängigen Geistes-Thätigkeit sonst nennen will, in Phantastereien um. Uebrigens ist die Philosophie des Schmerzes aus diesem Gesichtspunkt noch zu liefern.

*) Vergleiche das Vorwort zu Maria Magdalena.

Wie wäre ein Magen so groß, daß er den Organismus, dem er angehört, verschlucken und verdauen könnte; wie könnte es einen Menschen, überhaupt ein Wesen geben, das den Begriff seiner selbst hätte?

„Was Einer werden kann,
Das ist er schon, zum Wenigsten vor Gott!"

Diese fürchterliche Wahrheit ist durch das Ausstreichen aus der Genoveva keineswegs abgethan. Derjenige, der einen Mord verübte, und derjenige, der ihn des Mordes wegen zum Tode verdammt, worin sind sie unterschieden, wenn Gott, der mit der wirklichen zugleich alle mögliche Welten überschaut, erkennt, daß Jener bei einer anderen Verkettung der Umstände der Richter und dieser der Mörder hätte seyn können. Wenn man die Gewalt der Aeußerlichkeiten wohl erwägt, so möchte man an aller Wesenheit der menschlichen Natur und jeder Natur verzweifeln.

Die unendliche Verschiedenheit im Denken und Empfinden kann man sich vielleicht am besten durch den Parallelismus der physischen Gestaltungswelt verdeutlichen und erklären. Die Elemente sind dort, wie hier, überall dieselben, aber sie gewinnen nur Leben durch die individuellen Formen, in denen sie aufgehen und sich so oft, trotz innerster Verwandtschaft straff gegenüberstehen.

Dem Sündenfall der Menschen muß selbst in der christlichen Lehre ein Sündenfall der Geister vorangehen.

Byrons wunderliche, abnorme Persönlichkeit mildert den Eindruck seiner Poesie für die meisten Leser, indem das als hypochondrische Grille eines Individuum's erscheint, was doch eigentlich die schneidende Wahrheit des Jahrhunderts ist.

Nur Narren wollen die Metaphysik aus dem Drama verbannen. Aber es ist ein großer Unterschied, ob sich die Metaphysik aus dem Leben entwickelt, oder ob umgekehrt sich das Leben aus der Metaphysik entwickeln soll.*) (Schon bemerkt.)

Hamann wieder gelesen. Daß er sich klüger, als alle Anderen dünkt, darin hat Goethe ganz recht. Merkwürdig ist auch das, daß gerade er

---

*) Ein neuer Beweis, daß Kuh's Behauptungen Hebbel sei durch den Umgang mit mir in metaphysische Richtungen gekommen, unbegründet sind.
(Der Herausgeber.)

immer so gereizt gegen seinen Recensenten los zieht und Leuten, die er
tief verachtet, immer noch die Ehre anthut, ihnen diese seine Verachtung
gründlich und weitläuftig zu documentiren. Er ist ein merkwürdiges
Individuum aber auch weiter Nichts. Die Wissenschaft hat in ihm keinen
neuen Knoten angesetzt. Man kann ihn übergehen und wird es thun,
wie man es gethan hat.

Den 20. October.

Rüste mich zum Abschied. Morgen wird Max getauft. In Hamburg können Kinder, die nicht auf dem ceremoniellen Weg in's Leben
gekommen sind, nicht den Namen des Vaters erhalten. Eine grausam-
despotisch-pfäffische Bestimmung. Auf dänischem Boden ist das anders.
Der Pastor in Wandsbeck, durch den alten Schütze dazu veranlaßt,
wird mir den Gefallen thun, meinen Sohn in die christliche Gemeinde
aufzunehmen und ihm meinen Namen beizulegen. Die Sache hat mich
zwar nicht gedrückt, aber es freut mich doch sehr, daß sie endlich beseitigt
wird. Schütze allein habe ich es zu danken, er hat den Pastor be-
redet und mir für den Act sein Haus angeboten, auch steht er Gevatter. Mögte das philosophische Werk, das er schreibt, doch so ausfallen, daß ich es mit einiger Hoffnung des Erfolgs Campe empfehlen
könnte! Die kleine Brochüre, die er im Anfang Sommers herausgeben
wollte, war leider so matt, daß Campe mich damit auslachte. Er ist
sonst so wacker und brav und ich möchte ihm für mein Leben gern einen
Freundschaftsdienst leisten. — Nun wird es Herbst, die Blätter fallen
ab, der Geist der Zerstörung weht durch die Luft, die Welt wird ernst
und grau. Diese Jahreszeit machte sonst immer einen tiefen Einschnitt
in mein Gemüth, ich wurde frisch und lebendig, jetzt bleib' ich, wie ich
war, dumpf, verdrossen, bis in den Mittelpunkt der Seele hinein über-
krustet. Ob die Reise mich wieder erwecken wird? Eine Zeitlang schien
es, als ob ich hier bleiben würde. Campe sagt mir, er würde wahrscheinlich mit Gutzkow brechen, und trug mir für den Fall den Telegraphen an. Obgleich ich viel Aerger und Verdruß voraussah, hielt ich
mich in meinen Verhältnißen doch nicht berechtigt, ein solches Anerbieten
von mir zu stoßen und erklärte mich bereit. Die Sache zieht sich jedoch
in die Länge und das ist mir Beweis genug, daß Nichts daraus wird.
Ich mache mich also zur Abreise bereit. Der erste Schritt, den ich ganz

auf's Gerathewohl thue. Ueber die Zwecke und Absichten, die mir vor=
schweben, mag ich mir gar keine Rechenschaft geben. Eine Professur?
Wie lückenhaft, unzusammenhängend, unbedeutend, sind meine Kennt=
nisse! In ästhetischen Dingen weiß ich freilich Einiges und erkenne
Manches, aber mir geht die Fähigkeit ab, meine Ideenkörner zu zer=
setzen, mein Korn zu mahlen und zu verbacken. Was sonst? Ein Reise=
stipendium? Das Glück müßte sehr viel für mich thun, wenn ich ein
solches davon tragen sollte. Doch, gleichgültig, die Reise eröffnet mir
wenigstens Perspectiven und Möglichkeiten, während ich in Hamburg, wie
sich hier nun einmal Alles mit und ohne meine Schuld gestaltet hat,
verwesen müßte.

Den 21. October.

Heute Abend ist Max getauft. Mit verdrehten Augen hielt der
Pfaff eine miserable Rede; wäre ich nicht als Vater zu ernsten Gefühlen
angeregt gewesen, ich hätte gewiß über diese Blumenlese aus dem poeti=
schen Garten von Anno 1700, gelacht. Gott Lob, daß die Sache hinter
mir liegt.

Den 22. October.

Ein böser Tag. Bei Campe wegen des Geldes — er war nicht
zu Hause, obgleich er mich bestellt hatte. Als ich zurückkam, fand ich
eine Wohnungs=Aufkündigung für meinen Hauswirth vor, die Elise eine
neue Sorge aufbürdet. Als ich auf mein Zimmer ging, fraß Hänschen
das für mich zum Mittag bestimmte Fleisch auf.

Den 24. October.

War den Abend bei R. Er hatte Genoveva gelesen, und sagte
mir, das Stück habe ihn in Schwindel und Taumel versetzt. Es freute
mich sehr, daß die Wirkung eine so entschiedene gewesen, um so mehr,
als er durch die Bemerkung, die er über die letzte Hälfte machte, mir
zeigte, daß er es begriffen. Er sagte nämlich, es sey ihm klar entgegen=
getreten, daß Alles, was Golo gegen Genoveva thut, nur gegen ihn selbst
gerichtet sey, und daß sogar der schreckliche Schluß in seiner Situation
ein Labsal für ihn seyn müßte. Ganz richtig, Wollust des gegen Sich
selbst Wüthens. Er wisse sich nicht zu erinnern, daß ihn jemals eine
Production so sich selbst entrückt habe, ihm scheine Genoveva noch mehr

aus einem Guß, als Judith, auch müßte sie jedenfalls auf die Masse
wirken, wenn sie gespielt würde. — Es ist mir um so lieber gewesen,
als es ganz natürlich ist, daß gerade Jugendfreunde strenge Richter sind.

Was ist das Böse? Kann es gut werden, so wird und muß es gut
werden, und zwischen gut und bös besteht kein anderer, als ein zeitlicher,
zufälliger Unterschied. Kann es aber nicht gut werden, hat es dann
nicht Existenz-Berechtigung? Und da zwei Gegensätze nicht einen und
denselben Grund haben können, ist nicht dann mit dem Bösen eine zwei-
fache Weltwurzel gesetzt!

Tagebuch in Kopenhagen.*)

Den 12. November 1842 verließ ich Abends um 10 Uhr Hamburg.
Meine theure Elise begleitete mich zur Post und blieb, bis ich abfuhr.
Morgens um 9 Uhr war ich in Kiel. Ich besuchte den Dr. Clshausen,
an den mich Wienbarg adressirt hatte, um mich bei ihm wegen der Professur
der Aesthetik zu erkundigen, die in Kiel besetzt werden soll. Ein kleines blasses
Männchen mit einer unangenehm eingedrückten Nase. Ich schien ihm
ganz unbekannt zu sein, doch war er freundlich und gab mir Auskunft.
Dann ging ich, um das Wirthshaus zu vermeiden, spazieren, nach Düsternbrook hinaus. Ich kam an einem kleinen weißen Häuschen vorbei und
dachte: wirst du jemals so glücklich sein, daß du deine Elise in einem
solchen Häuschen wohnen lassen kannst? Die Freudenlosigkeit, zu welcher
die Arme durch ihre Liebe zu mir verdammt ist, die Sorge, die Noth,
der sie entgegen geht, wenn meine Reise fruchtlos bleibt, fielen mir schwer
auf's Herz. Ein todter Fisch lag am Wege, das Wasser hatte ihn ausgestoßen, es kümmerte sich nicht darum, wie er verende. Das Wäldchen
von Düsternbrook war vergilbt, Millionen von Blätter lagen am Boden.
Ich ging und betete zu Gott. Inzwischen hatte es zu tröpfeln angefangen, nun kam ein starker Regenguß und ich mußte doch in's Wirths-

---

*) Wesentliche Ergänzungen befinden sich in den Briefen an Elise.
Anm. des Herausgebers.

haus, um nicht vor Besteigung des Dampfschiffs durchnäßt zu werden. Um 2 Uhr an Bord, Montags um 12 Uhr Mittags in Copenhagen, bis Donnerstag im Hotel d'Angleterre, dann endlich ein Privatlogis aufgetrieben und sogleich bezogen. Eine ganz unbeschreibliche Melancholie drückt mich darnieder, Alles, was ich in Hamburg viertehalb Jahre hindurch gegen die treuste Seele, das edelste Gemüth gesündigt habe, preßt mir das Herz. Sogar die alte Mutter, die es so gut meinte und gegen die ich oft so schnöde war, scheint mir jetzt gar keine Fehler mehr zu haben!

Ist das Leben vielleicht nur ein Verbrennen, ein Ausglühen, ein Wegzehren der Empfänglichkeit für Schmerz und Lust? Ist Alles, was als ruhiges Element, als Erde und Stein, uns umgiebt, schon lebendig gewesen? Werden auch wir Erde und Stein und ist die Geschichte zu Ende, wenn Alles ruht und schweigt?

An Wienbarg, Copenhagen den 22. November 42.

Sie wollten mir, Verehrtester, über meine Genoveva referiren. Ich überwinde deßhalb die Abspannung, in der ich mich befinde, um Ihnen einige Zeilen zu schreiben, wenigstens meine Adresse zu melden. Sehen Sie um's Himmels willen das Blatt und was darauf zu stehen kommt, nicht für einen ordentlichen Brief an. Ich suche seit einiger Zeit mich selbst und kann mich nicht finden. Sie wissen, wie das geht, denn Sie wohnen auch nicht in einem Luftballon oder im Keller, sondern in der Mitte, wo die Winde sausen. Das Leben ist heut zu Tage eine Kunst, man muß sich, ungefähr wie Immermanns metallurgischer Münchhausen, selbst die Elemente bereiten, und wenn man sich ungeschickter Weise die künstliche Sonne aushustet, weil man sich erkältet hat, so ist sie nicht gleich wieder angesteckt.

Diese Dänenstadt mit den höflichen Dänen darin gefällt mir ganz und gar nicht. Ich habe überhaupt das Unglück, daß der erste Eindruck, der dann wieder von lauter Bagatells abhängig ist, sich leicht bei mir fixirt. Hier kam ich bei naßkaltem Regen an und nun seh ich's immer noch regnen. Güldenstiern und Rosenkranz und zur Abwechselung einmal Rosenkranz und Güldenstiern. Die sind allein aus dem Hamlet am Leben geblieben, es war ein Irrthum Shakespeares, wenn er glaubte, daß sie

in England enthauptet worden seien. Uebrigens gilt dies nicht von ein=
zelnen Personen — im Gegentheil bei Einigen, wenigstens bei Einem, habe
ich viel Zuvorkommenheit und wahre Humanität gefunden — sondern
das Volk, wie man's auf der Straße sieht, kommt mir so vor. Immer
die Mütze in der Hand, ich kann's nun einmal nicht leiden, die Grobheit,
die es gut mit sich selbst meint, ist mir lieber. Kiel dagegen, wo ich
früher noch nicht war, gefiel mir sehr mit seinem herbstlich=vergilbten
Düsternbrook.

Begierig bin ich, wie es Ihnen bei den Schauspielern mit diesem
Stück ergeht. Sie haben sich nun einmal die Mühe aufgeladen und ich
sehe dem Schauspiel vor dem Schauspiel ruhig zu. Das Stück ist aus
sehr trüben und bittern Gemüthsstimmungen hervorgegangen, es ist eher
ein aufgebrochenes Geschwür, als ein objektives Werk. Das soll nicht
sein, gewiß nicht, aber ich fürchte, alle Poesie unserer Zeit ist der Alter=
native unterworfen, ob sie schwarz aber wahr oder bunt, aber falsch sein
will. Unbefriedigend ist sie in dem einen Fall, wie in dem andern. Was
soll der Poet machen? Soll er der Poet aller Poeten werden und sich
aus seiner in eine fremde Haut hinein lügen? Es wär' ein Meisterstück,
wenn er's bis zur Illusion brächte. Doch ich glaube, dies ist selbst
unserm Tieck nicht gelungen; er zieht, wenn er unbemerkt ist, mitten im
Paradies wollne Strümpfe an. Ich denke, es ist erlaubt, hin und her
zu turkeln, wenn die Erde bebt und der Himmel Grimassen zieht.
Ohnehin entsteht die gute Musik nur dann, wenn der Musikus die Courage
hat, aus seinen eignen Eingeweiden die Saiten zusammen zu drehen.

Verzeihen sie diesen Ton. Wir haben uns eigentlich nur einmal
gesehen, aber ich hoffe, wir sind mit einander bekannt geworden. Im
Wachtmantel der Förmlichkeit kann ich kein Glied rühren, Steifleinen ist
mein Tod. Ich sollte nun auch noch von meinen Aussichten reden.
Doch — meine Augen sind heute nicht in Maienthau gebadet, übrigens
scheinen die Sterne auch für mich. Zu Kiel besuchte ich Ihren Freund
Olshausen. Er bestätigte mir, was Sie mir sagten, legte aber etwas
mehr Accent auf G. — Der Konferenzrath D., an den ich empfohlen
war, hat mir seine thatsächliche Verwendung und auf morgen Aus=
kunft über alle Verhältnisse versprochen; durch diesen werde ich auch

leicht zum König gelangen, der aber augenblicklich nicht hier ist. So viel davon. — Ich hoffe, daß Sie mir bald antworten werden und bin mit wahrer Hochachtung

der Ihrige

F. H.

Den 25. November.

Heute die erste Freude in Copenhagen erlebt; als ich Mittags aus der Bibliothek kam, lag ein Brief von Elise auf dem Tisch. Wie glück= lich hat mich das bloße Erblicken ihrer Schriftzüge gemacht!

Den 30. November.

Dreißig Jahre alt und schon Alles bergab. Ich glaube nicht mehr an die Zukunft und dieser Glaube allein war es, der mich bisher oben erhielt. Die Jahre, die in meinen Augen bisher Schmerzens= und Prü= fungsjahre waren, sind fette Jahre gewesen, nun geht's hinunter, tiefer und immer tiefer, bis sich zuletzt die Erde erbarmt und den Kerl hinein= schluckt. Wäre nur das Kind nicht, wäre Elise nicht, ich wollt's kommen sehen!

Sonnabend, den 3. December.

Donnerstag wollte ich den Konferenzrath Dankwart besuchen — er nahm mich nicht an, weil er mit einem Bericht an den König beschäftigt sei. Ich hielt dies für ein schlechtes Zeichen. Heute ging ich zum Hof= marschall Levetzan — er sei nicht zu Hause, sagte mir der Bediente mit einem Spitzbubengesicht. Was soll ich nun thun? Hingehen und wieder hingehen? Höchstens bei Beiden noch einen Versuch, dann — Es ist gewiß, mehr als gewiß, ich werde nicht das Geringste ausrichten. Dabei bin ich geistig todt, mein Kopf ist so öde, so finster, als wenn Gottes Licht nie darin geschienen hätte. In dieser Woche habe ich mich dann auch seit meiner Jugend zum ersten Mal einen ganzen Tag lang von trockenem Brot und Kaffee ohne Milch ernährt. Aus Noth, aus Mangel an Geld, noch nicht, aber doch auch nicht freiwillig. Im Wirthshaus wollte ich, der Kosten wegen, nicht essen, ich hab's die ganze Woche nicht gethan, und meine Wirthin hatte vergessen, mir Butter holen zu lassen, fordern mochte ich diese aber nicht, weil es ihr dann ja klar geworden wäre, daß ich immer bei verschlossenen Thüren auf meine eigene Hand dinire. Ich bin beständig in köstlicher Stimmung, doch will ich mich hüten, diese in meine Briefe an Elise einwirken zu lassen, die Arme hat Sorge und Kummer genug!

Den 22. December.

Heute morgen bei Dankwart. Ich sagte ihm von dem Reise-stipendium. Er ermunterte mich zu diesem Schritt, versprach mir seine Unterstützung und erbot sich, seine Erkundigungen einzuziehen, wie es mit dem Fond stände. Als ich in sein Palais trat, begegnete mir ein Mädchen mit Kränzen, von denen sie mir einen anbot. Ich gab ihr ein kleines Almosen; mögte der Kranz mir etwas Gutes bedeuten!

Den 31. Dezember.

Ich sitze in Copenhagen, mein Zimmer ist voll Rauch, draußen regnet's. Weil ich es jedes Jahr gethan habe, will ich auch heute einen geistigen Abschluß machen, obgleich es Nichts abzuschließen giebt. Gearbeitet hab' ich das ganze Jahr Nichts, ein Paar Gedichte sind entstanden, ich schäme mich, die Lumperei aufzuführen. Als ein bedeutendes Ereigniß kann der Hamburger Brand in alle Wege gelten, doch ist dies ein Ereigniß, welches der Geschichte angehört, nicht meinem Privat-Leben. Außer Oehlenschläger habe ich Niemand kennen gelernt. Großes Verdienst um mich hat sich der alte Rousseau erworben. Auch Campe, obgleich ich über seine eigentlichen Absichten mit mir nicht im Klaren bin, hat sich human gezeigt. Für die Genoveva denkt er mich freilich mit einem Lumpenschilling abgefunden zu haben, doch hat er mir Vorschüsse gemacht, ohne die ich nicht hätte reisen können. Die Reise scheint, aller Ahnungen und Hoffnungen zum Trotz, zu Nichts zu führen. Was weiter werden soll, weiß ich nicht. Die Audienz beim König war erfolglos. Die Empfehlungen des Grafen Moltke haben keinen Eindruck gemacht. Der Brief von Schütz an Dankwart hat eine Art von Verhältniß angeknüpft, doch wer weiß, ob das Resultat nicht beßungeachtet nichtig sein wird. Literarisch bin ich fast todt. Von jedem Reimschmied ist die Rede, über meine Gedichte wird kein Wort gesagt. Daran liegt die Schuld zum Theil am Verleger; ich zweifle, ob er Rezensions-Exemplare abgesandt hat, denn da die Leute Alles rezensiren, warum sollten sie mich ausschließen. Wie es mit der Aufführung Genovevas steht, weiß ich nicht. Wienbarg wollte mir darüber referiren — er schweigt. Gutzkow hat, wie mir Jahnens gestern schrieb, das Drama hart angegriffen. Ich werde abgemacht. Knüpften sich nicht die Schicksale zweier Menschen an das meinige, so wäre mir Alles gleich. Mein Leben ist im Zuschnitt verdorben; das Glück verschmäht mich vielleicht nur deshalb, weil es einsieht, daß mit mir doch Nichts mehr aufzustellen ist. Aber Elise, aber Max! Geistig bin ich verdummt und verdumpft. Die inneren Quellen springen nicht mehr; es sitzt jetzt mehr wie e i n Körper um meine Seele. Alles, was ich beginne, mißlingt. Wenn ich studire, so füllt sich mein Hirn nicht mit Ideen sondern mit Dampf. Wozu weiter schreiben!

1843.

Den 4. Januar.

Gewisse Dichter können immer produziren. Ja wohl, wie man immer denken kann, so lange man die eigentlichen Denkprobleme noch nicht kennt und lustig über die Tiefen, worin ein Andrer stecken bleibt, hinweg hüpft.

Den 5. Januar.

Es ist doch ein Unglück, ein armer Teufel zu sein und für reich gehalten zu werden. Die Leute, bei denen ich hier wohne, scheinen mich als reich zu betrachten, denn sie rupfen mich, wie sie können. Ich glaube, das Laufmädchen erhält nur soviel Lohn, als sie mir wegstibitzen kann. Ein unheimlich-verdrießliches Leben! Und nicht einmal in Briefen kann ich mich darüber auslassen, denn Elise hat zu Hause Verdruß genug, durch mich soll sie keinen haben.

Das einfache Gefühl gewöhnlicher Menschen, die den heiligen Lebensfunken ruhig von sich auf ihre Kinder fortleiten, bis er in der zehnten oder zwanzigsten Generation endlich zur Flamme wird.

Eben weil er fliegen kann, kann der Adler nicht gehen.

Nur so lange wir nicht sind, was wir sein sollen, sind wir etwas besonderes, wie die Schneeflocke nur darum Schneeflocke, weil sie noch nicht ganz Wasser ist. (Bei fallendem Schnee.)

Wir Menschen sind gefrorne Gott=Gedanken,
Die inn're Glut, von Gott uns eingehaucht,
Kämpft mit dem Frost, der uns als Leib umgiebt,
Sie schmilzt ihn oder wird von ihm erstickt —
In beiden Fällen stirbt der Mensch!

Brief an Schütze.

Oehlenschläger — in seiner Persönlichkeit liegt Etwas, was seine Poesie ergänzt; auch stellt sich über ihn als Dichter das Resultat anders, wenn man ihn aus dem dänischen Gesichtspunkt betrachtet, als wenn man den Deutschen festhält. Eine werdende und eine gewordene Literatur, welch ein Unterschied! Wir walten freilich in fast entgegen gesetzten Sphären, aber eben deswegen gerathen wir einander nicht in die Haare, und vielleicht hält er das völlige Auseinandergehen unserer Prinzipien, das nicht einmal eine Berührung, wie zwischen Schwert und Schart zuläßt, für Uebereinstimmung. — Daß die Tragödie die Wunden auf eine andere Weise heilt, als die Chirurgie, wird und kann er nicht zu= geben, aber Shakespeare und Aeschylos sagen ja. Er will Versöhnung, die will ich auch; aber ich will nur die Versöhnung der Idee, er will die Versöhnung des Individuums, als ob das Tragische im Kreise der individuellen Ausgleichung möglich wäre.

Brief an Dr. Rendtorff.

— Diamant. Ich glaube darin die schwere und der Komödie allein würdige Aufgabe, daß für die dargestellten Personen Alles bitterster Ernst ist, was sich für den Zuschauer, der von außen in die künstliche Welt hineinblickt, in Schein auflöst, auf eine Weise, wie es in Teutsch= land noch nicht geschah, erfüllt zu haben. — Meine eigene Komödie hat mich in der letzten Zeit zum Aristophanes geführt, von dem ich nur wenig kannte. Mich freut, daß er mir nicht früher in die Hände gefallen ist, denn er hätte mir gefährlich werden können, wenn auch nicht auf die Art, wie dem Grafen Platen, der dadurch, daß er die abgestreifte bunte Schlangenhaut mit Luft aufblies, den Aristophanes wieder zu erwecken glaubte. Nach meiner Ansicht kommt eine solche Vollendung der Form selbst bei den Griechen nicht zum zweiten Mal vor; bei den Neueren nun ja ohnehin nicht. Es ist strengste Geschlossenheit und freistes Darüberstehen zu gleicher Zeit. Die Philologen wundern sich, daß er den sogenannten Plan so oft fallen läßt. Die Narren! Eben darum nannte ihn Plato den Liebling der Grazien, und er ist nicht blos ihr Liebling, er ist ihr Herr, er hat ihnen zu gebieten. Wahrlich, die wahnsinnige Trunkenheit, womit er den Schlauch, worin er eben seinen Wein gefaßt hat, zerreißt und ihn gen Himmel, den Olympiern in die Augen spritzt, ist die höchste Höhe der Kunst; er verbrennt Opfer und Altar zugleich. — (Ohlenschläger.) Er will Versöhnung im Drama — wer will sie nicht? Ich kann sie nur darin nicht finden, daß der Held, oder der Dichter für ihn, seine gefalteten Hände über die Wunde legt und sie dadurch verdeckt! —

Den 16. Januar 1843.

Heute morgen besuchte ich Oehlenschläger und traf Thorwaldsen bei ihm. Eine imponirende Gestalt, edle, gebietende Züge, im Gespräch einfach, aber markig. Freundlichst lud er mich ein, ihn in seinem Atelier zu besuchen und wiederholte die Einladung, als er ging. Ich werde natürlich von dieser Erlaubniß Gebrauch machen. Er hat ein Gesicht, dem gegenüber Niemand Komplimente drechseln wird. Ich bin einem großen Mann immer dankbar dafür, wenn er nicht aussieht, als ob ihn ein Töpfer aus Lehm gebacken hätte. Uhland — ich bin gewiß sein Freund — sieht aus, als ob ein großer Geist, in Verlegenheit um einen Körper und aus Angst zu spät zu kommen, eine Schusterseele zurückgedrängt und sich durch einen Ruck von der Geburt in's Leben hinein geschlichen hätte. Auch Thorwaldsen's Geliebte, die Baronesse Stamz war anwesend. Die hat mir zu viel Männliches in ihren Zügen. Später, nachdem ich wieder mit Oehlenschläger allein war, kam der Dichter Andersen. Eine lange, schlottrige, lemurenhaft-eingeknickte Gestalt, mit einem ausnehmend häßlichen Gesicht.

Es giebt Egoisten, die nicht über ihren Kreis hinaussehen, die deshalb, wenn sie bloß für ihren Kreis thätig sind, für die ganze Welt thätig zu sein glauben. Diese sind die schlimmsten, denn nicht einmal das Bewußtsein setzt ihnen eine Gränze. Uebrigens ist der Mensch mit Nothwendigkeit Egoist, denn er ist ein Punkt und der Punkt vertieft sich in sich selbst.

Den 20. Januar.

Heute morgen war ich mit Oehlenschläger bei Thorwaldsen. Er wohnt sehr schön, in dem Schloß Charlottenburg, wo sich die Zeichenschule befindet, in der er selbst als kleiner Knabe das Zeichnen erlernt hat. Zwei ziemlich große Zimmer voll interessanter Gemälde, die er mir zuerst zeigte. Aus seinem Wohnzimmer führte eine kleine Treppe in's Atelier. Da sah ich denn so viel, daß ich eigentlich Nichts gesehen habe. Bewunderungswürdig Ganymed und der Adler, dem er zu trinken giebt. Der Vogel blickt gravitätisch, wie ein Großvater, der sich vom Enkel bedienen läßt, der Knabe ist von himmlischer Schönheit. Herrliche Basreliefs. Die drei Grazien. Ein wunderbar lebendiger Löwe. Seine Venus. Ein Hirtenknabe mit einem Schäferhund. Zu viel! Zu viel! Der Alte war heute wie ein patriarchalischer Erzvater, er trug große wollene Strümpfe und eine Art Pudelmütze, die er abnahm und durchaus erst dann wieder aufsetzen wollte, wenn auch wir unsre Hüte aufsetzten. Ich werde, da er mich einlud, mir die Freiheit nehmen, öfter zu kommen.

Brief an Jawinski vom 20. Januar.

— jedenfalls bleibt die Reise nicht ohne wichtige Folgen für mich, sie wird eine neue Epoche in meinem Leben bezeichnen, denn trotz der vielen Hindernisse, auf die ich stoße, und der wenigen Aussichten, die sich mir eröffnen, hat sie mich den Menschen wieder näher geführt und ich freue mich dessen. Ich finde, es ist bedenklicher und sittlich gefährlicher, sich in kalter Erbitterung von ihnen entfernt zu halten, als sich mit ihnen einzulassen, und das richtige Verhältniß stellt sich, wenn man die Forderungen nur immer nach der dargelegten Kraft und der daraus entspringenden Berechtigung abmißt, von selbst her, nur muß man ihnen die Hand in warmer Bruderliebe zum Druck, nicht in vornehmer Herablassung zum Kuß reichen, denn diese zu ertragen ist die menschliche Natur selbst im Geringsten zu edel, auch wird die wahre Kraft, die es nur dadurch ist, daß sie ihre Grenzen kennt, nie hochmüthig sein, sie wird über die Kluft, die sie selbst vom Höchsten trennt, gern den Abstand, der das Niedrigere von ihr scheidet, vergessen, und sich dadurch, daß sie dieses zu sich heranzieht, der Gnade, vom Höchsten angezogen zu werden, würdig zu machen suchen. Zu diesen Ueberzeugungen, mit denen ich in's Leben eintrat, bin ich jetzt zurückgekehrt, ich bereue es aber gar nicht, auch das entgegen gesetzte Extrem kennen gelernt zu haben, denn die Wahrheit ist wahr an sich, aber sie wird erst stark durch den Irrthum. Nicht der Sonnenschein hat das Eis aus meiner Brust weggeschmelzt, sondern der ernste strenge Gedanke hat es in kalter Winternacht durchbrochen, darin liegt der Beweis, daß ich von einem Durchgangspunkt wirklich zu einem Ruhepunkt gelangt bin. Ich habe mich einer scharfen Selbstprüfung unterworfen und bin zu Resultaten gekommen, die für mich keineswegs erfreulich sind; ich muß der Welt ein viel größeres und mir selbst ein viel geringeres Recht einräumen, wie je zuvor, und das in einem Augenblick, wo ich ihr lieber fluchen, als mich ihr beugen möchte; es ist eben so als ob Einer in dem Moment, wo er ermordet zu werden glaubt, sich überzeugt, daß ein gerechter Richterspruch an ihm vollzogen wird. Schwere Arbeiten, große Anstrengungen und Aufopferungen, stehen mir bevor, aber wenn es mir nur gelingt, mir wieder einige fußbreit Existenz zu erkämpfen, so hoffe ich auch diesmal dem Maaß meines Erkennens zu genügen, vorausgesetzt freilich, daß die physische Kraft der geistigen treu bleibe. Dies Ergebniß eines Jahre langen trüben Prozesses, den wir großentheils zusammen durchgemacht haben, durfte ich Dir nicht vorenthalten; auch Du mußt nah' am Abschluß sein und vielleicht ergänzen Deine Gedanken die meinigen. Ich finde, daß man die Unzufriedenheit mit sich selbst leichter trägt, als die mit der Welt, obgleich das Gegentheil wahrscheinlicher aussehen dürfte, denn jene läßt Hoffnung zu, diese nicht, die Sonne kann den Dunst, der sich aus einem Menschenkopf entwickelt, wohl verzehren, aber nie kann der Leuchtkäfer, der aus einem Menschenkopf aufsteigt, die Sonne ersetzen. —

Den 23. Januar.

Heute ist der glücklichste Tag, den ich in Copenhagen verlebte. Ich war mit meinem Gesuch um ein Reisestipendium beim König. Er

war sehr freundlich und entließ mich mit den Worten: gern werde ich
unterstützen! Das ist denn doch wenigstens ein Grund zur Hoffnung.
Nun stehen mir noch schwere Gänge bevor, Visiten und Aufwartungen,
doch will ich Nichts vernachläßigen, denn zu viel steht auf dem Spiel.
Als ich zu Hause ging, wandelte mir vorauf der Postbote in mein Logis
und brachte mir zwei Briefe, einen von Campe, einen von einem jungen
Poeten Klein aus Straßburg. Ersterer war voll der erfreulichsten
Nachrichten. Campe nimmt die Dithmarschen und, wenn ich sie wirklich
ausarbeite, auch die Reisebeschreibung, er zahlt für den Roman das
geforderte Honorar von 40 Ldor., ohne zu dingen, und ist sogar erbötig,
es vorauszugeben. Das ist höchst ehrenhaft von ihm; 20 Ldor. hat er
mir ohnehin schon zur Reise vorgeschossen, ich hätte ohne ihn die Letztere
nicht machen und ebenso wenig in Hamburg existiren können. Nun bin
ich aller Sorgen los und ledig, die Angst, die mich die Zeit über, daß
ich hier bin, niedergedrückt und aller Arbeit unfähig gemacht hat, verläßt
mich, ich sehe ohne Beben in die nächste und, wofern ich ein Reise=
stipendium erhalte, auch in die fernere Zukunft. Der Ewige sieht mein
Herz, er weiß, daß ich für seine hohe Gnade um so dankbarer bin, je
weniger ich mich ihrer würdig fühle; ich habe vor tiefster Rührung
geweint, als ich den Brief las.

Den 30. Januar.

Es ist Sonntag, das Wetter, den etwas zu heftigen Wind ab=
gerechnet, war wunderschön, ich machte einen Spaziergang nach Friedrichs=
borg hinaus, und fühlte mich, vom Sturm gejagt, von den Wellen
umtos't, einmal wieder als Dichter, es entstand auch wirklich ein Gedicht,
doch weiß ich nicht, ob es etwas taugt. Jetzt macht mir der Gedanke
oft Angst, daß mein poetischer Fond vielleicht schon erschöpft ist, wunder=
bar ist es auf jeden Fall, daß sich gar nichts Dramatisches mehr in mir
gestaltet und ausbildet, selbst der Moloch nicht, der mir doch schon so
nahe stand, daß ich ihn mit Händen hätte greifen können. Das käme,
selbst von der äußeren Existenz abgesehen, ein wenig zu früh, Judith
und Genoveva sind, wie ich jetzt klar erkenne, nur noch Kraft= und
Talentproben, keine Werke, der Diamant, vortrefflich in der komischen
Hälfte, läßt in der phantastisch=ernsthaften noch Unendliches zu wünschen

übrig, die lyrischen Gedichte bilden freilich ein erträgliches Ganzes, auch
sind ein Paar Novellen und einige Kapitel aus dem Schnock nicht ganz
zu verachten, aber bei alledem mögte ich gar nicht angefangen haben,
wenn ich jetzt schon aufhören und mich mit diesen Trophäen begnügen
müßte. Ich bin physisch nicht gesund, das fühl' ich, dies ewige Schlafen=
Können, diese Dumpfheit im Kopf, dies Zittern und Beben der Nerven,
wenn ich mich einmal in ein Studium vertiefen will, deutet auf eine
Störung im Organismus: ein Bad, vor Allem aber frische Lebens=
Verhältnisse, könnten viel für mich thun, denn hier sitze ich doch eigentlich
wieder eben so im Winkel, wie in Hamburg, die Paar Mal abgerechnet,
daß ich Oehlenschläger wöchentlich sehe, spreche in keinen Menschen, in
Gesellschaften komme ich gar nicht und doch bedarf ich jetzt der äußeren
Anregungen, denn die schöne Zeit, wo man den Sporn in sich hatte,
ist vorüber. Möser in seinen patriotischen Phantasien behauptet, Fleiß
und Ausdauer hätten von jeher in der Welt eben so viel gewirkt, als
Genie und Begabung, es mag sein, aber ich habe davon keinen Begriff
und es paßt ganz gewiß nicht auf den Dichter, ich wenigstens, wenn ich
noch so gern wollte, ich kann nur arbeiten, wenn eine Idee mich begeistert.
Es hat poetische Geister von unermeßlichem Umfang, von unergründlicher
Produktivität gegeben, ein solcher ist Shakespeare, aber sie sind selten, ja
ich wüßte den Zweiten nicht zu nennen, denn der Scott'schen Produktivität,
obgleich auch immer bewunderungswürdig, liegt etwas Anderes zu Grunde.
Oehlenschläger meint, es sei doch immer besser, auf die Gefahr hin, etwas
Mißrathenes zu Tage zu fördern, thätig zu sein, als die Hände in den
Schooß zu legen; ich habe Nichts dagegen und wollte, daß ich das
Prinzip zu dem meinigen machen könnte, denn ich glaube gewiß, daß
die innere Friktion der Kräfte mir manchen Funken entlocken würde;
aber mir ist's unmöglich, mich packt Ekel und Selbst=Verachtung.

Der Mensch, wenn er den Geschmack am Leben nicht verlieren
soll, muß innerlich einen Überfluß an Kräften verspüren, er muß
mehr besitzen, als bloß das zur Erhaltung nothwendige Maaß.
Aus diesem Grunde vor Allem sollte man Ausschweifungen scheuen,
denn sie verschlingen den Überfluß, der die Fontainen der Leidenschaften
so lustig steigen läßt und einen immerwährenden Reiz erhält.

Den 6. Februar.

In meiner Jugend und frühsten Kindheit gingen die Dinge, die mich umgaben, fast in mich über. Mit welch' unendlicher Seligkeit führte ich bei meinem Zeichenlehrer Harding die erste Zeichnung aus. Ein Garten, Herbsttag, ein Mädchen stand hinter der Pforte. Mir war wirklich, als müßte die von mir gemalte Pforte sich aufthun, sobald ich nur auch das Mädchen fertig gemacht. Ich hab' das Gefühl noch ganz, aber wie wär's auszudrücken! Auch die Nacht, wo ich mit dem Sohn des Malers zusammen aufsaß und wir Bürgers Leonore mit einander lasen. Wonne, Wehmuth, Leben, Tod, Alles auf einmal: ein Urgefühl!

Wie mein Vater die mir von Harding geliehene Zeichnung (eine Weintraube) zerknitterte, weil er über die Zeit, die es kostete, verdrießlich war; und wie ich mich schämte, es dem Maler zu sagen, daß mein Vater es gethan, und nun von ihm selbst wegen Unachtsamkeit gescholten wurde.

Brief an Lotte Rousseau vom 14. Februar 1843.

Leute, die glauben, daß die Welt von Rechts wegen mit ihnen aufhören müßte und die sich ordentlich darüber ereifern, daß das Leben sein Geschäft fortsetzt; wie der alte Hecht verlangt, daß der Ocean austrocknen soll. — Gemeine Misere ist aus der Kunst ausgeschlossen; nicht des Goldes wegen, woraus sie besteht, darf Makbeth die Krone stehlen, nur des Scepters wegen, das sich an sie knüpft. — Zwar sagt Klopstock: (oder vielmehr sein Haus in der Königsstraße in Hamburg) die Unsterblichkeit ist ein großer Gedanke. Doch das ist nicht wahr. Die zweite Welt jenseits des finsteren Grabes ist keinen Schuß Pulver werth, wenn wir uns darin auch nur eines einzigen unsrer poetischen oder heroischen Katzensprünge erinnern können; das gilt für Shakespeare, wie für seinen Schuhputzer, für Napoleon, wie für seinen geringsten Unteroffizier. Das Leben ist das Höchste und dieses Höchsten Höchstes ist wieder die ruhige reine Entwickelung. — Die Poesie ist ein Moloch, man muß ihr den ganzen Wald mit all seinen Bäumen opfern und der ganze Lohn besteht darin, daß man in ihren glühenden Armen verbrennen darf! — Ob ein Sporn aus Gold oder Messing, ist gleich — —

Ein Todter wirkt auf den, der ihn sieht, wie der Tod selbst; man glaubt, er könnte die Wimper heben und dann müßte der Pfeil heraus-

fahren; man sieht hinter seinen geschlossenen Augen den Tod mit ge=
spanntem Bogen.

Wie gebunden die Natur an die Vereinzelung der Formen ist und
wie die bildenden Kräfte sich immer in Eine Richtung ergießen, zeigt sich
besonders darin, daß sie kein einziges Gewächs erzeugt hat, das zwiefache
Früchte trägt, keinen Kirschbaum mit Weintrauben, keine Lilie mit Rosen.
Für ein Märchen: ein Wunderbaum mit allen Blüthen und Früchten.

Wie wenn das Leben sich durchaus nur in der auf und absteigen=
den Linie bewegen könnte? Wenn die Sünde der nothwendige Abfall
von der Tugend wäre, weil diese sich auf der Höhe nicht erhalten und
auch nicht weiter kann? Und so umgekehrt? (Poetisch.)

Wer sich die Gedanken=Sünden nicht anrechnen lassen will, der
muß auch nicht verlangen, daß Gott sich durch Reue und Buße versöhnen
lasse; innere Schuld — innerer Abtrag. Oehlenschläger will's nicht zu=
geben, und es ist doch so klar. Die Sünde ist die Luftblase im Wasser,
sie zerspringt und der Strom wallt wieder so eben, wie zuvor.

Reise-Journal von München nach Hamburg.

(Wörtlich nach dem unterwegs mit Bleifeder geschriebenem Original.)

Bei sehr schönem Frostwetter, Morgens um 6 Uhr, ging ich am
11. März aus München. Beppi trug mir mein Ränzchen bis an's Ende der
Ludwigsstraße, dort nahm ich es selbst auf den Rücken. Einen Thorzettel,
den ich mir noch Tags zuvor mit vieler Mühe besorgte, brauchte ich
nicht. Dies erregte mir eigentlich ein unangenehmes Gefühl, man mag
Nichts umsonst thun. Beppi begleitete mich über 2 Stunden, in einer
Bauernschenke, die einsam im Walde stand, der sogenannten kalten Her=
berge, tranken wir das letzte Glas Bier zusammen, dann schieden wir
unter unendlichen Thränen. In Unterbruck holte ich einen Forstkandi=
daten wieder ein, der mir schon bei der kalten Herberge vorüber ge=
kommen war; ein rüstiger junger Mann mit rothen Stiefeln, bescheiden,
von gutem Aussehen. Mit diesem ging ich nach Pfaffenhofen, wo wir
in der Posthalterei einkehrten. Die Gegend bis dahin war ermüdend
kahl, das Wirthshaus war nicht besonders, schlechte Aufwartung für
theure Bezahlung. Des Morgens um halb 7 Uhr brachen wir wieder

20*

auf und gingen, ohne inne zu halten, bis Ingolstadt, wo wir Nachmittags um 4 Uhr tobt-müde ankamen. Es ist nicht rathsam, eine so große Strecke ohne Unterbrechung zu machen, die Ermüdung wird zu groß. In Ingolstadt besahen wir mit einander die Festung, ein kostbares und kostspieliges Werk, das seinen Zweck noch von der Zukunft hofft. Dann kehrte ich in's Wirthshaus, den goldnen Adler, zurück, woselbst ich jetzt, nachdem ich zu Abend gegessen, aus bloßer Langeweile diese nutzlosen Notizen niederschreibe. Am andern Morgen um halb 7 Uhr nach Eichstädt, wo ich um 12 anlangte. Mein Gefährte blieb in Ingolstadt, um Gustav Adolphs Schimmel zu sehen. Heller Sonnenschein, bald durch zusammenziehende Wolken erstickt. Dies war gut, denn es kam kein Regen und der Weg blieb bis Eichstädt fest. Jetzt, wo ich im Wirthshaus schreibe, wieder klare Sonne und blauer Himmel. Der Weg, zwei Stunden vor Eichstädt, sehr malerisch. Ein Thal zwischen zwei Bergketten; düstre Tannen; Schläge im innern Walde; blauer Himmel darüber. Nahe vor Eichstädt eine Inschrift im Felsen: „Dem unvergeßlichen Eugen die Bewohner Eichstädts!" Ein Pavillon, in der Luft schwebend, über der Inschrift. Eichstädt liegt schön in einem Bergkessel, ist freundlich. Dann nach Weißenburg. Anfangs Bergschlucht, sehr hoch hinauf. Schneefläche, von gelb-grünen Tannen eingefaßt. Unterwegs ein Brunnen, wo der heilige Willibald Heiden getauft haben soll. Abends im Löwen in Weißenburg, ein äußerst miserables Wirthshaus, wo man essen muß, was auf den Tisch gestellt wird, und nicht einmal das Recht hat, es seinem Hund zu überlassen. Ein Nürnberger Hausirer, Pflaster über einem Auge, wie in der Holberg'schen Komödie, der einem hinkenden Handwerksburschen ein Rezept gegen Frostbeulen verkaufte. Wie ich höre, kann ich nach Nürnberg in einem Tage kommen, doch glaube ich dies nicht. Den folgenden Tag kam ich über Roth bis Schwabach. Roth liegt sehr freundlich, und ist protestantisch; merkwürdig war es mir, daß die Kinder- und Mädchen-Gesichter alle viel frischer und freier waren. In Roth ließ ich mich, hauptsächlich aus Rücksicht auf mein Hündchen, verführen, zu Mittag zu essen, und mußte für das nämliche Essen doppelt so viel zahlen, als ein Handwerksbursch, der dort ebenfalls aß. In Schwabach hatte ich ein sehr gutes Logis um äußerst billigen Preis. Am andern Morgen um halb 11 Uhr kam ich in Nürnberg an. Es war

schönes Wetter; aber empfindlich kalt. Ich beschloß, mich einen Tag auf=
zuhalten, und bereue dies jetzt. Eines Rasttags bedurfte ich nicht, um
aber eine solche Stadt kennen zu lernen, ist ein Tag zu wenig. Mittags
fuhr ich auf der Eisenbahn per Dampf nach Fürth, Hänschen auf dem
Schooß. Die Bewegung ist von steigender Geschwindigkeit; wie schnell
es geht, bemerkt man am besten, wenn man gerade an einem Gegenstand
vorüber kommt, Meilensteine, Bäume, Häuser verschwinden, wie sie auf=
tauchen. Das Albrecht=Dürer=Haus in Nürnberg wurde ebenfalls besehen
und erregte Empfindungen in mir, die mich später verdrossen, als ich erfuhr,
daß es eine moderne Antike, eine restaurirte Alterthümlichkeit, sei. Am
andern Tag besuchte ich die Stadtbibliothek; gezwungen, weil ich wegen
schlechten Wetters fahren mußte, und weil der Kutscher erst um 2 Uhr
abfuhr. Ein alter, sehr gefälliger Bibliothekar, der sein Leben auf Ab=
fassung eines Katalogs verwendete führte mich herum; die Bücher waren
in unheizbarem Lokale schlecht aufgestellt und die Kälte so angreifend,
daß ich nicht lange bleiben konnte; ich sah mancherlei Interessantes, viele
Incunabeln, ein Koncept=Manuscript von Luther, Handschriften von
Frischlin, Regiomontanus und Andern. Um halb 2 Uhr fuhr ich nach Bam=
berg ab, mit mir im Wagen saß, die Kinder auf die Erwachsenen und
die Hunde auf die Kinder gepreßt, eine reisende Künstler=Familie. Der
Vater war gemein in Manieren und Unterhaltung, und freute sich über
den vielen Tabak, den man bei Nürnberg angepflanzt sah. Die Söhne,
von denen Einer ein verquollenes Auge hatte, standen ein Paar Stufen
höher, die kleineren Knaben, die Wunder=Kinder der Concerte, waren
leiblich. Schlecht verhehlter Zwist unter Allen, unterwegs wurde ein
grobes Brot verzehrt und dabei gegen mich weidlich geprahlt; sie blieben
in Erlangen. Dort setzte sich ein pensionirter Gensdarm mit in den
Wagen, der seinen Stand verfluchte, wahrscheinlich nur, weil er im Be=
griff war, in einen anderen einzutreten. Von dem Ludwigskanal und
der Gegend sah ich Nichts, das Wetter war mörderisch, und ich erbrach
mich fortwährend, weil ich — was mir nie zuvor passirte — das Fahren
nicht vertragen konnte. In Bamberg fuhren wir bei finsterer Nacht ein,
ich ging des Morgens zeitig wieder heraus, die Stadt schien mir sehr
ausgedehnt. Sie hatte ein festliches Ansehen, weil es eben Sonntag
war. Von Bamberg bis Koburg sehr langer Weg; zwei Stunden vor

Koburg traf ich einen leeren Postwagen, der mich um ein Billiges auf=
nahm. Der Wagenmeister sagte mir, ich könne um geringen Preis mit
dem Brief=Felleisen von Koburg nach Gotha hinauf fahren. Ich ließ
mich darauf ein und fuhr Nachts um 3 Uhr ab. Ein Wägelchen, auf
dem man kaum sitzen konnte; schneidende Kälte; ohne Mantel, mit nassen
Stiefeln; eine wahre Tortur. Mehr fast, als ich selbst, dauerte mich
mein armes Hündchen, das ich vergebens auf meinem Schooß zu er=
wärmen suchte; vom Laufen waren ihm die kleinen Füße wund und
blutig, es war so erkältet, daß es fast jede Minute sein Wasser lassen
mußte; auf dem Wagen erfror es. In Hildburghausen verließ ich das
Fuhrwerk und ging über Schleusingen nach Suhl. Nach Suhl führte,
außer der Chaussee, noch ein sich über die verschneiten Berge durch's
Gehölz windender Fußweg; kurz, bevor ich zu diesem gelangte, gesellte
sich ein rothhaariger, höchst widerwärtiger Kerl zu mir und trug sich
zum Gesellschafter an. Ich erklärte ihm, ich wolle allein gehen, aber er
wußte es so einzurichten, daß er immer in meiner Nähe blieb. Bald blieb
er stehen und betrachtete einen der Berge, die er als Einheimischer, schon
tausend Mal gesehen haben mußte; bald redete er einen Begegnenden
an und fragte nach Weg und Steg, die er, da er sich mir als
Wegweiser und Ränzchen=Träger angeboten hatte, ohne Zweifel kannte;
bald machte er sich an seinen zerrissenen Schuhen etwas zu schaffen. Dann
schwang er, indem er weiter schritt, seinen keulförmigen Knittel um den Kopf.
Ich konnte mich zum Umweg über die Chaussee nicht entschließen und
hütete mich nur, daß der unheimliche Gesell mir nicht in den Rücken
kam, was bei dem schmalen, auf beiden Seiten von himmelhoch gethürmten
Schnee=Bergen eingefaßten Paß, der nicht so viel Raum darbot, daß
zwei Menschen nebeneinander hätten schreiten können, gefährlich gewesen
wäre; in den Wipfeln der Bäume horsteten ganze Schaaren von Raben.
Von dem Kerl, der sich fleißig umwandte, fortwährend mit Frechheit
beobachtet, machte ich den Weg durch den Wald; die Handschuhe hatte
ich ausgezogen, um nöthigenfalls meinen Stockdegen ziehen zu
können, und eigentlich verdroß es mich, daß ich keine Gelegenheit
fand, ihn zu gebrauchen. In Suhl fürchtete ich, mit einer Kneipe
vorlieb nehmen zu müssen und wurde mit dem besten Wirthshaus
überrascht, das ich noch auf der ganzen Reise getroffen; der Kerl stellte

sich mir noch einmal in den Weg, nun aber als Bettler und in höchster Demuth, ich gab ihm aber Nichts. Ein schon geheiztes Zimmer nahm mich auf; ein zuvorkommender Kellner bemühte sich auf's Freundlichste um den äußerlich nichts weniger als glänzenden Gast; da es mein Geburtstag war und ich schon um 3 Uhr ankam, ließ ich mir Kaffe bringen, der, köstlich bereitet, mich an Leib und Seele erfrischte; dann schrieb ich ein Gedicht. Abends sehr schönes Essen, die ersten guten Kartoffeln seit langer Zeit, Hecht und Kalbsbraten; nur dazu leider die unausstehliche Gesellschaft großprahlerischer Handlungs=Diener. Abends Konzert und Ball, wozu ich von dem Wirth, der nebst dem Kellner im Kasino, jener dirigirend, dieser musizirend am Konzert thätigen Antheil nahm, eingeladen wurde, was ich jedoch, da ich keinen Frack, ja nicht einmal ordentliche Stiefel bei mir führte, ablehnen mußte. Von Suhl über Zella und Ohrdruf nach Gotha; ich mußte die höchste Höhe des Thüringer Waldes (2500 Fuß) ersteigen und hätte bei heitrem Wetter die Schneekoppe erblicken müssen, doch es schneite und der Himmel war bedeckt. Eine alte Frau, mit der ich eine zeitlang ging, belehrte mich, wie die Einwohner in Ermangelung der Wiesen und Äcker vom Walde leben könnten: Holzhauen, Bretterschneiden, ein Paar Kühe, die Butter und Käse geben, welche sie dann wieder verkaufen. Viel Schnee oben, und ein Denkmal, das der Gründer der freilich vortrefflichen Straße, der Herzog von Sachsen=Koburg, sich anscheinend selbst gesetzt hatte; seltsamergreifend traten die schwarzen Wälder auf dem weißen Grunde hervor; trotz der Winter=Kälte ein göttlicher Eindruck. Von Gotha sah ich Nichts, als meinen Gasthof, ein gegenüberliegendes großes Palais und beim Herausgehen ein hübsches Bäckermädchen, von dem ich sehr gutes Brot einkaufte; im Gasthof ein possirlicher Doktor, der ein ungemeines Mitleid mit der Liederlichkeit der Hunde an den Tag legte. Nun kam ich in's preußische Gebiet und mußte über die Größe der Dörfer und Städte erstaunen. In Mühlhausen, der ehemaligen freien Reichsstadt, übernachtete ich; von da nach Heiligenstadt. Bei Regenwetter traf ich in Göttingen ein. — — — — — —

Von Göttingen nach Eimbeck, wo ich trotz des reichlichen Regens Nachmittags 3 Uhr ziemlich trocken ankam. Von Eimbeck nach Elze, bis Alfeld in Gesellschaft eines aufschneiderischen hannöverschen Studenten, der mir jetzt zuwider wurde: er hatte einen halbverhungerten Hund bei sich, dem er auch nicht das Geringste zu fressen gab. Kurz vor Elze traf ich mit einem Kandidaten der Theologie zusammen, welcher den Namen Klingsohr führte, ein in Honig getauchtes Gesicht, lange Pfeife im Maul. Er blieb in Elze, wie ich, es war mir angenehm, weil ich mir von seiner Unterhaltung für den langen Abend etwas versprach, er war aber unbedeutend bis zur Durchsichtigkeit und, wie ich mich den nächsten Morgen überzeugte, eben so gemein. Die Wirthin kam nämlich des Morgens, als er hinunter gegangen war, zu mir auf's Zimmer, und fragte, ob ich für ihn mitbezahle; als ich dies mit Verwunderung verneinte, versetzte sie, sie hätte es wohl gedacht, er habe es jedoch behauptet und gesagt, es sei nicht nöthig, daß sie mir die Zeche spezifizirt angäbe, ich sei kein Freund von Umständen, sie brauche mir nur die ganze Summe zu nennen: dies sei ihr verdächtig vorgekommen. Als der geistliche Freund wieder herauskam, hielt ich ihm seine Schmutzigkeit vor; nun hatte die Frau ihn natürlich mißverstanden, als er aber seine Paar Groschen hergeben mußte, wurde er kreideweiß vor Ärger, schimpfte über die ungeheuer-theuren Preise und ergoß seine Galle in's Fremden-Buch. Ich dagegen fand die Zeche äußerst billig und sprach es ebenfalls im Fremden-Buch aus. Den Abend zuvor hatte er den Betrug schon einzufädeln gesucht, indem er, da wir das Zimmer mit einander theilten, mehrmals zu mir sagte: ich logire also gewisser-maßen bei Ihnen, worauf ich, ohne Arges zu denken, erwiderte: oder ich bei Ihnen! Von Elze über Friedemannswiese nach Hannover; des Morgens heftiges Schnee-Gestöber, so daß mein armes Hündchen, welches bisher immer auf seinen wunden Füßen so treu hinter mir her ge-kommen war, endlich verzweifelte und sich, wie zum Sterben, mitten auf dem Wege in einer tiefen Wagenspur nieder legte; Nachmittags wurde es besser. In Hannover ließ ich mir die Haare schneiden, die so lang waren, daß ich damit ein unangenehmes Aufsehen erregte. Von Han-nover nach Celle; ein schöner Morgen, Nachmittags starker Regen. An der einen Seite der Chaussee waren Steine aufgelagert, mein Hündchen lief hinter den Steinen, die es, wie eine Mauer gegen den Regen schützten, jeden Augenblick aber erhob es das kleine gelbe Köpfchen über die Steine, um sich zu überzeugen, daß ich noch da sei, dann wedelte es und setzte den Weg

fort. Selten hat mich etwas so gerührt. In Celle vortreffliches Wirths=
haus und nicht übertrieben theuer; ich schrieb ein Paar unterwegs ent=
standene Gedichte in's Reine. Von Celle nach Soltau. In Soltau ließ
ich dem Hündchen Milch geben, die mußte sauer gewesen sein, denn es
fing an, sich auf's Heftigste darnach zu erbrechen, was die ganze Nacht
fortdauerte. Von Soltau nach Welle. Das Hündchen war ganz jämmer=
lich; unterwegs kehrte ich bei einem Bauer ein und ließ dem Thierchen
Bouillon geben; es wollte sie nicht genießen, ich fragte den Bauer, ob
er glaube, daß das Thier durchkäme. „Nein — versetzte er passend und
die messingne Brille über die Nase schiebend — das glaube ich nicht,
Sie thäten wohl, den Hund bei mir zurück zu lassen, dann hätten Sie
keine Mühe mehr von ihm; ich sähe die Sache heute an und schlüge ihn
morgen, wenn's nicht besser wäre, todt." Ich gab ihm keine Antwort
und verließ sein Haus; es war mir ein unsäglich peinlicher Gedanke,
daß das treue Thierchen unterwegs sterben solle; ich konnte die Thränen
nicht zurückhalten, nahm es, ungeachtet ich einen schweren Ranzen zu
schleppen hatte, auf den Arm, bedeckte es, so gut es ging, mit meinem
Rock und versprach ihm, als ob es mich verstehen könne, in Hamburg
das schönste Leben. In Welle ließ ich mich verleiten, mich wieder auf
ein Brief=Felleisen=Wägelchen zu setzen, wie in Koburg, um noch in der=
selben Nacht nach Harburg zu kommen; es war eine Thorheit, ich konnte
es nicht aushalten; des Abends um 10 Uhr, auf einer Station, verließ
ich das Fuhrwerk, nun war aber im Wirthshaus kein Platz für mich vor=
handen, ich irrte auf der Landstraße umher und fand zuletzt auf einem
Bauernhofe Aufnahme. Eine unheimliche Nacht; schmutzige Betten; häßliche
Menschen im Hause; mein Zimmer war nicht zu verriegeln, nicht einmal
die Fenster hatten Läden; frech und kalt schien der Mond hinein. Am
nächsten Morgen bei Zeiten nach Harburg, wo ich schon am Vormittag
eintraf; beklemmendes Gefühl, als ich die Thürme von Hamburg, die
mir bei einer Biegung des Weges plötzlich in die Augen sprangen,
wieder erblickte; lauter halbe, zerrissene, in sich nichtige und bestandlose
Verhältnisse; ein Wolkenheer und nur ein einziger Stern: Elise! Diese,
von Göttingen und über den Tag meiner Ankunft benachrichtigt, kam
Nachmittags mit dem Dampfschiff in Harburg an; schmerzlich=süßes
Wiedersehen, denn auch wir standen nicht zu einander, wie wir sollten

und schlecht vergalt ich ihr ihre unendliche Liebe, ihre zahllosen Opfer, durch ein dumpfes, lebefaules Wesen. — Die Reise hatte mich doch sehr mitgenommen, ein Glück war es, daß das Wetter mich, mit Ausnahme der letzten Tage, fortwährend begünstigte, sonst hätt' ich mich unterwegs in den Postwagen setzen oder liegen bleiben müssen. Des Morgens, wenn ich in die frische Kälte hinausschritt, Muth und Kraft in jeder Ader und jedem Nerv, wie ein Schwimmer, den die Wellen schaukeln und der das ganze große Meer unter sich zu haben und es ordentlich zu drücken meint, wie ein keuchendes Roß; dann wurden Lieder gesungen oder gedichtet; lustig bergauf, lustiger bergab; auf einem Meilenstein oder im Walde auf einem hohlen Stamm gefrühstückt und sogar hin und wieder von dem verachteten Branntwein, den ich nur der Füße wegen in der Korbflasche mitgenommen hatte, ein Schluck versucht; eine solche Waldscene schwebt mir noch jetzt (ich schreibe dies 1843 in Copenhagen) deutlich vor: ein stiller, abgeschlossener Platz, himmelhohe Bäume um mich herum, vor mir eine Niederung, jenseits derselben ein Berg und ein an demselben festgefrorner Wasserfall, ich auf einem morschen Stumpf, Hänschen, anmuthig um sein Theil bittend und von Zeit zu Zeit einen seiner Füße aus dem Schnee erhebend, um ihn ein wenig zu erwärmen, vor mir. Mittags war ich kein Dichter mehr, aber immer noch ein rüstiger Wanderer, dann wurde im Wirthshaus ein Glas Bier oder, als ich Baiern hinter mir hatte, eine Tasse Kaffee getrunken und Brot dazu gegessen; Hänschen erhielt einen Teller Suppe oder was sonst Warmes zu haben war. Während ich mich eine halbe Stunde ausruhte, schrieb ich die Reise-Notizen oder die unterwegs entstandenen Verse nieder; das reinliche Hänschen, statt es sich in der Wärme behaglich zu machen und unter den Ofen zu kriechen, leckte sich den Schmutz ab und war gewöhnlich fertig, wenn ich wieder aufbrach; auf eine fast unwiderstehliche Weise gab es mir, wenn ich zu Stock und Ränzchen griff, durch die lieblichsten Geberden und Bewegungen zu verstehen, daß es noch bleiben möchte, aber ich durfte mich nicht daran kehren, sondern es hieß vorwärts. Nun war das Marschiren eine Arbeit, die Sonne hatte die Wege aufgeweicht, man konnte keinen festen Fuß fassen; statt Gedanken nachzuhängen und Phantasien abzuspinnen, wurden die Meilensteine gezählt und die Begegnenden nach der Entfernung des Ortes befragt; um 4 ober 5 Uhr noch einmal ein Glas Bier und dann kein weiterer Aufenthalt vor dem Nachtquartier. Abends wurde warm gegeffen, Muth und Heiterkeit leuchteten ein wenig wieder auf, ein halbes Stündchen den Gäften in der Wirths=Stube zugehört, dann ein Licht gefordert und zu Bett, Hänschen mir zu Füßen unter die Decke schlüpfend.

Unterwegs einmal ein impertinentes Milchweib, die mich, auf meinen langen Bart anspielend, fragte: Sie find gewiß aus Polen. Ich antwortete: nein, aber sie find ohne Zweifel aus Ungarn. —

Den 6. März.

Eben war der alte Oehlenschläger bei mir. Er brachte mir in höchfter Freundschaftlichkeit die Nachricht, daß er mit Konferenzrath Collin meinetwegen gesprochen und daß dieser ihm gute Hoffnung gegeben habe. Ein vortrefflicher Mann in jeder Beziehung! Ich leide jetzt an Rheumatismus, es war schon faft wieder weg, aber ich ging zu früh aus und es kam wieder. Ich kann nicht gehen. Anfangs war ich besorgt, daß es etwas Anderes sei, denn ich bin vor 2 Monaten einmal eine Treppe heruntergefallen, jetzt aber weiß ich, was es ift, denn es zieht von Ort zu Ort im Körper.

Einer, der auf jeden Spiegel ergrimmt ist: so viel, als zu meinem Bilde gehört, scheuert das verfluchte Glas von mir ab; nur dadurch, daß wir uns spiegeln, uns spiegeln müssen, im Waffer, im Glas, Einer in des Andern Auge, werden wir alt.

Märchen: Ein Knabe, der einen schönen Garten malt, ein Mädchen darin: auf einmal thut sich die Pforte auf dem Papier (sowie er den Drücker hinzeichnet) auf, die Bäume rauschen, die Quellen springen, das Mädchen tritt auf ihn zu und sagt, du haft uns erlöft, dadurch, daß wir, ganz wie wir waren, in dir lebendig wurden, waren wir zu erlösen; so wäre die ganze Vergangenheit zu erlösen und wieder ins Leben zu rufen. *)

---

*) Der Vergleich dieser die Werkstatt Hebbel's schön beleuchtenden Stelle mit der am 6. Februar (genau einen Monat vorher) in Kopenhagen nieder= geschriebenen, in welcher die Jugendeindrücke beim Zeichnen eines Gartens dar= geftellt werden, beweift auf's neue, daß bei Hebbel die Erfindungen meift mit inneren Ereigniffen zusammenhingen. *Anm. des Herausgebers.*

König (in der Schlacht zu einem Ritter) Du hast noch einen weißen Schild: thu' jetzt oder leide: Eins oder das Andere wird dein Wappen!

Das ist der Gedanke, ein poetischer Gedanke würde so lauten: „Dein Schild ist weiß, nimm dein Schwert und haue dir aus einem Feind dein Wappen zurecht oder — laß dich selbst von einem Feind zum Wappen zurecht hauen!

Den Schmerz opfern; höchstes Opfer.

Die Versöhnung im Tragischen geschieht im Interesse der Gesammtheit, nicht in dem des Einzelnen, des Helden, und es ist gar nicht nöthig, obgleich besser, daß er sich selbst ihrer bewußt wird. Das Leben ist der große Strom, die Individualitäten sind Tropfen, die tragischen aber Eisstücke, die wieder zerschmolzen werden müssen und sich, damit dies möglich sei, an einander abreiben und zerstoßen.

Einer, der plötzlich bemerkt, daß er bei einer Giftmischerin wohnt; er ist krank, um sich zu retten, stellt er sich in die Tochter verliebt.

Brief an Campe vom 24. März.

Gutzkows Rezension habe ich gestern auch erhalten, obgleich nicht durch Sie. Ich will in Golo die Liebenswürdigkeit des Bösen darstellen? Wäre das gegründet, so würde ich nicht vor ein aesthetisches Forum, sondern vor das Kriminal-Gericht gehören; das ist eine härtere Beschuldigung, als Menzel gegen den Verfasser der Wally ausgesprochen hat. Darauf müßte man ja fast moralisch antworten, um nicht von der Polizei zur Antwort gezwungen zu werden. Doch ich werde schweigen, wenigstens glaube ich's, obgleich ich überzeugt bin, daß sich im ganzen Deutschland meiner Niemand annehmen wird; nur weil Gutzkow dieses wußte, da er meine völlige Isolirtheit kennt; beeilte er sich so, der Erste zu sein, der ein Urtheil abgab. Ich habe auch über ihn und seine Dramen gesprochen; ich nahm absichtlich Gelegenheit im Morgenblatt. Ich war mir eines kleinen Unrechts gegen ihn bewußt und dies wollte ich meines eigenen Gewissens wegen gut machen. Dies Unrecht bestand darin, daß ich über die Leblosigkeit seiner Automaten und Papp-Figuren, die Ideen, in deren Interesse sie geschrieben worden, vergaß. Ich schrieb, nachdem mir der Inhalt seiner Rezension bekannt war, wie das Datum meines Aufsatzes ausweis't. Es freut mich, daß dies geschehen und nicht erst zu geschehen braucht; es war wie eine Höflichkeit beim Duell. Kommt er meinem 3. Stück, wie dem zweiten, so wollen wir nicht bloß unsre Sänger-Kehlen, sondern auch unsre Klingen messen und dann ein Herz. —

Den 2. April.

Herrliches Intermezzo! Seit 4 Wochen an Rheumatismus krank. Gestern das erste russische Bad: Schreckliche Geld-Ausgaben. Ob dies der Ausgangspunkt der Reise ist?

Den 4. April.

Vorgestern begann ich die obige Jeremiade — mich wundert, daß ich sie nicht einige Seiten fortgesetzt habe, denn in dem Punkt bin ich unerschöpflich. Heute ist ein großer, wichtiger Wendepunkt meines Lebens, denn ich weiß jetzt mit Bestimmtheit, wenn auch noch nicht offiziell, daß der König mir auf 2 Jahre ein Reisestipendium von 600 Rthl. jährlich ausgesetzt hat, und — sollte man's begreifen? — ich wäre fast zu Bett gegangen, ohne diesen großen entscheidenden Tag auch nur mit einer Sylbe in meinem Tagebuch anzuzeichnen. Nun, ewiger Vater über den Wolken, der du den ohnmächtigen Hader des blöden Kranken nicht angesehen, sondern mir in Gnaden die Brücke zur Zukunft gebaut und mir ein schönes Pfand des Gelingens gegeben hast, ich fühle die Größe deiner Gnade und die Schwere der Pflichten, die sie mir auflegt und ich werde redlich ringen und streben. Der alte herrliche Oehlenschläger brachte mir mit Thränen in den Augen die Nachricht ihm bin ich unter den Menschen den meisten Dank dafür schuldig! Könnt' ich es doch dir, theuerste Elise, aus meiner Krankenstube über den Ozean zurufen! Mögte ein Traum dir es in's Ohr flüstern und deiner Seele zugleich ein Zeichen der Beglaubigung geben, daß du ihn auch noch am Tage festhieltest. Ich bin doch so matt, daß das Schreiben mich angreift!

Sonntag, den 12. April.

Gestern erhielt ich aus der Finanz-Deputation die offizielle Anzeige über das Reisestipendium! Dank dir, mein himmlischer Vater, daß du die

Fülle deiner Gnade über den Unwürdigsten ausgeschüttet hast; es giebt mir ein Vertrauen, daß auch ich mich dermaleinst zurecht finden und zum Ziel gelangen werde!

Den 25. April.

Bülow, Günstling des alten Königs. „Ich möchte die Stelle haben, Herr von Bülow, aber ich werde sie nicht bekommen". Bülow: „Nicht bekommen? Wetten wir? Wetten wir um 1000 Thlr.?" „Ja wohl!" Und am nächsten Tage hatte der Zweifler die Stelle!

Ein Pfarrer, der gedruckt die von ihm gemachte Entdeckung mittheilte, daß man die Gänse lebendig rupfen müsse, weil die Federn dann zu einer neuen Ernte wieder nachwüchsen.

Den 25. April.

Uebermorgen reise ich ab. —

Den 27. April Abends 6 Uhr reiste ich mit dem Dampfschiff Christian VIII. von Copenhagen ab. Die Sonne vergoldete die Stadt, die mir ewig theuer sein wird. Wir hatten die herrlichste Reise von der Welt. Das Schiff schwamm dahin, wie auf einem Spiegel, auch keine Spur von Seekrankheit. Am nächsten Morgen um halb 11 Uhr schon in Kiel, wo mich die wärmste Luft begrüßte, die ich wie Medizin einathmete; blühende Bäume. Abends nach 9 Uhr in Hamburg, Elise auf der Post.

Den 1. May.

Heute morgen den ersten Akt vom „bürgerlichen Trauerspiel" geschlossen.

Neues kann im wissenschaftlichen Kreise durchaus nicht geliefert werden, denn alle Faktoren des Lebens sind immer und zu allen Zeiten in Thätigkeit gewesen, da das Leben eben das Resultat von allen ist, und einen dieser Faktoren wissenschaftlich konstruiren heißt nur, den einzelnen Faden im Gewebe hervorheben und nachweisen, wie er entspringt und verläuft, es heißt aber keineswegs, ihn aus innerem Vermögen hinzuthun.

Aesthetische Sünder stehen darin gegen moralische zurück, daß diese doch wenigstens eine Vorstellung der Idee haben, die sie beleidigen, während jenen diese Vorstellung fehlt.

Was Kern geworden ist, verdichtetes Resultat des Lebensprozesses, das ist so gut, wie das Todte, aus dem lebendigen Kreise ausgeschieden, es muß wieder in Fäulniß vergehen, wenn es des Lebens, der allgemeinen Wechselwirkung, der thätigen Kräfte wieder theilhaftig werden soll. Die Pflanze genießt Luft und Licht, nicht der Kern in dem sie schlummerte.

Es giebt eine verfluchte Art, die Wahrheit zu sagen; so z. B. von einem großen Helden zu berichten, daß er nicht tanzen kann und über alle seine übrigen Eigenschaften zu schweigen. Diese Art der aufrichtigen Besprechung wird bei Dichterwerken oft angewendet, man bringt sie in die einzige Kategorie, in die sie nicht hinein gehören und spricht dann das Urtheil.

Den 20. May.

Der May vergeht in Nässe und Kälte. Die Blüthen auf den Bäumen sehen aus, wie frierende Kinder im Hembe.

Talent und Genie unterscheiden sich im Drama, vielleicht allenthalben, hauptsächlich in einem Punkt. Das Talent faßt sein Ziel scharf und bestimmt in's Auge und sucht es auf dem nächsten Wege zu erreichen, was ihm, wenn es anders ein echtes ist, auch gelingt; nie aber erreicht es mehr. Das Genie weiß auch recht gut, wohin es soll, aber vor innerem Drange und Ueberfülle macht es allerlei Kreuz- und Quersprünge, die es scheinbar vom Ziel entfernen, aber nur, damit es um so reicher ankomme, und zu dem Kranz, der ihm dort aufgesetzt werden soll, die Blumen gleich mitbringe.

Jean Paul in seiner Aesthetik hat über die lyrische Poesie nur einen leeren Raum, und seine eigene Versicherung, daß es kein leerer Raum sei.

Die Lyrik ist das Elementarische der Poesie, die unmittelbarste Vermittlung zwischen Subjekt und Objekt.

Von großer Wirkung ist es im Drama, wenn die Motive auf ein ganz bestimmtes dem Leser und Zuschauer deutliches Ziel hinzuwirken scheinen und dann plötzlich außer diesem noch ein ganz anderes, ungeahntes und unvorhergesehenes erreichen. Doch wird nur dem Genie ein solcher Doppelschlag oder zurückspringer Blitz gelingen, das Talent wird die Aeußerlichkeiten zu verknüpfen suchen, wo eben ein tiefstes Innerliches zu entschleiern war.

Immermann's Alexis hat einzelne große Züge, es ist aber durchaus kein Ganzes. Höchst verfehlt ist es, wenn er in der letzten Unterredung zwischen Alexis und Peter eine gewisse Versöhnung zwischen Beiden, eine Überzeugung des Ersteren, daß Letzterer mit Nothwendigkeit handle, herbeiführt: dadurch hat er der Tragödie die Zähne ausgebrochen. Wenn Peter und Alexis noch einmal zusammenkommen sollten, so hatten sie sich Nichts, als das Nachfolgende, zu sagen.

Peter.

Ich komme, Prinz Alexis, Euch anzuzeigen, daß ich Euch in einer Stunde enthaupten lassen werde.

Alexis.

Eine Stunde hat sechzig Minuten — Ihr seid sehr langmüthig.

Peter.

Ich bitte Euch, auf die Richter keinen Haß zu werfen; sie haben Euch nur verurtheilt, weil ich es befahl.

Alexis.

Sie haben also nicht mehr Schuld an mir gefunden, als ich selbst.

Peter.

Ich auch nicht, Prinz, und ich werde keinen Anstand nehmen, dies vor ganz Europa zu erklären, Ihr braucht nicht zu fürchten, daß Euer Name mit einem Flecken in die Geschichte eingezeichnet werde!

Alexis.

Ich danke Euch, Zaar Peter, und ich fange an, Euch zu begreifen. Ihr nehmt meine letzte Angst von mir, dies verdient, daß ich Euch mit Eurem Gewissen aussöhne. Ihr tödtet mich, weil Ihr fürchtet, daß ich den stolzen Bau, den die Nachwelt mit Eurem Standbild krönen wird, zertrümmern könnte. Ihr fürchtet es nur, Ihr wißt es noch nicht. Vernehmt zu Eurer ewigen Beruhigung, daß Ihr Euch nicht irrt! Ja, Ihr zerbrecht in mir die Art, die das Piedestal Eures Ruhmes zertrümmern würde, also tödtet Ihr mich mit Recht!

Peter.

Ihr seid mein Sohn!

Alexis.

Ich bin's, Peter, und ich geb' Euch noch einen Beweis! Ihr glaubt, daß was Ihr jetzt thut, zum Besten Eures Volks und Eures Lands zu thun. Das ist nicht so, Ihr thut es nur für Euch selbst! Hätte ein Anderer vor Euch sich die Unsterblichkeit durch eine Schöpfung, der Euren gleich, errungen, Ihr würdet sie, wie ich, in der Vernichtung seines Werkes gesucht haben. Jetzt wollt Ihr sie mit meinem Blut begießen, sei's d'rum: vivat Peter der Große! (er wendet dem Zaar den Rücken!)

Dasselbe Gesetz des Entstehens und Vergehens, was für das geringste Erzeugniß der Erde gilt, muß für die Erde selbst gelten.

Das Drama ist das lebendige Feuer inmitten des geschichtlichen Stoffs, das die starren Massen umschmilzt und dem Tode selbst wieder Leben giebt.

Liebt der Schiffbrüchige den Balken, den er so fest umklammert?

Wo es ein Volk giebt, da giebt es auch eine Bühne und wenn das Volk in Deutschland ein Theater hätte, anstatt „der gebildeten Leute", so würde der dramatische Dichter auf Dank rechnen können, denn das Volk hat immer Phantasie, die „Gebildeten" haben blos Lange-Weile.*)

Die Emanzipation der Juden unter den Bedingungen, welche die Juden vorschreiben, würde im weiteren geschichtlichen Verlauf zu einer Krisis führen, welche — die Emanzipation der Christen nothwendig machte.

Zwei schwören sich Treue. „Bis in den Tod!" sagt der Eine. „Bis morgen!" tönt eine Stimme. Morgen — ist er todt.

— Jeder neue Freund ist ein wieder erobertes Stück uns'rer selbst. Brief an Duller.

---

*) Unter verschiedenen an dieser Stelle des Tagebuches niedergeschriebenen, Gedanken und Wahrnehmungen befindet sich auch die nach Hebbel's Angabe ihm von Janinski nach den Zeitungen hinterbrachte gräßliche Episode, aus welcher die Erzählung „die Kuh" entstanden ist.

Anm. des Herausgebers.

Den 22. Juny.

Der Mensch — Lebenstraum des Staubes; Gott Lebenstraum des Menschen. Bunte Erde — das vergängliche Element des Menschen; der Mensch das vergängliche Element Gottes.

Der anspielende Witz verträgt sich so wenig mit der höchsten komischen Darstellung, der dramatischen Gestaltung, als die Sentenz mit der ernsten, denn jene ist so gut eine Form der Reflexion, wie diese.

Im Tode ruht der Mensch vom Leben selbst aus, wie im Schlaf von jeder einzelnen Mühe des Lebens. (Gedanke für eine dramatische Figur.)

Den 12. July.

— Das Leben ist eine furchtbare Nothwendigkeit, die auf Treu und Glauben angenommen werden muß, die aber keiner begreift, und die tragische Kunst, die, indem sie das individuelle Leben der Idee gegenüber vernichtet, sich zugleich darüber erhebt, ist der leuchtendste Blitz des menschlichen Bewußtseins, der aber freilich Nichts erhellen kann, was er nicht zugleich verzehrt. — Die tragische Kunst wächst allein aus stillen Anschauungen hervor, wie eine fremdartige, unheimliche Blume aus dem Nachtschatten, denn wenn die epische und die lyrische Poesie auch hin und wieder mit den bunten Blasen der Erscheinung spielen dürfen, so hat die dramatische durchaus die Grundverhältnisse, innerhalb derer alles vereinzelte Dasein entsteht und vergeht, in's Auge zu fassen und die sind bei dem beschränkten Gesichtskreis des Menschen grauenhaft. — Brief an Lotte Rousseau vom 7. Juli 43.

Ist es ein gerechter Zustand der Gesellschaft, in welchem der Einzelne, wenn ihn die Verhältnisse begünstigen, das an sich raffen und wofern es ihm beliebt, behalten, für die Gesellschaft unfruchtbar machen kann, was eben, weil er es besitzt, Tausenden fehlt und sie in Noth und Tod hinein treibt?

Immermann hat in seinen beiden Romanen alle Bewegungen und Richtungen der Zeit abgespiegelt, und zwar in den Epigonen die ernsthaften und wichtigen, so weit sie sich fratzenhaft darstellten, im Münchhausen aber die fratzenhaften und nichtigen, die sich ernsthaft geberdeten.

In dem Gebet an die Gottheit sollte man hinzufügen: Schicke mir die Sache, aber nicht erst dann, wenn sie mir nicht mehr ist, als die von dem Kinde heiß ersehnte Klapper dem Mann.

Manches, was man ohne Grund verwirft, muß man studiren, um es — mit Grund verwerfen zu lernen.

Alle Wissenschaften nehmen einen eigenthümlichen Gang. Sehr oft, wenn man die letzten Resultate gezogen zu haben glaubt, hat man nur ein neues, aber freilich viel ergiebigeres, Alphabet gewonnen, und so fort.

Schon zum Begriff eines Karakters gehört die Idee. Nur die Idee macht den Unterschied zwischen dramatischen Karakteren und dramatischen Figuren. Das gilt sogar im Komischen. Falstaff ist ein komischer Karakter. Warum? Weil er ein Bewußtsein seiner Unabhängigkeit von den Natur-Einflüssen hat, denen er sich hingiebt.

Alles Individuelle ist nur ein an dem Einen und Ewigen hervor tretendes und von demselben unzertrennliches Farbenspiel.

Wie kann das Blatt am Baum gefragt werden, ob es werden will, was es wird? Es muß sein, ehe es gefragt werden kann, und dann kommt die Frage zu spät.

Warum reift der Wurmstich die Frucht?

Brief an Oehlenschläger vom 31. Juli.

Verpflichtungen, welche Freundschaft und Liebe auflegen, sind zu heilig, als daß man, wenn die Gelegenheiten zum Dank sich nicht von selbst darbieten, ihnen nachjagen dürfte.

Wenn ein Affe auf den Schild gehoben wird, was hat er davon? Nichts, als daß die Menge, die ihn hob, jetzt seinen Schwanz gewahrt, indeß er vielleicht bisher als Mensch so mit lief.

Den 31. July meine Erwiederung gegen Professor Heiberg geschlossen.

Ich denke mir, daß die Schönheit der Früchte bei einem Baum von der Beschaffenheit seines Holzes, insofern dieses nämlich sehr fest ist und die Säfte nicht zu rasch fortleitet, so daß sie zuvor gehörig destillirt werden, abhängt.

21*

Bei meiner Erwiederung an Heiberg habe ich die Faktoren meines Geistes einmal in ihrem Geschäft belauscht. Es sind deren zwei wirksam: ich habe immer das größte Vertrauen, so weit es die Sache und ihre Richtigkeit im Allgemeinen betrifft, aber zugleich auch das größte Mißtrauen im Einzeln. Jenes giebt mir die Sicherheit, die mich nie verläßt; dieses die Vorsichtigkeit, die mich oft am Weitergehen hindert.

Jemanden verklagen, weil er niederträchtig von Einem träumt. „Denn das setzt voraus, daß er niederträchtig von Einem denkt.“

Der Pauperismus ist doch eine ganz furchtbare Frage. Wie, wenn die Leute, die jetzt den Armen hinrichten lassen, weil er sich an ihrem Eigenthum vergreift, einmal von den Armen hingerichtet würden, weil sie Eigenthum besitzen? Das Recht des Besitzes hat scheußliche Konsequenzen. Wenn die Soldaten sich einmal plötzlich erinnerten, daß sie selbst zum Volk gehören, und wenn Feuer kommandirt würde, allerdings auch Feuer gäben, aber auf den, der kommandirt hätte. Ich mögte solche Zustände nicht, aber sie scheinen mir sehr möglich!

Die Eigenthumsfrage ist eine sehr schwer zu entscheidende. Auf der einen Seite hat Jeder, den die Erde trägt, ein Recht darauf, daß sie ihn auch ernähre; auf der anderen würde eine allgemeine GüterGemeinschaft unendlich viele Motive aufheben, die der insolenten Menschen=Natur nothwendig sind, wenn sie nicht erschlaffen soll. Aber, ob es nicht ein Maß des Besitzes geben könnte!

Den 9. August.

Noch 3 Wochen, so bin ich in Paris. Heiberg's Angriff ist zurückgeschlagen. Kümmerliche Anschauungen, denen ich nur mit Widerwillen meine eigenen entgegen setzen mochte. Nie habe ich so klar erkannt, daß auch im Wort · die Unschuld zu respektiren ist und daß, wer es nothzüchtigen mag, jeden beliebigen Bastard damit erzeugen kann. Jetzt treibe ich französisch. Das geht furchtbar schlecht. Ich zweifle, ob mir selbst der Aufenthalt in Paris zu der Sprache verhelfen wird, ich bin über die Periode des Lernens hinaus. Der gegenwärtige Sommer ist so naß und regnerisch, wie der vorjährige trocken und heiß. Das ist fatal.

Das Prinzip des zuviel Regierens braucht nur bis zur letzten Consequenz durchgeführt zu werden, dann hebt es sich von selbst wieder auf.
So wie man bisher jedem Dorf und in demselben wieder jeder Kor-
poration einen Vormund gesetzt hat, so wird man zuletzt jedem einzelnen
Menschen einen setzen müssen, und da man die Vormünder doch eben nur
aus der menschlichen Gesellschaft selbst hernehmen kann, so wird dann
jeder Mensch wieder sein eigener Vormund sein. Wie denn alle Bewegung der Geschichte weniger eine Vermittlung der Ersteren ist, als
eine allmählige Wanderung von einem Extrem zum andern und wieder
zurück.

Den 10. August.

Das höchste, was Shakespeare geschaffen hat, ist der Lear. Wie Hamlet
diesem vorgezogen werden konnte, begreife ich nicht. Hamlet ist Shakespeare's Testament, in Geheimschrift abgefaßt; es ist ein Stück, wie im
Grabe geschrieben; es ist, als ob der Todte sich noch einmal aufrichtet
und in seine Eingeweide hineingreift und die Würmer, die alles das verzehren, was er funfzig Jahr lang sorgfältig durch Essen und Trinken
ernährt hat, hinauswirft, uns, die wir ihm in Lebenslust und Lebens-
kraft neugierig zuschauen, geradezu in's Gesicht hinein; durchaus ver-
zweiflungsvoll, ein furchtbares Ade, das er der Welt zurief, als er ihr
den Rücken wandte und wieder in's Nichts verschwand. Aber Lear ist
der Triumph über alle diese Schmerzen, die den Dichter später bewältigt
zu haben scheinen, so daß er es aufgab, mit ihnen zu kämpfen und sich
nur noch durch einen Schrei, den er eben im Hamlet ausstieß, Er-
leichterung zu verschaffen suchte. Lear ist das einzige Werk, das mit der
Antike verglichen werden kann, indem es die sittlichen Wurzeln des Lebens
durch das Wegmähen des sie verdeckenden Unkrauts auf die grandioseste
Weise blos legt; wie jene auch der Form nach einzig und unerreichbar,
besonders auch darin, was, wie ich glaube, noch von Keinem bemerkt
worden, daß Goneril und Regan selbst, obgleich sie scheinbar als böse
Potenzen an sich hingestellt sind, doch eben in Lear selbst nicht allein
eine Art von Berechtigung finden, sondern auch ihre Erklärung;
wir sehen ein, daß ein so jähzorniger Vater eben solche heimtückische,
kalte, ihn nur fürchtende Kinder erziehen mußte, die, sobald sie der

Furcht entbunden wurden, gar kein Verhältniß mehr zu dem Erzeuger
haben und ihn eher als ein feindseliges Wesen betrachten, wie als ein
verwandtes und die, da sie ihr Ich ihm gegenüber früher immer ver=
läugnen mußten, jetzt auch Nichts mehr kennen, als ihr Ich, wenn er
ihnen in den Weg tritt; es ist ein Meisterstück der Form, daß der Dichter
uns den früheren Lear durch den jetzigen wahnsinnigen zeichnet und da=
durch zugleich die Töchter in Nerven und Glieder hinstellt.

Inhaltsverzeichniß.

- - - - -

www.ingramcontent.com/pod-product-compliance
Lightning Source LLC
Chambersburg PA
CBHW021756110726
47902CB00006B/1541